全国高等院校本科教材
全国高等院校专升本教材

# 中国古代小说专题

## （第 2 版）

教育部师范教育司组织编写
张燕瑾　主编
左东岭　副主编

编委（以姓氏笔画为序）：
王　祥　　左东岭　　李真瑜
李献芳　　杨　栋　　闵　虹
汪龙麟　　张庆民　　张燕瑾
霍现俊

高等教育出版社·北京

内容提要

　　本书是教育部师范教育司组织编写的教材《中国古代小说专题》的修订本。修订本保持了原书的知识结构框架，增加了知识点，扩大了知识面，补写了参考书目，调整了作品选篇目（增加了章回小说选篇）。

　　全书分史论与作品选两部分。史论部分以小说文体的发展脉络为线索，并结合对各时期代表性作品的分析鉴赏，系统地介绍了我国古代小说的发展演变；作品选部分精心选取了思想与艺术水平俱佳的名篇和能说明我国古代小说发展进程的作品。

　　本书适用于高等院校中文系本科教学、中学教师进修高等师范本科（专升本）教学，也适合其他教学及各类自学者使用。

图书在版编目（CIP）数据

　　中国古代小说专题／张燕瑾主编．—2版．—北京：高等教育出版社，2008.6（2023.7重印）
　　ISBN 978 – 7 – 04 – 022868 – 7

　　Ⅰ．中⋯　Ⅱ．张⋯　Ⅲ．古典小说-小说史-中国-高等学校-教材　Ⅳ．I207.409

　　中国版本图书馆 CIP 数据核字（2008）第 061973 号

| | | | | | | | |
|---|---|---|---|---|---|---|---|
| 策划编辑 | 肖冬民 | 责任编辑 | 金学影 | 封面设计 | 张雨微 | 版式设计 | 张岚 |
| 责任校对 | 杨凤玲 | 责任印制 | 耿轩 | | | | |

| | |
|---|---|
| 出版发行　高等教育出版社 | 网　　址　http://www.hep.edu.cn |
| 社　　址　北京市西城区德外大街4号 | 　　　　　http://www.hep.com.cn |
| 邮政编码　100120 | 网上订购　http://www.landraco.com |
| 印　　刷　河北信瑞彩印刷有限公司 | 　　　　　http://www.landraco.com.cn |
| 开　　本　787×960　1/16 | |
| 印　　张　30.5 | 版　次　2002年7月第1版 |
| 字　　数　570 000 | 　　　　2008年6月第2版 |
| 购书热线　010 – 58581118 | 印　次　2023年7月第17次印刷 |
| 咨询电话　400 – 810 – 0598 | 定　价　39.00元 |

本书如有缺页、倒页、脱页等质量问题，请到所购图书销售部门联系调换
版权所有　侵权必究
物　料　号　22868-A0

# 第 2 版前言

《中国古代小说专题》自 2002 年 7 月出版以来,重印了十几次,说明这是一部受到使用者欢迎的教材。5 年多过去了,教育形势有了很大的变化,为了使这部教材有更广泛的适应性,我们作了一次较大的修订。

——修订的目的,是为了使本教材既适用于高等院校中文系专业教学和其他专业的选修课程,同时也可以用于中学教师进修高等师范本科(专科起点)教学,以及其他社会教育机构,如老年大学的教学。

——保持原教材知识结构不变,这种结构既能梳理出中国古代小说发展演变的脉络,又具有开放性和伸缩性,可以用于 36 学时的选修课程教学,也可以用于 54 学时,甚至 72 学时的专题课程教学。

——统一了全书的叙述体例和行文风格。

——史论部分的论析更为详细:增写,重写,改写了部分章节内容;增写相关知识点,扩大了知识面;增加注释条文,补充了相关参考资料和原始文献;每一章之后特别增补了"参考书目",以期为学习者的进一步研究指明路径。

——作品选部分:增加了章回小说选篇,入选篇目都保持章回原貌,不另拟题目拼合故事;调整了作品篇目,比如《聊斋志异》,我们增选了"双女传"《莲香》,不仅因为它在艺术上有特色,也因为它能更全面反映出蒲松龄的婚恋观念;对篇后释文作了修改和增补;并重新校对了原文。

受编委会委托,此次修订分工如下:

汪龙麟:史论第一、二、三、四、八、十四、十五、十六、十七、十八章;

左东岭:史论第九、十、十一、十二、十三章;

张庆民:作品选校勘(全书审校);

张燕瑾:绪论,史论第五、六、七章,作品选校勘及注释;

全书由张燕瑾统一修改定稿。

因本次修订增加了第二、四、七章,故对原提供参考的课时分配方案调整如下:

| 教学内容 | 课时分配 | | | | |
|---|---|---|---|---|---|
| | 脱产 | 业余 | 函　授 | | |
| | | | 面授 | 自学 | 合计 |
| 中国古代小说专题 | 36 | 36 | 18 | 36 | 54 |
| 第一章　中国古代小说的起源 | 2 | 2 | 1 | 2 | 3 |
| 第二章　先秦两汉时期的准小说 | 2 | 2 | 1 | 2 | 3 |
| 第三章　魏晋南北朝志怪小说 | 2 | 2 | 1 | 2 | 3 |
| 第四章　魏晋南北朝志人小说 | 2 | 2 | 1 | 2 | 3 |
| 第五章　唐人传奇（上） | 2 | 2 | 1 | 2 | 3 |
| 第六章　唐人传奇（下） | 2 | 2 | 1 | 2 | 3 |
| 第七章　敦煌通俗小说 | 2 | 2 | 1 | 2 | 3 |
| 第八章　宋元的说话艺术与话本小说 | 2 | 2 | 1 | 2 | 3 |
| 第九章　《三国演义》与明代历史小说 | 2 | 2 | 1 | 2 | 3 |
| 第十章　《水浒传》与明代英雄传奇 | 2 | 2 | 1 | 2 | 3 |
| 第十一章　《西游记》与明代神魔小说 | 2 | 2 | 1 | 2 | 3 |
| 第十二章　世情小说《金瓶梅》 | 2 | 2 | 1 | 2 | 3 |
| 第十三章　明代的短篇小说 | 2 | 2 | 1 | 2 | 3 |
| 第十四章　文言短篇小说《聊斋志异》 | 2 | 2 | 1 | 2 | 3 |
| 第十五章　讽刺小说《儒林外史》 | 2 | 2 | 1 | 2 | 3 |
| 第十六章　古代小说高峰《红楼梦》 | 3 | 3 | 1 | 4 | 5 |
| 第十七章　清代的其他长篇小说 | 2 | 2 | 1 | 2 | 3 |
| 第十八章　近代小说 | 1 | 1 | 1 | 1 | 2 |

　　为了进行这次修订，全体编撰人员齐聚北京开会研讨，制定了修订原则和修订方案等。此次修订工作得到了高等教育出版社有关人士的大力支持和多方协助，对此我们表示衷心感谢。

　　我们期待着读者的宝贵意见，以便使这部教材有进一步提高，从而更能适应教学需要。

张燕瑾

2007 年 10 月 2 日

# 第1版前言

《中国古代小说专题》是受教育部师范教育司和高等教育出版社的委托,为中学教师进修高等师范本科(专科起点)所编写的教材。"专升本"学生大都学习过中国文学史的课程,同时又有较为丰富的实践经验和人生阅历,有较强的理解与分析能力,他们虽为"专升本",但又与普通高校本科生的学习选修课相似。根据我们在教学实践中的体会,认为将这二者综合起来考虑比较合适。因此,我们在编写过程中便照顾到了这两个方面,希望本教材能够适应"专升本"与"选修课"两种教学的需要。

本书分史论与作品选两部分。在史论部分的撰写中,我们集中阐释小说文体的发展演变与作家作品的思想艺术特征,力求把主要问题讲深讲透,而不刻意追求细大不捐面面俱到。同时我们也注意了不同作家作品的比较分析,比如长篇小说的结构问题,在撰写过程中并没有对每一部作品均列出"结构"一节进行单独描述,而是将结构问题置于某部作品之下,对几部相关作品的结构进行集中的对比性阐释,因为在对比中更容易说明其各自的不同特点,也更容易看出它们之间的区别。我们还特别注意了对基本知识和概念术语的阐释,以便学员们能够对中国古代小说的特征有更清楚的了解和更深入的把握。还需要说明的是,本课程虽为"中国古代小说专题",但我们把近代小说也包括进来了,这是因为,一是便于与通行的文学史教材接轨(文学史一般都包括了近代文学);二是从文体发展的完整性考虑,只有包括了近代小说,小说史演变轨迹才算完整,也才能看出中国小说由古代走向近代的全过程。

在作品选部分,我们既选取了思想与艺术水平俱佳的名篇,同时也兼顾了部分思想性不太突出而艺术上有独到之处、能够说明小说艺术发展进程的作品,如唐人传奇选了《巴峡人》《郑仁钧》等,《聊斋志异》选了《书痴》等。至于长篇小说中的名作,目前均已成为通行易得的书籍,在此也就不再节选。在选入的作品中,对那些重要而又不易理解的作品,我们进行了注释;对那些容易理解的作品尤其是白话小说,则仅选入其作品而不加注释。注释部分也仅以帮助学员理解文意为原则,不作引经据典的详考。对所选作品的校改,我们也只注底本而不出校记。

本书的主要部分是前边的史论,后边的作品选注是为教师讲授中举例和方便学生阅读原著而编选的。根据《中学教师进修高等师范本科(专科起点)教学计划》(试行)对本课程教学课时的规定和专升本教学的实际情况,本教材作为一门专业必修课,可与《中国古代戏曲专题》配套使用共占72学时,也可单独使用占36学时。在此特别提供以下课时分配方案以供参考:

| 教学内容 | 脱产 | 业余 | 函授面授 | 函授自学 | 函授合计 |
|---|---|---|---|---|---|
| 中国古代小说专题 | 36 | 36 | 18 | 36 | 54 |
| 第一章 中国古代小说的起源 | 2 | 2 | 1 | 2 | 3 |
| 第二章 魏晋南北朝的志怪与志人小说 | 2 | 2 | 1 | 2 | 3 |
| 第三章 唐人传奇(上) | 2 | 2 | 1 | 2 | 3 |
| 第四章 唐人传奇(下) | 2 | 2 | 1 | 2 | 3 |
| 第五章 宋元的说话艺术与话本小说 | 2 | 2 | 1 | 2 | 3 |
| 第六章 《三国演义》与明代历史小说 | 4 | 4 | 2 | 4 | 6 |
| 第七章 《水浒传》与明代英雄传奇 | 4 | 4 | 2 | 4 | 6 |
| 第八章 《西游记》与明代神魔小说 | 3 | 3 | 1 | 3 | 4 |
| 第九章 世情小说《金瓶梅》 | 2 | 2 | 1 | 2 | 3 |
| 第十章 明代的短篇小说 | 2 | 2 | 1 | 2 | 3 |
| 第十一章 文言短篇小说《聊斋志异》 | 2 | 2 | 1 | 2 | 3 |
| 第十二章 讽刺小说《儒林外史》 | 2 | 2 | 1 | 2 | 3 |
| 第十三章 古代小说高峰《红楼梦》 | 4 | 4 | 2 | 4 | 6 |
| 第十四章 清代的其他长篇小说 | 2 | 2 | 1 | 2 | 3 |
| 第十五章 近代小说 | 1 | 1 | 1 | 1 | 2 |

参加本教材编撰工作的有:首都师范大学张燕瑾、左东岭、张庆民、汪龙麟,北京师范大学李真瑜,河北师范大学杨栋、霍现俊,沈阳师范学院王祥,山东教育学院李献芳,河南教育学院闵虹,共十位同仁。

作品选注的撰稿人均已署于篇末。

史论部分的撰稿人依次为:

张燕瑾:绪论。

张庆民:第一、二、三、四、五章。

左东岭:第六、七、八、九、十章。

汪龙麟:第十一、十二、十三、十四、十五章。

史论和作品选注均由张燕瑾最后修改定稿。

在编写过程中,各编委所在的学校给予了有力的支持;高等教育出版社的武黎先生自始至终参与了编写体例的讨论,提出了许多宝贵的意见,为本书的出版付出了心血。在此我们一并对他们表示诚挚的谢意。

我们愿意听取大家的意见,对教材的不完善处做进一步的修改,以更好地适应教学的需要。

张燕瑾<br>2001 年 1 月 20 日

# 目　　录

绪论 ············································································· 1

## 第一章　中国古代小说的起源 ············································ 9
第一节　多源共生的早期形态 ············································ 9
第二节　神话传说与小说 ·················································· 10
第三节　寓言故事与小说 ·················································· 13
第四节　史传文学与小说 ·················································· 14

## 第二章　先秦两汉时期的准小说 ········································· 17
第一节　后人著录的先秦小说 ············································ 17
第二节　两汉小说述略 ····················································· 22

## 第三章　魏晋南北朝志怪小说 ············································ 30
第一节　志怪小说的兴盛及其原因 ······································ 30
第二节　志怪小说的题材类型 ············································ 32
第三节　"鬼董狐"干宝及其《搜神记》 ······························ 34

## 第四章　魏晋南北朝志人小说 ············································ 44
第一节　志人小说的兴起与类别 ········································· 44
第二节　魏晋风流与《世说新语》 ······································ 47
第三节　志人小说叙事艺术 ··············································· 52

## 第五章　唐人传奇（上） ·················································· 56
第一节　什么是传奇 ························································ 56
第二节　传奇小说的生长环境 ············································ 58
第三节　初兴期的传奇 ····················································· 60

## 第六章　唐人传奇（下） ·················································· 65
第一节　繁荣期传奇概述 ·················································· 65
第二节　繁荣期传奇的题材 ··············································· 68
第三节　繁荣期传奇的艺术 ··············································· 73
第四节　衰落期的传奇 ····················································· 78

## 第七章　敦煌通俗小说 ····················································· 84
第一节　通俗小说的生长环境 ············································ 84

　　　　第二节　变文 ……………………………………………………… 86
　　　　第三节　话本 ……………………………………………………… 89
第八章　宋元的说话艺术与话本小说 ……………………………………… 94
　　　　第一节　说话与话本 ……………………………………………… 94
　　　　第二节　短篇小说话本 …………………………………………… 95
　　　　第三节　长篇讲史与讲经 ………………………………………… 97
　　　　第四节　话本小说的情节结构与语言 …………………………… 99
第九章　《三国演义》与明代历史小说 …………………………………… 102
　　　　第一节　章回小说的体制与发展阶段 …………………………… 102
　　　　第二节　累积型的成书过程 ……………………………………… 103
　　　　第三节　经验总结、道德评判与悲剧艺术 ……………………… 105
　　　　第四节　人物塑造与叙事艺术 …………………………………… 107
　　　　第五节　明代的其他历史演义小说 ……………………………… 111
第十章　《水浒传》与明代英雄传奇 ……………………………………… 113
　　　　第一节　"讲史"与"小说"的合流现象 ………………………… 113
　　　　第二节　题材特征、主题意识及其悲剧设置 …………………… 114
　　　　第三节　真实的传奇英雄塑造与纯粹的白话艺术 ……………… 117
　　　　第四节　明代的其他英雄传奇 …………………………………… 120
第十一章　《西游记》与明代神魔小说 …………………………………… 123
　　　　第一节　取经故事的演化与作者问题 …………………………… 123
　　　　第二节　追求神圣与留恋世俗 …………………………………… 125
　　　　第三节　人物塑造及其喜剧特征 ………………………………… 128
　　　　第四节　明代中后期神魔小说的繁荣 …………………………… 132
第十二章　世情小说《金瓶梅》 …………………………………………… 135
　　　　第一节　作者问题及其版本 ……………………………………… 135
　　　　第二节　世俗题材与警世意识 …………………………………… 136
　　　　第三节　文人独创型小说的特征 ………………………………… 140
　　　　第四节　明代艳情小说《如意君传》等与《金瓶梅》的续书及
　　　　　　　　影响 ……………………………………………………… 145
第十三章　明代的短篇小说 ………………………………………………… 149
　　　　第一节　从话本到"拟话本" …………………………………… 149
　　　　第二节　"三言"的世俗世界与文人意识 ……………………… 151
　　　　第三节　"二拍"与《型世言》 ………………………………… 156
　　　　第四节　明代的文言短篇小说 …………………………………… 159
第十四章　文言短篇小说《聊斋志异》 …………………………………… 162

第一节　蒲松龄:馆塾生涯与孤愤情怀 ·················· 162
　　　第二节　狐鬼世界背后的人间省视 ···················· 163
　　　第三节　人物塑造与叙事笔法 ······················ 168
　　　第四节　清代的其他文言短篇小说 ···················· 171

第十五章　讽刺小说《儒林外史》 ························ 174
　　　第一节　吴敬梓:八股世家与风流名士 ·················· 174
　　　第二节　"以功名富贵为一篇之骨" ···················· 176
　　　第三节　文学才华与史家笔墨 ······················ 181

第十六章　古代小说高峰《红楼梦》 ······················· 185
　　　第一节　曹雪芹:贵族之家与凄凉晚年 ·················· 185
　　　第二节　高鹗续书与《红楼梦》版本 ··················· 186
　　　第三节　"空"、"色"、"情"世界的建构与叙事意蕴 ············· 188
　　　第四节　结构艺术与描写技巧 ······················ 194
　　　第五节　影响与研究 ·························· 198

第十七章　清代的其他长篇小说 ························· 201
　　　第一节　《水浒后传》及其他英雄传奇 ··················· 201
　　　第二节　《醒世姻缘传》及其他世情小说 ·················· 203
　　　第三节　《镜花缘》及其他神魔小说 ··················· 205

第十八章　近代小说 ······························· 209
　　　第一节　古典小说的衰落 ························ 209
　　　第二节　"新小说"的勃兴 ······················· 212
　　　第三节　"新小说"的变调 ······················· 219

## 作 品 选

**古代神话** ·································· 225
　　女娲补天 ································· 225
　　共工怒触不周山 ····························· 225
　　姮娥奔月 ································· 226

**先秦寓言** ·································· 227
　　鹬蚌相争 ································· 227
　　守株待兔 ································· 227
　　望洋兴叹 ································· 227

**列异传** ······················· 曹　丕　229
　　宋定伯卖鬼 ······························· 229
　　谈生 ··································· 230

| 博物志 | 张 华 | 231 |
|---|---|---|
|     天河浮槎 | | 231 |
|     鲛人 | | 232 |
| 搜神记 | 干 宝 | 233 |
|     董永 | | 233 |
|     三王墓 | | 233 |
|     李寄 | | 235 |
| 搜神后记 | 陶 潜 | 237 |
|     桃花源 | | 237 |
|     白水素女 | | 238 |
| 世说新语 | 刘义庆 | 240 |
|     周处自新 | | 240 |
|     雪夜访戴 | | 241 |
|     王蓝田性急 | | 241 |
|     韩寿偷香 | | 242 |
| 幽明录 | 刘义庆 | 244 |
|     刘晨阮肇 | | 244 |
|     小儿争壶 | | 245 |
| 续齐谐记 | 吴 均 | 246 |
|     阳羡书生 | | 246 |
| 补江总白猿传 | 无名氏 | 248 |
| 任氏传 | 沈既济 | 250 |
| 柳毅传 | 李朝威 | 257 |
| 李娃传 | 白行简 | 267 |
| 莺莺传 | 元 稹 | 275 |
| 霍小玉传 | 蒋 防 | 282 |
| 南柯太守传 | 李公佐 | 288 |
| 续玄怪录 | 李复言 | 295 |
|     定婚店 | | 295 |
| 乾䱷子 | 温庭筠 | 298 |
|     华州参军 | | 298 |
| 虬髯客传 | 杜光庭 | 301 |
| 三国演义 | 罗贯中 | 305 |
|     第九十五回　马谡拒谏失街亭　武侯弹琴退仲达 | | 305 |
|     第九十六回　孔明挥泪斩马谡　周鲂断发赚曹休 | | 310 |
| 水浒传 | 施耐庵　罗贯中 | 313 |

第十回　林教头风雪山神庙　陆虞候火烧草料场 ………………………………… 313

## 西游记 ……………………………………………………………………… 吴承恩 318
　　第五回　乱蟠桃大圣偷丹　反天宫诸神捉怪 ……………………………………… 318
　　第六回　观音赴会问原因　小圣施威降大圣 ……………………………………… 324

## 金瓶梅 …………………………………………………………………… 兰陵笑笑生 330
　　第二十六回　来旺儿递解徐州　宋惠莲含羞自缢 ………………………………… 330

## 喻世明言 …………………………………………………………………… 冯梦龙 340
　　蒋兴哥重会珍珠衫 …………………………………………………………………… 340
　　滕大尹鬼断家私 ……………………………………………………………………… 359

## 警世通言 …………………………………………………………………… 冯梦龙 371
　　崔待诏生死冤家 ……………………………………………………………………… 371
　　杜十娘怒沉百宝箱 …………………………………………………………………… 378

## 醒世恒言 …………………………………………………………………… 冯梦龙 388
　　卖油郎独占花魁 ……………………………………………………………………… 388
　　十五贯戏言成巧祸 …………………………………………………………………… 410

## 剪灯新话 …………………………………………………………………… 瞿　佑 420
　　翠翠传 ………………………………………………………………………………… 420

## 聊斋志异 …………………………………………………………………… 蒲松龄 424
　　青凤 …………………………………………………………………………………… 424
　　婴宁 …………………………………………………………………………………… 428
　　莲香 …………………………………………………………………………………… 434
　　小谢 …………………………………………………………………………………… 440
　　镜听 …………………………………………………………………………………… 444
　　王子安 ………………………………………………………………………………… 445
　　书痴 …………………………………………………………………………………… 446

## 阅微草堂笔记 ……………………………………………………………… 纪　昀 450
　　两塾师 ………………………………………………………………………………… 450
　　河中石狮 ……………………………………………………………………………… 450

## 儒林外史 …………………………………………………………………… 吴敬梓 451
　　第三回　周学道校士拔真才　胡屠户行凶闹捷报 ………………………………… 451
　　第四回　荐亡斋和尚吃官司　打秋风乡绅遭横事 ………………………………… 456

## 红楼梦 ………………………………………………………………… 曹雪芹　高　鹗 458
　　第五回　贾宝玉神游太虚境　警幻仙曲演红楼梦 ………………………………… 458
　　第六回　贾宝玉初试云雨情　刘老老一进荣国府 ………………………………… 466
　　第三十三回　手足眈眈小动唇舌　不肖种种大承笞挞 …………………………… 466
　　第三十四回　情中情因情感妹妹　错里错以错劝哥哥 …………………………… 470

# 绪　　论

　　学习任何一门知识，都会首先遇到一个释名的问题。小说史自然也不例外，我们在学习之前，应当解决什么是小说的问题。

　　按照目前文艺学的一般概念，作为文学体裁的小说，其成熟的标志应当包括三个要素：就表现形式而言，其主体应为散文，但并不排除用一定数量的韵文写景、描状与议论；就其内容而言，它要有一定的故事情节，从而与文学散文有明显的区别；就构成其故事情节的性质而言，它应当是虚构的，或基本上是虚构的。但我们在接受这一概念时，又必须首先明白两个前提：一是这一概念是在20世纪接受西方文学理论影响后而提出的，二是这一概念所反映的是从18世纪以来成熟的小说创作实践。比如虚构的要素，便是西方小说的灵魂，无论是作为novel还是fiction的小说术语，都与虚构直接相关。从中国古代小说的成熟形态如《金瓶梅》、《红楼梦》看，应该说大致符合现代小说观念。但就中国古代小说发展的全过程看，便有了较大的出入。我们学习中国小说史，当然应该以中国古代的小说观念作为衡量的尺度，因此也就有必要弄清中国古代小说观念的具体内涵是什么。

　　从语体而言，中国小说观念可分为文言小说与白话小说两个源头，其中白话小说的观念要比文言小说更接近现代小说观念。从受中国传统文化的影响而言，中国小说观念受诸子学说而主要是儒家学说、史学与说书艺术影响为最大，从而带有鲜明的中国特色。

　　先说诸子学说的影响。道家的影响主要表现在小说的艺术层面；儒家的影响则表现在小说的社会功能方面，主要是造成了中国小说观念重寓意、重教化的传统。此一点与中国小说的观念脱胎于诸子散文《庄子》与《荀子》密切相关。"小说"一词最早见于《庄子·外物》：

　　　　夫揭竿累，趣灌渎，守鲵鲋，其于得大鱼难矣；饰小说以干县令，其于大达亦远矣。

　　唐成玄英疏："累，细绳也；鲵鲋，小鱼也。担揭细小之竿绳，趋走溉灌之沟渎，适得鲵鲋，难获大鱼也。""干，求也；县，高也。夫修饰小行，矜持言说，以求高名令闻者，必不能大通于至道。""县"乃古"悬"字，古"悬"字多不着"心",高也;"令",美也。"问",闻也,声誉。这句话是说举着细小的钓竿钓绳,奔走于灌溉用的沟渠之间,只能钓到泥鳅之类的小鱼,而想获得大鱼可就难了。靠修饰琐屑的言论以求高名美誉,那和玄妙的大道相比,可就差得远了。春秋战国时,学派林立,百家争鸣,许多学人策士为说服王侯接受其思想学说,往往设譬取喻,征引史事,巧借神话,多用寓言,以便修饰言说以增强文章效果。庄子认为此皆微不足道,故谓之"小说",也就是琐屑浅薄的言论与小道理之意。所谓"大达",也就是"大道",自然是指庄子本人的学说了。《庄子》一书对中国小说的产生与发展影响巨大,其汪洋恣肆的文风,飘忽飞腾的想象,随意设幻的笔法,都孳乳着小说文体的生长与成熟,故宋代黄震说:"庄子以不羁之才,肆跌宕之说,创为不必有之人,设为不必有之物,造为天下必无之事,用以眇末宇宙,戏薄圣人,走弄百出,茫无定踪,固千万世诙谐小说之祖也。"(《黄氏日钞·读诸子·庄子》)但就庄子的"小说"概念本身而言,却与现代小说观念相距甚远,然而有意思的是,这种"琐屑言论"与"小道理"的小说内涵却又深深影响了中国古代的小说观念。

《荀子·正名篇》说:"故知者论道而已矣,小家珍说之所愿皆衰矣。"其意为智者只论合道与否,那些只知珍贵其琐屑言谈而不管是否合道的异端邪说,便会停息了。可知荀子的"小说"与庄子所用含义正同,只不过小说与大道所指对象不同而已。

到东汉桓谭笔下,"小说"的概念有了发展变化。其《新论》云:"若其小说家,合丛残小语,近取譬论,以作短书,治身治家,有可观之辞。"[1]"短书"相对于"长书"而言,古代编简成册,经类简长汉尺二尺四寸,用来写六经、国史、法令等称为长书;其次为一尺二寸,用写《孝经》等书;短者八寸,用写诸子、传记、杂记之类,称为短书[2]。可知短书就是杂记,是与经籍相对而言的。从形式上说,它是用零碎琐细的言辞写成的短篇体制;从内容上说,它要说明治身理家的一定道理;从手法上说,要"近取譬论",即通过寓言故事、神话传说等形象化的比喻来表达其论旨;从社会功能上说,要为人们提供可资借鉴的经验教益。与庄子、荀子相比,桓谭的小说观念有两点不同,一是他赋予了小说以文体的意义,二是他从正面肯定了小说的价值,尽管这价值还不能与经籍相提并论。可以说,桓谭是中国历史上肯定小说价值、探讨小说文体特征的第一人,并影响了汉代文人如刘歆、班固等人对小说的认识。

稍后的《汉书·艺文志》之"诸子略"列"小说"为一家:

《伊尹说》二十七篇。其语浅薄,似依托也。

《鬻子说》十九篇。后世所加。

《周考》七十六篇。考周事也。

《青史子》五十七篇。古史官记事也。

《师旷》六篇。见《春秋》，其言浅薄，本与此同，似因托之。

《务成子》十一篇。称尧问，非古语。

《宋子》十八篇。孙卿道宋子，其言黄老意。

《天乙》三篇。天乙谓汤，其言非殷时，皆依托也。

《黄帝说》四十篇。迂诞依托。

《封禅方说》十八篇。武帝时。

《待诏臣饶心术》二十五篇。武帝时。

《待诏臣安成未央术》一篇。

《臣寿周纪》七篇。项国圉人，宣帝时。

《虞初周说》九百四十三篇。河南人，武帝时以方士侍郎（陇）〔号〕黄车使者。

《百家》百三十九卷。

右小说十五家，千三百八十篇。

小说家者流，盖出于稗官。街谈巷语，道听途说者之所造也。孔子曰："虽小道，必有可观者焉，致远恐泥，是以君子弗为也。"然亦弗灭也。闾里小知者之所及，亦使缀而不忘。如或一言可采，此亦刍荛狂夫之议也。

"千三百八十篇"，实为千三百九十篇。班固首次承认"小说家"是一种可以独立成家的学术流派，"小说"也成为文体的专名。后世称野史小说为"稗官"，也源于此。颜师古注云："稗官，小官。""泥，滞也。"并引如淳曰："《九章》细米为稗。街谈巷说，其细碎之言也。王者欲知闾巷风俗，故立稗官，使称说之。今世亦谓偶语为稗。"班固认为"小说"是民间稍有知识者所创造而又是居高位者所不为的，"小说"就内容讲是街谈巷语、道听途说之类，带有一定程度的夸饰虚诞色彩。这种小技艺与小创造也有其可取之处，这是它存而不灭的原因，但它妨碍远大事业，故君子不为。《汉书·艺文志》是班固根据西汉刘向、刘歆的《七略》删节而成的，刘氏父子曾于汉成帝、哀帝时在朝廷藏书室校书，所以班固的观点实际上反映了两汉多数人对小说的看法。这种观点继承了庄子视小说为小道的传统看法，但汲取了桓谭对小说有可观之辞的正面肯定，尤其是将小说列为可与儒、道并称的诸子十家之一，使之有了独立的地位。但班固在此有两点失误：一是他所引述的"孔子曰"出自《论语·子张》，但这并不是孔子所说而是子夏的话，可这一误解竟然一直未能得到有力的纠正，反倒成为后世人肯定小说的权威根据了。二是班固仅从子书角度肯定小说的价值是不全面的，这不仅不符合当时和以前的实际情形，甚至也没能包括他本人所列的十五家小说的内容，因为这十五家实际上是由诸子、史传与巫术三方面构成的，而班固只从"小道"的角度来论定其价值，显然是过于狭窄了。也可以看出，当时"小说"的文体观念尚未明确，所列"小说十五家"文体驳杂，既有文学类也有非文学类，既有带叙事性因素的作品，也有不含叙事因素的作品；虚构成分也未纳入"小说"文体的构成要素。

但班固的论点却对后世影响巨大，历代正史也大都将小说归入"子部"，并把"小道"与"可观"作为其核心观念。直到清代的纪昀，依然没有大的变化，由其主持的《四库全书总目提要》之《小说家类》总叙云：

> 迹其流别，凡有三派：其一叙述杂事，其一记录异闻，其一缀辑琐语也。唐宋而后作者弥繁，中间诬谩失真，妖妄荧听者，固为不少，然寓劝戒，广见闻，资考证者，亦错出其中。班固称："小说家者流，盖出于稗官。"如淳注谓："王者欲知闾巷风俗，故立稗官，使称说之。"然则博采旁搜，是亦古制，固不必以冗杂废矣。

在此所论对象当然比班固要广，但依然视其为小道，依然是小有可观，依然是弗为亦不废的态度，并引班固的话作为立论的根据。更重要的是依然将小说的功能定位在"寓劝戒，广见闻，资考证"之上，是典型的儒家小说观念。它从庄子、荀子的小道理开始，到桓谭、班固定型，最后延续到清末，是中国小说史上占主流地位的观念，极大地影响了中国古代小说的创作实践。尤其是"寓劝戒"的观念，始终将小说置于经籍的附庸地位，并导致中国小说重教化的倾向。观念的局限，影响了对"小说"文体的认识，"小说"门类中成就最高的话本小说、章回小说，都被"四库"馆臣拒之门外，概不收录，留下极大遗憾。

其次是史学影响。这种影响其实从班固时就已经存在了，从他将小说的源头追溯到稗官看，小说便与史发生了关联，只不过他更重视其"小道"的功能，因此才将其归入"诸子"。到了晋代的葛洪，就公然称自己辑录《西京杂记》的目的即在于"以裨《汉书》之阙尔"（《西京杂记·序》），"小说"成了史的附庸。最早以"小说"名书的，是梁武帝时安右长史殷芸的《殷芸小说》。姚振宗《隋书经籍志考证》说："案此殆是梁武帝作通史时，凡不经之说为通史所不取者，皆令殷芸别集为小说，是小说因通史而作，犹通史之外乘。"（卷三二）"不经之说"，也即"野史"。从理论上将小说与史书作比附的是唐代著名的史学理论家刘知几，他在《史通·杂述》中将杂史分为偏记、小录、逸事、琐言、郡书、家史、别传、杂记、地理书、都邑簿等十种，其中有不少属于小说的内容。他本人就说："偏记小说，自成一家，而能与正史参行，其所由来尚矣。"他对小说的态度，完全取决于它们对正史是否有用，因而也就以是否真实来作为衡量小说的唯一标准，他说：

> 大抵偏记、小录之书，皆记即日当时之事，求诸国史，最为实录，然皆言多鄙朴，事罕圆备，终不能成其不刊，永播来叶，徒为后生作者削稿

之资焉。逸事者,皆前史所遗,后人所记,求诸异说,为益实多,及妄者为之,则苟载传闻,而无铨择,由是真伪不别,是非相乱,如郭子横之《洞冥》,王子年之《拾遗》,全构虚辞,用惊愚俗,此其为弊之甚者也。

从史学的叙事完备与内容的真实来衡量,小说都有一定的缺陷,虽"玉屑满箧",也"固难以接光尘于五传(今按,指传述《春秋》的五家),并辉烈于三史(今按,指《史记》、《汉书》、《后汉书》)",不能与史比肩。作为史学家的刘知几这样来认定小说的价值,本来是无可非议的,但关键是他对后世的历史小说的创作造成了深远的影响,并形成了一种牢固的小说观念。中国小说与历史具有不解之缘,这与中国历史之漫长、历史著作之发达、叙事理论之丰富有密切的关系,因而其影响并不全是消极的。尤其是司马迁在《史记》中首创"纪传"之体,以人物为中心,而将史事系于人物,这对小说艺术的成熟,有着巨大的影响。中国小说在叙事时往往不仅假托古人,而且表现出极强的时间观念。结构上,以时间先后为序,呈现出一种"线性结构"模式,极少倒叙;故事有头有尾,时间地点一清二楚;刻画人物时,注重在事件中表现人物,注重人物的语言和动作,而不重视心理与景物的描写。也因此,中国的长篇小说往往人物众多,每个人物在事件中都起着一定的作用,而不像外国小说那样出现一些与情节毫无关系的纯属道具式的人物。由此也形成了中国小说的民族特色。但同时史学意识对中国小说观念也造成了一些不良的影响,例如在明清两代的小说创作与小说理论中,虚与实一直成为大家争论的重要问题之一,而且有相当一批人将小说等同于历史,最有代表性的莫过于蔡元放,他在《东周列国志读法》中说:"《列国志》与别本小说不同,别本都是假话,如《封神》、《水浒》、《西游》等书,全是劈空撰出,即如《三国志》,最为近实,亦复有许多造作在内。《列国志》却不然,有一件说一件,有一句说一句,连记事实也记不了,那里还有功夫去添造。故读《列国志》,全要把作正史看,莫作小说一例看了。"明明是小说,却偏要去冒认史书,从而取消了小说自身的功能。这与作者对历史演义的认识是分不开的,他认为"稗官固史之支流,特更演绎其词耳。"(《东周列国志·序》)这种观念不仅导致了大量按鉴演义历史的历史小说,而且中国百姓也的确从中接受了不少历史知识。在西方的小说观念中,不仅不会将历史与小说等同,甚至也不会提出虚与实的论题加以讨论,这便是中西方小说观念的差异。从这一角度看,说虚构是小说必不可少的要素就不那么合乎中国古代历史小说的创作实践。[3]

再次是说话艺术对小说观念的影响。这主要体现为对虚构意识的阐发,所以也最为接近现代的小说观念。其实中国古代小说艺术,在创作实践中早就在进行虚构,如鲁迅曾指出文言小说中的唐代传奇已"有意为小说"(《中国小说史略》第八篇),明代的胡应麟说"至唐人乃作意好奇,假小说以寄笔端"

（《少室山房笔丛·二酉缀遗》），说的都是唐传奇的虚构特征。但最早在理论上肯定小说虚构特征的却是宋代的洪迈，他首先认为小说的作用在于"探赜幽隐，可资谈暇"（《夷坚支癸·序》），即愉悦性情，其价值也就不在于是否真实，因此他明确地说："稗官小说家言，不必信，固矣。"（《夷坚支丁·序》）这就把小说的虚构性给明确点出来了。

但是在文言小说领域，这种虚构的声音毕竟太小，占主导地位的还是寓劝戒与补正史的声调。真正将虚构作为小说文体特征乃是在白话小说领域，其形成规模则在宋代说话艺术中。许多笔记都记载说宋人说话有四家，但究竟是哪四家却颇有争议，一般认为是小说、讲史、说经与合生，不过无论如何小说与讲史属于四家之内是确凿无疑的。说话艺术中的"小说"只是其中的一个门类，比中国传统小说与现代小说概念的范畴都要小，但它却最接近作为文学体裁的小说。而其中最重要的一点便在于其虚构特征，吴自牧《梦粱录》说："盖小说者，能讲一朝一代故事，顷刻间捏合。"（卷二十"小说讲经史"）"其话本与讲史书者颇同，大抵真假相半。"（同上"百戏伎艺"）此处所言的"顷刻捏合"与"真假相半"，讲的都是虚构性。在宋元说话艺术直接影响下产生的明清长篇章回小说与短篇拟话本，在很大程度上继承了"小说"门类的这一传统，如李贽、冯梦龙认为小说的价值不在于事之真假，而在于理之真假。李贽说："《水浒传》事节都是假的，说来却似逼真，所以为妙。"（容与堂刊本《忠义水浒传》第一回评）"劈空捏造。……若实有其事，则不奇矣。"（同上七十一回眉批）冯梦龙所谓"人不必有其事，事不必丽其人。其真者可以补金匮石室之遗，而赝者亦有一番激扬劝诱，悲歌感慨之意。事真而理不赝，即事赝而理亦真。"（《警世通言·叙》）尽管他依然没有丢掉补史之遗的传统观点，但事之真假已经成为无关紧要的东西了。依此标准，他把自己的白话作品径称"小说"——《古今小说》，冯梦龙在卷首的叙中，把"稗官"所不能容纳的长篇章回小说《三国演义》、《水浒》、《平妖传》也纳入了"小说"文体范畴。可见，明代中后期的"小说"文体观念，有着摆脱史的附庸地位的明显趋向，赋予"小说"更多的文学意义。明末清初的金圣叹说得更清楚："《史记》是以文运事，《水浒》是因文生事。以文运事是先有事生成如此如此，却要算计出一篇文字来，虽是史公高才，也毕竟是吃苦事。因文生事即不然，只是顺着笔性去，削高补低都由我。"（《读第五才子书法》）这就把史书与小说明确区分开来了，而区别的标志便在于"因文生事"的"削高补低都由我"的虚构特征。到曹雪芹写作《红楼梦》时，就更加淡化了历史因素而更突出了虚构特征，他在小说第一回中首先声明自己的作品"无朝代年纪可考"，彻底与历史绝了缘，接着说："历来野史，皆蹈袭一辙，莫如我这不借此套，反倒新奇别致，不过只取其事体情理罢了，又何必拘拘于朝代年纪哉？"在此，"事体情理"代替了历史事实，从而也使小说文体真正独立于历史之外，使"小说"成为了纯粹的文学品类和文学概念，因而也更接近于现代小说观念了。

明代中后期的小说评点家，如李贽、冯梦龙、凌濛初等，对小说文体观念的发展进步做出了理论上的可贵贡献，而尤其是金圣叹，他通过对《第五才子书施耐庵水浒传》的评点，不仅从文体论、创作论、人物论、情节结构论等方面，论述了小说文体，全面总结了小说创作的经验，而且把《水浒传》、《西厢记》并提，称为"才子书"，极大地提升了小说的价值和地位，使小说几乎成了家传户诵、深受人民群众喜爱的文学品种，改变了视小说为"小道可观"、"弗为弗灭"的传统看法。话本小说自身，在创作实践中，也经历了一个由借人物以讲故事——人物是故事的载体，到用故事以写人物——故事是刻画人物的手段——的发展历程，中国古代小说从创作到理论逐渐完善。尽管在中国古代，白话小说的这一传统未能成为占统治地位的小说观念，但随着历史的发展进入到现代社会，人们发现，它才是更能与西方观念进行对接的理念。

正如黑格尔所说的那样，哲学就是一部哲学史，要了解什么是哲学，就必须了解它的整个历史。对于小说也是如此，要真正了解小说的概念，就必须了解其整个发展过程；要了解中国古代的小说观念，也必须了解其整个发展过程。反过来，先对中国古代的小说观念有一定的了解，也将有助于小说史的学习。但就一般文学原理而论，小说艺术又有大致的共同特征，比如虚构，尽管在各自的发展过程中有许多不同的内涵，但最后还是殊途同归的。因此，学习中国小说史，既要理解一般的小说观念，也要理解中国古代的特殊情形，这样对学习才是有帮助的。"最好的艺术理论就是艺术历史"，"没有艺术史，任何艺术理论便不能存在"[4]。要理解什么是中国古典小说，还是应当从多读中国古代小说作品和中国小说史入手。

〔注释〕

〔1〕桓谭的《新论》原文已佚，本段论小说文字见于《文选》卷三一江淹杂体诗《李都尉从军》李善注所引，中华书局1985年影《四部丛刊》本《六臣注文选》中册，第589页。

〔2〕从已发现的汉简看，简册的长短制度大体存在，但并不十分严格。参见王充《论衡》之《骨相篇》、《谢短篇》及阴法鲁、许树安主编《中国古代文化史》第1册第五章第一节，北京大学出版社1989年版。

〔3〕其实，小说与历史、戏剧与历史，即使在想象和虚构方面，也多有共同之处。历史追求事实之真，直书历史事件真相，用史事的本来面貌探究其本质及时代之精神。而要想完全实现这个目标又几乎是不可能的。不仅由于时过境迁，真相隐晦难明，加之即使彰明显著者也未必就是真相，就是事件的本质体现。因此，要想不被假相、表相所迷惑，把握事件的本质，史学家就不得不运用想象和判断，加入主观因素，对不为人知的人物语言

和心理，加以设想和丰富。小说和戏剧则追求情理之真，并不拘泥于史实的本来面目，更重视通过想象和虚构表达作家对生活本质和时代精神的认识，表达作家的审美理想和价值观念，更具主观性和感情色彩，也因此而具有比历史目的更深沉的哲学意味。古人在对小说文体的认定中，忽视想象虚构的要素，要求小说具备历史的功用，甚至把实录性作品也纳入小说范畴，明显抑制了小说家虚构意识的自觉，影响了小说创作中想象虚构要素的发挥，想象虚构在有些作品中没有明显的体现。但是，既然历史都不拒绝想象和虚构，历史对小说想象虚构方面的负面作用，只是阻碍了此种特性的自觉发挥发展，却不是扼杀和窒息。所以钱锺书在《管锥编》里列举了史籍中的例证后，得出结论说："史家追叙真人实事，每须遥体人情，悬想事势，设身局中，潜心腔内，忖之度之，以揣以摩，庶几入情合理。盖与小说、院本之臆造人物、虚构境地，不尽同而可相通；《左传》记言而实乃拟言，谓是后世小说、院本中对话、宾白之椎轮草创，未遽过也。"（生活·读书·新知三联书店 2001年版（一）下册，第 317—318 页。可参见该书《左传正义·杜预序》）英人柯林伍德在《历史的观念》中说："作为现象的作品，历史学家的作品和小说家的作品并没有不同。"（何兆武、张文杰译本，中国社会科学出版社 1986 年版，第 278—279 页。可参见该书第五编第二节之"历史的想象"。）

〔4〕参见德国雷纳·韦勒克《近代文学批评史》第二卷，第 9 页、67 页，杨自伍译本，上海文艺出版社 1989 年版。

〔参考书目〕

〔1〕石昌渝. 中国小说源流论. 北京：三联书店，1994.
〔2〕宁宗一. 中国小说学通论. 合肥：安徽教育出版社，1995.

# 第一章
# 中国古代小说的起源

## 第一节 多源共生的早期形态

　　中国古代小说有两大系统,即文言小说系统和白话小说系统。文言小说的成熟期,一般定位于唐代;而白话小说的定型文本,乃是宋元话本。当然,作为一种成熟的文体,小说经过了漫长的酝酿、发生、发展过程。追溯中国小说的源头,可以发现,中国的小说乃是多源共生,或谓之多祖现象:神话传说、寓言故事、史传文学等都深深地影响着中国小说的生成,都可视为中国小说的源头。

　　首先,古代神话传说是古代小说最早的载体。从体裁言,神话传说是散文叙事的形式,是叙事性的文学体裁之一,因而与小说有着天然的关系。小说创作的一个基本原则是虚构,而虚构想象作为人类的特殊思维方式进入文学艺术,最早就表现在神话之中,只不过神话中的虚构因素是非自觉的。对于先民而言,神话就是他们的历史。神话与成熟小说创作质的区别在于,神话是在一种无意识状态下集体创作的;而成熟的小说,则是一种个人性的、自觉的精神创造。古代的神话传说,直接孕育了后世的小说,是小说最早的源头。明代胡应麟称:"《山海经》,古今语怪之祖。"(《少室山房笔丛·四部正讹》)将神话之渊府《山海经》视为后世小说的源头,是很有见地。鲁迅在论小说之源时也称:"探其本根,则亦犹他民族然,在于神话与传说"(《中国小说史略》第二篇)。

　　其次,先秦诸子之书也是古代小说的源头。子书以议论为主,说理论辩十分讲究技巧,从简单的比喻,到多姿的寓言,诸子们运用自如,挥洒自如。寓言中编织的故事,情节生动,形象鲜明,颇具小说特质,故黄震称《庄子》:"固千万世诙谐小说之祖也。"(《黄氏日钞·读诸子·庄子》)胡应麟亦称:"《汲冢琐语》十一篇,当在《庄》、《列》前,束皙传云,诸国梦卜妖怪相书,盖古今小说之祖。"(《少室山房笔丛·四部正讹》)这当然也包括《庄子》、《列子》为小说的意思。与胡应麟生年相近的冯梦龙,则把《韩非子》、《列子》视为小说之源,他在《古今小说叙》中,托名绿天馆主人称:"史统散而小说兴,始乎周季,盛于唐,而浸淫于宋,韩非、列御寇诸人,小说之祖也。"由于冯梦龙不仅着眼于文言小说,且更推重白话小说,所以冯氏在追溯小说之源时更看重《韩非子》、《列子》的寓言故事。

最后，史书中亦孕育着小说的因素。面对着远逝的事件和人物，一部史书究竟在多大程度上反映出历史的真相，是很难确定的。史家们当然强调所谓实录原则，而对史料的取舍，人物的臧否究竟存在多大的随意性，也是不得而知的。并且，虚构想象作为人类的一种思维能力和方法，始终与人类相伴行。因而对于某些历史人物，尤其是历史事件的细节，作出合理的想象是难免的。对此，钱锺书曾有过中肯论述："史家追叙真人真事，每须遥体人情，悬想事势，设身局中，潜心腔内，忖之度之，以揣以摩，庶几入情合理，盖与小说、院本之臆造人物、虚构境地，不尽同而可通。"（《管锥编》第一册《左传正义·杜预序》）"可通者"，指均可在人物心理、事件细节描写上有合理想象；"不尽同者"，指小说可以凭空杜撰，无所顾忌，而历史则必须保证在重大史实上真实可信。凡此种种，使得小说与历史难分难解。晚清人丘炜萲在《客云庐小说话》中称："千古小说祖庭，应归司马。"将小说之源溯于历史，是很有道理的。而且，史传的结构方式、叙事模式乃至修辞传统，都对小说的形成和发展有直接影响。

## 第二节　神话传说与小说

神话是人类处于蒙昧时代的产物，它以古朴的故事形式，表现了初民对大自然、社会现象和人类自身的认识及愿望。马克思曾精当地概括道："任何神话都是用想象和借助想象以征服自然力，支配自然力，把自然力加以形象化。"（《政治经济学批判导言》）神话的主人公通常是神，包括自然神祇和神化了的英雄人物。一般地讲，神化了的英雄人物属于传说的范围，而神话与传说又是很难截然分开的。传说的主人公比神话的主人公更具人格化，成为具有神性的人，或曰神化的英雄，故事也更具现实性。神的观念归根到底是源于当时生产力极其低下的社会现实，人们对自然、社会和人类自身的认识极其有限，无法解释发生在身边的种种现象，于是便幻想冥冥之中有神在主宰着自然和人类。而神化的英雄，往往是初民根据自己的实践经验创造出来的，从而寄托着他们渴望认识世界、征服自然的理想。

中国的神话，在先秦和汉初的文献中非系统地保存了下来，《尚书》、《诗经》、《国语》、《庄子》、《墨子》、《韩非子》、《吕氏春秋》、《楚辞》、《山海经》、《淮南子》等典籍中，都有一鳞半爪。其中《淮南子》是西汉皇族淮南王刘安招募门客编撰的一部以道家思想为主，又杂以孔、墨、申、韩学说的理论著作，但书中也保存了不少神话传说，如中国古代著名的四大神话：女娲补天、共工触山、后羿射日和嫦娥奔月。但总的来说，我国现存古代神话多是一些片段，而不像古希腊文化那样有庞大的神话系统。造成这种状况的根本原因有二：一是由于文人对其不重视，不屑于载述它；二是史家、思想家将其历史化，加之后来的道教利用它，改造它，使之仙化，从而造成中国古代神话的散失。

从现存神话资料看，我国的神话内容丰富多彩。大致有以下几类：

## 一、创世神话

古代典籍中记载了很多反映宇宙万物起源的创世神话，如徐整《三五历纪》记载的盘古开天辟地神话：

> 天地混沌如鸡子，盘古生其中，万八千岁，天地开辟，阳清为天，阴浊为地。盘古在其中，一日九变，神于天，圣于地。天日高一丈，地日厚一丈，盘古日长一丈，如此万八千岁。天数极高，地数极深，盘古极长。后乃有三皇。

盘古不仅分开了天和地，而且还化育了万物。《五运历年纪》载盘古垂死化身：

> 气成风云，声为雷霆。左眼为日，右眼为月，四肢五体为四极五岳，血液为江河，筋脉为地理，肌肉为田土，发髭为星辰，皮毛为草木，齿骨为金石，精髓为珠玉，汗流为雨泽，身之诸虫，因风所感，化为黎甿。

开天辟地的壮举，无疑表现了初民的创造精神；而垂死化生的种种想象，则鲜明地体现着"万物有灵"和"灵魂不死"的原始观念。

## 二、造人神话

初民不但关注宇宙的源起，也思考人类本身的起源，这其中首推女娲神话，《淮南子·览冥训》载：

> 往古之时，四极废，九州裂，天不兼覆，地不周载，火爁炎而不灭，水浩洋而不息，猛兽食颛民，鸷鸟攫老弱。于是女娲炼五色石以补苍天，断鳌足以立四极，杀黑龙以济冀州，积芦灰以止淫水。

此即著名的"女娲补天"神话，正是仰仗女娲的重整宇宙，为人类提供了生存繁衍的空间，先民因而进一步将人类起源的功绩赋予这位宇宙之神：

> 俗说天地开辟，未有人民，女娲抟黄土作人，剧务，力不暇供，乃引绳絙于泥中，举以为人。故富贵者，黄土人也；贫贱凡庸者，絙人也。（《太平御览》卷八十七引《风俗通》）

这一则解释人类产生，且有社会地位差别的神话，显然已夹杂着后来阶级社会的因素。而将补天、造人的不朽功勋赋予一位女性神灵，不仅是作为其产生于母系时代的历史标识，也体露了人类对无私养育、呵护自己的生命之母的本能礼赞。

### 三、洪水神话

洪水、干旱等自然灾害曾直接威胁着先民的生存，因而有不少神话反映了人们同大自然作斗争的壮举。如"后羿射日"即表现了先民向自然灾害作斗争的情形，而"女娲补天"则既反映了远古时代自然灾害对人类的严重威胁，也表现了人类向自然开战的艰苦。

关于洪水的神话，在世界各地都有流传，这无疑是因为洪水灾难给早期人类留下了抹拭不去的记忆，有些学者特称之为洪水神话。《山海经·海内经》载："洪水滔天。鲧窃息壤以堙洪水，不待帝命。帝令祝融杀鲧于羽郊。鲧复（腹）生禹，帝乃命禹卒布土以定九州。"鲧禹两代人治水，可谓前仆后继，鲧用"堙"（堵）的方法，没有成功，禹吸取教训，用疏导的方法终于完成治水大业："古者，沟防不修，水为民害，禹凿龙门，辟伊阙，平治水土，使民得陆处。"（《淮南子·人间训》）

此外，"精卫填海"、"夸父逐日"等神话，也讴歌了初民不懈地与自然抗争的精神；夸父死而化为邓林，女娃死而化作精卫，无疑都是人类顽强生命力的写照。当然，先民对于奇妙的大自然也不乏幻想与探索，著名的"嫦娥奔月"神话，就反映了古人对于大自然的探索精神。

### 四、战争神话

上古之时，人们不但要时刻同大自然作斗争，初民各部落之间也时有纷争，甚至爆发大规模冲突。这种部落间的冲突斗争，也曲折地反映到神话中，如"共工触山"。而此类神话中最著名的当推黄帝战蚩尤的神话。《史记·五帝本纪》载："炎帝欲侵陵诸侯，诸侯咸归轩辕。轩辕乃修德振兵，治五气，艺五种，抚万民，度四方。教熊、罴、貔、貅、䝙、虎，以与炎帝战于阪泉之野，三战然后得其志。"黄帝与炎帝部落冲突的结果，导致炎黄两大部族的融合，从而形成华夏民族。

炎黄部落融合后，黄帝部落与南方的蚩尤部族之间，又发生冲突。《山海经》载："蚩尤作兵伐黄帝，黄帝乃令应龙攻之冀州之野。应龙蓄水。蚩尤请风伯、雨师纵大风雨。黄帝乃下天女曰魃，雨止，遂杀蚩尤。"黄帝正是在对外抗御和其他方面的功绩，从而成为中华民族的始祖而受到后人敬仰。

### 五、发明创造神话

古代神话中还有一些反映发明创造的神话。在漫长而严酷的社会实践中，人类学会了使用火，学会了栽种植物、驯养家畜、造车盖房，并发明了文字。初民们把这些伟大的发明创造，都归之于某一文化英雄。如远古燧人氏教人钻木取火，神农教人播种五谷，女娲作笙簧，后羿发明弓箭，仓颉造字，等等。

这显示出自然神被人类自己的神所取代的趋势，标志着人类自身主体性的突出。这种变化，无疑是社会发展进步的结果。

神话传说是后世小说的最初渊源，它的非自觉虚构方式，瑰丽奇特的想象力，给后世文学以巨大的启迪。魏晋南北朝志怪小说中的鬼神怪异之谈，唐传奇中的精魅故事，话本小说中光怪陆离的神异幻相，乃至神魔小说中的神奇世界，无不受到上古神话灵感的启发。而且，神话传说给后世文学提供了取之不尽的素材。如《汉武帝内传》中西王母会见汉武帝故事，显系从《穆天子传》中"周穆王宾于西王母"的神话生发而来；唐代小说《古岳渎经》中淮涡水神故事，乃是由《山海经》中禹锁淮河水兽无支祁的神话演绎而成。而明清时期的神魔小说，无一不托于神话。更重要的，神话原型作为历史文化的积淀，总是自觉或不自觉地影响着后世作家的创作。

## 第三节　寓言故事与小说

春秋战国是中国社会发生历史性变革的时代。诸侯争霸，百家争鸣，从而形成意识形态领域众多的流派。《汉书·艺文志》列儒、道、阴阳、法、名、墨、纵横、杂、农、小说十家，而尤以儒、道、法、墨诸家为显。各家为了阐述自己的主张，纷纷著书立说。为了达到论辩说理的目的，诸子们在论说中往往非常讲究技巧，运用一些寓言故事以说明道理。"寓言"一词，最早见于《庄子·寓言》，"寓"乃寄托之意，所谓"寓真于诞，寓实于玄"（刘熙载《艺概·文概》）。子书中的寓言故事往往带有强烈的虚构和夸张色彩，它叙写一些生动活泼的小故事，而又于故事之外，隐含另一层更深刻的思想。

寓言这一形式，较早出现于《孟子》之中。如众所周知的"揠苗助长"，借一个不按客观规律办事的人拔苗助长以致苗枯禾槁的故事，说明养浩然之气也要遵循规律而行，欲速则不达。再如"齐人乞墦"：

> 齐人有一妻一妾而处室者，其良人出，则必餍酒肉而后反。其妻问所与饮食者，则尽富贵也。其妻告其妾曰："良人出，则必餍酒肉而后反；问其与饮食者，尽富贵也，而未尝有显者来，吾将瞷良人之所之也。"蚤起，施从良人之所之，遍国中无与立谈者。卒之东郭墦间之祭者，乞其余；不足，又顾而之他，此其为餍足之道也。其妻归，告其妾曰："良人者，所仰望而终身也。今若此。"与其妾讪其良人，而相泣于中庭。而良人未之知也，施施从外来，骄其妻妾。
>
> 由君子观之，则人之所以求富贵利达者，其妻妾不羞也，而不相泣者，几希矣。

以齐人乞食墦间，归而骄其妻妾的故事，讥讽了当时忙于钻营的利禄之徒的无耻；故事让齐人自我展示其丑态，暴露其龌龊心理，又从其妻妾的视角，将这一丑剧作了淋漓尽致的张扬。这则寓言仅二百字，情节生动，一波三折；刻画人物入木三分，颇似后来的讽刺小说。从总体上看，《孟子》中的寓言，多密切融合于议论之中，是作为阐明观点的论据而出现的。

庄子是先秦的寓言大师，"其著书十万余言，大抵率寓言也。"（《史记·老子韩非列传》）《庄子》中的寓言，丰富多姿：一种情况是将寓言融合于行文议论之中，如《孟子》中常用的方式；而更有特色的是，有些文章整篇由寓言组合而成，并不直接阐明某一观点，内中却包含极深刻的思想。其寓言或借动物，如井蛙、海鳖、鸱鸮、多足兽等，或借神话中的神灵，如河伯、山神、云神等，通过它们的对话与活动，来展现其哲学思想。《庄子》中的动物或神灵，往往言行毕肖，形象鲜明，这种虚构故事以传达思想感情的方式，无疑对后世小说有启迪作用。

《韩非子》中的寓言，荒诞色彩大减，寓言所寄寓的思想更富于现实政治因素。如"守株待兔"就尖锐地嘲讽了儒家复古倒退的行为；"郑人买履"则讥笑了那些不肯正视现实、墨守成规的人。作者用简洁的语言文字，勾画出鲜明的人物个性，对后来小说摹写人物，具有借鉴意义。

此外，《吕氏春秋》中也蕴涵着丰富多彩的寓言故事。而秦以后的著作，如西汉刘向《说苑》、《新序》等，以及晋人杂采前人之书而成的《列子》中，也保存了一些先秦的寓言故事。这些寓言故事情节曲折，人物性格鲜明，颇具小说意味。对于中国小说的形成，无疑具有直接影响。

先秦寓言有的是作家独立创作的，有的则是当时流行的故事，被作家引入文中（故出现同一寓言见于多书而繁简有别的现象）；不少先秦寓言故事可上溯到远古民间口头创作——它的拟人化、夸张手法的表现形式，同远古神话传说一脉相承。这些寓言富于想象力，在虚构的故事中寓有深刻的含义，为后世小说创作提供了丰厚的艺术经验。寓言的讽刺艺术，直接影响着后世的讽刺小说。同时，一些寓言故事也成为后世小说题材的来源，如魏晋志人小说《笑林》、《郭子》里就有采自《韩非子》的一些寓言。六朝志怪小说也往往根据《庄子》、《列子》诸书中的寓言故事敷衍成篇，如《搜神记》中苟巨伯遇鬼杀二孙的故事，即从《吕氏春秋·疑似》中黎丘丈人遇鬼杀子的故事演化而来。

## 第四节　史传文学与小说

小说作为叙事性文学，与史传有着天然联系。先秦两汉的史传文学，无论其内容、结构、叙事方式还是修辞方式，都对古代小说的形成与发展有着重要影响。

先秦历史散文中，《左传》、《战国策》是有较高文学价值的著作。《左传》以《春秋》为纲，较详细地记叙了起于鲁隐公元年（前722），止于鲁悼公十四年（前454）的春秋时期各诸侯国的政治、军事、外交、经济活动。《左传》用历史事实解释《春秋》，表现了出色的叙事技巧。《左传》叙事，往往富于故事性、戏剧性，有紧张而动人心弦的故事情节，而非平铺直叙。如僖公二十三四年写重耳出奔及返国的经历，其中别隗、过卫、醉遣、窥浴等情节，极富戏剧意味。又如写晋灵公与赵盾的斗争，其中鉏麑行刺、提弥明搏獒二节，尤为变化莫测，动人心弦。《左传》描写战事，向来为人称道，作者写战争往往并不单纯写军事行动，而更多地着眼于政治，叙述战斗过程则又生动曲折，如崤之战的叙写等。《左传》的叙事技巧，对后世长篇小说，尤其是历史演义小说，有着直接影响。

《战国策》属于国别体历史著作，所记历史继《春秋》以后，"迄楚汉之起，二百四十五年间之事"（刘向《战国策书录》），较详细地记叙了战国时期各国的政治、军事、外交等活动，尤其是谋臣策士的游说与议论。《战国策》长于说事，描写人物形象生动逼真。如写苏秦说秦不行及相赵归家后两番迥然不同的境况，透出庸俗的世态炎凉；对其妻嫂父母等人的描写，虽仅只言片语，人物灵魂之卑之小，跃然纸上。再如荆轲刺秦王故事，生动地刻画出一个侠义英雄的形象，尤其是易水送别一节，通过烘云托月的表现方法，在慷慨激昂中凸显出荆轲怒发冲冠、沉毅勇敢的壮士风采。《战国策》塑造人物的技法，为后世小说提供了有益的借鉴。

历史散文发展到西汉达到了光辉的高峰，其标志就是司马迁的《史记》。这部"通古今之变，成一家之言"的巨著，不仅是我国史学的经典著作，也是我国叙事文学史上的里程碑。《史记》开创了我国的传记文学，其叙写历史事件、摹写历史人物的卓越技巧，不仅为后世史家，也为后世小说家提供了可资借鉴的范本。司马迁写人，往往通过扣人心弦的故事情节来表现人物的性格，揭示人物的命运。如《项羽本纪》中的鸿门宴是关系刘邦和项羽两大集团命运的枢纽，双方主要人物都在这一关键时刻登上历史舞台亮相；在这场扑朔迷离的角逐中，刘邦、张良、樊哙、项羽、范增、项庄、项伯等各自的内心世界被展露得毫发不爽；尤其是刘邦的懦弱而机智，项羽的直率而寡谋，既是当前性格的展现，也是后来各自命运结局的预设。司马迁还善于运用细节描写，以个性化的语言来展现人物的内心世界，如《酷吏列传》写酷吏张汤，选取了张汤儿时劾鼠掠治的细节，生动地写出了张汤残酷的性格。言为心声，不同的话语，标志着不同的个性，如项羽和刘邦都曾见过秦始皇巡游，项羽说，"彼可取而代也"（《项羽本纪》），其强悍率直的个性一语道出；而刘邦则说："嗟乎，大丈夫当如此也！"（《高祖本纪》）刘邦决非不想当皇帝，但他艳羡的口气是何其委婉曲折！其贪婪多欲而又善权变的性格得到极好的表现。总之，司马迁以其对历史的高度概括力、卓越的见识，调动一切叙事技巧，展现了纷纭多变的历史人物和广阔的社会生活画面，为后世史学和文学提供了有益借鉴。唐传奇便多取人物传记的形式，乃至《聊斋志异》依然没有摆脱《史记》的叙述模式，很多作品先叙人名地点时间，次叙故事之发生发展结局，最后作者议论评价。白话小说也多汲取《史记》的营养，采用纪传体写法，如《水浒传》前70回，基本上是纪传体结构，作者似乎是分别给人物写传：鲁智深、林冲、杨志、晁盖、宋江、武松，等等，《史记》的影响是显而易见的。而无论是文言还是白话小说，叙事的技巧、写人的方法，更是追踵《史记》，这也是后来人们动辄将小说与其攀附、比较的重要原因。

此外，班固的《汉书》也是一部重要的历史著作。《汉书》重规矩绳墨，行文谨严有法；尤其是笔法精密，于平铺直叙中寓褒贬示吉凶的叙述，对后来的小说作家有一定影响。而产生于东汉的另外两部作品《吴越春秋》和《越绝书》，以其史实、传闻、虚构杂糅于一体的态势，为后世小说指出一路。赵晔的《吴越春秋》今存本十卷，记叙了春秋末期吴越两国争霸的历史；其内容较之《左传》、《国语》、《史记》已明显增益了许多，而其中不乏虚构想象的成分。袁康的《越绝书》也记述春秋末吴越争霸的史实，而内容已不拘于历史故实，夸张虚妄的成分比《吴越春秋》更多，民间传说大增，小说意味更浓。

**〔参考书目〕**

〔1〕杨义. 中国古典小说史论. 北京：中国社会科学出版社，1995.
〔2〕鲁迅. 中国小说史略. 北京：人民文学出版社，1973.

# 第二章
# 先秦两汉时期的准小说

## 第一节　后人著录的先秦小说

先秦两汉时期，神话传说的张扬神异、诸子寓言的设事寓理、史传笔法的叙事技巧，正是这些颇富小说因子的文学积累，催生了一批小说成分浓厚的"准小说"。

后人将先秦典籍列入小说家类的，大致有12种：《汉书·艺文志》著录9种，其他著作著录3种。

### 一、《汉书·艺文志》著录的先秦小说

《汉书·艺文志》著录小说十五家，系按时序编排的，其前九家一般认为当是先秦之作。[1]九种中，梁时尚存《青史子》一卷，至隋已片简无存。从今人所辑佚文及班固注文来看，《伊尹说》记伊尹为庖说汤之至味，《鬻子说》申说治国理民之术，《周考》考证周朝史实，《青史子》阐说胎教礼仪，《师旷》写晋国乐师师旷杂占阴阳事，《宋子》发明黄老之说，《务成子》托名虞舜老师务成昭与唐尧问答，《黄帝说》汇集有关黄帝传说，皆是零碎短小之言，不足称小说。如被认为当出自《黄帝说》的佚文：

泰帝使素女鼓瑟而悲，帝禁不止，故破其瑟为二十五弦。

上古之时，有荼与、郁垒昆弟二人，性能执鬼。度朔山上有桃树，二人坐树下，简阅百鬼。无道理妄为人祸害，荼与、郁垒缚以苇索，执以食虎。[2]

素女鼓瑟、执鬼食虎，《山海经》中也有相关记录，后世流传甚广。班固注文谓《黄帝说》"迂诞依托"，所言当是指这类荒诞怪异的故事。

九家之作中目前保存甚为完整的佚文是出自《吕氏春秋·本味》篇转录的《伊尹说》：

有侁氏女子采桑，得婴儿于空桑之中，献之其君。其君令烰人养之。察其所以然，曰："其母居伊水之上，孕，梦有神告之曰：'臼出水而东走，毋顾。'明日，视臼出水，告其邻，东走十里，而顾其邑尽为水，身因化为空桑。"故命之曰伊尹。此伊尹生空桑之故也。长而贤。汤闻伊尹，使

人请之有侁氏。有侁氏不可。伊尹亦欲归汤。汤于是请取妇为婚。有侁氏喜,以伊尹为媵送女。……

汤得伊尹,祓之于庙,爝以爟火,衅以牺猳。明日,设朝而见之,说汤以至味,汤曰:"可对而为乎?"对曰:"君之国小,不足以具之,为天子然后可具。夫三群之虫,水居者腥,肉玃者臊,草食者膻,臭恶犹美,皆有所以。凡味之本,水最为始。五味三材,九沸九变,火为之纪。时疾时徐,灭腥去臊除膻,必以其胜,无失其理。……非先为天子,不可得而具。天子不可强为,必先知道。道者止彼在己,己成而天子成,天子成则至味具。故审近所以知远也,成己所以成人也。圣人之道要矣,岂越越多业哉!"[3]

文之开头"伊尹生空桑"的传说,和"简狄吞玄鸟之卵而生契"之类的神话颇相类,并带有洪荒时代的记忆。后文"说汤以至味",以烹调术与"圣王之道"相比附,铺陈华词,夸饰异物,显系战国游士说客风气的遗留。故有学者认为由这篇佚文"不难窥见最早小说出入于民间口头传说和士人风习,兼容着神话和子书的互体形态了"[4]。

汉志所著录的这九家小说,与我们今天的小说观念相去甚远,然与汉人对小说文体的认识却是颇相符的:"合丛残小语,近取譬论,以作短书,治身理家,有可观之词。"(桓谭《新论》)尽管我们今天已无法窥知其全貌,但我们必须承认,正是这些"丛残小语"的片段记录,开启了中国小说文体大门的门钥。

## 二、其他著作著录的三种先秦小说

清代《四库全书总目》等还著录了三种先秦小说:《山海经》、《穆天子传》、《汲冢琐语》。

### (一)《山海经》

《山海经》今传本18卷,包括《山经》5卷,《海经》8卷,《荒经》以下5卷。汉刘秀(歆)《上山海经表》谓"出于唐虞之际"大禹和伯益之手,但据后人考证,这部书可能由巫觋、方士根据当时流传材料编撰而成,大约成书于战国初年至汉初。

《山海经》内容庞杂,不只记有"古之地志,载方域、山川、风物、物产"(《四库全书总目·史部地理类序》),还包括不少神话、历史、民族、天文、医药、宗教等多方面的资料。或正因此,古代诸多史籍或将其归于数术类,或隶属于史部地理类,至明人胡应麟始从小说角度将之评为"古今语怪之祖"(《少室山房笔丛·四部正讹下》),而《四库全书总目》则将其改隶子部小说家类,列于"记录异闻"之首。

从小说角度而言,《山海经》中最具价值的是其所录载的大量神话,诸如夸父逐日、鲧禹治水、黄帝擒蚩尤、共工、帝俊、精卫填海、西王母等，许多故事为后来小说所吸收并加以改造，其中最突出的当是西王母故事：

> 玉山，是西王母所居也。西王母其状如人，豹尾虎齿而善啸，蓬发戴胜，是司天之厉及五残。（《西山经》）

这位西王母人面兽身，狰狞可怖，尚未脱去原始蛮荒时代的强悍野性。《穆天子传》或许是由其名中的"母"字，而将其想象为"天帝之女"，是西方路上热情好客的殊方女主；到了《淮南子》的神话世界中，由其"司天之厉及五残"的神权职司，拥有不死之药也自在情理之中，并附会上后羿辛苦讨得却又被其妻嫦娥偷吃而奔月的故事；《汉武故事》中，西王母已正式成为女仙之首。西王母形象在后世小说中屡屡闪现并日渐文明化，而其源头则是《山海经》中这类粗陈梗概的点滴记录，可以说，正是《山海经》中类似"西王母"的神话片断，开启并生发了后世作家无尽的想象力。

《山海经》中的神话传说虽多为简短的片段，然简略却不荒疏，不少故事的叙述甚至颇为精致，如"精卫填海"：

> 发鸠之山，其上多柘木，有鸟焉，其状如乌，文首，白喙，赤足，名曰精卫。其鸣自詨，是炎帝之少女，名曰女娃。女娃游于东海，溺而不返，故为精卫。常衔西山之木石，以堙于东海。（《北山经》）

"其鸣自詨"的温婉小鸟，却是炎帝之女不死精魂所化，西山东海的漫长跨越，微木沧海的不均衡比对，强烈地凸现出精卫之鸟不屈的复仇意志。而这种借助小与大极不对称的比对生发读者无尽想象空间的手法，对后世作家叙事技巧的影响更是悠长而深远，如《西游记》中灵石所产之猴，从东胜神洲到南瞻部洲再到西牛贺洲的漫长求师旅程，在娇小灵猴与东南西三洲四海的不对称的比对中，让人惊叹灵猴求师意志的坚决和真诚。

《山海经》让众多神怪精灵飘忽于山川湖海之中，并以地理方位为统系之线，这种结构方式和"侈谈神怪"的叙事追求，直接催生了后世诸多地理博物类的志怪小说，诸如相传为东方朔所作的《神异经》、《十洲记》以及明清时期的《西游记》、《镜花缘》，从中均不难感受到《山海经》的叙事笔意。

**（二）《穆天子传》**

《穆天子传》，初名《周王游行》[5]，西晋咸宁五年（279）发现于汲郡汲县魏襄王墓（据《晋书·武帝纪》）。魏襄王卒于公元前296年，距秦统一77年，此书为先秦古籍当无疑问。原本五卷，晋人整理时，将同时出土的"杂书"十五篇中《周穆王美人盛姬死事》一篇并入，成为六卷。

这部用战国蝌蚪文书于竹简的六卷之作，以干支排日形式叙述了公元前9世纪周穆王率六师、驾八骏巡游四海的盛况和殊方异域的见闻。尽管后世诸多史籍将《穆天子传》著录于史部起居注或实录类，然书中所记多"夸言寡实"，难称信史，故四库馆臣以其"恍惚无征"而列于子部小说家类。

《穆天子传》"夸言寡实"，首先表现在对周穆王形象的塑造上。周穆王为西周第五代天子，姓姬名满，关于其西征事，先秦典籍中亦有录述，如《左传》昭公十二年楚子革说："昔穆王欲肆其心，周行天下，将皆必有车辙马迹焉。祭公谋父作《祈招》之诗，以止王心，王是以获没于祇宫。"《楚辞·天问》云："穆王巧梅，夫何为周流？环理天下，夫何索求？"可见，历史上的周穆王是一个喜好游乐的肆欲之君，其西征之旅曾招致臣属的反对。《穆天子传》则不同，穆王西征途中，以白狐玄貉"祭于河宗"，使得其西巡之举颇有些受命于天之意了。身边臣属对穆王西行不仅未加阻止，反而大加歌颂，甚至当穆王自己都感觉未免肆欲失德时："於乎！予一人不盈于德，而辨于乐，后世亦追数吾过乎？"七萃之士却劝慰说："农工既得，男女衣食，百姓珤（宝）富，官人执事……何谋于乐？何意之忘？与民共利，世以为常也。"不仅如此，作品还对穆王从道德上予以美化，当"北风雨雪，有冻人"时，"天子作诗三章以哀民"。至于因宠妃盛姬的夭逝而"永念伤心"，也可见出其性情的另一侧面。正是这种种夸饰渲染之笔，将一个"欲肆其心"的纵欲之君，一变而为顺乎天意、关心民瘼、能思己过、有情有义的"圣明天子"。对历史人物予以文学化、审美化的改造，后世的小说家并不陌生，而其源头则是《穆天子传》。

《穆天子传》中最富文学色彩的片断，当数卷三记穆王登昆仑山，于瑶池会西王母的记述：

乙丑，天子觞西王母于瑶池之上，西王母为天子谣曰："白云在天，山陵自出。道里悠远，山川间之。将子无死，尚能复来。"天子答之曰："予归东土，和治诸夏。万民平均，吾顾见汝。比及三年，将复而野。"西王母又为天子吟曰："徂彼西土，爰居其野。虎豹为群，于鹊与处。嘉命不迁，我惟帝女。彼何世民，又将去子。吹笙鼓簧，中心翔翔。世民之子，唯天之望。"天子遂驱升于弇山，乃纪名迹于弇山之石，而树之槐，眉曰"西王母之山"。

这里的西王母，与《山海经》中"豹尾虎齿"的半兽半人形象已然大异其趣，而其与穆王的对歌，文静有礼，富于人情味。"白云"六句，瑰伟雄奇，涵盖天地，是对穆王西征的热情礼赞；"徂彼"以下十二句，出语雄阔而情意缠绵，似有与穆王惜别之痛。而"穆王东夏之吟仅二十余字，敦大鸿远，居然万乘气象，自虞氏《卿云》之后未见若斯者也"（胡应麟《少室山房笔丛·三坟补逸下》）至于叙事中夹进诗赋，这种叙事笔法在后世小说家笔下已是司空见惯了。

穆王与西王母的瑶池之会，其实尚算不得"夸言"，但确实比早期简朴叙事之笔多了一分诗意。书中真正颇富"夸言"之笔的，是那些被作者有意放大了的人与事，诸如一日"驱驰千里"（卷四）的神速，"生搏虎以献天子"（卷五）的猛士，尤其是对穆王巡游的规模、内容、风貌的宏伟设计，更是极尽铺张幻设之能事：周穆王以万方之尊，统六师之众（七万五千人），携带大批宝物，君临众多邦族，迈越昆仑，宾见王母，最终到达"西北大旷原"，"大畋九日"，"载羽百车"，又浩浩荡荡，辟新路而归，历时将近两年，行程三万五千，单是接受外域贡献的牲畜就多达三十六万七千四百二十头。这在尚无丝绸之路的西周中期，显然是超越了其时自然条件和社会条件局限的，可说是作者借穆王巡游本事而驰骋想象的浪漫之旅。

**（三）《汲冢琐语》**

《汲冢琐语》因与《穆天子传》同出汲冢而得名，本名《琐语》；系用战国蝌蚪文字写成，故又称《古文琐语》。是书出土时共11篇，至南宋时已全部亡佚。佚文散见于《水经注》、《艺文类聚》、《太平御览》等书，清代洪颐煊《经典集林》、严可均《全上古三代文》、马国翰《玉函山房辑佚书》、王仁俊《玉函山房辑佚书续编》等均有辑佚，共得佚文凡20余则。

《晋书·束皙传》云："《琐语》十一篇，诸国卜梦妖怪相书也。"既云"诸国"，想来是书编排颇类于《国语》，分国纪事。书中纪事上起尧舜，下迄赵襄子，成书或当在战国初。因书中所记，多是"卜梦妖怪"，胡应麟《少室山房笔丛·九流绪论》推其为"古今纪异之祖"。

从现存佚文看，《琐语》所记"卜梦妖怪"，多是借种种怪异现象以表明吉凶祸福皆有先兆，带有浓厚的先秦巫风气息，与后世记写鬼魅精灵的志怪小说颇为有别。如"范献子卜猎"叙范献子猎前占卜，卜辞谓"君子得鼋，小人遗冠"，范献子果猎而无获且失豹冠。《琐语》中还有一些历史传闻，然不少于史无征，如谓舜囚尧而取帝位、伊尹放太甲而自立，等等，当是采自民间传闻。

《琐语》叙事，恰如其书名所示，系琐屑之语，亦即后来桓谭所说的"丛残小语"，多是篇幅短小之作，然简短叙事中，亦不乏传神之笔。如"刑史子臣"条：

> 初，刑史子臣谓宋景公曰："从今以往五祀日，臣死。自臣死后五年，五月丁亥，吴亡。以后五祀，八月辛巳，君薨。"刑史子臣至死日，朝见景公，夕而死。后吴亡，景公惧，思刑史子臣之言，将死日，乃逃于瓜圃，遂死焉。求得，已虫矣。

刑史子臣的预言兑现，甚是奇异；宋景公的惧死之状，寥寥数语而形象毕现，笔致生动。

总之，《琐语》故事短小精悍，笔致生动传神，已颇富小说意味了。所以鲁迅说它"甚似小说"（《中国小说史略》第二篇《神话与传说》），陈梦家也推许为"小说之滥觞"[6]。西晋托名东方朔的《琐语》，南朝梁顾协所撰《琐语》，皆仿其名之作。而干宝著《搜神记》，将汲冢古书"藉为师范"（刘知几《史通·申左篇》），于《琐语》必有所借鉴。故《琐语》一书，虽已难窥全貌，然其对后世小说所产生的作用和影响，不容低估。

## 第二节　两汉小说述略

两汉时期，《史记》、《汉书》等史传散文的发达，枚乘、司马相如等对赋体文学的开掘，前者虽实录叙事然不避虚构，后者铺陈华辞且多幻设之文，而由这诸多文体构成的文学土壤，对在先秦文学中已多所表现的虚构叙事的小说，其培植孕育作用自不待言。尽管曾有秦火之灾，然并未波及阴阳五行方术之作，故两汉时期天人合一之论、张扬神秘之谶纬学说得以流行，并在一定程度上迎合了帝王阶层长生不老的神仙之念。文学土壤的培植，神秘学说的流播，帝王好神仙的刺激，正是这诸多因素，不仅使得"小说"这一文体观念逐渐获得正统文人的肯定，且带来种种"小说"的应运而生。这诸多汉人眼中的"小说"今天已多散佚，我们只能从一些存世佚文及后人对其书名的考证中去领略汉人小说的叙事追求。

### 一、《汉书·艺文志》著录的两汉小说

《汉书·艺文志》所著录的十五家小说，除前已引述可能出自先秦之作的九篇外，其余六家共1 133篇，当可肯定皆是汉时之作。六家之作早已亡佚，综合后人考证之论，大致可知：

《封禅方说》可能是记录当时儒生和方士谈论封禅仪式方面的文字。方，即方术。

《待诏臣饶心术》，据唐颜师古注引刘向《别录》云："饶，齐人也，不知其姓，武帝时待诏，作书名曰《心术》也。"而《管子》中有《心术》篇，当为曾于齐稷下讲学的宋子遗著，饶或许是宋子后学，《心术》内容也当与《管子》中的《心术》篇相近。

《待诏臣安成未央术》，应劭注云："道家也，好养生事，为未央之术。"所谓未央术，系道家房中养生术之一种。

《臣寿周纪》，内容形式均不可考，清人姚振宗《汉书艺文志条理》怀疑其或许与《周考》相类，"大抵亦纪周代琐事，同为街谈巷语之流欤？"

《虞初周说》，应劭认为"其说以《周书》为本"，而在晋唐人所引《周书》中，有三篇佚文，不类《逸周书》，疑或出于《虞初周说》，三文分别是：

　　汤山，神荨收居之。是山也，西望日之所入，其气员，神红光之所司也。（见《太平御览》卷三）

　　天狗所止地尽倾，余光烛天为流星。长数十丈，其疾如风，其声如雷，其光如电。（《山海经》卷十六郭璞注引）

> 穆王田有黑鸟若鸠，翩飞而跱于衡，御者毙之以策，马佚，不克止之，踬于乘，伤帝左股。(《昭明文选》卷十四李善注引)

三文所言皆祯祥怪异，与《山海经》、《穆天子传》颇相类，和虞初的"以方士侍郎号黄车使者"的身份是相符的。是则《虞初周说》当是方士"务为迂怪以惑主心"(胡应麟《少室山房笔丛·九流绪论》)的张扬医巫厌祝之作。

《百家》，刘向《说苑·叙录》曾提及此书，言其系汇集诸子百家中"浅薄不中义理"之作而成。《风俗通义》中引有两条佚文：

> 公输般之水，见蠡曰："见汝形。"蠡适出头。般以足画图之。蠡引闭其户，终不可得开。般遂施之门户，云："人闭藏如是，故周密矣。"

> 宋城门失火，因汲取池中水以沃灌之。池中空竭，鱼悉露死。喻恶之滋，并中伤良谨也。

所记故事，虽无当于儒家义理，然亦足为法戒。而简短篇制，正合汉人"小说"之论。

总之，上所述六家之作，和《汉书·艺文志》著录的先秦九家大致相近，"大抵或托古人，或记古事，托人者似子而浅薄，记事者近史而悠缪"(鲁迅《中国小说史略·史家对于小说之著录与论述》)。

## 二、后人著录的两汉小说

汉代以后人著录的两汉小说，因采择者所据材料的差异，不少作品是否汉人之作争论甚大，其中学界多认定为汉人之作并存世的，主要有以下8种：

**后人著录的汉代小说表一（存世之作）**

| 小说名 | 作者 | 卷数 | 最早著录者 |
|---|---|---|---|
| 燕丹子[7] | 无撰人 | 1 | 《隋书·经籍志》 |
| 汉武故事[8] | 无撰人 | 2 | 《隋书·经籍志》 |
| 汉武帝内传[9] | 无撰人 | 3 | 《隋书·经籍志》 |
| 汉武洞冥记[10] | 郭宪 | 4 | 《隋书·经籍志》 |
| 列仙传[11] | 刘向 | 2 | 《隋书·经籍志》 |
| 飞燕外传[12] | 伶玄 | 1 | 晁公武《郡斋读书志》 |
| 神异经[13] | 旧题东方朔撰 | 1 | 陈振孙《直斋书录解题》 |
| 十洲记 | 旧题东方朔撰 | 1 | 陈振孙《直斋书录解题》 |

原书已佚，难窥全貌，后人史志中曾有著录并为多数学者认定为汉人之作的，主要有以下7种：

**后人著录的汉代小说表二（亡佚之作）**

| 小说名 | 作者 | 卷数 | 著录者 |
|---|---|---|---|
| 方士传[14] | 无撰人 | 无卷数 | 清姚振宗《〈汉书·艺文志〉拾补》 |
| 讥俗书[15] | 王充 | 12 | 清姚振宗《〈后汉书·艺文志〉拾补》 |
| 郭林宗著书[16] | 郭泰 | 1 | 清姚振宗《〈后汉书·艺文志〉拾补》 |
| 月旦评[17] | 许劭 | 无卷数 | 清姚振宗《〈后汉书·艺文志〉拾补》 |
| 异闻记[18] | 陈寔 | 无卷数 | 清姚振宗《〈后汉书·艺文志〉拾补》 |
| 东方朔别传[19] | 无撰人 | 8 | 《隋书·经籍志》 |
| 蜀王本纪[20] | 杨雄 | 1 | 《隋书·经籍志》 |

还有一些作品，历代史书未见著录，但从其佚文可知为汉代之作的，主要有《括地图》[21]、《徐偃王志》[22]、《神仙传》[23]等。

此外，清人姚振宗《〈汉书·艺文志〉拾补》中还著录有《汉武帝禁中起居注》[24]、《李陵别传》[25]，二书均佚，系后人伪托之作；另有陆贾《南越纪行》、许博昌《六博经》、无名氏《上林禽兽簿》、《上林草木名》，从书名即知非小说，且佚失不存。清人顾櫰三《补后汉书艺文志》著录有郭宪《丽娟传》、《东方朔传》和梁宽《庞娥亲传》，曾朴《补后汉书艺文志并考证》著录有张道陵《峨眉山神异记》等，诸书多佚失不存，是否汉人之作难以考知。

上所述 20 余家汉人小说，按其所写内容及写法，大致可分为三类：一是杂史杂传，这类作品承袭先秦《穆天子传》之遗绪而又有所发展，上举作品中的《燕丹子》、《汉武故事》、《汉武帝内传》、《飞燕外传》、《列仙传》、《蜀王本纪》等，皆可归入这一类型。二是人物轶事，如《月旦评》、《郭林宗著书》等，记写那些逸出正统史家视角之外的人物轶事，开后世"世说"体笔记小说之先河。三是博物志怪类，如《神异经》、《十洲记》、《异闻记》、《括地图》等，张扬神怪而又系以方域，带有《山海经》的叙事笔意。三种类型中，杂史杂传型小说在两汉小说中所占比重最大，又以《燕丹子》最具代表性，本书重点加以介绍。

## 三、"古今小说杂传之祖"《燕丹子》

记写历史上曾经实有过的人物和事件，然却不避已被民间视野变形了的委巷之说，迂怪之谈，"传闻而欲伟其事，录远而欲详其迹"（刘勰《文心雕龙·史传》），这类在正统史家眼中"朱紫不别，秽莫大焉"（刘知几《史通·采撰》）的率尔之作，《隋书·经籍志》将其别列为"杂史"、"杂传"类。对"杂史"、"杂传"之别，明人焦竑《国史经籍志》传记类"序"云："杂史、传记皆野史之流，然二者体裁自异。杂史，纪志编年之属也，纪一代或一时之事；传记，列传之属也，纪一人之事。"即以编年体或纪传体的史书体制，记录民间传闻中的历史事件和人物，这类作品，既"非史策之正"（《隋书·经籍志》），但也与记写"街谈巷语"的尺寸短书"小说"有别，所以别谓之"杂史杂传"。

两汉时期，史传文学发达，"各记闻见，以备遗忘"的补正史之阙的文人意绪，使得所记"大抵皆帝王之事"而又"迂怪妄诞，真虚莫测"（《隋书·经籍志》）的杂史杂传之作风行一时。其中《燕丹子》被胡应麟誉为"古今小说杂传之祖"（《少室山房笔丛·四部正讹》），在两汉小说乃至中国古代小说史上，具有重要地位。

**（一）史家之笔与小说家言**

《燕丹子》所叙为秦王嬴政二十年（公元前227）荆轲刺秦事，司马迁《史记·刺客列传》对此也有详细记载，然两者所记却颇多不同，后人也多由此探求两者之关系，以求证《燕丹子》的成书年代。其中最突出的观点便是认为《史记》是对《燕丹子》的删削，《文献通考·经籍考》引《周氏涉笔》谓：

> 燕丹荆轲事既卓诡，传记所载亦甚崛奇。今观《燕丹子》三篇，与《史记》所载皆相合，似是《史记》事本也。然乌头白、马生角、机桥不发，《史记》则以怪诞削之；进金掷龟、脍千里马肝、截美人手，《史记》则以过当削之；听琴姬得隐语，《史记》则以征所闻削之。司马迁不独文字雄深，至于识见高明，超出战国以后。其书芟削百家诬谬，亦岂可胜计哉！

据此认为《史记》系删削《燕丹子》而成，理由似乎很充分。更何况司马迁在《史记·刺客列传》文末对此还有交代：

> 太史公曰：世言荆轲，其称太子丹之命，"天雨粟，马生角"也，大过。又言荆轲伤秦王，皆非也。始公孙季功、董生与夏无且游，具知其事，为余道之如是。自曹沫至荆轲五人，此其义或成或不成，然其立意较然，不欺其志，名垂后世，岂妄也哉！

其实这段话只是太史公交代自己搜集荆轲传闻时凡不实之笔皆不录的史家求实原则，并未说所据材料系得自《燕丹子》，而太子丹逃归一事，《燕丹子》的描述是：

> 燕太子丹质于秦，秦王遇之无礼。不得意，欲求归。秦王不听，谬言曰："令乌白头，马生角，乃可许耳。"丹仰天叹，乌即白头，马生角。秦王不得已而遣之，为机发之桥，欲陷丹。丹过之，桥为不发。夜到关，关门未开。丹为鸡鸣，众鸡皆鸣，遂得逃归。

并无太史公所言之"天雨粟"。既然要删削之，为何把《燕丹子》中的"乌白头，马生角"改成"天雨粟，马生角"？还有一个问题也是删削说未曾注意的，如《史记》中记荆轲入燕前的经历，太子丹得徐夫人匕首，这些情节却是《燕丹子》中所无的。

可见司马迁所据材料和《燕丹子》是不一样的，两书应无承袭关系。实际上，由于两书的叙事目标不同，各自所依据采录的材料系统也必然有别。《史记》征实，所据材料均是可信之词，对"世言"即民间传说的失实之语概予不录；《燕丹子》系"小说家言"，故不避"怪诞"之笔，"过当"之言，举凡民间传闻异词，多所录入。如上所举太子丹鸡鸣出关事，与孟尝君逃秦出关客为鸡鸣（参见《史记·孟尝君列传》）何其相似乃尔！这显然是鸡鸣出关之类的传说在秦汉民间盛行而发生变形涂染的结果。

**（二）怪诞笔墨与悲剧意蕴**

从史家征实负担解脱出来的《燕丹子》，所记自"多鄙诞不可信"（《四库提要》）之词，然若细加研读，书中"不可信"处，虽"诞"却未必"鄙"。从小说角度看，恰正是这些为史家视角所遗落的怪诞笔墨，铸就了该书虽感动天地却难挽危局于一时的悲剧魂魄。

秦亡汉兴，暴秦之虐的惨痛伤痕尚未弥合，汉初很长一段时间，民间仍弥漫着浓重的仇秦情绪。《燕丹子》可说正是这种仇秦民间情绪凝就而成。太子丹秉"为海内复仇"之志意，其正义性于逃秦之时便通过"乌白头，马生角"的感应天地而渲染；而太子丹待荆轲时的进金掷龟、脍千里马肝甚至截美人手等描写，较之《史记》的平实记述："太子日造门下，供太牢具，异物间进，车骑美女恣荆轲所欲，以顺适其意。"《燕丹子》的描写看似不近人情，然却震撼性地让人感受到太子丹的诚心厚意和强烈急切的复仇意志。秦庭行刺不遂所志，《史记》以曾在秦殿上"以其所奉药囊提（掷）荆轲"的夏无且之词作证，认为荆轲伤秦王之类的传说"非也"，并借鲁人勾践之口感慨荆轲"不讲于刺剑之术"，《燕丹子》的描写却极富戏剧性：

> 秦王发图，图穷而匕首出。轲左手把秦王袖，右手揕其胸，数之曰："足下负燕日久，贪暴海内，不知厌足。於期无罪而夷其族。轲将海内报仇。今燕王毋病，与轲促期，从吾计则生，不从则死。"秦王曰："今日之事，从子计耳！乞听琴声而死。"召姬人鼓琴，琴声曰："罗縠单衣，可掣而绝。八尺屏风，可超而越。鹿卢之剑，可负而拔。"轲不解音。秦王从琴声负剑拔之，于是奋袖超屏风而走，轲拔匕首擿之，决秦王，刃入铜柱，火出。秦王还断轲两手。轲因倚柱而笑，箕踞而骂，曰："吾坐轻易，为竖子所欺。燕国之不报，我事之不立哉！"

手刃秦王前的数秦之过，显系悬揣之语，然如果联系荆轲赴秦之前向樊於期借头时的承诺，刺杀秦王前要"数以负燕之罪，责以将军之仇"，这看似多余的想象之词，却凸现出荆轲重然诺的侠士风范，还借以排遣了梗膈于广大民众胸臆的仇秦愤懑；秦王乞听琴而死，"轲不解音"而中计，不仅突出秦王之奸诈，也不无遗憾地令人致慨于荆轲之"轻易"；刃入铜柱而火出，箕踞倚柱笑骂而死，一个"为海内复仇"而功败垂成的悲剧英雄形象已跃然纸上，其溅血的笑容千载之后仍令人唏嘘不已："倚柱一笑，所谓报太子而成其为荆卿者乎！"（南宋·袁褧《枫窗小牍》卷下引无名氏《燕丹子序》）

诚然，《燕丹子》也与先秦同类型小说《穆天子传》一样多"夸言寡实"之笔，然其每一"夸""寡"之笔的安排，已大都体现有叙事者的叙事谋略，与《穆天子传》"夸""寡"之笔的零散分布大异其趣。而恰正是这些富蕴民间传闻色彩的"夸""寡"之笔，丰富活跃了整部作品的内在叙事文理，并逐渐剥蚀着其赖以寄生的母体氛围——史传体制，为具有独立意义的小说文体的产生奠定了基础。

〔注释〕

〔1〕九家之作，班固注文或谓其"迂诞依托"，或称"非古语"，后世学者也因此怀疑这些作品并非先秦之作。但也有学者认为，班固的批评"正说明这些古小说是用通俗语言写的，它的内容多是民间流传的神话故事"（卢文晖《师旷前言》）。九家中，《周考》、《青史子》、《宋子》三书，班固未作注说，故余嘉锡《小说家出于稗官说》认为："先秦诸书既多依托，其可信者《周考》、《青史子》、《宋子》三家而已。"

〔2〕此二佚文分别见汉末应劭《风俗通义》卷六、卷八所引《黄帝书》，据李剑国《唐前志怪小说史》考证，《黄帝书》即《黄帝说》。今从其论。

〔3〕这两段佚文还见于《说文》"栌"字、"柜"字条、《史记·司马相如列传》索隐引应劭语，均谓"伊尹曰"或"伊尹书"，而《吕氏春秋》著于秦王政八年（前239）前后，由此可知《伊尹说》当为战国晚期作品。

〔4〕杨义：《中国古典小说史论》，中国社会科学出版社1995年版，第7页。

〔5〕杜预《春秋经传集解后序》之孔颖达"正义"引王隐《晋史·束皙传》述汲冢竹简古书曰："《周王游行》五卷，说周穆王游行天下之事，今谓之《穆天子传》。"按，此书出土时原本无题，或已缺题，今本之题系整理者荀勖所加。

〔6〕陈梦家：《六国纪年·汲冢竹书考》，学习生活出版社1955年版。

〔7〕是书《隋书·经籍志》著录于小说家类，不题撰人，注云："丹，燕王喜太子。"今有《问经堂丛书》、《平津馆丛书》等本，系据《永乐大典本》刊印。对其成书年代，或谓先秦，或谓秦汉之间，亦有谓系东汉后甚至更晚的伪作。然据后人考证，书中所记情事为其独有，与《史记》所记颇不同，且刘向《别录》中引有该书之语，故是书很可能为秦汉间人杂取民间传闻编撰而成。

〔8〕是书又题《汉孝武故事》、《汉武帝故事》，未题撰人，汉魏间无名氏《三辅黄图》卷五引班固《汉武故事》，后遂有是书为班固所撰之说。另又有谓是书作者为南朝宋齐间人王俭及晋人葛洪者，皆无实据。

〔9〕又作《汉孝武内传》、《汉武帝传》,明清书目著录时或题作"班固撰",显系伪托。

〔10〕又作《汉武帝别国洞冥记》、《别国洞冥记》、《汉武帝列国洞冥记》,原题"郭氏撰",《旧唐书》始署郭宪撰。郭宪,字子横,汝南宋(今安徽太和)人。生于西汉末,东汉光武帝时拜为博士,迁光禄勋。为人刚正,有"关东觥觥郭子横"之称。

〔11〕是书原有晋郭元祖所作赞,作者系西汉著名学者刘向。刘向(前77?—前6),字子政,本名更生。汉高祖同父弟楚元王刘交四世孙。历仕宣、元、成、哀四朝,官至光禄大夫、中垒校尉,通经术,善文词,成帝时曾总理校勘群书。著有《说苑》、《新序》、《别录》、《列女传》、《列士传》、《五经通义》等。《列仙传》为其晚年之作。

〔12〕又作《赵飞燕外传》、《赵后别传》。原题汉江东都尉伶玄撰,《顾氏文房小说》收入此书时,附有自序谓:"伶玄,字子于,潞水人。学无不通,知音善属文,简率而真朴。"并言"杨雄独知之",因不满杨雄"贪名矫激"而不与之交,以致"雄深相毁之"。曾由司空小吏历三署,刺守州郡,为淮南相。哀帝时年老休居,买妾樊通德,乃樊嫕弟子不周之女。而樊嫕系飞燕、合德之故表姐,通德向子于详说飞燕姊妹故事,遂有此书。尽管后世学者对此自传多持怀疑态度,然亦无确证证其为伪作。

〔13〕是书与《十洲记》(又名《海内十洲记》、《十洲三岛记》等)均题东方朔撰,然《汉书·艺文志》及《东方朔传》均未提及,故论者多认为系后人伪托之作。然书中文字曾被东汉人引用,当是汉代之作。东方朔(公元前154—前93),西汉辞赋家。字曼倩。平原厌次(今山东惠民)人。武帝初年诏拜为郎,后任常侍郎、太中大夫等职。性格诙谐,言词敏捷,常在武帝前谈笑取乐,然时观察颜色,直言切谏。原有集二卷,久佚;明人张溥编有《东方太中集》,收入《汉魏六朝百三家集》中。

〔14〕是书刘向《别录》、刘歆《七略》中已有著录。如《太平御览》卷五四云:"刘向《别录》曰:《方士传》言:'邹衍在燕有谷地,美而寒,不生五谷。邹子居之,吹律而温,气至而生黍穀,今名黍谷。'"汉季方术盛行,方士众多,或有为之作传者。惜书不传,难以穷究。

〔15〕又名《讥俗节义》。王充《论衡·自纪》云,"俗性贪进忽退,收成弃败",故"志俗人之寡恩","闲居作《讥俗节义》十二篇,冀俗人观书而自觉,故直露其文,集以俗言。"则此书当是以俗语写就的借故事针砭世风的教化之作。

〔16〕郭林宗,名泰(128—169),林宗为其字。东汉名士,太原介休人。博学聪颖,洞察世事,尤善品鉴人物。《世说新语·政事篇》注引《郭泰别传》,谓其"自著书一卷,论取士之本末",或即此书。

〔17〕许劭(150—195),字子将,汝南平舆人(今属河南省)。《后汉书》本传谓"天下言拔士者,咸称许、郭",可见其与郭泰一样,以品评人物而知名。又云劭与从兄靖"俱有高名,好共核论乡党人物,每月辄更其品题,故汝南素有'月旦评'焉",如其谓曹操"清平之奸贼,乱世之英雄",云云。是则《月旦评》当是和《郭林宗著书》一样的品鉴人物之作。

〔18〕是书不见史志著录,葛洪《抱朴子·对俗篇》引"张广定女"一条,唐段公路《北户录》卷一引"王徐鱼池"一条,鲁迅采入《古小说钩沉》,并疑其为葛洪伪托之作(见《中国小说史略》第四篇)。然段公路所引与葛洪不同,当非葛洪假托之作。陈寔

(104—187)，字仲弓，颍川许（今河南许昌）人。《后汉书》卷六二有传。

〔19〕是书佚文散见于《艺文类聚》、《太平御览》等书中，多是记东方朔之博学多识，与《汉书》本传"朔之诙谐，逢占射覆，其事浮浅，行于众庶"的赞语颇相符，当是汉代好事者将奇言异事附会于东方朔的作品。

〔20〕是书宋时已佚。今存清人辑本多种，如严可均《全汉文》、洪颐煊《经典集林》、王仁俊《玉函山房辑佚书补编》等。杨雄（前53—18），字子云，蜀郡成都人。汉成帝时为侍郎。新莽时为大夫，校书天禄阁。西汉著名文学家、经学家。著有《法言》、《方言》、《太玄经》、《杨子云集》等。《汉书》卷八七有传。

〔21〕又称《括地图记》，《齐民要术》、《艺文类聚》、《太平御览》等书引有佚文30余条。班固《东都赋》"范氏施御"语注引《括地图》，则此书当出汉世无疑。

〔22〕是书久佚，仅在张华《博物志》中存有一条佚文，颇涉荒怪。李剑国《唐前志怪小说史》认为是书当"出于东汉章帝后"。

〔23〕是书失考，仅在应劭《风俗通义·姓氏篇》、张华《博物志》中引有数条佚文。劭为汉末人，故此书当为汉代之作。

〔24〕是书最早见葛洪《西京杂记跋》："洪家复有《汉武帝禁中起居注》一卷。"清人孙诒让因推论此书或即《汉武帝内传》（《札迻》卷一）。然二书卷数、名称迥异，当非同一书。另，作为"录纪人君言行动止之事"（《隋书·经籍志》）的起居注，起于东汉明帝皇后马后的《汉明帝起居注》，后渐成史官定制。故此书当是汉以后作品。

〔25〕《太平御览》卷四八九引有李陵《与苏武书》中的一段话，并标明引自《李陵别传》。然《与苏武书》后人已证其为假托之作，故《李陵别传》非汉人之作。

〔参考书目〕
〔1〕北京大学中国文学史教研室选注. 先秦文学史参考资料. 北京：中华书局，1962.
〔2〕北京大学中国文学史教研室选注. 两汉文学史参考资料. 北京：中华书局，1962.
〔3〕顾实. 穆天子传西征讲疏. 北京：中国书店，1990.

# 第三章
# 魏晋南北朝志怪小说

## 第一节 志怪小说的兴盛及其原因

从公元 220 年曹丕废汉献帝建魏，至公元 589 年隋灭陈统一，前后近 400 年，学界称之为魏晋南北朝时期。这是中国历史上大动荡与大分裂的时代，王朝更替如走马灯，动荡的时世，对自两汉以来已然凝固了的社会秩序和价值观念是一次巨大的冲击，既改变了文人的生活方式和人生追求，也使他们的文学理念和审美思考随之发生变化。这诸多因素的综合作用，使得魏晋南北朝的文学呈现出许多与前代文学迥不相侔的文学风范。叙事性的小说文体也因随时世，表现出新的叙事特点。这一时期出现的志怪、志人小说，虽只是粗陈梗概，但已体现出虚构性叙事倾向，较之此前神话传说的简朴叙事、子书寓言的说教性叙事和史传文学的实录性叙事，已迥然有别。

"志怪"一词，最早见于《庄子·逍遥游》："齐谐者，志怪者也。谐之言曰：鹏之徙于南冥也，水击三千里，抟扶摇而上者九万里，去以六月息者也。"志，同"誌"，述记之意；怪即怪异。"志怪"，就是记异谈怪的意思。庄子所说的"志怪"并不具备文体方面的含义。胡应麟分小说为六类，志怪居其首（见《少室山房笔丛·九流绪论》），从而赋予其以小说分类学上的含义。1923—1924 年，鲁迅于《中国小说史略》中，以两篇篇幅探讨"六朝鬼神志怪书"，此后学界遂以"志怪小说"指称魏晋南北朝时期记述神仙方术、鬼魅妖怪、殊方异物、佛法灵异等内容的小说。

志怪类笔记小说在魏晋南北朝极为盛行，作家作品众多。就作家而言，既有贵为帝王重臣者，如魏文帝曹丕、南朝宋皇室宗亲刘义庆等；也有成就超卓的文士学者，如张华、郭璞、干宝、陶潜等；还有方术之士、佛道信徒，如葛洪、陶弘景、王琰等。作品层出不穷，今存和可考者约 80 余种，各类志怪小说均有上佳表现，并涌现出如《搜神记》、《幽明录》等杰出的代表作品。

志怪小说在魏晋南北朝的繁荣兴盛，其原因是多方面的。概略言之，主要有三。

首先，是战乱杀伐的社会现实，对文士阶层敏感神经的强力刺激。近四百年的社会大动荡，政治伦常的失序，生死荣辱的无常，暴虐残酷的乱世惨相不仅引发了人们对传统道德体系的怀疑和反思，更让在王朝更替的夹缝中苟延残喘的文人士大夫敏锐地承受着生命存在的恐惧和不安。借谈神鬼以麻醉或慰藉生命的苦痛，于祯祥怪异的现实朕兆中窥测或期望未来乃至来世的盛衰荣枯，在六朝文人士大夫们中成为一时风尚。明人胡震亨从《搜神记》中感受到的是"晋德不胜怪而底于亡也"，"何东西（晋）百五十年间，天孽人变，骇人耳目，若斯多也"？（《搜神记引》）原因就在于《搜神记》中诸多飘忽不定的鬼魅精灵，甚至是人们的日常起居饮食的异常，几都与政局安危和人生穷达息息相关。志怪小说可说是六朝文人对乱世之痛的一种审美式排遣。

其次，是传统巫文化与佛道二教对神秘世界的张扬。对此鲁迅在《中国小说史略》中曾有精当分析："中国本信巫，秦汉以来，神仙之说盛行，汉末又大畅巫风，而鬼道愈炽；会小乘佛教亦入中土，渐见流传。凡此皆张皇鬼神，称道灵异，故自晋迄隋，特多鬼神志怪之书。"文献表明，夏朝的宗教信仰已很复杂，而鬼神信仰在国家信仰活动中占据重要位置，凡军国大事都要占卜问神。从事这种神灵预示巫术的人即巫觋，其出于自身生存考虑而散播的许多巫术灵验故事在先秦时代已弥漫民间。战国后期，从巫觋中分化出来的方术之士，又极力鼓吹神仙之说、不死之药，从而导致上层社会的求仙行为和神仙传说的流布。两汉时期，天人感应与谶纬学说盛行，种种变异之谈、离奇之论更是大行其道。汉末至隋约四百年的时间里，社会的黑暗与人生的苦难，给宗教的发展提供了有利条件。东汉后期，道教兴起，与西汉时即已传入中国的佛教一道，在魏晋以后广泛传播。神仙世界的虚无缥缈，彼岸天国的灵魂安宁，为苦难困惑失望中的人们带来精神上的依托。宗教文化思潮的盛行，道徒僧侣自神其教的怪异故事广泛流播，不仅为志怪小说提供了适宜的土壤，且开辟出新的宣佛扬道的宗教志怪题材领域。

第三，是文学的自觉引发的对小说文体的重新审视。鲁迅称魏晋南北朝时期是"文学的自觉时代"（《而已集·魏晋风度及药与酒的关系》），这一时期的诸多文学批评理论如（魏）曹丕《典论·论文》、（西晋）陆机《文赋》、（梁）刘勰《文心雕龙》、（梁）钟嵘《诗品》等，他们对各类文体的细致辨析和审美特性的自觉认同，使文学从政治的附庸工具和纯粹载道的说教符码的桎梏中解脱出来。伴随着文学自觉的时代思潮，小说文体也受到了社会各阶层的关注。针对班固《汉书·艺文志》摒小说于九家之外的鄙夷心态，干宝《搜神记序》称说所作系"粗取足以演八略之旨成其微说而已"。刘歆《七略》包括辑略、六艺略、诸子略、诗赋略、兵书略、术数略、方技略，干宝将所作《搜神记》置于与七略相抗衡之地位，这种未免拔高的揄扬虽在其时并未得到学界的呼应，但诸多王公贵族、显宦重臣纷纷沉迷于"君子弗为也"的小说创作，又何尝不是以行动对干宝之论的一种支持？

除上述诸原因之外，志怪小说在魏晋南北朝的繁荣，还与其历史积累和叙事体制有关。就历史渊源看，先秦两汉时期的《山海经》、《穆天子传》等已多神异之谈，魏晋南北朝志怪小说可说是承其流绪，是前代文学积累发展的必然。就叙事体制看，志怪小说有闻即录，不拘类别；长短随宜，形式自由的笔记式叙事操作，也因其易于把握和运用而获致文士阶层的青睐。

## 第二节　志怪小说的题材类型

魏晋南北朝志怪小说多以小说集行世，单篇杂传较少。根据这些小说集所录叙故事的题材指向，大致可分四种类型。

### 一、灵异志怪

杂记鬼怪精魅变异幻化之事，在这一时期志怪类笔记小说中作品最多，也成就最高。主要作品有曹丕《列异传》、干宝《搜神记》、托名陶潜的《搜神后记》、吴均《续齐谐记》等。

曹丕《列异传》[1]是魏晋时期可考知的第一部志怪小说集。是书记"鬼物奇怪之事"（《隋书·经籍志》），如"三王冢"、"谈生"、"宋定伯"、"韩凭夫妇"等，成为后此诸多志怪小说采录改编之范本，如干宝《搜神记》中便采录了这些故事。而曹丕以帝王之尊撰小说，对其时志怪炫奇之风的刺激作用也是显而易见的。故是书的出现，对这一时期志怪小说的繁荣具有示范和开启意义。

托名陶潜的《搜神后记》[2]亦记鬼神变异之事，多采自其时传闻，然却颇喜引现实中人物以证其所叙不虚，如"徐玄方女"末云："征士延世之孙云。"于方术玄谈中夹进史传笔法，是对《搜神记》志怪叙事模式的延宕和发展。

吴均的《续齐谐记》[3]是南北朝时期较优秀的志怪之作，其中既有优美的民俗记述，也有人神之恋的宛曲叙写，意境优美，文字清新；尤其是"阳羡书生"故事，奇幻至极，虽受佛经故事影响，而无宣扬佛法之嫌，已是有意识的创作小说，显示出志怪小说的进步。

此外，这一时期记鬼神怪异的志怪小说还有陆氏《异林》、戴祚《甄异传》、刘敬叔《异苑》、孔约《志怪》、东阳无疑《齐谐记》、祖台之《志怪》、祖冲之《述异记》等。总的来说，此类志怪小说虽大多尚未脱离"丛残小语"的状态，仅是粗陈故事梗概；但其中有些篇章，显然已注意到情节的构思，人物的塑造，叙事中已明显地有意识运用韵散结合的表现形式，显示着志怪小说向传奇小说的过渡。

### 二、博物志怪

汉魏以降，文人以博洽相尚，"两汉以迄六朝，所称博洽之士，于数术方技靡不淹通"（胡应麟《少室山房笔丛·华阳博议下》），尤其是地理博物，自汉初发现《山海经》后，仿续因循之作，日渐增多，诸如《河图玉版》、《洛书》、《括地图》以及相传为东方朔之作的《神异经》、《十洲记》、相传为郭宪所作的《汉武帝洞冥记》，等等。魏晋南北朝时期，踵武前人地理博物叙事风致而有所成就者，主要有张华《博物志》、郭璞《玄中记》和任昉《述异记》等。

张华《博物志》[4]内容驳杂，而以山川地理和人物传说所占比重最多，尽管"类记异境奇物及古代琐闻杂事，皆刺取古书，殊乏新异"（《中国小说史略》），但其中也有不少作品，记事委婉有趣，甚为后人称道，如"八月槎"将古老的浮槎传说与牛郎织女故事相牵合，体露的是农耕文化包裹下的世外之思，想象瑰丽神奇而又朴素自然，思飘云外而根系陇亩。"千日酒"典故左思《魏都赋》中已有引用："醇酎中山，流湎千日。"而一醉千日开棺醒转的设想尤为奇特有趣，让人不难想见魏晋文人的嗜酒之风及其时酿酒技艺的高超。

郭璞《玄中记》[5]亦叙山川地理异物，而对精怪的描写尤为出色，如豫章男子娶女鸟故事，开人鸟结合故事之先河，对后世民间故事中男子藏鸟羽得妻的情节具有启开作用。书中还有一段有关狐妖的论断：

> 狐五十岁能变化为妇人，百岁为美女，为神巫；或为丈夫，与女人交接。能知千里外事，善蛊魅，使人迷惑失智。千岁即与天通，为天狐。（《太平广记》卷四四七引）

尽管该书未见有关狐妖故事的纪录，然这段概括却极富启迪意义，后世许多狐精故事，多由此生发。

任昉《述异记》[6]多载神话传说，草木禽兽之属，"亦博物之意"（宋刻本《述异记》无名氏序）。有些故事的记述不乏现实针砭意义，如"封邵化虎"叙汉宣城郡守封邵忽化虎食人，郡民呼之封使君，并作歌曰："无作封使君，生不治民死食民。"可说是对孔子"苛政猛于虎也"一语的形象阐释，清代蒲松龄《聊斋志异·梦狼》之"官虎而吏狼"的叙事设计，当受到这篇作品的启发。

受《山海经》以山川方域吸附灵异神怪模式的影响，托名东方朔所著的《神异经》、《十洲记》，所记山川异物、殊域仙人仍飘忽闪现于天地八荒、海内十洲的广漠空间，然二书铺金错采、缛丽浮艳的文词，固有汉赋文风的熏染，但也表现出作者对《山海经》简朴叙事体式的不满和超越。张华、郭璞等六朝博物家们则于谈说山水异物之余，融入方术奇闻与天外玄思、名士风流和世道人情，这些已远非《山海经》模式所能承载了，表现出地理博物与六朝志怪、志人小说相嫁接的新的叙事体制。

### 三、弘道志怪

记服食长生、求仙得道、度人济世等幻妄事迹。主要作品有王浮《神异记》[7]、葛洪《神仙传》[8]、王嘉《拾遗记》[9]等,而以《神仙传》及《拾遗记》较为出色。

《神仙传》是葛洪有意识证明神仙实有,仙可学致的宣道之作。书中共收录了84位仙人事迹,主要记述神仙之种种异行及修道成仙之要诀与经过。虽作者本人无意于作小说,而其中诸如"皇初平"叱石成羊,"壶公"之壶里乾坤,"麻姑"与"左慈"等故事,玄想奇异,叙写有情致,对后世文学影响较大。

《拾遗记》前九卷类似史书,记包牺迄东晋之野史传闻,杂录上古神话及汉魏以来传闻进行铺陈,情节婉曲。末一卷专记昆仑、蓬莱、方丈等八座仙山,后人别为《名山记》一卷。所记"多涉祯祥之书,博采神仙之事"(萧绮《拾遗记序》);夸诞无实,"十不一真"。然而,作者"述往事以讥切时王,所谓陈古以刺今也。篇中于忠谏之辞,兴亡之迹,三致意焉。"(谭献《复堂日记》卷五)。其中怨碑、薛灵芸、采药人遇仙等故事,采之传说,饰以藻绘,遂使"历代词人,取材不竭"(《四库全书总目提要》子部小说家类三)。

### 四、宣佛志怪

记佛法威灵,善恶报应不爽,主要作品有王琰《冥祥记》[10],刘义庆《幽明录》、《宣验记》[11],傅亮、张演、陆杲的《观世音应验记》(三种)[12],颜之推《冤魂志》[13]等;而以《幽明录》成就最高。

《幽明录》题材广泛,除了宣扬果报思想外,更多的是记鬼怪神灵变幻奇异之事,其中关于仙境洞窟和人神之恋的描写如"刘晨阮肇"、"黄原与妙音"等,继承《搜神后记》而又有所发展;而离魂型故事"巨鹿石氏女"、于梦境中历经荣华富贵的"焦湖庙祝"等,构思新奇,直接影响唐人传奇创作。宣佛志怪与宣道志怪一样,都是教徒们自神其教的产物,因而在思想内容方面无足观。但宗教的幻想力无疑在客观上刺激了小说的虚构,并对中国叙事性虚构作品的发展起了积极作用。

## 第三节 "鬼董狐"干宝及其《搜神记》

### 一、写作动因

干宝,字令升,新蔡(今河南新蔡)人。约生于西晋太康(280—289)中,卒于东晋咸康二年(336)3月。宝少以才器特出,被召为著作佐郎,元帝时由中书监王导荐领国史;因家贫自请出为山阴令,迁始安太守;王导为司徒,请为右长史,迁散骑常侍。《晋书》卷八二有传。

干宝著述颇多,有《晋纪》23卷、《百志诗》9卷、《干宝集》4卷,均佚。《搜神记》30卷,《隋书·经籍志》著录,今惟存明胡应麟辑本20卷。有汪绍楹校注本（中华书局，1979）；李剑国近有《新辑搜神记》30卷（中华书局，2007）。

干宝之撰作《搜神记》，据《晋书》本传载：

> 宝父先有所宠侍婢，母甚妒忌，及父亡，母乃生推婢于墓中。宝兄弟年少，不之审也。后十余年，母丧，开墓而婢伏棺如生。载还，经日乃苏。言其父常取饮食与之，恩情如生。在家中吉凶辄语之，考校悉验。地中亦不觉为恶。既而嫁之，生子。又宝兄尝病，气绝，积日不冷。后遂寤，云见天地间鬼神事，如梦觉，不自知死。宝以此遂撰集古今神祇灵异人物变化，名为《搜神记》。

干宝早年曾撰有《无鬼论》[14]，并不信鬼神，然父婢困居墓冢十年犹活，兄干庆死而复生，且"云见天地间鬼神事"，这两件在今天看来确乎荒怪的事，遂令干宝"有所感起"，于是撰《搜神记》以"发明神道之不诬"（干宝《搜神记序》）。

当然，促发干宝"有所感起"的这两件事，其真实性是颇值怀疑的。但如果考虑到其时谈神说鬼的世风弥漫，"耳目所受，不可胜载"（干宝《搜神记序》），而"宝既博采异同，遂混虚实"（《晋书》本传），于是将民间传闻故事有意或无意附会为自己之家事，以证明神鬼乃皆实有，较之单纯的鬼事记录无疑更具说服力。

## 二、题材来源与主题蕴含

《搜神记》现存本20卷近500条故事，其取材一是"承于前载"、"广收遗逸"，采自史传杂说，如卷6、7全抄《续汉书·五行志》；二是"采访近世之事"，"访行事于故老"，直接得自亲身见闻。内容丰富，题材广泛，可说是汉代以降各种志怪故事的集大成者。通观全书，其所记内容大体上可概括为以下几大门类：

卷1—3　记神仙方士及其法术变化。

卷4—5　记灵异感应。

卷6—10　记妖祥卜梦。

卷11　记历史人物传说。

卷12—14　记怪物异闻。

卷15—16　记鬼魂复生。

卷17—19　记精怪作祟。

卷20　记因果报应。

以今天的眼光看，上所述诸多故事中颇具文学色彩并有丰厚主题蕴涵的，主要有以下几类：

### （一）神化历史与暴政批判

《搜神记》中颇多对历史人物予以神化的故事，这类故事或记能臣直吏，如谅辅、何敞、徐栩、王业等以诚感动天地，消弭灾情；或记勇士豪客，如熊渠子射虎入石，养由基抚弓猿啼，古冶子斩鼋柱下，干将莫邪子报父仇；或记孝子节妇，如郭巨养亲埋儿得金，叔先雄投水觅得父尸，东海孝妇被诬冤死，韩凭妻不屈而死，等等。尤其是"三王墓"、"韩凭夫妇"和"东海孝妇"，于历史故事的神异叙说中，却积郁着一腔不平之气，在小说史上影响尤为深远。前二《列异传》中亦有简略记载，干宝采入时又多所藻绘。如"韩凭夫妇"：

> 宋康王舍人韩凭，娶妻何氏，美，康王夺之。凭怨，王囚之论为城旦。妻密遗凭书，谬其辞曰："其雨淫淫，河大水深，日出当心。"既而王得其书，以示左右，左右莫解其意。臣苏贺对曰："其雨淫淫，言愁且思也；河大水深，不得往来也；日出当心，心有死志也。"俄而凭乃自杀。其妻乃阴腐其衣，王与之登台，妻遂自投台。左右揽之，衣不中手而死。遗书于带曰："王利其生，妾利其死。愿以尸骨，赐凭合葬。"王怒，弗听，使里人埋之，冢相望也。王曰："尔夫妇相爱不已，若能使冢合，则吾弗阻也。"宿昔之间，便有大梓木生于二冢之端，旬日而大盈抱，屈体相就，根交于下，枝错于上。又有鸳鸯，雌雄各一，恒栖树上，晨夕不去，交颈悲鸣，音声感人。宋人哀之，遂号其木曰"相思树"。相思之名起于此也。南人谓此禽即韩凭夫妇之精魂。今睢阳有韩凭城，其歌谣至今犹存。

这是个颇为古老的传说，今存敦煌马圈湾汉代烽燧遗址出土的西汉竹简，残简文字中即有韩朋故事的记载，韩朋即韩凭[15]。故事中康王的荒淫残暴令人发指，韩凭夫妇坚贞执著之情也感人至深，结末冢墓生树，魂化鸳鸯，与乐府民歌《孔雀东南飞》焦仲卿、刘兰芝的结局同一机杼，是民间悲剧性爱情故事的共同处理方式。

"东海孝妇"则是一篇颇为完整的公案笔记小说：

> 汉时，东海孝妇，养姑甚谨。姑曰："妇养我勤苦，我已老，何惜余年，久累少年。"遂自缢死。其女告官云："妇杀我母。"官收系之，拷掠毒治。孝妇不堪苦楚，自诬服之。时于公为狱吏，曰："此妇养姑十余年，以孝闻彻，必不杀也。"太守不听。于公争不得理，抱其狱词，哭于府而去。自后郡中枯旱，三年不雨。后太守至，于公曰："孝妇不当死，前太守枉杀之。咎当在此。"太守即时身祭孝妇冢，因表其墓，天立雨，岁大熟。长老传云：孝妇名周青。青将死，车载十丈竹竿，以悬五幡。立誓于众曰："青若有罪，愿杀，血当顺下；青若枉死，血当逆流。"既而行刑已，其血青黄，缘幡而上标，又缘幡而下云。

孝妇之孝行，于公之清明，作品中虽有提及但只是一笔带过，重要的是官府"拷掠毒治"之刑，不听正言之昏，导致无辜者被杀以致感动天地，表现了作者对封建官府草菅人命、残刑枉法的强烈愤怒与批判。元代关汉卿正是据此改编而成著名悲剧作品《窦娥冤》。

### (二) 婚恋情缘与世俗幻望

出于对"古今怪异非常之事"（刘歆《上搜神记表》）的强烈关注，《搜神记》中有关人世男女之间的情恋故事记录不多，而主要叙写人与神、鬼甚至兽之间的婚恋情缘，这类故事约有30余则。尽管这些异类之间的情缘遇合，确有一些表达出真情挚爱令人为之感动泣下者，如"紫玉"中吴王夫差小女紫玉与书生韩重的生死情缘，但大多数作品中，神女、鬼女或女妖们来到人间，却并不只是为了爱情。

人神婚故事中，神女多是自动下降凡世与人间男子结合。这些神女们不仅美丽多情，且大都身怀道术，她们奉天帝之命来到人间，为人间男子解脱困境，并帮寻求长生秘诀，一旦完成使命后，又都飘然而去，男人们则都毫无例外的是这一婚姻的最大受益者：园客养蚕，"有神女夜至助客养蚕"，"得茧百二十头，大如瓮，每一茧，缲六七日乃尽"（"园客"）；董永卖身葬父，织女自荐为妻，"织缣百疋"助永偿债（"董永"）；杜兰香虽因"年命未合"而与张傅婚期"小乖"，但临别之时赠张傅仙药"消魔"以"愈疾"（"杜兰香"）；天上玉女成公知琼，与弦超"作夫妇经七八年"，使弦超"往来常可得驾轻车，乘肥马，饮食常可得远味异膳，缯素常可得充用不乏"（"弦超"）。

不同于人神婚故事的缥缈无依，人鬼婚故事则多显得阴森恐怖，故事发生地大都在墟野旷墓之中，鬼女也多是因孽缘夙根而向人间男子自荐枕席。结局无论是凄怨的分别还是返魂复生的团圆，人间男子仍旧因为这段短暂的婚姻而获得丰厚的回报——富贵兴盛的家族：四十尚未娶妻的谈生，夜半读书而有"年可十五六，姿颜服饰，天下无双"的鬼女"来就生为夫妇"，并为谈生生一儿，虽因谈生负其"勿以火照我"之托而求去，临别仍赠谈生珠袍一领，又因卖袍而"得钱千万"，并被睢阳王认为女婿，且"表其儿为郎中"（"谈生"）。卢充逐獐而至崔少府第（实是坟墓），崔少府以女妻之。别后四年，崔女送子并赠金碗。后充卖碗于市，得与崔氏姨母相认，其子也"遂成令器，历郡守二千石"，"子孙冠盖，相传至今"（"崔少府墓"）。紫玉与韩重三日冥婚后，赠韩重"径寸明珠"（"紫玉"）；辛道度与秦闵王女的三宵墓室之欢，"分袂泣别"之际，秦女送金枕一枚以为信物，亦因货枕于市而得秦王相认，被封为驸马都尉，并"赐金帛车马"，人呼"国婿"（"驸马都尉"）。

人兽魂故事中，"马化蚕"、"盘瓠"、"玃猨"三则叙雄兽（马、狗、猴）与人间女子之婚配，结局都是子孙繁衍，族众庞大，可说是先民时代以幻想形式解释某一物种或族群来源的推原神话在后世民间的延续。其余数则，都涉及幻化：妖兽或幻形为美女蛊惑人间男子，如"阿紫"、"猪臂金铃"、"苍獭"、"鼍妇"；或变形为男子勾引凡俗娇女，如"虞定国"、"田琰"、"朱诞给使"。

但两者的结局却迥然不同：

> 晋有一士人，姓王，家在吴郡。还至曲阿，日暮，引船上当大埭。见埭上有一女子，年十七八，便呼之留宿。至晓，解金铃系其臂。使人随至家，都无女人，因逼猪栏中，见母猪臂有金铃。（"猪臂金铃"）

> 北平田琰，居母丧，恒处庐。向一暮夜，忽入妇室，密怪之曰："君在毁灭之地，岂可如此？"琰不听而合。后琰暂入，不与妇语。妇怪无言，并以前事责之。琰知鬼魅。临暮竟未眠，衰服挂庐。须臾，见一白狗，攫衔衰服，因变为人，著而入。琰随后逐之，见犬将升妇床，便打杀之。妇羞愧而死。（"田琰"）

前者的王姓士人，日暮旷野中的焦渴情欲在与猪妖所化十七八女子的一夜风流后得到解脱；后者女子在丈夫守孝期间的孤寂，虽得男妖（白狗）的化解，但结局却是男妖被"打杀"，女子也"羞愧而死"。人世女子不可与妖兽苟且相恋，而男人却可随时与女妖春风一度，这种颇有点"男性沙文主义"的心态，是《搜神记》也可说是中国志怪小说人兽魂型故事的基调，如后来的《聊斋志异》中的男狐一旦与人间女子有染也都全被打杀。

可见，《搜神记》中的人与异类之间的恩怨缠绵，人世间的男子其实并非要与这些轻盈美丽的仙妖鬼魅共浴爱河，坚执永远，而只是借助她们去完成自己的各种世俗幻望：在神（鬼、妖）的佑助下获得富贵、长寿和子嗣并建立一个兴盛的家族，而又不失却暂时的轻松与风流。[16]

### （三）狐精鬼魅与智慧较量

《搜神记》中的狐精故事有二十余则，狐妖们或幻形美女蛊惑人间男子，如"阿紫"、"黄审"；或栖居荒亭老屋作祟害人，如"宋大贤"、"北部督邮"等。还有一些狐精，却颇不同，如卷17"胡博士"条：

> 吴中有一书生，皓首，称胡博士。教授诸生，忽复不见。九月初九日，士人相与登山游观，闻讲书声，命仆寻之，见空冢中群狐罗列，见人即走。老狐独不去，乃是皓首书生。

老狐竟能"教授诸生"，号称"博士"，自是一只学问之狐了。只是文人们对这些学问狐多不甚相容，轻则使其显形，重则置之死地。如同卷"董仲舒"条，狐精拜访西汉大儒董仲舒被识破而现原形。同卷"张华"条叙：燕昭王墓前老斑狐，幻形为书生拜访张华，"商略三史，探颐百家；谈老庄之奥区，披风雅之绝旨；包十圣，贯三才；箴八儒，摘五礼。华无不应声屈滞。"博物大家张华竟为一狐精书生难倒，不觉恼羞成怒，遂伐昭王墓前华表木，燃之以照，使老狐显形而烹之。于讥讽张华智度褊狭的叙事设计中，却凸显出一个千年老狐深邃的学问底蕴。这种"学问狐"可说是魏晋玄学风尚浸润的结果，清代纪昀《阅微草堂笔记》中"学问狐"频频出现，当是受到《搜神记》之启发的。

人鬼之间也曾有学问谈吐的智慧较量，但多是鬼物对持无鬼论者的现形批判。如阮瞻素执无鬼论，忽有一客来，"聊谈名理"，"甚有才辨"，论及鬼神之事，"反复甚苦，客遂屈，乃作色曰：'鬼神，古今圣贤所共传，君何得独言无？即仆便是鬼。'于是变为异形，须臾消灭。"而阮瞻竟为此付出生命代价："岁余，病卒。"（"阮瞻"）另一位持无鬼论者吴兴施续的门生，也在与客论鬼神有无时，"客辞屈，乃曰：'君辞巧理不足，仆即是鬼，何以云无？'"（"施续门生"）魏晋一度盛行无鬼论，这类故事中的鬼物以"仆即是鬼"的现身说法和施以惩罚的现实报应，让人不得不相信鬼物实有，当是干宝针对无鬼论者有意编织的故事。

鬼神实有并与人杂居而处，人鬼之间便不免时时相遇甚至互相捉弄。鬼物弄人的事常常发生：

　　琅邪秦巨伯，年六十。尝夜行饮酒，道经蓬山庙。忽见其两孙迎之，扶持百余步，便捉伯颈著地，骂："老奴！汝某日捶我，我今当杀汝。"伯思惟某时信捶此孙。伯乃佯死，乃置伯去。伯归家，欲治两孙。两孙惊愕，叩头言："为子孙宁可有此？恐是鬼魅，乞更试之。"伯意悟。数日，乃诈醉行此庙间。复见两孙来扶持伯，伯乃急持鬼，动作不得。达家，乃是两人也。伯著火炙之，腹背俱焦坼，出著庭中，夜皆亡去。伯恨不得杀之。后月余，又佯酒醉夜行，怀刃以去，家不知也。极夜不还，其孙恐又为此鬼所困，乃俱往迎伯，伯竟刺杀之。（"秦巨伯"）

秦巨伯被鬼捉弄后，"恨不得杀之"，再次佯醉而行竟误杀两孙。类似的鬼物弄人故事还有"吴兴二男"：吴兴二男田中耕作，鬼扮其父来骂詈，父嘱儿再见即杀之。一日父往视儿，竟被儿误以为鬼而打杀埋之。鬼又扮其父归家，云："二儿已杀妖矣。"竞相庆贺。幸被法师窥其妖气而真相大白。于人鬼莫辨的荒诞情境中，演绎人鬼之间相互捉弄的游戏，而人的聪明常被鬼利用，可说是借鬼事以阐发"聪明反被聪明误"的世俗哲理寓言。

人对鬼物也不乏揶揄戏弄之事，著名的莫过于"宋定伯捉鬼"：

　　南阳宋定伯年少时，夜行逢鬼。问之，鬼言："我是鬼。"鬼问："汝复谁？"定伯诳之，言："我亦鬼。"鬼问："欲至何所？"答曰："欲至宛市。"鬼言："我亦欲至宛市。"遂行数里，鬼言："步行太迟，可共递相担，何如？"定伯曰："大善。"鬼便先担定伯数里，鬼言："卿太重，将非鬼也。"定伯言："我新鬼，故身重耳。"定伯因复担鬼，鬼略无重，如是再三。定伯复言："我新鬼，不知有何所畏忌？"鬼答言："惟不喜人唾。"于是共行。道遇水，定伯令鬼先渡，听之，了然无声音。定伯自渡，漕漼作声。鬼复言："何以有声？"定伯曰："新死不习渡水故耳，勿怪吾也。"行，欲至宛市，定伯便担鬼著肩上，急执之。鬼大呼，声咋咋然，索下，不复听之。径至

>宛市中,下著地,化为一羊,便卖之。恐其变化,唾之,得钱千五百,乃去。当时石崇有言:"定伯卖鬼,得钱千五。"

鬼物不仅对宋定伯的诳语毫无警觉,且将自身的"畏忌"也直言相告。从人的角度看,故事揶揄了鬼物的无知和愚蠢;而从鬼的角度看,显然是对世人"逢人且说三分话,未可全抛一片心"的"鬼话式"告诫。

《搜神记》中还有很多颇有意义的故事,诸如"李寄斩蛇"、"焦湖庙祝"等等,不再一一介绍。

## 三、艺术成就与小说史价值

对干宝以良史之材介入鬼神志怪的创作,时人刘惔评论说:"卿可谓鬼之董狐。"以春秋晋国秉笔直书的良史董狐称誉干宝,且兼及干宝所著史书《晋纪》和小说《搜神记》两书,故后人多以此评为允当,直呼干宝"鬼董狐"。[17]《晋书》本传也称誉干宝《晋纪》"其书简略,直而能婉,咸称良史"。《搜神记》之能在魏晋南北朝志怪小说中独占鳌头,与干宝深厚的"良史"修养是分不开的。从小说史角度看,干宝《搜神记》的艺术价值主要体现在以下几个方面。

(一) **史笔文趣:志怪笔记小说体制的确立**

自《汲冢琐语》记卜梦妖怪以来,以细小片段之故事张扬神异的志怪小说渐次流行。汉末陈寔之《异闻记》,以"异闻"标题,显然是采录各种流传的奇闻异事,与其时流行的杂史杂传或地理博物类型的志怪小说已颇有别。至曹丕《列异传》,汇聚历史传闻、民间传说和鬼神怪异故事,拓宽了志怪小说的题材领域。《搜神记》以"发明神道之不诬"相标榜,以记录"怪异非常之事"为目标,而在具体叙事操作上,既秉史家实录之笔——真实记录各类民间异闻,又不乏夭矫绮丽之文——故事的讲述完整逼真,大多数作品已不再是"丛残小语"式的片断纪录,具体场景描写中,也颇多藻绘。正是这种史笔文趣的交融,奠定了志怪笔记小说的叙事体制,并最终促成了唐人之传奇体和清代《聊斋志异》"用传奇法,而以志怪"的志怪叙事风范。

(二) **婉曲多姿:志怪笔记小说容量的扩大**

《搜神记》中故事,无论是"承于前载",还是"采访近世之事",作者采入时大都对之作了加工改造。故是书不少篇章,情节曲折丰富,结构完整,且能以对话和细节描写刻画人物。这不仅增强了故事的可读性,也延宕了志怪小说的叙事空间,扩大了志怪小说的叙事容量,如"弦超"、"胡母班"、"三王墓"、"卢充"、"韩凭夫妇"等,大多在五六百字左右。以"三王墓"为例,《列异传》只是粗陈梗概,《搜神记》的记述则跌宕多姿,试比较二书对该故事结局部分的描写:

>楚王梦一人,眉广三寸,辞欲报仇。购求甚急,乃逃朱兴山中。遇

客，欲为之报。乃刎首，将以奉楚王。客令镬煮之，头三日三夜跳，不烂。王往观之，客以雄剑拟王，王头堕镬中，客又自刎。三头悉烂，不可分别，分葬之，名曰三王冢。(《列异传》)

  王梦见一儿，眉间广尺，言欲报仇。王即购之千金。儿闻之，亡去。入山行歌。客有逢者，谓："子年少，何哭之甚悲耶？"曰："吾干将莫邪子也，楚王杀吾父，吾欲报之。"客曰："闻王购子头千金，将子头与剑来，为子报之。"儿曰："幸甚！"即自刎，两手捧头及剑奉之，立僵。客曰："不负子也。"于是尸乃仆。客持头往见楚王，王大喜。客曰："此乃勇士头也，当于汤镬煮之。"王如其言。煮头三日三夕，不烂。头踔出汤中，瞋目大怒。客曰："此儿头不烂，愿王自往临视之，是必烂也。"王即临之，客以剑拟王，王头随堕汤中，客亦自拟己头，头复堕汤中。三首俱烂，不可识别。乃分其汤肉葬之，故通名三王墓。今在汝南北宜春县界。(《搜神记》)
两者情节发展完全一致，然《搜神记》的篇幅却比《列异传》多出一倍，主要就是增加了对话和细节的描写。儿与客的山中对话、客对王的建议之言，细腻而生动；儿的山中行歌、自刎尸不仆、煮头不烂且"头踔出汤中，瞋目大怒"等细节，更可谓神来之笔，生动地体现了干将莫邪之子赤比的复仇意志和不屈灵魂。

### (三) 游心寓目：志怪笔记小说功能的推衍

  与传统志怪小说只是单纯记录异闻不同，干宝《搜神记序》中还强调是书之作："幸将来好事之士，录其根体，有以游心寓目而无尤焉。"希图"好事之士"即有心读者阅后获致"游心寓目"的兴致[18]，这种对读者的阅读关怀，使得作者不再只是仅靠记录情节荒幻的异闻奇事来满足读者的猎奇感，而是开始考虑如何适合有心读者的阅读趣味了。如上文所述的不厌文繁的细节雕琢和突现人物性格的对话铺叙，显然只有"好事者"也就是文士阶层于案头细细品味方能感受得到的，至于书中不少篇章有意无意插入的诗词歌赋，更是只有具备一定文学修养的士阶层方能理解的文学表达。如"紫玉"篇中，韩重得知紫玉因婚不成气结而死后，亲往紫玉坟墓悼念，紫玉魂从墓出：

  玉乃左顾，宛颈而歌曰："南山有乌，北山张罗。乌既高飞，罗将奈何？意欲从君，谗言孔多。悲结生疾，没命黄垆。命之不造，冤如之何？羽族之长，名为凤凰。一日失雄，三年感伤。虽有众鸟，不为匹双。故见鄙姿，逢君辉光。身远心近，何当暂忘？"

又如"弦超"篇，知琼与弦超临别时的赠诗：

  赠诗一篇，其文曰："飘飘浮勃逵，敖曹云石滋。芝英不须润，至德与时期。神仙岂虚感，应运来相之。纳我荣五族，逆我致祸菑。"此其诗之大较。

"紫玉"中的乌罗之设，"弦超"中的"敖曹""芝瑛"之论，是只有有一定文化修养的士阶层方能解其义的诗句。而"紫玉"那一腔难以化解的悲切,知琼飘摇天国的云石梦幻,这其中的悲悲喜喜,是颇能让敏感的文士们流连其中而"游心寓目"的。

从怪异之事的单纯纪录,到打磨文字以求读者"游心寓目",志怪小说的叙述功能开始由自娱而逐渐转向娱人,为"作意好奇"的唐人传奇的出现作了有益的铺垫。

〔注释〕

〔1〕曹丕(187—226),字子桓,沛国谯(今安徽亳县)人,曹操次子,公元220年,代汉自立,史称魏文帝。《列异传》已佚,《古小说钩沉》辑录50条,其中有丕身后事,系后人所加。

〔2〕《搜神后记》,《隋书·经籍志》著录10卷,旧题陶潜撰,《四库全书总目提要》论为"膺撰嫁名",鲁迅《中国小说史略》也认为:"陶潜旷达,未必拳拳于鬼神,盖伪托也。"然梁释慧皎《高僧传序》已有"陶渊明《搜神录》"之语,未可断然否定。今存《搜神后记》10卷,系经后人辑录整理而成。

〔3〕吴均(469—520),字叔庠,吴兴故鄣(今浙江安吉)人。吴均好学有俊才,为沈约称赏,其诗"清拔"、"有古气",时称"吴均体"。仕梁任奉朝请等职。

〔4〕张华(232—300),字茂先,范阳方城(今河北涿州)人,魏晋时期著名政治家,文学家。仕魏曾任太常博士,佐著作郎,后迁长史兼中书郎。入晋,拜黄门侍郎,封关内侯,升任中书令,继之加散骑常侍等职,后官至司空,封壮武郡公。晋惠帝永康元年,赵王伦谋逆,华遇害,夷三族。《隋书·经籍志》著录《博物志》10卷,今人范宁《博物志校证》(中华书局1980年版)辑录佚文212条。

〔5〕郭璞(276—324),字景纯,河东闻喜(今山西闻喜)人,晋代著名文学家,数术家。东晋时任著作佐郎,尚书郎等职。《玄中记》:最早著录于《太平御览》,题为《郭氏玄中记》。南宋罗泌在《路史发挥》卷一考证"郭氏"即郭璞,此观点已为研究者所首肯。书已佚,鲁迅《古小说钩沉》辑录71条。

〔6〕任昉(460—508),字彦升,乐安博昌(今山东寿光)人,南朝著名文学家,与沈约齐名,世称"沈诗任笔"。仕宋任朝奉请,拜太常博士;仕齐任司徒长史等职;仕梁任黄门侍郎,吏部郎等职,卒于新安太守任上。《崇文总目》小说家类著录《述异记》二卷,徐世昌光绪三十年(1904)据宋刻本影印重刻《随庵丛书》中收有《述异记》二卷,总311条。

〔7〕王浮,西晋惠帝时人,乃道士,曾与帛远和尚辩论佛道邪正,屡屈,遂作《老子化胡经》以诬谤佛法。《神异记》已佚,《古小说钩沉》辑录3条。

〔8〕葛洪(284—364;一说卒年为344),字稚川,自号抱朴子,丹阳句容(今属江苏)人,著名道教理论家。少好学,穷览典籍,尤好神仙导养之法。西晋惠帝太安中,官伏波将军,封关内侯。东晋时干宝荐洪才堪国史之任,不就,后隐于罗浮山炼丹著述。

〔9〕《拾遗记》,《隋书·经籍志》著录二卷,题后秦姚苌方士王子年撰。《隋志》又载,《王子年拾遗记》十卷,萧绮录。此载述引起后来学者对《拾遗记》作者的争议。《四库全书总目》以为"《拾遗记》十卷,秦王嘉撰。……其书本十九卷,二百二十篇,后经乱亡残

阙，梁萧绮搜罗补缀，定为十卷，并附著所论，命之曰《录》，即此本也"。似较合情理。王嘉，字子年，陇西安阳（今甘肃渭源）人，前秦著名方士。

〔10〕《冥祥记》，《隋书·经籍志》著录十卷，题王琰撰。所记皆奉佛诵经、善恶报应之事。原书已佚，《古小说钩沉》辑录131条及自序一篇。王琰，生卒年不详，太原（今山西太原）人，佛教徒，曾著论反对范缜《神灭论》。

〔11〕刘义庆（403—444），南朝刘宋宗室，彭城（今江苏徐州）人，临川王刘道规过继子，袭封临川王。史载其"性简素，寡嗜欲，爱好文义，词才虽不多，然足为宗室之表"。《幽明录》，《隋书·经籍志》著录20卷，已佚，《古小说钩沉》辑录265条。《宣验记》，《隋书·经籍志》著录13卷，已佚，《古小说钩沉》辑录35条。

〔12〕《观世音应验记》，据唐临《冥报记自序》述："昔晋高士谢敷，宋尚书令傅亮，太子中书舍人张演，齐司徒从事中郎陆杲，或一时令望，或当代名家，并录《观世音应验记》。"原书佚，1994年中华书局出版了孙昌武据在日本发现的古抄本《观世音应验记》三种。

〔13〕颜之推（531—590前后），字介，琅邪临沂（今山东临沂）人。仕梁为散骑侍郎等；入齐任黄门侍郎，平原太守等；隋文帝开皇中，太子召为东宫学士，颇受礼重。《冤魂志》，《隋志》载三卷，所记皆鬼神报应之事，已开佛儒合流之端。另外，颜氏还有志怪小说集《集灵记》，《隋志》著录20卷，佚，《古小说钩沉》辑1条。

〔14〕据《大明一统志》卷三九《嘉兴府·陵墓·干莹墓》注语："莹，吴散骑常侍宝之父也。宝尝著《无鬼论》，莹卒，以幸婢殉。后十年妻死合葬，婢犹存。宝始悟幽冥之理，撰《搜神记》三十卷。"宝父干莹曾仕吴，故将干宝误为"吴散骑常侍"。

〔15〕参见裘锡圭《汉简中所见韩朋故事的新资料》，《复旦学报》1999年第3期。

〔16〕参见汪龙麟《〈搜神记〉异类婚恋故事文化心理透视》，《山西大学学报》1993年第2期。

〔17〕不过，此事《世说新语》入于《排调》门，而据《世说新语》之《品藻》、《言语》中有关刘惔的记载，刘惔为东晋名士，颇不信鬼神："刘尹在郡，临终绵惙，闻阁下祀神鼓舞，正色曰：'莫得淫祀。'外请杀车中牛祭神，真长答曰：'丘之祷久矣，勿复为烦。'"（《言语》）故刘惔之评，颇具调侃意味，当是讥讽干宝以史家实录之笔记荒谬无稽之鬼神，所评实际上是明褒暗贬。

〔18〕学界多把"游心寓目"解读为"娱乐作用"。恐未必然。按，游心，乃潜心。留心之谓；寓目，乃过目、观看之意。故"游心寓目"意即"留心观看"，与"赏心悦目"不是同义语。罗竹风主编之《汉语大词典》言之甚名。盖为使人们游心寓目，只有讲求艺术才能引起人的兴致，达到此种效果。若直解为愉悦快感，则非是。

〔参考书目〕

〔1〕李剑国. 唐前志怪小说史. 天津：南开大学出版社，1984.
〔2〕鲁迅辑. 古小说钩沉. 北京：人民文学出版社，1951.

# 第四章

# 魏晋南北朝志人小说

## 第一节　志人小说的兴起与类别

　　志人小说之名，最早见于鲁迅《中国小说的历史的变迁》，主要记述人物的遗闻琐事，言行事迹，亦称轶事小说。是与志怪小说并存的魏晋南北朝小说的主要种类。志人小说的兴起和繁荣，与"品目"、"清谈"有直接关系。所谓"品目"，就是品评衡量人物的优劣高下。"品目"是汉代举荐制的产物，凡被察举之人，均可以"孝廉"、"贤良方正"之名，被朝廷征辟，从而进入仕途。而品评的依据，不过是人物的言谈举止。东汉中叶，"品目"之风在士人中间尤盛，汉末郭泰曾被誉为"人伦之鉴"，许劭有"汝南月旦品"之称——他们的片言毁誉，在社会上影响很大，往往决定着被品评者的成败得失。因而"品目"之风既规范着士人们的举止，也使名士们的各种遗闻琐事流传一时，成为后来志人小说的重要素材。而清谈由清议而来，东汉末年，士人官吏好评议朝政得失，上议执政，下讥卿士，是为清议之风。清议朝政得失，臧否人物，可造成一种社会舆论，对于监督当权者的滥用职权、乃至政治腐败，有一定程度的作用。不过，也正因此，清议者受到当权者的残酷政治迫害，并引发党锢之祸。降至魏晋，政治环境的险恶有增无减，不少士大夫因言行触犯统治者而遭杀身之祸，如何晏、嵇康等都成为政治倾轧的牺牲品。为了远祸避身，避免卷入政治斗争的漩涡，不少名人士大夫便不问政事，奢于清谈。清谈又称清言或玄言，以老庄思想解释儒家经义，标榜超脱，崇尚虚无，将儒家提倡的名教与老庄提倡的自然结合起来，专谈玄理而摈弃世务，从而使清议沦为清谈。东晋以后，玄风更炽，《宋书·谢灵运传论》称："有晋中兴，玄风独振，为学穷于柱下，博物止乎七篇。"而志人小说在很大程度上就是名士风流和士大夫生活及精神风貌的记录[1]。

　　志人小说按其内容可分为笑话、野史、逸闻轶事三类。

### 一、笑话

　　主要作品有邯郸淳的《笑林》[2]，三国魏邯郸淳撰。《笑林》采集前人著述，兼录民间笑话，不少作品甚是精彩，读后令人捧腹不已。如下举二则：

> 甲买肉过都，入厕，挂肉著外。乙偷之，未得去，甲出觅肉，因诈便口衔肉云："挂著门外，何得不失？若如我衔肉著口，岂有失理。
>
> 汉世有人年老无子，家富，性俭啬。恶衣蔬食，侵晨而起，侵夜而息，营理产业。聚敛无厌，而不敢自用。或人从之求丐者，不得已而入内，取钱十，自堂而出，随步辄减，比至于外，才余半在，闭目以授乞者。寻复嘱曰："我倾家赡君，慎勿他说，复相效而来！"老人俄死，田宅没官，货财充于内帑矣。

以轻松幽默之笔调，夸张漫画式的笔法，叙写生活中的种种可笑可鄙之事，让人于笑声中领会其间的荒谬和不合常理。书中所记皆是人间之事，不涉神鬼，且所写人物多以某甲、某乙之类的不定称谓，显系虚构之作。鲁迅称《笑林》："举非违，显纰缪，实世说之一体，亦后世俳谐文字之权舆也。"（《中国小说史略》第七篇）

继邯郸淳《笑林》后，俳谐小说颇有一些著述者，如西晋陆云亦主有《笑林》，北齐阳松玠著有《解颐》，惜皆佚失不传。

## 二、野史

主要作品有《西京杂记》、《小说》等。

《西京杂记》，晋葛洪撰[3]。所谓"西京"，指的是西汉都城长安。是书杂采西汉故实，诸如宫苑秘闻、文人轶事、典章制度、民俗风情，不少故事确能补正史之阙，有史料价值。其中颇有一些脍炙人口的故事，如卷二所记昭君和亲事：

> 元帝后宫既多，不得常见。乃使画工图形，按图召幸之。诸宫人皆赂画工，多者十万，少者亦不减五万。独王嫱不肯，遂不得见。后匈奴入朝，求美人为阏氏。于是上案图，以昭君行。及去，召见，貌为后宫第一，善应对，举止闲雅。帝悔之，而名籍已定，帝重信于外国，故不复更人。乃穷案其事，画工皆弃市，籍其家资，皆巨万。画工有杜陵毛延寿，为人形，丑好老少，必得其真。安陵陈敞，新丰刘白、龚宽，并工为牛马飞鸟众势，人形好丑，不逮延寿。下杜阳望，亦善画，尤善布色，樊育亦善布色，同日弃市。京师画工，于是差稀。

据《汉书》之《元帝纪》、《匈奴传》及《后汉书》之《南匈奴传》，昭君和亲事在竟宁元年（前33），并无"案图行幸"及"画工弃市"之说。此说当出自民间传闻，蕴于其中的不仅有民间百姓对帝王宫闱生活的好奇和揣测，还有对昭君美色见斥远嫁塞北命运的深切同情，而后者更易引发文士阶层才高见妒的命运感伤。故而自《西京杂记》之后，历代文人多喜借机生发，如杜甫《咏怀古迹》（其五）、王安石《明妃曲》等。元人马致远《汉宫秋》却让昭君在汉弱匈奴强的情势下被迫远嫁，藉以发抒异族统治下的流离之痛和对宋金覆灭原因的沉重思考。此外，书中还记有如司马相如与卓文君当垆买酒、司马迁发愤著《史记》、武帝凿昆明池等故事，也都为后代文人所喜取材，故《四库全书总目提要》评价说："其中所记，虽多为小说家言，而撼采繁富，取材不竭。"

《小说》，梁殷芸撰[4]。清姚振宗《隋书经籍志考证》称："此殆是梁武帝作通史时，凡不经之说为通史所不取者，皆令殷芸别集《小说》，是《小说》因通史而作，犹通史之外乘。"书以时代为序分卷，起自周秦，迄于宋齐，分为秦汉魏晋宋诸帝、周六国前汉人、后汉人、魏世人、吴蜀人、晋江左人（共三卷）、宋齐人十卷，且每叙一条，均于条末注明出处，与随手抄撮者不同。书中所记除少数异闻外，多是历史遗闻、人物轶事，而以帝王宫廷事为多，不少作品颇富史料价值。从小说角度看，是书中那些采自民间传闻且虚构成分浓厚的故事，如卷二记孔子的"子路逢虎"：

> 孔子尝游于山，使子路取水，逢虎于水所，与共战，揽尾得之，内怀中。取水还，问孔子曰："上士杀虎如之何？"子曰："上士杀虎持虎头。"又问曰："中士杀虎如之何？"子曰："中士杀虎持虎耳。"又问："下士杀虎如之何？"子曰："下士杀虎捉虎尾。"子路出尾弃之，因恚孔子曰："夫子知水所有虎，使我取水，是欲死我。"乃怀石盘，欲中孔子。又问："上士杀人如之何？"子曰："上士杀人使笔端。"又问："中士杀人如之何？"子曰："中士杀人用舌端。"又问："下士杀人如之何？"子曰："下士杀人怀石盘。"子路出而弃之，于是心服。（出《冲波传》）

《冲波传》，不详何书。此则故事显系民间传闻，孔子的预见之智，子路的率尔鲁莽，形象生动而又充满着民间谐趣。其他如"鬼魅求见"、"孔子遇采桑女"等，大都以调侃笔法揶揄圣人，确乎不负其"小说"之名了。

### 三、逸闻轶事

东晋裴启所著《语林》[5]是魏晋南北朝时期较早出现的一部轶事小说。据《世说新语·轻诋篇》注引《续晋阳秋》："晋隆和中，河东裴启撰汉魏以来迄于今时，言语应对之可称者，谓之《语林》。时人多好其事，文遂流行。"后因记谢安语失实，为谢安轻诋，不再流传。书中多记汉魏两晋时期名人言论及轶事，文笔洗练，幽默隽永，如其中两则记魏晋文人机敏应对的故事：

> 士衡在坐，安仁来，陆便起去。潘曰："清风至，尘飞扬。"陆应声曰："众鸟集，凤凰翔。"

> 顾和为扬州从事，月旦当朝。未入，停车州门外。周侯饮酒已醉，着白袷，凭两人来诣丞相。历和车边，和先在车中觅虱，夷然不动。周始遥见，过去，行数步复又还，指顾心问曰："此中何所有？"顾择虱不辍，徐徐应曰："此中最是难测地。"

前者陆机对潘岳挑衅之语敏捷的针锋相对，雅淡玄远；后者顾和"难测地"既指藏虱之衣缝又指难测之人心，语义双关。从中不难见出魏晋文人受清谈风气熏染而表现出的语言智慧。

晚《语林》约半个世纪问世的郭澄之《郭子》[6]，所记内容与《语林》颇相类，亦多是两晋上层社会人物的逸闻琐事，包括人物的言语应对、品藻人物等，不过是书更多涉及文人私生活领域，如：

> 王浑与妇钟氏共坐，见武子从庭前过，浑谓妇曰："生儿如是，足慰人意。"妇笑曰："若使新妇得配参军，生儿故可不啻如此！"参军是浑中弟，名沦字太冲，为晋文王大将军，从征寿春，遇疾亡，时人惜焉。

> 王夷甫雅尚玄远，又疾其妇贪，口未尝言钱。妇欲试之，夜令婢以钱绕床，不得行。夷甫晨起，见钱阂之，令婢："举阿堵物！"

王浑妻子竟戏言若配小叔子，生子当更美，可见其时不独文人越名教而任自然，时风熏染，女子也当仁不让。王衍（字夷甫）妻郭氏虽不免贪浊之讥，其试夫之举也颇饶家庭生活之趣。然这类故事的真实性不免令人生疑，夫妻间的家庭生活琐事，别人无从得知，故当是作者杜撰之作。

《语林》、《郭子》二书均为晋世之作，后出的志人小说代表作《世说新语》中，采录《语林》约90余则，《郭子》约70余则。二书的出现，奠定了轶事类志人小说的叙事体制，为集大成之作的《世说新语》的问世作了有益的积累和准备。

自南朝宋《世说新语》问世后，记遗闻轶事的志人小说创作渐渐流行，然成就均不甚高。主要作品有：梁沈约撰的《俗说》[7]，内容多记东晋及南朝上层社会人物的言行遗闻琐事。南朝宋虞通之撰的《妒记》[8]，据《宋书·后妃传》载："宋世诸主，莫不严妒，太宗每嫉之，湖熟令袁慆妻以妒忌赐死，使近臣虞通之撰《妒妇记》。"《妒妇记》即《妒记》，乃受皇帝之命而作，意在儆劝妇女应有不忌之德。书中内容无非讽刺上层妇女妒忌的行为，赞扬妇女不忌之德，思想倾向是落后的。

## 第二节　魏晋风流与《世说新语》

魏晋南北朝时期遗闻轶事类志人小说的代表作是《世说新语》[9]，南朝宋临川王刘义庆聘集文士纂辑而成。尽管是书"成于众手"，且"纂辑旧文，非由自造"（鲁迅《中国小说史略》），然加工改写前人之作在这一时期是颇为普遍之现象，如《搜神记》等志怪之作，而此书收文1 130条，分属36门，不独内容更为丰富全面，而分类纂辑，较之前此杂记体的记录更具体系性。书中记述了汉至东晋间上层士大夫的遗闻轶事，尤其是魏晋名士的风流，具体形象地反映出上层士人的生活方式、文化习尚，乃至精神面貌。鲁迅称之"可以看做一部名士底教科书"(《中国小说的历史的变迁》)。其思想倾向，大致可概括为以下几个方面。

### 一、衡人标准：儒学精神为指归

书中首标德行、言语、政事、文学，即孔门四科，可见其评价人事以儒家价值为主要标准。如《德行》篇第一则，记的是陈仲举礼贤：

> 陈仲举言为士则，行为世范，登车揽辔，有澄清天下之志。为豫章太守，至便问徐孺子所在，欲先看之。主簿白："群情欲府君先入廨。"陈曰："武王式商容之闾，席不暇暖。吾之礼贤，有何不可！"

陈蕃（字仲举）上任时的第一件事，不是赴公府宴饮，而是去看望当地有名的大孝子徐穉（字孺子）。而据刘孝标注引袁宏《汉纪》："蕃在豫章，为穉独设一榻，去则悬之。"可见其对徐穉的敬重并非一时冲动。

陈蕃的居官之道显然是合乎儒学精神的，居于篇首的位置或许是作者的有意安排。其他如《政事》篇记陈寔（仲弓）为太丘长时，不是先去讨伐盗贼，而是回车处"在草不起子"的孕妇杀婴行为，原因即在于这种骨肉相残有悖儒者所强调的伦常天理。桓温为荆州刺史时，以政简刑轻为人称道：

> 桓公在荆州，全欲以德被江、汉，耻以威刑肃物。令史受杖，正从朱衣上过。桓式年少，从外来，云："向从阁下过，见令史受杖，上捎云根，下拂地足。"意讥不着。桓公云："我犹患其重。"

尽管有人怀疑这类故事和历史上的桓温性格不甚相符，然作者之用意是要礼赞"德被江汉"式的儒德治世理念，故主人公到底是谁其实并不重要。

其他如《德行》篇记王祥对后母暗杀自己的行为不是报复而是"跪前请死"，以德报怨，王戎、和峤遭母丧时"王鸡骨支床，和哭泣备礼"等，都可见出作者对儒家伦理道德的维护和歌扬。

### 二、批判锋芒：豪门贵族残暴、奸诈、虚伪和奢侈等违越儒者精神的秉性

《世说新语》中对那些违越儒者精神的豪门贵族，也颇多记述。如《汰侈》篇中的两则：

> 石崇每要客燕集，常令美人行酒；客饮酒不尽者，使黄门交斩美人。王丞相与大将军尝共诣崇。丞相素不善饮，辄自勉强，至于沈醉。每至大将军，固不饮以观其变，已斩三人，颜色如故，尚不肯饮。丞相让之，大将军曰："自杀伊家人，何预卿事！"

> 武帝尝降王武子家，武子供馔，并用琉璃器。婢子百余人，皆绫罗绮

纙，以手擘饮食。蒸豚肥美，异于常味。帝怪而问之。答曰："以人乳饮豚。"帝甚不平，食未毕，便去。王、石所未知作。

石崇杀姬劝酒取乐，而王敦在连杀三人时仍能"颜色如故"，凶残暴虐，令人发指。王济竟以人乳养猪，连帝王也甚不平。《汰侈》篇多记石崇和王恺斗富事，作者记录之本意，或只是显示王、石等因富贵而形成的变态性格。据刘孝标注引王隐《晋书》："石崇为荆州刺史，劫夺杀人，以致巨富。"豪门贵族于乱世多以凶残暴虐手段聚敛财富，也因而形成了他们颇带兽性的性格扭曲和变态。故在这两则看似客观记述的故事背后，隐隐透出一丝冷峻的乱世之恫。

石崇杀人直截了当，"乱世之奸雄"曹操杀人，则处处透出其"奸雄"本性：

> 魏武尝云："我眠中不可妄近，近便斫人，亦不自觉，左右宜深慎。"此后阳眠，所幸一人，窃以被覆之，因便斫杀。自尔每眠，左右莫敢近者。（《假谲》）

> 魏武有一妓，声最清高，而性情酷恶。欲杀则爱才，欲置则不堪。于是选百人，一时俱教。少时，还有一人声及之，便杀恶性者。（《忿狷》）

前者以诈诱杀，后者以计赚杀，被杀者不知为何遭杀，看杀者却觉得似乎该杀。曹操能于乱世称雄，或正得益于其这种冷酷的"奸"。

乱世的权力更替，必然充满血腥，《世说新语》没有将眼光投向那些遭逢离乱而被杀戮的广大弱势平民，而是转向同样血腥的宫廷纷争和兄弟仇雠。《尤悔》篇记曹丕以毒枣毒死同胞兄弟任城王曹彰，又欲加害陈思王曹植，以致其母卞太后惊愤而呼："汝已杀我任城，不得复杀我东阿！"正是统治者们这种完全违越儒者仁爱关怀的残暴本性，导致了六朝的血腥屠戮和战乱纷争，以致连身为帝王的晋明帝在听说了先辈们的阴险毒辣后也深为不忍：

> 王导、温峤俱见明帝，帝问温前世所以得天下之由。温未答，顷，王曰："温峤年少未谙，臣为陛下陈之。"王乃具叙宣王创业之始，诛夷名族，宠树同己，及文王之末高贵乡公事。明帝闻之，覆面着床曰："若如公言，祚安得长！"（《尤悔》）

司马氏集团也同样是在"诛夷名族"的血泊里浮荡而起的，从未经历过战争残酷和平接替皇位的晋明帝，不免对先辈这类不齿于人之行有覆面之羞了。

### 三、倾情呈现：超越名教而任自然的名士风流

《世说新语》中录述最多的，是在乱世夹缝中奔走浮沉的无奈文人们的生存境状。面对纷繁得令人无所适从的政治乱象，他们或放旷林外，或拍浮酒池，或谈玄论道，或求仙溺佛，借以排遣积郁于胸的无尽焦虑、愤懑和悲悯，从而为中国文人生活史书写了一段"越名教而任自然"的"魏晋风流"。

### （一）山水自然的生命淘洗

山水文学是六朝文学之大宗，与其说是六朝文人以其清丽之笔书写山水，不如说是夭矫山水感动了六朝文人。正是在无情乱世刀光剑影的残酷映照下，静默的山水竟显得如此多情，六朝文人于是在与山水的对语交流中获得了一份心灵的慰藉与安宁：

> 王司州至吴兴印渚中看，叹曰："非唯使人情开涤，亦觉日月清朗。"（《言语》）

> 王子猷尝暂寄人空宅住，便令种竹。或问："暂住何烦尔？"王啸咏良久，直指竹曰："何可一日无此君？"（《任诞》）

王胡之用吴兴山水洗涤俗虑，而王徽之以"君"称竹，则是视竹如人了。这种人与自然的对语交流甚至远胜于人与人之间的世俗应酬：

> 王子猷居山阴，夜大雪，眠觉，开室命酌酒，四望皎然。因起彷徨，咏左思招隐诗。忽忆戴安道。时戴在剡，即便夜乘小舟就之。经宿方至，造门不前而返。人问其故，王曰："吾本乘兴而行，兴尽而返，何必见戴？"（《任诞》）

因"四望皎然"的雪景无人共赏而思友，而一夜剡溪浴雪山水的心灵晤对，使得访友论诗的世俗兴致显得多余了。

这种山水自然的陶醉迷恋，不独泯灭了世间俗虑，甚至逾越了生死大限：

> 陆平原河桥败，为卢志所谮，被诛。临刑叹曰："欲闻华亭鹤唳，可复得乎！"（《尤悔》）

43岁的陆机壮年临刑，牵记于心的不是功名事业和儿女情长，而是曾与其弟陆云共游十余年的吴由拳县郊外的华亭别墅，那清泉茂林中的声声鹤唳，即便屠刀临颈时仍萦绕耳际。

### （二）任酒使性的名士风范

如果说与山水自然的对语可涤俗虑，陶真情；那么，魏晋人对酒的沉迷和陶醉，却颇让人难得其解了。《任诞》篇颇多魏晋人嗜酒纵酒的记录，如：

> 阮宣子常步行，以百钱挂杖头，至酒店便独酣畅。虽当世贵盛，不肯诣也。

> 毕茂世云："一手持蟹螯，一手持酒杯，拍浮酒池中，便足了一生。"

> 张季鹰纵任不拘，时人号为"江东步兵"。或谓之曰："卿乃可纵适一时，独不为身后名邪？"答曰："使我有身后名，不如即时一杯酒！"

> 诸阮皆能饮酒，仲容至，宗人间共集，不复用常杯斟酌，以大瓮盛酒，围坐，相向大酌。时有群猪来饮，直接去上，便共饮之。

阮修（字宣子）宁访酒店不拜"贵盛"，毕卓（字茂世）一生只求了于酒，张翰（字季鹰）更不愿为"身后名"而失去"即时一杯酒"，诸阮甚至与猪共饮，魏晋文人的嗜酒如狂之态,可以想见。

嗜酒并非"摄生"之道,刘伶妻子为此要刘伶戒酒:

> 刘伶病酒,渴甚,从妇求酒。妇捐酒毁器,涕泣谏曰:"君饮太过,非摄生之道,必宜断之!"伶曰:"甚善。我不能自禁,唯当祝鬼神自誓断之耳!便可具酒肉。"妇曰:"敬闻命。"供酒肉于神前,请伶祝示。伶跪而祝曰:"天生刘伶,以酒为名,一饮一斛,五斗解酲。妇人之言,慎不可听!"便引酒进肉,隗然已醉矣。

竟然以诈妻之法赚得酒喝。不求"以德为名"而标世,却用"以酒为名"向神立誓。刘伶酒瘾,已近于狂了。

然而,魏晋人近乎病态的"病酒",并非只是为那"隗然已醉"的痛快:

> 王孝伯问王大:"阮籍何如司马相如?"王大曰:"阮籍胸中垒块,故须酒浇之。"(《任诞》)

近乎迷幻的酒精麻醉状态,使得种种填塞于心的苦痛得到消释,所以阮籍、刘伶们终日纵酒,更重要的,文人们可在借酒使性的狂放中超越陈腐的儒家教规,释放被压抑的不羁个性。

> 阮籍遭母丧,在晋文王坐进酒肉。司隶何曾亦在坐,曰:"明公方以孝治天下,而阮籍以重丧显于公坐饮酒食肉,宜流之海外,以正风教。"文王曰:"嗣宗毁顿如此,君不能共忧之,何谓?且有疾而饮酒食肉,固丧礼也!"籍饮啖不辍,神色自若。
>
> 刘伶恒纵酒放达,或脱衣裸形在屋中。人见讥之,伶曰:"我以天地为栋宇,屋室为裈衣,诸君何为入我裈中!"

母丧期间,阮籍竟当着标榜"以孝治天下"的司马昭饮酒食肉,这当然是违反儒家"孝道"的,无怪乎何曾建议"流之海外"了。颇有意思的是,司马昭不仅不加罪,反以为"有疾而饮酒食肉,固丧礼也"。这固然有出于对阮籍"通伟"之才的赏识,也有对其嗜酒之疾的一份无奈。刘伶的裸居于室,与其说是"放达",不如说是为乱世人生扭曲的个性在酒精迷幻状态下的无拘束的释放。

### (三) 玄远冷峻的清谈智慧

《世说新语》中关于魏晋名士清谈的记载很多,如《文学》载:

> 孙安国往殷中军许共论,往反精苦,客主无间。左右进食,冷而复暖者数四。彼我奋掷麈尾,悉脱落,满餐饭中。宾主遂至暮忘食。殷乃语孙曰:"卿莫作强口马,我当穿卿鼻。"孙曰:"卿不见决鼻牛,人当穿卿颊。"

据《续晋阳秋》载,孙盛(字安国)善义理,殷浩亦擅名一时,二人常剧谈相抗。这里记两人因"往返精苦"以至几挥老拳,然"强口马""决鼻牛"的斗气之言,亦颇见魏晋清谈者之"客主无间"和语言机敏。

尽管魏晋清谈少涉时务,在当时即曾招致空谈误国的批评,然玄远之语的文字游戏，又何尝不是乱世避祸的文人无奈？《世说新语》中颇记述了几则以机巧之语化解权势者压迫的故事：

> 桓公少与殷侯齐名，常有竞心。桓问殷："卿何如我？"殷云："我与我周旋久，宁作我。"（《品藻》）

面对桓温的"竞心"，殷浩既不愿违心讨好，也不希望片言不和而招致杀身之祸，于是以看似不与之争实则不屑与争的"宁作我"巧妙周旋。

清谈的风气不仅带来文人言语的多义性，还促成这个时代的人们对语言机敏智慧的崇尚和欣赏：

> 孙子荆年少时欲隐，语王武子"当枕石漱流"，误曰"漱石枕流"。王曰："流可枕，石可漱乎？"孙曰："所以枕流，欲洗其耳；所以漱石，欲砺其齿。"（《简傲》）

> 邓艾口吃，语称艾艾。晋文王戏之曰："卿云艾艾，定是几艾？"对曰："凤兮凤兮，故是一凤。"（《言语》）

> 梁国杨氏子九岁，甚聪惠。孔君平诣其父，父不在，乃呼儿出。为设果，果有杨梅。孔指以示儿曰："此是君家果。"儿应声答曰："未闻孔雀是夫子家禽。"（《言语》）

孙楚（字子荆）的巧语置辩，邓艾的一字置换，均表现出富有智慧的语言敏悟。时风熏染，甚至九岁的杨氏子于俯仰对答中也卓尔不群。《世说新语》颇多有关儿童出语惊人的记述，如《言语》篇孔融拜见李膺、《夙慧》篇何晏巧拒魏武等，这正体现了魏晋文人注重语言才性的清谈追求。

总之，《世说新语》是魏晋风度的一面镜子，其中关于魏晋名士的众生相，都有生动载述，通过这些记述，可以了解那个时代上层社会的风尚。

## 第三节　志人小说叙事艺术

魏晋南北朝志人小说多是"断片的谈柄"（鲁迅《且介亭杂文二集·六朝小说和唐代传奇文有怎样的区别？》），往往以只言片语勾画人物，以简约传神的笔法展示人物的精神风貌。明人胡应麟称赏《世说新语》："读其语言，晋人面目气韵，恍惚生动，而简约玄澹，真致不穷，古今绝唱也。"（《少室山房笔丛·九流绪论》下）鲁迅也赏其"记言则玄远冷隽，记行则高简瑰奇"（《中国小说史略》）。

具体而言，六朝志人小说的叙事风范，主要有以下几个特点。

一是言约旨丰、玄妙悠远的叙事韵味。这主要体现在哪些以比兴意象之诗家笔趣写人记事的作品中，如《郭子》中几则叙写美男子的片段记录：

> 魏明帝世，使后弟毛曾与夏侯太初共坐，时人谓"蒹葭倚玉树"。

> 时目夏侯太初"朗如明月入怀"。
>
> 潘安仁、夏侯湛并有美容貌，尝同行，人谓之"连璧"。

蒹葭乃卑贱之草，《韩诗外传》卷二载闵子骞见孔子，面有菜色，谓："吾出蒹葭之中，入夫子之门。""玉树"则是昆仑山的神异之树，《汉武故事》曰："武帝起神堂植玉树。"《淮南子》曰："昆仑山有碧树在其北。"高诱注云："碧，青石也。谓以珠玉，假为树而植之于殿。"以这两种价值品行悬殊的植物比喻毛曾和夏侯玄（字太初），其间之褒贬细细品嚼不难悟出。"明月入怀"、"连璧"等，也都是借助简约明快的语词意象，为读者留下风韵无限的想象空间。

片断意象状人之好丑善恶，多重意象的比照牵合，则折射出更为深远广厚的文化意蕴。《世说新语·夙慧》记晋明帝数岁时辨日与长安远近：

> 晋明帝数岁，坐元帝膝上。有人从长安来，元帝问洛下消息，潸然流涕。明帝问："何以致泣？"具以东度意告之。因问明帝："汝意长安何如日远？"答曰："日远。不闻人从日边来，居然可知。"元帝异之。明日集群臣宴会，告以此意，更重问之。乃答曰："日近。"元帝失色曰："尔何故异昨日之言邪？"答曰："举目见日，不见长安。"

因洛下消息而"潸然流涕"，长安故里情怀浓厚，故有日远长安近的切身判断；群臣宴会时的骄矜之色，宴嬉之乐淹没了长安之梦的牵记，从而有日近长安远的感怀。行文巧妙地借助日与长安两个意象的牵合，融入晋室东渡后的故土牵念与感伤。

二是简约玄澹、细笔传神的人物雕琢。与意象笔致的画面展示不同，志人小说状写人物性格襟怀之作，则多借助典型化的细节或个性化的语言，以凸显人物不侔常人的性格特征。如《世说新语》中的几则故事：

> 王戎有好李，卖之，恐人得其种，恒钻其核。（《俭啬》）
>
> 王蓝田性急。尝食鸡子，以箸刺之，不得，便大怒，举以掷地。鸡子于地圆转未止，仍下地以屐齿碾之，又不得，瞋甚，复于地取内口中，啮破即吐之。王右军闻而大笑曰："使安期有此性，犹当无一豪可论，况蓝田邪？"（《忿狷》）
>
> 谢公与人围棋，俄而谢玄淮上信至，看书竟，默然无言，徐向局。客问淮上利害，答曰："小儿辈大破贼。"意色举止，不异于常。（《雅量》）

王戎之吝啬，以钻核一事状之，寥寥十六字，简约之极；王述（封蓝田侯）之性急，通过其食鸡子时的刺、掷、碾、内（同"纳"）、啮、吐的一连串手忙脚乱的动作生动透出，笔致精细；谢安之雅量，即便是关乎东晋政局安危的淝水之战，竟能观信不语，而"小儿辈大破贼"的回答，"小"与"大"的不对称比对，看似清淡的谈吐中又难掩喜悦之情。

三是比称映对、借彼写此的格局设计。《世说新语》状人记事，多喜两两对举：

> 管宁、华歆共园中锄菜，见地有片金，管挥锄与瓦石不异，华捉而掷去之。又尝同席读书，有乘轩冕过门者，宁读如故，歆废书出看，宁割席分坐，曰："子非吾友也！"（《德行》）

> 王戎和峤同时遭大丧，俱以孝称。王鸡骨支床，和哭泣备礼。武帝谓刘仲雄曰："卿数省王、和，不闻和哀苦过礼，使人忧之？"仲雄曰："和峤虽备礼，神气不损。王戎虽不备礼，而哀毁骨立。臣以和峤生孝，王戎死孝。陛下不应忧峤。而应忧戎。"（《德行》）

管宁、华歆之人品气质差异，通过两人面对"地有片金"之利和"乘轩冕者"之名的诱惑时的不同反应，鲜明凸显出来；王戎、和峤于母丧时的不同表现是一重对比，武帝之忧与仲雄之辨又是一重对比，在双重对比中体现出四个人不同的品性器识。

《世说新语》笔舌精妙处，还在于其于两两对举的格局空间内，有意设置一个看似虚化的第三角：

> 郑玄家奴婢皆读书。尝使一婢，不称旨，将挞之，方自陈说，玄怒，使人曳着泥中。须臾复有一婢来，问曰："胡为乎泥中？"答曰："薄言往愬，逢彼之怒。"（《文学》）

二婢所对之言，皆出自《诗经》之《卫风》，一见《式微》，一见《柏舟》；且切合当时情境。不由令人称赏二婢学养之深厚，应对之机巧了。奴婢尚且如此，郑玄之学问更谁堪比？表层二婢学问渲染的背后，实际是藉此表达作者对郑玄学问的推崇与揄扬，而郑玄在文中却是被虚化了的。

〔注释〕

〔1〕参见王瑶《中古文学论集》，上海古籍出版社1982年版；罗宗强《玄学与魏晋士人心态》，浙江人民出版社1990年版。

〔2〕邯郸淳，字子叔，一说字子礼，颍川（今河南许昌）人，一说陈留（今河南开封）人。幼有异才，"博学有才章"（《三国志·王粲传》注引《魏略》）。甚得曹操敬重，曹丕、曹植兄弟皆慕其名而延揽交接。曹丕登帝位后，官博士给事中。《笑林》已佚，《隋志》著录三卷，《古小说钩沉》辑录29条。

〔3〕是书作者，有汉刘歆、晋葛洪和南朝梁吴均三说。据后人考证，吴均说不确，当是东晋葛洪托名刘歆所撰。葛洪，见第三章注〔8〕。

〔4〕殷芸（471—529），字灌蔬，陈郡长平（今河南西华）人。性倜傥，博洽多闻。仕齐任宜都王行参军，入梁任散骑侍郎，中书舍人等职，官终秘书监，司徒左长史。《小说》原书佚，《古小说钩沉》辑录135条。

〔5〕裴启，字荣期，河东闻喜（今山西闻喜）人。少有风姿，好品评人物，以布衣终生。《语林》已佚，《古小说钩沉》辑录180条。

〔6〕郭澄之，字仲静，太原阳曲（今山西太原）人。少有才思，机敏过人；曾任尚书郎，南康相等职；后刘裕引为相国参军，升相国从事中郎，封南丰侯。《郭子》原书佚，《古小说钩沉》辑录84条。

〔7〕沈约（441—513），字休文，吴兴武康（今浙江德清）人，南朝著名文学家。史载他"笃志好学，昼夜不释卷"；历仕宋齐梁三代，齐梁时为文坛领袖。《俗说》原书佚，《古小说钩沉》辑录52条。

〔8〕虞通之，生卒年不详，会稽余姚（今浙江余姚）人。官至黄门郎，步兵校尉等职。《妒记》原书佚，《古小说钩沉》辑录7条。

〔9〕又名《世说》、《世说新书》，《隋书·经籍志》子部小说家类最早著录，作"《世说》八卷，宋临川王刘义庆撰"。《世说新书》名见于唐杜佑《通典》、段成式《酉阳杂俎》，然早于杜、段的刘知几在《史通·杂说》中已称是书为《世说新语》。现存最早刊本为宋绍兴八年（1138）刻本，三卷三十六门。（梁）刘孝标为之作注。

〔参考书目〕

〔1〕苗壮. 笔记小说史. 杭州：浙江古籍出版社，1998.
〔2〕王枝忠. 汉魏六朝小说史. 杭州：浙江古籍出版社，1997.
〔3〕罗宗强. 玄学与魏晋士人心态. 杭州：浙江人民出版社，1990.

# 第五章

# 唐人传奇（上）

公元581年，隋文帝杨坚灭北周，结束了分裂割据的局面，建立了隋朝；但到恭帝义宁二年（618）便被农民起义推翻。李渊在农民起义的基础上建立了唐朝，历经290年被黄巢起义推翻，又出现了分裂割据的局面，是为五代十国，直到被赵匡胤建立的宋王朝统一。隋朝国祚短，不单独立论；五代则并入晚唐时段。

唐代不愧是盛世，不仅诗歌散文取得了辉煌的成就，小说方面也有巨大的贡献。一是传奇文把传统的文言小说推向了高峰，以致后来者难乎为继，宋元明三代传奇文几成绝响，直到清代蒲松龄《聊斋志异》才作出了卓越的回应；二是开辟了小说的新领域，这就是明清时代蔚为大观的通俗白话小说。鲁迅先生说："小说亦如诗，至唐代而一变。"（《中国小说史略》第八篇）"小说至唐时，却起了一个大的变迁。"（《中国小说的历史的变迁》第三讲）变、变迁，都指突破性飞跃的变化，新境界的出现。唐代小说种类多种多样：志怪、杂俎、传奇、话本、变文等等。志怪与杂俎有明显的传奇化倾向，可归入传奇一类；话本与变文则同属通俗小说。

## 第一节　什么是传奇

唐人小说中成就最大的是传奇小说，鲁迅《中国小说史略》称之为"唐代特绝之作"，标志着中国小说的成熟，在中国小说史上具有里程碑意义，人们往往把传奇小说视为唐人小说的代表。

### 一、"传奇"释名

"传奇"本是小说篇名，宋代曾慥《类说》卷二八《异闻集》所收元稹《莺莺传》题为《传奇》，宋代赵德麟《侯鲭录》卷五载王性之《〈传奇〉辨证》、赵德麟《商调蝶恋花》词都称《莺莺传》为《传奇》，收入《太平广记》时才题名《莺莺传》[1]。所谓传奇，意即记述奇遇奇事。晚唐裴铏的小说集亦名《传奇》。到了宋代，"传奇"则代指小说中的一个内容类别，灌园耐得翁《都城纪胜》、罗烨《醉翁谈录》、吴自牧《梦粱录》中，都把"传奇"与烟粉、灵怪并提，指演述人间婚恋故事的作品。"传奇"题材的涵盖面不断扩大，到宋元时代便成为《莺莺传》、《传奇》一类作品的统称了。南宋谢采伯在《密斋随笔》的自序中所说"……要之，无抵牾于圣人，不犹愈于稗官小说、传奇志怪之流乎？"陶宗仪在《南村辍耕录》之"杂剧曲名"中说："稗官废而传奇作，传奇作而戏曲继。"在"院本名目"条又说："唐有传奇。宋有戏曲、唱诨、词说。"所用的"传奇"即指唐代用文言文写成的、虚构故事以显示文采的短篇小说。

由于传奇类作品受人欢迎，数量多，影响大，所涵盖的题材内容也不仅仅限于人间婚恋故事了；所包含的文学体裁，也不仅仅局限于小说了，说唱文学诸宫调可称传奇："说唱诸宫调，昨汴京有孔三传，编成传奇、灵怪，入曲说唱。"（吴自牧《梦粱录》卷二十"妓乐"）南戏可称传奇："这一本传奇，是《周孛太尉》……"（《永乐大典戏文三种·宦门子弟错立身》）"后行子弟，不知敷演甚传奇？"（同上《小孙屠》）元杂剧可称传奇："前辈已死名公才人有所编传奇行于世者"（钟嗣成《录鬼簿》），贾仲明在《书录鬼簿后》里也称杂剧为传奇，杨维桢在《元宫词》中称鲍天祐的《尸谏灵公》杂剧为传奇。明代以后，"传奇"又用来专指在南戏基础上发展而成、没有出数限制的长篇戏曲，吕天成《曲品》："杂剧北音，传奇南调。杂剧折惟四，唱惟一人；传奇折数多，唱必匀派。"称"传奇"的原因，晚明倪倬为《二奇缘》作的《小引》中说："传奇，纪异之书也。无奇不传，无传不奇。"李渔在《闲情偶寄》之"脱窠臼"条中说："古人呼剧本为传奇者，因其事甚奇特，未经人见而传之，是以得名。可见非奇不传。"茅瑛说："传奇者，事不奇幻不传。"（《题牡丹亭》）

## 二、唐传奇的总体特征

元人虞集在谈到唐人传奇的时候说："盖唐之才人，于经艺道学有见者少，徒知好为文辞，闲暇无所用心，辄想象幽怪遇合、才情恍惚之事，作为诗章答问之意，傅会以为说，盍簪之次，各出行卷，以相娱玩，非必真有是事，谓之传奇。元稹、白居易犹或为之，而况他乎？"（《道园学古录》卷三八《写韵轩记》）此话指出了传奇类小说的特点：从创作性质上说，已非实录，而是有意为小说，所传所记"非必真有是事"，是想象的、虚构的；从创作目的说，不是功利的，不在教训，而在于"娱玩"，在于显示"文辞"；从题材上说，不止是人间婚恋，"幽怪遇合、才情恍惚之事"都包括在内；从作者说，一批卓有成就的文士都参与了创作，成绩斐然。

## 三、传奇小说的源流

唐人传奇小说并不是唐人凭空独造出来的，而是在前人创造的基础上发展而来的。从题材看，其征奇录异，源出于志怪，鲁迅说："传奇者流，源盖出于志怪。"（《中国小说史略》第八篇）从体裁看，又继承了史传文学的传统，创作时往往广收博取，多方面吸收各种文体艺术的营养，并不局限于某一两类，诸如神话、寓言、史传、散文、诗赋、志怪、志人，等等，无不融于诗心，凝聚笔端，促使传奇小说创作有了突破性进展。因此鲁迅先生在《且介亭杂文二集·六朝小说和唐代传奇文有怎样的区别》中说："但六朝人也并非不能想象和描写，不过他不用于小说，这类文章，那时也不谓之小说。例如阮籍的《大人先生传》，陶潜的《桃花源记》，其实倒和后来的唐代传奇文相近，就是嵇康的《圣贤高士传赞》（今仅有辑本），葛洪的《神仙传》，也可以看作唐人传奇文的祖师的。李公佐作《南柯太守传》，李肇为之赞，这就是嵇康的《高士传》法；陈鸿《长恨传》置白居易的长歌之前，元稹的《莺莺传》既录《会真诗》，又举李公垂《莺莺歌》之名作结，也令人不能不想到《桃花源记》。"传奇小说源远流长，只是到了唐代才"施之藻绘，扩其波澜，故其成就乃特异"（《中国小说史略》第八篇）而已。

　　从传奇小说篇章名称的分类看，多以"传"或"记"取名。取名"传"者更注重人物的刻画，更多吸收了史传文学的特点；取名"记"、"志"、"录"者，则更多着眼于记事，把人物作了故事的载体，沿袭了志怪小说的传统。当然，刻画人物离不开故事，叙述故事也能突现人物，二者的区别是相对的。

## 第二节　传奇小说的生长环境

### 一、宽松自由的文化环境

　　唐代是中国封建社会的上升期，经济繁荣，国力强盛，统治者对自己的统治具有信心，思想相对自由，文学创作的禁忌比较少，为文学艺术的健康发展提供了良好的社会环境。李白说："遭逢圣明主，敢进兴亡言。"（《书情赠蔡舍人雄》）白居易说："天子方从谏，朝廷无忌讳。"（《初授拾遗》）晚唐的罗隐"深怨唐室，诗文凡以讥刺为主。"（辛文房《唐才子传》）甚至"宫禁嬖昵，非外间所应知者，皆反复极言，而上之人亦不以为罪。"（洪迈《容斋续笔》卷二"唐诗无讳避"）不仅诗文，小说亦然："皇朝济济多士，声名文物之盛，两汉才足以扶轮捧毂而已，区区魏晋周隋已降，何足道哉！故自武德、贞观而后，吮笔为小说、小录、稗史、野史、杂录、杂记者多矣。"（高彦休《唐阙史序》）所以传奇作家敢于放笔抒写，风格多姿多彩。

### 二、科举制与行卷风气

　　唐代以文词取士，举子们便务求提高文学修养，从而推动了文学的繁荣。

科举制度使中下层知识分子能够凭借自己的才华步入仕途,他们不仅是政治上的进步力量,也是文学上的进步力量。而行卷温卷风气的盛行则直接促进了传奇创作的繁荣。唐代科举考试试卷不糊名,举子们为了增加录取的可能性,在考试之前就把自己的创作呈送给社会上有名望有地位的人,请求他们向主考官推荐,叫"行卷";逾数日再送,叫"温卷";呈送给礼部的,叫"省卷"或"公卷"。所投献的作品有诗文,但往往是传奇小说,"盖此等文备众体,可以见史才、诗笔、议论。"(赵彦卫《云麓漫钞》卷八)传奇可以展示多种才华,很受文人们青睐。即使在进士、明经及第之后,也还在进行传奇创作,作品数量多,质量也好。有人作过考察:"统计六十种传奇与杂俎作者的出身。由于一部分作者的姓名无考,或一人而成数种,作品虽称六十,作者却只四十八人。在这四十八人中,确知曾举进士的凡十五人,举明经的一人,擢制科的一人,应进士试而落第的一人,因其为翰林学士或校书郎遂推想他们可能是进士或制科出身的三人。其余二十七人里,二十四人因行事难详,不知他们是否应科举,行事可考而无科名的只有三人。此外还有一点值得我们注意的,就是唐传奇的杰作与杂俎中的知名者多出进士之手。综合以上三方面,我们得的结论是:唐代盛行科举,而'举人'以传奇猎取功名;牛僧孺是传奇名家,同时又是重科举的政党的党魁;统计作者出身的结果,不独确无科名的人是极少数,而且进士出身的人成绩较优。因此,在尚未获得有力反证的现在,我们不妨假定:唐传奇的发达颇得力于唐科举;换句话说,唐传奇的作者多是唐科举制度所造就的人才。"(《冯沅君古典文学论文集·唐传奇作者身份的估计》)令人信服地说明了科举制度与传奇文创作的关系。

### 三、创作观念的变化

六朝人写志怪志人小说,是作为实事记述的,而唐代文人因为国史官修,禁止私家撰述,因而摆脱了"史"的束缚,不再拘泥于事实,进入了大胆运用想象和虚构的独立创作阶段,所以明人胡应麟《少室山房笔丛》之《二酉缀遗》谓唐人"尽幻设语","作意好奇,假小说以寄笔端"。鲁迅说至唐"始有意为小说"(《中国小说史略》第八篇)。唐人又提出了"以文为戏"的创作主张。写作的目的不仅仅是为了载道传道,也可以用来游戏娱乐,"无实驳杂之说"既"无害于道"又"有益于世"[2]。唐传奇不仅写得文笔细腻,故事曲折,而且文采斐然,是与这种重视虚构、以文娱人的创作思想分不开的。

当然,以文为戏观念的形成,归根到底是经济繁荣、生活富足造成的。文人追求娱乐,爱听民间说唱,从民间艺人身上汲取着创作营养。

到了晚唐,藩镇割据、宦官专权、朋党之争,这三大社会痼疾不仅导致了李唐王朝的灭亡,也提供了小说创作的环境。

## 第三节 初兴期的传奇

小说是一种新兴的文学门类，唐人始有意为小说。对小说文体，作家有一个认识和接受过程，也有一个艺术探索和艺术积累的过程，所以唐传奇的繁荣迟于诗歌。从唐建国到代宗永泰年间是唐传奇发展的初期。

### 一、概述

本期志怪小说与六朝相比明显减少，但仍绵延不断。这一是因为志怪是人们熟悉的旧事物，写起来顺手；另一方面也与唐代崇信佛道二教有关。

唐临《冥报记》是一部宣扬佛教因果的书[3]。从渊源上说它继承了前代同类著作的传统，以佛教的因果报应为故事内容；其创作目的则在于劝诫世人，使人深心感悟而信佛；艺术上则以信实为本，不求文采。其自序说他仰慕前人同类著作之"征明善恶，劝戒将来。实使闻者深心感寤。"故而"亦思以劝人，辄录所闻，集为此记。仍具陈所受及闻见缘由，言不饰文，事专扬榷，庶人见者能留意焉。"这也体现了唐人志怪小说的重要特征，构成了与传奇小说的重要区别。郎馀令的《冥报拾遗》是《冥报记》的续书[4]，内容、体例均同前书。善恶报应本有固定模式，所以二书都不能避免情节雷同的毛病。其他志怪小说还有窦维鋈的《广古今五行记》、郑常《洽闻记》等。这个时期的志怪小说，从题材到写作目的，与六朝大体无异。《冥报记》之《柳智感》写唐长举县令柳智感"夜判冥事，昼临县职"，是生人入冥判事故事的源头，也算是题材上的拓展。

传奇小说单篇作品的出现，更说明了传奇小说的成熟和完善，它不必再"比类为书"，靠同类内容的作品凑集成为一个整体，走出了片段的丛残小语、琐屑杂记的范畴，单独一篇作品即可成为一个完整的审美对象。

单篇作品有王度的《古镜记》[5]，被称为唐人小说的开山之作，描写十余个宝镜驱妖灭怪祛病除灾的故事，是综合了六朝以来志怪传说中的镜异故事，又加以恢宏拓展而成，终成镜异故事之大观，开传奇小说之先河；也是中国小说史上第一篇以第一人称叙事的作品。

《补江总白猿传》是一篇诬人之作[6]。刘悚《隋唐嘉话》卷中载有唐太宗长孙皇后之兄长孙无忌嘲欧阳询诗："耸膊成山字，埋肩不出头。谁家麟阁上，画此一猕猴？"《本事诗》、《唐诗纪事》等也有同样记载。恶欧阳询者综合猿盗妇人之说，诬骂询母为白猿掳去而生询。其实《传》中的白猿形象就是人间抢财劫妇的强盗，为了诬蔑人才赋予了神猿状貌。猿窃妇人的传说不自唐始，《焦氏易林》、《博物志》、《搜神记》、《述异记》等均有记载；本《传》对后世影响很大，南唐徐铉《稽神录》、明瞿佑《剪灯新话·申阳洞记》均据此敷演；《清平山堂话本·陈巡检梅岭失妻记》(《古今小说》作《陈从善梅岭失浑家》)、明杨景贤杂剧《西游记》等都写白猿掠妇故事。

张鷟《游仙窟》是第一人称作品[7]。日本一些学者认为此作与武则天有关，都不可信。"仙之一名，遂多用作妖艳妇人，或风流放诞之女道士之代称，亦竟有以之目倡伎者。"(陈寅恪《元白诗笺证稿·读莺莺传》)张鷟其人"俶荡无检，罕为正人所遇"(《新唐书·张荐传》附张鷟传)，本篇乃是在其狎妓生活的基础上写成的。鲁迅在《游仙窟序》中说："不特当时之习俗如酬对舞咏，时语如……可资博识；即其始以骈俪之语作传奇，前于陈球之《燕山外史》者千载，亦为治文学史者所不能废矣。"艺术上独具特色，对后世很有影响。

牛肃《纪闻》是最早的一部传奇集[8]。从书名看，是要记奇闻异事以传闻后世；从题材看，所记大部分为释道异事、鬼怪妖魅、奇禽异兽、稀世珍宝以及现实生活中的事件。所记故事，基本上发生在唐代；其创作原则，虽不排除纪实性却并不以实录相标榜，相反，他时时在提醒读者他是在幻设为文。书中第一篇即《王无有》，叙主人公王无有所遇之事，明白说明：原本无有，是编造出来的。从故事本身来看与志怪无异，但明确说出所写非实，与六朝相比，便有了明显的虚构意识和创作自觉。《纪闻》对后来的《玄怪录》有一定影响。这一时期还有张说《梁四公记》、《镜龙记》两部传奇集以及《绿衣使者传》、《传书燕》两个单篇等。

## 二、初兴期传奇的艺术成就

这个时期的传奇小说，从题材上说，还带有明显的志怪色彩，即使是人世生活气息最浓的《游仙窟》，从表面形式看也是人仙遇合；但实质与六朝比有了大的变化，表现在两方面。

一是寄寓深沉，有鲜明的爱憎臧否倾向。作者创作目的明确，与六朝志怪只记事实不寓褒贬者大不相同。《古镜记》通过一系列古镜异迹的描写，说明古镜盛世而出，出则为人世消灾免祸；乱世而隐，隐则祸患丛生，世路艰危。所谓盛世，作者认为是由战乱走向统一太平的隋代；隋唐易代之际，群雄争竞，烟尘四起，借庐山处士苏宾的话说便是："天下神物，必不久居人间。今宇宙丧乱，他乡未必可止……"果然于隋亡前夕失镜。王度作为隋朝臣子、修隋史而未毕的史官，在《记》中不仅表现了深沉的悼隋情绪，表现了王室如毁而无所依归的迷惘，以及对再逢盛世使宝镜复出的期望，而且表现了浓郁的盛衰治乱感喟。这种种情愫，不仅前此镜异故事中所无，也是前此志怪小说中所未见，与以前之志怪志人小说相比，显得厚重深沉。《补江总白猿传》也清楚地表明，编撰白猿盗妇故事仅仅是一种手段，另有创作目的，与仅仅传录异事者不同。《游仙窟》内容庸俗浅薄，也表现了作者对冶游生活的欣赏玩味；从另一面看，五娘、十嫂不甘寡居寂寞、追求"欢乐尽情"，与《古镜记》中欧阳纥对妻子失身白猿并无苛责，都表现了藐视礼教束缚的倾向，说明初盛唐精神环境的宽松局面。《纪闻》各篇情况不尽相同，但褒贬爱憎倾向是显而易见的，尤其是那些直接取材于现实生活的作品。

二是怪异气息减弱而生活气息增强。《古镜记》里王度兄弟的经历，他们对世事的体味与认识，是削弱怪异性而增强现实性的一个重要体现。《补江总白猿传》名为"白猿传"，主人公却不是白猿，而是欧阳纥，对欧阳纥失妻后心理的刻画、对寻妻过程的描写，占了几乎三分之二的篇幅，真正对怪异现象的描写，不足全篇的三分之一，生活气息远远超过怪异气息。《游仙窟》中十娘、五嫂则全无仙气，活脱是人间青楼女子。《纪闻》固然多为志怪，也有纯粹描写现实生活的作品，像《吴保安》记人间友情，写出了生死不渝的真挚情谊，十分感人。其事被采入《新唐书·忠义传》，《古今小说·吴保安弃家赎友》、沈璟《埋剑记》等均衍其事，可见影响之大，感人之深。《裴伷先》刻画了忠于李唐而反对武则天称帝的忠耿之臣裴伷先形象，比《旧唐书·裴炎传》所附裴伷先传生动得多，对武则天的阴险狡诈也进行了揭露。武则天派十道使者杀流民的描写也比正史具体得多。《苏无名》写靠观察和分析破案的高手、《马待封》写能工巧匠却不被授官的吴赐等等，都取材于现实生活，毫无鬼怪气息。

三是结构完整。六朝志怪是丛残小语式写法，志人小说则记人物的言行片断，有如散花碎锦，而唐人则是在取材搜奇记异的基础上，吸收了史传文学故事完整的叙事特点，叙述宛转，与六朝志怪之粗陈梗概不可同日而语。篇幅曼长，故事曲折，在篇章结构上有意经营。《古镜记》的十个镜异故事由人物经历贯穿，联结全篇构成一个有机整体，虽然还留有堆垒的痕迹，也可看出作者用心良苦。叙述视角也几次变换，行文并不呆板。汪辟疆在《唐人小说》中为本记所作按语云："王度此篇之记镜异，实有所本；抑或有意综合六朝以来言镜异之说，以恢宏其文；而又纬以作者家世仕履，颠倒眩惑，使后人读之，疑若可信也。""即观其侈陈灵异，辞旨诙诡，后人摹拟，汗流莫及。上承六朝志怪之余风，下开有唐藻丽之新体。洵唐人小说之开山也。"《补江总白猿传》较《古镜记》有了明显进步，重在写失妻寻妻过程，救妻之后才补写白猿状貌行迹，运用倒叙手法，更显完璧。《游仙窟》以男主人公行踪为序，入窟始，离窟终，有头有尾，中间带出大量诗酒调情的场面描写，艺术上最为成熟。《冥报记》中有些篇幅比较长的作品，故事起伏跌宕，如《兖州人》、《柳智感》等。《纪闻》中的《吴保安》情节曲折生动，故事性强，为后世戏曲小说所敷演。

四是诗意的追求。摆脱了纪实的束缚之后,初唐小说开始追求美文效果。尤其是吸收了诗歌的艺术营养,促进了小说艺术品位的提高。从文体学来说,小说并不要求富有诗意,但唐代是诗的时代,小说作者又往往是诗人,小说与诗的文体交融就是很自然的事了。小说中穿插诗歌不自唐人始,唐人却运用得更为纯熟精到。《游仙窟》运用诗歌达79首之多,这些诗字面看是咏物,实则是写男女交合。其描写之具体详尽,前所未有;因为用了谐音、暗喻、双关的民歌写法,用了诗的形式,却并不赤裸浅露,与秽亵小说不同。刻意进行意境创造,也是前代小说所没有的。《纪闻·巴峡人》:

调露年中,有人行于巴峡。夜泊舟,忽闻有人朗咏诗曰:"秋径填黄叶,寒摧露草根。猿声一叫断,客泪数重痕。"其声甚厉,激昂而悲,如是通宵,凡吟数十遍。初闻,以为舟行者未之寝也。晓访之,而更无舟船,但空山石泉,溪谷幽绝,咏诗处有人骨一具。

故事简短而意境极深。作家并不注重故事和人物,他只是要传达对环境的一种诗意感受,把读者引入意境,不作任何指点和说明,这是高度诗化的小说。秋夜寒谷,杳无人烟,惟有涛声伴随着哀厉的诗句,通宵飘荡,吐诉着他乡游魂的无限幽怨。《水经注·江水注》引渔歌曰:"巴东三峡巫峡长,猿鸣三声泪沾裳。"小说却言不待猿鸣三声,一叫即客泪数重,境极凄绝。交通不发达时代远行人的惶恐心情,通过孤鬼夜吟透出。末句点睛,点到即止,精练得如同诗中绝句。这些小说中的诗歌,都没有脱离故事主体,成为作品不可或缺的组成部分。《纪闻·吴保安》中的两封书信,增强了抒情色彩,渲染了意境。这些都是前代小说难以达到的新水平。

唐代文人把六朝志怪小说的取材奇异、志人小说的描写生动细腻、史传文学的结构技巧以及诗赋散文的艺术手法融会贯通,创造了集叙事、抒情、描写、议论于一体的传奇文。宋人洪迈《论唐人小说》云:"唐人小说,不可不熟。小小情事,凄惋欲绝,洵有神遇而不自知者,与诗律可称一代之奇。"(《容斋随笔》附录)唐传奇的出现,使中国小说由雏形期进入了成熟期,成为历代称道的美文学,被誉为稗海之伟观。但这一时期的小说毕竟是唐人小说的初期阶段,与六朝比,演进之迹甚明,与后来的小说比,还有明显的不足。描写细致了,出色的细节描写尚属少见;故事完整了,却没有把人物刻画摆到应有的位置。这是唐代小说繁荣前的准备阶段。

〔注释〕

〔1〕也有学者认为称《莺莺传》为《传奇》是宋人妄改,不足凭信。见罗宗强、郝世峰主编《隋唐五代文学史》上册,高等教育出版社1993年版,第364页。

〔2〕"以文为戏"主张的提出,是由韩愈创作《毛颖传》,引起张籍不满,写了《与韩

愈书》、《籍遗愈第二书》进行批评；韩愈有《答张籍书》进行辩驳，柳宗元有《读韩愈所著〈毛颖传〉后题》支持韩愈。为戏、娱人的创作主张是在辩论中韩柳提出的。

〔3〕唐临，生卒年不详，卒年在661年之前，享年60岁。字本德，京兆长安（今陕西西安）人。曾官刑、兵、度支、吏部四尚书，两《唐书》有传。

〔4〕郎馀令，生卒年不详，字元休，定州新乐（今属河北）人，进士，曾任著作郎等，著有《孝子后传》，撰《隋书》未成而卒。两《唐书》有传。

〔5〕王度（约581—618至626之间），绛州龙门（今山西河津）人，王通、王绩之兄。在隋任著作郎等，撰《隋书》未成而卒。《古镜记》作于唐代。有人认为《古镜记》为王勔撰，见《文学遗产增刊》第十辑段熙仲文。

〔6〕《补江总白猿传》，作者不详。江总（519—594），历仕梁陈隋三代，《陈书》、《南史》有传。鲁迅《唐宋传奇集·稗边小缀》云："其曰'补江总'者，谓总为欧阳纥之友，又尝留养询，具知其本末，而未为作传，因补之也。"托言江总，是表示所言有据的一种伎俩，并非事实。纥子欧阳询（557—641）是唐代有名的书法家，貌类猿猴而聪敏过人，两《唐书》有传。

〔7〕张鷟（约658—730），字文成，号浮休子，深州陆泽（今河北深州）人。进士，曾任襄乐尉，岐王（李范）府参军等。开元二年因讪短朝政流配岭南，起为龚州长史，以司门员外郎终。张鷟聪敏过人，下笔成章，正谏大夫员半千谓："张子之文如青铜钱，万拣万中。"时号"青铜钱学士"（莫休符《桂林风土记》）其文大行于时，新罗、日本等皆求购其文。《新唐书·张荐传》附有张鷟传。此外张鷟还著有《朝野金载》、《龙筋凤髓判》等。

〔8〕牛肃，生平不详，约生于武周圣历前后，卒于代宗朝（卞孝萱《〈纪闻〉作者牛肃考》，《江海学刊》1962年7期）。原籍京兆泾阳（今属陕西），徙居怀州河内（今河南沁阳），曾官岳州刺史。

〔参考书目〕

〔1〕李宗为. 唐人传奇. 北京：中华书局，1985.
〔2〕程国赋. 唐代小说嬗变研究. 北京：中华书局，1997.

# 第六章

# 唐人传奇(下)

　　从代宗大历年间到文宗太和初年,是唐传奇的繁荣鼎盛时期。唐代社会在经历了安史之乱的沉重打击之后,文人们那种充满信心、建功立业的时代精神已不复存在,文学创作也由高扬感情、讴歌理想,转为面向现实和人生。与政治改革思潮相适应,散文方面有以韩愈、柳宗元为领袖的古文运动,诗歌方面则探索着有别于盛唐的新的创作道路,出现了富有个性的多姿多彩的新局面,白居易所谓"诗到元和体变新"。诗文作者同时也进行传奇创作,促使传奇创作进入繁盛期。所以鲁迅说:"惟自大历以至大中中,作者云蒸,郁术文苑。"(《唐宋传奇集·序例》)传奇中的单篇名作差不多都产生在这一时期。此后,唐传奇的创作便进入了衰落期,景况就大不相同了。

## 第一节　繁荣期传奇概述

　　这一时期首开先声的是陈玄祐《离魂记》[1],标志着传奇创作新时期的开始。借离魂以表现相思相爱的故事,自南朝以来就不断出现,《太平广记》卷三五八是神魂离体故事,涉及婚恋的则如《幽明录·庞阿》等,但描写之细腻曲折则都不如此记。《离魂记》是中国小说创作成熟的里程碑,戏曲小说及说唱文学多有演唱其事的,今存元郑光祖《倩女离魂》杂剧。

　　与陈玄祐同时而成就过之的是沈既济[2],撰有《任氏传》和《枕中记》。狐精幻化故事六朝志怪中已不罕见,至唐则大盛。张鷟《朝野佥载》记有"无狐魅,不成村"的谚语。《任氏传》便是这种环境下的产物。以前写狐多是狐妖为祸,《任》传则改为写其美貌与美德,且故事完整,在人狐婚恋题材上有划时代的意义,也成为唐人小说史上的第一个高峰。从《聊斋志异》的狐仙故事中可以明显看到《任》传的影响;郑六遇妖狐的故事也成为后世戏曲小说和讲唱文学敷演的题材,如清崔应阶《情中幻》杂剧等。刘宋刘义庆《幽明录·焦湖庙祝》已开入枕成梦,借梦叙事之端倪,《枕中记》显然受了它的启发,但描写内容之复杂,故事之曲折,则后来者居上。"黄粱梦"已成为人们熟知的典故,戏曲小说多演其事,今存者如元马致远《黄粱梦》杂剧、明汤显祖《邯郸记》传奇、蒲松龄《聊斋志异·续黄粱》等。两篇作品体现了沈既济传奇的两种风格：《任氏传》描写细腻，曲尽人情，体现了文章之美；《枕中记》则体现了他的史学才能，洞察深刻而文笔简约有力，以叙事见长。

李朝威《柳毅传》是篇独放异彩的作品[3]。写人与龙女婚恋故事，是在龙、异类婚恋、水神托人传书等传说的基础上创作的，如《搜神记·胡母班》、《广异记·三卫》等，都对李朝威的创作给予了启发和影响。如此详细地描写龙宫，赋予龙女人的性情和心理，是李朝威的创造。描写的生动性、刻画多种鲜明的人物形象、内涵的丰富性（如自主婚姻、武力抗恶、崇尚道德侠义）等等，都是此前同类作品所没有的，使李朝威在中国小说史上占据一席之地。此作对后世的影响也很大，元尚仲贤《柳毅传书》杂剧、明许自昌《橘浦记》传奇、清李渔《蜃中楼》传奇等，均演其事。

许尧佐是善于描写现实题材的作家之一[4]，其《柳氏传》是根据唐诗人韩翃（《柳氏传》作韩翊）事迹创作出来的，是一篇从形式到内容都摆脱了志怪的束缚、完全取材于现实生活的小说，在开创唐传奇写实风气方面有明显作用。才子佳人相爱悦、豪侠相助成眷属的情节结构，也成为后世小说的模仿对象。韩翃柳氏历经劫波才得团圆，情节曲折，柳氏遭遇也很感人，后世戏曲小说也多有以其为题材的，如明梅鼎祚传奇《玉合记》、清代小说《章台柳》等。

白行简是本期重要作家[5]，他的名作《李娃传》是在李公佐鼓励下完成的。"一枝花"李娃的故事唐代就在民间广泛流传。《李娃传》以其深刻而丰富的内涵，细腻生动的描写，曲折跌宕的情节蜚声文坛，成为唐传奇的杰作之一，受其影响的小说作品有明余公仁《燕居笔记·郑元和嫖遇李亚仙记》，戏曲如元石君宝《李亚仙花酒曲江池》杂剧、明薛近兖《绣襦记》传奇等。

李公佐最著名的作品是《南柯太守传》[6]，其他还有《庐江冯媪传》、《古岳渎经》、《谢小娥传》和《燕女坟记》。《南柯太守传》写淳于棼梦入蚁穴故事，此类故事在六朝《妖异记·卢汾》（《太平广记》卷四七四《穷神秘苑》引）已有记载，《南柯太守传》是在此基础上又吸收了《枕中记》的艺术成就创作出来的，其成就却大大超过前人。从形式上看，《南》传把入梦与志怪相结合，但其现实性和内容的丰富性却超越了前人，描写官场也更为细致生动。"南柯一梦"已成为人们习知的典故。明代汤显祖《南柯记》传奇即据此改编。《庐江冯媪传》写生人求宿遇鬼，又涉及未亡人别娶改嫁，此类故事虽六朝多有而本传则重在表现世态人情。《古岳渎经》刻画了状如猿猴的淮涡水兽无支祁形象，鲁迅认为"明吴承恩演《西游记》，又移其神变奋迅之状于孙悟空"（《中国小说史略》第九篇）。虽是"滑稽玩世之文"（胡应麟《少室山房笔丛·四部正讹下》）却也反映了人民消除水患的愿望。《谢小娥》写谢小娥父与夫经商遇害，以谜语托梦，李公佐解出谜底，小娥手刃仇敌后出家云游。谜语托梦本属无稽，《新唐书》却据此采入《列女传》，据此改编的文学作品有凌蒙初

《初刻拍案惊奇》第十九卷、王夫之《龙舟会》杂剧等，开后世戏曲小说以隐语托梦获贼的先河。《燕女坟记》则是生命殉情的颂歌。李公佐的传奇从内容上说，涉及生活面广，从上层官场到市井细民，从痴情男女到河妖水怪，都写到了。从风格方面说，他善于在虚构故事中穿插自己的亲身经历，如《谢小娥传》、《古岳渎经》，使作品虚中有实，虚实相映；风格又具多样性，如《古岳渎经》之简古，《庐江冯媪传》、《燕女坟记》之委婉细腻。他又善于用志怪的形式表现人世生活，或者说在对现实生活的描绘中加入一些怪异的情趣，如《南柯太守传》之槐蚁国、《谢小娥传》之梦兆隐语。这些贡献确立了他在文学史上不可替代的地位。

元稹是与白居易齐名的大诗人[7]，也是传奇大家，作有《莺莺传》与《崔徽传》。前者写崔莺莺与张生恋爱故事，已艳传人口；后者写娼女崔徽为所欢裴敬中殉情故事。两者都是悲剧结局，但后者歌颂至情痴情，而前者是以作者自身经历为题材的自传体小说，所以用"女人祸水"的道德说教为张生抛弃莺莺的薄幸行为进行开脱。《莺》传是唐传奇中影响最为深远、流传最为广泛的作品，后世小说戏曲讲唱文学以此为题材的作品不胜枚举，形成文学史上一大奇观，声名卓著者如金代董解元《西厢记诸宫调》、元代王实甫《西厢记》。

李景亮《李章武传》是一篇写婚外恋的悲剧作品[8]。汪辟疆《唐人小说》按语说："此文叙述婉曲，凄艳感人。"故能盛传于时。对《聊斋志异》有一定影响。

陈鸿是写历史题材的高手[9]，《长恨歌传》写唐明皇、杨贵妃事，是根据白居易《长恨歌》敷衍而成的，但又有所不同。作者用史家手法叙述了帝妃生死恋的悲剧故事，很少渲染气氛和抒情，又用一半以上篇幅描述道士上天入地为明皇寻找杨妃的民间传说。白《歌》陈《传》互相辉映，成为脍炙人口的名作。后世以此为题材的作品历代不绝，以元白朴《梧桐雨》杂剧、清洪昇《长生殿》最为著名。《开元升平源》记唐玄宗开元间事，多实录，殊非上乘。

陈鸿祖《东城老父传》也是一篇历史题材的小说[10]，写玄宗时斗鸡少年贾昌事，盛衰之感极浓。

蒋防《霍小玉传》是唐传奇成就最高的作品之一[11]，明代汤显祖《紫箫记》、《紫钗记》二传奇均衍其事。男主人公李益见于新旧《唐书》，疑妒异常，防妻妾过于苛酷，时称"妒痴"为"李益疾"。小说据此虚构而成，是唐传奇中第一篇谴责负心郎、同情薄命女的作品，开创了"痴情女子负心汉"的故事框架。

沈亚之作传奇五篇[12]：《异梦录》、《湘中怨解》、《冯燕传》、《秦梦记》和《感异记》，除《冯燕传》重在写冯燕"杀不谊，白不辜"的豪侠精神外，其他四篇都写异类私情。

这一时期的作品集有张荐《灵怪集》、戴孚《广异记》、陈劭《通幽记》、薛用弱《集异记》等，但集中所收并非全是传奇。

## 第二节　繁荣期传奇的题材

从题材内容角度，大致可将这一时期的传奇分为以下四类。

### 一、爱情类

这一类传奇数量最多，成就最高，对爱情的认识也最为明确。《李娃传》说："男女之际，大欲存焉，情苟相得，虽父母之命，不能制也。"《莺莺传》说："儿女之心，不能自固。"《灵怪集·郭翰》说："天上那比人间！"世俗生活才是值得留恋的。《离魂记》的深层寓意是：父母可以决定儿女的婚姻，却无法左右爱情；礼教可以拘束人的形体，却束缚不住人们追求爱情的精神。张倩娘没有听从父亲对她终身大事的安排，魂离躯壳而与王宙私奔，倩娘的胜利成了对自主婚姻的颂歌。《任氏传》中的任氏明知前途有厄，却不顾生命危险以满足郑六请求同行的愿望，终于以身殉情。《李章武传》中王氏子妇与李章武的爱情不因生死异路而改变；已经殉情而死的王氏子妇宁可冒冥责，也要为自己的情人送行。这些不仅说明了爱情的坚贞不渝，也说明了爱情的巨大力量，为爱情献出生命也无怨无悔。

此类传奇所表现的恋爱观大体有两个方面。一是郎才女貌。《霍小玉传》中李益说："小娘子爱才，鄙夫重色。两好相映，才貌相兼。"代表了唐代士子情爱的普遍标准，两情相通一般都以才貌为前提。《柳氏传》中"翊仰柳氏之色，柳氏慕翊之才，两情皆获，喜可知也。"张生固然是见莺莺"颜色艳异，光辉动人"才动了追求之念的，而莺莺对张生的追求始拒终从，是读了他的《春词》二首之后才动心的。元稹曾自白"结托萧娘只在诗"（《赠别杨员外巨源》），可见"才"起了关键作用。在科举取士的环境下，才，是士子步入仕途的前提，对良家女子来说，许身才子就有夫贵妻荣的希望；对烟花女子来说，托身才子也是一条脱籍从良之路。更何况才子们风流儒雅，善解人意，能给她们带来更多温馨与体贴。二是两情克谐，即两情相通，心心相印。郎才女貌可以两情克谐，但又不限于郎才女貌。《任氏传》中的郑六，既无才又无财，穷馁不能自立，之所以能获得任氏芳心，在于他对她的真诚之爱。郑明知任为狐，却不以异类而变心，使任氏"愿终己以奉巾栉"，这是双方以感情的真挚结成的生死恋情。李章武与王氏子妇虽然都能出口成章，他们的相爱却并不是基于文才。王氏子妇曰："我夫室犹如传舍，阅人多矣。其余往来见调者，皆殚财穷产，甘辞厚誓，未尝动心。顷岁有李十八郎，曾舍于我家。我初见之，不觉自失。后遂私侍枕席，实蒙欢爱。""我门寒微，曾辱君子厚顾，心常感念。"完全是出于相爱相悦。人神相恋也多属此类。

这类小说或托为异类相恋，如《离魂记》、《任氏传》、《柳毅传》等；或托为青楼寻欢，如《李娃传》、《柳氏传》、《霍小玉传》、《崔徽传》等。除《莺莺传》、《柳毅传》之外，都是婚外恋。在传统的婚姻关系中，家族利益是婚姻缔结的关键，当事人的情爱被置于可以忽略的地位，婚后的夫妻生活又被纲常伦理所笼罩，在男权社会里，男人到青楼寻欢，在婚外寻求异性知己。婚外恋情只是私相爱悦，双方都不承担伦理的责任，不受家庭的束缚。尤其是青楼，老鸨选择妓女不仅要有如花似玉的容貌，为迎合士子的心理，还要训练她们多才多艺，诗词书算、吹弹歌舞无所不能。当士子置身青楼的时候，便有才情艳质惺惺相惜之感。婚外恋情即使有违道德，传奇作者也持同情态度。

追求婚姻自主的叛逆精神是不为当时社会所容的，这就决定了男女当事人的命运和故事结局大体有四种类型。

一是柳氏式。柳氏虽历经磨难，终于做了韩翊侍妾，这是现实生活中可能有的喜剧结局，是官娼私妓最好的归宿。《离魂记》中张倩娘与王宙以私奔的形式反抗包办婚姻，在生有二子的情况下，迫使家长认可了婚事，而且作者只写"离魂"出走，并未写倩娘人身背离家庭，这也是能有喜剧结局的重要原因。

二是崔莺莺式。男女双方虽有一段恋情，但由于一方地位的改变，或由于时间推移而移情别恋，使一方背弃前情而抛弃另一方，造成婚姻悲剧。《莺莺传》的描写最为精彩，最为深刻。张生之所以抛弃莺莺，不是因为不爱她，而是出于利害的权衡，实际上，莺莺是他终生眷恋难以释怀的情人。元稹集中的五十多首艳情诗就是证明，如《梦游春七十韵》、《春晓》、《莺莺诗》、《赠双文》，直到他临终前不到一年的时候，仍然有诗对莺莺怀恋："何时最是思君处，月入斜窗晓寺钟。"（《鄂州寓馆严涧宅》）元稹也写过悼念亡妻的悼亡诗，那是亲情，只有对莺莺才是刻骨铭心的爱情，这便是元稹所谓"曾经沧海难为水，除却巫山不是云"（《离思》）。为了自己的仕宦前途，张生忍情抛弃莺莺而另结高门；若论其心而略其迹，则他对莺莺的爱是地久天长的。所以宋赵德麟论崔张分离："始相得而终至相失，岂得已哉。如崔已他适，而张诡计以求见，崔知张之意，而潜赋诗以谢之，其情盖有未能忘者矣。"（《商调蝶恋花》词）当作家怀着爱的真情对莺莺形象进行刻画的时候，这个形象所蕴涵的意义就远远超过作家苍白的说教。《莺莺传》反映了这样一个事实：在当时的社会环境中，婚姻只是权衡利害的结果，情爱不是决定的因素。只是利害的权衡人不是家长，而是当事人张生自己，这是社会借张生之手做出的定夺。莺莺父母崔郑二姓都是以族望自恃的大姓，崔更为大姓之首。唐太宗为抑制尚阀阅的习气，贞观六年曾下令重修《氏族志》，以"崇树今朝冠冕"（《贞观政要》），高宗时王、卢、郑、两崔、二李七大姓仍然"耻与他姓为婚",高宗"禁其自姻娶"(刘𫗧《隋唐嘉话》卷中),至中唐此风虽已大减,但仍有一定势力,故文宗尝感叹云:"民间修婚姻,不计官品而上阀阅。我家二百年天子顾不及卢、崔耶?"(《新唐书》卷一七二《杜中立传》)莺莺父母都属阀阅名家,多财产,但其势已衰,兵乱中难以自保。张生是一个重实利而轻虚荣的人,他宁可抛弃崔郑之女而投靠权贵。论门第观念,崔郑之女不会嫁给张生;"论今朝冠冕"则张生抛弃了莺莺。爱情婚姻在当时社会是没有容身之地的,莺莺的结局具有必然性和普遍性。《莺》传的深刻之处在于写出了社会对爱情的摧残——儿女真情被朝廷所提倡的功名利禄扼杀了。此后,崔张都由礼教的叛逆者,回归于礼教的牢笼之内,所以才为社会所容,虽然在男女双方的心灵上都刻下了伤痕,使他们带着内心的隐痛,与各自嫁娶的新人度过漫长的人生。《莺莺传》是一曲爱情悲剧的哀歌。人神相恋中仙女最后返还仙界也属此类。

三是霍小玉式。在爱情悲剧中,霍小玉的结局最为惨烈,说明社会不仅要扼杀爱情,而且不给坚持爱情的青年男女以容身之地,要么放弃爱情,否则与爱情同归于尽。《任氏传》给予任氏以极大同情,肯定她追求爱情的行为,同时又把她写成狐妖,不受人间礼教的牢笼。她与贫寒的郑六偷情还没有引起社会注意,一旦郑六授官,这种私情便不为社会所容,任氏被作为礼教化身的猎犬吞噬了。王氏子妇是良家妇女,才貌双全,温柔多情,在夫婿那里却既没有心灵的契合,又得不到感情慰藉。遇李章武而情好弥切。但这种爱恋之花不可能结出婚姻之果,王氏子妇相思而死,这是不合理的婚姻制度造成的。这类作品中,以《霍小玉传》最为出色,它深刻表现了中唐时期勃兴的人文精神:追求自适,人本意识开始复苏。身为妓女的霍小玉与门第清华的李益是这种思潮的代表。小玉爱才,李益重色,于是两情谐好,海誓山盟。但他们门第悬殊。李益开始不以为意,而小玉非常清醒,她并不追求婚姻名分,而是要获得李益的感情,提出"欢爱八年"的愿望,八年之后,李益可以妙选高门以就佳姻,小玉则夙愿满足,遁入空门。她所要求的只是能过合乎人性的正常的人生,哪怕只有八年。李益遇小玉而平生愿足,也是出于个人情性的考虑。但这种要求却不为社会所容。李母为了家族的振兴,坚守"不与他姓为婚"的门阀观念,聘财百万为李益订婚卢氏。据《新唐书·高俭传》载,崔卢李郑等大族好自矜大,"嫁娶必多取赀,故人谓之'卖婚'。"李卢婚姻正是这种习俗的表现,而小玉的人性要求和青春生命却被门第观念戕害了。李益萌芽的人性也被扼杀,使他复归为家族的奴隶,此后婚娶毫无幸福可言,他也是受害者。霍小玉是人性的觉醒者和旧婚姻观念的坚定反抗者,也是旧势力屠刀下的牺牲者。作家通过一桩桩悲剧事件完成了对旧婚姻制度的批判,表现了对人性的呼唤和对社会底层女性的同情。

四是李娃式。这是一种幻想式的结局。唐律虽无士人娶娼之禁,娶为正妻则难。《说郛》卷五引《藏一话腴》就记有李度支蓄妓陶芳而去其妻被停官的例子。荥阳郑氏是阀阅大姓,除门第婚外,于当时的新贵显宦尚且不屑联姻,何况风尘娼女。郑与李不是没有真挚的爱情。李虽参与了倒宅弃郑之计,那一则是娼门卖笑为生的本性使然,二则是李把郑视同一般嫖客。等到她重遇郑生,在苦难中见证了郑与纨绔子弟不同,于是便把全部的爱给予了郑生。当荥阳公发现儿子身操贱业唱挽歌谋生时,都父子情绝,鞭笞郑生至死,郑李的结合怎能为家族所容?作者却相反,他认为娶娼女为正妻也可以给家庭带来美满和声誉。为了实现这样的愿望,作者改变了李娃的社会地位,她顺遂了封建阶级的要求,为郑伴读助考,厕身名宦,才为家族所容。《柳毅传》中柳毅对龙女有救命之恩,且龙宫有能力给予柳毅财富和势力,使柳毅由一介平民步入贵族行列,故而也成就了恩爱夫妻。这种结局没有现实基础,只表现了作家的良好愿望。

这些作品表现的是唐代士子的婚恋形态,虽然也涉及了一些市民生活,如妓院、凶肆、《李章武传》中的王家生活,但基本上笔触还停留在上层社会。妇女处于社会底层,不论是大家闺秀还是侍妾、妓女,都不能对命运有自主权,在婚恋中也仅仅处于任人弃取的地位,除了人仙遇合外,还没有出现一个处于主动地位的女性形象,社会观念、男子品德都可以决定她们的祸福。她们用血泪和生命进行的反抗,丝毫触动不了不合理的婚姻制度和婚姻观念。同时也可以看到,唐代的社会环境还比较宽松,对妇女的贞节要求不算苛酷,对莺莺、王氏子妇、龙女、柳氏等,都表现了宽容,给予了肯定。

## 二、官场生活类

这类作品中最成功的是《枕中记》与《南柯太守传》。二者的共同点是,主人公在经历了一番宦海沉浮之后,都对功名富贵进行了否定。他们得出一致的结论——功名富贵只不过是一场虚幻的梦。《南柯》传末作者议论说,"虽稽神语怪,事涉非经,而窃位著生,冀将为戒。后之君子,幸以南柯为偶然,无以名位骄于天壤间云。"又借李肇的话进一步申明:"贵极禄位,权倾国都,达人视此,蚁聚何殊!"《枕中记》的卢生以善终,子孙繁盛,作者仍然持否定态度。究其原因,大致有三:一是两篇传奇的作者都是官场中人,都曾因事遭贬,熟谙宦海滋味;二是受当时佛教色空、道教感悟思想影响,视人生若梦;三是中唐文人心态使然,追求安闲享乐,缺少了振奋精神投向朝政的劲头儿。这两篇作品的深刻之处在于,它们体现了中唐精神对盛唐精神的否定,并不仅仅是作者个人的人生体认。韦瓘《周秦纪行》、柳珵《上清传》及后期刘轲的《牛羊日历》也属此类,但都属诬人之作,与《补江总白猿传》不同的是,《白猿传》只是生活上的谩骂，此时的小说则是政治上的攻击，欲置政敌于死地，也反映了政治空气之恶劣。《上清传》中上清为主人窦参申冤，也开了明清写义仆之作的先河。

### 三、反思历史类

安史之乱平定以后，人们希望重建盛世，开始总结历史的经验教训，作为疗治社会的药方，于是反思历史成为一时风气。《东城老父传》写贾昌以斗鸡得宠于玄宗。作者认为，上之所好，民风尤甚，皇帝斗鸡走马的腐败是丧乱的根源。安史之乱前，贾昌是朝廷豢养的玩物，是被批判的对象；安史之乱中他不事逆贼；安史之乱后他又反思治乱之由，俨然成了历史见证人，成了开元天宝盛世的象征，作者又对他充满同情。作者对贾昌的态度是矛盾的。同样的矛盾心态也表现在陈鸿身上。当他冷静地思考历史时，便用史笔写出了《开元升平源》，认为用贤相，行仁政，清明政治是开创升平局面的原因。而当他用感情进行文学创作，尤其是写到李隆基、杨贵妃时，矛盾心态便明显表露出来了。一方面人们认为沉湎女色是败亡的原因，所以挞伐尤物害人，白居易诗《李夫人》"鉴嬖惑"、《古冢狐》"戒艳色"，《莺莺传》篇末的说教也持此论。《长恨歌》及陈鸿《传》创作宗旨是"惩尤物，窒乱阶，垂于将来"，所以陈《传》写了玄宗声色自娱不理朝政，甚至夺子妻以为妇，批判之意比《长恨歌》鲜明得多。但是，这只占全文三分之一多一点的篇幅，大部分篇幅转入了帝妃生死离别的无穷长恨。李杨本是变乱的酿造者，作者却把他们写成了受害人；他们危害了国家和盛世局面，作者又把他们当作了国家和盛世局面的象征，成了缅怀对象，面对他们的爱情悲剧，唱出了黍离悲歌，使作品的主导倾向是抒盛世不再的感叹悲伤，把"惩尤物"变成了悼尤物，把"窒乱阶"暗转为伤变乱。感时伤乱是时代情绪，不论写什么题材往往流露出感伤忧郁，与大气磅礴的盛唐之音迥异其趣。

### 四、侠义类及其他

在《柳氏传》中的许俊、《霍小玉传》中的黄衫客、《柳毅传》中的柳毅和钱塘君身上都具有豪侠精神。集中表现这种精神的则有《谢小娥传》，小娥以一弱女子隐忍数年而制伏群盗为父为夫报仇，其智、其勇、其坚毅精神令人佩服。《集异记》之《贾人妻》写商人妇杀其仇囊首而归，又杀其子撒然而去，果决胜过男子。此外还有志怪类如《古岳渎经》、世态人情类如《庐江冯媪传》，等等。

## 第三节 繁荣期传奇的艺术

沈既济在《任氏传》中说"著文章之美,传要妙之情",可以概括本期传奇的艺术成就,即用优美的文章,传达精深微妙的感情。

### 一、人物刻画

中唐时期由于作家的个性意识逐渐自觉,作品才由六朝的记事,转向对人物的关注,人物形象之绚丽多彩,前无古人,其中女性形象尤为突出。

任氏形象的出现标识着唐传奇人物塑造方面的成熟。沈既济在《任氏传》传末论任氏说:"遇暴不失节,徇人以至死,虽今妇人,有不如者矣。"本篇作于作者贬处州时期,借任氏形象发表感慨,故特重其节义一面。实际上任氏形象的内涵很丰富。通过任氏与郑六的关系,表现所肯定的性爱观:一是色爱,郑六、韦崟都悦其色;二是由色爱升为情爱,开始时郑为慕色、任为情欲,郑六知任氏为狐以后再次相遇,郑不以任为异类,任不嫌郑贫窘,心心相印,使爱升华;三是任氏以死殉情的坚贞精神。任氏说过,"人间如某之比者非一",而郑"所称惬者,唯某而已"。这是郑六赢得任氏真爱的原因,因此任能坚拒韦崟凌暴求欢,又因不忍拂郑六邀以同行赴任的好意,明知前途有厄却毅然上路而遇难。通过任氏与韦崟的关系,表现友谊观,突出任氏笃于义的性格。任氏并没有责备韦崟"发狂"的求欢行为,这是人性的本能冲动,但她坚拒非礼,又设法报答韦的恩义,于情人,于朋友,都尽心竭力,这便是作者所谓今人不如的任氏性情。然而任氏报恩的方式却是多致丽人以遂韦崟之欲,使数名女子因而失节,这与肯定爱情坚贞的思想相矛盾,与任氏的性格也是不和谐的。

崔莺莺形象刻画得非常成功。其性格的形成,受了家庭和时代思潮两种因素的影响。阀阅名门为她筑起了一道礼教堤防,使她"贞慎自保",关起了心扉,"待张之意甚厚,然未尝以词继之"。莺莺又"善属文",在中唐诗文开放自由思潮影响下向往爱情,再加上李唐朝廷有胡人血统,朱熹云:"唐源出于夷狄,故闺门失礼之事不以为异。"(《朱子语类》卷16)武则天、韦后、杨贵妃都有秽声流播,在这种风气影响下,莺莺摆脱礼教束缚的思想也在潜滋暗长,使她成为情与理矛盾的综合体。这是莺莺性格的特殊性。内心深处有炽热的感情,却又举止娴雅平和,不失大家闺范。"艺必穷极而貌若不知;言则敏辨,而寡于酬对",甚至"喜愠之容亦罕形见"。面对张生的追求,她想逾越礼教堤防,却又临事而惧,明明是她用《明月三五夜》诗约张生相会,但当张生到来之后,她竟翻脸无情"大数张生"。经过几天的思想斗争,才终于甘冒风险与张生相会。莺莺明于察,敏于思,慎于行,可以突破自身的束缚,却无力逃避社会的罗网，她被张生抛弃，并被诬为害人的尤物。莺莺的悲剧性格还在于，清醒的头脑与无能为力的行动之间的矛盾。对所发生的一切她几乎都有预感，却又一筹莫展。张生赴试临去之前，她已经意识到这便是永诀之日。她并不寄希望于科举，夫贵便可能弃妻，这是唐代进士阶层重才轻德品性决定的，何况崔之与张还没有夫妻名分。莺莺并没有像霍小玉那样对负心人进行报复，相反，她劝张生"还将旧时意，怜取眼前人"，没有因为自己的不幸，而去为张生另娶的女性制造不幸。此后，莺莺又在礼教容许的范围内走她的人生之路。在莺莺身上我们看到新的时代思潮与旧势力之间的反复较量，情与理的反复较量。旧势力是强大的，她失败了。

霍小玉与莺莺的共同之处是，对现实都有清醒的认识；她们又有根本的不同。小玉可以用生命抗争，莺莺则没有。出身低微、身处娼门的霍小玉清楚地知道，她与门族清华的李益不可能缔结婚姻，甚至也不可能永远做他的风尘知己，尽管李益信誓旦旦，"粉身碎骨，誓不相舍"。小玉清楚："盟约之言，徒虚语耳"，一旦人老色衰，公子就会移情别恋。但是小玉要享受有真爱的人生，哪怕是短暂的，所以她提出欢爱八年的愿望。但是连这可怜的愿望也被社会撕得粉碎，却是她始料不及的。开始她还一往情深，相思成疾，用生命去爱。当这欢爱八年的希望之火被扑灭后，爱便转化为成恨，她要报复不公平的世道。不幸的身世和丰富的阅历积蓄了她的仇恨，造就了她的反抗精神，她发出了"我为女子……君是丈夫……"那段泣血控诉。小玉还没有认识到造成她人生悲剧的社会根源，她把反抗和报复的目标仅仅限于李益一家，连李益后娶的妻妾也无端受害。比起《任氏传》和《莺莺传》来，作家通过霍小玉这个形象，向社会倾泻了更多的不平，批判的程度也更为深刻。

比起霍小玉的刚烈来，李娃显得更温柔，更善良，也更老练成熟。身在娼门，贪财是她的本性，这是为生活所迫使而形成的心理习惯，当郑生金尽，"姥意渐疏"，虽然"娃情弥笃"，她还是参与了其母的倒宅弃郑之计。如果仅止于此，那么李娃还只是一个普通妓女，使李娃性格放出异彩的，是她不顾沦落为乞儿的郑生污秽褴褛而绣襦拥归，这是良心冲破钱财的蒙蔽而勃发，已经不是寻常妓女所能做到了；继而帮他补养身体、温习学业，直到他中第授官。这样做只是对以前弃生行为的补偿，是良心使然。在郑生即将赴任时，她又表示："愿以残年，归养老母。君当结媛鼎族，以奉蒸尝。"她的爱是无私的。如果说李娃的善良还只是恢复了她被娼妓制度异化了的人性的话，那么她对社会的深刻认识，她处事的果断老练，则是她饱受蹂躏的社会经历造成的。毅然赎身已属难能，襄助公子入仕更属罕有。可以说，参加科试的是郑生，而李娃是他的指导和教练。李娃的主意处处可行，正说明她对社会的深刻洞察。帮助豪门浪子重新回到他所出身的阶级和家庭，李娃是站在封建道德的立场上行事的，因此她才为这个社会所容。李娃形象的意义在于，作家在处于社会底层、被社会鄙视的小人物身上，发现了可贵的品质，给了她一个令人羡慕的结局。这种结局并不是饱受苦难的妓女只要在封建道德面前表现出驯服就可以有的必然归宿。作家不是为风尘姊妹指示跳出火坑的出路，而是以巨大的同情心，给受伤的心灵以安慰。她们不应该被歧视，即使是显姓大族、朝廷新贵，也可以娶以为妻。这不仅蕴涵着对门第婚的否定，也有支持青年男女自主择偶的意味。

侠女形象在这一时期的人物画廊里有着异样光彩。她们不以艳丽的容貌、敏捷的才情以及贤淑的品德见称，而是以坚毅果敢受人赞叹。谢小娥与《集异记》中的贾人妻都是商人妇，写小娥侧重写她女扮男装寻找仇人的过程，以见其性格中坚忍沉毅的一面；杀贼擒贼表现她的智勇果决；大仇已报，小娥对人世再无留恋，于是舍俗出家，则表现小娥心灰意冷的心态。写贾人妻所用篇幅不多，却刻画了她多内涵的性格特点。她有超人的武功，有勇毅果敢的精神品质，从择偶同居、日常生活到伺机报仇，她都独断独行，从不求助于人；当社会逼得她不能过正常生活的时候，她毅然杀子离去，以断绝任何留恋与牵绊；她又深沉莫测，她的冤仇为何？报仇后去向何方？与她同居一载的王立始终不知，《太平广记》把谢小娥归杂传记类，而把贾人妻列在豪侠类，贾人妻那种卓然不群的品格，确实比谢小娥更具豪侠精神，真有压倒须眉的气势。

相比之下男性形象刻画得不如女性光鲜，但也不乏有特色的人物。如柳毅，为人豪爽，急人之难，在卿卿我我追欢逐爱的士子群中，独具阳刚之气。其他如始乱终弃、既爱之又毁之的薄幸子张生，懦弱而情深的荥阳公子郑生，平庸却有挚爱之情的郑六，褊狭绝情的李益，一往情深的李章武，火爆如雷的钱塘君，等等，都写出了一定程度的个性特点。

同时也应当指出，传奇毕竟是文言短篇小说，人物说话之声口宛然，人物性格之发展变化及复杂多面等等，都还有待于白话小说，尤其是长篇白话小说的繁荣才能臻于完美。

## 二、结构安排

前期的《古镜记》还只是一个个小故事的连缀，结构松散；《游仙窟》靠了调情诗才拉长了篇幅，情节单纯而少变化。本期作品则不然，情节曲折变幻，冲突起伏跌宕，结构整饬严谨，使小说艺术趋向完美，较前期有了明显进步。《李娃传》写郑生李娃遇合，分为院遇定情、倒宅分离、凶肆对歌、鞭扑绝情、绣襦拥归、佐夫成名、明媒正娶等大段落，以生娃离合为主线、父子离合为副线，写了两种由合而离、又由离而合的过程，其间又预设伏笔，制造悬念，曲折动人。倒宅一段描写尤为精彩。李娃提出向神灵求子嗣，"生不知是计",置一悬念,继而不断"相视而笑"、"笑而不答,以他语对"、"其姨与侍儿偶语"等暗示性描写加强这一悬念,最后才由"邻人"、"宦者"点明真相,行文虚虚实实,真真假假,引人入胜。《霍小玉传》一开始就写小玉与李益门第悬殊的矛盾;继而写李霍由合而离,李益订婚卢氏,小玉别后相思,矛盾冲突充分发展;又由离而合,李霍二次相见,小玉痛陈怨愤,把冲突推向高潮;最后又由合而离,小玉死后种种冥报,是为尾声。矛盾冲突的发展脉络清晰,井然有序。在这波澜起伏的故事中涉及了比较广阔的社会生活,比如举子在长安的活动,门第观念的表现,妇女的地位以及奴婢赎身、媒婆拉纤,等等,所以说《霍小玉传》是传奇中成就最高、最为精彩动人的作品。

有些作品虽不以情节取胜,但也可以看出作者在结构安排方面的匠心。《谢小娥传》的作者既在故事中为小娥解谜,又在小娥出家后与其相遇、小娥谢恩,成了推动情节发展的故事中人。《南柯太守传》把梦境与实境相结合,淳于棼之友、之父所梦都与现实相符;淳于棼醒后寻视蚁穴,皆能验证梦中经历。以实证虚,使小说似梦非梦,似实非实,得虚实映衬之妙,鲁迅说其"假实证幻,余韵悠然"。(《中国小说史略》第九篇)《古岳渎经》后半写作者访古,得《岳渎经》,以证前半所写水兽,也是作者参与到故事中去,以实证虚,把本属于子虚乌有的故事,写得仿佛实有其事。可以看出,这一时期的传奇作者,创作构思时的结构意识,明显强于前代。

### 三、细节与心理描写

细节描写出色是人物形象塑造成功的重要因素。通过细节,不仅描绘了人物的形态,也揭示了人物的心理。《李娃传》写郑生初见李娃,用"忽见"、"不觉停骖徘徊"、"诈坠鞭"、"累眄娃"、"不敢措辞而去"等一连串的细节,描写郑生乍见惊美、借故流连、惶惶离去的心理变化过程,细致传神。既写出了郑生的单纯,本非花柳老手;也写出了李娃倚门卖笑的身份和她惊人的美丽。他们再见的情景是:郑生"洁衣服,盛宾从",说明他是有备而来,目的明确;到李宅却又明知故问:"此谁之第耶?"这种幼稚的表演早被侍儿识破,"侍儿不答,驰走大呼曰:'前时遗策郎也!'"李娃也料其必来,盼其早来,所以侍儿才不及待客而大喜奔告,透过侍儿的表现写出李娃的心理。郑生"私喜"而李娃沉稳:留住公子,"整妆易服"出见。一段描写,刻画了三个身份、性格、心理完全不同的人物。《霍小玉传》写小玉与李益诀别的情景:先写小玉久病,"转侧须人","忽闻生来"便"欻然而起,更衣而出",细节对比中透出小玉心中的积愤;继而写她含怒无言,已经看透他的本质,不再存有希望;"斜视生良久"才说出了"我为女子……"那段爆发式的控诉;情尽爱尽生命竭,最后把生之臂,掷杯于地,"长恸号哭数声而绝"。抓住最能传达人物感情的细节进行描写，把小玉临终前既悔又恨、愤怒也哀伤、既决绝人世又不无留恋、虽曰永诀而报仇之念弥坚的复杂心态，描绘得如闻如见，笔墨传神。其他如《任氏传》写郑六遇任氏、韦崟遇任氏，《集异记·贾人妻》写贾人妻杀人后挈人头逾垣而去等等，都很精彩。

有时作家让人物直接倾诉内心情愫。如《霍小玉传》小玉临终前的痛陈怨愤，写得痛快淋漓，感情强烈。《莺莺传》中莺莺给张生的长信，写得如泣如诉，荡气回肠。《柳毅传》中柳毅面驳钱塘君的一席话，慷慨激昂，正气凛然，一气贯注如骏马下坡。而当柳毅面对卢氏述说他洞庭拒婚时先义后情、舍情取义的心理，表现唐人情理兼得的心理意识，也是很典型的。这些例子不仅表现了不同人物不同的思想和心理，也因身份性格的不同而有着不同的说话方式，唐传奇的作者已开始意识到通过人物的语言刻画性格的问题。

### 四、场面描写

场面描写是细节描写的延伸，对故事发展中某个场合进行全方位观照，对人物在一定条件下的相互关系进行细致的描写，构成鲜明可见的景象，体现作家爱憎褒贬的倾向。不少作品中都有场面描写，只是场面的大小有所不同，作家的手法也有高低之别。最善此道者为李朝威与白行简。《柳毅传》描写柳毅入龙宫传书、洞庭君接见的场面、钱塘君救龙女归来的场面、凝碧宫宴请柳毅的场面，都写得很精彩。比如洞庭君览龙女之书，对柳毅感激涕零一段，主要写了钱塘君离去与钱塘君归来两个场面，用洞庭君灵虚殿一个大场面包笼成一个总体，一写钱塘君之刚烈，性如烈火，嫉恶如仇；二写钱塘君之武勇，顷刻之间胜利归来；三写恢复本来面目的龙女形象。而洞庭君的仁厚、柳毅的书生心理也都生动活现。《李娃传》之凶肆对歌是深为人们称道的。因为对歌才引出郑氏父子相见、父子情绝、公子行乞而遇李娃。写竞物场面略，写赛歌场面详；写赛歌，东西二肆写法又各不相同。场面之阔大，气势之热闹，有声有色，让人有身临其境之感。而所有这一切，都围绕一个目的，就是烘托出郑生挽歌之妙，挽歌中融进了他的身世遭遇之感，唱挽歌就是他自悲自叹，是以挽歌自挽，所以才如此动情，曲尽其妙，通过赛歌写出了郑生的感情世界。这样精彩的场面描写，也是以前小说中难以见到的。

### 五、肖像描写及其他

肖像描写是刻画人物的重要手段。好的肖像描写能使人物活现读者眼前，经久不忘。有的直接为人物造型，如《柳毅传》写牧羊时的龙女、回宫后的龙女，《莺莺传》写出场时的莺莺"常服晬容"，《霍小玉传》之写净持，等等。也有的作者舍弃具体描写，从虚处着笔进行渲染和烘托，如霍小玉出场时，李益"但觉一室之中,若琼林玉树,互相照曜,转盼精彩射人"。郑生初遇李娃时停骖徘徊、坠鞭于地,通过写郑生之反应写李娃之美艳。《任氏传》写任氏之美是最成功的。先写郑六见任氏的反应:见之惊悦,策其驴先之后之反复看视;又写韦崟家僮的反应,通过黠童之口,用对比手法写任氏之绝伦美艳;这段文字已经花团锦簇了,作者犹嫌不足,又让韦崟这个多获佳丽的酒色之徒亲往一观:"殆过于所传矣!"最后写张大对韦崟说:"此必天人贵戚,为郎所窃。且非人间所宜有者,愿速归之,无及于祸。"通过四次渲染才完成了对任氏形貌的刻画。读者没能看到任氏的具体容颜,作者不想用描写美本身来让读者观察美,而是用描写美的效果让读者去感受美,这可以启发读者的想象,去自己再创造一个心目中的美的形象。而容貌之美又在于表现人性之美,"虽今妇人,有不如者"。

在对比中刻画人物是一项重要艺术成就。从全篇构思来看,《枕中记》、《南柯太守传》用梦中的富贵荣华、宦海浮沉与醒后的冷落对比,以抒发"人生如梦"、"蚁聚何殊"的感喟;具体描写中也运用了对比手法。《李娃传》写凶肆对歌,是在同一场面中的对比;事被荥阳公发现后又进行了一连串的对比,如荥阳公与凶肆同辈、荥阳公与李娃、与鸨母的对比,对比中更可看出人物的不同思想性格。人物自身也有对比,如荥阳公在郑生落魄时的绝情,与郑生及第授官后的父子如初,前冷后热,这不是天伦亲情的复归,而是郑生社会地位变化的结果,等级制度下,人性被异化了,所恢复的只是郑生在等级链条中的位置。《霍小玉传》在李益与小玉分离后,一条线写小玉"想望不移",一条线写李益背约重婚;一方面写小玉遍请亲朋,多方招致李益,一方面写李益知小玉病重却"终不肯往"。多情、薄幸在对比中突显出来。

总起来看,这一时期的传奇是美的文学,令读者赏心悦目;其生活气息,人间情态,都表现出对现实、对人生的关注。从思想内容到艺术形式都是前期作品不可比拟的,代表了唐代小说的最高成就。

## 第四节 衰落期的传奇

从文宗太和中期以后,即晚唐五代时期,是唐传奇的衰落期。说它衰落,不是因为作品数量的减少,而是因为艺术水准的逊色。随着唐王朝国势日趋衰落,政治形势更加恶化。中唐时期所出现的国家中兴希望破灭了,五代时期政权更替频繁,人们失去了安身之所。文人为图功名富贵,背旧主事新朝,不仅失去了远大理想,也丧失了传统品德和人格,困守在个人的小天地中,关心现实的程度减弱了,与现实生活疏远了。作品中的神怪气氛又重新兴盛起来,而繁荣期作品中所洋溢着的追求和抗争精神不见了,那种浓郁的生活气息变得淡薄了。从形式上看，单篇传奇文减少了，大量的是以结集的形式出现。

## 一、概述

牛僧孺的《玄怪录》是唐代最为煊赫的、以神仙鬼怪为主要题材的小说集[13]，其间虽不乏现实生活的内容，如《古元之》、《郭元振》、《齐推女》，但总体倾向却是驰骋想象，表现意趣。汪辟疆说："僧孺于显扬笔妙之余，时露其诡设之迹。如其书中之《元无有》一条，观其标题命名之旨，已自托于乌有亡是之伦。"（《唐人小说》）"时露诡设"，已与六朝志怪之实录有质的区别，也与繁盛期"具备本原，掩其虚饰"，有所区别。显示文笔之妙，也显示构想之奇，情节曲折奇异，描写细腻雅洁。牛僧孺既有才名，又历高位，《玄怪录》遂盛行于时，影响很大。薛渔思（一作涣思）《河东记》、张读《宣室志》、李复言《续玄怪录》都是沿其流波之作。

《周秦行纪》的作者尚无定论[14]，它托牛僧孺口吻，自述其贞元间举进士落第，迷路入汉文帝母薄太后庙，与王昭君、杨贵妃等饮宴赋诗，昭君伴宿，天明离去。内容荒诞，情节结构也并不罕见（如《游仙窟》），但语言富有文采。《牛羊日历》与此同类，牛指牛僧孺，羊指杨虞卿、杨汉公兄弟，只是改牛氏自述为他人记述，毁牛氏品行而及于其母，足见手法卑劣之甚。

温庭筠《干䐢子》[15]，作者自序云："不爵不觚，非炮非炙，能悦诸心，聊甘众口，庶乎干䐢之义。"内容以志怪为主，名人轶事也不少，艺术则不求信实，适合读者口味，总体水平并不高。鲁迅《中国小说史略》第十篇说："仅录事略，简率无可观，与其诗赋之艳丽者不类。"有的篇章也相当出色，像《华州参军》、《陈义郎》都堪称佳作。薛调《无双传》写王仙客与无双婚恋故事[16]。无双被没为宫女，古押衙设计救出，与仙客团圆。为不泄露消息，古押衙自刎而死。据范摅《云溪友议·襄阳杰》原注："即薛太保之爱妾，至今图画观之。"可见实有无双其人，在当时已艳传人口。明人陆采《明珠记》传奇，清崔应玠、吴恒宅《双仙记》传奇均演其事。

李玫《纂异记》是后期传奇集中的出色之作[17]，当时发生的重大事件都有所表现，如《许生》写甘露之变，内容充实，政治倾向鲜明。想象丰富，情节委宛，富有文采，又往往把不同时代人物的鬼魂聚在一起构成画面和情节；还开创了同一人物和事件在不同篇章中出现，但详略不同的作法，如《浮梁张令》与《嵩岳嫁女》中的莲花峰道士乞寿情节。这种手法在《史记》中曾有应用，用于小说，李玫却是首创，对《儒林外史》不无影响。

袁郊《甘泽谣》作品不多却有不少佳作[18]，如《陶岘》、《圆观》、《懒残》、《红线》、《聂隐娘》等，都很为人传诵。后世敷演聂隐娘故事的如清尤侗杂剧《黑白卫》，演红线故事的有明代梁辰鱼《红线女》杂剧、更生子《双红记》传奇等，其他故事也多被用为典故。袁郊长于叙事而拙于描写。其题材写侠、写奴、写宿命轮回故事，等等，虽不无可取之处，但奴与侠都缺乏鲜明的是非感和独立的人格意识。

裴铏《传奇》是这一时期的重要作品[19]，题材大都与婚恋有关。故事的主人公大多出身微贱，如姬妾、商女、仙、鬼。对爱情本身的描写并不占突出地位，故事中容纳进了更多其他社会内容；也往往与豪侠故事相结合，或写异人异类对恋人撮合帮助，如《昆仑奴》、《郑德璘》、《张无颇》等；婚恋主人公又多涉异类，如《裴航》、《崔炜》、《封陟》等；有写人鬼恋、人猿恋的，如《薛昭》、《孙恪》等。裴铏信奉道教，作品中有明显的道教色彩。故事大都奇幻诡异，文采典赡，常用骈俪语写景及人物外貌，成为《传奇》的语言特征。汪辟疆《唐人小说》的叙录称："文奇事奇，藻丽之中，出以绵渺，则固一时钜手也。"其文章风格被称为"《传奇》体"。后世敷演《裴航》故事的很多，小说如《清平山堂话本·蓝桥记》，戏曲如明龙膺《蓝桥记》传奇、杨之炯《玉杵记》传奇等；据《郑德璘》改编的戏曲如明沈璟《红蕖记》传奇；据《昆仑奴》改编的戏曲如明梅鼎祚《昆仑奴》杂剧、梁辰鱼《红线女》杂剧等；《张无颇》则被明杨珽玖改编为传奇《龙膏记》。

《虬髯客传》之故事背景为隋末[20]，人物有虬髯客、红拂、李靖、李世民等，故事与史实颇有出入，汪辟疆云："以颠倒眩惑之辞，效述异传奇之体。正小说家一时兴到之戏语，不必根于事实也。说部流传，史实转晦。太原三侠，千古艳称。必求史事以实之，亦近于凿矣。"（《唐人小说》叙录）此作以人物刻画的生动著称，虬髯客、红拂、李靖号称"太原三侠"或"风尘三侠"，被历代称道，尤以识英雄于风尘之中的红拂最为艳传，活跃于舞台，如明凌濛初杂剧《北红拂》、《虬髯翁》，传奇则有张凤翼《红拂记》、冯梦龙《女丈夫》等。

除此之外，还有皇甫氏《原化记》、皇甫枚《三水小牍》、韦绚《戎幕闲谈》等。

## 二、衰落期传奇的题材

从题材上看，本期涉及婚恋的作品仍然不少，只是生活气息和社会内容削弱了，婚恋当事人反抗叛逆的光彩暗淡了，之所以能够成就姻缘，不是靠自身争取，而是靠豪侠鬼神等外力帮助，要么，所恋对象就是不受人间礼教拘束的异类。《传奇》中的红绡妓与崔生成合靠昆仑奴帮助，郑德璘与韦氏成合靠水神帮助，张无颇与广利王女成合靠女仙帮助。人仙之恋如《传奇》之《裴航》、《封陟》等；人神之恋如《传奇·崔炜》、《续玄怪录·张老》等；人鬼之恋如《传奇》之《曾季衡》、《张云容》、《续玄怪录·窦玉》等；《传奇·孙恪》则写人猿之恋，等等。虽然男女主人公都追求爱情，但个人的努力却无足轻重，婚姻命运早就在冥冥之中注定了，《续玄怪录·定婚店》更用赤绳系足对婚姻命定进行解释，此种说法在前一期戴孚《广异记·阎庚》中就已出现，但其影响远不如《定婚店》。晚唐社会动荡，人们难以把握自己的命运，心生惶惑，宿命思想便有了滋长的土壤。比较优秀的作品有《传奇·裴航》、《三水小牍·步飞烟》。《干𫗦子·华州参军》是一篇独具特色的佳作，柳生、王生都爱恋崔氏，而崔钟情柳生。崔、柳、王都有爱的权利，都作了爱的努力，连崔母也同情和支持女儿的自主选择，作家没有因为崔选择了柳生而丑化王生，王生的爱也是真诚的，这种写法在古代文学中极为罕见。结尾也别出心裁，柳与王虽为情敌却并非势不两立，崔氏死后二人共誓入山修道，表现了对崔的一往情深。超凡脱俗，让人耳目一新。宋话本《碾玉观音》及金代董解元《西厢记诸宫调》对红娘形象的刻画都可以看出受本篇影响的痕迹。

豪侠成为后期传奇另一个重要内容。藩镇割据，军阀混战，政权更迭频繁，政权已不可依恃；靠光明正大的对抗也难以消灭对方，于是渴望出现具有超凡能力的侠士为自己排解忧难，所以以侠为主人公的作品往往与社会动乱联系在一起。《虬髯客传》托言隋末动乱，实则是晚唐社会的写照，通过李世民形象寄寓了对开明政治、贤明君主的向往。《甘泽谣》中的《聂隐娘》、《红线》都与藩镇斗争有关，《无双传》则以泾原兵叛为背景。这些侠士都绝对忠于主人，有的还不问是非，如《聂隐娘》、《红线》；有的出于仗义，如《无双传》、《传奇·昆仑奴》。丰富多彩的侠士形象是本期传奇的一大景观，在前期侠士基础上走向成熟，为后世侠义小说奠定了基础。

其他题材有抒发沧桑之感，流露末世哀音的如《纂异记·嵩岳嫁女》、《甘泽谣·许云封》；反映重大政治事件的如《纂异记·许生》写甘露之变；还有写为民除霸的、宣扬佛道二教思想的等等。从中可以看出当时士林思想的混乱。

### 三、衰落期传奇的艺术

本期传奇细节描写少了，抒情性减弱，而设想新奇，往往出人意表，如《玄怪录·巴邛人》写四神仙于霜后橘中下棋，剖开橘子后又旁若无人，最后以草根化龙乘凤而去。只写了神仙生活的一个片断，也能想象飞腾。《戎幕闲谈·郑仁钧》描写寄居人间的天曹判官，由其人神两种身份，想象出面孔一半白一半赤，冷与热也各不相同，想象奇诡，有如后世戏曲舞台上的脸谱。《甘泽谣·懒残》也写得人奇事奇。传奇的情节结构也由前一时期的起伏跌宕转向曲折离奇，像《传奇》之《崔炜》、《郑德璘》，《戎幕闲谈·郑仁钧》等，都极尽曲折变幻之能事，有出人意表的效果。

语言骈俪化也是本期传奇的一个特点，不仅失去了语言的生动自然之美，也妨碍了对人物的刻画和思想的表达。

鲁迅说:"传奇小说,到唐亡时就绝了。至宋朝,虽然也有作传奇的,但就大不相同。因为唐人大抵描写时事;而宋人则多讲古事。唐人小说少教训;而宋则多教训。大概唐时讲话自由些,虽写时事,不至于得祸;而宋则讳忌渐多,所以文人便设法回避,去讲古事。加以宋时理学盛极一时,因之把小说也理学化了,以为小说非含有教训,便不足道。但文艺之所以为文艺,并不贵在教训,若把小说变成修身教科书,还说什么文艺。宋人虽然还作传奇,而我说传奇是绝了,也就是这意思。"(《中国小说的历史的变迁》第四讲)传奇小说至此虽"绝",而对于小说,宋人却另有贡献。

〔注释〕

〔1〕陈玄祐,生平不详,唐代宗大历年间在世。

〔2〕沈既济,生卒年不详,德清(今属浙江)人,一说苏州吴(今属江苏)人。博览群书,史笔尤工,德宗建中年间曾任左拾遗、史馆编修,后贬处州司户,位终礼部员外郎。《新唐书》有传,《旧唐书·沈传师传》附有其事。

〔3〕李朝威,生平不详,陇西(今属甘肃)人。有人据《新唐书·宗室世系年表上》,认为他可能是唐宗室蜀王后裔。

〔4〕许尧佐,生卒年不详,进士,曾任太子校书郎、谏议大夫,元和十一年以左赞善大夫副使南诏。《新唐书·儒学传下》有其兄许康佐传。

〔5〕白行简(776—826),字知退,下邽(在今陕西渭南)人,白居易之弟。元和二年进士,历任校书郎、左拾遗等。其事附两《唐书》白居易传后。宋人曾慥《类说》卷二八《异闻集·汧国夫人传》、罗烨《醉翁谈录》癸集卷一"李亚仙不负郑元和"条,均谓李娃字亚仙,"旧名一枝花";明朱有燉《曲江池》杂剧:"名是亚仙,城中官长每见他生得好,与了他个名字,叫做'一枝花'。"有人持异议,见1986年第2期《文学探索》李剑国《"一枝花"非李娃辨》。

〔6〕李公佐,生平不详,字颛蒙,陇西(今属甘肃)人。进士,曾任江淮从事、钟陵从事、江南西道观察使判官。

〔7〕元稹(779—831),字微之,别字威明,西京万年(今陕西西安)人。明经及第,历任左拾遗、监察御史、工部侍郎同平章事、尚书左丞、检校户部尚书兼武昌军节度使等,两《唐书》有传,著有《元稹集》。《莺莺传》写自身经历说,见宋赵德麟《侯鲭录》卷五王性之《传奇辨证》、陈寅恪《元白诗笺证稿·读莺莺传》、孙望《蜗叟杂稿·莺莺传事迹考》。

〔8〕李景亮,生平不详。

〔9〕陈鸿,生卒年不详,字大亮,进士,曾任太常博士、虞部员外郎、主客郎中,少学乎史,志在编年。

〔10〕陈鸿祖,生卒年不详,颖州(今河南许昌)人。

〔11〕蒋防,生卒年不详,字子微(一作子徵),义兴(今江苏宜兴)人,宪宗至文宗时在世,有才名。曾任右拾遗、左(一作右)补阙、翰林学士、司封员外郎知制诰,贬汀

州、连州刺史。

〔12〕沈亚之,生卒年不详,字下贤,吴兴(今浙江湖州)人。元和十年进士,曾任秘书省正字、栎阳令、殿中侍御史内供奉,终于郢州掾。有文名,为人狂躁贪暴。有《沈下贤文集》。

〔13〕牛僧孺(779—847),字汲黯,安定鹑觚(今甘肃灵台)人。穆宗朝历仕御史中丞、户部侍郎同中书平章事;敬宗朝封奇章郡公,拜集贤殿大学士;文宗朝任兵部尚书同平章事,加门下侍郎、弘文馆大学士,拜左仆射、山南东道节度使。武宗朝李德裕拜相,牛僧孺遭贬;宣宗朝为太子少师。两《唐书》有传。《玄怪录》宋代更名《幽怪录》。据宋赵彦卫《云麓漫钞》卷八,有人认为是牛氏行卷之作,也有人认为是举子向牛氏行卷之作。当为牛氏自作于太和开成年间出将入相之时。

〔14〕《周秦行纪》,《太平广记》题牛僧孺撰、宋张洎《贾氏谈录》认为是李德裕门人韦瓘撰(鲁迅认同此说),今之学者意见不一。

〔15〕温庭筠(812?—870?),本名岐,字飞卿,太原祁(今属山西)人。是唐初宰相温彦博的远孙,有文才,性傲岸,好讥讽权贵,仕途不得意,做过方城、隋县尉,终国子助教。生活放荡无检。两《唐书》有传。有《温飞卿诗集》。

〔16〕薛调(830—872),河中宝鼎(今山西万荣)人,美姿容。曾官右拾遗内供奉、户部员外郎加驾部郎中、翰林学士承旨知制诰。

〔17〕李玫,生平不详,约于唐宣宗懿宗时期创作《纂异记》。

〔18〕袁郊,生卒年不详,其籍里各书记载也不一致。《新唐书·宰相世系表》说他字之乾,曾任虢州刺史。

〔19〕裴铏,生卒年不详。《全唐文》卷八〇五裴铏小传:"铏咸通中为静海军节度使高骈掌书记,加侍御史内供奉。后官成都节度使副使,加御史大夫。"

〔20〕《虬髯客传》,又名《虬须客传》。其作者一说为杜光庭,一说为张说,还有的未注撰人。学界一般认为是杜光庭撰。杜光庭(849?—933),字圣宾或宾圣,号东瀛子,处州缙云(今属浙江)人,一说长安(今陕西西安)人。曾入山学道,僖宗时充麟德殿文章应制。避乱入蜀,事蜀王建父子,任金紫光禄大夫户部侍郎,封蔡国公,赐号广成先生、传真天师。晚年归隐青城山。

〔参考书目〕
〔1〕李昉等编.太平广记.北京:中华书局,1961.
〔2〕汪辟疆校录.唐人小说.上海:古典文学出版社,1955.
〔3〕鲁迅.唐宋传奇集.鲁迅辑录古籍丛编·第二卷.北京:人民文学出版社,1999.
〔4〕侯忠义著.隋唐五代小说史.杭州:浙江古籍出版社,1998.
〔5〕程国赋著.唐五代小说的文化阐释.北京:人民文学出版社,2002.

# 第七章

# 敦煌通俗小说

清光绪二十六年（1900）道士王圆箓在敦煌莫高窟发现了一个封闭的洞窟——藏经洞，内藏经卷及手写本书籍等五万余件上起魏晋、下至北宋七百年间的文物，保存了大量通俗文学作品，其中就有通俗小说。所谓"通俗小说"，是指以口语为表现形式的小说。通俗小说创作的最后完成，不是书写、刻印在纸上供人们阅读，而是在民众集聚的场合进行说唱。包括变文和话本两大类。

唐传奇的作者和读者都是文人学士，而通俗小说的作者却都是僧俗下层学士，其听众虽不乏文人雅士甚至帝王，但基本听众乃是随着城市经济的发展而壮大起来的市民阶层。

## 第一节 通俗小说的生长环境

### 一、文化沃土的滋养

唐代是中国古代社会的盛世。魏晋南北朝的战乱割据不仅严重破坏了社会经济，也阻碍了文化的交流发展。待到隋唐统一帝国建立，人民生活由动乱走向安定，经济繁荣，长久隔绝的南北文化以及外来文化得以汇聚交融，文学艺术也达到了新的高度。四夷歌舞、八方风谣齐聚中原，又融合吸收了西域音乐，异质文化的杂糅为文艺带来新的生命活力，于是形成了新的乐种——燕乐（也作宴乐），就是宋人沈括《梦溪笔谈·乐律一》所说的："以先王之乐为'雅乐'，前世新声为'清乐'，合胡部为'宴乐'。"这一新的音乐系统影响非常广泛，词这种诗体就是在燕乐配合下产生和发展的。诗、文、书、画、文言小说等，都取得了前所未有的成就。这是民间文学艺术生长的良好文化氛围。

### 二、宗教文化的影响

唐代儒释道三家并崇。儒家使士人注重功业，关注社会民生，是古代社会历朝历代士人的精神支柱，也正是儒家文化造就了建功立业的盛唐精神，形成了盛唐气象。唐太宗、武则天都自称是佛门弟子；玄奘赴西域学佛归唐后，受到太宗接见，并设译场、讲坛以崇佛教。在唐代历代帝王中，只有武宗反佛。

文人中研修佛理成为一时风气，不仅影响了他们的人生观，也影响了他们的审美观，最著名的如王维、柳宗元、刘禹锡等都信仰佛教。唐代僧人的文化素养也很高，出现了不少有名的诗僧，如王梵志、寒山、贾岛等。李渊、李世民父子起兵反隋时曾得到道士的帮助，同时为了神化李氏家族，便自称是老子李耳之后裔，奉道教为国教，使道教得到很大发展。受道教影响最深的诗人是李白，其他如陈子昂、储光羲等也有道教思想，而女诗人鱼玄机则是很有名气的女道士。儒释道三家在唐代既互相斗争又互相吸收融合，也都获得了很大发展，这是唐代小说中具有宗教内容的根源。

### 三、士大夫娱乐享受的精神追求

生活富足安定为追求享受提供了物质基础。盛世不消说了，"忆昔开元全盛日，小邑犹藏万家室。稻米流脂粟米白，公私仓廪俱丰实。九州道路无豺虎，远行不劳吉日出。齐纨鲁缟车班班，男耕女织不相失。"（杜甫《忆昔》之二）安史之乱以后虽然经济受到很大破坏，始终未能恢复到开元天宝盛世的繁荣程度，但也有了相对稳定的发展，出现了中兴的希望。人们在温饱之余，开始追求娱乐。尤其是中唐，追求安逸，耽于游乐，成了社会风气。比如韩愈，朱熹说他："平日只以做文吟诗饮酒博戏为事"，"至其每日功夫，只是做诗，博弈，酣饮取乐而已"（《朱子语类》卷一三七）。白居易《代书诗一百韵寄微之》写他与元稹的生活："征伶皆绝艺，选伎悉名姬。粉黛凝春态，金钿耀水嬉。风流夸堕髻，时世斗啼眉。密坐随欢促，华尊逐胜移。香飘歌袂动，翠落舞钗遗。筹插红螺碗，觥飞白玉卮。打嫌调笑易，饮讶卷波迟。残席喧哗散，归鞍酩酊骑。"选伎征伶，平康幽会，目为风流，所以才留下了杜牧的名句："落魄江湖载酒行，楚腰纤细掌中轻。十年一觉扬州梦，赢得青楼薄幸名。"（《遣怀》）他们也爱听说书，对通俗文艺有浓厚兴趣，元稹《酬翰林白学士代书一百韵》："翰墨题名尽，光阴听话移。"自注："乐天每与予游，从无不书名屋壁。又尝于新昌宅（听）说《一枝花》话，自寅至巳犹未毕词也。""一枝花话"即李娃故事[1]，一听就是八九个小时，可见兴趣之浓。唐明皇做了太上皇爱听变文（《高力士外传》）；武宗数幸教坊，倡优杂进，酒酣作技，谐谑如民间宴席（王谠《唐语林》）。观众是民间文艺滋长的土壤，而上层人士的爱好，又促使民间文艺不断提高，增强吸引力。

总之，唐代社会为通俗小说提供了适宜的生存环境。

## 第二节 变　　文

### 一、什么是变文

"变文"亦称转变，内容和形式，都是佛教讲经文与中国传统的世俗故事文学相糅合的产物，是一种新的文体。"变"即变易、改变。根据文字改变成图像者谓之"变相"；把一种体裁的文字改变成另一种体裁的文字，或者把不易懂的内容重新敷演，使其易懂，谓之"变文"。唐代的变文是一种有说有唱、韵散结合的文艺形式，散文用来讲说，韵文用于演唱，讲唱时还可以配以图画，吉师老《看蜀女转昭君变》有"画卷开时塞外云"的句子（见韦縠所选《才调集》），今存《降魔变文》卷子的背面，就有与文字内容相配的插图。演唱时还可以有音乐伴奏。

变文起源于佛寺。佛经本以散文叙说、偈语唱赞，为了阐释佛理、宣扬佛法，僧人在佛经基础上用通俗有趣的形式向僧俗大众宣讲，创造了转读、唱导等讲经形式，后来又进一步用文艺形式宣讲佛经故事，使宗教经典形象化，逐渐演变成变文。起初只是对僧众宣讲，谓之僧讲；后来又对未出家人宣讲，谓之俗讲。宣讲的内容有的是先讲佛经，然后敷演阐释，又叫"讲经文"，如《维摩诘经变文》，全据《维摩诘经》演绎；进而不引佛经，只讲佛经故事，如《降魔变文》；后来干脆向佛教以外的历史、传说和现实生活寻找题材，表现出变文向话本小说靠拢的明显轨迹。

不仅僧人讲，道士、世俗人也讲，而且互相争胜。韩愈《华山女》诗就描写了佛道二教通过俗讲争取观众的情景："街东街西讲佛经，撞钟吹螺闹宫庭。广张罪福资诱胁，听众狎恰排浮萍。黄衣道士亦讲说，座下寥落如晨星。华山女儿家奉道，欲驱异教归山灵。洗妆拭面着冠帔，白咽红颊长眉青。遂来升座演真诀，观门不许人开扃。不知谁人暗相报，訇然振动如雷霆。扫除众寺人迹绝，骅骝塞路连縚輧。观中人满坐观外，后至无地无由听。……"华山女仗其色相，讲述灵异，引起轰动，把佛寺里的听众都吸引到道观里去了。可见俗讲听众之众多，场面之热烈。据日僧圆仁《入唐求法巡礼行记》载，会昌元年（841），长安一次俗讲从正月十五日一直讲到二月十五。赵璘《因话录》卷四《角部》提到晚唐僧人文溆"公为聚众谈说，假托经论，所言无非淫秽鄙亵之事。不逞之徒转相鼓扇扶树，愚夫冶妇乐闻其说。听者填咽寺舍，瞻礼崇奉，呼为和尚。教坊效其声调以为歌曲。"可见俗讲的内容中夹杂了色情。

从《降魔变文》有"伏惟我大唐汉圣主开元天宝圣文神武应道皇帝陛下"字样看，玄宗朝变文就已相当成熟。

## 二、变文的内容

宗教故事的变文有《降魔变文》，故事本于《贤愚经》之《须达起精舍品》，写佛弟子舍利弗与外道六师斗法并战而胜之的故事。《丑女缘起》事本《杂宝藏经》、《百缘经》等。所谓"缘起"，指佛教所说一切事物待缘而起。写一善女曾供养罗汉，因嫌其丑陋遂生轻贱之心。因有布施之缘，死后转生为公主，但奇丑无比。公主拈香向灵山发愿，如来现身使丑女变美。《大目乾连冥间救母变文》是根据《盂兰盆经》演绎而成的，写目连之母青提夫人富而悭吝，杀生殴僧欺凌孤老，死后入阿鼻地狱。其子罗卜出家佛门，证得阿罗汉果，号大目乾连。上天见父，入地见母，不畏艰险磨难，历经曲折使青提夫人出地狱还为女身，等等。这类变文都具有浓厚的宗教意识，但也吸收了一些儒家思想，比如《目连救母》变文中罗卜身上所体现出来的孝道，以及他百折不回、不达目的不肯罢休的奋斗精神，就是佛教中国化过程中，向儒家思想靠拢的结果。佛家以佛法僧为三宝，僧人本来只礼佛便可，无须孝亲，这才符合"出家"本意。但释迦牟尼却帮助目连实践了孝亲救母的道德准则，容纳了儒家孝道思想。变文不仅写了目连的孝行，还多次表彰董永、郭巨、王祥等二十四孝中的人物，可以看出宗教类变文的世俗化倾向。《降魔变文》写佛道争雄中佛战胜道，体现了宗教斗争之激烈，佛教势力之强大。

世俗故事变文包括现实故事、历史故事和民间传说等。这类变文内容充实、丰富，文学性也远胜宗教类变文。现实题材如《张义潮变文》、《张淮深变文》。据《新唐书·列传·吐蕃下》，张义潮曾乘吐蕃内乱之机，收复十一州土地归唐，义潮被任命为归义军节度使、十一州观察使。变文写张义潮归唐后保卫边疆的故事，可惜残损严重，仅存三事：抗击吐蕃、吐谷浑联合劫掠沙州，大获全胜；回鹘、吐谷浑犯伊州，义潮征讨，得胜而还；回鹘劫夺国信，追赶汉使，进犯伊州，义潮怒而出兵，大获全胜。其中，第三事描写甚详。两篇变文都以当时发生的历史事件为题材，可称"时事变"。通过对张义潮及归义军将士英勇卫边精神的描写，表达了边疆人民反对分裂、维护国家统一的强烈愿望，洋溢着炽热的爱国感情。以历史故事为题材的作品很多，如《伍子胥变文》。写楚平王夺子妻为妃，伍奢力谏被杀，其子伍员（yún）字子胥借吴兵伐楚为父报仇，后又被吴王杀害的故事。此事在《左传》、《国语》、《史记》等史籍及《越绝书》、《吴越春秋》等杂录中均有记载和文学描写。《汉将王陵变》，本事见于《汉书·张陈王周传》，写刘邦手下大将王陵入楚阵砍营，杀伤甚众，项羽劫得陵母，逼母修书招降王陵。陵母自刎，使陵专心事汉。拥刘反项的倾向非常明显，刘项之间有有道无道之分，这样王陵的英勇无敌、王母的勇于牺牲，就具有了义薄云天的正义内涵。《舜子变文》、《李陵变文》、《王昭君变文》等亦属此类。这类变文虽然都有史实可寻，但变文并不严守史范，大都凭借丰富的想象虚构出生动的情节，人物心理和感情的描写，更为史载所不及。以民间传说为题材的有《董永变文》、《秋胡变文》、《孟姜女变文》等，都是在前代已有传说的基础上生发敷演而成的，对这些传说的发展和流播起了很大的作用。

### 三、变文的艺术

变文的篇幅很长，不仅志怪志人小说不能相比，传奇文也难以企及，现存最长的是《维摩诘经变文》，总卷数竟达三十卷左右，可见结构之宏伟。篇幅拓展，容纳的内容也就更为丰富充实，往往不是单一的而是多重的。描写最为出色的是《伍子胥变文》，虽然略有残缺，尚存一万五千余言。它鞭笞君王的残暴，歌颂艰苦卓绝的复仇精神，也含有更深层次的思考。君主高度集权、高度专制的政治体制，使君王们容不得臣下人生价值的追求。智勇超绝、快意恩仇、成就辉煌功业的伍子胥，恰恰在专制君王的面前走到了末路。伍子胥从反暴君始，又以为暴君所害终；子胥父兄之在楚，与子胥之在吴，悲剧命运竟如此相似——谁也逃不脱君王专制的阴影，谁也走不出专制制度的怪圈！在专制政体下，个人才华能力的充分展现、人格尊严的张扬，就是毁灭的因由。伍子胥故事所蕴寓的历史哲学极为深厚，所以春秋之际，各国名臣中功业地位超过伍子胥的大有人在，如齐之管仲、越之范蠡和文种、楚之令尹子文与孙叔敖等，而司马迁《史记》只为伍子胥、司马穰苴两人独立列传，就是看出了伍子胥悲剧命运后面隐含的哲理。对唐代人文精神的深层思索，这是传奇小说中所不曾有过的。

讲唱文学吸引听众的一个重要特点就是故事性强。为了增强故事性，也为了适应讲唱时间长短的不固定性，故事的结构往往采取糖葫芦式——用一个线索串联无数个小故事。这种结构具有开放性、伸缩性，可以随意加减小故事，也可以颠倒故事的次序，而不影响故事的主干。《降魔变文》中舍利弗与六师斗法的许多回合就是用一个个斗法小故事叠加在一起的；《目连救母》以目连寻母为线索，把目连所经所见天上、人间、地狱都写到了，而且，只要讲唱需要，还可以续加，一条链子，可以串无数珍珠。《伍子胥变文》中伍子胥逃奔吴国的经过是描写的重点，除了遇渔父及浣纱女这些历代共认的标志性情节外，又加进了其他书所没有的见姊、遇妻的情节；遇妻而不敢相认，于是夫妻用药名诗问答，这既不合常情常理，也不太符合当时的情境，可能是讲唱人富有医药知识，为了拖延时间而发挥特长吧。这就是鲁迅所说的"各运匠心，随时生发"（《中国小说史略》第十二篇）的例证。这种结构比较松散，故事与故事之间缺少必然的联系，但它的优越性却为后世小说戏曲看中，《西游记》便吸收了这种结构经验并使之更臻完美；戏曲如明人郑之珍的南戏《目连救母劝善记》共102出，清代张照所编宫廷大戏《劝善金科》长达340出，都采用了这种结构。《降魔变文》斗法手段的描写、新奇的想象、奇幻的场面，令人骇目惊心，为后世神魔小说提供了有益的借鉴。

## 第三节　话　　本

### 一、什么是话本

话，即故事；说话，就是讲故事，也就是说书；所讲的故事用文字记录下来就是话本。所以鲁迅说："然在市井间，则别有艺文兴起。即以俚语著书，叙述故事，谓之'平话'，即今所谓'白话小说'者是也。"又说："说话者，谓口说古今惊听之事，盖唐时亦已有之……说话之事，虽在说话人各运匠心，随时生发。而仍有底本以作凭依，是为'话本'。"（《中国小说史略》第十二篇）[2]宋金时代说话盛行，"话本"一词也为其他艺术所借用。宋人灌园耐得翁《都城纪胜·瓦舍众伎》："凡傀儡敷演烟粉灵怪故事、铁骑公案之类，其话本或如杂剧，或如崖词，大抵多虚少实……凡影戏乃京师人初以素纸雕镞，后用彩色装皮为之，其话本与讲史书者颇同，大抵真假相半……"是傀儡戏、影戏、杂剧、崖词之底本亦可称话本。但这并不确切。严格意义上的话本只是说话人所讲故事的文字记录，也称"话文"、"说话"，简称"话"；因其听众主要是市民阶层，故称"市人小说"。后来文人加工整理或创作的专供阅读的白话小说以及诗话、词话等类也称话本，这是广义的概念了。

讲故事有着悠久的历史。远古时代，人们在劳动休息时往往用讲故事消遣娱乐，是为讲故事的源头。汉代刘向《列女传·母仪传》之"周室三母"载："古者妇人妊子……夜则令瞽诵诗，道正事。如此则生子形容端正，才德过人矣。""道正事"即讲故事，用故事进行胎教。既是胎教，就不止一次，讲一夜故事不可能有如此大的作用。这是"说话"的最早记载。此后《魏书·蒋少游传》、《北史·李谐传》、《南史·始兴王传》等，都有片段记载。隋代说话艺术进一步发展，侯白《启颜录》云："白在散官，隶属杨素，爱其能剧谈，每上番日，即令谈戏弄。或从旦至晚，始得归。才出省门，即逢素子玄感，乃云：'侯秀才，可以玄感说一个好话。'白被留连，不获已，乃云：'有一大虫，欲向野中觅肉，见一刺猬仰卧，谓是肉脔，欲衔之。忽被刺猬卷着鼻，惊走，不知休息，至山中，困乏，不觉昏睡，刺猬乃放鼻而去。大虫乃忽起欢喜，走至橡树下，低头见橡斗，乃侧身语云：旦来遭见贤尊，愿郎君且避道。'"（《太平广记》卷二四八）这是将故事称为"话"的最早记载，也是见于记载的最早的小"话"。其后，以"话"代指故事的记载渐渐多了起来，以至小说都用"话说"开篇，意思是"故事说"。

到了唐代，随着城市经济的发展，市民阶层壮大，适应市民需要的说话艺术也空前发展，文人学士元稹、白居易曾于长安新昌宅听"话"，刘禹锡还曾在给高寓的信中讲过一"话"（《太平广记》卷二五一"刘禹锡"）。据唐郭湜《高力士外传》，唐明皇退居兴庆宫后，"每日上皇与高公亲看扫除庭院、芟薙草木。或讲经论议，转变说话，虽不近文律，终冀悦圣情"。可见说话不仅吸引了文士，也深入了宫廷。

今存最早话本是敦煌发现的唐代话本，以散文叙说故事，很少用诗歌配合。话本的出现标志着中国通俗小说的成熟，在古体小说之外别立一宗，为后世话本、拟话本及章回小说的发展繁荣，开辟了道路，奠定了基础，后来竟取代古体小说而成为中国古代小说的主流了。

### 二、话本的内容

表现宗教内容的话本如《庐山远公话》，写在庐山修行的释惠远前世曾为二商人间借债作保，债未了却而借债人与保人已死。转世后三人重逢，惠远在两家为奴以偿还宿债。惠远本是东晋名僧，净土宗初祖，事见《高僧传》卷六、《出三藏记集》卷十五等。话本所写并非史实，是在吸收民间传说的基础上，凭借大胆想象创作而成的。话本的宗教思想浓厚，用不小的篇幅演绎佛经，宣扬轮回思想。篇末有"开宝五年张长继书记"字样，开宝为宋太祖年号，当是唐人所作宋初抄本。《叶净能诗》，"诗"当为"话"之误。这是敦煌通俗小说中唯一一篇写道教的作品，由表现道士叶净能"在道精熟，符箓最绝"的一个个小故事组成，目的在表现叶净能道行高深、法术玄妙，说明道教神通广大；但写叶道士施法取宫中美人侍寝，则又近于仗法力作乱的妖道。从宗教类话本看，留有明显的受变文影响的痕迹。

世俗故事类话本如《韩擒虎话本》，写隋文帝杨坚称帝后，派遣大将韩擒虎灭陈、和番大夏、最后被地府迎请为阴司之主的故事。韩擒虎，史有其人，见《北史·韩雄传》附韩擒虎传、《隋书·韩擒虎传》。话本吸收了大量民间传说，塑造出一个十三岁的少年英雄韩擒虎形象，赞颂他有勇有谋、统一天下、安邦定国的精神。"话本"，原作"画本"，显系同音笔误。《唐太宗入冥记》写李世民为夺帝位而囚慈父，杀兄弟，生魂被阎罗王勾摄入地府，崔子玉在阴曹做判官，审理此案，崔阳世为县尉，为求大官而卖法，更改生死簿，使太宗还阳增寿的故事。此事唐人张鷟《朝野佥载》卷六、郑烺《崔府君祠录》都有记载。此记有讥刺帝王凶残、官员卖法的意向，也可以看出道教思想、佛教思想的影响。这段故事后来被小说《西游记》所吸收。《孔子项托相问书》篇中有后晋天福年抄写的字样，也当为唐代流传下来的作品。孔子出游，遇小儿项托，于是二人问答。孔子所问，项托对答如流；而项托所问，孔子所答均被项托驳诘得无言以对。孔子心生嫉妒，最后杀了项托。故事情节的开展，采用了汉赋中主客问答的方式。这里的孔子是一个嫉贤妒能的人，小说家言，本不足据，但在敦煌通俗文学中却传本最多，流传亦广，表现了对挑战权威精神的赞许。此类传说，上有渊源，后世流传也很广，明刊《历朝故事统宗·小儿论》、《东园杂字》、民国年间北京打磨厂宝文堂同记书铺铅印本《新编小儿难孔子》等，都载有这类故事，但都略去了杀项托的情节。

### 三、话本的艺术

"话本"，顾名思义，说书人着意经营的是"话"，用故事吸引听众，也用故事承载他们所要表达的思想感情。话本都在故事上做文章，篇幅比传奇文长得多，有头有尾，而且情节曲折。为了引人入胜，故事中往往加入奇幻的内容以耸人听闻。如《庐山远公话》中的潭龙听经；讲经时感得山石摇动百草并合，五色祥云布满长空；所抄经卷入火不焚投水不濡，等等。虽然话中有很多经义讲解，有这些奇异故事的穿插，能增加不少情趣。《孔子项托相问书》写人间故事，除了写出项托争强好胜的童心童趣之外，也加了个奇幻的结尾：项托被杀，其母把鲜血泼在粪堆旁，鲜血化为百尺修竹，节节兵马，弓刀随身，吓得孔子惊惶骇怕，州县为项托修建祠庙。《叶净能诗》为了神化叶道士之法力，更是描写了种种神异；其中唐明皇游月宫的故事，也能让企图一睹月宫真容的听众兴趣盎然。《韩擒虎话本》写隋文帝登基，也加进了神秘色彩："见一白羊，身长一丈二尺，张牙利口，便下殿来，哮吼如雷，拟吞合朝大臣。众人亦见，便知杨坚合有天分，一齐拜舞，叫呼万岁。遂乃册立，自称隋文皇帝。"这一方面表明了杨坚称帝上合天意的合理性，从艺术方面说，在平实的描写中增加一点异样情趣，也是对听众胃口的调剂。

对素材颇见提炼功夫的是《韩擒虎话本》。韩擒虎虽为大将，却又是一名"一十三岁奶腥未落"的少年。为了使少年英雄形象突出与可爱，话本作者在写隋与陈兵戎相见的征战过程中，并没有在两军交锋的刀光血影中，展示韩擒虎的英勇果敢和武艺高强，他不是一员冲锋陷阵锐不可当的战将，而是一员领兵大将、儒将。作者别具匠心地把笔墨放在了战前的准备和以智偷袭上。写两军阵前他与陈将仟蛮奴相见，原来任蛮奴与擒虎之父"同堂学业"，父亲遗言："见面之时，切须存其父子之礼。"忆及亡父之言，擒虎先是"满目泪流"，说明刀剑在身不能跪拜；继而拒绝退兵，坚持收复陈国的原则；最后写交战，也是突出"擒虎虽在幼年，也曾博览亡父兵书"的特点，识破陈兵阵法，指挥有方，"此阵一击，当时瓦解"。韩擒虎满腹韬略，精通战法，既彬彬有礼，又不因私废公。韩擒虎毕竟是一员武将，本领高强是必不可少的一面，话本巧妙地把这种本领的展示放在了和平时期，在出使番邦、接待来使时一显身手。生既为安边定国的人杰，死亦为统领阴军的鬼雄。刻画人物生动饱满。

从总体来看，敦煌所发现的通俗小说还是很稚嫩的。由于很多被盗往海外，造成了不同程度的残缺；由于抄写者文化水平不高，有很多错字别字；语言也不是很流畅，与同期的传奇文相比，便显得粗糙多了；也有了初步的塑造人物的意识，如对韩擒虎形象的刻画、《唐太宗入冥记》中崔子玉为求阳世升官而阴司卖法时的心理描写，等等，与六朝志怪相比，演进之迹甚明，但毕竟还只是意在故事，人物只是故事的载体，还没有进入通过故事来塑造人物的阶段。

变文和话本这一类通俗小说与传奇文的根本性区别在于，变文和话本与社会经济形态的联系要比传奇文密切得多，深刻得多。传奇与诗歌散文等传统士大夫文学一样，属于精英文学，写作目的是给上层人物看的，甚至只为自我宣示而不求人知，或者常人难知，因而大有天才孤寂之叹，这就是从屈原的"举世混浊而我独清，众人皆醉而我独醒"（《史记·屈原贾生列传》）、司马迁的"藏诸名山，传之其人"（《报任少卿书》），一直到蒲松龄的"此生所恨无知己，纵不成名未足哀"（《偶感》），以及曹雪芹的"都云作者痴，谁解其中味"（《红楼梦》第一回），或作品寓意含而不露，或超迈群伦高而难知，总之作者的追求可以不为世人所知，也允许不为人知。"千秋业付后人猜"，世无知己，便只求后世知音了。通俗小说则不然。从《列女传》所载"周室三母"中"道正事"的瞽人，就带有以讲故事谋生的因素；到唐代社会经济，尤其是城市经济比较繁荣之后，说书就具有了更明显的商品性质。吉师老所言说唱《昭君变》之蜀女，可能就是职业女艺人，自然是以"变"卖钱；僧人之说唱，或直接收敛布施，如《庐山远公话》中道安讲经，听者"纳钱一百贯文"、"每日纳绢一匹"，即使当时不收入场费，也是为日后之布施。而大众的文化修养远不及进士达官之类精英，过于高深、过于隐蔽则难以吸引听众，况且又是口头艺术，与书面文学之反复阅读索解不同，因此，通俗小说必须从思想内容到表现形式都做到通俗易懂，不是作者想说什么就说什么，想怎么说就怎么说，而是市人想听什么就说什么，听众怎么听着高兴就怎么说，也就是必须取悦于普普通通的广大听众，即所谓"媚俗"，作品才能变成商品。可以说，受商品属性和表演属性的制约，这些作品是白话的、用民间口语写成的，与文言小说相比，生活气息浓厚多了，语言口气亲切多了，受众面大大扩展，"小说"不仅是可以阅读的文本，更是可以观看的表演艺术，"小说"普及了，成为日渐受人青睐的文学新宠儿；所写故事是虚构的，即使以真实的历史人物为描写对象，也是或力避史事，或在史实基础上采纳更多的传说，通俗小说的作者没有史的意识，连史的形式也不模仿（这也与传奇小说有所不同），总之，想象为文成为作品的主干；结撰奇巧动人的故事，吸引读者和听众，成为作者的有意识追求，这为后世小说结构提供了有益的借鉴。可以说，敦煌藏经洞的发现是中国文学史上通俗白话小说的第一次群体亮相，在文学史上具有重大意义，它标志着一种新的小说样式诞生了。正是在这个基础上，宋元乃至明清的白话小说才取得了辉煌的成就。

〔注释〕

〔1〕"一枝花"即季娃故事，见前章注〔5〕

〔2〕也有人以为"话本"就是故事的意思，见日本增田涉《论"话本"一词的定义》（《中国古典小说研究专集》三，台湾联经出版事业公司1981年版）。石昌渝《中国小说源流论》，三联书店1994年版。

〔参考文献〕

〔1〕王重民等编．敦煌变文集．北京：人民文学出版社，1957.
〔2〕周绍良等编．敦煌变文集补编．北京：北京大学出版社，1989.
〔3〕黄征．张涌泉校注．敦煌变文校注．北京：中华书局，1997.
〔4〕周绍良，白化文编．敦煌变文论文录．上海：上海古籍出版社，1982.
〔5〕颜廷亮主编．敦煌变文概论．兰州：甘肃人民出版社，1993.

# 第八章

# 宋元的说话艺术与话本小说

## 第一节 说话与话本

宋代的"说话",上承唐代"说话"而呈现繁盛之势。由于城市经济繁荣,市民阶层壮大,客观上刺激了"说话"的发展。宋代"说话"已有了固定的演出场所,即瓦舍勾栏,类似游乐场所。灌园耐得翁《都城纪胜》"瓦舍众伎"条谓:"瓦者,野合易散之意也。"吴自牧《梦粱录》卷十九"瓦舍"条称:"瓦舍者,谓其来时瓦合,去时瓦解之义,易聚易散也。"瓦舍的范围大小不等,其中往往可分成若干"勾栏"——即游乐场所中的演不同伎艺的看棚,分别上演傀儡戏、诸宫调和"说话"等。如《西湖老人繁胜录》"瓦市"条云:"惟北瓦大,有勾栏一十三座。常是两座勾栏,专说史书。"瓦舍把民间伎艺聚集起来,也把市民聚拢在一起,使"说话"成为一种职业化、商业性的活动。以"说话"为专门职业者,即称为"说话人"。这些职业"说话人"往往要经过专门的培训,罗烨《醉翁谈录》之《小说开辟》称:"夫小说者,虽为末学,尤务多闻。非庸常浅识之流,有博览该通之理。幼习《太平广记》,长攻历代史书。烟粉奇传,素蕴胸次之间;风月须知,只在唇吻之上。《夷坚志》无有不览,《琇莹集》所载皆通。"这些"说话人"有自己的行会组织,称为"雄辩社"。同时,社会上出现了专门为"说话人"编写说讲底本的文人,这些文人也有自己的行会组织——书会;书会中人,一般称为"书会先生",也称"才人"。随着"说话"的发展,其分工渐趋细致化,形成不同的门类,称为"家"或"家数"。至南宋,说话分为"四家",据《都城纪胜》之"瓦舍众伎"条载:

> "说话"有四家。一者小说,谓之银字儿,如烟粉、灵怪、传奇、说公案(皆是朴刀杆棒及发迹变泰之事)、说铁骑儿(谓士马金鼓之事)。说经,谓演说佛书;说参请,谓宾主参禅悟道等事。讲史书,讲说前代书史文传、兴废争战之事。最畏小说人,盖小说者能以一朝一代故事,顷刻间提破。合生,与起令随令相似,各占一事。

据此,"四家"乃指小说、说经、讲史、合声(生)。小说,以讲烟粉、灵怪、传奇、公案等故事为主;说经,即演说佛书;讲史,即讲说前代兴衰成败争战权谋之事;而合生,大约指即兴之作。洪迈《夷坚支志乙集》卷六载:"江浙间路歧伶女，有慧黠，知文墨，能于席上指物题咏应命辄成者，谓之合生。""说话"家数的出现，是"说话"伎艺高度发展的标志；有宋一代，"说话"呈现空前的繁荣。"南宋亡，杂剧消歇，说话遂不复行"（鲁迅《中国小说史略》第十二篇）。在宋代盛极一时的"说话"，一方面由于元朝统治者的严厉禁止，一方面也因戏曲艺术的发达，人们为新的表演艺术所吸引，转移了原来欣赏"说话"的兴趣，"说话"因而衰落下来。

随着"说话"伎艺的兴盛，在书场中流播的故事越来越多，而以口传故事为蓝本的文字记录本，以及受说话体式影响而衍生的其他故事文本等，也日见其多，后世统称之为"话本"。

今存宋元话本常出现"话本说彻，且作散场"之类套语，可见"话本"含有故事文本之义。而套语的出现，也说明"话本"在一定程度上已经"格式化"。大体而言，传世宋元话本可分为三类：一是叙事粗略、文字粗糙的说话艺人的底本，如《三国志平话》等。一是据说话艺人口述故事而作的记录整理本，整理者当是游食民间的下层读书人或书会先生，这类本子大都文字通顺，叙事周详，如《碾玉观音》、《错斩崔宁》等。一是文人依据野史笔记等改编而成的通俗故事读本，如《宣和遗事》等。

宋元话本小说在中国小说史上，承前启后，独树一帜。它既是我国说唱艺术发展的必然结果，也标志着白话小说走向成熟。从此，中国小说史形成文言小说系统与白话小说系统双水分流的局面。

## 第二节　短篇小说话本

宋元两代的小说话本大多亡佚，少部分作品被编辑在明代中期以后的选集中，如《清平山堂话本》、《熊龙峰刊行小说四种》、《古今小说》、《警世通言》、《醒世恒言》等，从而得以传世。依据《醉翁谈录》、《也是园书目》、《述古堂书目》等文献对宋元小说话本的记载，一般认为如下作品是比较可靠的宋元小说话本：《张生彩鸾灯传》（见《熊龙峰刊行小说四种》）；《风月瑞仙亭》、《杨温拦路虎传》、《西湖三塔记》、《简帖和尚》、《合同文字记》、《柳耆卿诗酒玩江楼记》（以上见《清平山堂话本》）；《宋四公大闹禁魂张》、《张古老种瓜娶文女》（以上见《古今小说》）；《错斩崔宁》（又题《十五贯戏言成巧祸》）、《闹樊楼多情周胜仙》（以上见《醒世恒言》）；《碾玉观音》（又题《崔待诏生死冤家》）、《西山一窟鬼》（又题《一窟鬼癞道人除怪》）、《定山三怪》（又题《崔衙内白鹞招妖》）、《三现身包龙图断冤》、《万秀娘仇报山亭儿》（以上见《警世通言》）等。这些作品在编辑过程中很可能被修改润色过，因而还不能肯定它们就是宋元时期的原始形态。另外，近年又发现元代"福建建阳书坊所刊刻"的

《新编红白蜘蛛小说》残页,系今见元刻小说话本,《醒世恒言》中的《郑节使立功神臂弓》是其增订本。

　　宋元小说话本有一定的体制,其文本大体包括入话(头回)、正话、结尾几部分。入话是话本的开端部分,通常以一首或若干首诗词"起兴",其作用有的是点明故事主旨,如《清平山堂话本》中《董永遇仙传》入话;有的是说风景,借以造成某种意境,烘托特定情绪,以与故事的主人公相关联,如《清平山堂话本》中《风月瑞仙亭》入话;有的是道名胜,以与故事的发生地点相联系,如《清平山堂话本》中《西湖三塔记》入话;还有的是抒发感慨,以与故事所反映的思想相表里,如《清平山堂话本》中《张子房慕道记》入话。有时先以一首诗点明故事题旨,然后讲述一个或几个与此题旨相类或相反的小故事,因其在"正话"之前,故称做"头回",其行话乃是"权做个'得胜头回'"。而不管是"入话"还是"头回",都是说话艺人为招徕和稳住听众、等候迟到者的一种有意安排,且亦有助于理解"正话"的思想内容。"正话"是话本的主体,一般包括散文和韵文两部分,以散文为主,叙述情节曲折动人、人物形象鲜明的故事。正话一般不分回,但也有少数作品如《碾玉观音》分上下回。正话之后,往往以一首诗总结故事主题,或以"话本说彻,权作散场"之类套语作结。

　　总之,小说话本颇具特色的体制,使其在中外小说中独具一格,富有鲜明的民族风格。

　　宋元小说话本,往往取材于现实,以新鲜的写实手法,表现市井细民的日常生活,所谓"极摹人情世态之歧,备写悲欢离合之致"(笑花主人《今古奇观序》)。就现存宋元小说话本看,其题材内容主要集中在爱情与公案两方面。

　　宋元小说话本中的爱情故事,鲜明地反映出市民阶层的爱情观。小说中的女主人公往往大胆而热烈地追求爱情,勇敢而执著。如《碾玉观音》中的璩秀秀,这个出身于装裱匠家庭的小户人家女儿,不但容貌出众,且练就一手好刺绣;无奈家境窘迫,十八岁被迫"献入"郡王府当"养娘"(即婢女),从此失去自由。在郡王府失火逃难之时,秀秀遇到年轻能干的碾玉匠崔宁,见其为人诚实,便以身相许,主动提出:"何不今夜我和你先做夫妻?"毫不掩饰自己火一般的激情,她的大胆坦率激起崔宁的勇气,于是双双远逃他乡,"好做长久夫妻"。然而他们没有逃脱作为封建统治者化身的郡王的魔掌,秀秀被抓回活活打死。但她至死不悔,化为鬼也要和自己的恋人生活在一起,并最终将崔宁扯到郡王的魔掌再也伸不到的阴间,去做一对永远的鬼夫妻。这是何等执著的爱情追求!《闹樊楼多情周胜仙》中的周胜仙,也是一个主动追求爱情的下层市民女子。她对开酒店的范二郎一见钟情,便不肯"当面挫(错)过",故意借与卖水人争执闹嚷,别开生面地袒露自己的身世:"我是曹门里周大郎的女儿，我的小名叫作胜仙娘子，年一十八岁。""我是不曾嫁的女孩儿。"并借题发挥式地说："你敢随我去?"当她的婚姻受到封建家长的阻挠时，她便一气死去；死而复苏后，她马上去找范二郎，为追求爱情婚姻幸福可以冲破生死之隔。与唐传奇中出现的女子相比，璩秀秀和周胜仙追求自由爱情的行为更大胆而热烈；《莺莺传》中的崔莺莺，虽冲破礼教的罗网与张生私下结合，但对张生"始乱之，终弃之"的负心行为，却无奈地叹息"固其宜也"，"愚不敢恨"，显得柔弱而可怜；《李娃传》中的李娃，在帮助荥阳生功成名就后，依然自卑而违心地劝荥阳生"结媛鼎族"；《霍小玉传》中的霍小玉自言"妾本娼家，自知非匹"，只求与李益维系八年的情爱。在她们身上，载负着过重的封建道德观念和传统意识，使她们在爱情之旅中显得顾虑重重，软弱无奈。而璩秀秀与周胜仙则轻松得多，她们的大胆、坦诚与热情，表现出对封建传统的轻蔑，体现着新兴市民阶层的意识与爱情观。

　　宋元小说话本的另一突出内容是公案故事。宋元时期，官府昏庸，吏治腐败的现象日趋严重，司法机构草菅人命之事已司空见惯，这种黑暗的现实是滋生公案故事的主要土壤。《错斩崔宁》即讲述由一起命案引发的一段冤情，颇具典型意义。小市民刘贵向岳父借得十五贯钱，酒后戏言，致使其妾陈二姐以为丈夫要卖掉自己，连夜逃走，欲回娘家，刘贵当夜被小偷谋财害命。案发后，涉嫌杀人的陈二姐被捉拿归案，同时还有她路遇相识的崔宁，而崔宁身上恰好带有卖丝得来的十五贯钱。府尹便认定崔陈系凶手，不听二人申辩，严刑逼供，屈打成招，酿成冤案，致使无辜人头落地。小说中有一段话，很能代表当时人对这一冤案的看法："这段冤枉，仔细可以推详出来。谁想问官糊涂，只图了事，不想搥楚之下，何求不得?……所以，做官的切不可率意断狱，任情用刑，也要求个公平明允。"这是对武断专横、草菅人命的封建官吏的严正批判，也是对昏庸官府的严厉指斥。社会黑暗，冤狱迭起，生活于苦难之中的人民便渴望清官出现。清人朱素臣曾据此改编为戏曲《十五贯》（亦称《双熊梦》）。《三现身包龙图断冤》、《合同文字》中的包公就是这样的形象，包公有着超凡的智慧，"能剖人间暧昧之情，断天下狐疑之狱"，救民于水火之中；小说中的包公形象虽略显单薄，却无疑为后来广为流传的包公形象打下了基础。

## 第三节　长篇讲史与讲经

　　宋元的讲史话本，也称"平话"。盖当时说话伎艺，包括讲和唱两种表演方式，讲史以平常口语讲述而不加弹唱，故称之为"平话"。也有人以为"平"乃是就讲史话本与史书相较而言，讲史话本以平常口语演讲，粗浅易懂，不似史书艰涩深奥，故称为"平话"。

现存宋元讲史话本中，宋人编的有《梁公九谏》，叙述武则天废太子为庐陵王，而欲传位于其侄武三思；狄梁公（仁杰）九次进谏，武后始感悟，乃招还复立太子；话本文辞古朴，简略扼要。《五代史平话》，大抵依据正史，分梁唐晋汉周五个部分，历述五代兴衰始末，杂以因果之说；"全书叙述，繁简颇不同，大抵史上大事，即无发挥，一涉细故，便多增饰，状以骈俪，证以诗歌，又杂诨词，以博笑噱。"（鲁迅《中国小说史略》第十二篇）其中关于黄巢的民间传闻，富有神异色彩；而对石敬瑭早年颇具传奇色彩的经历亦叙写生动。此外，李克用、刘知远等人，也写得较为成功。《宣和遗事》，主要记述北宋衰亡至南宋建都临安的经过，尤其是宋徽宗的荒淫失政与金人入侵的惨痛教训；其中的梁山泊故事，如杨志卖刀、智取生辰纲、宋江怒杀阎婆惜、梁山聚义、受招安征方腊等，是后来长篇英雄传奇《水浒传》的滥觞。

元人编刊的讲史平话，今存有元至治年间建安虞氏刊印的《全相平话五种》，包括《武王伐纣平话》、《七国春秋平话后集》、《秦并六国平话》、《前汉书平话续集》及《三国志平话》。《武王伐纣平话》叙述了商纣王荒淫无道、残暴不仁、武王兴兵伐纣的经过；其中夹杂着很多神奇怪诞成分，已粗具后来《封神演义》的雏形。《七国春秋平话后集》叙述了燕齐两国争战的历史及传说，主要刻画了孙膑和乐毅两个人物形象，同时展示了统治阶级内部的倾轧。《秦并六国平话》描述了秦吞并六国及自身覆亡的历史。《前汉书平话续集》记述汉高祖刘邦称帝后统治阶级内部的矛盾斗争与残杀。《三国志平话》记述了魏蜀吴三国征战的历史，已大致具备了后来长篇历史演义小说《三国演义》的情节与思想；其中关于诸葛亮和张飞的描写，已相当生动，人物性格已较鲜明。

总之，宋元讲史话本，往往以历史事实为依据，叙述朝代之兴衰更迭、争战杀伐之事，其中已明显加入许多民间传闻，可以说是史传文学与民间口传故事相结合的产物。

讲经，原意即演讲佛书。今存宋元说经话本，只有无名氏的《大唐三藏取经诗话》，"诗话"一体，王国维在所作"跋"中称："其称诗话，非唐宋士大夫所谓诗话，以其中有诗有话，故得此名。"大约在表演中以演讲为主，同时夹有诗词之吟唱。

《大唐三藏取经诗话》分上中下3卷，凡17段，叙述唐僧师徒一行前往西天求请大乘佛法的情形。诗话中的"白衣秀才"，自称是"花果山紫云洞八万四千铜头铁额猕猴王"，"来助和尚取经"，是后来《西游记》中孙悟空的前身。猴行者神通广大，善于降妖捉怪，如"过狮子林及树人国第五"，叙唐僧师徒进入树人国，小行者被人用妖法变作驴子，猴行者前去营救，将作法者的妻子变作"一束青草，放在驴子口伴"。情节生动有趣。此外，猴行者还知识渊博，无所不晓,已成为故事的主角。另外,《取经诗话》中还出现了一个深沙神,是《西游记》中沙僧的前身。不过,《取经诗话》叙写的唐僧种种奇遇及降妖斗法之事,往往过于简略;而且由于是"说经"的缘故,诗话中有些地方充斥着浓厚的宗教说教气息,了无趣味。总起来说,《取经诗话》在一定程度上反映出说经话本的面貌,对后来的神魔小说《西游记》有直接影响。

## 第四节 话本小说的情节结构与语言

宋元话本小说与"说话"艺术紧密相系,是由听觉艺术向视觉文学的过渡;考虑到"说给人听"这一总的叙述原则,话本小说无论在情节结构的设置,还是讲唱语言的表现上,都形成了自己的特色。

### 一、情节结构艺术

为了达到"竦动听闻"的效果,以便吸引招揽听众,话本小说特别重视故事情节的设置,既要求故事的完整性,又强调情节的紧张曲折、动人心弦。为此,话本小说特别注意在偶然性上作文章,并有意识地制造悬念,使故事富有戏剧性。

宋元话本小说作家为使故事情节波澜起伏,往往注意利用偶然或巧合因素来展开故事矛盾,推动情节发展,而又使故事显得合情合理。如《错斩崔宁》,便是在一系列的偶然事件与巧合情况下展开故事的。小市民刘贵与妻子王氏同往丈人家祝寿,丈人见女婿穷薄,便赍助他十五贯钱,让他"开个柴米店,赚得些利息来过日子"。如果刘贵夫妻一同返家,便不会发生后面偷钱杀人的事情了;可王氏偏偏被留在娘家,刘贵独自携钱而归,此其一巧。如果刘贵径直回家,不在相识者家中饮酒,便不会有酒后戏言,致使陈二姐离家,也不可能发生后来偷钱杀人之事;可刘贵正巧撞见了相识,顺便喝了三杯两盏,便朦胧起来,此其二巧。如果刘贵敲门,二姐没有打瞌睡,也便不会有戏言了;而偏偏二姐"独自在家,没一些事做,守得天黑,闭了门,在灯下打瞌睡",所以刘贵敲门,二姐没听见,致使刘贵"一来有了几分酒,二来怪她开得门迟了,且戏言吓她一吓",于是戏言以十五贯典卖了二姐,此其三巧。而最巧的莫过于陈二姐在逃跑途中遇见的崔宁所携卖丝之钱也是十五贯,与刘贵被杀抢走的钱额等值;而且刘贵之妻王氏后来为静山大王所劫,被迫作了压寨夫人,而静山大王正是杀害刘贵的凶手。小说正是在这一连串的巧合中将故事推向高潮。但偶然性的后面常常隐藏着必然性。陈二姐之所以听到典身的玩笑就信以为真,一是刘贵的家境的确穷窘,存在典卖她的可能;二是与她低下的身份有关,娘家以卖糕糊口,自己又身为小妾,随时都有可能像一件货物般被卖掉;

三是与当时司空见惯的典卖妇女的社会现实有关。而这一并不复杂的案件所以使无辜者人头落地，关键在于问官糊涂，捶楚之下，屈打成招。说到底，乃是由昏庸的官吏、腐败的吏治造成的。这样，偶然性事件的背后便具有了深刻的社会意义。

同时，为了吸引听众，宋元话本小说有意识地在情节上制造悬念，吊听众的胃口。如《三现身包龙图断案》开端写孙押司算命，算命先生说他当夜"三更三点子时必死"，这就给听众造成一悬念，真耶假耶？听众自然想知道故事的结局，继续听下去。而孙押司果真当夜三更三点跳河了，这就进一步造成悬念，听众的好奇心必然驱使他想知道事情的真相。小说就是这样牵动听众的心弦，一步步向前发展，直到最后才揭穿真相，令人豁然明白。另外，话本小说还常构设一些富有戏剧性的情节，以吸引听众，同时也表现人物的性格特征。《闹樊楼多情周胜仙》中周胜仙范二郎借与卖水人吵闹而自报家门，借题发挥，互相探试一节，颇具戏剧色彩。既表现出周胜仙的机智、大胆，以及火热的激情；也增强了小说的艺术感染力，使听众不禁为这个大胆而纯情的少女发出会心的微笑。

### 二、语言特色

话本小说最初编撰的目的，就是为说话人口头讲述之用（而不像后来那样供人阅读）。说话人面对的听众主要是文化层次并不高的下层市民，为了能取得较好的听觉效果，使他们理解明晓说话的全部内容，话本小说作者必须使用通俗易懂的白话，而不是像传统的小说那样运用艰深的文言。敦煌变文中的个别作品已使用生硬的白话文，但大多数作品依然是文言或文白相间。宋元话本小说，是中国文学史上第一次用白话来描述社会日常生活的文学样式，其语言来自当时人们的日常生活，具有明晓易懂、新鲜活泼的特点，极富生活气息。这种直接来源于市井间的话语，在表现人物复杂心理及感情方面，无疑比文言文更细致入微。试看《错斩崔宁》中刘贵戏言典卖陈二姐时二姐复杂的心理：

那小娘子听了，欲待不信，又见十五贯钱堆在面前；欲待信来，他平白与我没半句言语，大娘子又过得好，怎么便下得这等狠心辣手？疑狐不决，只得再问道："虽然如此，也须通知我爹娘一声。"刘官人道："若是通知你爹娘，此事断然不成。你明日且到了人家，我慢慢央人与你爹娘说通，他也须怪我不得。"小娘子又问："官人今日在何处吃酒来？"刘官人道："便是把你典与人，写了文书，吃他的酒才来的。"小娘子又问："大姐姐如何不来？"刘官人道："他因不忍见你分离，待得你明日出了门才来，这也是我没计奈何，一言为定。"说罢，暗地忍不住笑。不脱衣裳，睡在床上，不觉睡去了。那小娘子好生摆脱不下："不知他卖我与甚色样人家？

>我须先去爹娘家里说知。就是他明日有人来要我，寻到我家，也须有个下落。"[1]

这段剖析条缕，极细微地展示出陈二姐忐忑不安的心理；而刘贵与二姐的对话，也声口毕肖，极合二人的身份特征。这种完全口语化的语言，极富个性色彩，是文言小说所难以比拟的。话本小说还常常使用一些俗语、谚语、民谣、俏皮话等，使行文既显粗鄙野气而又活泼生动。如《宋四公大闹禁魂张》中写张员外的四大愿："一愿衣裳不破，二愿吃食不消，三愿拾得物事，四愿夜梦鬼交。"虽滑稽可笑，却也生动地勾画出一幅吝啬刻薄的嘴脸，极富表现力。

此外，话本小说的语言带有浓厚的说书艺人风致。话本小说作者以说话人的身份，站在故事之外，不时地对故事中的人和事加以评论，以引导听众进入故事，并作出判断。如《碾玉观音》叙述秀秀和崔宁双双远逃事发后，崔宁受杖刑，发遣建康府居住；当差人押送崔宁刚出北关门，被郡王打死的秀秀又现形赶来，随崔宁同行到建康，押发人自回。之后有一段说书人的解释评论：

>若是押发人是个学舌的，就有一场是非出来。因晓得郡王性如烈火，惹着他不是轻放手的。他又不是王府中人，去管这闲事怎地？况且崔宁一路买酒买食，奉承得他好，回去时，就隐恶而扬善了。

这是为了使故事显得合乎逻辑而作的必要解释和补充。还有一些话本小说中用诗词解释，或加入一些俚俗逗乐之语，以便与听众发生交流；如《错斩崔宁》写刘贵之妻王氏回娘家路遇静山大王前有两句交代："猪羊走屠宰之家，一脚脚来寻死地。"对情节发展加以渲染，以使听众对接下来发生的突变有心理准备。总之，宋元话本小说语言以其通俗性、口语化、市井化和鲜明的说话人风格而异于此前的小说，为小说发展开辟了新路径，指明了新方向。

〔注释〕

〔1〕此处引文及下文《碾玉观音》的引文均出自《京本通俗小说》。一般认为，《京本通俗小说》系伪造本，但是其中的《错斩崔宁》一篇，《也是园书目》列为"宋人词话"，《醒世恒言》原注说是"宋本"；《碾玉观音》一篇，《警世通言》原注说是"宋人小说"；因而学界一般将此两篇作品视为宋人话本。

〔参考书目〕

〔1〕萧相恺. 宋元小说史. 杭州：浙江古籍出版社，1998.
〔2〕萧欣桥等. 话本小说史. 杭州：浙江古籍出版社，1997.
〔3〕胡士莹. 话本小说概论. 北京：中华书局，1980.
〔4〕陈汝衡. 说书史话. 北京：作家出版社，1958.

# 第九章

# 《三国演义》与明代历史小说

## 第一节 章回小说的体制与发展阶段

　　章回小说是中国古代长篇小说的名称。就外部特征而言，它有如下一些特点：一部小说分为若干单元，每一单元均有标目，标目有单句与偶句两种，用以概括本单元的主要内容。在每个单元的开头，一般都用"话说"、"且说"等套语作为开始。每一单元的结尾，均在故事的紧要处打住，"欲知后事如何，且听下回分解"。

　　用"章回"这一术语来称谓中国古代长篇小说，是比较晚的事，这两个字连用最早出现于《红楼梦》第一回中，所谓"雪芹于悼红轩中，披阅十载，增删五次，纂成目录，分出章回"。光绪二十九年（1903），夏曾佑在《小说原理》中举例说："如一切章回、散段、院本、传奇、诸小说。"这已经明确地将其作为文体术语来使用了。此后，章回小说遂被文学史与小说史家广泛采用，并被作为中国古代长篇小说的名称固定下来。

　　尽管"章回"作为固定术语出现较晚，但作为段落的意思则早已存在。《说文解字》解释"章"字："乐竟为一章，从音，从十。十，数之终也。"先秦时因诗乐一体，故又称诗之一段为章，《诗·周南·关雎》毛传说："《关雎》五章，章四句。"后来又引申为文章的段落，唐代刘知几《史通·叙事》说："句积而章立，章立而篇成。"再后来，人们便借用"章"来指称长篇小说的情节单元。"回"的本意为"转"，但作为量词则是"次"之意。"章回"之"回"最直接的来源应该是宋元说话艺术。在说话中，尤其是在长篇讲史中，其内容一次讲说不完，必须分若干次才能讲完，其中讲说一次称为一回，而且为吸引听众下次再来，往往在故事的关键处收住，形成"欲知后事如何，且听下回分解"的悬念。从语源学的意义上看，"章回"一词可算是雅俗结合的文学术语。

　　中国古代章回小说的发展大致可以分为三个阶段：第一是初级阶段，其形态是所谓的"平话"。它主要是宋元说话中"讲史"内容的记录整理，并吸取一些史书的内容融合而成。它们一般文字比较粗糙，手法比较幼稚，如《三国志平话》、《五代史平话》等。第二是中级阶段，其形态是所谓的累积型小说。这主要是指它们的题材都经过好几代人和不同领域文体的不断积累，最后由一位作家写定。因而无论是在题材还是在叙事手法上，都明显受到集体创作的影响，如《三国演义》、《水浒传》等。第三是高级阶段，其形态是所谓的文人独创型小说。这类小说从题材上讲，主要是从作家所亲身经历的生活中进行提炼；从主旨上讲，则是按照自我人生观与审美理想设计作品；从文学手法上讲，则基本摆脱了说话艺术的影响，其叙事方式已经从以叙述为主的讲说型过渡到以描写为主的呈现型，从而使中国古代的长篇小说完全成熟，如《金瓶梅》、《红楼梦》等。

## 第二节　累积型的成书过程

《三国演义》是中国古代第一部成熟的长篇小说，其成书过程典型地代表着累积型小说的特征，并开辟了历史演义这种历史小说的创作模式。"演义"的本意是阐发义理，历史演义则是根据历史与传说来敷衍故事。因而就题材论，它是自三国以来史书与传说长期累积的结果；就创作方法论，它吸取了史传与说话艺术的经验；就成书过程而言，则可以将其分为准备、创作与修改补充等三个阶段。

第一是准备阶段，时间是自三国至元代这千年左右的漫长历史过程。其中又可分为史书与文学两个方面。陈寿的《三国志》、司马光的《资治通鉴》与朱熹的《通鉴纲目》是史书的典型代表；而历代三国故事传说、说话艺术中的"说三分"与戏曲中的"三国戏"，是文学题材的集中体现。这二者并不是独立发展而是相互影响的，史书中包含着不少传说，文学题材中也容纳了不少史书内容，尤其是像裴松之在为《三国志》作注时，就吸取了不少民间传说。据历史记载，三国故事在民间的广泛流行，至迟也应该在唐代。李商隐的《骄儿诗》已有"或谑张飞胡，或笑邓艾吃"的描绘。宋代说话中有专门"说三分"的专家与科目，根据苏轼《志林·怀古》记载，里巷中小儿听三国故事，"闻刘玄德败，颦蹙眉，有出涕者；闻曹操败，即喜唱快"，表明当时已有明显的尊刘反曹倾向。到元代时，三国故事更为丰富，而且许多故事已经定型，这从当时元杂剧三国戏的叙述中便可看出。而作为宋元"说三分"内容总结的，是元代至治年间新安虞氏刊行的《三国志平话》。该书仅八万余言，文字相当粗糙，多有错字别字，与后来成熟的长篇相比，还是相当幼稚的。但它有几个方面却颇堪注意：首先是为《三国演义》提供了基本的故事框架与拥刘反曹的基本价值取向。其次是文学化手法的提供，比如它把整个三国故事装在一个因果报应的框架内，显示了民间文学的色彩，虽手法比较幼稚但毕竟是力图把历史故事转化为具有因果关系的小说情节。其三是人物创造带有夸张、固定的鲜明类型化特征。这些都曾对《三国演义》的创作产生过较大的影响。

第二是创作阶段，时间是元末明初。《三国演义》的写定者是元末明初的罗贯中，关于他的生平材料很少，只有明初人贾仲明（一说为无名氏）《录鬼簿续编》记曰：

> 罗贯中，太原人，号湖海散人。与人寡合，乐府隐语，极为清新。与余为忘年交，遭时多故，各天一方。至正甲辰复会，别来又六十余年。竟不知其所终。

根据贾仲明的生平推测，可知罗贯中大约生活于1315至1385年之间。其他的材料都是明中期以后的记载，如明人王圻《稗史汇编》言其"有志图王"，胡应麟《少室山房笔丛》言其为施耐庵"门人"，等等，但都只有参考价值。在明代除了《三国演义》有他的署名外，还有《隋唐两朝志传》、《残唐五代史演义传》及《三遂平妖传》也都被归在他的名下。在明代一些《水浒传》的版本上也说他是编写者之一。此外，在《录鬼簿续编》中著录了他的三部杂剧，现仅存《赵太祖龙虎风云会》一部。

罗贯中在《三国志平话》的基础上，大量采集史书材料进行增删改造，大大扩充了篇幅，所谓"据正史，采小说，证文辞，通好尚"（高儒《百川书志》卷六），遂成一部规模宏大的历史小说。从总的情况看，罗贯中使他的作品向着历史回归并尽量使语言雅驯，如删落了平话中许多过于荒诞的情节，补充了大量章奏诏策，从而使文学与史学统一起来。正如明人蒋大器《三国志通俗演义序》所说："前代尝以野史作为评话，令瞽者演说，其间言辞鄙谬，又失之于野。士君子多厌之。若东原罗贯中，以平阳陈寿《传》，考诸国史，自汉灵帝中平元年，终于晋太康元年之事，留心损益，目之曰《三国志通俗演义》。文不甚深，言不甚俗，事纪其实，亦庶几乎史。"根据嘉靖本"晋平阳陈寿史传，后学罗贯中编次"的署名形式，可证蒋大器所概括该书史的意识是可信的。但从本书的深层看，其核心观念依然是文学性而非史学性的，因为作者要追求的还是情节的合理性而不是历史的真实性，其创作目的是塑造形象而不是演述史实。比如赤壁之战的主角是东吴的孙权与周瑜，可罗贯中却处处突出蜀方的孔明，甚至不惜改变史实，将周瑜的草船借箭移植到孔明身上，从而成功地完成了这一智者形象的塑造。可以说，《三国演义》的成功，在于其将历史意识与说话艺术有机地结合在一起。

第三是修改补充阶段，时间是自明代嘉靖年间至清代康熙年间。其间曾出现过数十种《三国演义》的版本，都不同程度地对原作进行过各种补充修改，从而为该书的完善作出了各自的贡献。就现存版本情况看，明清两代的《三国演义》版本大致可分为三个系统：一是题名为《三国志通俗演义》的嘉靖本系统，这是现存最早的版本，前有弘治甲寅庸愚子序与嘉靖壬子修髯子小引，共240则而不分回。到明代后期托名李贽实则为叶昼评点的《李卓吾批评三国志》时，将240则合并为120回，回目也由单句改为偶句。二是明代后期由福建一带刊刻、题名为《三国志传》的系统。这种本子一般文字都要比嘉靖本简略，但却在情节上多了关羽次子关索（或花关索）的故事。以上两个系统孰为先后或者说何者更接近罗贯中的原本，目前学术界尚有争议。三是清代康熙年间毛伦与毛宗岗评点、题名为《三国演义》的系统。这个本子以叶昼评点本为基础，并参考了《三国志传》系统的本子，对回目与正文进行了许多增删改造，使本书文字从原来嘉靖本的58万言猛增至70万言。其特点主要表现在两个方面：在内容上更加突出拥刘贬曹的倾向，在艺术上更加成熟，所以成为自清代以来最为流行的本子。

从上可知，《三国演义》的成书过程典型地代表着累积型小说的产生方式，即经过长期的民间传说与说话艺人的口头传讲，再整理成简单的平话话本，然后由水平较高的文人加工改造，成为成熟的长篇小说，进而再经过不断的修改补充，从而达到完善的程度。

## 第三节 经验总结、道德评判与悲剧艺术

《三国演义》的主旨到底是什么？这个问题历来被专家学者所特别关注。目前学术界所流行的，有正统说、忠义说、兴亡说、统一说、分合说、人才说、悲剧说、军事说、拥刘反曹说等十余种。由于本书是一部规模宏大、成书过程漫长的作品，因而其思想内容颇为复杂是很自然的，所以上述所有的说法对揭示该书的思想内涵均有一定价值；但就其主导倾向而言，总结历史经验，歌颂明君贤相与表达悲剧意识无疑在作品中占有更为重要的位置。

本书是一部历史小说，这决定了它对总结历史经验的重视。作者最直接的目的，应该是形象地反映三国的历史，并在描绘历史的进程中总结出兴衰成败的经验与教训。在传统的《三国演义》研究中，一般认为三国得以分立的原因在于三个重要因素，所谓曹魏得天时，东吴得地利，而蜀汉则得人和。其实，三国各方对这三个因素都是很重视的。从天时来说，三方都是乘时而起的豪杰：曹操挟天子以令诸侯是乘天时；诸葛亮在隆中与刘备谈论三国鼎立的形势，又何尝不是在利用天时；东吴的鲁肃为孙权分析当时的形势是，"汉室不可复兴，曹操不可卒除"，必须立足江东以观时变，逐步壮大自己以图天下，这更是典型的顺应天时。说到地利，不仅孙吴的割据江东是地利的表现，三方的争夺荆州又何尝不是对有利地势的看重。至于人和的因素，则更为三方所共同重视。

《三国演义》从形式上看主要是由许多重大政治军事事件构成的，特别是关于战争战役的精彩叙述，更成为本书的鲜明特色之一，以至有不少人将其称为军事文学。但无论是政治还是军事，又都离不开人的因素。战争不仅是国力

与军力的较量，更是智慧与计谋的较量，这一切都离不开人和。刘备所以能够立足蜀中而成一方霸主，离不开与关、张的情投意合，更离不开与孔明的鱼水相得，于是留下了"三顾茅庐"的千古佳话。东吴的孙权素以"举贤任能"而著称，他先后提拔任用了周瑜、鲁肃、吕蒙与陆逊等年轻人才，方能取得赤壁之战等重大胜利而稳据江东。魏方的曹操也极为重视网罗各种人才，他不仅得到了成群的武将谋士，同时还留下了善待刘备、关羽的美谈。可是一旦他在赤壁之战时狂妄自大，一意孤行，不听他人意见，就只能得到惨败的结果。当曹操从华容道逃回南郡时，曾仰天大哭，痛心谋士郭嘉的早逝，否则必不会遭此大败，故而作者引诗赞曰："曹公深识真栋梁，兵败犹然思郭嘉。"因此可以说人心与人才是三国各方争夺的焦点，他们明白，得人心者得天下，得人才者得天下。从某种程度上说，《三国演义》是一部兴亡史，而这兴亡史又主要是由战争史与人才争夺史构成的。

  然而作者在叙述三国兴亡的过程中，并不是采取客观的态度，而是具有鲜明的情感倾向，具体说也就是拥刘反曹的倾向。这一倾向所包含的因素是相当复杂的。首先是它受历史传统与民间意识的影响，陈寿《三国志》与司马光《资治通鉴》均以曹魏为正统，到南宋朱熹作《通鉴纲目》时，已奉蜀汉为正统。自南宋后程朱理学的影响越来越大，罗贯中当然也会受到影响。在民间文学中，从宋代的说话到元代的《三国志平话》，都已表现出这一倾向，罗贯中创作时以平话为基本框架，也自然受其影响。至于为什么自宋代后史书与民间文学会同时表现出拥刘反曹的倾向，则很可能与当时的民族矛盾尖锐有关。由于刘备有汉室血统，当然容易被"人心思汉"的思潮所接受。不过更重要的是，这其中寄托了作者向往明君贤相与贬斥暴君奸贼的政治理想与价值取向。刘备曾对庞统说："今与我水火相敌者，曹操也。操以急，吾以宽；操以暴，吾以仁；操以谲，吾以忠。每与操反，事可成。"就主要方面看，刘备与曹操有两点不同：第一点，刘备爱民，而曹操残民。在作者笔下，刘备爱民如子，深得民心，新野一战，在曹操追兵将至的危急关头，他依然不忍舍弃追随自己的百姓，拥民数万，缓缓而行。而曹操则相反，他惨无人道，杀戮成性，攻打徐州时下令："但得城池，将城中百姓，尽行诛戮。"于是，"操大军所到之处，杀戮人民，发掘坟墓"。第二点，刘备忠厚仁德，曹操奸诈自私。如刘备得一的卢马，有人说此马妨害主人，并出主意说："公意中有仇怨之人，可将此马赐之；待妨过了此人，然后乘之，自然无事。"玄德闻之变色曰："公初至此，不教我以正道，便教作利己妨人之事，备不敢闻教。"曹操则极端自私，处世原则是"宁教我负天下人，休教天下人负我"。他尽管也是顺时而起的豪杰，知道成大事须广揽人才，收揽民心，可他不能以诚待人，往往采用欺诈收买的手段达此目的，如对抗袁绍时，他一面令手下军士捉百姓杀戮，一面又告知百姓躲避以收买人心。在刘备与曹操的对比中，鲜明地体现了作者向往仁君的理想。

除了上述原因之外，拥刘反曹的设计还有艺术构思上突出悲剧效果的重要作用。作者将刘备一方作为正义力量的代表，将各种美德赋予这一群体，并对他们寄予深切的同情，但最后失败的却恰恰是正义的蜀汉。刘备坚守桃园结义的誓言，为报关羽之仇而不听众人劝阻，毅然兴兵伐吴，以致遭到惨败，尽管在政治上是不可取的，但为了坚守道德理想而不惜牺牲自我，却成就了他豪迈崇高的悲剧形象。如果说在刘备身上读者感到遗憾的话，则孔明的人生更能显出历史悲剧的深度。在作品中，孔明是忠臣贤相的楷模，他那"鞠躬尽瘁，死而后已"的献身精神，千载之后犹令人神往。同时，他又是智慧的化身，未出茅庐便知三分天下形势的先见之明，谈笑间败曹操于赤壁的神机妙算，乃至死诸葛能走生仲达的近于神明，都显示了他无与伦比的高超智慧。但他的德才兼备却最终挣不脱"扶汉有志，无力回天"的失败结局。这就使得作品造成了理想与现实之间的巨大落差，为小说注入了一种悲剧性的伦理情感力量。这种悲剧是令人震撼并发人深思的，刘备集团在道德道义上是胜利者，但在现实的历史斗争中却是失败者。在作者笔下，暴政战胜了仁政，奸邪压倒了正义。面对这难以理解的历史迷茫，作者只能将其归于天命，但从今天看来，这种悲剧却是必然会发生的，因为这是封建时代的历史规律。从此意义上说，它不仅是蜀汉政权的悲剧，同时也是历史的悲剧，其中包含了深刻的思想内涵并能产生巨大的审美效应。因此，《三国演义》也就成了我们民族史诗般的伟大作品。

## 第四节　人物塑造与叙事艺术

作为历史小说的《三国演义》，是在三国真实历史的基础上所进行的文学创造，因而也就涉及了历史与文学两端，具体讲也就是牵涉到虚与实的问题。清代史学家章学诚曾将这种特点概括为"七分事实，三分虚构"（《丙辰札记》），虽被多数人所认可，但这是否为历史小说的最佳比例，后世却一直争议不断。其实，《三国演义》尽管在叙述方式与主要事件上尽量向历史靠近，但其创作目的依然是人物形象的塑造与审美效果的取得，因此无论作者采用的是史实，还是张冠李戴、移花接木及添枝生叶的艺术处理，都要围绕其文学创作目的来施展。同样，总结本书的创作经验，也主要是从小说艺术的角度而不是史学的角度。下面从人物塑造与叙事艺术两个方面来作出说明。

### 一、人物塑造

《三国演义》以史书与民间传说为基础，然后按照作者的道德理想与审美标准加以重新构造。这种创作特点不同于作家根据自我生活经验所进行的艺术创造，具体说也就是他不可能写出真实细腻的生活实感与人物复杂矛盾的内心世界，而必须按照因长期的历史积累而形成的道德评价与在前人那里早已定型的性格特征，然后再进行踵事增华的艺术发挥。所以，其人物形象特征、人物塑造方法与半文半白的语体等，都要与此相联系，才能得到切合实际的说明。

毛宗岗在《读三国志法》中曾将本书的人物塑造成就概括为"三绝"，所谓"吾以为三国有三奇，可称三绝。诸葛孔明一绝也，关云长一绝也，曹操亦一绝也"。之所以言其为绝，是因为孔明"是古今来贤相中第一奇人"，关云长"是古今来名将中第一奇人"，曹操"是古今来奸雄中第一奇人"。此处的"奇"与"绝"不仅指塑造形象的艺术水准达到了登峰造极的高度，同时也指这些人物性格达到了理想化的极致。也就是说，他们都是同类中的典范人物。因此典范性是这些人物的共同特征，孔明是相与智者的典范，关羽是忠勇将军的典范，而曹操则是奸雄的典范。典范的核心特征是按照某种类型人物的理想化标准进行创造，因而也可以说他们是类型化的人物形象。这种人物形象具有以下几个特点：一是重要人物基本上都有一个以某种道德品质为核心的主要性格特征，它在性格中占据着决定性的地位，如刘备、孔明与关羽等人的性格，基本就是儒家道德理想的典范表现；二是这些人物的性格特征基本上稳定不变，缺少纵横等方面的发展变化，如曹操的奸诈，自幼至老贯穿始终；三是这些人物性格中尽管可以是多种因素组合而成的，但在各要素之间一般都是和谐而不是矛盾冲突的，如孔明的忠与智、关羽的义与勇、曹操的奸与雄，等等，均可和谐地共存于其性格之中，并能相互烘托映照。作者对这种类型化形象的描写往往带有模式化倾向，情感描写激烈而简单，所产生的是静穆、明快与单纯的雕塑式美学效果。他们虽在真实感上稍嫌逊色，却令人有高大完美的敬仰之感，从而成为千古不朽的文学形象。

与人物形象的这种类型化特征相联系，本书塑造人物的方法也具有自身的特点。一是通过反复渲染的方法突出其主要性格特征。在人物出场时，作者一般先进行概括化的叙述，除介绍其出身经历外，更重要的是为其确定一种主要性格特征。然后便围绕此特征，通过不同的场合与角度进行具体化，以加强读者的印象。如孔明的智，便是通过火烧新野、舌战群儒、草船借箭、空城退敌等相同性质事件的反复渲染而得到强化的。二是通过带有程式化的情节与细节，或者激烈的矛盾冲突来突出人物的性格。一般说来，本书的人物对话缺乏个性化色彩，对情感与心理的描写也比较抽象化。比如官渡之战中曹、袁二军相持，曹操正为军粮将尽而愁闷，忽听袁绍帐下谋士许攸前来投奔，并一开口便问军粮：

攸曰："公今军粮尚有几何？"操曰："可支一年。"攸笑曰："恐未必。"操曰："有半年耳。"攸拂袖而起，趋步出帐曰："吾以诚相投，而公见欺如是，岂吾所望哉！"操挽留曰："子远勿嗔，尚容实诉：军中粮实可支三月耳。"攸笑曰："世人皆言孟德奸雄，今果然也。"操亦笑曰："岂不闻'兵不厌诈'？"遂附耳低言曰："军中只有此月之粮。"攸大声曰："休瞒我，粮已尽矣！"操愕然曰："何以知之？"攸乃出操与荀彧之书以示之曰："此书何人所写？"操惊问曰："何处得之？"攸以获使之事相告，操执其手曰："子远既念旧交而来，愿即有以教我。"

在半文半白的语体中，操、许二人的对话展现不出各自的个性特征，但在类似戏剧化的对白之中，通过数次转折，还是把曹操虚伪奸诈的性格鲜明地表现出来了。三是夸张与对比烘托手法的使用。夸张是从正面强调人物的某种性格特征，而对比烘托则是从效果上加以渲染，目的都是要强化人物形象的典范性。如作品对关羽勇武特征的刻画，有从正面夸张的，如第二十五回写道：

关公奋然上马，倒提青龙刀，跑下山来，凤目圆睁，蚕眉直竖，直冲彼阵。河北军如波开浪裂，关公径奔颜良。颜良正在麾盖下，见关公冲来，方欲问时，关公赤兔马快，早已跑到面前，颜良措手不及，被云长手起一刀，刺于马下。忽地下马，割了颜良首级，拴于马项之下，飞身上马，提刀出阵，如入无人之境。

如此杀人，从容自如，节奏分明，带有强烈的表演色彩，有效地突出了云长的凛然虎威。但若一味如此儿戏，便有单调之感。然而如果正面描写云长争斗艰难，又失英雄本色，所以第五回写关羽斩华雄时，便改为侧面烘托：华雄连斩诸侯四员大将，各路将领已无人敢于应战，接着写关公飞身上马，帐内众人只闻关外鼓声喧天，如山崩地摧，正当众人心惊胆战时，关羽已提华雄头掷于地上，而战前所备之酒尚温。所有这些手法的使用，都旨在突出关羽高人一筹的英武气概，也正是通过本书的成功描写，关羽终于成了中国的战神形象，同时也使本书具有了史诗般的格调。但必须指出的是，《三国演义》中人物塑造的这种类型化特征毕竟是古典式的，它达到了那一时代所能达到的高度，从而成为高不可及的典范作品。但如果按近代现实主义小说的标准加以衡量，则显示出种种的不足，鲁迅言其"欲显刘备之长厚而似伪，状诸葛之多智而近妖"（鲁迅《中国小说史略》第十四篇），正是从现实主义小说的标准来指出其缺陷的。

## 二、叙事艺术

由于本书的创作建立在史学著作与说话艺术的双重基础之上，所以它既汲取了史学的叙事经验，又继承了说话艺术的虚构手法，从而使其叙事艺术在中国古代长篇小说产生之初便达到了很高的水准。这主要由下列三方面所构成。

### （一）从故事到情节的成功转换

《三国志平话》曾将三国故事装在一个因果报应的框架里，显示的是民间心理与民间文学的特点。罗贯中舍弃了此一框架，却吸收了它重因果关系的经验。他先从东汉末年的朝政混乱与社会动乱写起，指出了三国形成的原因。中间经过三方纷争，最后归结到晋的统一，前因后果历历在目。后来，毛宗岗将其用"天下大事分久必合，合久必分"一句话概括出来。在叙述每次战役时，先写出双方的政治、经济、外交等因素，随后再使其一一在战役结果中起到作用，因果关系也显而易见。同时，前次战役之果又往往是后次战役之因。这就使得全书成为一个浑然一体的艺术整体。从历史故事到小说情节，这是历史小说必须要实现的飞跃，同时也是小说艺术在产生时必然要完成的初期创作，本书在这方面做的是很出色的。

### （二）以人物塑造为中心的叙事原则

本书的重要目的之一虽在叙三国百年之事，而且其主要内容也大都由战争事件所构成，但作者在叙事时又主要是紧紧围绕人物形象的塑造而进行的。作者突出人物的方法有两种：一是采取戏剧化的手法，突出主要将领在战争中的作用；二是突出智慧谋略在政治战争中的作用，从而达到突现个体的目的。如《资治通鉴》记赤壁之战，其重点在于记述三方的天时、地利与人和的各种战争条件，以及后来的战争结果，至于交战经过则几笔带过。罗贯中则主要在于突出人物的活动与性情，他不仅确立了以孔明为中心的叙事原则，而且将战役过程写得极为详细。他形象地描述了诸葛亮舌战群儒、群英会蒋干中计、曹孟德横槊赋诗、关云长义释曹操等精彩场面，从而写出了孔明的智慧超群、周瑜的心胸狭窄、曹操的狂妄自大等鲜明的性格特征。可以说史学著作只写了人物做什么，而本书则写出了人物怎么做。

### （三）叙事节奏的把握

本书的整体格调是豪迈雄壮的，但作者在这整体格调里，又往往间以优美细腻的笔调。最早指出此一特点的是毛宗岗，他在《读三国志法》中说："人但知三国之文是叙龙争虎斗之事，而不知为凤、为鸾、为莺、为燕，篇中有应接不暇者，令人于干戈队里时见红裙，旌旗影中常睹粉黛，殆以豪士传与美人传合为一书矣。"用他在另一处的话说也叫做"山摇地撼之后忽又出柳丝花朵"。用小说术语讲，其实也就是缓急张弛相间隔的叙事节奏。比如在赤壁之战的刀光剑影中，作者有意穿插进许多妙趣横生的场面，时而是群英会蒋干中计，显得飘忽幽默；时而是庞统挑灯夜读，显得幽雅宁静；又时而是曹操横槊赋诗，显得诗意盎然。这种叙事节奏的把握，不仅使读者在心理上得以调整，而且增加了美感的容量。但更重要的是，其中还包含着深刻的人生哲理。毛宗岗对此解释说：

> 《三国》一书，有寒冰破热、凉风扫尘之妙。如关公五关斩将之时，忽有镇国寺内遇普净长老一段文字。昭烈跃马檀溪之时，忽有水镜庄上遇

> 司马先生一段文字。孙策虎踞江东之时，忽有遇于吉一段文字。曹操进爵魏王之时，忽有遇左慈一段文字。昭烈三顾茅庐之时，忽有遇崔州平席地闲谈一段文字。关公水淹七军之后，忽有玉泉山月下点化一段文字……。或僧、或道、或隐士、或高人，俱于极喧闹中求之，真足令人燥思顿清，烦襟尽涤。（《读三国志法》）

这些都是热闹场面之后紧接清冷情调的例子，比如刘备跃马檀溪，是他在差点被人算计的襄阳宴会上逃出，却马陷檀溪之中，而后又有追兵逼近，亏得"的卢"马一跃飞上对岸，方才脱得险境。此时在刘备眼中展现的是另一个世界：先见夕阳中牧童坐于牛背上悠然吹笛，次见幽静安然的竹林庄院，又闻美妙悠扬的琴声，最后见到的是具有隐士风度的水镜先生。与自身的戎马生涯、现实争斗相比，实在是值得向往，于是刘备发出了"吾不如也"的喟叹。从叙事节奏上讲，这种"寒冰破热、凉风扫尘"的交替是壮美与优美的间隔；从哲学意蕴上讲，则是儒家入世精神与道释出世情怀的互补。到底是追求事业成功有价值，还是超越世俗有远见，在这里构成了双重的视点，从而造成了一种复调叙事的笔法。

尽管在《三国演义》中还存在着一些为照顾历史而附着的闲散文字，使其叙事没能达到真正的纯洁明净，但从上述各点作者对叙事技巧的掌握来看，它的确已达到较为高级的叙事艺术水准。

## 第五节　明代的其他历史演义小说

《三国演义》自明代嘉靖年间流行以后，先后出现过数十种不同的版本。同时，模仿它的历史演义小说也大量出现，从而成为明中后期小说流派中最重要的一支。可观道人《新列国志叙》说："自罗贯中氏《三国志》一书，以国史演为通俗演义，汪洋百余回，为世所尚。嗣是效颦日众，因而有《夏书》《商书》《列国》《两汉》《唐书》《残唐》《南北宋》诸刻，其浩瀚几与正史分签并架。"真实地记录了明代历史小说的影响源流与繁荣局面。

此类历史演义在艺术水准上很少有能够与《三国演义》相比的，其中影响较大并有一定成就的是列国系列的历史演义。以列国题材演为小说，在元代便有《武王伐纣平话》、《七国春秋平话》和《秦并六国平话》等讲史话本。在此基础之上，明代嘉靖前后的余劭鱼将其整理成历史演义《列国志传》，全书共8卷226则，它以时间为经，以国别为纬，其内容起自商朝妲己被魅，终于秦朝统一六国，记述了近800年的历史。在写法上，既根据前代史书记载，同时也吸取一些民间传说以及平话内容，其中不少场面写得生动有趣，如秋胡戏妻、卞庄刺虎、临潼斗宝，等等，都颇为可读。但作者基本上做的是将历史通俗化的工作，其中缺乏艺术想象，不太注意人物形象的刻画，加之历史跨度过长，难以形成集中的情节线索，更由于作者的文笔稚拙，也使作品显得过于简陋。但它却为冯梦龙的《新列国志》作了题材上的准备。明代末年的冯梦龙是一位通俗文学的大家，经他改编的戏曲小说作品有很多，其中以《列国志传》为基础改变的《新列国志》便是重要的一种。全书共108回，由原来的28万字扩展到70万言，但时间跨度却大大缩短，作者将武王伐纣到西周衰亡的内容删去，集中笔墨于春秋战国时代，成为东周列国的历史演义。正如可观道人在序言中所说："敷演不无增添，形容不无润色。"作者在《列国志传》的基础上，增加情节，润饰文字，描写趋于细腻，语言近于流畅。更重要的是，作者能够抓住叙述的重点进行详细的铺叙，而对一般史实则只作简略交待。这使得书中有不少章节都很精彩，其艺术水准较之《列国志传》有了很大的提高。后来在清代的乾隆年间，蔡元放又对《新列国志》进行了一些文字修饰，加上自己的评语，改名为《东周列国志》，从而成为一部在中国影响仅次于《三国演义》的历史小说。但《新列国志》较之《列国志传》更向历史靠近，它不仅删去了原书中与史实不符及虚构的情节，而且采撷的史料也过于琐碎，以致使不少章节头绪过繁，缺乏情节的连贯流畅性。同时，它对人物形象的刻画也没有根本改观，从而影响了它的文学成就，而更像一本通俗的历史读物。其实这也是当时其他历史演义的通病，只是其他作者的水平较冯梦龙更低，因而所获成就也就更为有限。

在历史小说创作中值得注意的变化，是在明代末年出现了一批以写现实题材为内容的长篇小说，其中有代表性的是无名氏的《梼杌闲评》与陆人龙的《辽海丹忠录》。前者以天启年间大太监魏忠贤一生的劣迹为主线，展现了明代末年的历史事实。后者则是以毛文龙一生为主线，按编年顺序描写了万历十七年到崇祯三年之间的辽东战事。二书都长于叙事，尤其注意及时地反映现实情况，可以说在历史小说领域开辟了一个新天地，只是在进入清代之后，由于朝廷文化政策的严厉与文网的日益严密而绝迹了。

〔参考书目〕
〔1〕朱一玄，刘毓忱合编．三国演义资料汇编．天津：百花文艺出版社，1983．
〔2〕董每戡著．三国演义试论．上海：古典文学出版社，1956．
〔3〕刘知渐著．三国演义新论．重庆：重庆出版社，1985．

# 第十章

# 《水浒传》与明代英雄传奇

## 第一节　"讲史"与"小说"的合流现象

　　与《三国演义》一样，《水浒传》也是一部累积型的长篇章回小说。所不同的是：前者所用语体是半文半白的，而后者则是纯粹的白话；前者基本是合乎史实的历史小说，后者则更多出于文学的虚构；前者在人物塑造上属于类型化的形象，而后者则能在类型的基础上写出人物的个性。之所以有这些区别，除了所写内容不同外，也与二者继承的说话传统相异有关，具体讲就是前者来源于"讲史"，后者来源于"小说"。小说与讲史的区别大致是：第一，小说为短篇，讲史为长篇；第二，小说讲述现代故事，讲史讲述历史故事；第三，小说虚构成分大，讲史则要受史书限制。《水浒传》既然来源于小说，当然会受到其上述特征的影响，但它又不全是小说的继承，同时还采用了长篇的讲史体制，从而把讲史与小说有机地结合起来，这是《水浒传》成书的鲜明特点之一。

　　《水浒传》的成书过程也可分为：准备阶段（宋元时期）、创作阶段（元末明初）与补充修饰阶段（明中叶至清前期）。宋江起义的故事本是历史上曾经发生过的，但在南宋时这个故事就进入了传说与说话的领域，并且随着时间的推移而离史实越来越远。罗烨《醉翁谈录》在记录当时说话题目时，在小说的"公案"类里记有"戴嗣宗"，"朴刀"类里则有"青面兽"，"杆棒"类里则有"花和尚"、"武行者"。由此可知当时的这些水浒故事还是各自独立的小故事。首次将这些故事连缀起来的是宋末元初的《大宋宣和遗事》，其中有"梁山泊聚义始末"一段文字，已经具备了后来水浒故事的雏形。只是当时水浒首领还只有 36 人，而且文字也相当朴陋。但其意义却在于开始用长篇的讲史规模容纳了小说的内容，初次实现了小说与讲史两种体制的合流。在元杂剧中，水浒题材进一步丰富，今存有水浒戏的剧目 33 种，剧本 6 种，剧中主角多是宋江、李逵，但已有"36 大伙，72 小伙"的说法，可见当时梁山好汉的成员已经齐备。

　　到了《水浒传》中，作者广泛搜集宋元以来的水浒题材，吸取《大宋宣和遗事》采取长篇讲史规模的长处，同时又保持"小说"虚构的特征与生动细腻的描绘技巧，终于形成了中国第一部真正的白话长篇小说。它的出现，标志着讲史与小说的合流，在中国小说文体发展史上具有重要的意义。在这种成书方式中，体现了作者丰富的文学想象与巨大的艺术创造力。以宋江上山为例，在所有元杂剧中，宋江均为杀阎婆惜后，便在发配江州途中被晁盖等人劫上山去，而《水浒传》却令其逃至柴进家中、清风寨里及江州牢城等处，分别结识了柴进、武松、花荣、秦明、李逵等25位好汉，并将其统统带上梁山，由此串联起武松、花荣与李逵等人精彩的传奇故事，形成了本书最具特色的25回文字，而这均可视为是本书作者的新创造，体现了作者在长篇创作中不可替代的主体地位。

关于本书的作者，学术界一直存有争议。在明代《水浒传》的版本与各种笔记、书目中，或言施耐庵，或言罗贯中，而最早著录此书的高儒《百川书志》则题为"钱塘施耐庵的本，罗贯中编次"。关于施耐庵的情况，史上没有留下直接的材料，至于后人的一些说法，都只有参考的价值而无法形成真正的学术结论。

该书的版本可以分为繁本与简本两大系统。简本系统可以明万历二十二年双峰堂刻《水浒志传评林》为代表，它们与繁本的最大差别在于多出了征田虎、王庆的情节，同时在文字上也比较简单粗糙，因而只有版本学上的价值，在文学价值上则比繁本逊色得多。至于说在《水浒传》成书史上究竟简本在前还是繁本在前，目前学术界尚有争议。在繁本系统中，又可分为100回本、120回本与70回本3种。现存最早的百回本是刻于嘉靖年间的《忠义水浒传》残本（只存8回）。较早的100回全本则有明万历十七年刻、汪道昆序的《忠义水浒传》（可惜是清康熙五年的修补本而非原刻本）。目前保存最为完整的早期百回繁本是刻于万历三十八年的《李卓吾先生批评忠义水浒传》，是明代最为重要的繁本之一。120回繁本则有万历四十年袁无涯刻本《忠义水浒传》，该本在继承繁本文字的同时，又从简本系统中移植了征田虎、王庆的情节，因而成为篇幅最长、情节最多的本子。在明代崇祯年间，金圣叹假称得到《水浒》古本，只截取了繁本系统的前70回，而将结尾处的"梁山泊英雄排座次"改为"卢俊义惊恶梦"，又假托施耐庵写了3篇序言，并加上自己系统的评点文字，从而成为自清代以来流传最广的本子。

## 第二节　题材特征、主题意识及其悲剧设置

在《水浒传》的主题研究中，目前还存在着诸多争议，但主要的观点有三种，一是认为该书写的是农民起义，二是认为歌颂忠义，三是认为表现市民的意识与追求，其他的观点都是从这三种基本观点中派生出来的。其实这些争论并非产生于现代，而是自该书出现后就一直存在。比如在明清两代便有该书究

竟是写的"强盗"还是"忠义"的激烈争论,而鲁迅就说过该书是为市井细民写心的话。应该说这些观点都不是凭空产生的,都揭示了作品所包含的一些思想意蕴。之所以会存在上述的不同观点与争议,既与本书作为长篇小说内容丰富复杂的特点有关系,更与其成书过程漫长的累积特征有关系。从作品的题材来源上说,它无疑是以历史上宋江起义为依据的,在宋元以来的许多史书与笔记中,都曾记录过这次起义,如王翱《东都事略》说:

> 宋江寇京东,蒙上书陈制贼计曰:"宋江三十六人,横行河朔、京东,官军数万无敢抗者,其材必过人。不若赦过招降,使讨方腊以自赎,或足以平东南之乱。"徽宗曰:"蒙居间不忘君,忠臣也。"起知东平府,未赴而卒。(《侯蒙传》)

尽管宋江是否归降朝廷而征方腊各家记载并不一致,但宋江起义是一次历史上曾经真实发生过的农民起义则确然无疑。这种情况在《水浒传》中也时时表现出来,比如说梁山泊好汉替天行道与劫富济贫的宗旨,以及对"农夫背上添心号,渔父舟中插认旗"的描述,都能见出农民起义的特征。从此角度看,说本书是农民起义的颂歌也不为过,因为它毕竟从正面肯定了这次起义,将同情与正义毫无保留地给了这些历来被视为盗贼的造反者。但同时还必须看到,水浒故事在本书形成之前曾长期在民间流传,又经过了说话艺术与元杂剧的种种艺术加工,从而距历史上的宋江起义越来越远,打上了种种民间意识,增添了浓厚的市民色彩。比如在水浒故事中存在着太行山与梁山泊两个系统,就与两宋之交的民族矛盾激烈有直接关系,因为太行山曾是当时抗金武装忠义军的根据地,所以希望梁山好汉能保国御辱的民间意识就把他们与忠义军联系起来。这种意识《水浒传》中也有所反映,比如"招安"与"征辽"就体现了梁山好汉"顺天护国"的愿望,而"到边庭上一刀一枪,博得个封妻荫子",也成为书中许多好汉的共同人生理想,这些都需要和宋元以来民族矛盾尖锐的历史背景相联系才能得到合理的解释。不过,在水浒故事的流传中,涂上更浓厚色彩的是市民意识、市民情趣与市民心理,比如水浒好汉的出身大都是市民而不是农民,水浒故事发生的背景大都在市井而不是农村,水浒好汉追求的生活方式是大碗喝酒、大块食肉与换套穿衣服的享乐而不是农民式的勤俭刻苦,他们所崇尚的道德理想也是仗义疏财与四海之内皆兄弟的豪侠团伙意识,所有这些都留下了市民发迹变泰的思想痕迹。

然而,《水浒传》毕竟是经由文人重新加工整理的长篇小说,无论是农民起义的题材特征还是流传中所留下的市民意识,都必须统合在作者新的整体构思中。这种整体构思便是悲剧的眼光与意识,而其悲剧情节又是围绕着所谓"忠义"而展开的。这可从以下三点来认识:首先是作者揭示了"逼上梁山"与"乱自上作"的造反原因。这是金圣叹在该书的第一回回评中提出的,也很符合作品的实际内容。作品向读者显示，朝廷任用了高俅等一帮大小奸臣，弄得朝廷乃至整个社会一片黑暗，从而使正直之士无处容身，最后不得不纷纷"上山落草"。可以说"官逼民反"乃是封建社会的定律，因而也可以说作品深刻地揭示了农民起义的必然性。但在封建社会，上山做"强盗"毕竟是"灭九族的勾当"，这就决定了它的悲剧性质。因此在作者笔下，形象地展现了史进、林冲、杨志、武松等人逼上梁山的具体人生历程，他们都是在有家难奔、有国难投的绝望境遇中，才不得不上山落草的。自身最不情愿走的路而最终又不能不走，这乃是真正的人生悲剧；其次是忠奸贤愚颠倒的悲剧。正由于这些被逼上梁山的都是正直之士，这使得他们有别于一般意义上占山为王的草寇。于是作品在相当的篇幅里，勾画了一副色调复杂的悲喜剧，这便是金圣叹所概括的："无美不归绿林，无恶不归朝廷"。那些一向被官府称为杀人放火、无恶不作的"盗贼"，却能够铲除邪恶，替天行道，而本应该主持公道正义的朝廷官府，却到处弥漫着贿赂贪污的风气，以致残害百姓，欺压良善。这种"盗贼"与官府、忠义与奸邪的位置颠倒，既带有强烈的讽刺色彩，其深层又包含了贤者遭害而奸人得志的人生社会悲剧；最后一点是忠义者的悲剧命运。正是梁山好汉忠义的品质，决定了他们是道义力量的代表，同时也决定了他们不会只满足于在山寨里寻求快活的人生状态。以宋江为首的梁山人马要千方百计地促成朝廷的招安，然后为国出力，保境安民，也为自己的人生找一个真正的归宿。但他们在此所努力追求的东西，却又是招致他们走向毁灭的东西。因为以高俅为首的奸贼们不允许他们招安与为国出力，而且就在梁山好汉招安后东征西讨、为国立下大功之时，高、蔡等人依然欺君罔上，百般陷害，并最终毒杀了宋江、卢俊义，从而使这伙好汉彻底走向毁灭。最后作品在"煞曜罡星今已矣，谗臣贼子尚依然"的悲剧氛围中结束，尽管其中包含了"早知鸩毒埋黄泉，学取鸱夷泛钓船"的些许人生遗憾，但他们毕竟是道义上的胜利者，从而获得了"不须出处求真迹，却喜忠良作话头"的某种人生崇高感。至此，作者基本上完成了他的悲剧情节的构建。

说"基本完成"是由于本书所形成的悲剧效应与《三国演义》不大相同，如果说《三国演义》的悲剧性质是以蜀汉为代表的正义一方与曹魏为代表的奸邪一方的冲突的话，那么《水浒传》的悲剧除了有梁山忠义与高俅奸邪的外部冲突，同时还有忠义本身的矛盾与冲突，这使该书的悲剧内涵变得更为复杂。袁无涯本《水浒传》第五十五回有诗说："忠为君王恨贼臣，义连兄弟且藏身。不因忠义心如一，安得团圆百八人。"在本书中，"忠"既指忠于君王，同时也包含替天行道以除奸邪和保境安民以报效国家；"义"的内涵则更为复杂，它既有仗义疏财、扶困济贫的侠义成分，更具有相互救助、四海一家的江湖义气。如果说忠更多体现了儒家伦理成分的话，义则带有更强烈的江湖野性色彩。作者将这两种并不相同的要素统合在水浒人物身上，就不能不形成既相互纠缠又相互矛盾的复杂格调。这在领袖人物宋江身上体现的最为充分。宋江本是郓城县押司，在其人格中既有忠孝的成分，又有义气的追求，这就形成了他的性格矛盾。在上梁山前，他为了江湖义气，担着血海似的干系，私自将官府缉捕生辰纲要犯的消息通报给晁盖诸人；但在杀死阎婆惜后，又因为要尽孝于老父，即便到处躲藏也不愿上山落草。在上山后，他曾经试图调和忠与义的矛盾，一面用义来牵合李逵、武松等江湖好汉的野性，一面又用忠来满足朝廷降将的心理倾斜，从而使他成为大家都能接受的领袖人物。但在是否招安的问题上，此一矛盾便暴露无遗，于是他就不能不用强制的手段迫使义听从于忠。在招安后，他用征辽国、征方腊充分表现了自己的忠心，但眼见着众弟兄一一死于征战，却无法挽救他们的不幸命运。在作品的结尾，作者的确是想把宋江推向崇高的境界，当他让宋江说出"宁可朝廷负我，我忠心不负朝廷"时，可以说已接近悲剧的崇高，因为主人公为坚守自我人生信念与道德理想，不惜以生命为代价。但是，当他哄骗李逵也喝下致命的毒酒时，他是否能满足"义"呢？尽管李逵不曾埋怨他，可他自身是否感到为成就自己的忠心，却拿兄弟的生命作代价时，会有失崇高的感觉？更何况他所一直坚守的"忠"，是否真的像他认为的那样具有价值？当他服毒身死之后，换来的却是"谗臣贼子尚依然"的结局，是否又给人一种上当受骗的感觉？所有这一切，都使小说的悲剧效应打了一定的折扣，从而呈现出复杂的色彩。可以说，忠义之间有时会构成一种相互引发的艺术张力，有时又会导致一种相互削弱的不良效果。

## 第三节　真实的传奇英雄塑造与纯粹的白话艺术

《水浒传》人物塑造的成就历来被人们所称道，金圣叹曾说："别一部书看过一遍即休，独有《水浒传》，只是看不厌，无非他把一百八人的性格都写出来。"(《读第五才子书法》)但本书的人物塑造又与《三国演义》有很大不同，如果说《三国演义》更留意人物性格的类型特征的话，《水浒传》则更重视人物的个性刻画，或者说它能够从类型当中显示出个性差别来。容与堂评本将此概括为"同而不同处有辨"，金圣叹则说得更清楚："《水浒传》只是写人粗卤处，便有许多写法，如鲁达粗卤是性急，史进粗卤是少年任气，李逵粗卤是蛮，武松粗卤是豪杰不受羁靮，阮小七粗卤是悲愤无处说，焦挺粗卤是气质不好。"(《读第五才子法》)正是由于对个性的重视，带来了本书人物塑造有别于《三国演义》的一系列新特征。

首先是传奇性与真实性的结合。《三国演义》塑造的大都是理想化英雄人物，《水浒传》基本上以草莽英雄为主体，它写鲁达拔柳树的超人，写武松徒手打虎的壮举，写石秀跳楼救人的气概，写花荣箭无虚发的神奇等等，都给人一种传奇的色彩。但作者在写这些时，又不给人以虚假之感，都充满了个性的特色。这主要得力于作者将此种种传奇行为置于真实的基础之上。这真实包括背景的真实与心理的真实两个方面。所谓背景真实，是说这些豪杰的传奇行为既不是在充满隐逸之气的深山，也不是令人望而生畏的古战场，而就发生在市井街头、酒店村庄，围绕他们的是类似于李小二夫妻、何九叔、潘金莲、西门庆、郓哥、牛二等市井细民。而且即使在写豪杰行为时，也往往是写极骇人之事而用极近人之笔，比如写武松打虎，先写他因酒醉而壮着胆子上岗，又写他得知有虎后因爱面子而硬着头皮上山，再写他发现老虎后慌乱中打折哨棒而不得不仓促徒手与虎相搏，最后写他打死老虎后用尽气力而又遇二虎时失声惊叫等。这些近人之笔使得打虎的传奇行为有了真实之感，并带有武松的打虎方式，从而与李逵的杀虎区别开来。所谓心理的真实是说人物的行为动机合乎人之常情。比如作者写鲁提辖拳打镇关西，的确是一件除恶扶善的侠义之举，但他在痛打郑屠时，又口口声声地说："洒家始投老种经略相公，做到关西五路廉访使，也不枉了叫做镇关西。你是个卖肉操刀的屠户，狗一般的人，也叫做镇关西！"在这愤愤不平的声调里，除了对郑屠欺压弱者的愤怒，也的确包含着对冲撞镇关西名号的不平。而有了这不平，便使他的行为动机更加真实而不虚伪，从而也就有了更加真实的个性描绘。

其次，在对个性的追求中，同时也就注意到了性格的矛盾与发展变化。比如宋江被金圣叹称为最难读的性格，正因为他是一个充满矛盾的个体，这已见于上述。但更重要的是作者还注意到人物性格的发展变化，而且这种发展变化又是紧紧与人物所处环境结合在一起的。比如林冲在作品中出现时主要表现为忍气吞声的软弱，便是与他八十万禁军枪棒教头的地位与家有娇妻的环境分不开的，他为了保住这些，所以对高俅的陷害采取忍让的态度，只是到火烧草料场而希望彻底破灭时，才不得不杀仇人上梁山。火烧草料场后，作者在第十回曾写到这样一个情节：林冲一路奔逃，身寒肚饿，适巧碰到一伙看米囤的庄客，对方好意让他向火取暖，他却执意索酒吃，对方不肯，他便立时发作：

> 林冲怒道："这厮们好无道理！"把手中枪看着块焰焰着的火柴头，望老庄家脸上只一挑将起来，又把枪去火炉里只一搅，那老庄家的髭须焰焰的烧着。众庄客都跳将起来。林冲把枪杆乱打，老庄家先走了。庄家们都动弹不得，被林冲赶打一顿，都走了。林冲道："都走了，老爷快活吃酒！"

有家时的软弱忍让与绝望时的寻衅打人形成鲜明的对照，而正是由于这种变化，才有了后来火并王伦的声色俱厉。当然，在这变化的性格里，林冲也并未面目全非，而是原有性格的合理延伸。因为尽管林冲原来在环境的限制下不能不采取忍让的态度，但他毕竟具有豪杰的本色，所以才会时时发出"男子汉空有一身本事，不遇明主，屈沉在小人之下，受这般腌臢的气"的感叹，这正是他后来杀仇人上梁山的内在依据。在他性格转变后，忍让的个性也并未完全消失，只是发展为精细耐心而已，比如他刚上山时，曾受到王伦的种种刁难，却因力量单薄而不得不权且忍耐，而一旦晁盖诸人上山并与王伦产生矛盾时，他才当机立断，手刃王伦，所以金圣叹称赞他"熬得住，把得牢，做得彻"（《读第五才子书法》）。在本书中，林冲的性格与任何其他梁山好汉都不重复，他有自身的生活经历、自身的内心世界、自身的个性色彩，而这样的形象在《三国演义》中是找不到的。

再次，对人物个性的重视，同时也带来了人物语言的个性化。金圣叹说："《水浒传》并无之乎者也等字，一样人便还他一样说话。"既指出了本书语言个性化的成就，也揭示出它所采用的白话语体对于语言个性化的重要。像《三国演义》那样半文半白的语言形式，是不太可能在语言个性化方面达到很高水准的，《水浒传》因为来源于说话中的"小说"门类，从而其语言更贴近日常口语，便于写出人物的不同语言特点。如对李逵初次见宋江的描写便极为精彩：

> 李逵看着宋江，问戴宗道："哥哥，这黑汉子是谁？"戴宗对宋江笑道："押司，你看这厮怎么粗卤，全不识些体面！"李逵便道："我问大哥，怎地是粗卤？"戴宗道："兄弟，你便请问'这位官人是谁'便好，你倒却说'这黑汉子是谁'。这不是粗卤，却是甚么？我且与你说知，这位仁兄便是闲常你要去投奔他的义士哥哥。"李逵道："莫不是山东及时雨黑宋江？"戴宗喝道："咄！你这厮敢如此犯上，直言叫唤，全不识些高低！兀自不快下拜，等几时？"李逵道："若真个是宋公明，我便下拜；若是闲人，我却拜甚鸟！节级哥哥不要瞒我拜了，你却笑我。"宋江便道："我正是山东黑宋江。"李逵拍手叫道："我那爷，你何不早说些个，也教铁牛欢喜！"扑翻身躯便拜。

这些接近口语而又经过提炼的文学语言，已经具有了很强的表现力。在三人的对话中，李逵之粗卤直爽快，戴宗之拘礼自高，宋江之虚怀大度，无不形神毕现跃然纸上。在读这些文字时，不用看名字，读者也能识别出是何人话语。

《水浒传》的语言不仅在对话中已取得很高的个性化成就，其叙述语言也已是成熟的白话文学语言。这主要表现在其具备口语化特征的同时，还是经过了锤炼的文学话语。在描绘人物行动时，作者决不随便下笔，而是挑选那些最富表现力的词语，力争取得形象生动、准确传神的效果，如在"鲁提辖拳打镇关西"一节，写作品中三人资助金氏父女时的动作，史进"去包裹里取出一锭十两银子"，而"李忠去身边摸出二两来银子"，鲁达嫌少，"把这二两银子丢还了李忠"。在此，作者决不随意"拿"这种表现各人或豪爽、或小气、或急躁的神情与个性。在写景文字中，作者不仅做到了描绘如画的形象性，而且还使景象具有某种程度的寓义与暗示功能，从而形成其独特的韵味和令人反复品味的厚重感。如"林教头风雪山神庙"一节写雪："彤云密布，朔风渐起，却早纷纷扬扬卷下一天大雪来"；"那雪正下得紧"；"看那雪，到晚越下得紧了"。从情节上讲，此处的反复写雪是为了后面林冲因天气寒冷而出去买酒，以及大雪压倒草屋而林冲躲过大火的需要。同时，它又静中寓动，突出了气氛的紧张与林冲心理的压迫感，所以鲁迅才会说："那雪正下得紧"，"比'大雪纷飞'多两个字，但那神韵却好地远了。"（《花边文学·大雪纷飞》）正是有了上述这些成功的人物形象塑造，千锤百炼的语言艺术，再加上情节的流畅生动，从而使得《水浒传》这部起源于说书场中的作品，最终成了中国古代小说中的经典性杰作。

## 第四节　明代的其他英雄传奇

《水浒传》自明代嘉靖年间流行之后，曾出现过数十个刊本，对当时许多题材的小说创作都产生过巨大影响，这也使它的门类归属产生了一些争议。如孙楷第《中国通俗小说书目》从说话门类着眼，将其归入"公案"一门；而鲁迅《中国小说史略》则将其归入讲史，同时又认为它对清代的侠义小说影响巨大。但它对明代小说创作的最大影响，还在于对英雄传奇的创作。英雄传奇与历史演义不同，历史演义主要按历史顺序展开作品，构成情节，而英雄传奇则更关注人物的命运，围绕主要人物的经历与事迹来突出其性情与神采。

在明代中后期的英雄传奇创作中，以说唐、说岳与杨家将系列为最突出。说唐系列的主要作品有署名罗贯中的《隋唐两朝志传》、熊大木的《唐书志传》、褚圣邻的《大唐秦王词话》、袁于令的《隋史遗文》等。其中后出的《隋史遗文》成就最高。本书共12卷60回，其所写重点不在全面演述历史，而在叙写传奇英雄的奇情侠气、遗韵英风，故而书中所写"十之七皆史所未备者"。构成作品主旨的是所谓"义"，具体讲也就是侠义与信义，尤其是知恩必报的朋友义气，更是全书叙述的重点。贯穿全书的主要是英雄秦琼的一生功业，作者将勇将、义士、侠客、清官与孝子诸要素集于其一身，并围绕着重义如山这一性格核心而展开。他路见不平即拔刀相助，在潞州公干途中救助唐公，不留姓名而去；他疾恶如仇，容不得宇文公子抢掠民间女子、妄杀无辜；他是非分明，看不惯麻叔谋残暴贪婪行为，毅然辞职回家，等等，颇有水浒好汉的豪侠气质。尤其是在劫银杠一事中，充分表现出他为朋友两肋插刀的过人义气。秦琼奉命去缉捕劫银杠的盗贼，可这盗贼恰恰就有他自幼的患难兄弟程咬金。当程咬金闻知秦琼因缉捕不力而受罚时,便主动承认是自己劫了银杠,并让秦琼把自己交给官府。面对此种情形,许多豪杰,个个如痴,并无一言。此刻,只见秦琼将捕批"豁的一声,双手扯的粉碎"。至此,一个顶天立地的大丈夫形象便站立在读者面前。除秦琼外,其他英雄的形象也颇为动人,如单雄信的任侠好义,尉迟恭的粗鲁直率,程咬金的见义勇为而又颇具喜剧色彩,罗成的武艺超群而又充满孩童稚气,等等,都能给读者留下较深的印象,并能从他们身上发现水浒好汉的种种特征。尽管本书艺术上还略显粗糙,文学成就远不能与《水浒传》相比,但在民间依然甚为流行。

杨家将系列的主要作品有熊大木的《北宋志传》与纪振伦的《杨家府世代忠勇通俗演义传》(又名《杨家府演义》),其中后者较好。《杨家府演义》共8卷58则,演述北宋杨继业一家五代御敌保国的事迹,包括杨令公撞死李陵碑、杨六郎镇守三关、杨宗保大破天门阵、十二寡妇征西等情节,最后以杨怀玉举家至太行山隐居作结。尽管本书中一些人物事迹有一定的历史依据,但主要内容却是出于虚构,故而应将其归入英雄传奇的门类。本书的主旨可用"忠勇"二字加以概括,忠指忠于大宋皇室,勇指抵御西夏侵扰而保卫国家。其中又突出了忠臣与奸臣之间的矛盾斗争。虽然全书结构较为松散,描写技术也颇为粗糙,但有些形象仍比较鲜明,某些片断也不乏精彩之处。如杨继业、穆桂英、焦赞、孟良等形象,都是中国普通百姓耳熟能详的人物,因而在民间有着广泛而深远的影响。

说岳系列的作品主要有熊大木的《大宋中兴通俗演义》(又名《大宋演义英烈传》、《岳武穆精忠传》)、于玉华的《岳武穆精忠报国传》、余应鳌的《大宋中兴岳王传》、邹元标的《岳武穆精忠传》等。其中熊大木所作出现最早,影响也最大,后几种均为其改编删节本。关于岳飞抗敌保国的事迹,自南宋以来就广泛流传于说书、戏曲及历史笔记中,至明代中叶,熊大木融合史书、笔记、杂剧及民间传说等内容,首次创作出以岳飞故事为主要题材的长篇章回小说。本书共8卷80则,"以王(岳飞)本传行状之实迹,按《通鉴纲目》取义"(该书序)。作者虽立意于突出岳飞事迹,但也兼顾其他史实,常"事关他人者不免录出"(该书凡例),所以显得情节冗蔓芜杂,艺术水准不高。但作为主人公的岳飞形象尚较为鲜明,作者从忠、孝、义、勇诸方面突出其性格特征,将其塑造成一位忠勇威武的儒将。

除以上三个系列外,尚有叙述明代开国君臣英雄事迹的《英烈传》,演绎于谦忠心保国事迹的《于少保萃忠演义》,以及与神魔题材相结合的《禅真遗史》,就其主导倾向而言,均可归之于英雄传奇的范畴。自《水浒传》开始,这类作品形成了一些共同的特征,如在内容上均以颂美忠义勇武为核心,在艺术上注重对豪侠英雄形象的刻画,其中许多人物性格还有一定程度的继承沿袭性，如李逵、程咬金、焦赞、牛皋等，都具有粗豪蛮勇且不乏喜剧色彩的性格特征，成为普通百姓十分喜爱的形象。

〔参考书目〕
〔1〕严敦易．水浒传的演变．北京：作家出版社，1957．
〔2〕郑公盾．水浒传论文集（上、下）．银川：宁夏人民出版社，1983．
〔3〕罗尔纲．水浒传原本和著者研究．南京：江苏古籍出版社，1992．

# 第十一章

# 《西游记》与明代神魔小说

## 第一节 取经故事的演化与作者问题

将《西游记》称作神魔小说并作为明代此类小说的代表作品，是鲁迅《中国小说史略》最先提出的，并被后来的小说史研究者所普遍接受。但也有将其称为神话小说与神怪小说的。名称虽不同，却都是指其超现实的题材内容以及由此构成的奇幻艺术特征。但神魔小说并非始于《西游记》，仅就章回小说而论，相传为罗贯中所作的《三遂平妖传》便已具备其雏形。不过，如果从累积型小说成书过程的典型性以及所达到的艺术水准来看，《西游记》都堪称神魔小说的杰出代表。同《三国演义》、《水浒传》一样，《西游记》的成书也是经过了准备、创作与补充发展这样一个漫长的累积过程。

《西游记》的内容大致由三个部分构成，即 1—7 回的石猴出世及大闹天宫、8—12 回的玄奘出世与取经缘起以及 13—100 回的取经故事。这三个部分原来并不属于一个艺术整体，它们被融合在一起的时间最早可能是在元代后期。其中出现最早的是取经故事的部分，同时这也是最主要的部分。唐僧取经本是一个真实的历史事件，唐贞观三年（629），僧人玄奘为追求佛教真义，不顾朝廷禁令而西行求经，其间经历百余国，费时 17 载，终于至天竺取回佛经 657 部，从而成为中外文化交流史上的一个壮举。回国后，曾由玄奘口述、其门徒辨机辑录，撰成《大唐西域记》以记录此次西行的见闻。稍后，其门徒慧立、彦悰又撰《大唐大慈恩寺三藏法师传》一书，来颂扬师父的求佛之功。此二书虽均以记事实为主，但已出现许多的异域自然风光及神奇传说。随着时间的推移，取经故事的神奇色彩也越来越浓。

到了宋代，取经故事开始发生较大的变异，甘肃安西榆林石窟所保存的六幅西夏壁画（雕刻时间相当于北宋末南宋初），取经成员中已有猴子模样者加入；南宋诗人刘克庄在其《释老六言》一诗中，已有"取经烦猴行者"的说法。这些传说最终被说话艺人所吸收，从而留下了《大唐三藏取经诗话》这样一个话本。该话本共有 17 节文字（现存缺第一节），行文保留着韵散结合的说唱形式。从章回小说体制的形成看，这是最早的一个分为章节的话本，也可以说是中国最初的章回小说形式。从《西游记》的成书看，它有三方面的意义：

一是将历史事实明显地神魔化，二是勾画出取经主要成员猴行者的基本形象，三是安排了取经遇险的基本行程。但其立意仍在于宣扬佛法无边，取经成员也还没有猪八戒与沙和尚。在元代，取经故事进一步得到发展，其中最明显的一点是取经成员已经完备。在元末明初人杨景贤所作杂剧《西游记》中，已出现了八戒与沙僧的形象，而现存元代磁枕上所绘的四人取经图，则更说明取经故事及其人员构成已深入民间。更可注目的是，在元代极可能已经产生过一部具有相当规模的《西游记平话》。因为在成书于明代永乐年间（1403—1424）的《永乐大典》卷13139"送"韵"梦"字条，便引用了取自《西游记》的"梦斩泾河龙"一段文字，其内容相当于现存世德堂《西游记》的第9回；还有成书于1423年的古代朝鲜汉语读本《朴通事谚解》中，收录了"车迟国斗圣"的文字，也与世德堂本第46回的情节颇为相似。另外，从该书的八条注文中，可以得知其主要情节已与后来的《西游记》基本相同，取经队伍的主要成员孙行者的出身经历也与后来的大致相似。这些情形使我们相信，在元末明初时很可能有某位文人对取经故事进行了全面的整理加工，创作了一部类似于原本《三国志通俗演义》或原本《水浒传》那样的小说作品。

《西游记》的再次加工创作是在明代中期，其作者一般认为是吴承恩（约1500—约1582），他字汝忠，号射阳山人，淮安山阳（今江苏淮安）人，虽有文名，但屡试不第，40余岁时始补岁贡生。有《射阳先生存稿》四卷。但这种看法目前学术界还存在着较大争议。因为现存的明代百回本《西游记》均不题撰人，直到清初刊刻《西游证道书》时，才说是元代道士丘处机作。至20世纪20年代，经胡适、鲁迅等学者考证，才认定是吴承恩所作，后来遂几乎成为学术界的定论。但其中仍是存在漏洞的，因为胡、鲁二人所依据的最直接材料是明代天启年间撰修的《淮安府志》，其中在卷十九《艺文志一》说："吴承恩《射阳集》四册□卷，《春秋列传序》，《西游记》。"后来清代乾隆年间的吴玉搢在《山阳志遗》中，根据天启《淮安府志》的记载与小说中所使用的淮安方言，提出吴承恩为《西游记》作者，并得到其乡人阮葵生、丁晏等人的响应。但其中的疑点是，在封建社会官方所修方志中，历来不收通俗小说，《淮安府志》是否是个例外，这必须加以考明，何况志中并没有直接指出此《西游记》乃是章回小说。在清初黄虞稷所撰的《千顷堂书目》卷八史部地理类中，曾有如下的著录："唐鹤征《南游记》三卷，吴承恩《西游记》，沈明臣《四明山游籍》一卷。"这显然是将吴氏的《西游记》作为地理类的游记加以著录的。因此，在当前的国内外学术界，很多学者都对吴承恩的《西游记》著作权提出了质疑。目前在没有更有力材料出现的情况下，权且将吴承恩作为此书的作者，但必须清楚此一说法是有争议的。但无论作者是谁，他肯定是明代中期以后的一位文人，他对《西游记》的最大改造是喜剧色彩的增强和对明代社会弊端的讽刺这两个方面。

关于《西游记》的版本，在明代曾有繁本与简本两个系统存世。现存最早的繁本是金陵世德堂刊于万历二十年的《新刻出像官板大字西游记》，共 20 卷 100 回，其中没有专叙玄奘出身的一节文字，其他明刊本也都无此文字。直到清初汪象旭、黄周星评刻的《西游证道书》中，才插进了"陈光蕊赴任逢灾，江流儿复仇报本"作为第九回，然后将原第九、十、十一回合并为第十、十一两回文字，后来的本子便大都据此而刻。明代的《西游记》简本主要有刻于万历年间的朱鼎臣《唐三藏西游释厄传》与杨致和《西游记传》，其文字较繁本粗糙简略。至于繁本与简本的先后继承关系，目前学术界还存在着争议，但一般认为简本是由繁本删节而成的。

## 第二节　追求神圣与留恋世俗

在对《西游记》的理解上，历来存在着深意寄托与游戏谐谑二说的分歧。在明清两代，占主导地位的是深意寄托的观点。最早表达这种观点的是明人陈元之，他在《西游记序》中称"此其书直寓言者哉"，并解释说："彼以为浊世不可以庄语也，故委蛇以浮世。委蛇不可以为教也，故微言以中道理。道之言不可以入俗也，故浪谑笑虐以恣肆。笑谑不可以见世也，故流连比类以明意。"至于所寓之意是什么，同时人谢肇淛曾如此说："《西游记》曼衍虚诞，而其纵横变化，以猿为心之神，以猪为意之驰，其始之放纵，上天下地，莫能禁制，而归于紧箍一咒，能使心猿驯伏，至死靡他，盖亦求放心之喻，非浪作也。""求放心"本是孟子的提法，"放心"即放纵之心，"求放心"便是收束自我放纵之心以归于道德良知之意。清代学者继续顺着这条思路来解读该书，或以为劝学，或以为论禅，或以为讲道，总之要从中寻找出微言大义来。

但进入 20 世纪后，对本书的认识有了较大改变，首先提出否定意见的是胡适，他认为明清两代学者寻找微言大义的做法都是胡说，都是该书的"大仇敌"，并认定"这部《西游记》至多不过是一部很有趣味的滑稽小说，神话小说；他并没有什么微妙的意思，他至多不过有一点爱骂人的玩世主义。"(《西游记考证》)鲁迅大致同意胡适的看法，指出"此书则实出于游戏"(鲁迅《中国小说史略》第十七篇)。但他同时又指出，"假欲勉求大旨"，则上述所引谢肇淛的几句话已经足够了。20 世纪 50 年代以来尽管又产生过反映农民起义说、破心中贼说、市民说等几种新说法，但仍然没有超出寻找微言大义的思路，同时大多数学者也都承认本书游戏的喜剧特征。可见，要真正认识本书的主旨，必须在寓意寄托与游戏谐谑这二者之间进行思考。

《西游记》所包含的一层重要思想内涵是对神圣事业坚忍不拔的追求精神。

明清时许多评点家将本书归之于或儒或道或佛等义的宣扬，显然是近于胶柱鼓瑟。但如果将书中所写的取经事业视为一种文学的象征，即对于一项神圣事业的不懈追求，那显然是作品中客观存在的。要取得神圣事业的成功，除了须克服种种外在的艰难险阻（在书中也就是阻挡西天路途的各种妖魔鬼怪），更重要的是坚定自我的意志（在书中体现为心性的修炼）。而心性修炼正是封建社会后期儒释道三家所共同重视的核心，因而心性修炼也就成为贯穿取经全过程的重要线索。在作品中最常提起的经典便是佛教的《般若心经》，第十九回更将其称为"修真之总经，作佛之会门"，而《心经》的要义便在于破除眼、耳、鼻、舌、身、意这"六尘"或者说"六贼"，从而达到心无挂碍的"五蕴皆空"境界。这种排除杂念而自悟心性的思想在许多章节都得到过反复的回应，如唐僧在西行首站法门寺，听到众僧谈及西行取经艰难无比时，便闭口不言，"但以手指心，点头几度"，然后说："心生，种种魔生；心灭，种种魔灭"。第二十二回所遇到的六位剪径大王，名字竟是眼看喜、耳听怒、鼻嗅香、舌尝思、意见欲和身本忧，其隐喻破除"六贼"的含义非常明显。第二十四回悟空回答唐僧几时方能到西天时说："你自小时走到老，老了再小，老小千番也还难。只要你见性志诚，念念回首处，即是灵山。"说得也是明心见性的道理。因此可以说，师徒四人的西天取经，就是一个去除自身六贼的过程。要想求得正果，外在的妖魔固然可怕，而内心的俗念牵挂更可怕，所以必须抛弃尘世的诱惑与欲望的干扰。猪八戒在取经途中之所以最不坚定，就是因为凡心太重而经不起种种物欲的诱惑。从此一角度讲，求经就是识心，克服险阻就是炼性，正如第八十五回悟空解释《心经》所说："佛在灵山莫远求，灵山只在汝心头。人人有个灵山塔，好向灵山塔下修。"《西游记》所显示的事业成功不仅是经书的取得，更是通过艰难的修炼而最终达到生命的辉煌。

　　如果从心性修炼的角度看，孙悟空从大闹天宫到辅佐唐僧取经便是一个合乎情理的必然转换。从正面意义说，取经需要超凡的勇力与坚定的信念，则大闹天宫正是勇力的充分展现。从负面意义说，大闹天宫又可以被视为野性的表现与生命力的无目的宣泄。关于猴行者的原型，鲁迅认为是出于唐人李公佐《古岳渎经》的淮涡水神无支祁，胡适则认为出于印度史诗《罗摩衍那》中的猴子国大将哈奴曼，但无论如何，这猴子原本是个带有妖气的角色。直到杨景贤《西游记》杂剧中，这猴子还说"金鼎国女子我为妻"，甚至还想过要吃掉唐僧这胖和尚，而淫妇女与吃人肉恰是妖魔的两大特征。到明中叶再次改作该书时，由于受到当时思想界松动、文人追求自我个性舒展的风气影响，遂将孙悟空的妖气统统删去，只让他那追求平等自由、超越生死的个性得以充分展开，于是塑造出一位天地不怕的美猴王形象。向往自由当然是值得肯定的，但自由不是撒野，它应该为实现更高的理想而受到一定的限制。西天取经可以说正是对理想信念百折不挠的追求，它所显示的乃是生命成熟的境界，并寻找到了生命的真正归宿。观音菩萨戴在孙悟空头上的那个紧箍，可以有种种不同的解释，但按照心性修炼的思路，它乃是对于野性的限制，是收束放纵之心的理性控制，有了它便可"心猿归正"，由一个翻天倒海的野神转化成追求功果的真神。孙悟空从撒野到终成正果，既是演述取经故事的需要，同时也体现了一个人完整的生命历程。正是在此一层面上，《西游记》拥有了一种追求终极关怀的宗教神圣感。

《西游记》所包含的另一层面的思想是对世俗生活的关注。尽管本书蕴涵着对神圣事业的追求精神，但它毕竟不是哲学讲义而是具有审美功能的长篇小说，正如陈元之所说："道之言不可以入俗也，故浪谑笑虐以恣肆。"也就是说作者是采用喜剧的笔调来表现其意旨的。这就牵涉到作者的另一旨趣，即对世俗生活的倾心。如果仅仅为展现孙悟空的英雄出身及勇力，他没有必要用整整7回篇幅来写其大闹天宫。他用生花的妙笔写悟空的寻龙王索兵器、赴阴曹消生死、闹天宫争帝位，是何等的令人开心又令人振奋，那里边分明寄托着作者对于自由的向往与对生命活力释放的渴望。尽管后来悟空皈依了佛门而保唐僧西天取经，却并未收敛活泼的个性，他除了逢人便炫耀自己大闹天宫的英雄经历外，对玉皇大帝、如来佛祖、太上老君、观音菩萨等神圣依然没有任何虔诚的表现，顽皮撒泼依然是其性情。除却头上多了一道金箍之外，他依然充满了野气与灵性。作者对八戒的态度更为微妙。他对这位猪长老的俗情难断当然是持揶揄之态的，但同时也在这个人物身上写出了人类的食色之欲是如何地难以去除。贪图口福与垂涎女色是八戒的顽症，在取经途中他为此经历过菩萨的考验，也常常因此而上妖魔的圈套，可尽管吃尽了苦头，他却始终没有太大的改观，直到第九十五回，太阴星君与霓裳仙子为揭露一位假公主而下临凡世，面对这位曾使自己动情而又因之被贬下凡世的霓裳仙子：

  猪八戒动了欲心，忍不住，跳在空中，把霓裳仙子抱住道："姐姐，我与你是旧相识，我和你耍子儿去也。"行者上前，揪着八戒，打了两掌，骂道："你这个村泼呆子！此是甚么去处，敢动淫心！"八戒道："拉闲撒闷耍子而已！"

取经事业是神圣的，同时又是枯燥沉闷的；唐僧是圣洁的，但又是迂腐而缺乏情趣的；世俗生活是平庸的，同时又是充满诱惑力的。你可以说身陷俗欲是沉沦，可八戒却自甘于沉沦。即使他主观上不甘于沉沦，可骨子里的情欲还是一不留神便要透露出来。直到取经成功时，八戒还是被封了个净坛使者，依然离不开那令他心醉的口福之乐。

在本书中，西天取经的理想追求与世俗层面的野性凡情形成了对立共构的两极，并产生了相互引发的艺术张力。西天取经的理想追求象征着人生的神圣境界，人们必须经过艰苦的意志磨炼与坚忍不拔的努力才能达到这理想的境界。从此角度出发，作者必须限制悟空的野性并批评八戒陷入情欲而不能自拔的凡庸世俗。但野性俗情又是与生俱来的基本人生需求，它构成了人生的情趣与魅力。从这一角度看，作者又批评了宗教生活的沉闷寡味与诸般神圣的迂执刻板、不通情理。这种矛盾的现象其实体现了明代中后期部分文人的心态，五光十色的都市生活与开放活跃的思想领域已经鼓动起他们追求放任自由生活的情趣，从而形成了他们有别于明代前期士人的滑稽放荡、无拘无束的个性。但儒者的身份又使他们保持着固有的认真执著，从而没有失去对理想境界的追求与渴望。这种既重理想又重现实的双重品格，显示出《西游记》在从《三国演义》、《水浒传》专写理想到《金瓶梅》的转向写实间的过渡特征。

## 第三节　人物塑造及其喜剧特征

《西游记》作为一部神魔小说，向读者展现了一个奇丽变幻的艺术世界，具有独特的审美趣味。就其所写取经过程看，具有史诗的崇高与英雄传奇的豪壮；但作者又加入了大量的世俗描写与诙谐笔调，便又将前者形成的神圣感消解在喜剧的气氛中，从而构成其亦庄亦谐、滑稽幽默的艺术风格。同时，作者又能将奇幻与真实结合起来，"虽述变幻恍忽之事，亦每杂解颐之言，使神魔皆有人情，精魅亦通世故，而玩世不恭之意寓焉"（鲁迅《中国小说史略》第十七篇），又使其游戏滑稽不至流于肤浅，而是寄托着作者对世态人情的关注讽谕。这些特征突出地体现在其人物塑造与喜剧特征上。

本书在人物形象塑造上所体现的神魔小说特点，主要是物性、神性与人性的有机融合。所谓物性是指神魔形象中所表现出的动、植物形貌与习性，他们往往给读者一种滑稽有趣的喜剧特征。但他们又不是一般的动、植物，而是带有各种神奇性的精灵鬼魅，所以往往给人以奇幻的印象。尽管这些精魅在形体上能够变化出奇，在本领上神通广大，却又始终不离人的性情，这又给人一种真实可信、和蔼可亲的感觉。例如猴子身份的孙悟空，他不仅长着一副毛脸雷公嘴，而且还有猴子机敏乖巧、调皮好动的习性。但他又是一个神通广大的神猴，会72番变化，一个筋斗云便是十万八千里。可万变不离其宗，变了庙宇尾巴没处放，不得不竖在庙宇的后面。他又是个人情味十足的形象，既有人的优点，如机智勇敢、坚忍不拔、积极乐观、无私无畏等等，也有人的缺点，如心高气傲、争强好胜、喜听好话、善捉弄人等等。因此他给人的是奇特、真实与可笑的复杂综合感觉。而八戒在猪外形、天蓬元帅与自私贪婪的组合上，更体现出神、人与物的奇妙组合特征。

本书在人物塑造上作为神魔小说的另一特点是更贴近真实的审美判断。尽管作品在总体上将人物分为神与魔两方，但又不像《三国》与《水浒》那样正反好坏泾渭分明，这大概是由于神魔不是直接面对现实，可以在审美判断上对其进行远距离的观照，从而使作者采取了更为客观的态度。他写妖魔，固然不放过其吃人肉等为祸一方的劣迹，同时也兼顾其通世故、解人情的可爱可亲之处。写唐僧，既突出其慈悲为怀、仁义为本的品德与坚忍不拔的取经意志，同时又处处表现其对妖魔行慈悲讲仁义的迂腐可笑，以及遇到困难时因手无缚鸡之力而一筹莫展的无能。尤其是对八戒的刻画更为精彩，这位猪长老几乎浑身都是缺点，举凡懒惰贪馋、好利好色、嫉贤妒能、撒谎骗人，等等。他虽号为"八戒"，其实却无一戒，做了和尚还想媳妇，看到年轻俊俏的女子便心生邪念。他干事讲条件，凡对自己没有好处的一律缺乏积极性，悟空要让他去救乌鸡国国王，便只好说是去偷宝贝，他便有言在先："偷了宝贝，降了妖精，我却不耐烦甚么小家罕气的分宝贝，我就要了。"他还喜欢拨弄是非，挑拨心慈耳软的师父念紧箍咒，去发泄自己对猴子的不满。但作者对八戒的批评只是善意的揶揄，写他虽好偷懒贪睡，却反倒最受辛苦；好使乖弄巧，却反倒总弄巧成拙；好财货女色，却反倒常尴尬被嘲。比如第三十二回师徒四人路过平顶山，八戒被悟空逼着去巡山，便不高兴地一路嘟囔说："大家取经，都要望成正果，偏是教我来巡甚么山！哈！哈！哈！晓得有妖怪，躲着些儿走。还不觳一半，却教我去寻他，这等晦气哩！我往那里睡觉去，睡一觉回去，含含糊糊的答应他，只说是巡了山，就了其帐也！"不料被暗自尾随的悟空听得真真切切，并变作啄木鸟将八戒啄得满嘴流血。八戒觉睡不成，又担心回去难交差，便只好对着三块石头演习编谎：

> 我这回去，见了师父，若问有妖怪，就说有妖怪。他问甚么山……我只说是石头山。他问甚么洞，也只说是石头洞。它问甚么门，却说是钉钉的铁叶门。他问里边有多远，只说入内有三层。——十分再搜寻，问门上钉子多少，只说老猪心忙记不真。此间编造停当，哄那弼马温去！

但那弼马温此刻已变为蟭蟟虫附在八戒耳后，则其说谎结果也就可想而知。在本节文字里，八戒的奸猾却显示出憨拙，撒谎却透露着天真，从而使他成为喜剧的角色而非否定的形象。除了人物自身所显示的喜剧特征外，作者还注意到从人物的关系设置中来突出喜剧的效果。比如唐僧与三位徒弟之间主弱从强的关系设置，就颇具喜剧意味。师父的身份与神佛的支持（观音授予他的紧箍咒），使唐僧成为取经队伍的真正主人。但手无缚鸡之力、胸无过人之智的唐和尚，却要领导三个顽劣不堪的"妖徒"，去跋涉千山万水，经历千难万险而求真经，这便构成了趣味无穷的戏剧冲突。从内部关系讲，由于唐僧的迂腐懵懂，经常偏听偏信八戒谗言而误解猴子，遂造成无数的误会场面与矛盾纠纷，从而形成了喜剧的格调；从外部关系讲，唐僧的端庄仪表与吃了可以长生不老的肉体，引来众多妖魔的垂涎，或欲食其肉，或欲得其身。四位徒弟为保护师父，不得不一次又一次去捉妖怪救师父，从而造成无数活泼生动的情节。在悟空与八戒的关系中，更显示出喜剧的色彩，他们分别代表了取经队伍中积极与消极的两种因素，冲突也就在所难免。但悟空虽有正直无私、疾恶如仇、勇敢聪明、神通广大等优点，却又有顽皮好动，喜欢挑逗别人的缺陷。他最开心的莫过于让八戒出乖露丑，比如在"四圣试禅心"时，他明明早已看出是黎山老母考验四人，却一再鼓励色欲迷心的八戒去撞"天婚"，结果被吊在树上受了一夜苦。八戒尽管智慧勇力都不如师兄，并由此常常处于被动尴尬的境地，但却常用消极偷懒去对付猴子的捉弄，尤其是利用师父的权威，挑拨他用紧箍咒去治一治那顽皮的"弼马温"。正是悟空与八戒之间相互捉弄、相互挑逗的个性碰撞，为漫长的取经行程增添了无穷的喜剧气氛，使沉闷的山水行程有了趣味，激烈的降妖伏怪化为轻松，从而构成了本书独特的审美品味。

除了从人物性格入手来造成喜剧气氛外，作者还采用了其他许多艺术手段来强化喜剧效果，这包括以下几个方面：

第一，以玩世不恭的态度化神圣为滑稽。在本书中，作者对神佛的态度往往混杂着仰视与俯视两种视角。他在总体上承认神佛的法力无边与取经事业的伟大崇高，所以尽管悟空有上天入地的能耐，却依然脱不出如来的手掌。但在具体行文时，他又往往缺乏对神佛的虔诚态度，把任何神圣都拉来作为嘲弄的对象，他让悟空骂观音活该一世无夫，说如来是妖精的外甥，这显然又是俯视的态度。化神圣为笑料是作者最拿手的功夫，如悟空为医治乌鸡国国王而向太上老君讨"九转还魂丹"，开口就借一千丸，老君始不肯，却又怕被一网打尽，无奈只好答应奉送一粒：

> 那老祖取过葫芦来，倒吊过底子，倾出一粒金丹，递与行者道："止有此了。拿去。拿去！送你这一粒，医活那皇帝，只算你的功果吧。"行者接了道："且休忙，等我尝尝看。只怕是假的，莫被他哄了。"扑的往口里一丢，慌得那老祖上前扯住，一把揪着顶瓜皮，揝着拳头，骂道："这泼猴若要咽下去，就直打杀了！"行者笑道："嘴脸！小家子样！那个吃你的哩！能值几个钱！虚多实少的。在这里不是？"原来那猴子颔下有嗉袋儿。他把那金丹噙在嗉袋里，被老祖捻着道："去吧！去吧！再休来此缠绕！"

作者借了猴子的调皮，用一片笑声抹去了老君头上的灵光，将其还原为一位小气且被捉弄的喜剧角色。此种玩神的喜剧效应显然是由作者无视权威的玩世不恭态度所决定的。

第二，在严肃紧张的氛围中伴以戏谑调笑的因素。《西游记》虽然大都写的是妖魔吃人与紧张激烈的打斗场面，但读者却不会因此而感到恐怖危险，而能始终觉得轻松有趣，便与这种化紧张为轻松的技巧有关。如师徒四人途经狮驼国，曾被妖魔捉住蒸了吃，此刻妖魔们打水刷锅，抬笼烧火，四人性命危在旦夕，作者却接着写道：

> 八戒听见，战兢兢的道："哥哥，你听。那妖精计较要蒸我们吃哩！"行者道："不要怕，等我看他是雏儿妖精，是把势妖精。"沙和尚哭道："哥呀！且不要说宽话，如今已与阎王隔壁哩，且讲甚么'雏儿'、'把势'！"说不了，又听得二怪说："猪八戒不好蒸。"八戒欢喜道："阿弥陀佛，是那个积阴鸷的，说我不好蒸？"三怪道："不好蒸，剥了皮蒸。"八戒慌了，厉声喊道："不要剥皮！粗自粗，汤响就烂了。"老怪道："不好蒸的，安在底下一格。"行者笑道："八戒莫怕，是'雏儿'，不是'把势'。"沙僧道："怎么认得？"行者道："大凡蒸东西，都从上边起。不好蒸的，安在上头一格，多烧把火，圆了气，就好了；若安在底下，一住了气，就烧半年也是不得气上的。他说八戒不好蒸，安在底下，不是雏儿是甚的！"八戒道："哥啊，依你说，就活活的弄杀人了！他打紧见不上气，抬开了，把我翻转过来，再烧起火，弄得我两边俱熟，中间不夹生了？"

在即将被蒸之际，却让人物讨论"雏儿"还是"把势"（是否内行），显然并非情节的核心，而是为造成化紧张为轻松的喜剧效果，同时也是为了突出悟空的幽默与八戒的自私等个性。

第三，在行文中顺手拈来，涉笔成趣，对某些世态人情进行喜剧性的讽谕。如第九十三回写师徒四人在金禅寺进斋供：

> 八戒早是要紧，馒头、素食、粉汤一搅直下。这时方丈却也人多……都看八戒吃饭。却说沙僧眼溜看见，头低暗把八戒捏了一把，说道："斯文！"八戒着忙，急得叫将起来，说道："斯文！斯文！肚里空空！"沙僧笑道："二哥，你不晓得。天下多少斯文，若论起肚子里来，正替你我一般哩。"

此处的讥讽是双向的，作者既嘲笑了八戒的贪吃，又顺手一击讽刺了那类冒充斯文而腹中空空的文人。看到如此文字，读者当然大都有会心一笑的感觉。

《西游记》这种喜剧的风格，使它超越了具体的道德判断而走向审美的境界，取得了较为纯粹的审美品格。同时它也显示出自明代中叶以来，文人们的心灵已经从原来的拘谨封闭转向开放活跃。因为幽默谐谑需要具备开放的心灵与自我优越感，不是只凭读经书崇圣贤便能做到的。对神魔的爱好突破了"子不语怪力乱神"的儒家传统，游戏人生的态度显示出张扬个性与追求自我适意的价值新选择，所有这些，都只有在中晚明的开放环境中才有可能出现，并预示着中国小说发展的新方向。

## 第四节　明代中后期神魔小说的繁荣

受《西游记》的影响,明代小说界出现了一股追求奇幻之美的风气,先后产生了30余部以神魔为题材的作品。按所写内容划分,它们大致可分为三类。

### 一、《西游记》的续书及其仿作

这些作品主要有无名氏《续西游记》100回,董说《西游补》16回,方汝浩《东游记》100回,吴元泰《东游记》56回,余象斗《南游记》18回与《北游记》24回等。这些作品虽模仿《西游记》而作,但因作者的思想境界与艺术功力都难与前者相比,所以文学价值都不甚高。其中较值得一提的是《西游补》,该书自《西游记》孙悟空三调芭蕉扇叉出,写悟空被鲭鱼精所迷而入梦境,历经过去未来之事,最后得虚空主人点醒,乃打杀鲭鱼,还归真我。其立意显然已与《西游记》不同,即主旨在于抒写作者自我人生感慨,而不在神魔之争。作者想象奇特,熔过去、现在与将来于一炉,尽情抒发了对人生社会的感叹与不平。如写悟空看到科举放榜的情形说:"须臾,一簇人儿各自走散,也有呆坐石上的;也有丢碎鸳鸯瓦砚;也有首发如蓬,被父母师长打赶;也有开了亲身匣,取出玉琴焚之,痛哭一场;也有拔床头剑自杀,被一女子夺住;也有低头呆想,把自家廷对文字三回而读;也有大笑,拍案叫命命命!"(《西游补》第四回)实在是明代科场士人失意百态的最佳写照。因此本书乃是一部现实性很强的小说,只是借了神魔的外壳而已。

### 二、神佛仙道传记小说

其主要作品有朱鼎臣《南海观音全传》、朱星祚《二十四尊得道罗汉全传》、朱开泰《达摩出身传灯传》、沈孟桦《济颠禅师语录》、邓志谟《唐代吕纯阳得道飞剑记》、无名氏《唐钟馗全传》、杨尔曾《韩湘子全传》、朱名世《牛郎织女传》等。此类小说兼有宗教宣传与传奇志异的双重目的,艺术水平虽不高,但在民间的影响却不容忽视。

### 三、历史神魔小说

其主要作品有许仲琳的《封神演义》、罗懋登的《三宝太监西洋记》、题名罗贯中的《三遂平妖传》、文光斗的《七曜平妖传》等。其中以《封神演义》写得较为出色。该书大约成书于隆庆万历之间。书中所写武王伐纣内容见于许多史书记载,但本书却并非直接取材于史书,而是像其他累积型小说一样,来源于宋元的讲史平话。《武王伐纣平话》是元代至治年间所刊五种平话之一,它汇集了许多民间传说与史书记载,第一次从小说的角度较为完整地演述了妲己迷惑纣王,纣王荒淫无道,姜子牙佐武王伐纣,以及纣王妲己最终伏诛的故事。至明代嘉靖、隆庆年间,余劭鱼将该平话话本的内容加以改造,成为其《列国志传》第一卷的内容,其性质显然是属于历史演义。稍后,许仲琳又将其吸收进自己的神魔小说中。就《封神演义》的内容看,前30回基本是根据《武王伐纣平话》扩大改编的。从第三十一回起则另辟蹊径而专写神怪,中间只是偶有穿插。至第八十七回孟津会师,才又回到平话的内容中去。因此,《封神演义》虽包括有历史演义的成分,其神怪因素已大大增加,它把书中双方人物分为截与阐两个教门,并创造了许多神话人物如哪吒、灌口二郎、托塔天王、申公豹、土行孙等,从而体现了神魔小说与历史演义的合流。

本书的立意主要在于批判暴君而歌颂明君。书中纣王是暴君的典型,他沉湎酒色而昏庸无道,以致炮烙直臣、诛杀妻子、信用佞臣、残害忠良、挖比干之心、剖孕妇之腹,种种暴行,令人发指。与之相对的周文王、周武王则是仁政的化身,所以最终取得了胜利。贯穿作品的是以仁易暴、以有道伐无道的思想,尽管这仍然未超出《孟子》中所倡言的"君之视臣如手足,则臣视君如腹心;君之视臣如土芥,则臣之视君如寇仇",但作者能肯定臣罚君、以下伐上的行为,从而提出"天下者,非一人之天下,乃天下人之天下"的主张,还是有一定勇气的。当然,作者对这种行为毕竟还是存有顾虑的,所以他最终仍将周之代商归结为天命,便是为了寻找一个更为充足的理由。不过本书最吸引人的还是作者奇特的想象。作者借用商周易代的历史框架,将天上神仙分成阐、截二派分属周、商二方,他们各自施展手段,祭宝斗法异彩纷呈,最后双方战死者一齐上封神台被封神。纵观全书,其奇异之处有三:一是人物形体、功能之奇。如哪吒有三头六臂,雷振子有一双可飞行于空中的肉翅,闻太师长着三只眼睛,土行孙能在地中行走,而杨任的眼中能生出双手,手心里又长出眼睛,可以看天看地自由翻转,等等。二是器械之奇。如姜子牙的杏黄旗能够挥去敌方任何法宝的伤害,其神鞭能打封神榜上有名的任何人物;哪吒则有混天绫、乾坤圈与九龙神火罩;还有陆压的宝葫芦,三霄娘娘的混元金斗,曹氏兄弟的落宝金钱等。三是阵法之奇。如"十绝阵"、"诛仙阵"、"九曲黄河阵"、"万仙阵",等等。双方的争斗便在这设阵与破阵中进行,而破阵的手段除了双方教主的奇绝本事外,主要靠法宝、法术与特异功能。因此读这部小说,颇能使人有眼花缭乱之感。这些特点当然受有《西游记》的影响,所不同的是《西游记》除法宝、武器外,战斗的胜利主要靠人物坚定的意志与超人的智慧,从而突出了人物的个性;而《封神演义》则主要靠法宝、武器与阵法,缺乏人物的性格描绘,这无疑降低了其艺术品位。但这部小说的影响却很大。在它之后又出现了《西洋记》、《平妖传》等一批借神魔以演史的系列小说。直到清代的

《女仙外史》和《绿野仙踪》，走的也还是这一路子。此外，其"三奇"设置也在中国古代小说中形成了一种传统，从而被许多作者所效法，如《樊梨花全传》、《穆桂英大破天门阵》等等，以至被许多普通的中国老百姓所津津乐道。

〔参考书目〕
〔1〕朱一玄，刘毓忱合编. 西游记资料汇编. 郑州：中州书画社，1983.
〔2〕刘勇强. 奇特的精神漫游：西游记新说. 上海：三联书店，1992.
〔3〕苏兴. 西游记及明清小说研究. 上海：上海古籍出版社，1989.

# 第十二章

# 世情小说《金瓶梅》

## 第一节 作者问题及其版本

《金瓶梅》是明代世情小说的代表作品。鲁迅《中国小说史略》第十九篇中说："当神魔小说盛行时，记人事者亦突起，其取材犹宋市人小说之'银字儿'，大率为离合悲欢及发迹变态之事，间杂因果报应，而不甚言灵怪，又缘描摹世态，见其炎凉，故或亦谓之'世情书'也。"所谓"世情"其实就是世态人情，即以描写普通人物的日常生活、恋爱婚姻、家庭关系、家族兴衰为基本内容，主要与神魔的非现实化相比较而言。同时也因题材的改变而带来了一系列审美形态、小说观念及表现方式的改变。尽管世情小说的萌芽可以追溯得很远，但其直接源头却是宋代说话中的"银字儿"，也就是小说门类。

《金瓶梅》是中国第一部长篇世情小说，同时也是第一部文人独创型小说。所谓文人独创型是与前此的累积型相对而言的，如果总结一下累积型小说的特征，可知其主要人物都是经过几个朝代演化累积而成的，其主要情节都有世代相传的因素，其中所包含的思想内容及审美意识都比较复杂，等等。尽管目前依然有人根据《金瓶梅》早期版本中"词话"这种说书体例的遗留，从而认为它仍是累积型小说，但如果拿上述累积型小说的主要特征来衡量，却明确地显示出其非累积型特征[1]。本书内容虽是从《水浒传》第23至第26回中潘金莲与西门庆的故事生发出来的，但其中的主要情节与主要人物却在以前的其他宋元话本及小说作品中难以找到；书中所写内容名义上虽是宋代，实则是专写明代的历史事实，因而从内容上也并非累积而成；从作品结构看，它是文心细密的网状形态，这只能是一位作家精心结撰的结果而不可能是累积连缀旧作而成。由一个文人按照自我的生活体验、思想观念、审美理想及艺术设想而独立创造小说作品，这在以前的长篇小说中是并不存在的，可以说《金瓶梅》的出现，开创了中国古代小说创作的一种新型类别。当然，这种独创还不能完全同后来的《红楼梦》相比，它还保留着一些累积型的特征，如搬用他人作品与宋元话本的部分现成材料等等，所以也有人将其称为"拟话本长篇小说"[2]。但从总体构思与基本小说观念上，它的确已经拥有了与累积型小说不同的特征。

但是这部文人独创型小说的作者却一直是个争议很大的学术问题。明人沈德符在《万历野获编》中说是"嘉靖间大名士"所作，而本书早期版本上的欣欣子序则称作者为"兰陵笑笑生"。可知在万历时本书的作者是谁就成了一本糊涂账，后来人们也主要是围绕"大名士"与"兰陵"来追踪索源。由于"兰陵"在古代所指有山东峄县与江苏武进两地，所以清代学者就在明代嘉靖、万历两朝峄县、武进的有名文人中寻找，先后提出了李渔、王世贞、赵南星、卢楠、薛应旗、李贽等。在现代学术史上，又先后提出过徐渭、李开先、汤显祖、冯惟敏、沈德符、贾三近、屠隆、刘守、冯梦龙、谢榛、李先芳、王稚登、丁耀亢、丘志充、贾梦龙、罗汝芳、臧晋叔、刘九、田艺衡、金圣叹、李开芳、郑若庸、陶望龄兄弟、屠大年、王采等人，可以说将当时的有名文人几乎全找遍了。其中影响较大的说法有王世贞、李开先、屠隆、贾三近与冯梦龙等，但如果没有更为直接的材料证据发现，要想确定本书的作者是不大有可能的[3]。

与作者问题相联系，关于本书的成书时间目前也存在嘉靖与万历两朝的争议。据现有材料来看，最早提到本书的是袁宏道，他在万历二十四年致董其昌的信中说："《金瓶梅》从何得来？伏枕略观，云霞满纸，胜于枚生《七发》多矣。后段在何处？抄竟当于何处倒换？幸一的示。"可见当时该书尚处于传抄阶段，则其成书时间必在万历二十四年之前。现在能够见到的《金瓶梅》刻本，主要有两个系统三个重要版本：一是《新刻金瓶梅词话》本系统。共100回，刻于万历四十五年。书前有欣欣子、东吴弄珠客的序以及廿公的跋文。另一系统是《新刻绣像金瓶梅》。共100回，刻于崇祯年间，卷首有东吴弄珠客序，但无欣欣子序。这两个版本系统的主要不同在于：(1) 万历本始于武松打虎，而崇祯本则始于"西门庆热结十兄弟"。(2) 万历本称"词话"，题目后有"诗曰"或"词曰"，回末有"且听下回分解"；而崇祯本无"词话"之称，并删去大量诗词及"且听下回分解"等文字。(3) 万历本无插图，而崇祯本有200幅插图。(4) 万历本回目粗劣不整齐，崇祯本回目对仗工整。从这些区别可知，崇祯本乃是万历本的修改本，在艺术上有很大提高；但万历本更接近于本书的原貌。另外，还有张竹坡批点本《皋鹤堂第一奇书金瓶梅》，共100回，刻于清康熙三十四年，无欣欣子与东吴弄珠客序，而增加了谢颐序。其版本属崇祯本系统，但加上了张竹坡本人的大量评点，对阅读本书及研究中国古代小说理论批评具有重要价值。至近代，尤其是自"五四"以来，尽管出版影印过一些供研究用的参考本和大量的节本，但都没有超出以上三种版本。

## 第二节　世俗题材与警世意识

作为中国第一部文人独创的长篇世情小说，《金瓶梅》在内容上最突出的有两点：一是题材从理想世界转向写实世界；二是创作倾向从歌颂转向暴露。

欣欣子《金瓶梅序》说本书的特点在于"寄意于时俗",也就是说将关注的焦点转向当时的世俗社会。的确,它不像《三国演义》那样钟情于历史英雄的争霸天下,也不像《水浒传》那样醉心于草莽英雄的除恶扶善,更不像《西游记》那样迷恋于神魔世界的比宝斗法,而是将笔墨落在明代的现实生活之中。此书不去关注帝王将相与英雄豪杰的重大题材,而是将其主要人物定位在如西门庆、应伯爵、潘金莲、韩道国等市井之辈。书中所写也不再是轰轰烈烈的大事业,而是行商赚钱、喝酒吃饭、妻妾争风、养汉偷情等日常琐碎生活。读这样的书,不再会有惊心动魄的心理体验,而是在平实中去细细体味世态的冷暖与人情关系的复杂。比如崇祯本将原来的"景阳冈武松打虎"改为"西门庆热结十兄弟",便是将对英雄的歌颂转向世态人情的描写。此处的结拜兄弟令人想起《三国演义》中的桃园结义,而且西门庆等人的结义疏文中也果然写着"伏为桃园义重,众心仰慕而敢效其风"的话,可这种结义已没有任何崇高的感觉,而只是一场戏剧性的模仿。因为在结盟之前已有应伯爵等人在集资酬神银子的分量成色上弄手脚,结盟之后更有西门庆对花子虚的占妻谋财,有应伯爵对兴头儿上的西门大官人的趋炎附势和败落后的落井下石等等,哪里有丝毫《三国》《水浒》的侠肝义胆?人们看到的只是一群市井之徒的蝇营狗苟与卑鄙琐屑,正如张竹坡所言:"读之,似有一人亲曾执笔在清河县前西门家,大大小小,前前后后,碟儿碗儿,一一记之,似真有其事,不敢谓为操笔伸纸做出来的。"题材的日常性与效果的逼真性正是这部作品最突出的特点,这体现了中国小说从理想向写实的转变。读这样的书你体会不到激烈与奇异,看到的都是平常甚至是平庸的日常生活,但是如果你认真品味,在这近于琐屑的生活描绘中,却寄寓着复杂的人情事理。例如下面这段文字:

两个正饮酒中间,只见春梅掀帘子进来。见西门庆正和李瓶儿腿压着腿儿吃酒,说道:"你每自在吃的好酒儿!这咱晚就不想使个小厮接接娘去?只有来安儿一个跟着轿子,隔门隔户,只怕来晚了,你倒放心!"西门庆见他花冠不整,云鬟蓬松,便满脸堆笑道:"小油嘴儿,我猜你睡来。"李瓶儿道:"你头上挑线汗巾儿跳上去了,还不往下拉拉!"因让他:"好甜金华酒,你吃钟儿。"西门庆道:"你吃,我使小厮接你娘去。"那春梅一手按着桌儿且兜鞋,因说道:"我才睡起来,心里恶拉拉,懒待吃。"西门庆道:"你看不出来,小油嘴,吃好少酒儿!"李瓶儿道:"左右你娘今日不在,你吃上一钟儿怕怎的。"春梅道:"六娘,你老人家自饮,我心里本不待吃,俺娘在家不在家便怎的?就是娘在家,谓着我心不耐烦,他让我,我也不吃。"西门庆道:"你不吃,呷口茶儿吧。我使迎春前头叫个小厮,接你娘去。"因把手中吃的那盏木樨芝麻薰笋泡茶递与他。那春梅似有如无,接在手里,只呷了一口,就放下了。说道:"你不要教迎春叫去。我已叫了平安儿在这里，他还大些。"西门庆隔窗就叫平安儿。那小厮应道："小的在这里伺候。"西门庆道："你去了，谁看大门？"平安道："小的委付棋童儿在门上。"西门庆道："既如此，你快拿个灯笼接去吧。"（第三十四回）

这里出现的三个人物，西门庆是家庭中地位最高的主人，李瓶儿是被宠爱的小妾，春梅则是西门庆另一位小妾潘金莲的丫环。从表面上看，这只是极平常的一个家庭场景：春梅要派人去接潘金莲，正好碰上西门庆与李瓶儿在喝酒，于是有了上边这场对话，对话内容也无非是让酒让茶的生活琐事。但仔细品味，却总觉得话里有话，几人的关系并不一般。这庞春梅本来是个丫头，可见了两位主子却随意傲慢，不仅穿著随意，"花冠不整，云鬓蓬松"，还敢于责备主子西门庆。而两位主子倒是一味地讨好这位丫头，西门庆是"满脸堆笑"，李瓶儿是关心其穿戴，而且二人又让茶让酒。开始读者也许会以为是那位未出场的潘金莲霸道，也使自己的奴才这样神气十足。但到了李瓶儿让酒，才发现并不是如此。这春梅不仅可以拒绝李瓶儿的讨好，甚至连潘金莲也不放在眼里："就是娘在家，遇着我心不耐烦，他让我，我也不吃。"而且连西门庆所让之茶也只是轻描淡写的"只呷了一口"。至此，作者就不动声色地将一个被西门庆霸占后又自鸣得意的通房丫头的形象活画出来了。这种写法，看似漫不经心，看似琐屑平常，却在平静的水面下隐含着丰厚的生活内容与人情世故。

在《金瓶梅》之前，尽管小说中也曾写过许多像曹操、高俅之类的反面角色，但基本上是作为陪衬出现的，作者所着力刻画的还是像刘备、孔明、宋江、武松等正面英雄形象，他们的价值在于道德的崇高、意志的坚定与勇力的超人，从而被作为美的对象而歌颂。本书却不同，其主要人物都是丑的角色，作者所留意的也都是社会黑暗的一面。作为本书第一重要角色的西门庆，便是一个产生于晚明商业发达、政治腐败的环境中，集奸商、贪官、恶棍为一身的形象。他在作品中出现时本是生药铺的老板，但通过勾结官府、坑蒙拐骗等手段，聚集起越来越多的钱财；然后又靠金钱行贿官府，攀附权贵，谋得刑所副千户的官职。于是他更官商一体，左右逢源，在地方上称霸一方，淫人妻女，贪赃枉法，杀人害命，欺压善良，甚至清河县的几家皇亲国戚都得让他几分，连招宣府的遗孀林太太也被他奸占。他之所以敢于如此胆大妄为，无恶不作，是因为朝廷中有蔡太师这样的靠山，地方上有府台巡按庇护，左右又有地痞流氓等狐群狗党协助。因此，通过西门庆这个人物，牵动了整个明末社会，诸如腐败的官僚体制、混乱的讼狱制度、畸形的商业活动以及复杂的市井生活，从而揭示了在金钱冲击下社会的黑暗与腐烂。从这一角度看，说本书是明代社会的一面镜子是并不过分的。另外，通过这一形象，还寄托着作者对人性层面的思考。西门庆一生对金钱、权势与女色有着贪婪的欲望，尤其是对女色，简直达到了病态的地步。他家中本已有继妻吴月娘与李娇儿、孙雪娥二妾，却与潘金莲勾搭成奸，又娶了寡妇孟玉楼。刚刚娶进潘金莲，便又去妓院梳栊李娇儿的亲侄女李桂姐，连基本人伦也不顾及。不久又勾搭上结义兄弟花子虚的妻子李瓶儿，气死了花子虚，全无朋友之念。他已有妻妾6人，却仍不满足，还霸占着春梅等十几个丫环仆人。据张竹坡统计，书中被他淫过的女子共有20人之多。更有甚者，为了满足其酒色淫欲，他还贪恋男色，奸淫书僮，以致最后纵欲过度，油枯灯尽，在39岁便一命呜呼。通过西门庆，又联结着一群贪淫堕落的女子，其中潘金莲、李瓶儿与庞春梅是其主要代表，她们与西门庆通奸都是自觉自愿甚至是欢天喜地的，没有丝毫的羞耻感与道德约束。潘金莲被作者写成了邪恶的典型，她出身于裁缝之家，九岁被卖到王招宣府中，后又被卖给张大户，被这个60多岁的老色鬼所占有。后因家主婆吵闹，又被许配给丑陋的武大郎为妻。但在那样一个畸形的社会里，她无法通过正常的途径来改变自己不幸的命运，而是靠与西门庆私通与毒死丈夫来报复命运的捉弄。在进了西门庆家之后，她用满足西门庆的兽欲来求得宠爱，以打击其他女子来巩固地位，于是，她害死官哥儿，气死李瓶儿，逼死宋惠莲，彻底堕落成一个自私狠毒、嫉妒淫纵的恶女人，从而也不可避免地得到了悲惨的结局。这种人性的堕落来源于晚明社会风气的败坏，而面对如此的局面作者陷入了矛盾的境地。一方面他痛心于人性扭曲与性欲泛滥所导致的生命危机，并想借书中人物的不幸告诫世人，欲壑难填，贪欲无尽，如果没有理性与道德的约束，欲望便会像脱缰的野马而狂奔，最后必然堕入罪恶的深渊。所以他才会将整个小说装入一个因果报应的大框架中。但另一方面，身处污秽环境中的作者不免也受到一些影响，这使他在描写性场面的时候往往陷入不能自拔的境地，从而在一定程度上采取了欣赏的态度。全书中露骨的性描写尽管只有两万余字，而且对于人物的刻画也有重要作用，但毕竟是佛头着粪，使本书背上了淫书的恶名。

但从总体上说，《金瓶梅》依然有深刻的思想意蕴与巨大的认识作用，通过它人们不仅能够形象地认识晚明社会，而且对复杂的人性问题也能进行深入的思考。读这样的作品，关键在于认清其创作的目的与掌握其近于自然的不动声色的笔法，才能品味出其深层的内涵。因为它已经没有了像《三国演义》、《水浒传》那样强烈的道德倾向与情感倾斜，读者需要动用自我的眼光去辨别书中的人物、情节所蕴涵的人情事理与寓意寄托，所以读者的认知水准与读书目的这些主观因素将会发挥越来越重要的作用。这一点早在东吴弄珠客的《金瓶梅序》里就已经说得很清楚了，所谓："读《金瓶梅》而生怜悯心者，菩萨也；生畏惧心者，君子也；生欢喜心者，小人也；生效法心者，乃禽兽耳。"

## 第三节　文人独创型小说的特征

　　《金瓶梅》在艺术上所体现的文人独创型特征之一，是对人物性格的重视。这从其书名构成上便可看出，它是潘金莲、李瓶儿与庞春梅三位女性角色的名字缩写而成的，从中透露出立志写人的创作动机。而产生于宋元说书场中的话本却最重视小说的故事性，因为只有靠故事情节的曲折动人，才能牢牢抓住听众的注意力。作为深受话本影响的累积型小说，继承了其讲述型的特征，将主要精力也用于情节的编织、悬念的设置与传奇的效果。《金瓶梅》则大大降低了故事在作品中的地位，而将人物塑造上升为创作的主要目的，它的许多章节并没有太强的故事性，而是司空见惯的普通生活场面，但却对人物性格特征与心理世界的描写起着重要作用。如李瓶儿之死这件事，从故事的层面看并无多少引人之处，累积型小说也许会一略而过，但本书却用了两回半近三万字的篇幅去细细描写其从病危到死亡的详细过程，将西门庆、李瓶儿、潘金莲等众妻妾的心理情感世界刻画得细致入微。对人物性格重视的结果，使作者笔下的人物都是个性丰满、性格复杂的形象。尽管本书写的全是丑的、俗的角色，但却丑得真实，俗得可信，是立体动态的活人。比如主角之一李瓶儿，便是个既善良懦弱而又时显泼辣凶狠的复杂人物，而且她不同的个性表现是随着环境的改变而呈现的。她本是花子虚的妻子，由于丈夫在外嫖妓，"整三五夜不归"，她"气了一身病痛"，无奈只好求西门庆劝花子虚回家。不料这西门庆一面让狐群狗党缠着花子虚在妓院过夜鬼混，一面乘虚而入勾引李瓶儿。这个精神空虚痛苦的女人，也就轻而易举地中了西门庆的圈套并一发而不可收拾。当花子虚为财产纠纷吃官司时，她一面求西门庆打点使其丈夫少受些苦，一面又与西门庆打得火热，并将花家财产转移到西门庆家，可谓对丈夫的同情与背叛丈夫的奸情在其身上同时具备。等到花子虚被气死后，西门庆又未能及时娶其进门，她又被蒋竹山的花言巧语所打动而嫁给了他，但蒋是个猥琐无能之人，在精神与性欲上都不能满足李瓶儿，于是她便渐生厌恶，最后将其赶出家门了事。经过几番折腾后，她认定西门庆才是自己理想的主儿，便死心塌地地要嫁给他。尽管一进门便吃了西门庆一顿马鞭子，却再也离不开他。此时的李瓶儿，显得痴情而幼稚，善良而软弱，只知一味满足西门庆的兽欲，又设法讨好家中其他妻妾，希望能在此安稳度日。然而，在这个充满残酷争斗的市侩家庭中，她只能成为被人欺辱的对象，面对潘金莲这个出身市井、有着丰富经验而又狠毒泼辣的女人，等待她的只有灭亡的命运。李瓶儿复杂个性的核心是其痴情，当她不满意花子虚与蒋竹山时，便不顾一切地去追求西门庆，表现得相当凶狠泼辣；当她得到西门庆时，便表现得温柔软弱，百依百顺。她临死前，曾梦见前夫花子虚带着官哥儿来找她，说明她内心深处始终存在着愧疚与负罪感；但她又对西门庆一片痴情，牵肠挂肚，叮嘱西门庆简单操办自己的后事，为的是他今后还要过日子。这个温柔善良而又因情欲堕落的女人，一生都被痴情所左右，在死亡时又被痴情所折磨，所以张竹坡便称她是个"痴人"。此外，作者写西门庆，既指出其凶狠自私的一面，又写其豪爽大方的一面；写潘金莲，既突出其泼辣刁蛮的一面，又不忘显示其可悲可怜的一面。这种既复杂又真实的人物，在《水浒传》中已初露端倪，到《金瓶梅》中已成群出现。以前研究这类人物形象，由于其过于复杂而呈现出多面性，就有许多学者对其表示难以理解，从而称之为前后矛盾或者说性格分裂。其实这恰恰是立体复杂的真实个性的体现，显示了中国古代小说在人物形象塑造方面长足的进步。这些形象固然缺乏像《三国演义》中人物性格的鲜明单一，却更真实，更生动，更能反映复杂的人情物理。评点家张竹坡将其称之为"情理"，他说："做文章不过是情理二字。今做此一篇百回长文，亦只是情理二字。于一个人的心中，讨出一个人的情理，则一个人的传得矣。虽前后夹杂众人的话，而此一人开口是此一人的情理。非其开口便得情理，由于讨出这一人的情理方开口耳。是故写十百千人皆如写一人，而遂洋洋乎有此一百回大书也。"（《金瓶梅读法》四十三）所谓"情理"其实就是人物自身的性格逻辑、与周围人物的关系以及与现实环境的关系，把这些关系都弄清摸透了，当然也就是讨得了一人心中的情理，有了这样的情理，当然也就会写出真实复杂的人物性格。而要做到把握情理，就必须体味生活，体察人情，观察社会，这就不是只靠伶牙俐齿的说书人所能做到的了。

《金瓶梅》在艺术上所体现的文人独创型特征之二，是它的网状结构。在以前的累积型小说中，其结构无论是像《三国演义》的板块形式，还是像《水浒传》与《西游记》的线性形式，无不分成许多故事单元。如赤壁之战连续九回，写战役的起因、过程与结局；林冲的故事，也连续六回写他从娘子遭调戏到杀人上梁山。这些故事单元一般都保持着完整性而不允许间断。即使有其他情节插入，也必须是板块式的，待插入情节叙完时，再"书归正传"，接上原来的故事线索。《金瓶梅》则打破了这种讲述体的线性结构，而采用了立体网状形式。它以西门庆及其家庭为中心，然后向整个社会辐射。在主要情节线索上同时兼顾到多条次要线索，在主要人物经历中兼写其他人物，在多条线索的齐头并进中，串联起大大小小的生活场面，从而组成一个意脉相连、情节相通、互为因果的立体之网。张竹坡将这种网状式的写法称之为"趁窝和泥"，他在《金瓶梅》第十九回总评中说：

> 上文自十四回至此，总是瓶儿文字内穿插他人，如敬济等，皆是趁窝和泥，此回乃是正经写瓶儿归西门氏也。乃先于卷首将花园等项题明盖完，此犹瓶儿传内事，却接叙金莲、敬济一事，妙绝。金瓶文字其穿插处篇篇如是。（见《皋鹤堂本金瓶梅》）

所谓"趁窝和泥",就是主干情节中穿插他人他事。比如评语中所言从第十四回到十九回这段文字,主干情节是关于西门庆与李瓶儿的描写,大致可分为偷情、停娶与续娶三个段落。在这一主要情节的纵向推进中,又穿插进许多其他人物事件。在偷情段落中,插入了李瓶儿为潘金莲拜寿与吴月娘为李瓶儿过生日等情节;在停娶段落中,则插入了杨戬被参、陈洪充军、陈敬济带西门大姐来家避祸、西门庆派来旺去东京行贿等情节,同时又插入李瓶儿病危、问医与招赘蒋竹山的情节。在续娶段落中,则又插入了潘金莲与陈敬济打情骂俏等情节。这种在"正经"文字中插入他人他事,实际上就是以纵向推进的主要情节为基本框架,而借人物关系朝横向展开,不断穿插进与主要情节相关而又相对独立的他人他事,从而形成一种纵横交错的网状格局。具体地讲,就是以西门庆作为一条贯穿全书的主线,然后通过与其他主要人物如吴月娘、潘金莲、李瓶儿等的关系形成各种线索与情节单元,也就是所谓的"窝",然后又在这些"窝"里穿插进更多的其他人和事,从而形成一张既线索清楚又关系复杂的情节大网。这种"趁窝和泥"手法的作用之一是能够拖住时间,放慢叙事节奏,同时使情节尽量向空间展开,形成一种立体的感觉,有利于将生活的纵向流程与横向剖面同时呈现在读者面前,从而极大拓展了小说艺术的空间。后来的《红楼梦》恰是采用了这种叙述方式与结构形态,正说明了《金瓶梅》的开拓之功。当然,《金瓶梅》在大的结构布局上显示了作者的匠心与水准,但在具体行文时却未能做到精炼细密,在设计众多情节单元时,往往进行大段琐碎而又常常重复的酒宴描写,不厌其烦地进行佛经故事讲述,等等,从而显得冗长沉闷,缺乏应有的艺术吸引力。

《金瓶梅》在艺术上所体现的文人独创型特征之三,是在叙事形态上从讲述型到呈现型的转变。由于中国古代的长篇小说深受"说话"艺术的影响,所以小说中的叙述者往往模仿说书人的口气进行讲述,这主要表现在两方面:一是叙述多于描写,二是采取全知全能的视角。而这两个特点又共同构成了带有浓厚主观情感倾向的叙事风格,也就是叙述者对小说中的人物事件常常做出情感、道德、思想、政治的种种评价,从而成为作品与读者之间的中介。《金瓶梅》处于从累积型到独创型的转折时期,所以它在形式上还保留着不少讲述型的痕迹,比如"词话"的名称、"看官听说""有诗为证"的套语、引用别人的大量诗词小曲、对情节的诠释与议论等等,都与以前的累积型小说非常接近。但是如果抛开这些附加成分而观察其情节叙述与场面描写,就会发现叙述者正在淡化其主观色彩,试对比下面两段介绍西门庆的文字:

> 原来是阳谷县一个破落户财主,就县前开着个生药铺,从小也是一个奸诈的人,使些好拳棒;近来暴发迹,专在县里管些公事,与人放刁把滥,说事过钱,排陷官吏,因此满县人都饶让他些个。(《水浒传》第二十

四回)

  原来是清河县一个破落户财主,就县门前开着个生药铺。从小也是个好浮浪子弟,使得些好拳棒,又会赌博、双陆、象棋,拆牌道字,无不通晓。近来发迹有钱,与人把揽说事过钱,交通官吏。因此满县人都惧怕他。(皋鹤堂本《金瓶梅》第二回)

前者在人物刚出场时已为他定下"奸诈"的品行,并指出其"排陷官吏"的劣迹。后者将"奸诈的人"改为"浮浪户子弟",将"放刁把滥,说事过钱,排陷官吏"改为"说事过钱,交通官吏"。尽管所改文字不多,但明显地将叙述者主观上的贬意淡化,从而更接近于客观性的叙述。当然,叙述者并非没有自己的倾向性,而是采取了戏剧化手法,化评论为描写,改叙述为场面。如第五十四回应伯爵在与西门庆等人饮酒时,即席讲了两个笑话:

  一秀才上京,泊船在扬子江,到晚叫艄公:"泊别处罢,这里有贼。"艄公道:"怎见得有贼?"秀才道:"兀那碑上写的,不是'江心贼'?"艄公笑道:"莫不是'江心赋',怎便识差了?"秀才道:"赋便赋,有些贼形。"

  孔夫子西狩得麟不能够见,在家里日夜啼哭。弟子恐怕哭坏了,弄个牯牛,满身挂了铜钱哄他。那孔子一见,便识破道:"这分明是有钱的牛,却怎的做得麟?"

此二则笑话都是对西门庆的评论,言其虽然富有,却有贼形,是由贼而富,而且也不是世代相传的富贵之家,乃是暴发户,是有钱的公牛。这样写,既评价了西门庆,同时又不使情节场面中断,增加了生动直观的戏剧化效果,还恰当地表现了应伯爵心灵嘴巧的帮闲个性,可谓一举多得。呈现的叙事形态是文人独创型小说的重要特征,后来的《儒林外史》与《红楼梦》都是如此,而开其端者则是《金瓶梅》。

  《金瓶梅》在艺术上所体现的文人独创型的重要特征之四,是小说语言更向世俗生活的贴近。《三国演义》的语言是半文半白的,《水浒传》与《西游记》已经是纯粹的白话,但基本上还是书面化的说话体。《金瓶梅》由于从理想转向写实,其市井的题材与人物也就必然要求语言的市井化,即"市井之常谈,闺房之琐语"(欣欣子《金瓶梅序》)。如第六十回李瓶儿的儿子官哥死了,潘金莲甚是幸灾乐祸:

  每日抖擞精神,百般称快,指着丫头骂道:"贼淫妇!我只说你日头正晌午,却怎的今日也有错了的时节?你斑鸠跌了弹——也嘴答谷了!春凳折了靠背——没得倚了!王婆子卖了磨——推不得了!老鸨死了粉头——没指望了!却怎得也和我一般?"

一连串的比喻和歇后语,不仅将其狠毒的个性与得意的神态逼真地描绘如画,而且也是地道的"一篇市井的文字"。这样的语言优点是活泼丰富,但有时也表现出粗俗琐细的不足，这说明它还需进一步提炼，才能达到像《红楼梦》那样既生动流畅又含蓄丰富的地步。其实在《金瓶梅》的不少地方已显示出丰富深刻而富于弹性的语言特色，达到了像张竹坡所说的那样："只是家常口语，说来偏妙。"(《金瓶梅》第二十八回评语)。如第十六回西门庆与潘金莲商量要把李瓶儿娶进来：

> 西门庆道："……他要和你一处住，与你做个姐妹，恐怕你不肯。"妇人道："我也不多着个影儿在这里，巴不的来才好。我这里也空落落的，得他来与老娘作伴儿。自古船多不碍港，车多不碍路。我不肯招他，当初那个怎么招我来！挦奴甚么分儿也怎的？倒只怕人心不似奴心，你还问声大姐姐去。"

从表面看，潘金莲所言全是通情达理的贤惠话，尤其是将李瓶儿与自己当初进门的情况相比，可以说非常真实，容不得西门庆不相信她的诚意。但她又是个嫉妒心最强的女人，决不会心甘情愿让李瓶儿进门，只不过她知道要拦是拦不住的，于是只好言不由衷地表示同意。可最后一句"倒只怕人心不似奴心，你还问声大姐姐去"，将她的心机与阴险表露无遗，因为她知道吴月娘也反对李瓶儿进门，如今正可用她来达到自己的目的；即使达到不了阻拦李瓶儿的目的，也可使西门庆与吴月娘之间产生矛盾，而自己便可从中得利。因此在语言表层之下其实隐藏着非常丰富的内涵，必须联系当时的环境情势方可品出其中滋味。

这种市井化的语言具有朴实鲜活和富于表现力的优点，但同时也往往会造成粗俗隐晦的负面效果，有时还有可能形成淫秽的格调。像应伯爵、谢希大这些帮闲篾片动辄就大讲黄色段子，往往会给人一种不堪入目的效果。当然，要表现这些人物的性格与嘴脸，完全离开这些市井俗话是不行的，但是进行精心的提炼与谨慎的使用还是必要的。《红楼梦》中像薛蟠这样的人物，一开口也往往粗鄙淫荡，可以说丝毫不亚于《金瓶梅》中的西门庆，但粗淫之辞在作品中所占比例极小，不像《金瓶梅》，动不动就是"贼淫妇"、"小油嘴"、"狗咬尿胞——虚欢喜"、"坐家的儿女偷皮匠——逢着的就上"，等等。

从上面的论述中可知，《金瓶梅》在中国小说史上带有明显的转折标志。在题材上它从历史与神魔转向了现实中的家庭生活，在人物塑造上从对理想英雄的歌颂转向平凡的市井细民，在结构上从线性结构转向网状结构，从艺术手法上从传奇夸张转向描摹写实。而所有这一切，又都显示了从传统累积型向文人独创型新模式的转折。

## 第四节　明代艳情小说《如意君传》
## 等与《金瓶梅》的续书及影响

　　明代的小说并非只有《金瓶梅》笔涉淫秽，与其大致同时的《痴婆子传》、《僧尼孽海》及《春梦琐言》等，都有大量的性描写成分，甚至成为小说内容的主体部分。

　　在这些作品中，《如意君传》是应该引起注意的一部小说。尽管这部小说只有 8 000 余字，但它却是现今所知道的明代最早的艳情小说，并且对《金瓶梅》的创作曾有明显的影响。现存《如意君传》的较早版本是日本的清闷阁本，不分卷，署"吴门徐昌龄著"。徐氏已不可考。孙楷第《中国通俗小说书目》引清人黄之隽《唐堂集》书中的话，说明世宗嘉靖己丑（1529）进士黄训《读书一得》中有《读〈如意君传〉》一文。今人刘辉曾考证出黄训（1490—1540 年后）的生平，并指出《读〈如意君传〉》一文"最迟写于他辞世的嘉靖十九年以前。……有可能写于嘉靖四年（1525）他举于乡之前。换言之，小说《如意君传》也必在是年刊刻行世。"[4] 由此可知《如意君传》的出现较之《金瓶梅》要早大约 50 年左右。

　　《如意君传》所叙为武则天与薛敖曹淫乱之事。小说写武则天虽然参照史传叙其出身行事，但其主要目的并不在于记述史实，而是集中笔墨绘写武、薛二人之间的淫乱行为，笔法细腻，场面具体，且叙来饶有兴趣。书中写年已七十之武氏不满于诸多男宠，而忽得一雄壮伟硕之薛敖曹，遂召入宫中，逞欲恣淫，通宵达旦，极尽欢娱。所谓如意君，即则天对敖曹之昵称，并因此改元如意。但在叙二人淫乱之时，又写薛敖曹乘机劝说武氏付皇位于庐陵王，说得武氏心动："自是每以为劝，后得狄梁公言，召庐陵王，复为皇太嗣。中外谓曹久秽宫掖，咸欲乘间杀之。及闻内助于唐，反德之矣。"作者在书中并未对二人之淫乱作过分的指责，也没有果报的设想，这与《金瓶梅》颇为不同。一味叙写淫秽之事，却又以此牵合宫廷政治，可以看出民间的幻想与单纯。

　　《如意君传》虽本身艺术成就有限，但对明代小说中的淫秽描写影响甚大。仅以《金瓶梅》为例，即可以随处看到《如意君传》的影响。如第三十七回写西门庆与王六儿淫乱时即形容说："一个莺声呖呖，犹如武则天遇敖曹。"而第十九、二十七、二十八、二十九、五十、五十一、五十二、六十一、七十三、七十八、七十九等回中的性描写也大都由《如意君传》中化出。有的场面径直照抄，毫不回避。但二者依然有较大差别，《如意君传》的性描写构成了作品的主体，其他皆为铺垫，故而可称之为淫秽小说。《金瓶梅》虽在性描写上受《如意君传》影响很大，但并不是小说主体，而是揭示人性、表现生活的背景与铺垫,从创作主旨上看,二者毋宁说是大相径庭的。

《金瓶梅》的续书今见于著录者共有《玉娇丽》、《续金瓶梅》、《隔帘花影》、《金屋梦》及《三续金瓶梅》等五种。谢肇淛《金瓶梅跋》称:"仿此者有《玉娇丽》,然则乖彝败度,君子无取焉。"这是最早提及《玉娇丽》者。此书内容据沈德符《野获编》记载,是写《金瓶梅》中人物转世后的因果报应,所谓"武大后世化为淫夫,上蒸下报;潘金莲亦作河间妇,终于极刑;西门庆则一呆憨男子,坐视妻妾外遇,以见轮回不爽"。至于其具体情况,因该书早已亡佚而难以知晓。明末遗民丁耀亢的《续金瓶梅》共12卷64回,作者借吴月娘与孝哥的悲欢离合及其他人物转世后的故事,寄托了自身的亡国之思,所以作者曾因此而下狱。但本书又多写因果报应与淫秽场面,严重削弱了它的价值。后来的《隔帘花影》与《金屋梦》其实都是《续金瓶梅》的改编本,故应被视为一书。至于道光年间的《三续金瓶梅》,则是写西门庆、春梅等人又还阳返生之事,非但乱编情节,且又多淫秽描写,故而没有多大价值。

《金瓶梅》对当时及后来小说创作的影响可分为三个方面:一是才子佳人小说,如《玉娇梨》、《平山冷燕》、《好逑传》等。这类小说虽也多写男女之事,但与《金瓶梅》已有所不同,它们所反映社会背景的广度与深度已难与前者相比,但文笔却较为干净。小说的主人公虽意在追求理想的爱情,但又要以不违背传统道德为前提,所以最终大都以中状元、大团圆为结局。二是以家庭生活为题材来描绘世态炎凉的,如《醒世姻缘传》、《林兰香》、《红楼梦》,等等。这类小说继承了《金瓶梅》以家庭生活辐射社会整体的艺术构思,通过日常生活来表现人物性格与寄托作者情思。在表现方法上也继承了前者的网状结构、白描技法与口语化语言诸要素,甚至在因果报应及色空思想等方面,也都能够在《金瓶梅》里找到源头。当然,这其中做得最好的是《红楼梦》,脂砚斋曾说它"深得《金瓶》壸奥",但又有很大改观,所以清人诸联说:"本书脱胎于《金瓶梅》,而亵漫之词,淘汰至尽。中间写情写景,无些黠牙后慧。非特青出于蓝,直是蝉蜕于秽。"(《红楼梦评》)三是猥亵小说。猥亵小说又称艳情或淫秽小说,它主要以表现性欲为目的,书中充满细致的淫秽猥亵场面描写。明代的猥亵小说并非始于《金瓶梅》,在正德年间出现的《如意君传》便已开其端,略早于《金瓶梅》的还有《痴婆子传》,描写上官阿娜的乱伦淫荡已相当露骨。《金瓶梅》中出现的大量性描写,更助长了这股淫风,先后出现过一大批猥亵小说,如《浪史》、《绣榻野史》、《闲情别传》、《昭阳趣史》、《肉蒲团》、《宜春香质》、《弁而钗》等等。《金瓶梅》中虽有性的描写,但其立意则大要在于反映世情;此类小说虽大都声明戒淫而实在于宣淫,篇中除了大量赤裸裸的性描写之外,其他则所剩无几,其精神命意已与《金瓶梅》大不相同,所以尽管这些作品有些在描写技法上尚有独到之处,却仍然不宜为一般读者所阅读。

〔注释〕

〔1〕自《金瓶梅》问世以来，大多数研究者都将其作为文人独创型的小说加以看待，并为此进行了长期的作者归属研究，并对其文体特征深入的探讨。但是也有部分学者认为该书也像《水浒传》一样，属于集体创作一人写定的累积型小说。提出这些看法的有徐朔方、刘辉、陈辽、王利器、陈诏、孙逊、傅憎享等人。如刘辉在《从词话本到说散本——〈金瓶梅〉成书过程及作者问题研究》（《中国社会科学》1990年第1期）一文中，认为该书乃是时代累积型的集体创作，《金瓶梅词话》就是说书人的底本，说散本则是加工过的文人创作。其理由是词话本中保留有词曲韵文，大量采录抄袭他人作品以及宋元话本、元明杂剧传奇的现成材料，等等。但黄霖认为这些并不足以说明该书就是累积型作品，因为"作家经过独立地构思之后，在自己设计的情节布局和人物形象的蓝图上'镶嵌'前人作品中的某些片段，这理当称之为个人创作"。（《〈金瓶梅〉成书问题三考》，见《金瓶梅考论》第182页。）

〔2〕见周钧韬《金瓶梅：我国第一部拟话本长篇小说》（《社会科学辑刊》1991年第6期）。

〔3〕关于《金瓶梅》作者的研究，结论影响较大者有3种：王世贞、李开先与屠隆。王世贞作《金瓶梅》是最传统的看法，因为据屠本峻《山林经籍志》记载，《金瓶梅》"王大司寇凤洲先生家藏全书"，这是本书来源的最直接的材料。清初沈起凤《稗说》卷三也说该书为王世贞"中年笔"。相近的说法还有许多，所以在清代这种说法几成定论，只是后来经过吴晗的考证才渐被推翻动摇。李开先作《金瓶梅》最早由吴晓玲提出，后又经徐朔方、卜健进一步补充证明。其中较有力的论据是由徐朔方提出的，他发现《金瓶梅》中引用李开先《宝剑记》的次数很多、文字又很长，还不提剧名和作者姓名，而且引用的许多内容不属于精彩的折子片段，因而得出结论说该书作者应该是《宝剑记》的作者李开先或是其崇拜者。但问题是《金瓶梅》还引用了其他现成的词曲作品，又如何能够将这些与李开先的区别开来呢？说屠隆是《金瓶梅》的作者是黄霖提出来的，他用了很多材料，其中最有力的是：《金瓶梅》第五十六回的《哀头巾诗》与《哀头巾文》出自《开卷一笑》（后称《山中一夕话》）。而此书的参订校阅者或署笑笑先生，或署哈哈道士，或署一衲道人屠隆。黄霖认为按照明人惯例，这笑笑先生、哈哈道士、一衲道人、屠隆，同属一人也即屠隆，把屠隆、笑笑先生与笑笑生这些点连接起来，那么屠隆就是笑笑生，也就是《金瓶梅》的作者。此一说法提出后影响很大，甚至有学者认为关于《金瓶梅》的作者问题应该"画句点"了。（魏子云《为〈金瓶梅〉作者画句点》，见《宁波师院学报》1992年第2期）。但也有提出质疑者，认为笑笑生不等于笑笑先生。目前关于本书的作者讨论已渐趋沉寂，如无新材料发现，很难将该问题讨论引向深入。

〔4〕见刘辉《〈如意君传〉的刊刻年代及其与〈金瓶梅〉之关系》（《徐州师范学院学报》1987年第3期）。

〔参考书目〕

〔1〕朱一玄．金瓶梅资料汇编．天津：南开大学出版社，2002．

〔2〕胡文彬．金瓶梅书录．沈阳：辽宁人民出版社，1986．

〔3〕复旦学报编辑部．金瓶梅研究．上海：复旦大学出版社，1984．
〔4〕胡文彬，张庆善编选．论金瓶梅．北京：文化艺术出版社，1984．
〔5〕陈诏．金瓶梅小考．上海：上海书店出版社，1999．
〔6〕宁宗一．说不尽的金瓶梅．天津：天津社会科学院出版社，1990．
〔7〕向楷．世情小说史．杭州：浙江古籍出版社，1998．

# 第十三章
# 明代的短篇小说

## 第一节 从话本到"拟话本"

中国古代白话短篇小说的发展过程大致经历了三个阶段：其源头是宋代说话的"小说"门类，内容包括烟粉、灵怪、传奇、公案以及朴刀杆棒、发迹变泰等，其艺术特征则有口语形式、入话正话、韵散夹杂及注重故事性等，此为第一阶段。第二阶段是将口头的讲说整理成简单的文字记录并印刷出版，或用于说书的底本，或让不能进说书场者阅读，它们既有说话的某些特征，又掺入了书面文学的某些因素，处于从口头讲说到书面表达的过渡阶段，人们一般称其为话本。第三阶段是明清时期文人模仿话本所创作的供案头阅读的书面作品，由于是模仿话本，所以它带有市民文学的特点；又由于是文人的创作，兼有文人的意识与情趣，因而具有市民文学与文人创作的双重性质。人们或称它为拟话本，或称它为话本小说。拟话本是鲁迅在《中国小说史略》中提出的，后来被许多小说史研究者所普遍使用。拟即模拟、模仿之意，拟话本就是模拟话本所创作的新作品。话本小说是相对于话本而言，是既强调其与话本的联系，又想突出其书面文学特征的提法。其实二者用意相同，都是既重其源又显其变的意思。

如果说作为口头文学的说话艺术在宋元最为发达的话，则话本与拟话本在明代更为流行。明代嘉靖年间，人们已开始对话本发生兴趣。现知最早的话本集是嘉靖时洪楩编刊的《清平山堂话本》。原书分《雨窗》、《长灯》、《随航》、《欹枕》、《解闷》、《醒梦》6集，每集分上下2卷，每卷5篇，故又称《六十家小说》。今全书已亡佚，日本内阁文库存有15篇，天一阁存有12篇，1955年由文学古籍刊行社合在一起影印出版。后来阿英又发现两篇残文，所以目前共得29种。学者们普遍认为这是最接近宋元话本原貌的一批作品，而且根据每集的题目，知道编选者的主要目的是为读者提供娱乐。

继《清平山堂话本》之后，万历时书商熊龙峰也刊印了一批话本，当时由于是单篇分别刊出，因而不知道共刊出过多少本，现存4种也是在日本内阁文库所发现，分别在1958年古典文学出版社与1990年江苏古籍出版社出版，题名为《熊龙峰刊行小说四种》。

到了万历后期与天启年间，由于城市经济的繁荣与人们消费欲望的增强，读者对话本的兴趣也日益浓厚。因此文人与书商在搜集旧本的同时，更模仿话本重新创作，一时间拟话本的创作成为一种风气，并一直延续到清代前期。如冯梦龙的"三言"[1]，凌濛初的"二拍"[2]，陆人龙的《型世言》，周清源的《西湖二集》，天然痴叟的《石点头》，东鲁古狂生的《醉醒石》，酌元亭主人的《照世杯》，李渔的《无声戏》、《十二楼》，笔炼阁的《五色石》，艾衲居士的《豆棚闲话》等等，共计约60余部。其中以"三言"、"二拍"与《型世言》最为有名。"三言"是《喻世明言》（原称《古今小说》）、《警世通言》与《醒世恒言》三部小说集的总称，每集40篇，三集共120篇，均刊刻于天启年间。尽管其中作品大都是根据原有话本、文言小说与戏曲剧本整理改变而成，但多数都经过了冯氏的加工，应视为是文人再创造的产物。在"三言"的直接影响下，凌濛初又编著了《初刻拍案惊奇》与《二刻拍案惊奇》，合称"二拍"。"二拍"虽名义上是各40卷40篇，但因《二刻》卷23"大姊魂游完宿愿 小姨病起续前缘"与初刻相重复；卷40《宋公明闹元宵》是杂剧剧本而非小说，故"二拍"实收小说78篇。《型世言》是明末作家陆人龙所作，共10卷40回。原书在中国内地早已佚失，直到1987年才在韩国首尔大学发现，1992年由台湾"中央研究院"影印出版，后来大陆数家出版社也相继标点出版。该书的发现，解开了《幻影》、《三刻拍案惊奇》与《别本二刻拍案惊奇》的疑案，因为它们的祖本均为《型世言》。同时该书的发现也可以更清楚地认识拟话本小说的发展演变过程。此外，自明末以来还有一个流行广泛的拟话本选集《今古奇观》，这是一位署名为抱瓮老人编选的，鉴于"三言"、"二拍"近200种"卷帙浩繁，难览难周"（笑花主人《今古奇观序》），故从中选出40篇而构成了这一选本。

就现存的拟话本看，它们有如下一些特征：在内容上，保留着宋元话本表现市民生活与市民情趣的特点，但由于文人的介入，在品位与境界上又有所提高。在艺术形式上，继承了话本的结构模式与行文特点，如"入话"、正文与结尾诗，等等。但经过文人加工后，行文更富于诗意，更加注意修饰刻画与技巧运用，如入话与正文的关系，当初只是说书人为等候听众而采取的权宜之计，故又称为"权做个得胜头回"，而在拟话本中却变为行文的技巧，它们或与正文立意相近而突出同一主题，或与正文立意相反而构成一种矛盾张力，从而成为小说不可分离的一个部分。从整体看，拟话本较之话本主要表现出一种雅化的倾向。

拟话本也有一个发展过程，其中以冯梦龙的成就为最大，"三言"既继承了市民文学通俗活泼的传统，又具备了文人深刻的思想与细腻的笔法。至"二拍"时虽然也在行文笔法上极力仿效话本体制，但已基本上是文人的独立创作，表现出更多文人化的特征。至《型世言》时市民文学的特征已非常淡薄，从而失去了民间文学的活力。就总体而言，"二拍"之后的拟话本主要缺陷有二：一是从原来市民文学娱乐与教训的双重目的转向单纯的教训；二是相互承袭转抄而缺乏创造性。鲁迅曾说："宋市人小说，虽亦间参训喻，然主意则在述市井间事，用以娱心；及明人拟作末流，乃诰诫连篇，喧而夺主，且多艳称荣遇，回护士人，故形式仅存而精神与宋迥异矣。"（鲁迅《中国小说史略》第二十一篇）。

## 第二节 "三言"的世俗世界与文人意识

冯梦龙是通俗文学的大家，尤其是对通俗小说更有着杰出的贡献。他在小说观念上特别强调通俗，在《古今小说序》里说："大底唐人选言，入于文心；宋人通俗，谐于里耳。天下之文心少而里耳多，则小说之资于选言者少，而资于通俗者多。试令说话人当场描写，可喜可愕，可悲可涕，可歌可舞；再欲捉刀，再欲下拜，再欲决脰，再欲捐金；怯者勇，淫者贞，薄者敦，顽钝者汗下。虽小诵《孝经》《论语》，其感人未必如是之捷且深也。噫！不通俗而能之乎！"他认为小说面对的是受教育较少的大众，要让他们受到感召就必须通俗。他在《醒世恒言序》中说："明者，取其可以导愚也。通者，取其可以适俗也。恒则习之而不厌，传之而可久。三刻殊名，其义一耳。"可见为适应普通民众而追求通俗，是"三言"共同目的。这种对读者的定位是很重要的，它不仅导致了"三言"白话的语体，同时也在内容上照顾到市民的题材与情趣。"三言"最突出的特征之一便是其鲜明的市民色彩，据统计，在"三言"的120篇作品中，直接以市民为主要描写对象的便有33篇之多，其中像蒋兴哥、王三巧、金玉奴、杜十娘、秦重、施复等，都是微不足道的市井小民，既没有高贵的地位，也没有显赫的功名，作者能够对他们产生浓厚的兴趣并将其作为描写的主体，应该说是非常难能可贵的。而且即使那些不以市民为主要描写对象的作品，也往往包含着市民的意识与评价，从而也带有市民文学的色彩。当然，这些市民题材与市民意识乃是冯梦龙感兴趣的部分，或者说是经过他选择与改造过的。因而要把握"三言"的思想内涵，就必须注意到市民特征与文人意识这两个方面。下面便以此为核心来谈一谈"三言"的主要思想内容。

首先是对市井小民命运的关心。如《吕大郎还金完骨肉》(《警世通言》卷5)中的布商吕玉、《刘小官雌雄兄弟》中的店主刘德、《徐老仆义愤成家》中的商贩阿寄等等，作者均以肯定的态度，写出其辛苦勤劳、善良淳朴的品德与个性。尤其是《施润泽滩阙逢友》，描写了苏州府盛泽镇机户施复与蚕户朱恩两个小市民的故事。施复捡到朱恩失去的六两银子而归还其本人，后来到洞庭湖买桑叶时又得朱恩救助而免于灾难，两人遂结成儿女亲家，并最终发财致富。作者在施复捡到银子时，先写其欣喜之情，并私下算计"有了这银子，再添上一张机，一月出得多少绸，有许多利息"。但后来却又转念道："（丢银的）倘然是个小经纪，只有这些本钱，或是与我一般样苦挣过日，或卖了绸，或脱了丝，这两锭银乃是养命之根，不争失了，就如绝了咽喉之气，一家良善，没甚过活，互相埋怨，必致鬻身卖子。倘是个执性的，气恼不过，肮脏送了性命，也未可知。"最后终于把银子归还了失主。在此，作者真实地展现了一位小市民的心灵世界，既没有刻意贬低，也没有虚为溢美，施复有发意外之财后的窃喜，有用此银发家致富的打算，还银时有过犹豫与矛盾，而且他的还银也并不是听从了某项道德指令，而是通过对自身生存状况的体味，深感市民生活的艰辛，然后将心比心，同情他人的艰难，才最终作出了还银的决定。如果作者没有对市民生活的深入理解，是很难写得如此入情入理的。当然，作者不仅关心市民，同时也关心文人，如《唐解元一笑姻缘》、《卢太学诗酒傲王侯》，便写的是明代文人唐寅的风流放荡与卢柟的狂傲自大，体现的是明代中后期的思想意识与文人形象。

其次是对市民爱情婚姻生活的表现。表现爱情婚姻本是宋元说话中烟粉与传奇的传统题材，"三言"继承此一传统，将此类题材或改造或创新大量收入作品中。其中既有表现以男女愉悦为婚姻基础的轻喜剧《乔太守乱点鸳鸯谱》，也有寄托淫色自戒教训的《赫大卿遗恨鸳鸯绦》，可知作者的态度是既不满于对情欲的过分压抑限制，又反对沉溺于声色而不能自拔。但其出发点是从所谓情能生人也能死人的角度出发，而不是从道德贞节的伦理出发。如《蒋兴哥重会珍珠衫》，写的是商人蒋兴哥与妻子王三巧离而又合的婚姻变故。新婚的王三巧因丈夫外出经商而与另一商人陈大郎私通，蒋兴哥发现后将其休弃，但蒋兴哥后来因一桩人命案而处于危险境地时，又被做了知县偏房的王三巧所救助，然后由知县做主重新团聚。通奸固然是丑行，但作者既没有在道德上过分指责王三巧，也没有过分责备陈大郎，反倒让蒋兴哥在气愤之余，深深悔恨自己将妻子撇在家中"少年守寡"而弄出这场丑事。他更没有过分看重王三巧的失节，夫妻二人一旦发现旧情尚存，依然可以和好如初。这都可以看出冯梦龙所采取的市民立场。

但如果认真对比，还是可以发现作者与市民的情欲观有所不同。比如"三言"中那些明显是从宋元话本改编而成的作品，像《白娘子永镇雷峰塔》、《崔待诏生死冤家》、《勘皮靴单证二郎神》、《闹樊楼多情周胜仙》等，一般有两个突出特点：一是大都单纯从本能欲望来写男女爱情而缺乏情感深度，二是对身陷情欲之中的男女抱着既同情而又恐惧的心理。如《清平山堂话本》收有一篇《西湖三塔记》，叙杭州有白蛇等三个妖怪，以色相迷人后，便结果其性命再换新人。《警世通言》中的《白娘子永镇雷峰塔》，显然还没有走出前者的影响，尽管白娘子对许宣抱有真情，直到被法海禅师捉住时，"兀自昂头看着许宣"，但却仍然妖气十足，不仅带累许宣"吃了两场官司"，而且还威胁他说："若生外心，教你满城皆为血水，人人手攀洪浪，脚踏浑波，皆死于非命。"在此，白娘子乃是情欲的象征，它已从《西湖三塔记》中纯粹被作为恐怖危险之物而向色欲诱惑与痴情之爱同时兼备转变。与宋元话本不同，"三言"中那些明代产生并被作者加工过的爱情故事，已经大胆地肯定了情欲，而且常常将情从欲中突现出来，以情来统帅欲，从而使情具有某种超越肉体的人性价值。如《杜十娘怒沉百宝箱》，本是冯氏根据明代一个真实事件改编的。作品所写虽也是妓女与嫖客的关系，但杜十娘所要求的却不是追欢卖笑的金钱与肉体交易，而是跟随李甲从良去过正常人的生活。她看中李甲的既不是金钱，甚至也不是俊俏的外表，而是对自己的真诚与尊重，为此她进行了种种试探与考验。但她最后发现，自己的所有努力都是徒劳，当李甲又将她转卖给商人孙富时，她便依然是一件毫无自主权的玩物。杜十娘在绝望中痛斥李甲道：

> 妾风尘数年，私有所积，本为终身之计。自遇郎君，山盟海誓，白首不渝。前出都之际，假托众姊妹相赠，箱中韫藏百宝，不下万金。将润色郎君之装，归见父母，或怜妾有心，收佐中馈，得终委托，生死无憾。谁知郎君相信不深，惑于浮议，中道见弃，负妾一片真心。今日当众目之前，开箱出视，使郎君知区区千金，未为难事。妾椟中有玉，恨郎眼内无珠。命之不辰，风尘困瘁，甫得脱难，又遭捐弃。今众人各有耳目，共作证明，妾不负郎君，郎君自负妾耳！

然后将诸多宝物尽洒江中，抱持百宝箱愤然投入江心。在此杜十娘已从道德禁锢与金钱交易中超拔而出，她最为看重的是人间真情与做人权力，她为此付出了生命的代价，也由此使生命得到了升华，她的死带有崇高的悲剧美，同时也使这篇小说达到了诗意的高度。在作品结尾，作者借后人的评论，称十娘为"千古女侠"。将一位为情而死的妓女称之为"女侠"，显示出作者已将情视为生命的根源，从而有了一种超越性的价值。这样的思想便不是平凡的市民世界所能具备的，而是生当晚明思想潮流之中、并具有"情教"观念的冯梦龙才能具备的。《卖油郎独占花魁》的结尾尽管是喜剧性的，但却与前者有相同的旨意，秦重之所以最终能够赢得花魁娘子的爱情，也是由于他的一片赤诚之心以及对莘瑶琴人格的尊重，其中所突出的依然是真情的重要。

再有是公案类小说。公案是宋代说话"小说"门类的重要内容之一，当然也会留下不少说公案的话本。"三言"受此影响，也包括了不少公案类的题材。它们大致可分为三类：一是突出案件本身的奇特，如《宋四公大闹禁魂张》、《简帖僧巧骗皇甫妻》等。二是表现昏官判案的糊涂草率，如《沈小官一鸟害七命》、《十五贯戏言成巧祸》。三是歌颂清官判案的公正与机智,如《三现身包龙图断冤》、《况太守断死孩儿》等。由于在中国传统社会中百姓的孤弱无力与官府的贪婪草率,所以冤案的发生就常常成为不可避免之事,这就有了宋元话本对贪官草菅人命的不满,并幻想出如包公那样清正廉明的官员去替无助的百姓申冤报仇。但在《滕大尹鬼断家私》这篇以明代为背景的晚期拟话本中,情况有了很大的不同。其中的滕大尹开始被称为"贤明官府",并特意补叙了他巧判无头案的实例。但在审理倪氏兄弟财产纠纷案时,他却没有被写成包公式的人物。他拿到已故倪老太守藏有遗嘱的行乐图后,只是百思不得其解,后来因丫环粗心将茶水泼在图上,才偶然发现其中的奥妙,这显然更合乎一位普通官员的形象。而当他看到遗嘱中有许多金银时,作品写道:"滕大尹最有机变的人,看见开着许多金银,未免垂涎之意。"然后他便在倪家上演了一出活灵活现的把戏,宛如亲自与倪太守亡魂对话并被委托所有的后事,轻易骗过了众人,压制住凶顽的长兄,将地下所埋之银顺利断给生活艰辛的弟弟。但他同时又声称倪太守亡魂执意要将所埋千两黄金作为给他的酬谢,他也就毫不客气地抬进了自己的府中。当时"众人都认道真个倪太守许下酬谢他的,反以为理所当然,那个敢道个'不'字"。可知在民众眼中,滕大尹依然是作为"贤明官府"被信任的,这显示了官府与百姓之间存在着难以逾越的鸿沟。但作者却没有将滕大尹神化,而是将其写成一个普通的活人,其中也许还包含着作者对那些迷信清官判案的无知民众的嘲笑。在这方面,身处晚明黑暗环境中的冯梦龙比那些普通民众的认识或许要更深入一些。

　　以上是就主要方面而论,当然不能概括"三言"的全部内容,比如说许多作品都宣扬了因果报应的思想,像《赵伯升茶肆遇仁宗》、《史弘肇龙虎君臣会》、《临安里钱婆留发迹》、《赵太祖千里送京娘》等,都是这方面的实例。这些作品所共同显示的是:人生的际遇是半点不由人的,个人的贫富穷达全都处在命运的支配之下。这种观念不仅本身是消极的,而且它还削弱了其他题材的意义,比如将婚姻爱情归于姻缘的安排而减弱了主观争取的努力,商业的成败依靠运气的有无而不重视规律的把握等。因此在读此类作品时,读者应予以认真的思考分辨。"三言"对话本的改造除了思想的深化外,在艺术上也有很大提高。作者几乎对所有作品都做了如下改造:使题目整齐美观,删去不必要的说书套语,增补"入话"内容等等。但冯氏改作所取得的最突出成就主要体现在以下三个方面:

　　第一,使人物性格更突出丰满且更合乎自己的审美理想。如《清平山堂话本》中有一篇旧作《柳耆卿诗酒玩江楼记》,意在表现柳永的才子形象,所以写他"丰姿洒落,人才出众,吟诗作赋,品竹调丝,无所不通",在余杭县宰任上筑玩江楼以饮酒听曲。但他的风流也实在太出格,为了得到拒绝自己的歌妓周月仙，竟然设计让船工在她去约会情郎黄员外时奸污了她，并以此要挟使其就范。而在《众名姬春风吊柳七》中，却将奸污者改为刘二员外，柳永则出钱替周月仙除了乐籍，使她能够与黄秀才结为夫妻。这显然是审美情趣的改变，前者是用市井眼光看文人，风流可以不顾品行；后者则是从文人眼光看文人，风流必须与道德相般配。但更重要的是后者对柳永形象内涵的深入与丰富，作品突出了柳永的怀才不遇，他被宰相吕夷简所谗害，成为一个"奉旨填词柳三变"的落魄文人，而能够理解他的却是谢玉英等女流之辈，所以最后发出了"可笑纷纷缙绅辈，怜才不及众红裙"的感叹。这样的改造不仅使人物性格更为统一集中，并使作品的格调达到了一种诗意的高度，从中体现了文人才情意识对民间文学的提升。

第二，对人物心理描写的细腻化追求。脱胎于说话技艺的话本带有强烈的讲说性质，重视的是故事的流畅与情节的引入，因此很少对人物心理世界进行深入的描绘。但作为书面文学的拟话本却必须依靠人物性格的丰满与心灵世界的丰富以供读者品味，从而成为真正的艺术作品。如《卖油郎独占花魁》中秦重初见花魁娘子时，作者写他内心的感受道：

（秦重）一路走，一路的肚中打稿道："世间有这样美貌的女子，落于娼家，岂不可惜？"又自家暗笑道："若不落于娼家，我卖油的怎生得见！"又想一回，越发痴起来了，道："人生一世，草生一秋。若得这等美人搂抱了睡一夜，死也甘心！"又想一回道："呸！我终日挑这油担子，不过日进分文，怎么想这等非分之事！正是癞虾蟆在阴沟里想着天鹅肉吃，如何到口！"又想一回道："他相交的，都是公子王孙。我卖油的，纵有了银子，料他也不肯接我。"又想一回道："我闻得做老鸨的，专要钱钞。就是个乞儿，有了银子，他也就肯接了，何况我做生意的，青青白白做人。若有了银子，怕他不接？只是那里来这几两银子？"一路上胡思乱想，自言自语。

这里人物的内心从肯定到否定，从再肯定到再否定的几度转折，十分细腻地表达了主人公当时的复杂感受，包含了希望与失望、自卑与自信等许多矛盾因素，作者不厌其烦地将它们充分表现出来，体现了作者善于揣摩的艺术想象力与深入细致的艺术表现力。

第三，文字的整理与细节的增加。宋元话本一般对细节描写不甚留意，因为听众关心的是人物的命运结局，讲述者必须在有限的时间内将其交代清楚，而不可能停留于某一点精雕细刻。拟话本是书面文学，读者有充分的时间去思索情节的编织与场面的描绘，因而也就有必要增加更多的细节刻画。细节描写除了上面所讲的心理描写外，还包括景物、对话与事件具体过程的描写。如《清平山堂话本》中有一篇《戒指儿记》，叙述阮三因思念意中人而生病，情急之下只好将心事告诉朋友张远，张远当即答应帮忙，然后便直接到庵中请尼姑设法。这不仅使情节显得过于突兀,而且将张远写成搭桥牵线的老手也不利于人物形象的刻画。至《闲云庵阮三偿冤债》中,作者补写了如下细节:

> 张远作别出门,到陈太尉衙前站了两个时辰,内外出入人多,并无相识,张远闷闷而回。次日,又来观望,绝无机会。心下想道:"这事难以启齿,除非得他梅香碧云出来,才可通信。"看看到晚,只见一个人捧着两个磁瓮,从衙里出来,叫唤道:"门上那个走差的闲在那里?奶奶着你将这两瓮小菜送与闲云庵王师父去。"张远听得了,便想道:"这闲云庵王尼姑,我平昔相认的。奶奶送他小菜,一定与陈衙内往来情熟。他这般人,出入内里,极好传消递息,何不去寻他商议?"

随后才去闲云庵。这些补写显示出张远为此事颇费一番工夫的具体过程,深化了他乐于助人的形象,而且将请尼姑帮忙改成偶然间所受到的启发,也比原来更加合乎情理。这些改动也许从个别地方还看不出什么本质差别,但如果将这些改动累积起来,便会显示出话本与拟话本之间粗糙与精细、原始与成熟的重大差别来。

## 第三节　"二拍"与《型世言》

"二拍"虽历来与"三言"并称为拟话本的代表作品,其实二者仍有区别。凌濛初《拍案惊奇序》说:"独龙子犹氏所辑《喻世》等诸言,颇存雅道,时著良规,一破今时陋习,而宋元旧种,亦被搜括殆尽。肆中人见其行世颇捷,意余当别有秘本,图出而衡之。不知一二遗者,皆其沟中之断芜,略不足陈已。因取古今来杂碎事可新听睹、佐诙谐者,演而畅之,得若干卷。"在读者的市民化与性质的通俗化上,二者是相同的。但"三言"大都是宋元旧本的搜集整理,性质是改编;"二拍"虽也大都有本事来源,却基本是作者的独立创造,其书面化特征更为突出。而且随着时代环境的变异,二者在思想内涵上也有一些区别。这主要表现在以下几个方面。

首先由于是文人的独立创作,也就更能表现作者的时代感受。如《硬勘案大儒争闲气》,写理学家朱熹因唐仲友轻视自己,便诬陷其嫖妓宿娼,并将妓女严蕊刻意拷问,逼其诬陷唐仲友。将朱熹写成这样一个迂腐而刻薄的儒者形象,只有在晚明王学流行、思想活跃的时代才能出现,而在宋元及明前期是不大可能的。又如写官场的公案题材,"二拍"也有自己的特色,《进香客莽看金刚经》,写柳太守为得到白居易手书《金刚经》,竟然将收藏此经的洞庭山寺内和尚牵连进一桩强盗案中,以逼迫其交出经卷;《王渔翁舍镜崇三宝》,写提刑浑耀为抢夺所垂涎的宝物,竟然将法轮和尚活活打死。作者为此发感叹说:"解贼一金并一鼓,迎官两鼓并一锣。金鼓看来都一样,官人与贼不争多。"这种官贼不分的情形,应该说更能表现晚明官场的黑暗与腐朽,或者说更有时代的气息。

其次在表现市民经商的题材上与"三言"的观念有所不同。"三言"中写市民发财致富靠的是道德与勤劳,"二拍"中则靠冒险与机遇。如《乌将军一饭必酬》,入话写王生两番出门经商均遭强盗打劫,不免有些灰心丧气,其婶娘却一再凑足银两鼓励他重出,并说:"大胆天下去得,小心寸步难行"。留恋乡土,恐惧异地,本是古老的传统意识,但随着商业中巨大利益的驱动,出门冒险却成了市民们重要的人生选择。《转运汉遇巧洞庭红》中的文若虚,靠海外贸易将价值一两多银子的洞庭红橘子变成八百多两的利润,又偶然在荒岛上捡到一个藏有夜明珠的大龟壳,从而变成巨富;《叠居奇程客得助》中的程宰,靠海神的指点,运用囤积居奇手段,也侥幸成了大富。这种渴求一本万利的发财心理,只有在商业畸形发达的晚明社会中才会表现得如此强烈。

再次,"二拍"对婚姻爱情的描写也与"三言"有所不同。"二拍"写男女之情往往突出"欲"的成分,认为情欲是人的基本生理需求,应该得到满足而不是压抑。如《任君用恣乐深闺》中指出,面对男女情欲,"总有家法极严的,铁壁铜墙,提铃喝号,防得一个水泄不通,也只禁得他们的身,禁不得他们的心"。这种对男女欲望的正面肯定,使"二拍"不像宋元话本那样对情欲抱有恐惧的心理,所以在表现人物的心灵世界时显得更为细致真实;但同时由于"情"的淡化,也使"二拍"不可能写出像《杜十娘怒沉百宝箱》、《卖油郎独占花魁》那样富于诗意的精品,有时甚至容易流于色情的宣示,如《错调情贾母詈女》,本来写的是贾闰娘与孙小官两心相许,迫使贾母迁就女儿与有情人终成眷属,其中包含着自由选择婚姻的意识。但在具体行文中,作者并没有侧重对贾、刘二人情感共鸣的深入描写,反而多从肉欲着眼,对性交场面大肆铺张,从而大大降低了这篇小说的审美品位。

最后一点是艺术上的个体化特征。比如选材时更注意在平凡普通的日常生活中发掘其价值,也就是作者所说的"不奇之奇"(《二刻拍案惊奇序》)。在人物性格刻画上,则更注意其真实性与心理深度。如《满少卿饥附饱扬》,写满少卿负心弃妻之事,本属于男子负心的传统题目,但作者却写得入情入理。其关键就在于把握住了人物性格变化过程中的复杂性。满少卿在作品中出现时因父母双亡而颇令人同情,所以焦氏父女才会收留他在家中。尽管他刚吃过几顿饱饭便与人家女儿私通显得稍微过分,但男女之事倒也有情可原,所以焦父才会将女儿嫁给他并供其念书。他科举得中后本来也是一心一意要接焦氏父女同赴任的,但是当退休枢密副使的族叔为其定下富家女儿婚事后,他便抗不住族叔的权势与新人俊俏富有的诱惑,于是便陷入极其矛盾的境地:

到了家里,闷闷了一回。想道:"若是应承了叔父所言,怎生撇得文姬父子恩情？欲待辞绝了他的，不但叔父这一段好情不好辜负，只那尊严性子，也不好冲撞他。况且姻缘又好，又不要我费一些钱物周折，也不该挫过。做官的人，娶了两房，原不为多。欲待两头绊着，文姬是先娶的，须让他做大，这边朱家又是官家小姐，料不肯做小，却又两难。"心里真似十五个吊桶打水，七上八落的，反添了许多不快活。

直到文姬死后鬼魂前来向他索命，满少卿还羞愧难当，抱头痛哭，并答应收她做小。但由于他已犯下逼死焦父、文姬与丫环三条人命的难赎罪过，所以作者只好安排了他被文姬索命而去的结局。如此写既符合生活的情理，同时也增加了人物形象的立体感，显示出凌濛初的艺术功力。

　　但"二拍"中所表现出的长处有时又是其短处，比如作为文人独创的小说，使作品表现出明确的目的、集中的主旨与鲜明的叙事个性，避免了思想意蕴的庞杂与结构的松散，但作者主观因素的过多介入，也使教训的目的大为增强，议论的文字大大增多，从而损害了小说的艺术形象。"二拍"中的作品很少不以议论开头，一般都是作者先来一段议论，表明一种观点，然后再用故事来证明它。这些议论倒不一定都不可取，比如上所引《满少卿饥附饱扬》的入话中有议论说：

　　　　天下事有好些不平的所在。假如男人死了，女人再嫁，便道是失了节，玷了名，污了身子，是个行不得的事，万口訾议。及至男人家丧了妻子，却又凭他续弦再娶，置妾卖婢，做出若干的勾当，把死去的丢在脑后，不提起了，并没有人道他薄幸负心，做一场话说。就是生前房室之中，女人少有外情，便是老大的丑事，人世羞言；及至男人家撇了妻子，贪淫好色，宿娼养妓，无所不为，总有议论不是的，不为十分大害。所以女子愈加可怜，男人愈加放肆。这些也是伏不得女娘们心里的所在。

这样的见解即使放在现代，也依然不失其价值。但在小说文体中频繁出现，就成为不必要的东西。好在"二拍"中表现得尚不过分突出，没有从根本上损害其艺术效果，但却显示了一种趋势，对后来的拟话本创作产生了不良的影响。

　　稍后于"二拍"的《型世言》与其既有相似之处，也有相异之处。就立意上讲，这本书更注重教训劝诫，这又包括了斥责奸凶贪淫与表彰忠孝节义两个方面。从揭露黑暗的角度看，它与"二拍"相近，都立足于对现实黑暗与官场腐败的反映。如《妙智淫色杀身》，写一个徐姓的州同知及其儿子徐行无恶不作，一次因拿住了和尚的把柄，先敲诈其二百两银子，并将两个不爽快的和尚"活活闷死"。与"二拍"不同的是，尽管前者也显示了作者的时代感受，但大多作品仍然假托前代，《型世言》则全都是写的明代本朝故事，如《烈士不背君》写朱棣与建文帝争夺皇位之事，《胡总制巧用华棣卿》写嘉靖时胡宗宪招抚海贼徐海之事等，都是影响深远的历史大事件。从表彰忠孝的角度看，它要比"二拍"的正统色彩更浓厚些,此一点单从其回目上便能够清晰地表现出来。如"二拍"与《型世言》都曾写到"仙狐三束草"的故事,其主要情节是一男子受惑于变成美女的狐精,以致被弄得精疲力竭;当男子发现美女为狐精所幻化而与之分别时,狐精尚情意殷殷,并赠三束仙草于男子,使之不仅身体复原如初,并用它们得到了自己心爱的女子。"二拍"中《赠芝麻识破假形》对此持欣赏态度,主要突出人与狐之间的"情",即所谓"万物皆有情,不论妖与鬼",颇与后来蒲松龄写人狐相恋的态度相近。而《型世言》第三十八回《妖狐巧合良缘》写此一故事时,主要情节虽无大的改动,但作者态度却大不相同,其结论为:"若非早觉,未免不死狐手,犹是好色之戒"。在重情与戒色的差别中,显示了二书旨趣的不同。这种差别既有作者个人思想意趣的原因,更有时代环境的原因,但从小说文体自身来说,《型世言》显然显得更为枯燥迂腐。

为了突出作者反映世情与教化民众的目的,《型世言》的议论文字也大大超过"二拍"。作者往往在每回开头冠以大段议论,定下一个主题,并列举古今之事加以说明,然后再讲"我朝"的典型事例,其中的人物则是证明这些主题的正反例证而已。因此尽管作者在文笔上并不孱弱,有的叙述描写还颇为流畅逼真,但过多的议论文字与迂腐的观念都大大削弱了此书的艺术价值。可以说《型世言》代表了后期拟话本小说的特征,并显示了拟话本衰落的许多重要原因。

## 第四节　明代的文言短篇小说

明代文言小说的成就虽不如白话小说,但数量却很大,而且还起着文言小说从唐宋到清代发展中的承上启下作用,因而在此一并加以简单介绍。

明代文言小说最出名的有所谓"三灯丛话",即瞿佑[3]的《剪灯新话》、李昌祺的《剪灯余话》与邵景瞻的《觅灯因话》。此外较有名的还有赵弼的《效颦集》、陶辅的《花影集》、宋懋澄的《九籥集》等等。其中瞿佑的《剪灯新话》可作为其代表,本书写成于洪武十一年,作者是跨越元明两代的文人,在作品中表现了易代之际深沉的人生感慨,这主要体现在两个方面:一是对元末社会黑暗的揭露。如《修文舍人传》写一位博学多闻却贫穷不遇的寒士,当他客死异乡变为鬼魂后,却在冥间得到了重用。作者通过冥府与人世的对比,认为冥府能够真正任人惟贤,重用才士,做到所谓"黜陟必明,赏罚必公",而"非若人间可以贿赂而通,可以门第而进,可以外貌而滥充,可以虚名而躐取也"。作者正是用冥间的公正来影射、斥责人世的黑暗。二是对易代之际文人及百姓不幸命运的反映与感叹。如《华亭逢故人记》写全、贾两位士人在元末战乱中投笔从戎，兵败后投水而死。后来其鬼魂与友人石若虚相遇，又解衣质酒，高谈阔论。全贾（假）之姓与石若虚之名，明确表示出作者是以子虚乌有的虚构来发表自我的人生见解，谈论身处乱世的人生哲学，也就是作品所言的，"贫贱常思富贵，富贵复履危机"的矛盾与"丈夫不能流芳百世，亦当遗臭万年"的人生冒险之间的不同选择。但作品还是在"漠漠荒郊鸟乱飞，人民城郭叹都非"的凄凉气氛中结束。作品对普通百姓不幸的描写主要是通过爱情题材来表现的。如《翠翠传》写元末淮安民刘氏女翠翠与金定同窗读书，两人相互爱慕而私订终身，并通过与父母的抗争最终结为婚好。但翠翠却不幸被张士诚部将所掳，金定虽到军中寻得翠翠，却依然无法团圆，以致双双病死。小说突出了战前爱情婚姻的美满与战乱给爱情带来的悲剧。

本书在艺术上虽承袭唐宋传奇，但也受有一些话本的影响，它不仅吸取了话本善于用某种物象来绾合情节的手法，如《金凤钗记》中用金凤钗贯穿全篇等，而且采用了韵散交错的叙事方式，其韵语也趋于俗白，还夹杂着一些话本套语。但就其主要特征而言，则表现在下述两个方面：一是用传奇笔法叙写怪异内容。作者往往沟通人鬼，贯穿古今，从而更有利于表现其创作意旨。如《水宫庆会录》写潮州文士余善文在人间不得志，却被南海龙王请去撰文赋诗，不仅风光无限，还获得许多宝物；《渭塘奇遇记》让一位士人与所爱的酒肆女子梦中欢爱时所留迹象，后来又在现实中一一成为真迹；《太虚司法传》让一位狂士夜半时分与鬼怪共处等。二是因炫耀才学而在小说中大量融入诗词。唐代传奇的富于诗意历来被人们所欣赏，但唐人却并不直接将诗篇大量写进小说，而是靠文笔的优美与意想的高妙。瞿佑则因自幼颇具诗才却身逢乱世而不得重用，便只好将其才能表现在小说之中。如《水宫庆会录》、《龙堂灵会录》《修文舍人传》等篇，均写世间寒士在龙宫冥界因词笔动人而备受礼遇，其中自然会出现大量的诗词及骈俪之文，这就把唐人传奇"文备众体"的内在诗意，转化成外在于小说情节的大量诗词穿插了。上述两种情况在稍后的《剪灯余话》中表现得更加突出，并且对明清两代的小说创作均产生了不同程度的影响，因而它们也就成为从唐宋传奇到清代文言小说发展中不可或缺的环节。

另外，明代还出现过大量汇录文言小说的专集与总集，较有名的如何良俊的《语林》、王世贞的《艳异编》与《剑侠传》、梅鼎祚的《青泥莲花记》与《才鬼记》、冯梦龙的《情史类略》与《古今谭概》，等等。某些通俗类书如《国色天香》、《燕居笔记》、《万锦情林》、《绣谷春容》等中，也选录了大量的小说。这些小说集子除了为当时人提供闲暇消遣外，也为当时与后来的戏曲小说创作提供了丰富的素材。而且像《青泥莲花记》专为出污泥而不染的历代妓女立传，《情史类略》大量汇集男女爱情婚姻故事，都显示了明代后期思想开放的鲜明时代特征。

〔注释〕

〔1〕冯梦龙（1574—1646）：字犹龙，别署龙子犹、墨憨斋主人、顾曲散人等，长洲（今苏州）人。出身于书香门第，富于才情，但一生科举不达，直到崇祯三年57岁时才被选为贡生，61岁时任福建寿宁知县，颇有政绩。4年后秩满离任。清兵南下时曾参与抗清活动，忧愤而死。他的著作除"三言"外，还有长篇小说《平妖传》、《新列国志传》，文言小说集《情史类略》、《古今谭概》、《智囊》，散曲民歌集《太霞新奏》、《挂枝儿》、《山歌》，并创作、改变传奇剧本十余种，合刊为《墨憨斋定本传奇》。

〔2〕凌濛初（1580—1644）：字玄房，号初成，乌程（今浙江吴兴）人。18岁补廪膳生，但后来科场一直不顺利。55岁时以优贡授上海县丞，又升任徐州通判并分署房村。崇祯十七年，因义军逼近徐州忧愤而死。除"二拍"外，另有戏曲理论著作《谭曲杂札》与《南音三籁》等。

〔3〕瞿佑（1341—1427）：字宗吉，号存斋，钱塘（今浙江杭州）人。早年有文名，入明后官仁和训导、临安教谕等。建文中入南京为太学助教，升周王府长史。永乐时因"诗祸"谪保安10年，后遇赦放归。卒年87岁。除《剪灯新话》外，尚有《乐府遗音》、《归田诗话》等。

〔参考书目〕

〔1〕游友基．冯梦龙论．重庆：西南师范大学出版社，1996．
〔2〕傅承洲．冯梦龙与通俗文学．郑州：大象出版社，2000．
〔3〕魏崇新．市井新声三言二拍．人性复归的呼唤．太原：山西教育出版社，1994．

# 第十四章

# 文言短篇小说《聊斋志异》

## 第一节 蒲松龄：馆塾生涯与孤愤情怀

传统的文言小说发展到清初，出现了集大成之作——蒲松龄的《聊斋志异》。

蒲松龄（1640—1715），字留仙，一字剑臣，别号柳泉居士，山东淄川（今淄博市）人。其远祖蒲鲁浑为元代般阳路总管，元亡时易姓，明初复姓蒲。松龄之父名槃，"少肯研读"，"淹博经史"，然屡试不售，二十余岁尚未中秀才，"遂去而贾"（路大荒《蒲柳泉先生年谱》）。松龄为蒲槃嫡配董氏所出之次子，到他成年时，家境已渐衰落了。蒲松龄大约 11 岁时开始从父读书，19 岁（顺治十五年，1658）应童子试，"以县、府、道三第一，补博士弟子员，文名籍籍诸生间"（张元《柳泉蒲先生墓表》），并受到当时著名诗人、山东学政施闰章的特别器重。31 岁时，迫于家贫，蒲松龄应聘为同乡进士、江苏宝应县知县孙蕙的"幕宾"，代为书札、告示及应酬文字，但这种"无端而代人歌哭"的生活，很快便使他感到无聊和厌倦，仅一年他便辞聘回乡了。《聊斋志异》的写作，大约在此前后便开始了。自南游归来后的次年（1672），蒲松龄开始了后半生长达 40 年之久的设帐教书生涯，直到 70 岁时才"撤帐归来"。40 年间，他先后在王敷政、唐梦赉、毕际有等缙绅之家坐馆，以在毕际有家时间最长，达 30 年（1679—1709）之久。毕家系世代显宦，家中藏书甚富，且与四方名士多有交往，这为蒲松龄的读书写作和交游提供了便利的条件。《聊斋志异》中的许多篇章就是在这段时间创作的，并得到其时名位甚高的大诗人、毕际有之内侄王士禛的褒奖。这段时间内，蒲松龄一边教书写作，一边应举，但却屡屡铩羽而归，"数卷残书，半窗寒烛，冷落荒斋里"（《蒲松龄集·聊斋词集·大江东去·寄王如水》）。直到 60 多岁，才听信老妻之劝，"不复闱战"[1]。撤帐归来的次年（1710），71 岁高龄的蒲松龄援例出贡。5 年后（1715），这位"落拓名场五十秋"的老秀才，满怀忧愤地离开了人世。

蒲松龄坎坷的一生和特殊的生活经历，使他有可能广泛接触社会各阶层的人物，上至官僚缙绅、举子名士，下至村夫农妇、婢妾娼妓、僧道术士，这种丰富的生活阅历对他《聊斋志异》的写作无疑有重大影响。贫寒的生活境遇和科场的失意，使他不仅体味到民生疾苦，也认识到封建吏治的腐败和科举制度的埋没人才。"仕途黑暗，公道不彰，非袖金输璧，不能自达于圣明，真令人愤气填胸，欲望望然哭向南山而去"。在他《与韩刺史樾依书》中的这番慨叹，明显地流露了他对封建吏治腐朽的愤慨和绝望。"公庭亦有严明宰，短绠惟将曳饿人"（《蒲松龄集·聊斋诗集·离乱》），"雨不落，秋无禾，无禾犹可，征输奈何？吏到门，怒且呵，宁鬻子，无风波"（《蒲松龄集·聊斋诗集·官民谣》），对民生疾苦的深切同情，亦常溢于言表。正是这种对封建社会黑暗的憎恶和对民生疾苦的深切同情，才使他创作出不朽的"孤愤"之书《聊斋志异》。

蒲松龄一生著述丰富，除《聊斋志异》外，据路大荒《蒲松龄集》，尚有文 458 篇，诗 929 首，词、曲 102 首，俚曲 13 种存世。长篇白话小说《醒世姻缘传》也很可能是他的作品。此外还有一些新发现的作品问世。

使蒲松龄列于中国古代伟大作家之林的，还是他积 30 余年心血凝成的《聊斋志异》。本书在作者生前即康熙三十四年（1695）时即有朱缃抄本行世，惜此本已佚失不传。现存版本主要有：（1）手稿本。仅存上半部。1950 年于东北西丰发现，凡 4 卷 237 篇。[2]。（2）乾隆十六年（1752）铸雪斋抄本，凡 13 卷，目 488 篇，实存作品 474 篇。（3）乾隆三十一年（1766）青柯亭刻本，收作品 431 篇。（4）三会本。张友鹤会校、会注、会评，收作品 491 篇，中华书局 1962 年出版。（5）全本新注本。朱其铠主编，底本校本均用抄本，收作品 494 篇，人民文学出版社 1989 年出版。是目前最完备的本子。

## 第二节　狐鬼世界背后的人间省视

《聊斋志异》是蒲松龄的代表作，"聊斋"为其书斋名。作者大约从 20 岁左右即开始创作，到 40 岁左右完成，以后又几经修改、增补。他在《聊斋自志》中说：

> 才非干宝，雅爱搜神；情类黄州，喜人谈鬼。闻则命笔，遂以成编。
> 久之，四方同人，又以邮筒相寄，因而物以好聚，所积益夥。

这说明近五百篇的《聊斋志异》是在广泛采集民间传说、野史佚闻的基础上创作而成。蒲松龄写这些故事，不是为了猎奇炫异，而是别有寄托：

> 集腋为裘，妄续幽冥之录；浮白载笔，仅成孤愤之书。寄托如此，亦足悲矣。（《聊斋自志》）

即通过谈狐说鬼来倾泻心中的"孤愤"。这就形成了《聊斋志异》独特的叙事风范：以幻写真，真幻错综，在幻想的狐鬼世界背后隐藏着作者对人间世界种种价值体系的重新理解和思考。

## 一、对封建吏治的批判与揭露

一介寒士的蒲松龄,面对一个"花面逢迎,世情如鬼"、"仕途黑暗,公道不彰"的现实世界,为此历尽精神折磨,痛心疾首。在《聊斋志异》中,他怀着无端的悲愤,述说着衙门的虎狼之行和民众的冤抑难申,诸如《席方平》、《梦狼》、《促织》、《窦氏》、《向杲》、《商三官》等,均是作家借以倾吐愤世之情的作品。

《席方平》堪称一篇"鬼公案",以鬼世界影射现实官场,可说是以怪异之笔写成的声讨黑暗吏治的檄文。席方平之父席廉"与里中富室羊姓有隙",羊氏死后,竟于冥间贿通冥吏,让席廉入冥受尽酷刑,"胫骨摧残甚矣"。席方平知父"憨拙",愤而入冥代父申冤,不意城隍、郡司、冥王皆受羊某贿赂,席方平不仅无处申冤,反遭种种酷刑折磨:

> 冥王益怒,命置火床。两鬼捽席下,见东墀有铁床,炽火其下,床面通赤。鬼脱席衣,掬置其上,反复揉捺之,痛极,骨肉焦黑,苦不得死。约一时许,鬼曰:"可矣。"遂扶起,促使下床着衣,犹幸跛而能行。复至堂上,冥王问:"敢再讼乎?"席曰:"大冤未伸,寸心不死。若言不讼,是欺王也。必讼!"又问:"讼何词?"席曰:"身所受者,皆言之耳。"

酷刑之惨烈,令人发指,这正是人间官府残暴虐民的写照。冥王怕事情闹大,答应为其父雪冤,让他投胎到富贵人家。但席方平还是不妥协,终于越过冥府的范围告到二郎神那里,使仇敌和冥府贪官都受到处置。所谓"金光盖地,因使阎摩殿上尽是阴霾;铜臭熏天,遂教枉死城中全无日月",小说结尾二郎神判词中的这两句话,流露的正是作者对人世间官场社会金钱扭曲王法积弊的指责与愤慨。

《梦狼》篇则借助超现实的梦幻世界,更直接、形象地写出"天下之官虎而吏狼者,比比也"的黑暗现实。白翁梦入其子白甲之衙门,但见"堂上、堂下、坐者、卧者,皆狼也。又视墀中,白骨如山",白甲以人肉"聊充庖厨",又"扑地化为虎,牙齿巉巉"。官府就是虎穴狼窝,官吏则是吃人肉、喝人血的畜生。就是这样一个虎狼之性的白知县,不久竟"以荐举作吏部"。这其中的"仕途之关窍",白甲是深有体会的:

> 黜陟之权,在上台,不在百姓。上台喜,便是好官;爱百姓,何术复令上台喜也?

不是以百姓之生死存亡为计,而是以"上台"之喜怒哀乐为忧,正是这一官场"诀窍",造成了封建官场官虎吏狼的残酷现实。

作者还把批判的矛头,指向封建最高统治者——皇帝。《促织》篇写宣德皇帝喜斗蟋蟀(又名促织),"岁征民间",于是大小官吏,乘机"假此科敛丁口,每责一头,辄倾数家之产"。"为人迂讷"的里正成名,在县官的"严限追比"下，好不容易谋得一只"巨尾修身"的蟋蟀，庆幸可以免差，不料却被其子无意毙之，于是：

> 儿惧，啼告母。母闻之，面色灰死，大骂曰："孽根，死期至矣！而翁归，自与汝覆算耳！"儿涕而出。未几，成归，闻妻言，如被冰雪。怒索儿，儿渺然不知所往。既得尸于井，因而化怒为悲，抢呼欲绝。夫妻向隅，茅舍无烟，相对默然，无复聊赖。

在帝王不过一无足轻重之玩物，却导致无辜百姓倾家荡产乃至家破人亡。颇具戏剧性的是，当成名之子所化蟋蟀令"上大嘉悦"时，不仅抚军、县宰得以加官晋爵，成名也因此而"裘马过世家焉"。小民百姓之存毁系于一只蟋蟀，这里所揭示的，正是封建统治者荒淫娱乐、不恤民命的罪恶本质。

《聊斋志异》不仅描写了现实的黑暗腐朽和被压迫、被损害者的悲惨遭遇，而且表现了人民群众的不屈反抗。席方平"大冤未伸，寸心不死"的顽强不屈（《席方平》），农家女窦氏被恶霸南三复骗奸遗弃后身化厉鬼而复仇（《窦氏》），向杲为报兄仇化虎咬死仇人（《向杲》），商三官女扮男装，隐身优伶而手刃恶徒（《商三官》）……作者满腔热情地歌颂了这些被侮辱被损害者惩治贪官污吏、土豪劣绅的反抗斗争，表现了对人民苦难的深切同情和对黑暗统治的深恶痛绝。

## 二、对封建科举制度的抨击与讽刺

蒲松龄本人是一位屡经科考而"试辄不售"的科考受害者，对科举的弊端，有着深切的体验。这种带有切肤之痛的人生体验，凝成了他笔下的《贾奉雉》、《司文郎》、《叶生》、《王子安》等抨击科考弊端的优秀篇章。这些作品中的主人公，多是"才名冠一时，而试辄不售"的命途偃塞者，作者似乎在此借以夫子自况，并抒发其怀才不遇的"孤愤"之情。

《贾奉雉》写才华横溢、"少年盛气"的贾奉雉秋闱落榜，已得道成仙的郎秀才笑他"文章虽美"，但考官都是以拙劣的八股文为选材标准的，不可能"另换一副眼睛肺肠"阅卷。于是"贾戏于落卷中，集其葛冗泛滥不可告人之句，连缀成篇"，结果"竟中经魁"。当贾奉雉重读当年科场考卷时，反而冷汗淋漓，"重衣尽湿"。慨叹这是以"金盆玉碗贮狗矢，真无颜出见同人"，遂遁迹山丘去了。作者以谐谑之笔勾勒了一个以丑为美的科场世界，讥刺了考官的无知和昏聩。

对这种价值颠倒、美丑不分的科场弊端揭示最充分的，当推《司文郎》。作者虚构了一个以鼻代目、能从焚稿气味中嗅出文章优劣的瞽僧。闻到古文大家之文，连称："妙哉！此文我心受之矣。"闻到王平子之文："君初法大家，虽未逼真，亦近似矣。我适受之以脾。"而余杭生的文章却呛得他连声咳嗽："勿再投矣!格格而不能下,强受之以鬲;再焚,则作恶矣。"然而令人作呕的文章却高中了,差强人意的文章反而受黜,瞽僧只好叹息道:"仆虽盲于目,而不盲于鼻;帘中人并鼻盲矣!"其后瞽僧竟从众多文章中嗅出录取余杭生的试官的文章:

> （余）生焚之,每一首,都言非是;至第六篇,（僧）忽向壁大呕,下气如雷。众皆粲然。僧拭目向生曰:"此真汝师也!初不知,而骤嗅之,刺于鼻,刺于腹,膀胱所不能容,直自下部出矣!"

以人体各个脏腑接纳气之清浊不同,把焚稿之气的优劣分别由心、脾、鬲、膀胱来接受,而那些"并鼻盲"的考官文章连膀胱也接受不了,只配与"直自下部出"的"屁"同列。这是备尝科场颠踬的作家对科场弊端痛诋而不解恨从而颇带恶谑性的描写,但却辛辣地讽刺了考官的有眼无珠、不辨良莠。

意义更为深刻的是,蒲松龄还在一些篇章里揭露了科举制度对读书士子精神上的戕害。《叶生》中的叶生,"文章词赋,冠绝当时;而所如不偶,困于名场"。在饮恨而终后,竟以漂泊之游魂,帮助别人中进士,而自己也中了举人,从而实现自己"借福泽为文章吐气,使天下知半生沦落,非战之罪也"的执著追求。《司文郎》中的宋生,也以哀哀孤魂参加冥府科考,以"为文吐气"。如果说作者对这些执迷不悟的举业迷狂者还抱以惋惜与同情,那么,对王子安（《王子安》）这类醉心举业而官迷心窍者,则极尽讽刺揶揄之能事。王子安屡考不中,"近放榜时,痛饮大醉",忽有"报马来",王子安喜不自禁,大呼"赏钱十千":

> 家人因其醉,诳而安之曰:"但请自睡,已赏之矣。"王乃眠。俄又有入者曰:"汝中进士矣。"王自言:"尚未赴都,何得及第?"其人曰:"汝忘之耶?三场毕矣。"王大喜,起而呼曰:"赏钱十千!"家人又诳之曰:"请自睡,已赏之矣。"又移时,一人急入曰:"汝殿试翰林,长班在此。"果见二人拜床下,衣冠修洁。王呼赐酒食,家人又诳之,暗笑其醉而已。久之,王自念不可不出耀乡里,大呼长班,凡数十声无应者。家人笑曰:"暂卧候,寻他去。"又久之,长班果复来。王捶床顿足,大骂:"钝奴焉往?"长班怒曰:"措大无赖,向与尔戏耳,而真骂耶?"王怒,骤起扑之,落其帽。王亦倾跌,妻入扶之曰:"何醉至此!"王曰:"长班可恶,我故惩之,何醉也!"妻笑曰:"家中只有一媪,昼为汝炊,夜为汝温足耳。何处长班,伺汝穷骨?"子女粲然皆笑。王醉亦稍解,忽如梦醒,始知前此之妄。

王子安醉梦中的一系列幻想,恰正是其时科考士子孜孜以求的发迹之梦;由秀才而举人,而进士,而翰林,乃至"出耀乡里",恃势骄人……醉心科举者的变态心理,于短短千余字中,被刻画得淋漓尽致,入木三分。

### 三、对真诚男女之情的讴歌与赞颂

《聊斋志异》中数量最多、也最为人所称道的，是那些描写青年男女恋爱和婚姻的篇章。诸如《阿宝》、《青凤》、《瑞云》、《连琐》、《细侯》、《鸦头》、《连城》、《白秋练》、《晚霞》、《婴宁》等，均是脍炙人口的爱情名篇。

《阿宝》写"生有枝指"的粤西名士孙子楚，"性迂讷，人诳之，辄信为真"，人称为痴。托媒求婚于大贾家，大贾之女阿宝戏说："渠去其枝指，余当归之。"他就果真用斧头"自断其指"，虽"大痛彻心，血溢倾注"而不悔。清明踏青时，见阿宝"娟丽无双"，就痴立如醉，竟魂随阿宝而去。被巫师招回魂魄后，又魂附鹦鹉，飞达女室。眷眷痴情，终于感动了阿宝，实现了迎婚成礼的愿望。作者于篇末借"异史氏"之口称赞孙子楚说："性痴则其志凝。"坚贞的情感和意志凝聚而成的精魂，在作者笔下终于超越了贫富和礼防诸重障碍，甚至超越了生死界限。所以其后孙子楚病逝，阿宝不愿独活，自缢以殉，乃至感动冥王，使之双双复生。作者借这一离魂复生的幻想，满腔热情地歌颂了真纯之"至情"的力量，表达了自己的爱情理想。

如果说《阿宝》借离魂幻想而张扬男女之间生死不渝之情，《连城》则在此基础上进一步提出了"知己之爱"的理想爱情观念。《连城》中少负才名的乔生，以其诗才而获得知书工绣的史孝廉之女连城的赏识，于是以连城为"真知我者"，"倾怀结想，如饥思啖"。以至在连城重病之时，他割胸头肉为之治病，然却因贫寒未能获准史孝廉的择婿允诺。于是他对连城唯一的愿望是："相逢时，当为我一笑，死无憾！"后来他们邂逅于途，"女秋波转顾，启齿嫣然"。就为了这一笑，在连城旧病复发而死时，乔生前往临吊，竟一恸而绝。死后追寻连城魂魄，在亡友帮助下，复活成亲。这一离魂复生的幻想情节中，不仅有着对真情挚爱的推许和夸扬，还有着对"一笑之知，许之以身"的知己之恋的赞赏和讴歌。

这种建立在共同志趣和爱好基础上的"知己之恋"，在《白秋练》、《连琐》里也得到了同样的表现：慕生因诗才而获得白秋练的倾心相恋（《白秋练》）；杨于畏也因续成鬼女连琐之诗而得与连琐剪烛西窗（《连琐》）。固然，这种种因诗才而获爱情的知己恋情，其中也许寓有蒲松龄本人"此生所恨无知己，纵不成名未足哀"（《蒲松龄集·聊斋诗集·偶感》）的天才孤寂之感，以及"顾茫茫海内，遂使锦绣才人，仅倾心于蛾眉之一笑，亦可慨矣"（《连城》）的怀才不遇之悲，然而对这种情趣相合恋情的描写本身，则大大超越了以前爱情婚姻题材作品"小娘子爱才，鄙夫重色"（唐·蒋防《霍小玉传》中李益语）的才貌相悦的感性激情渲染，这可说是《聊斋志异》在爱情婚姻主题上表现出的最为鲜明的进步性。

在不当有"真情"的时代却偏要萌发"真情"，这自然为"父母之命，媒妁之言"之类的封建礼教所不容。白秋练和慕生的真情至恋在慕父眼中是伤风败俗(《白秋练》);鸦头因与王文为情私奔而被困(《鸦头》);耿去病对青凤毫无顾忌的爱情表白,带来的是自己的"楼下之羞"和青凤的被迫出走(《青凤》);而连城与乔生(《连城》)、阿端与晚霞(《晚霞》)为了维护双双结就的一脉真情,不得不付出自己的肝胆生命……仅此而论,蒲松龄讴歌真情挚爱本身,即是对封建礼教的批判与否定,而其情愈真,愈显出礼教迫害之不合理与残酷。

《聊斋志异》不仅讴歌了男女之间的"知己之恋",还赞颂了两性之间的"知己之谊"。《娇娜》中的孔生,羡娇娜之美但无觊觎之心,在拯救娇娜一家于困厄之后,自己却为雷震毙。娇娜也不顾自己已为人妇,不避男女之嫌,"以舌度红丸入,又接吻而呵之",救活孔生。以至连作者自己也艳羡不已:"余于孔生,不羡其得艳妻,而羡其得腻友。"《乔女》中的乔女,虽拒绝孟生的求婚,但感孟生为知己,以寡妇之身,为孟生抚养遗孤,而于其家财一毫莫取。对这种不掺杂任何肉欲杂念的两性之情的讴歌和赞颂,不仅表现了作者"真情理想"的另一面,也表现了其对人性、人情认识的深化。

《聊斋志异》中还有一些作品,通过对一些生活现象的描写,揭示出令人深思乃至警觉的哲理,如《画皮》告诫人们勿为美丽外表所惑,《崂山道士》说明做任何事都不可投机取巧、好逸恶劳,否则只能如王生般在生活中处处碰壁。这类作品可当寓言小说来读。此外,还有一些作品属于杂记,如《雨钱》、《赤字》等,只是一些生活现象的记录,不足称小说。

《聊斋志异》所体现的思想是丰富多彩的。然而,囿于作者的时代、阶级局限,《聊斋志异》也不可避免地带有种种陈腐的封建烙印,如揭露社会黑暗又企盼着圣君贤臣的拯救,抨击科举弊端又钦羡着金榜题名,歌颂真纯爱情又希望着一夫多妻,甚而津津乐道于闺房秽事,此外,对农民起义的仇视,对愚忠、愚孝的推崇,对佛、道色空观念的赞许,对地狱轮回、因果报应思想的渲染,等等,都表现了作者世界观中落后、消极的一面。

## 第三节 人物塑造与叙事笔法

《聊斋志异》于清季文坛享誉甚隆,纪昀却对其"一书而兼二体",且"燕妮之词,媟狎之态,细微曲折,摹绘如生。使出自言,似无此理;使出作者代言,则何从而见之?"深感不解,以为不过是"才子之笔",而"非著书者之笔也"(盛时彦《阅微草堂笔记·姑妄听之·跋》中引纪昀语)。纪氏显然是从"著书者"而非审美角度来审视《聊斋志异》的,从而忽略了《聊斋志异》之为小说本应具有的虚构、想象的文体特性。实际上,植根于民族文学土壤里的《聊斋志异》,既具有六朝志怪小说"记神仙狐鬼精魅故事"的搜奇说异之风,又带有"描写委曲,叙次井然"的唐人传奇特点,故鲁迅在《中国小说史略》中称《聊斋志异》之叙事笔法为"用传奇法,而以志怪"(第二十二篇)。正是蒲松龄在叙事笔法上的这一创新性发展,使得《聊斋志异》成为古代文言短篇小说的巅峰之作。

在《聊斋志异》近五百篇作品中,塑造了大批性格鲜明、色彩特异的人物形象,组成了千姿百态的人物画廊,使我们不仅看到了作者所处时代的形形色色人物,而且洞察了当时广阔的社会生活。而作者塑造人物的方法和手段灵活自如,变化多端,真可谓"同于化工赋物,人各面目,每篇各具局面,排场不一,意境翻新,令读者每至一篇,另长一番精神"(冯镇峦《读〈聊斋〉杂说》)。

《聊斋志异》中最富魅力的是那些花妖狐魅幻化的女子形象,作者善于"使花妖狐魅,多具人情,和易可亲,忘为异类;而又偶见鹘突,知复非人"(鲁迅《中国小说史略》第二十二篇)。既使"非人"之"异类""多具人情",又时以幻异之笔,赋予其神性,从而使人性、神性和动物性达到了和谐的统一。《白秋练》中的鱼精白秋练,既有喜爱诗歌、追求爱情的人性,又有料事如神、知晓未来的神性,而其离不开洞庭之水,则又明显是出于其鱼性的本能。《绿衣女》中的绿衣女子系绿蜂幻化,故"绿衣长裙,腰细殆不可盈掬",且唱曲时"宛转滑烈,声细如丝";《花姑子》中的花姑"气息肌肤,无处不香",因其系香獐精所化。其他如狐精青凤(《青凤》)、鼠精阿纤(《阿纤》)、牡丹精葛巾(《葛巾》),等等,莫如不是。

作者还善于通过多种艺术手法,写出这众多女性相同中的相异。同是狐精幻化的多情女子,在墟野旷墓中长大、未受尘俗熏染的婴宁(《婴宁》),不同于在"叔闺训严"环境中成长起来的青凤(《青凤》):前者天真烂漫、无拘无束,后者沉稳含蓄、行动谨慎。同是花精幻化且勇敢追求爱情,黄英(《黄英》)不同于葛巾(《葛巾》):菊精幻化的黄英,爱菊、植菊、售菊乃至富足过于世家,其高洁清雅有陶令之风,其聪俊练达却又不乏陶朱公之精明;"宫妆艳艳,异香竟体"、"纤腰盈掬,吹气如兰"的牡丹精葛巾,其飘逸之姿、俊雅之态、缱绻之柔情与黄英之豁达开朗迥异其趣。

《聊斋志异》人物刻画之令人称绝处,还在于同一篇中写二女,而二女又各不相同,同时又互相映衬,相得益彰。同是牡丹精,葛巾多情而情切,玉版淡雅而心闲(《葛巾》)。同是花精,同爱着黄生的香玉和绛雪,前者热情风流,后者冷静持重(《香玉》)。要写真阿绣之美,却借假阿绣陪衬,而在对真阿绣及其情人的救助中,又写出了假阿绣的多情而重侠义(《阿绣》)。要写鸦头的纯情,借姐姐妮子的薄倖作其陪衬(《鸦头》);欲叙妹妹的高洁,先写姐姐的庸陋为其反照(《姊妹易嫁》)。《聊斋志异》之写人,可谓是妙笔生花。

《聊斋志异》写人笔法之精妙，还在于作者善于以极浓极粗或极淡极细之笔墨，凸显人物之神情风貌。极浓极粗之泼墨渲染，如《婴宁》中的婴宁。其一出场，即成了笑的化身："容华绝代，笑容可掬。"见王子服"个儿郎目灼灼似贼"，遗花于地，笑语而去。王子服一派痴心到丛花乱树的南山谷寻芳，婴宁"举头见生"，"含笑拈花而入"。狐媪唤婴宁待客，户外即有嗤嗤笑声；入门故作矜持，又来个"忍笑而立"；几句寒暄，即笑得"不可仰视"；返身出门，"笑声始纵"。在后花园树上，"狂笑欲堕"；在老母前泄露"大哥欲我共寝"的秘密，并报以一丝微笑……笑语花香，笑之品种几如花之品种一样多，忍笑、浓笑、大笑、憨笑，花样翻新。正是这种种笑声妙语、丛花乱树的泼笔描写，托出了一个浑无礼教俗忌、朴野娇憨的青春女性。蒲松龄又善以极淡极细之笔，于细微处见精神。同是写笑，连城（《连城》）是"秋波转顾，启齿嫣然"。联系前此乔生虽诗才旷世、真情相慕而不得允婚时"相逢时，当为我一笑"的知己之求，连城身罹重病、困于父命又不愿有负知己的心海波澜，以及后此乔生竟为"一笑之知，许之以身"的痴情，还有连城之名中蕴涵的"再顾连城易，一笑千金买"的笑之难得，这"秋波转顾，启齿嫣然"的八字描写，不仅构成全篇之核心，且于这一"转"一"启"之中，隐然透出连城这一笑之难：难在心悲不欲笑，将为泉下之人，难遂知己之情；难在又不能不笑，不笑有负知己；难在又不能大笑，大笑有碍淑女之德。婴宁之笑，摇曳多姿而潇洒；连城之笑，专一精粹而典重。人物之神情风貌，于这或浓或淡的笔墨之中惟妙惟肖地和盘托出。

故事情节曲折，奇幻跌宕，引人入胜，是《聊斋志异》在艺术上的又一重要特色。

《葛巾》描写恋情，"纯用迷离闪烁、夭矫变幻之笔，不惟笔笔转，直句句转，且字字转"（但明伦《葛巾》总评）：常大用偶于花园遇见葛巾，痴狂无礼，出语唐突，遭到桑姬痛斥；正当他"自悔孟浪"、"憔悴欲死"之时，桑姬忽"持瓯而进"，令饮葛巾"手合鸩汤"；横下心来，"引而尽之"，结果却遍体清凉，"肺鬲宽舒"。又遇女郎，"正欲有言，老妪忽至"；越墙赴约，不意玉版先在，正与葛巾下棋；次夜复往，正"幸寂无人"，忽又"遥闻人语"……酣沉爱河者急欲一会的心理情态，百折不回的意志、决心，于这种千回百转、委曲有致的情节跌宕中，被刻画得入微入妙。

如果说《葛巾》于"不能预拟其结局"的情节起伏中凸显人物之性格特点，《石清虚》则是通过腾挪幻异的情节来展开矛盾，深化主题。全文不过千余字，却写出了一块石头的得而复失、失而复得，忽张忽弛，忽喜忽悲，六起六落。邢云飞癖好佳石，得宝石于河，势豪某求观夺石；豪仆遗石于河，邢又入水得之；老叟以石为"吾家故物"索石而去，又以邢之真诚还石于邢；不久有偷儿窃石，又于卖石者处争还故物；尚书某陷邢于狱以霸石，邢妻为救邢而献石，邢归家欲以死殉石，终因尚书获罪而于其仆处重又得石；邢死后以石为殉，贼盗墓窃石被捕，讼官玩石交于吏，吏又不慎碎石。六次起伏，次次不同，于情节张弛跌宕中，权豪势要之贪，偷儿窃贼之鄙，神叟之奇，邢云飞之痴，无不得到充分体现；而作品指摘时弊黑暗、同情平民不幸之主题也由此得到深刻揭示。尤其篇末，以碎石作结，更令人回味无穷。其他如《促织》、《胭脂》、《王桂庵》、《西湖主》等，也都是起伏张弛，真幻交织，极尽腾挪变幻之能事。

蒲松龄博古通今，于先秦史传、唐宋诗词无不精研娴熟，而对其时民间俚语、口语又于耳濡目染中多所心仪，从而《聊斋志异》之语言，既具有文言的厚重典实、蕴藉含蓄，又因融入了民间口语、俗语而显得活泼清新，富蕴生活之神韵。如《阎王》篇中李常久与其嫂的对话：

> 李遽劝曰："嫂无复尔！今日恶苦，皆平日忌嫉所致。"嫂怒曰："小郎若个好男儿，又房中娘子贤似孟姑姑，任郎君东家眠，西家宿，不敢一作声。自当是小郎大乾纲，到不得代哥子降伏老媪！"李微哂曰："嫂勿怒，若言其情，恐欲哭不暇矣。"曰："便曾不盗得王母筐中线，又未与玉皇案前吏一眨眼，中怀坦坦，何处可用哭者！"

如果仅从语言形式上看，李嫂之语无疑与现实生活是有距离的。一个农村妇女，不可能在与人对话中使用如此之多的文言词语、句式乃至典故。但这段话连珠炮似的语气，参差错落、变化多端的句法，强词夺理、咄咄逼人的气势，显然是生活中某些悍妇的口语特点。这正是作者将生活中这类人物的口语加以提炼后融入文言体式的结果。《聊斋志异》中似这类口语化的文言文可说比比皆是，诸如《婴宁》中婴宁天真无邪、单纯憨痴的语言，《翩翩》中女主角幽默机智、风趣横生的语言，《镜听》中二妇愤激不平、爽快淋漓的语言等等，无不保留着文言的体式，又无不像生活本身一样真实自然。

## 第四节　清代的其他文言短篇小说

《聊斋志异》问世后，一时仿作纷起，如沈起凤《谐铎》、和邦额《夜谭随录》、尹庆兰《萤窗异草》等等，然多是"谈虚无胜于言时事"（和邦额《夜谭随录自序》），专注于搜奇语怪，而遗失了《聊斋志异》以抒"孤愤"的精髓，且文笔冗弱，思想、艺术成就均无法望《聊斋志异》之项背。

乾隆末年，袁枚撰《新齐谐》24卷，又续10卷，初名《子不语》。作者自述其创作动机云："文史外无以自娱，乃广采游心骇耳之事，妄言妄听，记而存之，非有所感也。"（《新齐谐自序》）可见是书乃"自娱"之作，且"妄言妄听"，多是些徒供无聊消遣的谈神说鬼之作。然袁枚以其诗才融于小说，故文笔清秀雅致而自然流畅，亦颇可观。

《聊斋志异》后于文言短篇小说创作上颇具影响且成就甚高的是纪昀的《阅微草堂笔记》[3]。不同于蒲松龄借《聊斋志异》以抒泻"孤愤"，纪昀撰作《阅微草堂笔记》则是"欲使人知所劝惩"（盛时彦《阅微草堂笔记序》），故是书虽记仙妖狐鬼之奇闻异事，却多是以之宣扬礼教伦理、证明果报不虚。但作为一通达之学者，纪昀在书中对那些不通的礼法、荒谬的习俗，也颇多嘲笑和批判。如卷十中写一医生固执一理，两次拒绝卖堕胎药给一女子，致使该女子含羞自杀。卷十五中记一对青梅竹马的表兄妹，被斥以"悖理乱伦"，结果二人一死一狂。这些都于客观上揭露了理学家以理杀人之罪恶。尤其是对假道学的虚伪，更多讥刺。如卷四中记两道学家正在学生面前"辩谈性天，剖析理欲，严词正色，如对圣贤"，忽一阵微风，"吹片纸阶下"，生徒拾视之，原来竟是他们密谋侵夺寡妇田产的往来书札。对这类的假道学，作者于卷七中借"心镜"透视其心态："有黑如漆者，有曲如钩者，有拉杂如粪壤者，有混浊如泥滓者，有城府险阻千重万掩者。……而回顾其形，则皆岸然道貌也。"对"外貌麟鸾，中韬鬼蜮"的道学家卑劣灵魂的描摹，可谓入木三分。故鲁迅在《中国小说的历史的变迁》中称许说："他很有可以佩服的地方，他生在乾隆间纪法最严的时代，竟敢借文章以攻击社会上不通的礼法，荒谬的习俗，以当时的眼光看去，真算得很有魄力的一个人。"（第六讲）

《阅微草堂笔记》于体制上有意追摹魏晋志怪小说，故所作重实录而少铺陈，质朴简淡而文采不足。然以知识渊博著称之学者参与小说创作，又使是书喜析事理，且议论警辟，这便是鲁迅先生所说的"隽思妙语，时足解颐，间杂考辨，亦有灼见"（鲁迅《中国小说史略》第二十二篇）。

纪昀之后，又颇多仿《阅微草堂笔记》之作，如许仲元《三异笔谈》、俞鸿渐《印雪轩随笔》、乐钧《耳食录》等，但多是"貌如志怪者流，而盛陈祸福，专主劝惩，已不足以称小说"（鲁迅《中国小说史略》第二十二篇）。

〔注释〕

〔1〕关于蒲松龄"不复闱战"的时间，一般认为是在他51岁以后，不确。详参高明阁《蒲松龄的一生》，《蒲松龄研究集刊》第2辑。

〔2〕此手稿杨仁恺谓为1948年西丰解放后，"无意中在一家贫农的故纸堆中发现"（《谈〈聊斋志异〉原稿》），但据比杨更早接触到原稿的卞和之的回忆，原稿是1950年冬发现的。详参孙仁奎《〈聊斋志异〉原稿在辽宁流传始末》，《蒲松龄研究集刊》第3辑。

〔3〕纪昀（1724—1805），字晓岚，号白云，直隶献县（今属河北）人。乾隆十九年（1755）进士，官至礼部尚书、协办大学士，又任《四库全书》总纂官，并主持撰写了《四

库全书总目提要》、《四库全书简明目录》。是乾、嘉时"位高望重"的大学者。《阅微草堂笔记》是其晚年于公务余暇创作的一部笔记体小说,共24卷,包括《滦阳消夏录》6卷,《如是我闻》4卷,《槐西杂志》4卷,《姑妄听之》4卷,《滦阳续录》6卷。

〔参考书目〕

〔1〕朱一玄编. 聊斋志异资料汇编. 郑州:中州古籍出版社,1985.
〔2〕路大荒整理. 蒲松龄集. 北京:中华书局,1962.
〔3〕张友鹤辑校. 会校会注会评本聊斋志异. 上海:上海古籍出版社,1963.
〔4〕袁世硕. 蒲松龄事迹著述新考. 济南:齐鲁书社,1988.
〔5〕王枝忠. 蒲松龄论集. 北京:文化艺术出版社,1990.

# 第十五章

# 讽刺小说《儒林外史》

## 第一节 吴敬梓:八股世家与风流名士

吴敬梓的《儒林外史》是中国古代最优秀的长篇讽刺小说,鲁迅在《中国小说史略》中说,自《儒林外史》问世,"说部中乃始有足称讽刺之书",且"是后亦鲜有以公心讽世之书如《儒林外史》者"(第二十三篇)。这一评价是十分公允的。

吴敬梓(1701—1754),字敏轩,一字文木,号粒民,移家南京后自号秦淮寓客,晚号文木老人,安徽全椒人。吴敬梓出身于一个世代书香门第,祖上多显达,为全椒望族,"明季以来,累叶科甲,族姓子弟声势之盛,俨然王谢"(金和《儒林外史序》)。然至其父辈时,家道已渐衰蔽。吴敬梓经历了家族由盛至衰的变化过程。

吴敬梓13岁失母,嗣父吴霖起拔贡出身,为赣榆县教谕[1]。敬梓遂从嗣父游宦于外,"十四从父宦,海上一千里"(吴敬梓《赠真州僧宏明》),并习学八股、制艺,以为他日晋身之阶。22岁(1722)随父返乡,应童子试中秀才,不意父亲病故,家难顿起,"兄弟参商,宗族诟谇",敬梓成为分家大战中的失败者。不久,妻子陶氏去世,生活日益困顿。而敬梓生性放达,不通庶务,以至"田庐尽卖,乡里传为子弟戒"(吴敬梓《减字木兰花·庚戌除夕客中》其三)。29岁时,往应滁州试(乡试预考),因"文章大好人大怪"险被黜落,秋季乡试又不中。科场的不遇,更使宗族邻里对他冷眼相加,"竟有造请而不报,或至对宾而杖仆"(吴敬梓《移家赋》)。"三十年来,那得双眉时暂开"(吴敬梓《减字木兰花·庚戌除夕客中》其一),科考失利,世风浇薄,使吴敬梓萌生去志,欲"买山而隐"于南京:"秦淮十里,欲买数椽常寄此。"(吴敬梓《减字木兰花·庚戌除夕客中》其八)

雍正十一年(1733)2月,33岁的吴敬梓携新娶的续弦夫人叶氏和尚在总角之年的长子吴烺,自全椒移家南京。"偶然买宅秦淮岸,殊觉胜于乡里"(吴敬梓《买陂塘》),初到南京,访友论文,敬梓的心态是颇为释然的。乾隆元年(1736),安徽巡抚赵国麟曾荐举他应"博学鸿词"科试,但却因病未能成行[2]。当看到堂兄吴檠、友人程廷祚均落选而归时,不禁又暗自庆幸,而功名心也由此日渐淡漠。不久，吴敬梓的生活再度陷入困境，"环堵萧然，拥故书数十册，日夕自娱"（吴敬梓《移家赋》），万不得已，卖书换米以疗饥。冬夜无御寒之物，遂邀朋友"绕城堞行数十里"，谓之"暖足"（见程晋芳《文木先生传》）。"闲居日对钟山坐，赢得《儒林外史》详"（王又曾《书吴征君敏轩先生文木山房集后》），正是在这段艰难岁月里，吴敬梓完成了他的不朽著作《儒林外史》。

在寄寓南京时期，吴敬梓还时常来往于扬州。乾隆十九年（1754）10月29日，吴敬梓病逝于扬州。"涂殡匆匆谁料理？可怜犹胜典衣钱"（程晋芳《哭吴敏轩》），死后之凄凉情景，不难想见。

家世的败落，生活的凄苦，仕途的不遇，坎坷的人生经历使吴敬梓饱尝了世态炎凉，也更深刻地体味到封建家族伦理的虚伪，科举制度的埋没人才和培育庸才。《儒林外史》正是这深刻、独特的人生体验的结晶。诚如胡适在《吴敬梓年谱》里所说：

> 吴敬梓是个八股大家的曾孙，自己也在这里面用过一番工夫，经过许多考试，一旦大觉悟之后，方才把八股社会的真相、丑态，穷形尽致的描写出来。

正是这种"大觉悟"，才使《儒林外史》获得了成功。

吴敬梓擅八股，亦工于诗文，"诗赋援笔而成，夙构者莫之为胜"（程晋芳《文木先生传》），一生著述颇丰，除《儒林外史》外，尚有诗、文、赋多种。现存四卷本乾隆刻本《文木山房集》，计赋一卷（4篇）、诗二卷（137首）、词一卷（47首）。但主要是吴敬梓40岁前之作。后经由广大学者的努力发掘，陆续发现吴敬梓集外佚诗、佚文30余篇。今人李汉秋《吴敬梓吴烺诗文合集》（黄山书社1993年版）收录最为详备。

《儒林外史》问世后，其时"人争传写之"（程晋芳《文木先生传》），然目前所见抄本仅上海图书馆藏苏州潘氏抄本。潘氏即乾隆进士潘世恩（1769—1854），字槐堂，号芝轩，江苏吴县人。抄本系潘氏过录本，抄录年代当在嘉庆以后。《儒林外史》之刻本，金和跋曾提及金兆燕刻本，刊刻时间当在乾隆三十七到四十四年间（1769—1776），但这一刻本至今未能发现。目前所见《儒林外史》之最早刻本是刊于嘉庆八年（1803）的卧闲草堂本，56回，有闲斋老人作于乾隆元年的序，56回中有50回正文之后写有长短不等的回评（缺42、43、44、53、55回评语），此本成为后来许多刻本之祖本。卧本最后一回为"神宗帝下诏旌贤，刘尚书奉旨承祭"，俗称"幽榜"，学界多认为此回为后人伪托。现在的通行本，正文55回，而以第五十六回为附录。

## 第二节 "以功名富贵为一篇之骨"

　　《儒林外史》所叙故事、人物，假托为明代成化、万历时期，实则反映的是清代的社会生活。与全椒吴氏有姻亲关系的金和，在《儒林外史跋》中曾指认书中所写人物多是以清代雍正、乾隆时期的人物为原型的："书中之庄征君者程绵庄，马纯上者冯粹中，迟衡山者樊南仲，武正书者程文也。……全书载笔，言皆有物，绝无凿空而谈者。若以雍乾诸家文集细绎而参稽之，往往十得八九。"将清代雍正、乾隆间的士人行为，移到明代成化、万历年间，这其中并不仅仅是为了避免文字狱的迫害，还包含有作者创作意图上的更深寓意。顾炎武《日知录》云："经义之文，流俗谓之八股，盖始于成化以后。"也就是说，八股文的程式化是明朝成化以后的事。吴敬梓选取八股文定形化过程中这个极有界碑意义的年份，作为其小说叙事主体的时间开端，实欲借此考察成形于明代、沿袭于清代的八股取士制度，是如何驱使一代士人在前有功名利禄的诱饵、后有穷愁落魄的压力下，为了这毫无文化积累价值的八股制艺耗费生命的。而这种将清事移置到明后期的大幅度的历史时空错接，也使作者能在超越自身不幸的个人感伤主义的基础上，对明清时代的八股取士制度进行总体的把握和反思，对奔聚、徘徊乃至游离于这一制度的种种士人的灵魂进行理性的分析和透视。作为这种反思和透视的基点，闲斋老人在《儒林外史序》中概括为"功名富贵"四个字：

　　　　其书以功名富贵为一篇之骨：有心艳功名富贵，而媚人下人者；有倚仗功名富贵，而骄人傲人者；有假托无意功名富贵，自以为高，被人看破耻笑者；终乃以辞却功名富贵，品地最上一层，为中流砥柱。

全书正是通过对这几类士人面对功名富贵的态度的穷形尽相的描写，寄寓着作者对科举制度的深沉反思和对理想士人人格的追求与向往。

　　第一，《儒林外史》通过对一些"心艳功名富贵，而媚人下人者"形象的描绘，揭示了科举制度对一代士人灵魂的残害与折磨，以及对整个社会世风的恶性熏染。

　　年过六旬却连个秀才也未考中的周进，其遭遇颇具典型意义。长期的科举失意带给他的是来自社会各个方面的歧视乃至侮辱。承管百十户赋税劳役、身穿油篓一般衣服、手拿驴鞭的夏总甲，对他可以任意驱使，左右着他的社会位置，还要从他每年12两银子的馆金中掠取"承谢"。科举途中的捷足先登者更是不把他放在眼里。应该居于他学生辈的梅玖，在为他接光的宴席上奚落他未中秀才："你众位是不知道我们学校规矩，老友是从来不同小友序齿的。"就像做妾的即使头发白了，也不能称"太太"而只能称"新娘"一样，周进虽胡子花白，未中秀才也只得当"小友"，从而"把周先生脸上羞的红一块白一块"。新科举人王惠更是盛气凌人，大模大样地饮酒吃肉，"也不让周进"，却让只用老菜叶进饭的周进昏头昏脑地打扫他"撒了一地的鸡骨头、鸭翅膀、鱼刺、瓜子壳"。周进的地位已在妾小和奴仆之间。甚至连薛家集的乡民也对他随意编排。王惠说梦见和七岁的荀玫是同科进士，人们反说这是周进捏造出来奉承有几个钱的荀老爹，"图他个逢时遇节，他家多送两个盒子"。这就把一个老实的士人编排成了一个阿谀奉承的小人了。这种种的人格屈辱，涉及经济、身份和道德各个方面，所以当周进随姐夫金有余到省城贡院，"见两块号板，摆得齐齐整整，不觉眼睛里一阵酸酸的，长叹一声，一头撞在号板上，直僵僵不省人事"。待众人将他救醒后：

> 周进看着号板，又是一头撞将去，这回不死了，放声大哭起来。众人劝着不住。金有余道："你看这不是疯了么？好好到贡院来耍，你家又不死了人，为甚么这样号啕痛哭是的？"周进也不听见，只管伏着号板哭个不住。一号哭过，又哭到二号、三号，满地打滚，哭了又哭，哭的众人心里都凄惨起来。金有余见不是事，同行主人一左一右架着他的膀子。他那里肯起来，哭了一阵，又是一阵，直哭到口里吐出鲜血来。

累年蹭蹬名场的种种不幸和屈辱，在文中连用10个"哭"字宣泄得淋漓尽致。这是八股取士制度下一代士人用生命来申诉冤抑的，小说在辛辣的讽刺背后灌注了作者对一代文人厄运的深挚悲悯和同情。

连考20余次，从20岁考到54岁仍是老童生的范进，不独要承受来自社会上的种种侮辱和贬抑，就连自己的岳丈、"上不得台盘"的胡屠户也从未把他放在眼里："你不看见城里张府上那些老爷，都是万贯家私，一个个方面大耳？像你这尖嘴猴腮，也该撒泡尿自己照照！不三不四，就想天鹅屁吃！"以至颇为懊悔自己"把个女儿嫁与你这现世宝穷鬼"。这种种的人生屈辱，都是由于自己没能真的吃上那"天鹅屁"，所以当真的看到自己高中举人的报帖时：

> 范进不看便罢，看过一遍，又念一遍，自己把两手拍了一下，笑了一声，道："噫！好了！我中了！"说着，往后一交跌倒，牙关咬紧，不省人事。

行文用四个"一"字，将范进由不信到相信到高兴乃至由喜而疯的心态描摹得何其逼真。而"噫！好了！我中了！"这六个字中，展示的不仅是"中了"的极度喜悦，还有几十年科场磨难的精神创伤。

《儒林外史》不仅通过周进、范进落拓时的不幸遭遇揭示科举制度带给一代士人的心灵创伤，还通过他们得意名场后的种种辉煌展示了一代士人醉心举业的心理内驱力。周进中了进士，任国子监司业后，他当年设帐的观音庵被村人供奉起长生禄位，梅玖自认为门生不算，还教把周进写的旧对联当作珍贵的手泽裱糊保存。范进中举后，不仅在胡屠户眼里由"尖嘴猴腮"的"现世宝穷鬼"变成了"才学又高，品貌又好"的"贤婿老爷"，即使"一向有失亲近"的乡绅张静斋也成了"世谊同好"，而且"到两三个月，范进家奴仆、丫鬟都有了，钱、米是不消说了"。社会位置的变化，把人的辈分、脸孔和价值尺码都改变了。正是这种社会地位变换的巨大反差，不仅使我们得以理解周进以花白头颅去撞号板哭号板，以及范进觍着黄瘦的老脸为中举而狂呼乱窜的荒唐行为，也使我们得以明了一代士人为何孜孜于举业虽九死而不悔的心理动机，而于这一反差背后以科举得中与否衡人的炎凉世态，展露的又何尝不是八股举业对民间心理的恶性熏染？

　　这种恶性熏染不仅及于寒士文人，它甚至渗透进闺阁绣房乃至社会的各个角落。前代文人"苏小妹三难新郎"的诗词雅致在《儒林外史》的科举世界中演变成了"鲁小姐制义难新郎"的新风流佳话。鲁编修之女鲁小姐把东坡诗话、《千家诗》之类在其父眼中是"野狐禅"的玩意儿让给侍女，日暇教她们读几句诗以为笑话，自己却把一部部八股文章摆在梳妆台和刺绣床上，逐日蝇头细批，记熟了三千余篇。因此当她与蘧骏夫成婚，"才子佳人，一双两好"之日，她用来为难新郎的不是苏小妹式的诗谜和对句，而是八股制艺，从而导致新郎说小姐"俗气"，小姐怨新郎"岂不误我终身？"这篇其时文坛的新风流佳话，令人触目惊心地窥见八股文化如何无孔不入地渗入家庭、闺门、夫妻、母子之间，把人从社会到家庭的里里外外的生活趣味、包括才子佳人的精神人格通通异化了，以至连人间最富有温柔情感的地方也变得冰冷和僵硬。

　　更为可怕的是，八股取士制度的恶性熏染导致了士人精神人格的堕落。匡超人本是一憨厚朴实的农家子弟，只因马二先生"人生在世上"，"总以文章举业为主"的一番劝说，从此逐渐热衷举业。知县李本瑛的抬举，斗方名士的引导，使他逐渐成了一个靠行骗而成名、抛弃结发之妻而获富贵的衣冠禽兽。小说通过对这一人物逐渐堕落的过程的描写，揭示了导致一代士人精神人格走向堕落的总根源在于八股举业背后的功名富贵。

　　第二，《儒林外史》还通过一批科场得意者"倚仗功名富贵"而"骄人傲人"以及他们精神世界的荒芜的描写，从更为深广的意义上批判了八股取士制度。

　　汤奉、王惠、张静斋、严贡生们都是曾在科场中"发过的"，然而，他们居官则为贪残虐民之徒，在野则为鱼肉百姓之辈。范进的房师广东高要县知县汤奉，"一岁之中，钱粮耗羡，花、布、牛、驴、渔、船、田、房税不下万金"，但为了"升迁就在指日"，竟借细故将一回教老师父活活枷死，连上司都觉得"你汤老爷也忒孟浪了些！"南昌府太守王惠莅任之日，首先关心的是："地方人情，可还有甚么出产？词讼里，可也略有些甚么通融？"故其衙门里，整日都是"戥子声、算盘声、板子声",尤其是那"板子声","这些衙役、百姓,一个个被他打得魂飞魄散。合城的人无一个不知道太爷的利害,睡梦里也是怕的"。居官者如此,致仕闲居乡里者也贪狠不减当年。退仕的乡绅张静斋是本乡有名的恶棍。严贡生强圈别人的猪,未借人钱却逼要利息,讹诈船家,霸占胞弟产业,更是个十足的劣绅。

这些科场得意者的精神世界是极为荒芜的。举人出身的张静斋竟然信口雌黄地争论着本朝开国元勋刘基在洪武三年开科取士时考了第三名还是第五名,并胡诌出他由于受贿而贬为青田知县赐死的天方夜谭,而据《明史·选举制》,明朝八股取士制度"盖太祖与刘基所定"。八股举人不知道八股取士制度从何而来,甚而对这一制度的祖师爷作人格上的贬损,这颇具反讽意味。中了举人、钦点山东学道的范进居然弄不清明代四川学差"不见苏轼来考,想是临场规避"的常识性笑话,反而神色庄重地说:"苏轼既文章不好,查不着也罢了。"在秀才岁考中取了一等第一、贡入太学肄业的匡超人,吹嘘自己名扬四海,连北方五省读书人都礼拜"先儒匡子之神位",被当场揭破不懂得"先儒乃已经去世之儒者"。应是饱学的清贵高翰林连周文王、周公之事都不清楚,被当场揭穿后,自我辩解说:"小弟专经是《毛诗》,不是《周易》,所以不曾考核得清。"仿佛《周易》讲的是文王、周公的史实。八股取士带来的士人精神世界的荒芜,遍及经学、史学以及包括苏轼这类诗文大家在内的诗文之学。

精神世界的荒芜与浅薄,使士人人格扭曲而偏向了对物质世界功名富贵的艳羡,而对功名富贵的追逐也就必然导致士人居官为贪枭、致仕为饿狼的残酷现实。

第三,"假托无意功名富贵,自以为高,被人看破耻笑者",如二娄公子、权勿用、杨执中、张铁臂、景兰江、支剑锋、杜慎卿之流,多是科名失意的读书人,遂以风流名士自居,招摇撞骗。在他们身上,体现了另一类型封建文士们的生活真实,说明八股举业制度的恶性熏染,不仅遍及举业之中的人,且及于举业之外的芸芸众生。

娄三、娄四公子身出名门,只因"科名蹭蹬,不得早年中鼎甲、入翰林",于是自命为少年名士,仿古史礼贤好士之风,招揽权勿用、张铁臂等所谓高士、义侠。结果张铁臂虚设人头会,骗走五百金;权勿用四处行骗奸霸尼姑,在莺脰湖名士宴会上被"一条链子锁去"。二娄公子"半世豪举,落得一场扫兴"。借礼贤下士的豪举以沽名钓誉,豪门公子表面上对八股举业的游离掩饰的是骨子里对功名富贵的倾心向往,而靠诗酒风流生活招摇撞骗的所谓山间高人、侠士,更见出八股举业对社会上在野文人的恶性熏染。这种熏染对社会影响之大,以至连医生赵雪斋、开头巾店的景兰江、盐务巡商支剑锋之流,也吟诗作赋,自称名士,趋炎附势。至于杜慎卿之流表面清高绝俗而灵魂卑鄙龌龊，言若清磬而行同狗彘，更是八股举业酿出的恶果，表现出封建没落文人精神道德的虚伪与腐朽。

第四，八股举业导致士人精神人格的扭曲与异化，不仅培养了如上述种种的儒林群丑，还酿成了美感麻木的马二先生和人性、人情被蔽塞了的王玉辉之流。

作为八股文著名选家的马二先生，"总以文章举业为主"自是无可厚非，对匡超人贫寒境遇的同情和支持，对蘧公孙遭小人诬陷的暗中排解，甚而颇有豪侠之风。然而当他来到"天下第一个真山真水的景致"西湖，他眼中所见却只有酒店里的鱼肉馒头和来来往往的女客，把西湖上的打鱼船看成是"小鸭子浮在水面"，望见钱塘江，搜索枯肠才搜出《中庸》里的一句话："真乃'载华岳而不重，振河海而不泄，万物载焉'。"自六朝以来中国文人对山水自然的诗意感觉在马二先生满是八股文的胸腔里被完全闭塞了。八股文化不仅闭塞了士人的审美感知，而且蔽塞了士人的人性、人情。当了30年秀才未中举人的王玉辉，立志要写三部"嘉惠来学"的道德之书。他不同于官僚名士们在道德伦理上的口是心非，而是身体力行，把八股文化中的道德信条生活化。当女婿亡故，年轻的女儿要绝食殉夫时，他竟大加鼓励："我儿，你既如此，这是青史上留名的事，我难道反阻拦你？你竟是这样做罢。我今日就回家去，叫你母亲来和你作别。"得知女儿死耗时，他心满意足地安慰妻子说："她这死的好，只怕我将来，不能像她这一个好题目死哩！"不是死于法律的尊严，不是死于坏人、恶势力的摧残，却是死于那一纸空文的道德信条，而葬送这一年轻生命的直接帮凶却是为八股文化深深浸染的亲生父亲。从马二先生的美感麻木，到王玉辉的人情、人性麻木，八股文化对士人精神的摧残，可说是让人触目惊心了。

第五，《儒林外史》不仅以其犀利之笔，揭露讽刺了种种儒林群丑，还以满腔热情与赤诚，描写了一批"辞却功名富贵"的理想人物，表达了作者的理想。如杜少卿、庄绍光、虞育德、迟衡山以及篇末的市井四奇人。

作为作者本人在小说中投影的杜少卿，"品行文章是当今第一人"，且轻财好士，鄙视功名富贵，从而被代表八股文化价值体系的高翰林指责为"杜家第一个败类"，在书桌上贴着"不可学天长杜仪"字条以为子侄戒。这些与作者本人生活中的遭遇颇多相通之处，而杜少卿乘醉携娘子之手笑游清凉山以及其反对纳妾、妙解《诗经》的通达，则又有六朝名士的风流了。因此，杜少卿不仅只是作者的夫子自况，其中还寓有作者以之作为艳羡功名富贵之假名士的反照和对六朝风流的追慕。

对六朝风流的追慕，只能促人皈依山水、陶情冶性，要拯挽衰颓世风，还需具积极入世之儒者心态。因而，庄绍光、虞育德、迟衡山等不仅讲究文行出处轻视举业，而且"要约些朋友，各捐几何，盖一所泰伯祠，春秋两仲用古礼古乐致祭，借此大家习学礼乐，成就出些人才，也可助一助政教"。以礼乐抗衡八股，以习学礼乐之真儒抗衡沉湎八股之伪儒，这就使得作者之人格理想系真儒名贤和六朝风流之混合，追求一种道德和才华互补兼济的人生境界。

然而，杜少卿的风流雅趣不仅不为世人理解，且由陈木南之流演化成向妓女谈论科场和名士风流了，而"虞博士那一辈子也有老了的，也有死了的，也有四散去了的，也有闭门不问世事的"，对理想的追求到头来仍是空幻，使作者不得不将眼光投向那置身儒者以外的市井细民。以琴棋诗画自娱的季遐年、王太、盖宽、荆元这市井四奇人，不贪财、不慕势，自食其力，成为作者笔下之理想人格象征。然而，理想不在儒林反在市井这一叙事设计之中，流露的正是作者对整个儒林的无奈和绝望心情。"江左烟霞，淮南耆旧，写入残编总断肠！从今后，伴药炉经传，自礼空王。"作者于书末的词中，真切地流露了这种理想幻灭的悲哀。

## 第三节　文学才华与史家笔墨

《儒林外史》所叙人物，多为"儒林"中人，即以其时文人阶层为描写之重心。而所谓"外史"，即有别于"正史"之意。但这并不意味着作者对史家笔法的摒弃，恰恰相反，吴敬梓在《儒林外史》中，不仅力求真实，且能"秉持公心"（鲁迅《中国小说史略》第二十三篇），于史家笔法多所借鉴。正是作者卓绝的文学才华与史家笔墨的高度契合，使得是书成为中国古代讽刺小说的典范之作。

"讽刺的生命是真实"，"非写实决不能成为所谓讽刺"（鲁迅《什么是"讽刺"》），《儒林外史》的讽刺艺术体现的正是这种精神。作者把社会上司空见惯的可笑可鄙之事，加以艺术集中和概括，使之具有典型性。如第二回写胡屠户对范进的前倨后恭，妙笔连篇，令人叫绝，穷形尽相地写出了八股文化所造成的势利心理对市井人伦的渗透。卧闲草堂本回末评道："慎勿读《儒林外史》，读竟乃觉日用酬酢之间，无往而非《儒林外史》。"正是作者遵循了真实性这一讽刺艺术原则，才使读者感受到这种强烈的艺术效果。其他如二娄公子访名士、马二先生游西湖，无不让人在觉其真实的同时，体悟到其内在的讽刺意蕴。

讽刺以真实为基础，但并不排斥适度的夸张。《儒林外史》常将冷静的白描和人物瞬间行为的适度夸张结合起来，让读者在会心的微笑之后去领略隐于这一夸张性情节之后的文化内涵。周进撞号板、范进喜极而疯，都是以当事人瞬间行为的夸张描写展示其数十年科场磨难的精神创伤。对这类包含巨大文化内涵和生命代价的瞬间行为进行略带夸张却又不动声色的描写，堪称《儒林外史》讽刺手法之"一绝"。严监生临死时伸着两个指头不咽气,作者并不立即点破,而是和书中人一道猜谜:是两个亲人不曾见面?是两笔银子没有交代?是两处旧产没有处理?至此还要来一个截断叙事:"且听下回分解。"这里有意使瞬间凝固化,目的在于制造悬念,从而积蓄瞬间行为文化含义的爆发力。最后才写:

> 赵氏分开众人走上前道:"爷,只有我能知道你的心事,你是为那灯盏里点的是两茎灯草不放心,恐费了油。我如今挑掉一茎就是了。"说罢忙走去挑掉一茎。众人看严监生时,点一点头把手垂下,登时就没了气。

只需写这一瞬,就写到了人的生命深处。严监生是一个"日逐夫妻四口在家里度日,猪肉也舍不得买一斤,每常小儿子要吃时,在熟切店内买四个钱的哄他就是了",因此积攒到"家有十多万银子"的乡绅。但如果将他四五十年间的种种吝啬行为铺展开来写,远不及抓住这临危瞬间的行为进行适度合理的夸张描写,更能展示人物的个性,也更能让读者领略到隐于这一瞬间行为之后的作者的讽世婆心。

通过人物言行的自我悖谬以获得讽刺效果,是《儒林外史》讽刺艺术的又一特色。最典型的例子莫过于第四回写严贡生赖猪一事了。正当严贡生唾沫横飞地向范进、张静斋吹嘘自己"实不相瞒,小弟只是一个为人率真,在乡里之间从不晓得占人寸丝半粟的便宜……"这时——

> 一个蓬头赤足的小厮走了进来,望着他道:"老爷,家里请你回去!"严贡生道:"回去做甚么?"小厮道:"早上关的那口猪,那人来讨了,在家里吵哩。"

让人物自己打自己的嘴巴,而作者却不动声色,不作任何褒贬,这种讽刺笔法在书中用得极为普遍,如范进丁忧守制的虚伪,季苇萧、杜少卿用才子佳人的风流自赏装点纳妾嫖妓的好色荒淫,等等。

《儒林外史》的讽刺又能"秉持公心",对不同人物作不同程度的讽刺。对汤知县、王惠之徒,讽刺中含有鞭笞,毫不留情;对范进、周进,讽刺其热衷功名的同时,又痛心其不幸的遭遇;对马二先生、王玉辉,行文中又流露出作者不忍讽刺的讽刺,不胜悲悯的悲悯。

《儒林外史》在结构上"虽云长篇,颇同短制",全书没有贯穿始终的主要人物和中心事件,而是由许多关系不甚密切的、独立性很强的故事连缀成篇,"事与其来俱起,亦与其去俱迄"(鲁迅《中国小说史略》第二十三篇)。但这并不意味着作者没有统率全篇的整体艺术构思。书中卷首词"百代兴亡朝复暮,江风吹倒前朝树"及卷末词"共百年易过,底须愁闷"之语,都透露出作者之创作意图是要对八股取士的科举制度进行百年反思。因此,作者于第一回通过元末王冕徜徉于山清水秀的自由境界的描写,借以敷陈大义和隐括全书,指出八股取士"这个法却定的不好！将来读书人既有此一条荣身之路，把那文行出处，都看得轻了"。继之以53回的篇幅，描写了从明朝成化末年（1487）到嘉靖末年（1566）这80年间的四代儒林士人。第一代是生活在八股取士制度成形期的成化末年的周进、范进，以及年岁略小的严贡生、严监生等人，这多是八股取士制度的热衷者，而居官则贪，居乡则虐，表现了八股制度下士人灵魂的卑鄙与龌龊。第二代是活动于正德末年和嘉靖前期的二娄公子、制艺选家马纯上以及比他们年轻的匡超人、牛蒲郎，这些人或借名士头衔招摇撞骗，或歪解孔子以阐明文统，宣告了八股举业道德的破产和文统的崩溃。第三代是生活在嘉靖后期的杜少卿、杜慎卿以及比他们略大的虞育德、庄绍光和略小的余特、余持兄弟，这是这几代士人中最有声有色的一代，他们或抒发名士风流，或追求礼乐理想，但最终又大都因抗衡不了世俗的恶浊而别井离乡了，表现了作者拯救士林幻想的破灭。第四代是生活在嘉靖末年的陈木南和比他略大的汤由、汤实，他们则多是混迹青楼之辈，借向妓女谈论科场来装点名士风流。小说最后以市井四奇人作结，以隐喻礼失之于衣冠而不得不求之于草野的象征意蕴。开头、结尾一起一结的生活横切面的象征意蕴，中间纵向时间推移的波诡云谲，以体现作者百年反思的总体构思。这充分说明作者是有其清晰的文理脉络的，而不是如胡适所指斥的"《儒林外史》的坏处在于体裁结构太不紧严，全篇是杂凑起来的"（《五十年来中国之文学》）。

《儒林外史》的语言明净、精练，准确生动，且富于机趣。其写人，常以三言两语之白描，而使人物穷形尽相。如第二回写夏总甲：

> 正说着，外边走进一个人来，两只红眼边，一副锅铁脸，几根黄胡子，歪戴着瓦楞帽，身上青布衣服，就如油篓一般，手里拿着一根赶驴的鞭子，走进门来和众人拱一拱手，一屁股就坐在上席。

寥寥数语，人物之状貌、穿着及自高自大之村豪作态，跃然纸上。其叙事，也于明净精练中透出隽妙的机趣。如第四十七回写五河县风俗：

> 五河的风俗，说起那人有品行，他就歪着嘴笑；说起前几十年的世家大族，他就鼻子里笑；说那个人会做诗赋古文，他就眉毛都会笑。问五河县有甚么山川风景，是有个彭乡绅；问五河县有甚么出产希奇之物，是有个彭乡绅。问五河县那个有品望，是奉承彭乡绅；问那个有德行，是奉承彭乡绅；问那个有才情，是专会奉承彭乡绅。

运用排比句式，在重复中推进，语气如行云流水。先是一"说"一"笑"，对奉承暴发户而不讲文化品行的五河风俗，勾勒出其傲慢嘴脸；继之以一"问"一"答"，在答和问的荒谬错位中，嘲讽了对暴发户变傲为谀的媚态。用语平易却富蕴机趣，堪称妙文。

《儒林外史》在思想和艺术上的巨大成就，不仅使其卓立于中国古代讽刺小说之顶峰，且对后世文学产生了巨大而深远的影响。清末民初以《官场现形记》为代表的谴责小说，无论在结构安排、主题设计还是行文用语上，都有模仿《儒林外史》的痕迹。即便新文化运动的伟大旗手鲁迅，在其直刺封建帷幕的杂文、小说中，我们也不难看到《儒林外史》的影响。

〔注释〕

〔1〕关于吴敬梓之父，1922年，胡适《吴敬梓年谱》据《全椒志》卷十二考知谱主之父名吴霖起，"是康熙丙寅（1686）的拔贡，做江苏赣榆县的教谕"。后学界多沿此说。1977年，陈美林在《吴敬梓身世三考》(《南京师院学报》1977年第3期）一文中，据有关文集、墓志铭以及其新发现的康熙时由吴敬梓曾祖吴国对主持纂修的《全椒志》，经过详尽的考证，证明"吴敬梓的父亲是吴雯延，吴霖起不是他的生父，而只是他的嗣父"。这一结论得到学界的普遍认同。

〔2〕关于吴敬梓不赴廷试事，清代即有二说。一谓系因病不赴，如朱绪曾《国朝金陵诗征》卷四十四《吴敬梓传》云："乾隆初，诏举博学鸿词荐，上江督学郑某以敏轩应，会病不克举。"（见李汉秋点校《吴敬梓吴烺诗文合集》附录，安徽黄山书社1993年版，第370页）一谓是装病不赴，如顾云《盋山志》卷四《人物上·吴敬梓传》云："乾隆间，再以博学鸿词荐，有司奉所下檄，朝夕造请，坚以疾辞。或咎之，曰：'吾既生值明盛，即出，其有补斯世耶否耶？与徒持诗赋博一官，虽若枚、马，曷足贵耶？'卒弗就。且并脱诸生籍，去居江宁。"（见李汉秋点校《吴敬梓吴烺诗文合集》附录，第369页）两说在后世学界均有极力支持者，相较而言，以前说支持者为多。

〔参考书目〕

〔1〕李汉秋. 儒林外史研究资料. 上海：上海古籍出版社，1984.
〔2〕朱一玄，刘毓忱编. 儒林外史资料汇编. 天津：南开大学出版社，1998.
〔3〕陈美林. 吴敬梓研究. 上海古籍出版社，1984.

# 第十六章

# 古代小说高峰《红楼梦》

## 第一节　曹雪芹：贵族之家与凄凉晚年

　　《红楼梦》是中国古代小说史上成就最高的小说，其作者是生活在清代乾隆年间的曹雪芹，续作者为高鹗。

　　曹雪芹（1715？—1762？）[1]，名霑，字梦阮，号芹圃、芹溪，雪芹亦为其号。祖籍东北辽阳[2]。先世原为汉人，约于明末入满洲籍，属汉军正白旗。远祖曹锡远曾任明朝沈阳中卫的地方官，后为清太祖努尔哈赤所俘，沦为奴隶，其子曹振彦编入旗籍，后任"教官"。清军入关时，曹振彦因屡立军功，成为内务府的"包衣"，即皇室的"家奴"。这就确定了曹家特殊的社会地位：一方面是"家奴"，表面上地位不高；另一方面，又因是皇室的"家奴"，得以"呼吸通帝座"。清军入关后，曹家因从龙入关，护驾有功，与皇室关系更为密切。曹雪芹曾祖父曹玺的夫人孙氏曾为康熙乳母，祖父曹寅为康熙"侍读"，因此康熙登基后，即对曹家恩宠有加。康熙二年（1663）置江宁织造，这是一个为皇室监制织染品和采办物资的衙门，实际上还兼有为皇室提供江南民情、吏治及民心所向的情报等重任，康熙特将此重任委予曹玺。曹玺到任后，"积弊一消"，深得康熙赞许（参阅《关于江宁织造曹家档案史料》）。特别是他在康熙十六年和十七年两次进京汇报江南情况，"备极详剀"，得到破格提拔，"赐蟒服，加正一品"，成为"内司空"，即具有内务府包衣身份的工部尚书（见《康熙上元县志·曹玺传》）。曹玺死后，玺子曹寅、寅子曹颙、曹頫（即雪芹之父，一说雪芹系曹颙之子），相继袭职。

　　雪芹祖父曹寅任江宁织造时间最长，也最受康熙信任。曹寅"七岁能辨四声，长，偕弟子猷讲性命之学，尤工于诗，伯仲相济美"（《康熙上元县志·曹玺传》），著名的《全唐诗》和《佩文韵府》就是其主持纂辑的。曹寅为人宽平和气，文化素养高，富收藏，擅词曲，喜交游，在江南文人中有很高声望，曾为康熙做了许多安抚文人的工作。康熙六次南巡，有四次驻跸于江宁织造府，使曹家门庭生辉，炙手可热。这一切说明，南京时代的曹家，不仅繁华显赫，且具有浓郁的文化氛围，而后者对曹雪芹文人气质的形成具有极大影响。

　　康熙死后，雍正继位。由于曹家不可避免地参与过统治集团内部乃至皇室内部的矛盾斗争，加之江宁织造出现的大量亏空，雍正五年（1727），曹頫被撤职查办，南京家产全被抄没，仅将北京房产"酌量拨给"，"以资养赡"。曹家从此迁居北京，家势一落千丈。乾隆年间，又遭打击，彻底败落。

　　曹頫被查封家产时，雪芹年仅13岁。幼年的曹雪芹，曾在温柔富贵乡中度过一段锦衣玉食的生活。加之雪芹早慧，博闻强记，家中丰富的藏书使他从小就能从传统文化中吸取养料，这为他后来从事文学创作打下了良好的基础。随家人移居北京后，雪芹已渐成人，然由于家势的败落，生活日益贫困，晚年迁居北京西山，家计益艰，以至"举家食粥酒常赊"（敦诚《赠曹雪芹》）。从烈火烹油的繁华显赫到"举家食粥"的穷愁潦倒，这一盛衰巨变不仅使曹雪芹备尝了人世炎凉，也使其对封建社会的种种积弊和丑恶有了深刻而清醒的认识。雪芹居京期间是否参加过科考无史可稽，然从其《红楼梦》中宝玉对仕途经济的指斥描写来看，雪芹本人也是蔑视仕途的。据考证，曹雪芹寓居京华时，虽生活贫困，然为人放浪，逐日吟诗作画，饮酒听曲，甚至"杂优伶中，以串戏为乐"（参见周汝昌《红楼梦新证》）。雪芹挚友敦诚在《题芹圃画石》诗中说：

　　　　傲骨如君世已奇，嶙峋更见此支离。醉余愤扫如椽笔，写出胸中块垒时。

可见，雪芹之为人，不仅"素性放达"，且"傲骨嶙峋"。正是坎坷不平的人生经历，形成了曹雪芹这种与乾隆盛世之调颇不相侔的精神人格，促使其以如椽之笔"写出胸中块垒"，创造出对封建社会和文化进行整体思考和批判的不朽名著《红楼梦》。可惜这部巨著尚未完稿，雪芹因爱子夭折，"泪尽而逝"。"四十年华付杳冥，哀旌一片阿谁铭。孤儿渺漠魂应逐，新妇漂零目岂瞑。牛鬼遗文悲李贺，鹿车荷锸葬刘伶。故人惟有青山泪，絮酒生刍上旧垧。"从雪芹友人敦诚的这首挽诗可以看出，雪芹的死是很寂寞的。一代天才作家就这样在寂寞与贫困中了却终生！

## 第二节　高鹗续书与《红楼梦》版本

　　《红楼梦》是曹雪芹贫居北京西山时创作的。甲戌本《石头记》第一回有一段交代《红楼梦》创作经过的话，言《红楼梦》本名《石头记》，又名《情僧录》：

　　　　至吴玉峰题曰《红楼梦》，东鲁孔梅溪则题曰《风月宝鉴》，后因曹雪芹于悼红轩中披阅十载，增删五次，纂成目录，分出章回，则题曰《金陵十二钗》。

这便出现了《红楼梦》书题的复名性和作者的多元性之谜。后人因此认为曹雪芹于《红楼梦》之前，曾写过一部"戒妄动风月之情"的《风月宝鉴》，亦有人认为《风月宝鉴》系雪芹之弟棠村所撰，《红楼梦》是雪芹在《风月宝鉴》基础上加工而成。倘不以这段话为"小说家言"，这种揣测自是有其道理的。

《红楼梦》在作者生前基本完稿80回，80回后的文稿，在流传、借阅中"迷失"。乾隆五十六年（1791），出现程伟元、高鹗以"萃文书屋"名义、用木活字印刷的120回本《新镌全部绣像红楼梦》，高鹗于《叙》中称：

> 书中后四十回，系就历年所得，集腋成裘，更无他本可考。惟按其前后关照者，略为修辑，使其有应接而无矛盾。至其原文，未敢臆改。

尽管高鹗在这里言之凿凿，但细心的读者还是发现了后40回与前80回的诸多差异。经后世学者多年考证，一般已确认后40回系高鹗续作。高鹗（1763—1815），字兰墅，别号红楼外史，辽宁铁岭人，乾隆进士，先后任过内阁中书、刑科给事中等职，有《兰墅诗钞》、《兰墅文存》等著作行世。

高鹗的才华显然比曹雪芹逊色，比如能说会道的凤姐在其笔下连承欢说笑也显得有些口拙，贾宝玉的疯癫和大观园诗社的星散，虽然展示了人物的另一侧面，却到底也是藏拙的笔墨。续作与原著的最大差异，是其对传统文化规范的更多的回归，如贾府的"兰桂齐芳，家道复初"，让贾政复世职，沐天恩，这明显有违原著"落了片白茫茫大地真干净"的创作意图。续补者热衷于谈举业制艺，如第八十二回以"后生可畏"和"吾未见好德如好色者也"为题，让厌恶时文八股的贾宝玉下笔为文，甚而让宝玉去应科举，这与原著中贾宝玉喜好说诗论曲、鄙视仕途经济大相径庭。但因此而完全否定续补者的功绩也未免偏颇，起码二百余年的《红楼梦》传播史证明，高鹗续书是比其他任何续书都更为差强人意的续补。续补者最为后世所称道的是其在抄家的沉重阴影下完成了宝黛的爱情悲剧，而有些章节的描写也甚为精彩动人，如袭人改嫁之类。由于原著本身就带有浓重的人生空幻感，续作中一些次要人物的归宿与十二钗册子虽略有出入，也算不上大弊，或许还能因此而增加一些命运的莫测感。至于"兰桂齐芳，家道复初"的结局，似也可视为"好便是了"命运怪圈的又一轮开头。

《红楼梦》的版本，大致可分为两个系统。一是80回抄本系统，题名《脂砚斋重评石头记》，因都附有脂砚斋评语，故又称"脂评本"。曹雪芹生前抄本，已发现的有三种，都是残本，即"脂砚斋乾隆甲戌抄阅再评本"，通称"甲戌本"，甲戌即乾隆十九年（1754），残存16回，是目前所发现抄本中较早的一种；"脂砚斋凡四阅评过"、"己卯冬月定本"，通称"己卯本"，己卯即乾隆二十四年（1759），据考，该本系乾隆时怡亲王府藏抄本，故又称"怡府本"，残存41回又两个半回；"脂砚斋凡四阅评过"、"庚辰秋月定本"，通称"庚辰本"，庚辰即乾隆二十五年（1760），残存78回，是现存早期抄本中最完整的一部。这些抄本与曹雪芹写作年代较近，故比较接近原稿。此外，重要的脂评本还有"甲辰本"（1784）、"己酉本"（1789）和1912年上海有正书局石印的"戚蓼生序本"等。另一种是120回印本系统，又称"程高本"。乾隆五十六年（1791）程伟元、高鹗排印本，世称"程甲本"。乾隆末至民国十六年（1927），世间流行的不下百种木、石、铅刻本多以此本为祖本。乾隆五十七年（1792）春，程高又对"程甲本"回目、正文增删、改动千余处，再次用木活字印刷，世称"程乙本"。1927年迄今，多数翻刻本，均以此为祖本[3]。

## 第三节  "空"、"色"、"情"世界的建构与叙事意蕴

《红楼梦》一书内涵极其丰厚，千头万绪呈并流状态。因此，仅凭单一主题、单一情节或单一层次的解剖性理解是很难把握其丰厚的主题意蕴的。其实，在《红楼梦》第一回中，作者对自己作品的总体构思已经作过交代，那就是"因空见色，由色生情，传情入色，自色悟空"这段话。落实到小说的具体描写中，不难发现，这部旷世杰作实际上包含了三个世界，即：以大观园为中心的"情的世界"，以荣、宁二府为映现中心的"色的世界"，以太虚幻境、大荒山、甄士隐等为具体象征的"空的世界"。需要说明的是，所谓空、色、情皆为佛教用语，"空"是天地万物的本体，一切终属空虚；"色"乃是万物本体（空）的瞬息生灭的假象；"情"则是对此假象（色）所产生的种种感情，如爱憎等。

### 一、"假作真时真亦假"——"空的世界"与《红楼梦》的哲理意蕴

在《红楼梦》的三个世界中，"空的世界"处于最高层面，是《红楼梦》全书所描写的一切人物、事件的本源，它派生了"色的世界"和"情的世界"，又是"色"、"情"两个世界的最终归宿。曹雪芹对这一世界的描写着笔最少，但其所蕴涵的思想内容却最为复杂而深刻。它代表了作者对于社会人生的最高哲理悟性，是曹雪芹悲观虚无主义人生哲学的艺术体现。"空的世界"具体包括《红楼梦》前五回中描写的密切相关、又各具独立意义的三个神话，即"无材补天"的神话、"木石前盟"的神话和"太虚幻境"的神话。

"无材补天"神话说的是大荒山无稽崖青埂峰下，有女娲炼石补天时遗弃下的一块石头，因无材补天，遂恳请茫茫大士、渺渺真人携入红尘，经历了人间一番悲欢炎凉。小说开篇的这一神话，给作品灌注进了浓厚的哲理意蕴。"大荒山无稽崖"，是荒诞无稽之意，其抽象意蕴就是空幻和虚无。"空""无"对应着"色""有"，作者的思想底蕴显然是"以幻作真"，把"空""无"视为

真，将"色""有"视为假。因而"空的世界"是万事万物的本源，是全书主要人物贾宝玉人生历程的起点和归宿，贾宝玉降生于"色的世界"中的封建大家族之所以称为"贾（假）府"，正因为"色的世界"的一切都是瞬息万变的假象。如果再进一步考察，女娲炼石补天，其功绩有二，一是补天，二是造人。因此，这一神话不仅交代了顽石的来历，似乎也隐含着人从何处来这一哲学命题。事实上贾宝玉（顽石）入世后，对自己的身世本源一直表露出浓重的困惑。

与女娲炼石神话相联的是"木石前盟"神话，顽石具有了灵性，化为神瑛侍者，在西方灵河岸上"日以甘露灌溉"绛珠仙草，使其脱去草胎木质，修成女体。后神瑛侍者下凡人间，是为贾宝玉。绛珠仙草为报其灌溉之恩，也愿下凡为人，以一生的眼泪还报神瑛侍者，是为林黛玉。这是一个带有忧伤意味的美丽的爱情神话。当初神瑛侍者每日辛苦采集甘露浇灌绛珠仙草时，他并未试图日后得到报偿，这说明爱的起点正在于奉献而非索取。木、石皆自然之物，意味着这种姻缘出于自然，符合人的天性，所以天国里的"木石前盟"转化为大观园中的宝黛爱情，构成了"情的世界"的核心内容。它与"色的世界"中的"金玉良缘"相对立，又与皮肤滥淫相比照。滥淫者为蠢物，浸透着被"色的世界"所污染、所异化的"欲"，已与真情无缘。金、玉皆为造作之物，是富贵的象征，代表着庸俗和势利。故"金玉良缘"为矫情，是"色的世界"对人情、人性的异化和扭曲。然而，有盟的未能成为眷属，却带走了对方的心；有缘的虽成了眷属，却永远也找不到精神的归宿。曹雪芹借这一神话故事表露出他浓重的困惑：人生于世之目的和价值何在？人固当为情而生，缘何情缘又总归虚幻？

"太虚幻境"是"空的世界"又一个重要的组成部分。它是一个清雅绝尘的"清净女儿之境"，由专"司人间之风情月债，掌尘世之女怨男痴"的警幻仙姑掌管。"太虚幻境"是天上的女儿国，掌管着天下女子（也包括贾宝玉）过去未来的命运，标示着人生的归宿与命运指向，隐喻着人向何处去这一哲学命题。与太虚幻境相对应，曹雪芹又为众女儿和贾宝玉建造了地上的太虚幻境——大观园。大观园是地上的女儿国，曹雪芹的乌托邦，贾宝玉的伊甸园，大观园的最终毁灭象征着曹雪芹理想的破灭，贾宝玉现实人生的无所依皈，精神家园的丧失。从太虚幻境的幻设到大观园的毁灭，曹雪芹真实地再现了处于封建末世中的贾宝玉和众女子的悲剧命运，揭示出人生无路可走、悲哀无奈的存在状态。

"空的世界"的三个神话以石头神话为主体，相互联系，形成一个有机统一的神话结构体系和象征系统。据脂砚斋评语透露，《红楼梦》原著结局为贾宝玉出走，顽石复归青埂峰下，与绛珠仙草证前缘，太虚幻境重现，警幻仙子公布

"情榜"。三个神话首尾照应，提纲挈领地立下了全书的思想主旨与结构框架。《红楼梦》全书的主要情节与人物命运均受这一神话体系的制约，如宝黛爱情源自木石前盟的神话，大观园中众女子的命运受太虚幻境的制约，贾宝玉的人生命运也为石头神话所规定。这一神话体系的构筑表现出曹雪芹对人生命运的深刻思索，对人现实存在的焦虑，其思考的焦点是人存在的价值与意义等形而上意味的哲学问题。

## 二、"忽喇喇似大厦倾"——"色的世界"与《红楼梦》的批判意识

"色的世界"在《红楼梦》总体构思的立体世界中处于基础层面，主要包括荣、宁二府封建家族中的日常生活和贾府之外的封建末世的社会生活。曹雪芹在全书中对"色的世界"的描写在三个世界中是着墨最多的，而赋予它的思想意蕴相对而言却较为"单纯"。言其"单纯"是因为其思想内容可以一言以蔽之，即对"色的世界"充满着声色货利的贪欲与争夺的严肃批判，表达了作者深恶痛绝和与之决绝的思想感情；其中也有对其家族灭亡于心不忍的情感流露，表明他在无情地诅咒和客观地描写他寄生其中、超越其上的封建贵族家庭毁灭的同时，或多或少尚有些留恋不舍，因而作品后半部描写贾府败落时，带着一种挽歌式的情调。

贾府在小说一开始就已经落入"百足之虫，死而未僵"的境地了，外表虽还气象峥嵘，但内囊却也尽上来了。造成这种情况的原因在于合府上下贪图享乐的多，操心谋划的少，导致经济上的入不敷出。再则还有府中的大小主子们你争我夺，只顾一己之私，而不从全局考虑，所以抄家的风暴一来，这封建家族就再也撑不住轩峻的外壳，呼喇喇地坍塌了。

家族的衰亡史中，男性统治者们只起到了加速器的作用。贾政虽端方古直，但治家无能，贾赦、贾珍、贾琏一伙淫乐无度自不必说，就连那似乎来历非凡的宝玉也没有为挽救家族做点什么。他衔玉而生，引起了先辈的关注，贾母认为众多的子孙中只有他才像他爷爷。遗憾的是，这个末世公子沉溺于自己固有的生活，对家族的兴衰并不关心，甚至连"美人灯"黛玉都开始为巨大的开支担心时，他却认为，"凭他怎么后手不接，也短不了咱们两个人的"。实际上，他和作品中其他男性一样，也仅仅是家庭的消耗者。"金陵十二钗"之一，转世为荣国府管家少奶奶的王熙凤是"色的世界"的核心人物。这位同样出入于"太虚幻境"的薄命女儿，因与"色的世界"的特殊关系，处于声色货利争夺的漩涡之中而失去了纯真和灵气，变成了"情的世界"的异己分子，并且对权势、金钱表现出强烈的贪欲。正是由于她的作势弄权，为贾府的衰败种下了无数孽根。至于探春理家所采取的兴利除弊的改革措施，则代表了作者试图挽

救封建社会没落颓势的一种"补天"尝试。但这种尝试以失败而告终，贾府"忽喇喇似大厦倾"，终于彻底败落，"落了片白茫茫大地真干净"。

曹雪芹细腻地描写了一个家族由盛而衰、由衰而亡的历史，他不强调神力、外力，也不全部归罪于命运气数，他真实地写出了只有内部腐烂了，外边杀来才会一败涂地这样一个事实。所以有人把《红楼梦》与《史记》中的世家相比，"太史公三十世家，曹雪芹只记一世家"，"曹雪芹记一世家能包括万千世家，假语村言不啻于晨钟暮鼓。"（二知道人《红楼梦说梦》，见《古典文学研究资料汇编·红楼梦卷》）

### 三、"独有情痴抱恨长"——"情的世界"与《红楼梦》的理想追求

"情的世界"位于《红楼梦》总体构思立体世界中心部位，是作者着力描写的第三个子世界。作者对这一世界人物和事件的描写构成了全书的核心内容，也是全书中最富艺术魅力的部分。

"情的世界"寄生于"色的世界"之中而又超越其上，它是天国里的"太虚幻境"在地上的"落实"，是以贾宝玉、林黛玉为代表的少男少女们的伊甸园。这座乍看起来是为元妃省亲而建造的大观园，实际上是作者为一群纯情小儿女特设的一个理想的生活场所。一道粉墙把它与"色的世界"暂时隔离开来，小儿女们生活在这"花儿不离身左右，鸟声只在耳东西"的幽美环境中，每天结社吟诗，簪花斗草，这使她们的生活充满着无限的诗情画意，其性格也表现出浓郁的诗人气质。正因为如此，作者对这一世界的描写表现了美好的人生理想和美好的爱情理想。作者刻意把大观园小儿女的生活写得那样丰富多彩而富有诗意，另一个目的在于让这种理想的生活像一面镜子，照出"色的世界"的人们放荡不堪的糜烂生活和卑鄙龌龊的精神世界。作者对于"情的"的描写具有正反两方面的思想意义是显而易见的。然而，生活于"情的世界"的众多小儿女的爱情或婚姻却大多以悲剧而告终，如司棋为潘又安、尤三姐为柳湘莲的悲壮殉情，等等。其中尤为震撼人心的、也是贯穿《红楼梦》一书的中心事件，是贾宝玉和林黛玉"木石前盟"无法实现的爱情悲剧及他与薛宝钗"金玉良缘"难以拒抗的婚姻悲剧。

诚然，宝玉在面对钗、黛时，起初确曾有过"见了姐姐忘了妹妹"的情感选择模糊，他既倾心于黛玉的灵慧与气质，又迷恋宝钗的美貌与风度。然而，在日后的人生历程中，宝钗对宝玉走仕途经济的屡屡劝诫，终于使宝玉在惋惜其"好好一个清净洁白的女儿，也学的沽名钓誉，入了国贼禄鬼之流"的同时，而独钟情于"从不讲这些混账话"的林妹妹。换言之，宝钗守"礼"，黛玉重"情"。宝玉的选黛弃钗，体现的正是其"重情不重礼"的叛逆精神。

但是，封建时代的婚姻并不由个人作主，更何况任何婚姻都不能不考虑现实因素。且不说宝钗的"品格端方，容貌丰美"胜过了黛玉，就是她的"行为豁达，随分从时"，也比黛玉的"孤高自许，目下无尘"能得下人之心。尤其是与有皇商背景的薛家联姻，更符合已渐"油尽灯枯"的贾府的家族利益。因此贾府最终选择了"德言工貌"俱佳的薛宝钗，彻底打碎了作为婚姻当事人的贾宝玉对"木石前盟"的痴怀梦想。通行本后四十回，基本完成了这一悲剧结局。黛玉在宝玉与宝钗成婚的鼓乐声中，魂归离恨天；宝玉也在知音人杳的寂寞孤独中，随着一僧一道，走向了"白茫茫一片旷野"；而宝钗，也只能在凄灯冷影中品味着独守空房的寂寞。

黛玉去了，木石前盟成了现实中的梦；宝钗来了，金玉良缘却成了梦中的现实。这是人生之大不幸，也是人生之大尴尬。于是爱情带给大家的不再是相互的慰藉与欣悦，而是挥不去的痛悔与遗恨。正如《红楼梦引子》中演唱的："奈何天，伤怀日，寂寥时……演出这悲金悼玉的《红楼梦》"。一部《红楼梦》，写了大大小小许多悲剧，这则是悲剧中的悲剧。

《红楼梦》不仅"悲金悼玉"，而且也为众多不幸的女子歌哭悲泣。作者在开卷中即说明，此书的创作意图之一，是"使闺阁昭传"。第五回宝玉梦游太虚幻境时，所饮茶与酒，名"千红一窟（哭），万艳同杯（悲）"，也就是说，太虚幻境中的千红万艳，亦即《红楼梦》中的所有女儿，都是作者怀念悲悼的对象。

根据书中第五回的暗示，《红楼梦》中的所有女儿无不归属于"薄命司"，实际上都是悲剧人物。婢女们因无力把握自己的命运，其悲剧结局自难以避免："心比天高"的晴雯，因"风流灵巧"遭毁谤，落了个"俏丫鬟抱屈夭风流"；"温柔和顺"的袭人，虽深得贾府主子的信任，终也与"公子无缘"。其他如司棋的自撞身亡，香菱的"平生遭际实堪伤"，芳官等十二女伶的被迫"斩情归水月"等等。贵族小姐们也难逃悲剧的命运：如贾府四艳，贵为皇妃的元春，"喜荣华正好，恨无常又到"，于寂寞深宫中"把芳魂消耗"；懦弱的迎春，误嫁"中山狼"，结果"金闺花柳质，一载赴黄粱"；才干过人的探春，"生于末世运偏消"，最终是"一帆风雨路三千，把骨肉家园齐来抛闪"，远嫁他乡；胆小怕事的惜春，也看破世情而出家为尼，"可怜绣户侯门女，独卧青灯古佛旁"。十二钗中的其他人物，如教子成名的李纨，"也只是虚名儿与后人钦敬"；清高自洁的妙玉，"太高人愈妒，过洁世同嫌"，"到头来，依旧是风尘肮脏违心愿"；"厮配得才貌仙郎"的湘云，"终久是云散高唐，水涸湘江"，重现"幼年时坎坷形状"……

《红楼梦》是一曲女性的悲歌，作者借这诸多女子的爱情婚姻、人生道路、性格或命运的悲剧，展露的不仅有对这些生于末世而无力把握自己命运的女子们的无奈与同情，同时还揭示出，腐朽的封建宗法制度对人个体意志情感的严酷压制与摧残，才是导致这诸多女子悲剧的根本原因，从而在更为深广的意义上批判了封建宗法制度。

尽管大观园这一"情的世界"在作者笔下被渲染得无限妩媚多姿又充满诗情画意，然而，它在与"色的世界"的对立斗争中很快归于消亡。"情的世界"如此脆弱，正说明了处于那个时代的作者是看不到社会人生的光明前景的，其美好的人生理想是无法实现的。"独有情痴抱恨长"，美好生活的逝去，爱情理想的破灭，镜花水月一般的梦幻意识浸透了曹雪芹的人生观和世界观，并成为他创作《红楼梦》的主导意识。

综上所述，《红楼梦》建构的是一个"空·色·情"的立体世界。"空"为源为始，"色"为表为象，"情"为根为基，三者交融渗透，互为表里，形成了由"因空见色"到"自色悟空"的大循环。这种大循环的"实现"途径主要有三：一是"色的世界"是由"空的世界"派生出来的，是凭"空"出现的。从"空""无"到"色""有"，其中介因素在于一个"情"字，"情"是社会人生和大千世界的根源，故大荒山无稽崖有"情根（青埂）"一峰。而"色的世界"作为"空的世界"瞬息生灭的假象，在消亡之后仍归于"空的世界"。二是通过主要人物的生死轮回来实现：如贾宝玉及金陵十二钗等皆来源于"空的世界"（太虚幻境），在或"色"或"情"的世界历尽"尘劫"后，又回归太虚幻境"消号"，从而完成了源于空幻而归于空幻的大循环。三是通过作者的思想情感的发展历程来实现："作者自云曾经历过一番梦幻之后"，作为社会人生的"彻悟者"，认为"色的世界"的一切，包括人生的悲欢离合、兴衰际遇都是空幻的，追根溯源看待社会人生和大千世界，悟出其中的"玄机"：人生自彼岸到此岸，又由此岸达彼岸的整个历程正如红楼一梦，一切终属于"空"。

除这三个主要途径之外，"空""色"两个世界还通过茫茫大士、渺渺真人幻化的癞头和尚和跛足道人以及甄士隐等人物活动联系起来。甄士隐随跛足道人出家时所唱的"好了歌"，那种"好便是了，了便是好"的生命感悟，也直接指向着空幻。

《红楼梦》之所以对古今中外的读者具有巨大的艺术魅力，还在于作者以浓墨重彩描绘了人生"由色生情，传情入色"的小循环。这种小循环的"实现"也通过三种途径：一则正是贾府这个"色的世界"建造了大观园，而大观园这个"情的世界"毁灭之后又成为贾府的一部分。二是其中的主要人物，即以宝、黛为代表的纯情小儿女，来自现实中的"色的世界"，在"情的世界"经历一番悲欢离合之后，又回到现实社会之中。三是作者的情感经历：正由于作者厌恶封建贵族家庭，才向往留恋于"情的世界"大观园；身居大观园之中，更憎恶"色的世界"的人们声色货利的争夺和皮肤滥淫的丑行。当然，作者对封建家族和大观园中的一切思想情感是复杂的,所以"由色生情,传情入色"的内涵极其丰富而微妙。在对人生小循环的描写中曹雪芹表现出了卓越的现实主义艺术才华和可贵的理想主义精神并收到了独具魅力的表达效果。

## 第四节　结构艺术与描写技巧

　　《红楼梦》的艺术成就,用"天然浑成"四个字概括也许最为精切。这尤为突出地表现在其细致、精妙的艺术架构上。它有若一幅风景画,有远景的大笔勾勒,也有近景的精细描摹。又若一条大河,既有四野涓涓细流的汇入,也有主干的波澜壮阔;既有波峰迭起的动荡,也有波谷舒缓的平静。这种自然圆融的艺术结构,使人难以对其作诸如"叶子式"、"一线串珠式"、"碎锦式"之类的理论概括。虽有所谓"四时气象说"、"一树万枝说"等等,但都只道出其结构特色的某一方面,而不能概括其全部。倘从作品实际出发,倒是可以看出其对《金瓶梅》网状结构的继承和发展。

　　如前所述,《红楼梦》的立体之网大致由"空·色·情"三个世界构成。三个世界的建构,使《红楼梦》充溢着源于空幻又归于空幻的浓厚的悲剧气息,但这种对人生的终极追问,较之《金瓶梅》隐于因果报应框架后的暴露警醒意识,显然不可同日而语。更重要的是,作者于三个世界的具体建构中,均能细针密线,互相勾连,如贾宝玉来源于"空的世界",是大荒山无稽崖青埂峰下的一块顽石,被茫茫大士、渺渺真人携入"花柳繁华地,温柔富贵乡"的贾府("色的世界"),且在降生贾府之前在太虚幻境作过神瑛侍者,并在灵河岸边与绛珠仙草结成"木石前盟"。他在衔玉而降之后,在大观园("情的世界")了却情缘,最后对人生失去信心,先出家,后死去,经太虚幻境"消号"之后再回到大荒山无稽崖青埂峰下,从而完成了源于空幻而归于空幻的悲剧循环。书中其他人物几乎也都与"三界"互有因缘,"一击空谷,八方皆应"。较之《金瓶梅》只于篇末西门庆和孝哥儿的死生相继中展露其因果框架的描写,《红楼梦》的哲理网络结构自然要精致、巧妙得多了。

　　《红楼梦》写的是一个贵族家庭的生活琐事,但却不像《金瓶梅》为了还原生活原生态而事无巨细,不加选择,缺乏提炼。《红楼梦》的艺术追求,恰如第四十二回作者借宝钗论画所说:

　　　　你若照样儿往纸上一画,是必不能讨好的。这要看纸的地步远近,该多该少,分主分宾,该深的要深,该裁该减的要裁要减,该露的要露。

即对生活琐事要有所选择和提炼,从而在生活真实基础上达到艺术的真实。正是遵循这一艺术创作原则,《红楼梦》所写之事就像生活本身一样丰富复杂、自然和谐,却又不露斧凿痕迹,达到了生活真实与艺术真实的高度融合。

《红楼梦》所写之事，既有场面壮观、波及上下的大事，也有至微至细、无关紧要的小事。大事中，有的是以场面和声势取胜，如可卿之死、元妃省亲；有的是以冲突集中见长，如宝玉挨打、抄检大观园等。其写大事，往往前有伏线后有余波，顺理成章，起伏有致，前因后果，脉络分明。作者不同于此前小说家惯以"无巧不成书"的方式设计情节冲突，而是以还原出生活原生态的平凡性为其基本叙事特征，追求一种非情节的情节。如第三十三回写宝玉挨打，先有金钏儿投井自杀、宝玉会雨村时的不挥洒，又有忠顺王府追索琪官、贾环借金钏儿事在贾政前的添油加醋，至此"千头万绪合笋贯连"（脂砚斋评语），贾政已是震怒之极，一叠连声："拿宝玉！拿大棍！⋯⋯"但作者却于此又偏写宝玉让一个聋婆子往里头捎信，结果"要紧"误听成了"跳井"，"叫我的小厮"误听成"有什么不了的事？老早的完了。太太又赏了衣服，又赏了银子，怎么不了事的！"王梦阮、沈瓶庵《红楼梦索隐》于此评曰："紧急中加此一段闲散文字，是作者文章能处。亦借此妪口中形容官家赏银了事，儿戏人命的景况；并可逗紧下文，蓄势有力。"将此"闲散文字"插入故事高潮到来之前，既凸现了宝玉畏打心急之状，又为下文挨打以蓄势，还表现了生活本身的平凡与细琐。脂砚斋第十四回批语所云"惯能忙中写闲，曲笔错综"亦可移用此处，它道出了《红楼梦》化解情节、重在呈现的叙事妙处。

　　写大事，不避细琐以显其真实，而写大事力避细琐，且能于大事之间的相互映衬中以隐蕴深层的文化思考，则非大手笔不能为之。开卷以两个浩大场面，写贾府繁华着锦、烈火烹油的贵族气派：一为秦可卿的出殡，一为贾元春的归省，生死荣华并陈，构成悖谬性的双峰并峙。作者又以宝玉视角点染这两个场面：秦可卿的死讯，令这位痴情公子急火攻心而吐血，但元妃晋封贤德贵妃，宝玉竟置若罔闻：

> 贾母等如何谢恩，如何回家，亲友如何来庆贺，宁、荣两府近日如何热闹，众人如何得意，独他一个皆视有如无，毫不介意。

行文一连五个"如何"，省却多少细琐之事。甲戌本第十六回夹批云："大奇至妙之文。⋯⋯故只借宝玉一人如此一写，省却多少闲文，却有无限烟波。"而宝玉之性格于这生死荣枯的对比中鲜明凸显出来。更令人深思的是，这两个场合的主角都是宁、荣二府败落的警告者。秦可卿以"树倒猢狲散"梦警凤姐，贾元春于第八十六回也托梦劝诫贾母："荣华易尽，须要退步抽身。"生死荣华并峙、宝玉的独特视角、主角的两度梦警，行文分三个层面将这两个大场面的内在文化含量，释放得非常充分了。

　　《红楼梦》写日常生活琐事，更是异彩纷呈。人物的一段对话、一颦一笑，两块手帕、三首小诗，三两人的生日小聚，四五人的观花赏月，无不写得含蓄隽永，清幽别致。即使同一事体，也能写出其不同之风韵，且又能于内在勾连中发掘其文化意蕴。如写生日，宝钗、凤姐、宝玉、贾母四人的生日（见第二十二、四十三、六十三、七十一回），不仅"各有妙文，各有妙景"，而"起用宝钗，盛用阿凤，终用贾母"（均为脂砚斋评语），又恰恰标示出贾府由盛至衰的不同阶段。

《红楼梦》的艺术成就还突出地表现在人物塑造上。全书共写了四百多个人物，其中有很多是具有鲜明个性、呼之欲出的典型人物。

不同于以往小说人物好坏分明的简单化描写，《红楼梦》则写出了人物的丰富性、多侧面，换言之，《红楼梦》中的人物多具有立体感，达到了如西人福斯特《小说面面观》中所提出的"圆型人物"的高度。如写黛玉，既写其孤高自傲、敏感真纯，也写其尖酸刻薄、多病多疑，而这两者又极为和谐地统一于她一人身上。宝钗的贤淑大方，美丽端庄与她的冷酷无情、处世圆滑并不矛盾。凤姐的干练与狠毒成了不可分割的两个方面。贾宝玉既是贵族阶级的叛逆者又是贵族生活的依赖者，合二而一。即使是晴雯、袭人、鸳鸯、司棋等次要人物，也都很难用"好"与"坏"来做简单化的概括。

《红楼梦》还善于通过侧面烘托与正面渲染相结合来凸显人物性格。如第三回写王熙凤出场，先从黛玉视角写：

> 一语未了，只听后院中有笑语声，说："我来迟了，没得迎接远客！"黛玉思忖道："这些人皆个个敛声屏气如此，这来者是谁，这样放诞无礼？"……

未见其人，先闻其声，别人"敛声屏气"，独此人"放诞无礼"，其在贾府中之特殊地位，非同寻常。接着转入正面描写其穿着打扮与众不同，并借贾母戏称其为"凤辣子"，言其泼辣的同时，又暗示出其在贾母心目中的地位。继而写她的动作与语言：

> 这熙凤携着黛玉的手，上下细细打谅了一回，仍送至贾母身边坐下，因笑道："天下真有这样标致的人物，我今儿才算见了！况且这通身的气派，竟不像老祖宗的外孙女儿，竟是个嫡亲的孙女，怨不得老祖宗天天口头心头一时不忘。只可怜我这妹妹这样命苦，怎么姑妈偏就去世了！"说着，便用帕拭泪。贾母笑道："我才好了，你倒来招我。你妹妹远路才来，身子又弱，也才劝住了，快再休提前话。"这熙凤听了，忙转悲为喜道："正是呢！我一见了妹妹，一心都在他身上了，又是喜欢，又是伤心，竟忘记了老祖宗。该打，该打！"

夸黛玉的容貌而恰如其分，博贾母的欢心而不露形迹，其乖巧、机变的性格，在贾府中的特殊地位，通过这种侧面烘托、正面渲染的描写，惟妙惟肖地呈现出来。

通过对比描写展示人物个性，是《红楼梦》人物描写的又一重要特色。

《红楼梦》的对比思维是丰富而精微的，隐显浓淡恰到好处，显示了生活本身的立体感和鲜活感。它不仅比得自然，比出了差异，而且比出了韵味。有人物姓名谐音的启人玄思的对比，如甄士隐（真事隐）和贾雨村（假语存）、贾家和甄家。有姓名与性格的隐喻性对比，如元春、迎春、探春、惜春，既呼应三春时序，又与"原应叹息"谐音。而且"元"为长为始，状其华贵；"迎"为接为受，隐其懦弱；"探"为求为取，显其果断；"惜"为吝为哀，形其孤寂。还有连环性对比，如探春既有与其姊妹的对比，又以女强人特点构成与凤姐的对比；而凤姐又以家庭中的位置，与李纨、秦可卿组成妯娌婶侄的对比，与平儿、尤二姐组成妻妾主婢的对比，与贾琏组成妻强夫弱的对比，等等。对比原则的延伸，施于不同社会层次和人物品位时，又构成形影对应的对比。金陵十二钗有正册、副册、又副册的幻设，实际上就是写各种人物类型在另一个品位层次的影子，以及影子的影子。宝钗的影子是袭人，黛玉的影子是晴雯，已为众所共认，于是又构成钗黛对比之外的宝钗与袭人、黛玉与晴雯、袭人与晴雯的三组对比。袭人与晴雯在精神气质上与钗、黛都有互相对应的地方，但钗、黛作为大家闺秀需要拿腔作态的事情，作为奴才的袭人和晴雯则以礼不责庶人的方式直接而充分地表现。晴雯心高命薄，慧舌尖利，近于黛玉，但病补孔雀裘、撕扇子千金买笑、与酒后的宝玉同浴，不仅是黛玉不能，即便是同为奴婢的袭人也不能如此放肆。袭人有宝钗式的温柔和顺、体贴周到和顺世阿俗，但她特殊的作用是除了制约同房丫头的胡闹之外，还满足宝玉的情欲，在宝玉出走之后，又配给优伶而"嫁鸡随鸡，嫁狗随狗"了。这是宝钗不能做到的，而其与宝钗命运的歧异，也反映了贞节观念在不同社会阶层之悬殊。引镜窥影、变幻参差的种种对比，使《红楼梦》的人物描写五彩斑斓、绚丽多姿。

通过人物环境的描写以展示人物的风姿神韵，在《红楼梦》中也多处运用。如大观园中各人居室的描绘，便充分显示了人物的气质、个性。探春爽朗豪放，有须眉之风，故其秋爽斋里，大理石案上"笔如树林"、"宝砚数方"，墙上是"大"幅字画，案上是"大"鼎，架上是"大"盘，盘里是数十个"大"佛手。黛玉孤高傲世，故其潇湘馆"几竿竹子隐着一道曲栏，比别处更觉幽静"，"只见凤尾森森，龙吟细细"，"一进院门，只见满地下竹影参差，苔痕淡淡"。其他如怡红院、栊翠庵、蘅芜院等环境描写，也都分别与宝玉、妙玉、宝钗性格相一致。

《红楼梦》还十分注重人物心理空间的描写。作者往往以写意式的点染，通过一句话，一个动作，写出人物丰富复杂的心理过程。如第三十回，宝、黛拌嘴后，宝玉登门赔情，对黛玉说"你死了，我做和尚"，这话引起黛玉极大震动：

黛玉直瞪瞪的瞅了他半天，气的一声儿也说不出来。见宝玉憋的脸上紫胀，便咬着牙用指头狠命的在他额颅上戳了一下，哼了一声，咬牙说道："你这——"刚说了两个字，便又叹了一口气，仍拿起手帕子来擦眼泪。

宝玉曲折的爱情表达，是黛玉希望听到却又一时承受不起的，这种矛盾心情通过黛玉的几个动作、一句"你这——"充分地体现出来。其他如第三十二回黛玉听到宝玉背地里引她为知己的议论时，第三十四回宝玉送黛玉两块旧手帕时，作品都真切而细致地描写了黛玉的内心活动，写得十分感人。

《红楼梦》还是一部精妙绝伦的语言艺术精品。它不仅成功地继承了我国古代优秀文学作品的语言成就，又大量地吸收和提炼了民间口语、俗语，形成其既典雅又通俗的语言风格。作品中无论叙述语言、写景语言，还是人物对话的角色语言，都具有"追魂摄魄"之魅力。如宝玉挨打、宝钗扑蝶、黛玉葬花、晴雯补裘等场面描写，均极为鲜明地体现了这些特色。

## 第五节　影响与研究

《红楼梦》还在以抄本形式流传时，即在社会上引起了极大反响，"当时好事者每传抄一部，置庙市中，昂其价，得金数十，可谓不胫而走矣！"（程高本《红楼梦》程伟元序）当用活字印刷的程高本问世后，影响更大，嘉庆年间已有"开谈不说《红楼梦》，纵读诗书也枉然"的谚语流传，甚至有因谈论《红楼梦》而"遂相龃龉，几挥老拳"之事发生。但由于《红楼梦》强烈的反封建思想，统治阶级曾多次以"淫书"、"邪说"之名而予以禁毁，结果适得其反，《红楼梦》的版本却越刻越多。这充分说明广大人民群众对《红楼梦》的由衷喜爱。

《红楼梦》对后世文学的影响极为深远。仅续书而言，据一粟《红楼梦书录》所收，便多达30余种，如《后红楼梦》、《红楼补梦》、《红楼复梦》、《红楼圆梦》等等，这类作品大多是才子佳人大团圆的旧套，文笔也甚平庸，但也从另一方面说明了《红楼梦》的巨大成功和深远影响。至于各种模仿《红楼梦》之作以及据原作改编的民间戏曲、弹词，更是不胜枚举，直至今天，仍不难发现受《红楼梦》影响的各类文学体裁，如据《红楼梦》改编的电影、电视剧等。

随着《红楼梦》的广泛流传，对《红楼梦》的研究和评论也在不断发展，并逐渐形成一门专门的学问——"红学"。追溯红学发展的历史，可以说在《红楼梦》创作未成之日就有了红学。一边抄录《红楼梦》一边加批并提出修改意见的脂砚斋、畸笏叟等人，就是最早的红学家。尽管他们的身份问题至今未有定论[4]，他们对《红楼梦》的评论也甚为零散，于《红楼梦》之美学价值的体认也多所隔膜，但其发轫之功却不可没，尤其是有关《红楼梦》创作的许多情形，特别是作者的创作意图和生活依据，从这些早期评语里多能寻找到其中消息。

清末民初以降，《红楼梦》研究逐渐系统化，并相继有"旧红学"、"新红学"以及建国后的一些派别。"旧红学"的代表是索隐派，代表人物是清末民初人王梦阮、沈瓶庵、蔡元培等，他们把《红楼梦》同清初历史等同起来，提出清圣祖与董鄂妃故事说、康熙朝政治状态说等等，将《红楼梦》的人物和内容去坐实清初历史，虽然在强调《红楼梦》的政治寓意和历史价值这点上不无一定的合理性，但其指导思想和方法却是错误的。

"新红学"出现于20世纪20年代，又被称为考证派，代表人物是胡适、俞平伯等。尤其是胡适对《红楼梦》的版本、作者曹雪芹家世生平的详细考实，不仅使红学从牵强比附的索隐圈囿中超拔出来，也为未来的红学发展开辟出一片富蕴生机的绿地。但由于他们用实用主义的观点和方法，否定文学的典型性，因而得出了《红楼梦》是曹雪芹的自叙传的结论，把贾政和曹頫、贾宝玉和曹雪芹完全等同起来，贬低《红楼梦》的典型概括意义。

这些错误观点对《红楼梦》的研究又带来了不良影响。五六十年代，在马克思主义文艺思想指导下，《红楼梦》研究获得了发展。其中1954年关于《红楼梦》问题的大讨论、1962年关于曹雪芹卒年问题的大论战于其时影响甚巨。前者对"新红学"派的错误观点进行了批判，对《红楼梦》的反封建主题给予了高度的肯定与强调；后者经由双方的大辩论，有关曹氏家族生平的种种材料得到了重新审视和深入辨析，从而使曹氏家族生平中的不少疑团得到了澄清。

十年"文革"期间的"评红"运动，是从现实政治需要出发而对《红楼梦》的歪曲，不是学术研究，使红学发展停滞不前。1976年"文化大革命"结束后，《红楼梦》研究逐渐步入正轨并再次成为学界关注的热点。尤其是80年代后，红学可谓达到了炽热化。不仅研究论文、论著数量繁多，而且诸多西方新批评思维的介入，以及与国外学术交流活动的日益加强，均使得对《红楼梦》的阐释观念和研究方法日趋多样化，红学的发展趋向多极化、多元化和国际化。一个崭新的、方兴未艾的红学发展前景正展现于我们面前。

作为中华民族文化瑰宝的《红楼梦》，也得到了国外读者的广泛喜爱，目前已被译成多种文字，传播到了世界各地，成为世界人民共同的文化财富。

〔注释〕

〔1〕曹雪芹生年大致有乙未（康熙五十四年，1715）、甲辰（雍正二年，1724）两说。卒年则有壬午（乾隆二十七年，1762）、癸未（乾隆二十八年，1763）、甲申（乾隆二十九年，1764）三说。目前学界尚无定论。

〔2〕曹雪芹祖籍历来有丰润、辽阳两说。丰润说最先由李玄伯提出（详参其《曹雪芹家世新考》，载《故宫周刊》1931年第84、85期），后周汝昌《红楼梦新证》亦力主此说。20世纪80年代初，冯其庸《曹雪芹家世新考》（上海古籍出版社1980年版）据辽阳之《五庆堂重修曹氏宗谱》，推定曹雪芹祖籍为辽阳。此说为学界普遍接受。90年代初，学界对曹雪芹祖籍问题又再次展开争论，目前两说仍相持不下。

〔3〕1994年，欧阳健在其《红楼新辨》（花城出版社）一书中提出，1927年以后出现的《脂砚斋重评石头记》不是《红楼梦》的"原本"，而是后出的"伪本"，程甲本才是《红楼梦》的"真本"。

〔4〕对脂砚斋之身份问题，向来歧义纷纭，或谓为雪芹本人，或谓为史湘云，亦有谓之为雪芹之叔父或兄弟的。1928年，胡适在《考证红楼梦的新材料》（见《胡适文存》3集卷5，上海亚东图书馆1931年版）一文中据甲戌本第十三回的几条批语，认为脂砚斋"大概是雪芹的嫡堂兄弟或从堂兄弟——也许是曹颙或曹頫的儿子。松斋似是他的表字，脂砚斋是他的别号"。1933年，胡适在《跋乾隆庚辰本〈脂砚斋重评石头记〉钞本》（见《胡适论学近著》1集卷3，商务印书馆1937年版）中又认为"脂砚斋即是那位爱吃胭脂的宝玉，即是曹雪芹自己"。史湘云说为周汝昌最先提出（见《红楼梦新证》第853—869页），邓遂夫又进一步将之坐实为李兰芳（参见邓氏《曹雪芹续弦妻考》，载《红岩》1982年第1期）。叔父说最早见于清人裕瑞《枣窗闲笔》，吴世昌亦主此论（参见《红楼梦探源外编》，上海古籍出版社1980年版，第176—179页。）。

**〔参考书目〕**

〔1〕余英时．红楼梦的两个世界．台北：台北联经出版事业公司，1981．

〔2〕俞平伯．我读红楼梦．天津：天津人民出版社，1982．

〔3〕王昆仑．红楼梦人物论．上海：三联书店，1983．

〔4〕冯其庸．曹学叙论．北京：光明日报出版社，1992．

〔5〕周汝昌．曹雪芹．北京：人民文学出版社，1964．

〔6〕一粟．古典文学研究资料汇编·红楼梦卷．北京：中华书局，1963．

# 第十七章
# 清代的其他长篇小说

清初至清中叶，长篇白话小说除《儒林外史》和《红楼梦》外，还有一些承明季余风之作，如英雄传奇小说《水浒后传》、《说岳全传》等，世情小说《醒世姻缘传》、《歧路灯》等，神魔小说的变体《镜花缘》等，都取得了一定的成就。

## 第一节 《水浒后传》及其他英雄传奇

在《水浒传》的诸多续书中，以明代遗民陈忱所著《水浒后传》的思想价值和艺术成就为最高[1]。《水浒后传》原本为8卷40回，题"古宋遗民著"、"雁宕山樵评"。乾隆三十五年（1770），蔡元放将原书析为10卷（每卷4回）刊行，并对回目和文字作了一些修改，成为后世通行本。"古宋遗民"即陈忱。据其《水浒后传序》诗"千秋万世恨无极，白发孤灯续旧编"，《水浒后传》当为其晚年所作。

《水浒后传》乃接续百回本《水浒传》生发推衍而成，叙梁山义军征方腊后，死伤过半，只剩下李俊、阮小七、李应、燕青等32人，分散各地，隐居不仕；然仍为高俅、蔡京、童贯等奸佞之徒所不容，在忍无可忍的情况下，他们重举义旗。阮小七等聚义登云山，李应等举兵饮马川，李俊等在太湖抗击恶霸巴山蛇，继续着梁山事业。金兵入侵，中原沦陷，二圣蒙尘，水浒英雄及其后裔们又奋起抗击金兵，惩处了蔡京、童贯、高俅等卖国奸贼。然中原大势已去，报国无望，起义队伍遂先后移师海外，于金鳌岛创立王业，征服暹罗诸岛，推李俊为暹罗国王。宋高宗赵构被金兵困于牡蛎滩，李俊发兵解救，又派燕青等护驾到杭州，促成了南宋的中兴。小说在"中外一家，君臣同庆"的大团圆中结束。

陈忱身阅鼎革，"亡国孤臣"的沉痛，使其"胸中块磊，无酒可浇，故借此残局而著成之"（《水浒后传序》）。因此，小说实是为明遗民写"心"抒"愤"之作，充溢着浓重的故国之思、黍离之痛。柴进、燕青立马吴山，面对杭州的秀丽山河，叹息不已："可惜锦绣江山，只剩得东南半壁。家乡何处？祖宗坟墓远隔风烟。如今看起来，赵家的宗室，比柴家的子孙也差不多了。对此茫茫，只多得今日一番叹息！"（《水浒后传》第三十八回）这与其说是悲宋，不如说是叹明。故胡适在《水浒续集两种序》中云："《后传》描写北宋灭亡时的情形，处处都是借题发泄著者的亡国隐痛。"时代兴亡之感，驱使作者在书中进一步去探讨造成山河沉沦、江山易主的内部原因。作者继承了《水浒传》"官逼民反"的主题，又由此进一步演化成"权奸误国"。蔡京、高俅之流，不仅迫害梁山好汉，而且勾结金人，卖国求荣。第二十七回，作者借樊瑞之口，愤怒地谴责这些误国权奸："这四个奸贼，不要说把我一百单八个兄弟弄得星四五散，你只看那锦绣般江山，都被他弄坏。遍天豺虎，满地尸骸，二百年相传的大宋，瓦败冰消，是甚么世界！"

"抱膝长吟环堵中，草泽自有真英雄"（陈忱《九歌壬寅夏作》），权奸误国，山河破碎，惟有草莽英雄，能为民除害，为国捐躯。作者在书中着力歌颂了阮小七、李俊等英雄好汉，他们打击恶霸，逐杀奸臣，又为抗击金兵入侵浴血奋战。然江河日下，颓局难挽，小说最后让李俊等人海外立国，作为抗金复国的基地，不仅表现了作者不忍让梁山英雄重演昔日招安受骗之悲剧，也隐寓有作者对郑成功在台湾抗清斗争的期望。

较之《水浒传》，《水浒后传》在艺术上也有发展。乐和、燕青、阮小七、李俊、李应等人物，既保留了在《水浒传》中的基本性格特征，又在新的环境中得到磨炼而有所变化。如铁叫子乐和，在前传中只提到他伶俐机智，性格描写未能充分展开；在《后传》中，他已成长为一个精明强干、性格雅致的"儒将"。其他如燕青的足智多谋、李俊的沉着稳重等等，都是对前传人物性格的发展和丰富。《水浒后传》在结构上匀称紧凑，克服了前传不够统一的缺点。在语言上准确、细腻、生动传神，颇有前传之风。

《水浒后传》的有些情节流传颇广，如著名的京剧《打渔杀家》就取材于书中所写李俊在太湖打渔与官绅斗争的故事。《水浒后传》也有许多不足，诸如浓重的忠君思想、对前传一些描写的刻意模仿，以及游离出全书主干的才子佳人故事等等。

清代的英雄传奇中，颇有影响的还有说岳系列小说中的《说岳全传》和说唐系列小说中的《隋唐演义》。

《说岳全传》全称《精忠演义说本岳王全传》，凡20卷80回。作者为钱彩、金丰[2]。《说岳全传》是明代以来各种岳飞故事的集大成者。作者本着"不宜尽出于虚，而亦不必尽出于实"的创作原则，对前此岳飞题材作品（如明熊大木《大宋中兴通俗演义》、邹元标《岳武穆精忠传》及各类民间岳飞故事说唱本）进行了广泛的吸收而又有所创造。书叙北宋末年，金兵南侵，掳走徽、钦二宗。以岳飞为首的一班将领，力主抗战，屡建奇功。但以秦桧为首的权奸集团，破坏抗战，卖国求荣，最后将岳飞害死在风波亭。小说热情歌颂了岳飞抗击金兵、精忠报国的精神，对秦桧等权奸祸国殃民的罪行进行了无情的揭露和批判，同时也反映了金兵南下所带来的广大人民的战乱之苦。但作品对岳飞不辨是非的忠君大加赞美，宣扬愚忠思想，这则是其时代局限。

《说岳全传》的人物描写甚富个性化特征，如"岳武穆之忠，秦桧之奸，兀术之横"等，都给人以深刻印象。尤其是牛皋这一人物，粗豪爽朗，率直且不乏幽默，是一李逵式的英雄，在全书最具特色。但全书人物大都过于概念化，许多描写也很粗糙，总体艺术成就不高。

《说岳全传》影响很大，尤其是为戏剧艺术提供了丰富的题材，如《牛皋扯旨》、《柜中缘》、《挑滑车》等戏至今还活跃在戏剧舞台上。

以隋末唐初的英雄故事为题材的作品，明代已有《隋史遗文》、《隋唐志传》等，清康熙时人褚人获[3]，在此基础上吸收民间传说，撰成20卷100回的《隋唐演义》。小说以史为经，以人物事件为纬，主要内容由三部分构成：（1）以隋炀帝、朱贵儿为中心人物的隋末宫廷故事；（2）秦琼、单雄信、程咬金等"乱世英雄"起兵反隋的故事；（3）以唐明皇、杨贵妃为中心人物的唐代宫廷故事。其中瓦岗英雄起义反隋部分，艺术地描写了隋末的历史现实，颂扬了这些草莽英雄的侠义勇武，人物形象生动，不乏精彩之处。

《隋唐演义》事件纷繁，时间跨度长，头绪庞杂，但作者排比史实，穿插故事，松而不散，甚见功力。对瓦岗英雄的形象刻画，也比较鲜明生动。文笔流畅，甚富民间说唱文学色彩，但也如鲁迅《中国小说史略》所说："浮艳在肤，沉着不足，罗氏风范，殆已荡然。"（第十四篇）

## 第二节　《醒世姻缘传》及其他世情小说

在《金瓶梅》影响下，清代出现了不少以婚姻家庭为题材的世情小说，其中成就最高、超迈前伦的是《红楼梦》，此外值得一提的是《醒世姻缘传》和《歧路灯》。

《醒世姻缘传》，原名《恶姻缘》，共100回。现存最早的同治庚午（1869）刻本，题"西周生辑著"。据清人杨复吉《梦阑琐笔》引鲍以文云："留仙尚有《醒世姻缘》小说，盖实有所指。"留仙即蒲松龄，鲍以文即鲍廷博，为杨复吉之友，曾代赵起杲刊刻《聊斋志异》。由于赵、鲍、杨三人生活时代距蒲松龄死时不过几十年，此说当有根据。且《醒世姻缘传》人物、情节与《聊斋志异》的《江城》、《马介甫》诸篇颇相似，语言亦为蒲氏山东方言。据此，"西周生"很有可能是蒲松龄的化名[4]。

《醒世姻缘传》以明英宗正统年间至宪宗成化年间（约1440—1495）为背景，叙述了一个冤冤相报的两世姻缘的故事。前22回写"前世姻缘"。山东武城县乡宦晁思孝之子晁源，一次围猎取乐时，射死一只仙狐，种下孽根。又纳妓女珍哥为妾，纵妾虐妻，致使嫡妻计氏上吊自杀。后晁源因奸被杀。第二十三回以后，写"今世姻缘"。晁源死后托生为绣江县明水镇富户狄宾梁之子狄希陈，前世为晁源射死的仙狐托生为同村薛教授之女薛素姐，与狄希陈结为夫妻。计氏托生为童寄姐，为狄希陈之妾。珍哥转生为贫家女小珍珠，后卖与寄姐为婢。于是前世冤家，今又聚头，并冤冤相报。珍珠被寄姐逼死，狄希陈也备受妻妾虐待。尤其是薛素姐，悍妒无比，对狄希陈棒打、针刺、火烧、囚禁，乃至以箭相射，无所不用其极。狄希陈靠钻营得官，远走北京、四川，但仍无法摆脱妻妾折磨。最后，经高僧点化，狄希陈虔诚持诵《金刚经》一万卷，才"福至祸消，冤除根解"。

　　作者通过这个两世恶姻缘的故事，一方面宣扬"大仇大怨，势不能报，今世皆配为夫妻"的宿命论思想，另一方面又借对反常夫妻关系和道德沦丧的否定，希望恢复儒家理想的西周纯朴风俗，以达到"醒世"的目的，作者化名"西周生"，寓意即此。仅此而论，此书的创作意图和主旨是落后陈腐的。

　　但是，如果我们揭去蒙在作品上的封建道德说教和宿命论的面纱，作者忠实于生活的创作态度，又使我们看到了一幅真实而又生动的封建末世社会生活图画，从仗势胡为的当朝太监、京官、州县官吏，到为霸一方的土豪劣绅、富商大贾，乃至微不足道的贩夫走卒、村妇农夫、婢妾丫环，他们的言行、心理，无不得到惟妙惟肖的展露和体现。晁源父子行贿得官，横行乡里；晁源纵妾虐妻致死，仍可逍遥法外；珍哥虽被判死刑入狱，晁源贿赂典史，竟为她盖了单独院落，大摆生日宴席，"囹圄中起盖福堂，死囚牢大开寿宴"；垂涎珍哥的张瑞风，更是色胆包天，一把火烧了牢房，以另一烧死囚妇的尸首顶替珍哥，自己却将珍哥带回家中为妾。这些都充分暴露了封建社会暗无天日的现实。

　　全书用山东方言写成，语言流畅，诙谐有趣，极富乡土气息。

　　《歧路灯》共108回，作者李海观[5]。是书问世后，一直以抄本流传。直到1924年，始有洛阳清义堂石印本行世。1981年中州书画社出版的栾星校注本，补阙勘误，最称赅备。

　　《歧路灯》通过书香门第公子谭绍闻由误入歧途至迷途知返过程的描写，"阐持身涉世之大道，出以菽粟布帛之言，妇孺皆可共晓"（洛阳清义堂石印本卷首杨懋生序），劝诫世人教子要严、延师要正、交友要慎，为青年人点亮歧路明灯。仅此而论，《歧路灯》堪称中国小说史上第一部长篇教育小说。小说围绕谭氏兴衰际遇这一主要线索，还展示了市井社会的黑暗和官场社会的腐败，描写了不同阶级和阶层的种种人物，诸如达官贵人的骄横、士人灵魂的空虚、市井无赖的钻营，无不揭露得深刻而全面。此外，作品对清初的社会掌故,也多所描写,诸如算命卜卦、扶鸾请神、官场礼仪、科闱规程、佛寺风光、男女穿戴,均有细致描写,为研究清代的社会风俗习惯,提供了丰富的材料。但全书充满了浓厚的封建道德说教,尤其是前10回以及80回以后的29回,直接阐发名教的文字连篇累牍,令人难以卒读。

除上述二书外,清代世情小说颇为著名的还有《林兰香》、《蜃楼志》等。

## 第三节 《镜花缘》及其他神魔小说

《西游记》即有"讽刺揶揄,取当世之态"的叙事倾向,明人董说的《西游补》强化了这一倾向,可说是一种魔幻化的讽刺小说。清初又有刘璋《斩鬼传》,借钟馗斩杀所谓捣大鬼、龌龊鬼、诓骗鬼、糟腐鬼等各种"恶鬼",以寄讥弹世风之义。乾、嘉时期,又有张南庄《何典》、李百川《绿野仙踪》、署名"落魄道人"的《常言道》等小说,也是或借写鬼事以讽人间,或叙域外而实讥本土,但都成就不高。相较而言,嘉庆时期出现的《镜花缘》,是这类小说中成就最高且影响最著者[6]。

《镜花缘》共100回,作者李汝珍[7]。书叙唐女皇武则天冬日赏雪,醉中诏令百花开放。众花神不敢违拗,结果因"逞艳于非时之候"而遭天谴,贬谪人间。花神领袖"百花仙子"托生为唐敖之女小山。唐敖仕途不利,遂与经商之妻弟林之洋出海漫游,经舵公多九公向导,遍游海外君子国、大人国、劳民国、两面国、女儿国等30余国,后至小蓬莱,留诗谢世,入山不返。小山出海寻父,遍历艰辛,于小蓬莱"泣红亭"得父亲留下的书札,乃遵父命改名"闺臣",回国应试。小山回国后恰逢武则天大开女试,由诸花神托生的百名女子,皆被录取。众花神重得于人间相聚。最后中宗复辟,尊则天为"大圣皇帝",而则天又下新诏,宣布明年重开女试。

自雍正年间"大开洋禁"后,"西南洋诸国咸来互市"(王之春《柔远记》卷四),海外交往的日益频繁,使人们的眼界也随之扩大。李汝珍也受此影响,故而于小说中据《山海经》等前代笔记杂著记载而驰骋想象,描写诸多海外异国异闻。然作者却并非单纯地搜奇猎异,书中第二十三回作者假林之洋之口,道出了其创作是书之宗旨:"这部《少子》(指《镜花缘》),……虽以游戏为事,却暗寓劝善之意,不外风人之旨。"即借奇幻怪异世界为"水"为"镜",来映照现实世界之"月"之"花",从而隐寓其讥弹世风、颂扬理想之主旨。书名《镜花缘》,实即指此。

《镜花缘》大体由海外游历和众才女游宴逞才两大部分组成,其最有价值的内容,主要集中在第八至四十四回描写海外诸国的部分。其中有些国度的风俗,显然寄托着作者的理想。如君子国的"好让不争","耕者让畔,行者让路","无论富贵贫贱，举止言谈，莫不恭而有礼"。市场上，买主出大价买次货，卖主则要贱价售好货，以至争执不下难以成交。更难得的是君贤臣良，吏治清明。其他如大人国的民风淳厚，政简刑宽；轩辕国的鸾歌凤舞，一派升平。这些近似于"乌托邦"的国度，体现了作者对文明、和谐的理想世界的向往。也有些国度的风俗描写，表现了作者对当世浇薄世风的批判。如翼民国人头长五尺，"爱戴高帽"；长臂国人注重钱财，到处搜刮；无肠国人腹中空空，却"偏装作充足的样子"。刻画尤其生动的是两面国人，嫌贫爱富，欺诈成风；迎面是笑脸，藏在浩然巾背后的本相却狰狞可怖。这显然是作者对封建社会充满虚伪、狡诈现实的写照。

作者还通过一些国度的描写，表现了反对男尊女卑、尊重女权、男女平等的民主主义思想。如在黑齿国，多才饱学的唐敖、多九公与才女红薇、紫萱论学，竟被两个女子难倒，只得认输。女子之才智不亚于须眉男子。尤其是关于女儿国的描写，"男子反穿衣裙作为妇人以治内事，女子反穿靴帽以治外事"，作者于此又发奇想，让林之洋被女儿国国王选为"王妃"，被迫穿耳缠足——

  几个中年宫娥走来，都是身高体壮，满嘴胡须。内中一个白须宫娥，手拿针线，走到床前跪下道："禀娘娘，奉命穿耳。"早有四个宫娥上来，紧紧夹住。那白须宫娥上前，先把右耳用指将那穿针之处碾了几碾，登时一针穿过。林之洋大叫一声："疼杀俺了！"往后一仰，幸亏宫娥扶住。又把左耳用手碾了碾，也是一针穿过。林之洋只疼的喊叫连声。两耳穿过，用些铅粉涂上，揉了几揉，戴了一副八宝金环。白须宫娥把事办毕退去。接着有个黑须宫人，手拿一匹白绫，也向床前跪下道："禀娘娘，奉命缠足。"又上来两个宫娥，都跪在地下，扶住"金莲"，把绫袜脱去。那黑须宫娥取了一个短凳，坐在下面，将白绫从中撕开，先把林之洋右足放在自己膝盖上，用些白矾洒在脚缝内，将五个脚指靠在一起，又将脚面用力曲作弯弓一般，即用白绫缠裹。才缠了两层，就有宫娥拿着针线上来密密缝口。一面狠缠，一面密缝。林之洋身旁既有四个宫娥紧紧靠定，又被两个宫娥扶住，丝毫不能转动。及至缠完，只觉脚下如炭火烧的一般，阵阵疼痛。不觉一阵心酸，放声大哭道："坑死俺了！"（第三十三回）

把穿耳、缠足这类封建社会强加于女子的痛苦，让男人亲身尝受一次。这就使人不能不同情妇女的不幸，而痛感摧残妇女之陋习的残酷了。

《镜花缘》讥弹世风，批评陋习，尊重女性，其中不乏进步的民主思想，但书中也颇多封建道德说教，如男女授受不亲之论、"父母之命，媒妁之言"之说，把武则天当政解释为"心月狐""错乱阴阳"，理想中的国度也仍是"君君臣臣"的儒教理念，等等。

《镜花缘》艺术上的最突出成就是构思奇特，想象丰富。三十几个海外异国风俗的描写，充分体现了这一特色。然是书结构松散，人物缺乏个性，又常以议论代替形象描写，缺乏艺术感染力。尤其是后半部分竟"论学说艺，数典谈经，连篇累牍而不能自已"（鲁迅《中国小说史略》第二十五篇），自更乏小说意味了。

〔注释〕

〔1〕陈忱（1615—1670?），字遐心，号雁宕山樵。浙江乌程（今浙江吴兴）人。明亡后，"绝意仕进"，曾与顾炎武、归庄等组织具有反清倾向的"惊隐诗社"。后因同仁中有人受"明史案"株连，诗社被迫解散。晚年退居家乡乌程南浔镇。《乌程县志》谓其"居贫，卖卜自给。究心经史，稗编野乘，无不贯串。好作诗文，驱策典故，若数家珍。而无聊不平之气，时复盘旋于楮墨之上，乡荐绅咸推重之。身名俱隐，穷饿以终。诗文杂著，多散佚不传"。所著除《水浒后传》外，还有《雁宕诗集》、《痴世界乐府》、《廿一史弹词》等，惜多散佚。

〔2〕钱彩、金丰二人生平事迹不详。通行本《说岳全传》题"仁和钱彩锦文氏编次"、"永福金丰大有氏增订"。据此可知，钱彩字锦文，仁和（今浙江杭州）人；金丰字大有，永福（今福建永泰）人。卷首有署"甲子孟春"金丰序。甲子，当为康熙二十三年（1684），一说是乾隆九年（1744）。

〔3〕褚人获，生卒年不详，字稼轩，又字学稼，号石农，长洲（今江苏吴县）人。终生未仕。淹博书史，尤喜搜集野史杂说、轶闻趣事，著述甚丰，除《隋唐演义》外，尚有《坚瓠集》、《读史随笔》、《圣贤群辅录》等行世。

〔4〕但也有不少学者对"蒲松龄说"提出异议，如路大荒等（参见路大荒《聊斋全集中的〈醒世姻缘〉与〈鼓词集〉作者问题》，《光明日报》1955年9月4日）。20世纪80年代后，又有不少学者提出新说，如金性尧推测作者为山东章丘人（《〈醒世姻缘传〉作者非蒲松龄说》，《中华文史论丛》1980年第4辑），田璞、张清吉等认为作者是丁耀亢（田璞《〈醒世姻缘传〉作者新探》，《河南大学学报》1985第5期；张清吉《〈醒世姻缘传〉作者是丁耀亢》，《徐州师院学报》1989年第3期），徐复岭又提出"贾凫西说"（徐复岭《〈醒世姻缘传〉的作者是贾凫西——该书作者考辨之三》，《济宁师专学报》1990年第3期），此外，童万周在1982年为中州古籍出版社出版的《醒世姻缘传》所写的"后记"中还提出"河南人"说，等等，迄今尚无定论。

〔5〕李海观（1707—1790），字孔堂，号绿园，河南宝丰县人。乾隆元年（1736）举人，晚年在贵州印江县做过一任知县，后回乡教书。著述除《歧路灯》外，还有《绿园文集》、《绿园诗钞》、《拾捃集》等。

〔6〕鲁迅在《中国小说史略》中谓《镜花缘》为"清之以小说见才学者"，何满子则称之为"杂家小说"（《古代小说退潮期的别格——"杂家小说"——〈镜花缘〉肤说》，《社会科学战线》1987年第1期）。这些看法主要是针对《镜花缘》后半部的论学说艺、考证方物而言的。但全书之情节主干是海外游历的奇闻异事，考证万物等等是附着、渗透于这一情节主干之中的。故可视之为神魔小说之变体，犹若《西游补》等变向讽世，《镜花缘》则变向论学。

〔7〕李汝珍（1763—1830?），字松石，号松石道人，人称北平子，直隶大兴（今北京市大兴县）人。长期寓居海州（今江苏省连云港市），曾任河南县丞。他学识渊博，精通音韵，旁及杂艺，著有《李氏音鉴》、《受子谱》等。《镜花缘》为其用了近20年时间，于嘉庆二十三年（1818）问世的作品。

〔参考书目〕

〔1〕张俊. 清代小说史. 杭州：浙江古籍出版社，1997.
〔2〕汪龙麟. 20世纪清代文学研究. 北京：北京出版社，2001.

# 第十八章
# 近代小说

## 第一节　古典小说的衰落

　　近代小说发展凡三变，鸦片战争前后是小说发展的低潮期，所作无论在思想还是艺术上，多因袭前人，殊乏创新；戊戌变法后，"小说界革命"蓬勃发展，小说日趋繁荣，尤其是谴责小说盛行一时；辛亥革命后，立意"消闲"的鸳鸯蝴蝶派小说和更趋末流的黑幕小说相继兴起，小说发展再次陷入低谷。

　　近代初期小说家们于传统小说诸种类型几乎都有所尝试，英雄传奇如俞万春《荡寇志》、无名氏《云中雁三闹太平庄》，风月传奇如曹梧冈《梅兰佳话》、黄小溪《白鱼亭》、无名氏《五美缘》，狭邪小说如陈森《品花宝鉴》、俞达《青楼梦》、魏秀仁《花月痕》，公案小说如无名氏《武则天四大奇案》，侠义公案小说如文康《儿女英雄传》、贪梦道人《彭公案》、无名氏《施公案》、石玉昆《三侠五义》、无名氏《小五义》及《续小五义》，神魔小说如惺惺居士《精神降鬼传》，等等。只是此期小说各种类型之间常常越界而呈现出一种模糊性，英雄传奇中时时掺入许多神魔打斗情节，而神魔小说却又要故意营构一个真实的历史背景；侠义小说不仅要塞进一个老为侠客惹麻烦的清官，与公案小说缠夹不清，还要想方设法为侠客们谋取功名，又步入了英雄传奇的小说套路。凡此种种，与其说是"著者不过以涉笔成趣为之"（老棣《文风之变迁与小说将来之位置》，《中外小说林》第6期，1907年），从而"喜录陈言，故看一二部，其他可类推，以至终无进步"（定一《小说丛话》，《新小说》15号，1905年），还不如说是由这众多小说类型形成的时代文化的深厚土壤，为近代初期小说家的小说创作提供了广阔、自由的借鉴空间。因为任何文学类型的发展，后辈都不可能"横空出世"，在其成长过程中，必然要受到其所处时代文学环境各种因素的影响。鸦片战争至戊戌变法这段时期的小说主要有以下几种类型。

### 一、侠义公案小说

　　侠义公案小说在此期甚为流行，颇有影响的有《施公案》、《彭公案》、《刘公案》、《三侠五义》、《小五义》、《续小五义》、《永庆升平》、《英雄大八义》、《英雄小八义》、《七剑十三侠》等。

与侠义小说歌颂侠客打抱不平甚而"时扞当世之文网"（司马迁《史记·游侠列传》）不同，这类的侠义公案小说"虽意在叙勇侠之士，游行村市，安良除暴，为国立功，而必以一名臣大吏为中枢，以总领一切豪俊"（鲁迅《中国小说史略》第二十七篇），即让侠客与清官联手，侠客的打斗服从于清官断案，故而文学史家称之为"侠义公案小说"。这样一来，使得原本粗豪脱略的侠客义士们因"尽忠岂能顾众"（《施公案》中黄天霸语）、效命朝廷而给人以统治者鹰犬之感。而在艺术上，又多是"千篇一律，语多不通，甚至一人之性格，亦先后顿异，盖历经众手，共成恶书，漫不加察，遂多矛盾矣"（鲁迅《中国小说史略》第二十七篇）。相对而言，《三侠五义》是此类小说中的佼佼者。

《三侠五义》原是天津说唱艺人石玉昆有关包公的说唱本，名叫《龙图公案》，因系听说者笔录而成，故又称《龙图耳录》，后经问竹主人修改、润色而成今日之流行本《三侠五义》，刻本传世于光绪五年（1879）。光绪十五年（1889），俞樾又加以修订，删去"狸猫换太子"情节，参考《宋史》改写了第一回。又因书中所写南侠展昭、北侠欧阳春、双侠丁兆兰、丁兆蕙，已非三人，再加上小诸葛沈仲元、黑妖狐智化、小侠艾虎共七人，故题名《七侠五义》。但影响较大的仍是《三侠五义》的本子。

《三侠五义》前半部写清官包拯在"七侠五义"的帮助下除暴安良、审案平冤的故事。后半部写众侠客协助朝廷剿除阴谋叛乱的襄阳王赵珏及其党羽。小说以清官统率侠客，平反冤狱，打击各种社会恶势力，在一定程度上揭露了社会的黑暗，反映了广大人民要求铲除奸恶、政治清明的善良愿望。然是书"大旨在揄扬勇侠，赞美粗豪，然又必不背于忠义"（鲁迅《中国小说史略》第二十七篇），所以书中虽"为市井细民写心，乃似较有《水浒》余韵，然亦仅其外貌，而非精神"（同上），二者在精神上的区别，就在于"《水浒》中人物在反抗政府；而这一类书中底人物，则帮助政府"（鲁迅《中国小说的历史的变迁》第六讲）。

《三侠五义》"写草野豪杰，辄奕奕有神，间或衬以世态，杂以诙谐，亦每令莽夫分外生色"（鲁迅《中国小说史略》第二十七篇），展昭、蒋平、智化等粗豪侠客形象，均极具个性，清官包拯、颜查散的形象也颇有特色。小说在结构上甚为完整，情节错综复杂，变幻莫测，而"接缝斗榫，亦俱巧妙无痕"（问竹主人《三侠五义序》），具有吸引读者的强烈艺术魅力。语言通俗流畅，又喜间以方言土语，使作品生色不少。

## 二、狭邪小说

"狭邪"指里弄曲巷，为旧时娼妓所居之地，后遂以之代指娼家。所谓狭邪小说，即指清末民初以娼妓、优伶为主要描写对象的章回小说，鲁迅于《中国小说史略》第二十六篇中首先使用这一名称。并依据作家对娼优的态度，将狭邪小说的衍变归纳为"溢美"、"近真"和"溢恶"三个阶段。

"溢美"者如陈森《品花宝鉴》、俞达《青楼梦》、魏秀仁《花月痕》等，这类作品大都问世于甲午战争之前。其中，《品花宝鉴》摹写北京优伶，为乾嘉狎优之风影响下的产物。《青楼梦》、《花月痕》则专写妓院生活，赞颂妓女情义，对冶游行为大加称美，可视为才子佳人小说之变体，只是才子变为嫖客，而佳人改成妓女而已。在艺术上，诸书皆刻意模仿《红楼梦》，故常被称为《红楼梦》之"仿书"。

"近真"类作品多问世于甲午战争后，代表作如《海上花列传》、《海天鸿雪记》、《海上名妓四大金刚奇书》、《海上繁华梦》等。这些小说多以上海为背景，语言上则用苏白，对妓家生活的描写，大都比较客观、真实，既不刻意美化，也不故意丑化。其中以韩邦庆的《海上花列传》影响较大。

"溢恶"类之作如《风月梦》、《九尾龟》、《九尾狐》等，多产生于戊戌变法之后。这类作品着意于揭露妓院的种种骗术，谴责妓女的虚伪、势利，其末流则蜕变为"嫖界的指南，花丛的历史"。而在艺术上也失去了委婉细腻的风致，"故意夸张，谩骂，有几种还是诬蔑、讹诈的器具"（鲁迅《中国小说的历史的变迁》第六讲），流为"谤书"。

### 三、《儿女英雄传》和《荡寇志》

在这一时期的小说中，还有两部名重一时而在思想上却颇为陈腐乃至反动的小说，即文康《儿女英雄传》[1]和俞万春《荡寇志》[2]，前者有类于侠义小说而偏重于言情，后者仿《水浒传》却发生变异。

《儿女英雄传》又名《金玉缘》，原本53回，刊行时删存41回（包括"缘起首回"），即今通行之40回本。小说前半部写侠女十三妹为报父仇，隐姓埋名，出没市井。途遇前往淮安救父、误投能仁寺的安骥，遂出手相助，杀死凶僧，救出安骥及为凶僧所拘民女张金凤，由她作伐，将金凤许配安骥。后半部写安骥之父安学海冤情得白，寻访得知十三妹原名何玉凤，其父则为纪献唐所害之何将军。安学海告知纪献唐已被诛，何玉凤遂嫁安骥。后安骥中举，官运亨通，位极人臣。金、玉二凤各生一子，安学海夫妇也"寿登期颐，子贵孙荣"。

全书贯穿着尽义、尽孝、尽忠、报国这样一条主线，始于何、安、张三家蒙难，终于儿女、英雄共享荣华，作者明显是借此宣扬封建的孝悌忠信观念，希望有忠臣孝子、英雄儿女出来扶持纲纪，以支持摇摇欲坠的封建大厦，所以胡适讥之为"只是一个迂腐的八旗老官僚在那穷愁之中作的如意梦"（《中国章回小说的考证·儿女英雄传序》）。

在艺术上，作者"缘欲使英雄儿女之概，备于一身"，从而在小说的后半部，泼悍不羁的十三妹一变而为谨遵妇教的贤妻良母何玉凤，以至"性格失常，言动绝异，矫揉之态，触目皆是矣"（均见鲁迅《中国小说史略》第二十七篇）。但在小说前半部，十三妹作为风尘侠客形象的描写是很成功的。后人对这部小说的喜爱和偏好，很大程度上也是因为前半部十三妹的光彩和魅力。此外，《儿女英雄传》在情节设计上，善用伏笔，悬念迭起，引人入胜；语言上采用标准北京话，文字精练、生动，饶有谐趣，甚富评书特色。

《荡寇志》是继《水浒传》而来，故又名《结水浒传》，70回。是书为俞万春晚年之作，历时20余年（1826—1847），中间凡"三易其稿"。作者死后，其子俞龙光又稍加润色，于咸丰三年（1853）刊行。咸丰七年（1857）又有重刻本，同治十年（1871）又有大字复刻本。

是书卷首《引言》中，作者曾自述其创作本旨："因想当年宋江，并没有受招安、平方腊的话，只有被张叔夜擒拿正法一句话。如今他既妄造伪言，抹煞真事，我亦何妨明真事，破他伪言，使天下后世深明盗贼、忠义之辨，丝毫不容假借。"即以《荡寇志》来抵制《水浒传》的传播，从思想深处消弭人民的造反念头和反抗意识。

正是出于这一创作意图，小说中对梁山英雄尽量歪曲和丑化，爱打抱不平、为民除害的梁山好汉在《荡寇志》中不仅粗野无礼，且"每破了城池，常洗涤百姓"，与民为敌。梁山一百单八将也非死即斩，无一生还：关胜遭"飞锤打伤"而死，呼延灼被一支飞镖"正中咽喉，落马而死"，花荣为陈丽卿射死，鲁智深中风而死，武松力疲而死，史进、李逵、柴进、宋江等均被活捉问斩……这都表现了作者极端仇视农民起义的立场。至于镇压农民起义的陈希真及其女儿陈丽卿等，作者则极力歌颂。

但《荡寇志》并不是一部全凭说教的平庸之作。书中虽对梁山英雄歪曲、丑化，但并非脸谱化。武松的英武、李逵的勇猛、林冲的委曲求全，都写得十分真实感人。对蔡京、高俅等奸佞之徒，也极力批判，揭露他们误国殃民的罪行，继承了《水浒传》的批判精神。在结构线索的安排、战争场面的描写上，却颇多"施、罗所未试者"，尤其是"奔雷车"、"飞天神楼"、"水底连珠炮"等带有近代色彩的新式武器的使用，更是古代小说所未有。

语言流利、精练、形象、生动，较之《水浒传》也并不逊色，所以鲁迅说《荡寇志》"文章是漂亮的，描写也不坏"（《中国小说的历史的变迁》第四讲）。

## 第二节 "新小说"的勃兴

近代小说在19世纪末20世纪初出现了空前的繁荣。短短十几年时间里，小说创作数量之多，前所未有。阿英《晚清戏曲小说目》中，共收1900至

1911年间的创作小说462种,翻译小说608种,两者相加已超过千种。刊载小说的文艺刊物也纷纷出现。据统计,1902至1916年这15年间创刊的以刊载小说、戏曲、诗文为主的文艺刊物共有57种,其中仅以"小说"命名的便有29种之多(参见鲁深《晚清以来文学期刊目录简编》,《中国现代出版史料丁编》下)。著名的有《新小说》(1902)、《绣像小说》(1903)、《新新小说》(1904)、《月月小说》(1906)、《小说林》(1907)等。

小说界的这种空前繁荣,原因是多方面的。阿英在《晚清小说史》中将其概括为三个方面:

> 第一,当然是由于印刷事业的发达,没有此前那样刻书的困难;由于新闻事业的发达,在应用上需要多量产生。第二,是当时智识阶级受了西洋文化影响,从社会意义上,认识了小说的重要性。第三,就是清室屡挫于外敌,政治又极窳败,大家知道不足与有为,遂写作小说,以事抨击,并提倡维新与革命。

上述说法均颇有道理,在此还须作一点强调的是,由梁启超等人发动的"小说界革命"对清末民初小说的繁荣厥功甚大。清末民初中华民族的空前灾难带来了国民高度政治化的激情,随着域外文学的强力渗透,"且闻欧美、东瀛,其开化之时,往往得小说之助"(严复、夏曾佑《本馆附印说部缘起》)的说法也进入中国。尤其是戊戌变法的失败,截断了康有为、梁启超等晚清新学之士直接掌握国家政权从事社会变革的道路,使其不能不把主要精力从政治斗争转向理论宣传,同时也使他们认识到"新民为今日中国第一急务"(梁启超《新民说》),而"仅识字之人,有不读经,无有不读小说者"(康有为《〈日本书目志〉识语》),"故今日欲改良群治,必自小说界革命始;欲新民,必自新小说始"(梁启超《论小说与群治之关系》)。"小说界革命"于是蓬勃开展起来。

对小说功用的强调,刺激了其时小说的多量产生。但出于"改良群治"目的而标举小说,又使得梁启超等人对小说的政治寓意极为注重,所以梁启超东渡日本后,即着手翻译日本政治小说《佳人奇遇》等,并以之作为其所倡导的"新小说"的范本。这给其时的"新小说"创作蒙上了一层沉重的阴影。清末民初小说的高度政论化和官场小说的谴责倾向,与梁启超等人"小说界革命"理论上的误导不能说没有关系。

为梁启超等人所始料未及的是,出于"改良群治"启发民智需要而倡导的政治小说和科学小说,却因过度政论化和科学化而在晚清文坛昙花一现。严峻的社会现实和官场的黑暗使得谴责官场的小说大行其时。自1903年《世界繁华报》连载李伯元《官场现形记》后,种种谴责官场的小说便纷纷出现。据统计,这一时期仅书名中含有"官场"二字的小说便有近20种之多。在这一官场小说的创作热潮中,涌现了一批优秀的作家和作品,其中最有名、成就最高的便是被鲁迅称为"晚清四大谴责小说"的李伯元《官场现形记》、吴趼人《二十年目睹之怪现状》、刘鹗《老残游记》和曾朴《孽海花》。

## 一、李伯元《官场现形记》[3]

《官场现形记》60回,初发表于1903—1905年的《世界繁华报》,后分五编由世界繁华报馆逐次出版,至1906年出齐。

《官场现形记》集中地揭露了晚清官场的种种丑行恶德,堪称一部"晚清官场群丑图"。作者无情地撕下了罩在各类官僚面上金碧辉煌的面纱,露出了他们鄙劣丑恶的灵魂。

小说中所展示的清末官场,金钱主宰了一切,卖官鬻爵之风盛行,官场变成了商场。江西代理巡抚何藩台卖官,最高标价20万两银子,但向朝廷买一个"上海道"则要50万两。买主之所以愿出大价钱买个好缺,原因是"任他缺分如何坏,做官的利息总比做生意的好"(《官场现形记》第三十一回,田小辫子语)。获取"利息"的方式则不外贪污和受贿。对这些官场丑行,最高统治者也并非不知,"老佛爷"更是"明鉴万里":"通天底下一十八个省,那里来的清官?但是御史不说,我也装做糊涂罢了。就是御史参过,派了大臣查过,办掉几个人,还不是这们一件事。前者已去,后者又来,真正能够惩一儆百吗?"(第十八回)可见,晚清官场卖官鬻爵、贪污受贿之风的形成,是"上头"乃至"老佛爷"都承认、默许和怂恿的。

作者笔下的晚清官吏,或是寡廉鲜耻、道德败坏的蝇营狗苟之徒,如冒得官将自己的女儿送给好色的上司羊统领玩弄,并对上司的"赏脸"感激不已。或是惧外媚洋,奴性十足之辈,如平时盛气凌人,凡进膳时"无论什么客来,不准上来回"的文制台,一听"洋人"二字,"顿时气焰矮了大半截",不顾正在吃着饭,一迭声"还不快请进来"!官僚们在洋人面前奴颜婢膝,对待人民却凶狠残暴。胡统领去并无贼寇的严州剿匪,竟纵兵虐民,烧杀淫掠,无恶不作,受害百姓不仅无处申冤,还要为胡统领送"万民伞"、"德政碑"。

《官场现形记》揭露了晚清官场的龌龊、吏治的腐败、官僚的卑劣,表现了作者对清政府腐败黑暗政治的憎恶和弃绝。但作为一个向往维新变革的作家,作者在小说的结尾,又希望能有一本教导人们如何做官的书,说明作者对封建官僚的本质还认识不清。此外,对农民起义的仇视、对西方列强侵略本质缺乏清醒认识,等等,均是本书的局限所在。

《官场现形记》在结构上颇类《儒林外史》,"惟全书无主干,仅驱使各种人物,行列而来,事与其来俱起,亦与其去俱迄,虽云长篇,颇同短制"(鲁迅《中国小说史略》第二十三篇)。这种结构方式也是适应当时在报纸上连载的需要。但就小说本身而言,这种"集锦式"的结构也能更为深广地反映社生活面，从而体现小说之主旨——显露晚清官场的方方面面。

《官场现形记》在人物描写上最突出的特点是漫画式的描写手法。通过人名谐音揭示人物性格的，如唐二乱子、冒得官、梅飏仁，等等；以体貌衣饰体现个性特色的，如面色焦黄者必是鸦片鬼，山羊胡子总是长在惧内欺下的官吏脸上，衣衫褴褛者多是长期不得补缺的官僚，等等。

《官场现形记》语言浅近直白，也注意人物语言的个性化。缺陷是提炼不细，缺乏含蓄蕴藉之美，这便是鲁迅所批判的"笔无藏锋"（《中国小说史略》第二十八篇）。

## 二、吴趼人《二十年目睹之怪现状》[4]

《二十年目睹之怪现状》原刊于《新小说》（1903—1906），连载至45回时《新小说》停刊，后上海广智书局出版单行本（1906—1910），分8册，共108回。

与《官场现形记》相比，《二十年目睹之怪现状》反映的生活面显然要广阔得多，官场、商场、洋场、医卜星相、三教九流均有所反映。然作者之着眼点，仍是暴露官场黑暗，官僚的品德败坏，如知县做贼、臬台盗银、候补道送妻子去为上司"按摩"……最典型的是作为书中主要主人公之一的苟才，他为人虚伪，为钻营而假装阔气，因善于巴结而仕途得意。为了谋求升官发财，竟逼着新寡的儿媳给总督做姨太太。在他的熏陶下，其子龙光也是吃喝玩乐，无所不为，只因苟才不愿将六姨太赏给自己，竟串通医生谋害了父亲。公公逼媳做妾，儿子毒死老子，这就是苟公馆所标榜的孝悌忠信、三纲五常！小说通过这些描写，不仅揭露了官场的腐败，也反映了封建宗法制度、伦常关系的败坏和道德的堕落。

小说还着力鞭挞和批判了不学无术的洋场才子和斗方名士。这些号称"诗人""才子"的名士们，胸无点墨，却又要附庸风雅，结果笑话百出。诸如把李商隐的别号"玉溪生"加在杜牧头上，又把杜牧的号"樊川"送给杜甫，还有把杜少陵和杜甫说成是父子关系的，有人盛赞唐代书法家颜鲁公的字如何好，客问墨迹内容时，却回答说写的是宋人苏轼的《前赤壁赋》，等等，不胜枚举。

小说中也写了几个正面人物，如九死一生、吴继之、蔡侣笙、文述农等。九死一生是贯穿小说的中心人物，其中寓有作者自己的影子。20年的人生，给了他极深的教育，伯父的欺骗、虚伪、绝情、卑劣，多次的上当受骗，使他从天真地相信一切，逐渐痛苦地感受到社会的虚伪与丑恶。最后不但与人经营的商业破产，他的理想也全部破灭。蔡侣笙"正直贤良"，"不愧为民父母"，但却被"革职查办"。全书通过这几个理想人物的悲剧性结局，流露了作者浓重的悲观主义情绪，但也反映了作者看不到人民的力量以及道德救世的思想局限。

《二十年目睹之怪现状》以九死一生这个人物为贯穿始终的主线，又间以苟才、吴继之等或反或正的人物从中穿插，从而使全书虽仍是集诸碎锦于一体的"集锦式"结构，但却显得完整而不松散。作品中的一些主要人物如九死一生、苟才等的形象也颇为生动，但在对一些次要人物的描写上则失之张惶，给人"辞气浮露"之感。此外，小说以九死一生自叙传形式讲述20年的人生经历，通篇都有一个"我"的存在，这对中国传统小说第三人称全知视角叙述模式是一次突破，为此后鲁迅《狂人日记》、《孔乙己》等第一人称内视角叙述方式的确立奠定了基础。

### 三、刘鹗《老残游记》[5]

《老残游记》初刊于《绣像小说》第9—18期（1903—1904），共10回，世称"绣像本"；接着又在1906年《天津日日新闻》连载，共20回，世称"日日新闻本"，是即《老残游记》之祖本。1907年8—11月，《天津日日新闻》又连载该书续集（亦称二集）9回。另还有外编残稿1卷，写作时间难定。目前较通行的有1957年人民文学出版社本、1981年齐鲁书社严薇青校注本。

《老残游记》的叙事主体部分，仍是对封建官场黑暗的揭露和批判，如兖州知府常剥皮贪欲膨胀以至"人人侧目而视"、泰安县衙内宋某强夺霸占尼姑、衙门里的轿夫仗势欺人等等，但作者并未停留在这些"揭赃官之恶"的描写上，而是由此进一步地"揭清官之恶"，表现出比其时诸多官场谴责小说更为犀利的批判精神。

曹州知府玉贤在曹州任上"未到一年"，便获得了"路不拾遗"的美名。原来"他随便见着什么人，只要不顺他的眼，他就把他用站笼站死；或者说话说得不得法，犯到他手里，也是一个死"。从而不到一年，"就用站笼站死两千多人"，而其中"大约十分中九分半是良民"。以至曹州的老百姓，一旦问及玉大人时，无不交口称赞"是个清官，是个好官"，但"面色就渐渐发青"，"眼眶子就渐渐发红"，"止不住泪珠直滚下来"。据《清史稿·毓贤传》："光绪十四年，（毓贤）署曹州，善治盗，不惮斩戮。"所谓"不惮斩戮"，刘鹗于此以小说的形式使之形象化、典型化了。

作者通过玉贤这类"清官"形象的描写，深刻地揭示出封建官僚凶残暴虐的本质，同时也说明正是为了追求所谓的"政绩"，才酿就出这种"不惮斩戮"的残暴酷吏，从而使官场谴责小说由对官僚丑恶品性的描摹转向对官僚体制本身的批判。

作为"游记体"小说，《老残游记》突破了传统小说"情节中心"的结构意识。全书以老残的游历串联起沿路的山川风景、人物事件。20回本《老残游记》从老残离开济南始,经过黄河流域诸城镇,再回到济南府结束,将沿途的所见所闻、所想所做有机地串联起来,这之中有大明湖景观,曹州府惨案,东昌府访书,以及黄河的冰封、夜月,桃花山的辩论,老残的侦探,等等。其中桃花山辩论数回,现代论者多以之为游离情节之外的闲文。但倘从游记角度看,这数回体现的正是老残在游历中的心灵体悟。鲁迅所说的"作者信仰,并见于内"(《中国小说史略》第二十八篇),指的就是这些论辩部分的寓意。

《老残游记》在艺术上最突出的成就是其"描写技术"。人物刻画上如玉贤的残暴、刚弼的武断,各有特色;写景上如大明湖的自然风光,黄河冰封的"写真景物",都给人以身临其境之感。尤其是第二回写白妞说书,作者从心理感受的角度写出了音乐美给人的愉悦感受:"五脏六腑里,像熨斗熨过,无一处不伏贴;三万六千个毛孔,像吃了人参果,无一个毛孔不畅快。"而且有层次地写了音乐的美妙佳境:

> 唱了数十句之后,渐渐的越唱越高,忽然拔了一个尖儿,像一线钢丝抛入天际,不禁暗暗叫绝。那知他于那极高的地方,尚能回环转折;几啭之后,又高一层,接连有三四叠,节节高起。恍如由傲来峰西面,攀登泰山的景象。初看傲来峰峭壁千仞,以为上与天通;及至翻到傲来峰顶,才见扇子崖更在傲来峰上;及至翻到扇子崖,又见南天门更在扇子崖上。愈翻愈险,愈险愈奇。

化无形的音乐为有形的景物,把转瞬即逝的声音,描绘为具体可感的形象。又运用通感手法,把听觉转化为视觉、感觉,把欣赏者对音乐美的感受具象化。作者之描写技巧,令人折服。

## 四、曾朴《孽海花》[6]

1903年,曾朴友人、革命派作家金松岑应《江苏》杂志之约,撰作以"赛(金花)为骨,而作五十年来之政治小说"《孽海花》,写至第六回,因"小说非余所喜",转请曾朴续之。曾朴遂以金氏所写几回为基础,一面修改,一面续写。原计划写60回,但未完成。1904年底写成20回,由小说林社于1905年出版,署名"爱自由者发起,东亚病夫编述","爱自由者"指金松岑,"东亚病夫"即曾朴。1907年又于《小说林》杂志发表第二十一至二十五回。研究近代小说史上的《孽海花》应以此25回为准。1927年,曾朴着手修改前25回,并新撰第26至35回。1928年,真善美书店出版《孽海花》初、二集修改本,共20回。1931年又出版三集(21—30回),始有30回本。50年代所出诸版本,均是以真善美书店30回本为祖本。1962年中华书局上海编辑所又出版35回本。

对清廷腐败黑暗统治的揭露与批判,此前官场谴责小说所写多是一些下官佐杂的昏聩无能,对上层统治者却少有涉及甚至还寄予厚望,有改良主义倾向,《孽海花》则将批判的锋芒直指诸多当朝权贵乃至最高统治者。中法之战,冯子材在镇南关大胜法军,身为三省督办的威毅伯李少荃(指李鸿章)却"只知讲和,不会利用得胜的机会,把打败仗时候原定丧失权利的和约,马马虎虎逼着朝廷签定,人不知鬼不觉依然把越南暗送"。中日之战,形势严峻,帝党重臣龚和甫(指翁同龢)不是为国事忧虑,却为失去一只鹤大作游戏文章《失鹤零丁》,连他的弟子闻韵高也为之感慨:"当此内忧外患,接踵而来,老夫子系天下人望,我倒可惜他多此一段闲情逸致。"而最高统治者慈禧太后,为贪图个人享乐,竟将"一国命脉所系"的军需用款,挪用来兴修颐和园。可见,整个封建统治集团已经腐败透顶,不可能承担挽救国家危亡之重任,这也从客观上为改良主义敲响了警钟。

《孽海花》中的官僚阶层不再是些不学无术的洋场才子(如《二十年目睹之怪现状》之唐玉生),或目不识丁的官场钻营者(如《官场现形记》之田小辫子),他们大都满腹经纶,学富五车,但他们的灵魂却同样卑劣。男主角金雯青是这类人物的典型代表。他出身状元,后任外交使节,是国家的"方面大员"。他在中状元前骗取妓女梁新燕的爱情,中状元后负却前盟,致使梁上吊自杀;在母亲热丧中,纳15岁妓女傅彩云为妾。他以研究历史舆地之学而享名当时,花重金买来一张中俄交界地图,研究经年却不知地图上画错了疆界,竟献给总理衙门,结果白白断送了国家八百里土地。这不仅是对金雯青政治昏聩的讽刺,也是对清代脱离实际的空疏学风的批判。

《孽海花》在结构上以金雯青、傅彩云故事为主轴,将中法战争、中日战争、帝党后党矛盾、海外虚无党活动,戊戌政变余波、青年会陈千秋等人的革命活动等围绕主轴穿插进行,即作者自己所总结的不同于《儒林外史》"珠练型结构"的"珠花型结构":"譬如穿珠,《儒林外史》等是直穿的,拿着一根线,穿一颗算一颗,一直穿到底,是一根珠练;我是蟠曲回旋着穿的,时收时放,东西交错,不离中心,是一朵珠花。"(《修改后要说的几句话》)

《孽海花》中的人物,多有所指,如金雯青指洪钧,傅彩云指洪妾赛金花,李治民指李慈铭,何珏斋指何大澂等等。作者根据这些人的历史原型予以集中概括,更能反映生活中这类人物的本质,所以鲁迅称赏是书"写当时达官名士模样,亦极淋漓"(《中国小说史略》第二十八篇)。

不过,《孽海花》也有"形容时复过度,亦失自然"之病,尤其是对"琐闻逸事"的关注,如龚自珍与顾太清的恋爱故事,龚自珍之子龚孝琪主张火烧圆明园之说等等,显系道听途说之"小道消息",对民国时期流行的"揭人阴私"的黑幕小说,是有其负面影响的。

## 第三节 "新小说"的变调

辛亥革命前后，文坛上主要有三种小说出现。一是革命小说，如黄小配《洪秀全演义》、陈天华《狮子吼》等，这类小说在其时影响不大，亦非主流，且多是革命理论说教，浓厚的政论化色彩淹没了小说本身的文体特性。二是情场小说，如鸳鸯蝴蝶派小说，苏曼殊的小说，多以骈文写男女情事，于其时最为流行。三是黑幕小说，出现较晚，多揭人阴私，实则不足称小说。以梁启超"新小说"标准衡之，二、三两类，显然已是"新小说"之变调了。

### 一、鸳鸯蝴蝶派小说

鸳鸯蝴蝶派小说最早得名于1918年4月19日周作人在北京大学文科研究所的演讲《日本近三十年小说之发达》，提到《玉梨魂》时说的"《玉梨魂》派的鸳鸯蝴蝶体"。由于此派作家多以骈文为小说，故又被称为"滥调四六派"；又因其多发表于《礼拜六》杂志上，故又有"礼拜六派"之称。

其实，鸳鸯蝴蝶派并不是一个有组织的文学团体，而只是一些文学观念、创作态度、作品的题材与风格大致相近的作家群体。兴起于20世纪初，鼎盛于袁世凯称帝前后，余波一直延续到40年代末。所作小说多发表于上海的《小说时报》、《民权报》、《礼拜六》、《小说丛报》等刊物上。代表作家"五四"前主要有徐枕亚、包天笑、周瘦鹃、李涵秋、张恨水、吴双热、王钝根等，他们都主张小说创作应以"趣味第一"，即强调小说的趣味性和娱乐性。代表作品如徐枕亚《玉梨魂》，包天笑《一缕麻》，周瘦鹃《此恨绵绵无绝期》、《恨不相逢未嫁时》，李涵秋《广陵潮》，吴双热《孽冤镜》等，多着意于刻画男女爱情上的纠葛与迷惘，男多为才子，女皆是佳人，因家庭或社会的诸多障碍而真情难遂，于是或殉情，或遁世，结局悲凉。又于叙事中夹进大量诗词歌赋，甚而索性以骈文为小说，"有词皆艳，无字不香"。

鸳鸯蝴蝶派小说的出现，自与辛亥革命后袁世凯复辟帝制所带来的复古思潮泛滥有关，同时也与民初读者阅读趣味的转移致使作家创作倾向转换不无关系。对于政治热情因辛亥革命失败而逐渐消退的民初读者来说，曾一度盛行的高度政论化的官场谴责小说，不再具有吸引力。而雕琢文句以示博学，赏析词曲以标高雅，对于自幼熟读诗词歌赋的民初作家和读者来说，已成惯性。正是依赖这种惯性，词赋化的鸳鸯蝴蝶派小说得以迅速流行。鸳鸯蝴蝶派小说的词赋化倾向，滞缓了小说的情节演进，自有其流弊。但这种倾向对中国小说"说书体"的叙事模式所带来的冲击也是明显的，起码可视之为将读者从"说书场"拉向案头书斋的一种努力。

## 二、苏曼殊的小说创作

被誉为"情僧"的南社作家苏曼殊[7]，小说创作也甚有成就。代表作主要有中篇小说《断鸿零雁记》，短篇小说《绛纱记》、《焚剑记》、《碎簪记》、《非梦记》等。这些小说所写几乎都是一男二女的三角恋爱，二女一为古德幽光的传统女性，一为颇通西学的新女性，并都深深挚爱着才情横溢的男主人公。结局是男子面对两美难兼而陷入无所适从的迷茫，只好遁入空门；女子则因情缘难遂、移爱不得而自杀殉情，香销玉殒。爱情的冲突大多表现为静态的心理描摹，而作为爱情对立面的封建家长所代表的礼教、门第观念，在小说中则只是一笔带过甚或暗场处理。

苏曼殊小说中着意渲染的多情公子面对情爱选择时的困惑，实则是那一时代知识分子面对中西文化选择时的困惑。小说中的旧女性和新女性，其实是旧、新两种文化的符号。作为大转折时代的苏曼殊，其对传统文化和西方文化卓有成就的接受和较为深入的了解，使他很难作出中化或者西化的简单化选择。这种文化选择中若有所悟又无所适从的心态，在世纪初的中国文坛是相当普遍的。只不过大部分中国文人习惯于把问题的解决给出一个简单化的答案，而很少像苏曼殊那样把这种困惑与烦恼真诚地暴露给读者。这正是苏曼殊小说超越鸳鸯蝴蝶派小说及同时代其他情场小说之处，也是苏曼殊三角恋爱模式小说深层的文化意蕴所在。

## 三、黑幕小说

黑幕小说又称"黑幕书"，20世纪初一些揭发阴私的"秘闻"、"秘史"已发其端，但真正形成气候是在1916年。是年10月10日，上海《时事新报》开辟"上海黑幕"专栏，黑幕小说遂得以流行。作品主要收录于1918年路滨生编《中国黑幕大观》及其续集。是书收录作者近200人，作品732篇。内容分政界、军界、学界、商界、报界、党会、匪类、娼妓等16大类。所作多是揭人隐私，或造谣中伤，打击异己，且纯自然主义地描摹各种社会丑恶现象，甚或夸大渲染这些丑行，并纯客观地介绍其程序，实际上成了教人"杀人放火、奸淫拐骗的讲义"，故鲁迅斥之为"丑诋私敌"的"谤书"（《中国小说史略》第二十八篇），已不足称小说。

〔注释〕

〔1〕文康，生卒年不详，姓费莫氏，字铁仙，一字悔庵，著《儿女英雄传》时署名"燕北闲人"，满洲镶红旗人。曾于咸丰元年至三年（1851—1853）任安徽凤阳通判。晚年家道中落，遂著此书以自遣。

〔2〕俞万春（1794—1849），字仲华，别号忽来道人，山阴（今浙江绍兴）人。其父为

清朝军官,曾随父襄办军务,参与镇压瑶族农民起义。除《荡寇志》外,尚著有《骑射论》等,但未刊行。

〔3〕李伯元(1867—1906),原名宝凯,又名宝嘉,伯元为其字,别号南亭亭长、游戏主人、讴歌变俗士、二春居士,江苏武进(今常州)人。幼丧父,为伯父翼清抚养成人。26岁以第一名中秀才,此后无意仕进。30岁时赴上海谋生,先后创办《指南报》、《游戏报》、《世界繁华报》。1903年应商务印书馆之约,主编《绣像小说》半月刊,直至1906年逝世。创作的小说除《官场现形记》外,尚有《文明小史》、《活地狱》、《海天鸿雪记》、《中国现在记》等,此外还有《庚子国变弹词》、《南亭笔记》等行世。

〔4〕吴趼人(1866—1910),原名宝震,又名沃尧,字小允,初号茧人,改趼人,又号我佛山人。广东南海人。17岁丧父,祖上所遗数千金为叔父侵吞。18岁赴上海谋生,先后在《字林沪报》、《采风报》、《奇新报》、《寓言报》主笔政。1906年任《月月小说》杂志主编、总撰述。所著除《二十年目睹之怪现状》外,尚有《痛史》、《恨海》、《九命奇冤》等中长篇小说18种,《预备立宪》、《大改革》等短篇小说12种,此外还有笔记小说5种及戏曲、诗文等,今有《我佛山人集》。

〔5〕刘鹗(1857—1909),原名孟鹏,后改名鹗,字铁云,号鸿都百炼生,丹徒(今江苏镇江)人。32岁时以捐资得同知衔。先后在河南总督吴大澂、山东巡抚张曜处做幕宾。庚子事变后,挟资入京,向俄军购得所掠太仓储粟,设平粜局赈济饥民。1908年,被挟有私仇的当权者以"私售仓粟"罪流放新疆,次年以中风卒于迪化(今乌鲁木齐市)。著述颇丰,涉及甲骨、金石、医学、水利等,文学著作除《老残游记》外,尚有《铁云诗存》4卷。

〔6〕曾朴(1871—1935),原名朴华,字太朴,后改字孟朴,又字小木、籀斋,号铭珊,别署东亚病夫。江苏常熟人。光绪十七年(1891)应南京乡试,中举人。1904年于上海创办小说林社,着手《孽海花》的创作。辛亥革命后,被选为江苏省临时会议会员,出任过江苏省财政厅厅长、政务厅厅长等职务。1926年辞官,次年与其子曾虚白于上海创办真善美书店,从此致力于文学创作,《孽海花》也在此期得以续写并修改完成。一生著述甚富,有诗、文、小说、戏剧、考证、评论、译著等38种,已出版的有15种。(详参时萌《曾朴研究·曾朴所叙全目》,上海古籍出版社1982年版)

〔7〕苏曼殊(1884—1918),名戬,字子谷,小名三郎,广东香山人。生于日本横滨,得中西文化之滋养,博学多才。为人多愁善感,曾两度出家为僧。诗、文、小说兼擅,通多国语言,为近代著名翻译家。今有《苏曼殊全集》。

〔参考书目〕

〔1〕阿英. 晚清小说史. 北京:人民文学出版社,1980.

〔2〕方正耀. 晚清小说研究. 上海:华东师范大学出版社,1991.

# 古代神话

## 女娲补天[1]

往古之时,四极废[2],九州裂[3],天不兼覆,地不周载,火爁焱而不灭[4],水浩洋而不息,猛兽食颛民[5],鸷鸟攫老弱。于是女娲炼五色石以补苍天[6],断鳌足以立四极,杀黑龙以济冀州,积芦灰以止淫水[7]。苍天补,四极正,淫水涸,冀州平,狡虫死,颛民生。

〔注释〕

〔1〕本篇选自《淮南子·览冥训》。《淮南子》,又称《淮南鸿烈》,系西汉淮南王刘安及其门客共同撰写的一部著作。全书共21篇,它的思想基本属于道家,书中保存了不少古代神话资料。本书所选《淮南子》各篇,原文均据刘文典《淮南鸿烈集解》(民国十二年癸亥上海商务印书馆排印本)迻录。

〔2〕四极:天的四边。废,倾塌。

〔3〕裂:塌陷崩裂。

〔4〕爁焱(lǎn yàn):大火延烧的光焰。

〔5〕颛(zhuān)民:善良的百姓。

〔6〕女娲:神话中人头蛇身化育万物的女神。

〔7〕淫水:洪水。

(杨栋 霍现俊 校注)

## 共工怒触不周山[1]

昔者共工与颛顼争为帝[2],怒而触不周之山[3],天柱折,地维绝[4]。天倾西北,故日月星辰移焉;地不满东南,故水潦尘埃归焉[5]。

〔注释〕

〔1〕本篇选自《淮南子·天文训》。版本同前。

〔2〕共工:古代神话传说中的人物,人面蛇身赤发,身乘二龙。颛顼(zhuān xū):传说中的古帝名,五帝之一,黄帝之孙,号高阳氏。在位78年而崩。

〔3〕不周之山:古代传说中位于昆仑山西北的一座有缺口的山。

〔4〕维:网上的大绳子。

〔5〕水潦(lǎo):积于地面的水。

(杨栋 霍现俊 校注)

# 姮娥奔月[1]

羿请不死之药于西王母[2],姮娥窃之以奔月[3]。将往,枚筮之于有黄[4],有黄占之曰:"吉。翩翩归妹[5],独将西行,逢天晦芒[6],毋惊毋恐,后且大昌。"姮娥遂托身于月,是为蟾蜍[7]。

〔**注释**〕

〔1〕本篇选自《灵宪》。《灵宪》,东汉张衡著,是一部关于古代天文学的专门著作,共747卷,已佚。原文据清严可均辑《全上古三代秦汉三国六朝文》(中华书局1958年版)移录。

〔2〕羿(yì):后羿,古代传说帝尧时善于射箭的英雄。西王母:神话传说中的女仙人,旧时以为长生不老的象征。

〔3〕姮(héng)娥:即嫦娥。"嫦"或作"常"。原名恒娥,为避汉文帝刘恒讳,改"恒"为"姮"。

〔4〕枚筮:不告诉所卜何事而占卜吉凶曰枚筮。有黄:古代的巫师,一说是史官。

〔5〕翩翩归妹:翩翩,形容动作轻疾的样子。归妹:《易》卦名,六十四卦之一,卦形为☳☱,兑下震上。兑为少女,故谓妹,以嫁震男,故称归妹。《杂卦》云:"归妹,女之终也。"意为,归妹是女子的最后归宿,这是以女子出嫁为归。这里代指将要奔月(有所归往)而来卜卦的嫦娥。

〔6〕晦芒:昏暗不明貌。

〔7〕蟾蜍:两栖动物,俗名"癞蛤蟆"。

(杨栋 霍现俊 校注)

# 先秦寓言

## 鹬蚌相争[1]

蚌方出曝[2],而鹬啄其肉[3]。蚌合而拑其喙[4]。
鹬曰:"今日不雨,明日不雨,即有死蚌。"
蚌亦谓鹬曰:"今日不出,明日不出,即有死鹬。"
两者不肯相舍[5],渔者得而并禽之[6]。

〔注释〕

〔1〕本文选自《战国策·燕策二》,原文据诸祖耿《战国策集注汇考》(江苏古籍出版社1985年版)移录,标题为选者所加。
〔2〕曝(pù):晒太阳。
〔3〕鹬(yù):水鸟名。长嘴灰背,喜食鱼虾。
〔4〕拑其喙(huì):夹住鹬的嘴。拑,同"钳";喙,鸟嘴。
〔5〕舍:舍弃。
〔6〕并:一同。禽:同"擒"。

(李真瑜 校注)

## 守株待兔[1]

宋人有耕者,田中有株[2],兔走触株,折颈而死[3];因释其耒而守株[4],冀复得兔[5],兔不可复得,而身为宋国笑。

〔注释〕

〔1〕本文选自《韩非子·五蠹》,原文据陈奇猷《韩非子集释》(中华书局1958年版)移录,标题为选者所加。《韩非子》为战国时人韩非作。全书55篇,共十余万言。
〔2〕株:树干,树桩。
〔3〕折颈:碰断了脖子。
〔4〕释:放下。耒(lěi):耕地用的农具。
〔5〕冀:希望。

(李真瑜 校注)

## 望洋兴叹[1]

秋水时至,百川灌河[2],泾流之大[3],两涘渚崖之间,不辩牛马[4]。于是焉河伯欣然自喜,以天下之美为尽在己。顺流而东行,至于北海,东面而视,不见水端,于是焉河伯始旋其面目[5],望洋向若而叹曰[6]:"野语有之曰:'闻道百以为莫己若者'[7],我之谓也。且夫我尝闻少仲尼之闻而轻伯夷之义者[8],始吾弗信;今我睹子之难穷也[9],吾非至于子之门则殆矣[10],吾长见笑于大方之家[11]。"

〔注释〕

〔1〕望洋兴叹:选自《庄子·秋水》,原文据郭庆藩《庄子集释》,中华书局1961年版。

〔2〕河:黄河。河伯即黄河神,相传姓冯(píng)名夷。

〔3〕泾(jīng)流:直流的水波。

〔4〕"两涘(sì)"二句:言河面之宽,隔水分辨不清牛马。涘,水边;渚(hǔ)为水边,渚崖即河岸。辩,通"辨"。

〔5〕旋其面目:转变面容。

〔6〕望洋:远视、仰视的样子。若:即北海若,海神名。

〔7〕"野语"三句:俗语说,听到一百种道理,就以为谁都不如自己了。百,泛指多。

〔8〕"且夫(fú)"句:再说,我听说有人以为孔子所知道的学问少,伯夷的义也没什么了不起。伯夷,殷之诸侯孤竹国君的长子,因让君位,与其弟叔齐逃至周。又认为武王伐纣是臣弑君,不义,兄弟二人隐于首阳山,不食周粟而死。伯夷之义,指伯夷饿死不食周粟事。

〔9〕子之难穷:大海广阔无穷无尽。

〔10〕"吾非"二句:如果我不走到你的门前,见到大海,就会很危险了。殆(dài),危险,指自高自大,不知道自己的浅薄。

〔11〕"吾长(cháng)"句:我就会总是被有学问有修养的人笑话。长,经常,总是;方,道;大方之家,掌握了大道的有学问修养的人。

(张燕瑾 校注)

# 列异传[1]

曹丕

## 宋定伯卖鬼[2]

南阳宋定伯,年少时[3],夜行逢鬼。问之,鬼言:"我是鬼。"鬼问:"汝复谁?"定伯诳之[4],言:"我亦鬼。"鬼问:"欲至何所?"答曰:"欲至宛市。"鬼言:"我亦欲至宛市。"遂行。数里,鬼言:"步行太迟[5],可共递相担[6],何如?"定伯曰:"大善。"鬼便先担定伯数里。鬼言:"卿太重[7],将非鬼耶?"定伯言:"我新鬼,故身重耳。"定伯因复担鬼,鬼略无重[8]。如是再三[9]。

定伯复言:"我新鬼,不知有何所畏忌?"鬼答言:"惟不喜人唾。"于是共行,道遇水,定伯令鬼先渡,听之,了然无水音[10]。定伯自渡,漕漼作声[11]。鬼复言:"何以有声?"定伯曰:"新死,不习渡水故耳,勿怪吾也!"行欲至宛市,定伯便担鬼著肩上,急执之。鬼大呼,声咋咋然[12],索下[13],不复听之。径至宛市中,下著地,化为一羊,便卖之。恐其变化,唾之。得钱千五百,乃去。

当时石崇有言:"定伯卖鬼,得钱千五。"

〔注释〕

[1]《列异传》,志怪小说集,共3卷,《隋书·经籍志》称曹丕撰,《旧唐书·经籍志》和《新唐书·艺文志》改题晋张华撰,原书已佚。鲁迅《古小说钩沉》辑得50则。据鲁迅考订,《列异传》应是魏晋人的作品。原文据《太平广记》(中华书局1961年版)移录。

[2]本篇选自《太平广记》卷三二一。

[3]南阳:郡名,秦置,辖境包括今河南省西南部和湖北省北部一带,郡治在宛(今河南省南阳市)。

[4]诳:欺骗。

[5]迟:缓慢的样子。

[6]共递相担:两人互相轮换背着对方。递,轮流。担,背负。

[7]卿:你。古代第二人称代名词。

[8]略无重:没有一点重量。略无,毫无,丝毫没有。

[9]如是:像这样,指轮流地背负着。

[10]了然:全然。

[11]漕漼(cáo cuǐ):形容涉水时发出的声音。

[12]咋(zé)咋:象声词,这里形容鬼惨叫的声音。

[13]索下:要求下来。

(霍现俊 校注)

# 谈　　生[1]

　　谈生者，年四十，无妇，常感激读书[2]。忽夜半，有女子，可年十五六[3]，姿颜服饰，天下无双，来就生为夫妇，乃言："我与人不同，勿以火照我也。三年之后，方可照。"为夫妻，生一儿。已二岁，不能忍，夜伺其寝后，盗照视之[4]。其腰已上生肉如人，腰下但有枯骨。妇觉，遂言曰："君负我[5]！我垂生矣[6]，何不能忍一岁，而竟相照也？"生辞谢[7]。涕泣不可复止，云："与君虽大义永离[8]，然顾念我儿。若贫不能自偕活者[9]，暂随我去，方遗君物[10]。"生随之去，入华堂，室宇器物不凡。以一珠袍与之，曰："可以自给。"裂取生衣裾[11]，留之而去。

　　后，生持袍诣市[12]，睢阳王家买之[13]，得钱千万。王识之，曰："是我女袍，此必发墓[14]。"乃取拷之[15]。生具以实对。王犹不信，乃视女冢，冢完如故。发视之，果棺盖下得衣裾。呼其儿目，正类王女。王乃信之。即召谈生，复赐遗衣[16]，以为主婿[17]，表其儿以为侍中[18]。

〔注释〕

〔1〕本篇选自《太平广记》卷三一六。
〔2〕感激：感奋激发。
〔3〕可：大约。
〔4〕盗照视之：暗中用火照着看她。盗，私下，偷偷地。
〔5〕君负我：你对不起我。君，对对方的尊称。
〔6〕垂生：将要复生。
〔7〕辞谢：道歉，谢罪。
〔8〕大义：指夫妻关系。《孔雀东南飞》："既欲结大义，故遣来贵门。"
〔9〕自偕活：靠自己的力量养活父子二人。
〔10〕遗（wèi）：赠予。
〔11〕衣裾（jū）：衣襟。
〔12〕诣市：到市集上去出售。诣，往，到。市，市集，古代商人做买卖的地方。
〔13〕睢阳王：王爵名。睢阳，古县名，秦置，故治在今河南商丘。
〔14〕发墓：挖掘坟墓。这里是"发墓所得"的省文。
〔15〕拷：拷打，用刑逼供。
〔16〕遗衣：指睢阳王之女生前所遗留下来的衣服。
〔17〕主婿：郡主之婿。主，郡主的简称，古代称诸王的女儿为郡主。
〔18〕表：上表申请。侍中：官名，秦始置，侍从皇帝，出入宫廷，以备应对顾问。魏晋后，始掌机要，权势地位日重，实际已相当于宰相。

（霍现俊　校注）

# 博 物 志[1]

张 华

## 天河浮槎[2]

旧说云：天河与海通[3]。近世有人居海渚者，年年八月有浮槎去来[4]，不失期[5]。人有奇志，立飞阁于查上[6]，多赍粮[7]，乘槎而去。十余日中犹观星月日辰；自后芒芒忽忽[8]，亦不觉昼夜。去十余日，奄至一处[9]，有城郭状，屋舍甚严，遥望宫中多织妇。见一丈夫牵牛渚次饮之[10]，牵牛人乃惊问曰："何由至此？"此人见说来意，并问此是何处。答曰："君还，至蜀郡访严君平则知之[11]。"竟不上岸，因还如期。后至蜀问君平，曰："某年月日有客星犯牵牛宿[12]"。计年月，正是此人到天河时也。

〔注释〕

〔1〕《博物志》：志怪小说，10卷，旧题晋张华撰。原书已佚，今传本乃后人搜辑而成。内容多记山川地理、飞禽走兽、琐闻异事和神仙方术等。原文据《丛书集成初编》（中华书局1985年北京新1版）本移录。

〔2〕本篇选自《博物志》卷三。

〔3〕天河：银河。

〔4〕海渚：海中间的小块陆地。浮槎（chá）：指传说中来往于海上和天河之间的仙舟。槎，木筏。

〔5〕不失期：指每年去来的日期从不改变。

〔6〕飞阁：高耸的楼阁。此指筏上的窝篷。查：木筏。

〔7〕赍（jī）：携带。

〔8〕芒芒忽忽：无边无际，昏暗模糊。芒，通"茫"。

〔9〕奄至：忽然到达。

〔10〕丈夫：古时指成年的男子。渚次：岸边。

〔11〕蜀郡：战国时秦置，治所在成都（今属四川）。严君平：名遵，西汉蜀（今成都市）人，一生隐居不仕。传说他常在成都市上算卦，得钱自养，深得老庄之旨。今存《道德真经指归》7卷。

〔12〕客星犯牵牛宿：指那位有奇志的人乘浮槎到达牵牛宿的事。客星，指乘槎之人。犯，侵犯。牵牛宿，即牛宿，又称牛郎，北方玄武七宿的第二宿。

（霍现俊 校注）

## 鲛　　人[1]

南海外有鲛人[2]，水居如鱼，不废织绩[3]，其眼能泣珠。从水出，寓人家，积日卖绢[4]，将去，从主人索一器，泣而成珠满盘，以与主人。

〔注释〕

〔1〕本篇选自《博物志》卷九。
〔2〕鲛人：古代传说中的人鱼。
〔3〕织绩：织布与缉麻。绩，缉麻，把麻析成细缕捻接起来。
〔4〕绢：一种丝织品，似缣而疏，挺括滑爽。

（霍现俊　校注）

# 搜 神 记[1]

干 宝

## 董 永[2]

汉董永，千乘人[3]。少偏孤[4]，与父居。肆力田亩，鹿车载自随[5]。父亡，无以葬，乃自卖为奴，以供丧事。主人知其贤，与钱一万，遣之。

永行三年丧毕[6]，欲还主人，供其奴职。道逢一妇人，曰："愿为子妻。"遂与之俱。

主人谓永曰："以钱与君矣。"永曰："蒙君之惠，父丧收藏。永虽小人[7]，必欲服勤致力，以报厚德。"主曰："妇人何能？"永曰："能织。"主曰："必尔者，但令君妇为我织缣百匹[8]。"

于是永妻为主人家织，十日而毕。女出门，谓永曰："我，天之织女也。缘君至孝[9]，天帝令我助君偿债耳。"语毕，凌空而去，不知所在。

〔注释〕

〔1〕《搜神记》，志怪小说集，原文据汪绍楹校注本（中华书局1979年版）移录。
〔2〕本篇选自《搜神记》卷一。
〔3〕千乘：地名，在今山东省博兴县、高青县一带。
〔4〕偏孤：幼年丧父或丧母，此指丧母。
〔5〕鹿车：古时一种窄小的车子。言其窄小仅容一鹿。
〔6〕行三年丧：古礼，父母死后，儿子在家居丧三年，闭门不出。
〔7〕小人：此指社会地位低下的人。
〔8〕缣（jiān）：淡黄色的细绢。
〔9〕缘：因为。

（霍现俊　校注）

## 三　王　墓[1]

楚干将莫邪为楚王作剑[2]，三年乃成。王怒，欲杀之。剑有雌雄。其妻重身当产[3]。夫语妻曰："吾为王作剑，三年乃成，王怒，往必杀我。汝若生子是男，大，告之曰[4]：'出户望南山，松生石上，剑在其背。'"于是即将雌剑往见楚王。王大怒，使相之[5]。剑有二，一雄一雌，雌来雄不来。王怒，即杀之。

莫邪子名赤，比后壮[6]，乃问其母曰："吾父所在？"母曰："汝父为楚王作剑，三年乃成，王怒，杀之。去时嘱我：'语汝子：出户望南山，松生石上，剑在其背。'"于是子出户南望，不见有山，但睹堂前松柱下，石低之上[7]。即以斧破其背，得剑，日夜思欲报楚王。

王梦见一儿眉间广尺[8]，言欲报仇。王即购之千金[9]。儿闻之亡去[10]，入山行歌。客有逢者，谓："子年少，何哭之甚悲耶？"曰："吾干将莫邪子也，楚王杀吾父，吾欲报之。"客曰："闻王购子头千金，将子头与剑来，为子报之。"儿曰："幸甚！"即自刎，两手捧头及剑奉之，立僵[11]。客曰："不负子也。"于是尸乃仆[12]。

客持头往见楚王，王大喜。客曰："此乃勇士头也，当于汤镬煮之[13]。"王如其言煮头，三日三夕不烂。头踔出汤中[14]，瞋目大怒[15]。客曰："此儿头不烂，愿王自往临视之，是必烂也。"王即临之。客以剑拟王[16]，王头随堕汤中，客亦自拟己头，头复堕汤中。三首俱烂，不可识别，乃分其汤肉葬之，故通名"三王墓"。今在汝南北宜春县界[17]。

〔注释〕

[1] 本篇选自《搜神记》卷一一。

[2] 干将莫邪（yé）：传说是古代善铸剑的工匠。莫邪，干将之妻。一说姓干将，名莫邪。

[3] 重（chóng）身：怀孕是身中有身，故叫重身。

[4] 大：长大成人。

[5] 相（xiāng）：察看。

[6] 比：比及，等到。

[7] 石低："低"，疑应作"砥"。"石砥"，柱下基石。

[8] 眉间广尺：谓两眉之间约有一尺宽的距离。

[9] 购之千金：悬千金重赏通缉他。

[10] 亡去：逃走。

[11] 立僵：尸体僵立不倒。

[12] 仆：向前倒下。

[13] 镬（huò）：形似鼎而无足，古代烹人的刑具。

[14] 踔（zhuó）：跳跃。

[15] 瞋目：疑应作"瞋目"，睁大眼睛瞪人。

[16] 拟：指向。

[17] 汝南：郡名，汉置，治所在上蔡（今河南上蔡西南）。北宜春县：故城在今河南省汝南县西南60里，西汉时名宜春，东汉时改为北宜春。

（霍现俊　校注）

# 李　　寄[1]

东越闽中有庸岭[2]，高数十里。其西北隰中[3]，有大蛇，长七八丈，大十余围[4]。土俗常惧[5]。东冶都尉及属城长吏[6]，多有死者。祭以牛羊，故不得祸[7]。或与人梦[8]，或下谕巫祝[9]，欲得啖童女年十二三者[10]。都尉、令长并共患之[11]。然气厉不息[12]。共请求人家生婢子[13]，兼有罪家女养之。至八月朝祭[14]，送蛇穴口，蛇出，吞啮之。累年如此，已用九女。

尔时预复募索，未得其女。将乐县李诞[15]，家有六女，无男。其小女名寄，应募欲行。父母不听。寄曰："父母无相[16]，惟生六女，无有一男，虽有如无。女无缇萦济父母之功[17]，既不能供养，徒费衣食，生无所益，不如早死。卖寄之身，可得少钱，以供父母，岂不善耶？"父母慈怜，终不听去。寄自潜行，不可禁止。

寄乃告请好剑及咋蛇犬[18]。至八月朝，便诣庙中坐，怀剑将犬[19]。先将数石米餈[20]，用蜜麨灌之[21]，以置穴口。蛇便出，头大如囷[22]，目如二尺镜，闻餈香气，先啖食之。寄便放犬，犬就啮咋；寄从后斫得数创。疮痛急，蛇因踊出，至庭而死。寄入视穴，得其九女髑髅[23]，悉举出，咤言曰："汝曹怯弱[24]，为蛇所食，甚可哀愍！"于是寄女缓步而归。

越王闻之，聘寄女为后，拜其父为将乐令，母及姊皆有赏赐。自是东冶无复妖邪之物。其歌谣至今存焉[25]。

〔注释〕

〔1〕本篇选自《搜神记》卷十九。
〔2〕东越：古国名，其地约有今浙江省东部、南部和福建省东南部等地。闽中：古郡名，治所在东冶（今福建福州）。庸岭：山名。
〔3〕隰（xí）：低湿的地方。
〔4〕围：古时计算圆周的长度单位。具体长度说法不一。这里指蛇体之粗。
〔5〕土俗：谓当地的百姓。
〔6〕都尉：官名，秦于三十六郡各设尉，辅助郡守，掌管军事；汉景帝时改为"都尉"，只在边疆各郡设立，职位相当于太守。属城长吏：指东冶郡所辖县城的高级官吏。
〔7〕故：乃，就。
〔8〕与人梦：托梦于人。
〔9〕巫祝：旧时用歌舞来娱神的人。
〔10〕啖：吃。
〔11〕令长：县官。秦、汉制：人口在万户以上的县官称令，不满万户的称长。
〔12〕气厉不息：指大蛇气焰嚣张，为害不止。厉，猛烈。
〔13〕家生婢子：古代奴婢所生子女仍为奴婢，男的叫"家生奴"，女的叫"家生婢"。

子，语尾词。

〔14〕朝（zhāo）：初一日。

〔15〕将乐县：三国时吴置，在今福建省南平县南。

〔16〕无相：没有福相。

〔17〕缇（tí）萦：汉朝太仓令淳于意的小女儿。意没有儿子，只有五个女儿。汉文帝时，淳于意得罪，当受肉刑，缇萦随父到长安，上书愿为官婢以赎父罪，文帝可怜她，下诏废除了肉刑，意因而得免。

〔18〕咋（zé）：咬。

〔19〕将犬：牵着狗。将，携带。

〔20〕餈（cí）：用糯米做成的食品。

〔21〕麨（chǎo）：炒麦面。

〔22〕囷（qūn）：圆形的米囤。

〔23〕髑髅（dú lóu）：死人的骨头。

〔24〕汝曹：你们这些人。曹，辈。

〔25〕歌谣：当指歌赞李寄斩蛇为民除害事迹的民歌民谣。

（霍现俊　校注）

# 搜神后记[1]

陶 潜

## 桃 花 源[2]

晋太元中[3]，武陵人捕鱼为业[4]。缘溪行，忘路远近。忽逢桃花，夹岸数百步，中无杂树，芳华鲜美，落英缤纷[5]。渔人甚异之。渔人姓黄，名道真。复前行，欲穷其林。

林尽水源，便得一山。山有小口，仿佛若有光。便舍舟，从口入。初极狭，才通人[6]。复行数十步，豁然开朗。土地旷空，屋舍俨然[7]。有良田、美池、桑竹之属。阡陌交通[8]，鸡犬相闻。男女衣著，悉如外人。黄发垂髫[9]，并怡然自乐[10]。

见渔人，大惊，问所从来，具答之。便要还家[11]，为设酒杀鸡作食。村中人闻有此人，咸来问讯[12]。自云先世避秦难，率妻子邑人至此绝境。不复出焉，遂与外隔。问今是何世，乃不知有汉，无论魏晋[13]。此人一一具言所闻。皆为叹惋。余人各复延至其家，皆出酒食。停数日，辞去。此中人语云："不足为外人道也。"

既出，得其船，便扶向路[14]，处处志之[15]。及郡，乃诣太守[16]，说如此。太守刘歆，即遣人随之往，寻向所志，不复得焉。

〔注释〕

〔1〕《搜神后记》：《隋书·经籍志》题晋陶潜撰。陶潜卒于元嘉四年（427），但书中记有元嘉十年和十六年事，后人怀疑此书非陶潜所作。原文据汪绍楹校注本《搜神后记》（中华书局 1981 年版）移录。

〔2〕本篇选自《搜神后记》卷一。

〔3〕太元：晋孝武帝司马曜的年号（376—396）。

〔4〕武陵：郡名，郡治在今湖南省常德市西。

〔5〕落英：落花。英，花。

〔6〕才通人：仅够一个人通过。

〔7〕俨（yǎn）然：整齐分明的样子。

〔8〕阡陌：田间小路。南北叫阡，东西叫陌。

〔9〕黄发：指老人。因老年人发色变黄，故以黄发代指老人。垂髫：指幼童。髫，儿童垂发。

〔10〕怡然：愉悦貌。

〔11〕要：通"邀"，约请。

〔12〕咸：都，全部。讯：消息。

〔13〕无论：不用说。

〔14〕扶：沿着。向路：指来时旧路。

〔15〕志：作标记。

〔16〕太守：郡行政最高长官。

（霍现俊　校注）

## 白 水 素 女[1]

　　晋安帝时侯官人谢端[2]，少丧父母，无有亲属，为邻人所养。至年十七八，恭谨自守，不履非法[3]。始出居[4]，未有妻。邻人共悯念之，规为娶妇[5]，未得。

　　端夜卧早起，躬耕力作[6]，不舍昼夜。后于邑下得一大螺[7]，如三升壶，以为异物，取以归，贮瓮中，畜之十数日。端每早至野，还，见其户中有饭饮汤火，如有人为者；端谓邻人为之惠也[8]。数日如此，便往谢邻人。邻人曰："吾初不为是[9]，何见谢也？"端又以邻人不喻其意[10]。然数尔如此[11]，后更实问[12]，邻人笑曰："卿已自娶妇，密著室中炊爨[13]，而言吾为之炊耶？"端默然心疑，不知其故。

　　后以鸡鸣出去，平早潜归[14]，于篱外窃窥其家中，见一少女从瓮中出，至灶下燃火。端便入门，径至瓮所视螺，但见女，乃到灶下，问之曰："新妇从何所来，而相为炊？"女大惶惑，欲还瓮中，不能得去。答曰："我天汉中白水素女也[15]。天帝哀卿少孤，恭慎自守，故使我权为守舍炊烹。十年之中，使卿居富得妇，自当还去。而卿无故窃相窥掩[16]，吾形已见，不宜复留，当相委去[17]。虽然，尔后自当少差[18]，勤于田作，渔采治生[19]。留此壳去，以贮米谷，常可不乏。"端请留，终不肯。时天忽风雨，翕然而去[20]。

　　端为立神座，时节祭祀。居常饶足，不致大富耳。于是乡人以女妻之。后仕至令长云[21]。今道中素女祠是也。

〔注释〕

〔1〕本篇选自《搜神后记》卷五。

〔2〕晋安帝：名司马德宗，在位22年（397—418）。侯官：地名，在今福建省闽侯。《太平广记》卷六十二这一句作"谢端，晋安侯官人也。"

〔3〕不履非法：不做非法的事情。履，做。

〔4〕出居：谓离开邻人的家，单独另住。

〔5〕规为：打算、计划。

〔6〕躬：亲自。

〔7〕邑下：城下。

〔8〕为之惠：做此好事。惠，以财物给人。

〔9〕初不为是：从来没有做这事。初，一向，从来。

〔10〕不喻其意：不让人知道他的好意。指邻人帮助谢端却又不愿让谢端知道事情的真相。喻，说明，告知。

〔11〕数尔：多次地。尔，副词词尾。

〔12〕实问：诚心诚意地追问。

〔13〕炊爨（cuàn）：烧火做饭。

〔14〕平早：天亮。

〔15〕天汉：银河。

〔16〕窥掩：偷看。掩，乘其不备而采取行动叫"掩"，这里指突然进门相见。

〔17〕委去：离你而去。委，抛弃、委弃。

〔18〕少差（chài）：稍好。差，病愈，好转。

〔19〕渔采：捕鱼砍柴。

〔20〕翕（xī）然：忽然，突然。

〔21〕仕：旧称做官曰仕。

（霍现俊　校注）

# 世说新语

刘义庆

## 周处自新[1]

　　周处年少时[2],凶强侠气[3],为乡里所患,又义兴水中有蛟[4],山中有遭迹虎[5],并皆暴犯百姓,义兴人谓为"三横"[6],而处尤剧[7]。或说处杀虎斩蛟[8],实冀三横唯余其一[9]。处即刺杀虎,又入水击蛟,蛟或浮或没,行数十里,处与之俱。经三日三夜,乡里皆谓已死,更相庆。竟杀蛟而出,闻里人相庆,始知为人情所患,有自改意。乃自吴寻二陆[10],平原不在,正见清河[11],具以情告,并云:"欲自修改,而年已蹉跎[12],终无所成。"清河曰:"古人贵朝闻夕死[13],况君前途尚可。且人患志之不立,亦何忧令名不彰邪[14]?"处遂改励[15],终为忠臣孝子[16]。

〔注释〕

　　[1]《世说新语》:旧称《世说新书》,简称《世说》。原文据徐震堮《世说新语校笺》(中华书局1984年版)移录。本篇选自《世说新语·自新篇》。

　　[2]周处:字子隐,吴郡阳羡(今江苏宜兴)人。少无赖,横行乡里,入晋为御史中丞,后战死。《晋书》卷五十八有传。

　　[3]侠气:霸气,霸道。侠,同"挟",倚恃权或力以制服人。

　　[4]义兴:晋郡名,郡治在今江苏宜兴。蛟:古代传说中能发洪水兴云雨的一种无角龙。这里或指鳄鱼一类的动物。参见《吕氏春秋·季夏》高诱注。

　　[5]遭(zhān)迹虎:《晋书·周处传》作"白额虎"。遭迹,形容老虎走路的姿态。

　　[6]三横(hèng):犹言"三害"。横,强暴,放纵。

　　[7]剧:厉害。

　　[8]说(shuì):劝说。

　　[9]冀:希望。

　　[10]二陆:指陆机、陆云兄弟。

　　[11]平原:指陆机,因他曾任平原内史,故称。清河:指陆云,仕晋官至清河内史。

　　[12]蹉跎(cuō tuó):光阴虚度。

　　[13]朝闻夕死:《论语·里仁》:"子曰:'朝闻道,夕死可矣'。"意谓早上得知真理,即使晚上死掉都是可以的。陆云引用孔子的这句话,意在勉励周处,如能改恶从善,弃邪归正,年纪老大也无妨。

　　[14]令名:美名。彰:显扬,显著。

　　[15]改励:改过自勉。

〔16〕忠臣孝子：指周处死于国事。据《晋书·周处传》载：氐人齐万年反，朝廷令处出战，斩敌甚多，直到弦绝矢尽，依然临危不退，终于战死，死后追赠平西将军。孝子，同传称他"转广汉太守，以母老罢归"。

（霍现俊　校注）

## 雪 夜 访 戴〔1〕

王子猷居山阴〔2〕，夜大雪，眠觉，开室命酌酒〔3〕，四望皎然〔4〕。因起彷徨〔5〕，咏左思《招隐》诗〔6〕。忽忆戴安道〔7〕。时戴在剡〔8〕，即便夜乘小船就之。经宿方至，造门不前而返〔9〕。人问其故，王曰："吾本乘兴而行，兴尽而返，何必见戴？"

〔注释〕

〔1〕本篇选自《世说新语·任诞》篇。
〔2〕王子猷（yóu）：王徽之的字，王羲之的儿子。《晋书》卷八十有传。山阴：今浙江绍兴。
〔3〕开室：打开门窗。
〔4〕皎然：洁白明亮的样子。
〔5〕彷徨：徘徊、心神不定的样子。
〔6〕左思（约250—约305）：西晋著名诗人，太康文学的代表作家，临淄（今山东临淄）人，字太冲，《晋书》卷九十二有传。他的《招隐》诗有两首，内容都是描写隐士清高生活的。
〔7〕戴安道：戴逵的字。逵，谯国（今安徽亳县）人。东晋著名画家，文章、书法、音乐皆精，隐居不仕。《晋书》卷九十四有传。
〔8〕剡（shàn）：县名，在今浙江省嵊县西南。境内有剡溪，溪位于曹娥江上游，从山阴乘船可溯流而上。
〔9〕造门：到了门口。

（霍现俊　校注）

## 王 蓝 田 性 急〔1〕

王蓝田性急〔2〕。尝食鸡子，以筋刺之，不得〔3〕，便大怒，举以掷地。鸡子于地圆转未止，仍下地以屐齿蹍之〔4〕，又不得。瞋甚〔5〕，复于地取内口中〔6〕，啮破即吐之。王右军闻而大笑曰〔7〕："使安期有此性〔8〕，犹当无一豪可论〔9〕，况蓝田邪？"

〔注释〕

〔1〕本篇选自《世说新语·忿狷》篇。

〔2〕王蓝田：王述，字怀祖，袭封蓝田侯。《晋书》卷七十五有传。

〔3〕箸（zhù）：筷子。

〔4〕仍：乃。屐（jī）：木屐，木底有齿。蹍（zhǎn）：踩、踏。

〔5〕嗔（chēn）甚：非常恼怒。

〔6〕内：同"纳"，放入。

〔7〕王右军：即王羲之，晋代著名书法家，曾任右军将军。

〔8〕安期：王蓝田的父亲王承，字安期，曾官东海内史、从事中郎。为人性情冲淡，清静寡欲。

〔9〕无一豪可论：没有一点可取的地方。豪，同"毫"。

（霍现俊　校注）

## 韩寿偷香[1]

韩寿美姿容[2]，贾充辟以为掾[3]。充每聚会，贾女于青琐中看[4]，见寿，说之[5]，恒怀存想，发于吟咏[6]。后婢往寿家，具述如此，并言女光丽。寿闻之心动，遂请婢潜修音问[7]，及期往宿[8]。寿蹻捷绝人[9]，逾墙而入，家中莫知。自是充觉女盛自拂拭[10]，说畅有异于常[11]。后会诸吏，闻寿有奇香之气，是外国所贡，一著人则历月不歇[12]。充计武帝唯赐己及陈骞[13]，余家无此香，疑寿与女通，而垣墙重密[14]，门阁急峻[15]，何由得尔？乃托言有盗，令人修墙。使反[16]，曰："其余无异，唯东北角如有人迹，而墙高非人所踰。"充乃取女左右婢考问[17]，即以状对。充秘之，以女妻寿。

〔注释〕

〔1〕本篇选自《世说新语·惑溺》篇。

〔2〕韩寿：字德真，晋南阳（今属河南）人。官至散骑常侍，河南尹。元康初年卒。

〔3〕贾充：字公闾，平阳襄陵（今山西襄汾东北）人。袭父爵为侯，初仕魏，后因帮助晋武帝夺取帝位，累官至侍中、尚书令。辟：征召。掾（yuàn）：属官之类的通称。

〔4〕青琐：古代门窗上的装饰。即在门窗上镂刻成连环状的格子，并涂上青色。

〔5〕说：通"悦"，喜欢。

〔6〕发于吟咏：谓（贾女对韩寿的相思之情）在诵诗唱歌中流露出来。发，抒发。

〔7〕潜修音问：暗中传送音讯。修，犹"通"。

〔8〕期：约定的时间。

〔9〕蹻捷绝人：矫健敏捷胜过别人。蹻，同"矫"。绝，超过、胜过。

〔10〕盛：这里是格外用心的意思。拂拭：原意是除去污垢，此处作"打扮"讲。

〔11〕说畅：心情愉快舒畅。说，通"悦"。

〔12〕著：附着。历月不歇：经历几个月（香气）都不消退。

〔13〕计：暗想，思量。武帝：晋武帝司马炎。陈骞：字休渊，临淮东阳（今属江苏）人。因佐武帝谋取帝位有功，累官太尉，转大司马，封高平郡公。案，《韩寿偷香》的故事亦见于《郭子》。郭氏认为："与韩寿通者乃是陈骞女。……骞即以女妻寿。未婚而女亡，寿因娶贾氏，故世因传是充女。"

〔14〕垣：矮墙。重密：重重叠叠，非常严密。

〔15〕阁：侧门，小门。

〔16〕反：同"返"。

〔17〕考问：拷问。考，通"拷"。

（霍现俊　校注）

# 幽 明 录[1]

刘义庆

## 刘 晨 阮 肇

汉明帝永平五年[2]，剡县刘晨、阮肇共入天台山取谷皮[3]，迷不得返。经十三日，粮食乏尽，饥馁殆死。遥望山上，有一桃树，大有子实；而绝岩邃涧，永无登路。攀援藤葛，乃得至上。各啖数枚，而饥止体充。复下山，持杯取水，欲盥漱。见芜菁叶从山腹流出[4]，甚鲜新，复一杯流出，有胡麻饭糁[5]。相谓曰："此知去人径不远。"便共没水[6]，逆流二三里，得度山，出一大溪。

溪边有二女子，姿质妙绝，见二人持杯出，便笑曰："刘、阮二郎捉向所失流杯来[7]。"晨、肇既不识之，缘二女便呼其姓，如似有旧[8]，乃相见忻喜。问："来何晚邪？"因邀还家。其家铜瓦屋。南壁及东壁下各有一大床，皆施绛罗帐，帐角悬铃，金银交错。床头各有十侍婢。敕云[9]："刘、阮二郎，经涉山岨[10]，向虽得琼实，犹尚虚弊[11]，可速作食。"食胡麻饭、山羊脯、牛肉[12]，甚甘美。食毕，行酒。有一群女来，各持五三桃子，笑而言："贺汝婿来。"酒酣作乐，刘、阮忻怖交并。至暮，令各就一帐宿，女往就之，言声清婉，令人忘忧。

至十日后，欲求还去，女云："君已来是，宿福所牵，何复欲还邪？"遂停半年。气候草木是春时，百鸟啼鸣，更怀悲思，求归甚苦。女曰："罪牵君，当可如何[13]？"遂呼前来女子，有三四十人，集会奏乐，共送刘、阮，指示还路。

既出，亲旧零落，邑屋改异，无复相识。问讯得七世孙，传闻上世入山，迷不得归。至晋太元八年[14]，忽复去，不知何所。

〔注释〕

〔1〕《幽明录》：志怪小说集，内容多记鬼神灵异、人物变化的故事。原文据鲁迅《古小说钩沉》（人民文学出版社1973年版）移录。标题为选者所加。

〔2〕永平五年：公元62年。永平是东汉明帝刘庄的年号。

〔3〕剡（shàn）县：县名，西汉时置，故城在今浙江嵊县西南。天台山：在浙江省天台县北。谷皮：即谷树皮，可以做绡头（古代包头发的纱巾）。见《后汉书·周党传》。

〔4〕芜菁：即蔓菁，根叶可食。

〔5〕胡麻饭糁（sǎn）：芝麻饭粒。胡麻，即芝麻，道家认为食胡麻可以成仙。糁，熟

米粒。

〔6〕没（mò）水：沉入水中。这里指涉水。

〔7〕捉：拿，晋宋时人的口语。向：从前，这里是刚才的意思。

〔8〕有旧：过去就曾相识。

〔9〕敕：告诫，当时上对下的命令之词。

〔10〕岨（jū）：同"砠"，带土的石山。一说为覆盖石头的土山。

〔11〕虚弊：饥饿疲乏。

〔12〕脯（fǔ）：肉干。

〔13〕罪牵：罪孽牵累（指回到尘世间的牵累）。

〔14〕太元八年：公元383年。太元是东晋孝武帝司马曜的年号。

（霍现俊　校注）

## 小儿争壶

元嘉初〔1〕，散骑常侍刘儁家在丹阳郡〔2〕。后尝闲居，而天大骤雨，见门前有三小儿，皆可六七岁，相牵狯狑〔3〕，而并不沾濡〔4〕。儁疑非人。俄见共争一瓠壶子〔5〕，儁引弹弹之〔6〕，正中壶，霍然不见〔7〕。儁得壶，因挂阁边。明日，有一妇人入门，执壶而泣。儁问之，对曰："此是小儿物，不知何由在此？"儁具语所以。妇持壶埋儿墓前。

间一日，又见向小儿持来门侧，举之，笑语儁曰："阿侬已复得壶矣〔8〕！"言终而隐。

〔注释〕

〔1〕元嘉：南朝宋文帝刘义隆的年号（424—453）。

〔2〕散骑常侍：官名。秦汉时置散骑，又置中常侍，三国魏时，将二者并为一官，称"散骑常侍"。侍从皇帝左右，其职责是规谏过失，以备顾问。南朝宋齐时属集书省，隋以后，时有变更，虽为尊官，但无实际职权。参见《宋书·百官志下》、《通典·职官三》。丹阳郡：古郡名，治宛陵（今安徽宣城）。

〔3〕狯狑（kuài）：小儿游戏。

〔4〕沾濡：浸湿。

〔5〕瓠（hù）：葫芦。蔬类植物，果实嫩时可食，熟后中剖为二，常用作盛水的器具。

〔6〕引弹（dàn）弹（tán）之：第一个弹用作名词，第二个弹用作动词，射击的意思。

〔7〕霍然：突然。

〔8〕阿侬：吴地方言，犹言"我"。

（霍现俊　校注）

# 续齐谐记[1]

吴 均

## 阳羡书生

　　阳羡许彦[2]，于绥安山行[3]，遇一书生，年十七八，卧路侧，云脚痛，求寄鹅笼中。彦以为戏言。书生便入笼，笼亦不更广，书生亦不更小，宛然与双鹅并坐，鹅亦不惊。彦负笼而去，都不觉重。

　　前行息树下，书生乃出笼，谓彦曰："欲为君薄设[4]。"彦曰："善。"乃口中吐出一铜奁子[5]，奁子中具诸饰馔，珍羞方丈[6]。其器皿皆铜物。气味香旨，世所罕见。酒数行，谓彦曰："向将一妇人自随[7]，今欲暂邀之。"彦曰："善。"又于口中吐一女子，年可十五六，衣服绮丽，容貌殊绝[8]，共坐宴。

　　俄而书生醉卧，此女谓彦曰："虽与书生结妻，而实怀怨。向亦窃得一男子同行，书生既眠，暂唤之；君幸勿言。"彦曰："善。"女子于口中吐出一男子，年可二十三四，亦颖悟可爱[9]。仍与彦叙寒温[10]。书生卧欲觉，女子口吐一锦行障遮书生[11]。书生乃留女子共卧。

　　男子谓彦曰："此女子虽有心，情亦不甚向[12]，复窃得一女人同行。今欲暂见之，愿君勿泄。"彦曰："善。"男子又于口中吐一妇人，年可二十许，共酌，戏谈甚久。闻书生动声，男子曰："二人眠已觉。"因取所吐女人，还纳口中。

　　须臾，书生处女乃出，谓彦曰："书生欲起。"乃吞向男子，独对彦坐。然后书生起，谓彦曰："暂眠遂久，君独坐当悒悒邪[13]？日又晚，当与君别。"遂吞其女子，诸器皿悉纳口中。留大铜盘，可二尺广，与彦别曰："无以藉君[14]，与君相忆也[15]。"

　　彦大元中[16]，为兰台令史[17]，以盘饷侍中张散[18]，散看其铭题[19]，云是永平三年作[20]。

〔注释〕

　　[1]《续齐谐记》：志怪小说集，原文据清嘉庆本《广汉魏丛书》移录。
　　[2] 阳羡：汉吴郡属县，故城在今江苏省宜兴县南。
　　[3] 绥安：旧城在今宜兴县西南。
　　[4] 薄设：简陋的筵席。薄，自谦之词。设，准备酒饭之类的食物。
　　[5] 奁（lián）子：原是妇女梳妆用的镜匣，这里指轻巧的盒子。

〔6〕珍羞：美味的食品。方丈：一丈见方，形容食品丰富。

〔7〕将：携带。

〔8〕殊绝：形容女子非常美丽。

〔9〕颖悟：聪敏。

〔10〕叙寒温：说些问寒问暖的应酬话。

〔11〕锦行障：艳丽华美的、能够移动的屏风。

〔12〕情亦不甚向：意思是说我的感情也不全向着她。

〔13〕悒（yì）悒：闷闷不乐。

〔14〕藉：进献、贡献。

〔15〕与君相忆：给你留作纪念的意思。

〔16〕大元：即太元，晋孝武帝司马曜的年号（373—396）。

〔17〕兰台令史：官名。负责掌管典校图籍，管理文书的官员。

〔18〕饷：赠送。侍中：官名，见《列异传·谈生》注。

〔19〕铭题：刻写在器物上的文辞。

〔20〕永平三年：公元60年。永平是东汉明帝刘庄的年号（58—75）。

（霍现俊　校注）

# 补江总白猿传[1]

无名氏

　　梁大同末，遣平南将军蔺钦南征，至桂林，破李师古、陈彻。别将欧阳纥略地至长乐，悉平诸洞，采入深阻。纥妻纤白，甚美。其部人曰："将军何为挈丽人经此？地有神，善窃少女，而美者尤所难免。宜谨护之。"纥甚疑惧，夜勒兵环其庐，匿妇密室中，谨闭甚固，而以女奴十余伺守之。尔夕，阴风晦黑，至五更，寂然无闻。守者怠而假寐，忽若有物惊悟者，即已失妻矣。关扃如故，莫知所出。出门山险，咫尺迷闷，不可寻逐。迨明，绝无其跡。纥大愤痛，誓不徒还。因辞疾，驻其军，日往四遐，即深陵险以索之。既逾月，忽于百里之外丛篠上，得其妻绣履一只，虽侵雨濡，犹可辨识。纥尤悽悼，求之益坚。选壮士三十人，持兵负粮，岩棲野食。

　　又旬余，远所舍约二百里，南望一山，葱秀迥出。至其下，有深溪环之，乃编木以度。绝岩翠竹之间，时见红采，闻笑语音。扪萝引絙，而陟其上，则嘉树列植，间以名花，其下绿芜，丰软如毯。清迥岑寂，杳然殊境。东向石门有妇人数十，帔服鲜泽，嬉游歌笑，出入其中。见人皆慢视迟立，至则问曰："何因来此？"纥具以对。相视叹曰："贤妻至此月余矣。今病在床，宜遣视之。"入其门，以木为扉。中宽辟若堂者三。四壁设床，悉施锦荐。其妻卧石榻上，重茵累席，珍食盈前。纥就视之。回眸一睇，即疾挥手令去。诸妇人曰："我等与公之妻，比来久者十年。此神物所居，力能杀人，虽百夫操兵，不能制也。幸其未返，宜速避之。但求美酒两斛，食犬十头，麻数十斤，当相与谋杀之。其来必以正午后。慎勿太早。以十日为期。"因促之去。纥亦遽退。遂求醇醪与麻犬，如期而往。妇人曰："彼好酒，往往致醉。醉必骋力，俾吾等以采练缚手足于床，一踊皆断。尝纫三幅，则力尽不解。今麻隐帛中束之，度不能矣。遍体皆如铁，唯脐下数寸，常护蔽之，此必不能御兵刃。"指其旁一岩曰："此其食廪。当隐于是，静而伺之。酒置花下，犬散林中，待吾计成，招之即出。"如其言，屏气以俟。日晡，有物如匹练，自他山下，透至若飞，径入洞中。少选，有美髯丈夫长六尺余，白衣曳杖，拥诸妇人而出。见犬惊视，腾身执之，披裂吮咀，食之致饱。妇人竞以玉盃进酒，谐笑甚欢。既饮数斗，则扶之而去。又闻嬉笑之音。良久，妇人出招之，乃持兵而入。见大白猿，缚四足于床头，顾人蹙缩，求脱不得，目光如电。竞兵之，如中铁石。刺其脐下，即饮刃，血射如注。乃大叹咤曰："此天杀我，岂尔之能。然尔妇已孕，勿杀其子，将逢圣帝，必大其宗。"言绝乃死，搜其藏，宝器丰积，珍羞盈品，罗列几案。凡人世所珍，靡不充备。名香数斛，宝剑一双。妇人三十辈,皆绝其色。久者至十年。云:色衰必被提去,莫知所置。又捕采唯止其身,更无党类。旦盥洗,著帽,加白袷,被素罗衣,不知寒暑。遍身白毛,长数寸。所居常读木简,字若符篆,了不可识;已,则置石磴下。晴昼或舞双剑,环身电飞,光圆若月。其饮食无常,喜啖果栗,尤嗜犬,咀而饮其血。日始逾午,即欻然而逝。半昼往返数千里,及晚必归,此其常也。所须无不立得。夜就诸床嬲戏,一夕皆周,未尝寐。言语淹详,华旨会利。然其状,即狖玃类也。今岁木落之初,忽怆然曰:"吾为山神所诉,将得死罪。亦求护之于众灵,庶几可免。"前月哉生魄,石磴生火,焚其简书。怅然自失曰:"吾已千岁,而无子。今有子,死期至矣。"因顾诸女,汍澜者久,且曰:"此山复绝,未尝有人至。上高而望,绝不见樵者。下多虎狼怪兽。今能至者,非天假之,何耶?"纥即取宝玉珍丽及诸妇人以归,犹有知其家者。纥妻周岁生一子,厥状肖焉。后纥为陈武帝所诛。

素与江总善。爱其子聪悟绝人,常留养之,故免于难。及长,果文学善书,知名于时。

〔注释〕

〔1〕《补江总白猿传》:原文据鲁迅《唐宋传奇集》(《鲁迅辑录古籍丛编》第二卷人民文学出版社 1999 年版)移录。

(王祥 校录)

# 任 氏 传[1]

沈既济

任氏,女妖也。有韦使君者,名崟,第九,信安王祎之外孙[2]。少落拓,好饮酒。其从妹婿曰郑六,不记其名。早习武艺,亦好酒色,贫无家,托身于妻族。与崟相得,游处不间[3]。

天宝九年夏六月[4],崟与郑子偕行于长安陌中,将会饮于新昌里[5]。至宣平之南[6],郑子辞有故,请间去[7],继至饮所。崟乘白马而东。

郑子乘驴而南,入升平之北门[8]。偶值三妇人行于道中,中有白衣者,容色姝丽。郑子见之惊悦,策其驴[9],忽先之,忽后之,将挑而未敢。白衣时时盼睐[10],意有所受。郑子戏之曰:"美艳若此,而徒行,何也?"白衣笑曰:"有乘不解相假[11],不徒行何为?"郑子曰:"劣乘不足以代佳人之步,今辄以相奉。某得步从,足矣。"相视大笑。同行者更相眩诱,稍已狎昵。郑子随之东,至乐游园[12],已昏黑矣。见一宅,土垣车门[13],室宇甚严[14]。白衣将入,顾曰:"愿少踟蹰[15]。"而入。女奴从者一人,留于门屏间,问其姓第[16]。郑子既告,亦问之。对曰:"姓任氏,第二十。"少顷,延入。郑縶驴于门[17],置帽于鞍。始见妇人年三十余,与之承迎,即任氏姊也。列烛置膳,举酒数觞[18]。任氏更妆而出,酣饮极欢。夜久而寝,其妍姿美质,歌笑态度,举措皆艳,殆非人世所有。将晓,任氏曰:"可去矣。某兄弟名系教坊[19],职属南衙[20],晨兴将出,不可淹留。"乃约后期而去。既行,及里门[21],门扃未发[22]。门旁有胡人鬻饼之舍[23],方张灯炽炉。郑子憩其帘下,坐以候鼓,因与主人言。郑子指宿所以问之曰:"自此东转,有门者,谁氏之宅?"主人曰:"此隤墉弃地[24],无第宅也。"郑子曰:"适过之,曷以云无[25]?"与之固争。主人适悟[26],乃曰:"吁!我知之矣。此中有一狐,多诱男子偶宿,尝三见矣。今子亦遇乎?"郑子赧而隐曰:"无。"质明[27],复视其所,见土垣车门如故。窥其中,皆榛荒及废圃耳。

既归,见崟。崟责以失期。郑子不泄,以他事对。然想其艳冶,愿复一见之,心尝存之不忘。

经十许日,郑子游,入西市衣肆[28],瞥然见之,曩女奴从。郑子遽呼之。任氏侧身周旋于稠人中以避焉。郑子连呼前迫,方背立,以扇障其后,曰:"公知之,何相近焉?"郑子曰:"虽知之,何患?"对曰:"事可愧耻,难施面目[29]。"郑子曰:"勤想如是,忍相弃乎?"对曰:"安敢弃也,惧公之见恶耳。"郑子发誓,词旨益切。任氏乃回眸去扇,光彩艳丽如初,谓郑子曰:"人间如某之比者非一，公自不识耳，无独怪也。"郑子请之与叙欢。对曰："凡某之流，为人恶忌者，非他，为其伤人耳。某则不然。若公未见恶，愿终己以奉巾栉[30]。"郑子许与谋栖止[31]。任氏曰："从此而东，大树出于栋间者，门巷幽静，可税以居。前时自宣平之南，乘白马而东者，非君妻之昆弟乎[32]？其家多什器[33]，可以假用。"

是时崟伯叔从役于四方[34]，三院什器，皆贮藏之。郑子如言访其舍，而诣崟假什器。问其所用。郑子曰："新获一丽人，已税得其舍，假其以备用。"崟笑曰："观子之貌，必获诡陋[35]。何丽之绝也。"崟乃悉假帷帐榻席之具，使家僮之惠黠者，随以觇之[36]。俄而奔走返命，气呼汗洽[37]。崟迎问之："有乎？"曰："有。"又问："容若何？"曰："奇怪也！天下未尝见之矣。"崟姻族广茂，且夙从逸游，多识美丽。乃问曰："孰若某美？"僮曰："非其伦也[38]！"崟遍比其佳者四五人，皆曰"非其伦"。是时吴王之女有第六者，则崟之内妹[39]，秾艳如神仙，中表素推第一[40]。崟问曰："孰与吴王家第六女美？"又曰："非其伦也。"崟抚手大骇曰："天下岂有斯人乎？"遽命汲水澡颈，巾首膏唇而往[41]。既至，郑子适出。崟入门，见小僮拥篲方扫[42]，有一女奴在其门，他无所见。征于小僮[43]。小僮笑曰："无之。"崟周视室内，见红裳出于户下。迫而察焉，见任氏戢身匿于扇间[44]。崟引出，就明而观之，殆过于所传矣。崟爱之发狂，乃拥而凌之，不服。崟以力制之，方急，则曰："服矣。请少回旋。"既从，则捍御如初，如是者数四。崟乃悉力急持之。任氏力竭，汗若濡雨。自度不免[45]，乃纵体不复拒抗，而神色惨变。崟问曰："何色之不悦？"任氏长叹息曰："郑六之可哀也！"崟曰："何谓？"对曰："郑生有六尺之躯，而不能庇一妇人，岂丈夫哉！且公少豪侈，多获佳丽，遇某之比者众矣。而郑生，穷贱耳。所称惬者，唯某而已。忍以有余之心，而夺人之不足乎？哀其穷馁，不能自立，衣公之衣，食公之食，故为公所系耳。若糠粝可给，不当至是。"崟豪俊有义烈，闻其言，遽置之。敛衽而谢曰[46]："不敢。"俄而郑子至，与崟相视咍乐[47]。自是，凡任氏之薪粒牲饩[48]，皆崟给焉。任氏时有经过，出入或车马舆步，不常所止。崟日与之游，甚欢。每相狎昵，无所不至，唯不及乱而已。是以崟爱之重之，无所吝惜；一食一饮，未尝忘焉。

任氏知其爱己，因言以谢曰："愧公之见爱甚矣。顾以陋质，不足以答厚意。且不能负郑生，故不得遂公欢。某，秦人也[49]，生长秦城；家本伶伦[50]，中表姻族，多为人宠媵[51]，以是长安狭斜[52]，悉与之通。或有姝丽，悦而不得者，为公致之可矣。愿持此以报德。"崟曰："幸甚！"鬻衣之妇曰张十五娘者[53]，肌体凝洁，崟常悦之。因问任氏识之乎。对曰："是某表姊妹[54]，致之易耳。"旬余，果致之。数月厌罢。任氏曰："市人易致，不足以展效。或有幽绝之难谋者，试言之，愿得尽智力焉。"崟曰："昨者寒食[55]，与二三子游于千福寺[56]。见刁将军缅张乐于殿堂。有善吹笙者，年二八，双鬟垂耳，娇姿艳绝。当识之乎？"任氏曰："此宠奴也。其母即妾之内姊也。求之可也。"崟拜于席下。任氏许之。乃出入刁家。月余，崟促问其计。任氏愿得双缣以为赂[57]。崟依给焉。后二日，任氏与崟方食，而缅使苍头控青骊以迓任氏[58]。任氏闻召，笑谓崟曰："谐矣。"初，任氏加宠奴以病，针饵莫减。其母与缅忧之方甚，将征诸巫。任氏密赂巫者，指其所居，使言从就为吉。及视疾，巫曰："不利在家，宜出居东南某所，以取生气。"缅与其母详其地，则任氏之第在焉。缅遂请居。任氏谬辞以偪狭，勤请而后许。乃辇服玩[59]，并其母偕送于任氏。至，则疾愈。未数日，任氏密引崟以通之，经月乃孕。其母惧，遽归以就缅，由是遂绝。

他日，任氏谓郑子曰："公能致钱五六千乎？将为谋利。"郑子曰："可。"遂假求于人，获钱六千。任氏曰："鬻马于市者，马之股有疵，可买以居之。"郑子如市，果见一人牵马求售者，眚在左股[60]。郑子买以归。其妻昆弟皆嗤之，曰："是弃物也。买将何为？"无何，任氏曰："马可鬻矣。当获三万。"郑子乃卖之。有酬二万，郑子不与。一市尽曰："彼何苦而贵买，此何爱而不鬻？"郑子乘之以归；买者随至其门，累增其估，至二万五千也。不与，曰："非三万不鬻。"其妻昆弟聚而诟之。郑子不获已，遂卖，卒不登三万[61]。既而密伺买者，征其由。乃昭应县之御马疵股者[62]，死三岁矣，斯吏不时除籍[63]。官征其估[64]，计钱六万。设其以半买之，所获尚多矣。若有马以备数，则三年刍粟之估，皆吏得之。且所偿盖寡，是以买耳。任氏又以衣服故弊，乞衣于崟。崟将买全采与之[65]。任氏不欲，曰："愿得成制者。"崟召市人张大为买之，使见任氏，问所欲。张大见之，惊谓崟曰："此必天人贵戚，为郎所窃。且非人间所宜有者，愿速归之，无及于祸。"其容色之动人也如此。竟买衣之成者而不自纫缝也，不晓其意。

后岁余，郑子武调[66]，授槐里府果毅尉[67]，在金城县[68]。时郑子方有妻室，虽昼游于外，而夜寝于内，多恨不得专其夕。将之官，邀与任氏俱去。任氏不欲往，曰："旬月同行，不足以为欢。请计给粮饩，端居以迟归。"郑子恳请，任氏愈不可。郑子乃求崟资助。崟与更劝勉，且诘其故。任氏良久，曰："有巫者言某是岁不利西行，故不欲耳。"郑子甚惑也，不思其他，与崟大笑曰："明智若此，而为妖惑，何哉！"固请之，任氏曰："倘巫者言可征，徒为公死，何益？"二子曰："岂有斯理乎？"恳请如初。任氏不得已，遂行。崟以马借之，出祖于临皋[69]，挥袂别去。

信宿[70]，至马嵬[71]。任氏乘马居其前，郑子乘驴居其后，女奴别乘，又在其后。是时西门圉人教猎狗于洛川[72]，已旬日矣。适值于道，苍犬腾出于草间。郑子见任氏欻然坠于地[73]，复本形而南驰。苍犬逐之。郑子随走叫呼，不能止。里余，为犬所获。郑子衔涕出囊中钱，赎以瘗之[74]，削木为记。回睹其马，啮草于路隅，衣服悉委于鞍上，履袜犹悬于镫间，若蝉蜕然。唯首饰坠地，余无所见。女奴亦逝矣。

旬余，郑子还城。崟见之喜，迎问曰："任子无恙乎？"郑子泫然对曰："殁矣。"崟闻之亦恸，相持于室，尽哀。徐问疾故。答曰："为犬所害。"崟："犬虽猛，安能害人？"答曰："非人。"崟骇曰："非人，何者？"郑子方述本末。崟惊讶叹息不能已。明日，命驾与郑子俱适马嵬[75]，发瘗视之，长恸而归。追思前事，唯衣不自制，与人颇异焉。其后郑子为总监使[76]，家甚富，有枥马十余匹。年六十五，卒。

大历中[77]，沈既济居钟陵[78]，尝与崟游，屡言其事，故最详悉。后崟为殿中侍御史[79]，兼陇州刺史[80]，遂殁而不返。

嗟乎，异物之情也有人焉！遇暴不失节，徇人以至死[81]，虽今妇人，有不如者矣。惜郑生非精人，徒悦其色而不征其情性。向使渊识之士[82]，必能揉变化之理，察神人之际，著文章之美，传要妙之情[83]，不止于赏玩风态而已。惜哉！

建中二年[84]，既济自左拾遗于金吾。将军裴冀[85]，京兆少尹孙成[86]，户部郎中崔需[87]，右拾遗陆淳[88]，皆适居东南[89]，自秦徂吴[90]，水陆同道。时前拾遗朱放[91]，因旅游而随焉。浮颍涉淮[92]，方舟沿流，昼宴夜话，各征其异说。众君子闻任氏之事，共深叹骇，因请既济传之[93]，以志异云。沈既济撰。

〔注释〕

〔1〕《任氏传》：《太平广记》卷四五二收录本篇，题为《任氏》。原文据鲁迅《唐宋传奇集》移录。

〔2〕使君：汉、唐时尊称太守或刺史为"使君"。韦崟（yín）后来官陇州刺史，故称使君。信安王祎（yī）：李祎，吴王恪之孙，封信安郡王。

〔3〕不间（jiàn）：不隔阂，无嫌隙。

〔4〕天宝九年：公元750年。天宝，唐玄宗年号。按：自玄宗天宝三年正月改年为载，至肃宗乾元元年二月复以载为年。此处"九年"应称"九载"为是。

〔5〕新昌里：唐代长安城坊名（坊也可称里）。长安城内南北十四街，东西十一街，共分108坊，每坊广三百余步。新昌里，在长安城东延兴门内。

〔6〕宣平：唐代长安城坊名，东面毗邻新昌里。

〔7〕请间（jiàn）去：请求离开一会儿。

〔8〕升平：唐代长安城坊名，其北即宣平里。

〔9〕策：鞭打。

〔10〕盼睐（lài）：眼睛斜瞟。睐，向旁边看。

〔11〕相假：相借。

〔12〕乐游园：即乐游原，又名乐游苑，原为秦宜春苑。在长安城东南曲江北，是唐时游赏胜地。

〔13〕车门：可容车马出入的大门。

〔14〕严：高敞齐整。

〔15〕少踟蹰（chí chú）：稍等一等。

〔16〕姓第：姓名、排行。

〔17〕絷（zhí）：拴，系。

〔18〕数（shuò）觞：频频举杯劝酒。

〔19〕兄弟：唐代教坊中歌妓间的一种称呼。唐崔令钦《教坊记》卷一："坊中诸女，以气类相似，约为香火兄弟。"名系教坊：归教坊管辖。教坊，唐代管领乐工和倡优的机构。

〔20〕南衙：唐代禁卫军分南北衙，诸卫兵是南衙，禁军是北衙。教坊属禁中机构，理应归南衙或北衙统辖。

〔21〕里门：唐代长安城内各里坊均有门，入夜上锁，天亮开门，都以击鼓为号。

〔22〕门扃（jiōng）未发：里门关着未开。

〔23〕胡人：古代称北方及西域各少数民族为胡。

〔24〕隤（tuí）堉：颓塌的墙。"隤"同"颓"。

〔25〕曷以云无：怎么说没有。曷以，何以。

〔26〕适悟：才明白。

〔27〕质明：天刚亮的时候。

〔28〕西市：隋唐时长安城有东、西两大市，为商贸荟萃之地。西市在朱雀街西第四坊。

〔29〕难施面目：没脸相见。

〔30〕终己以奉巾栉（zhì）：终身服侍洗脸梳头。是表示愿意做妻妾的委婉语。

〔31〕栖止：住处。

〔32〕昆弟：兄弟。

〔33〕什器：日常生活用具。

〔34〕从役：在外做事或者做官。

〔35〕诡陋：奇丑。诡，奇异。

〔36〕觇（chān）：偷看。

〔37〕汗洽：被汗水沾湿。

〔38〕伦：类，辈。非其伦，意谓不能同她相比。

〔39〕内妹：妻妹或舅表妹。

〔40〕中表：即内外，父亲姊妹的儿女叫外表，母亲姊妹的儿女为内表，互称中表。

〔41〕巾首膏唇：戴上头巾，涂上唇膏。

〔42〕拥篲（huì）：拿着扫帚。

〔43〕征：问，打听。

〔44〕戢（jí）：收敛。

〔45〕度（duó）：揣度，估量。

〔46〕敛衽（rèn）：把衣襟拉扯整齐，表示恭肃。

〔47〕咍（hāi）乐：喜笑快乐。

〔48〕薪粒牲饩（xì）：柴火、粮食和肉。饩，活的牲口或生肉。

〔49〕秦：陕西中部和甘肃东部一带古时属秦国，所以泛称这一带为秦。

〔50〕伶伦：传说中黄帝的乐师，此处指歌妓优伶。

〔51〕媵（yìng）：随嫁之人。

〔52〕狭斜：原指小街曲巷，后世用作妓院的代称。

〔53〕廛（chán）中：集市。"廛"同"廛"。

〔54〕表娣妹：表弟媳的妹妹。

〔55〕寒食：节日名，农历清明节前两天，或冬至后一百零五天。据说是为纪念晋文公之臣介子推而设。

〔56〕千福寺：在唐代长安城安定坊东南角。

〔57〕缣（jiān）：细绢。

〔58〕苍头：男仆。骊：青黑色马。此处泛指马。

〔59〕辇：用车子载运。

〔60〕眚（shěng）：微伤，小病。

〔61〕卒不登三万：终究没卖到三万钱。原文无"卒不"二字，此处据《太平广记》补。

〔62〕昭应县：在唐代长安县东，今陕西省临潼县。

〔63〕不时除籍：不到任期满就被免职。

〔64〕征其估：征收赔偿丢失官马的折价。

〔65〕全采：整匹的彩绸。采，彩色丝织品。

〔66〕武调：调选武职。

〔67〕槐里府果毅尉：唐初实行府兵制，府设折冲都尉和果毅都尉统领。槐里，古县名，在陕西兴平县东南。

〔68〕金城县：在今甘肃省兰州市皋兰县。

〔69〕出祖于临皋：出城在临皋驿设酒饯行。祖，原指道路之神，也指出行时对道路之神的祭祀，后世用来指设酒饯行。

〔70〕信宿：第二夜。《左传·庄公三年》："一宿为舍，再宿为信。"

〔71〕马嵬（wéi）：地名，又称马嵬坡或马嵬城。在今陕西省兴平县西北。

〔72〕圉（yǔ）人：养马的官员。洛川：县名，在今陕西省。

〔73〕欻（xū）然：忽然。"欻"同"歘"。

〔74〕瘗（yì）：埋葬。

〔75〕命驾：命令车夫驾车。

〔76〕总监使：唐代官职名，掌管盐池、宫苑、养牧等。

〔77〕大历：唐代宗年号（756—779）。

〔78〕钟陵：县名，今江西省进贤县西北。

〔79〕殿中侍御史：唐代官职名，主管宫殿礼仪和纠察官员不法行为等，为御史台属官。

〔80〕陇州刺史：陇州，唐代州郡名，州治在汧源，即今陕西省陇县。刺史，官名，为州的行政长官。

〔81〕徇人以至死：为所爱之人而牺牲自己。"徇"，同"殉"。

〔82〕渊识之士：见识高深之人。

〔83〕要（yāo）妙：精深微妙。

〔84〕建中二年：公元781年。建中，唐德宗年号。

〔85〕左拾遗：唐代官名，职掌是对皇帝言行上的遗失进行规讽，属门下省。于：鲁迅《唐宋传奇集》校记云："于"，疑应作"与"。金吾将军：唐代官名，统领左右金吾卫，掌管宫中和京城的警卫，并侍从皇帝出行。裴冀：生卒年不详，行六，出东眷裴氏。建中初官右金吾将军。

〔86〕京兆少尹：唐代官名，京兆尹的副职。孙成（？—789）：字思退（或作退思），潞州涉（今河南涉县）人，孙逖之子，曾官京兆少尹。

〔87〕户部郎中：唐代官名。唐代尚书省下设六部，掌管户口、财赋的为户部。部下设司，郎中为诸司长官。崔需：应为崔儒，见《新唐书·宰相世系表》。

〔88〕右拾遗：唐官名，属中书省。陆淳（？—805）：即陆质，字伯冲，吴郡（今江苏苏州）人。本名淳，避宪宗讳改。按：各史书均载陆质曾官左拾遗而非右拾遗，此处恐误。

〔89〕适：同"谪"。沈既济于建中二年（781）坐贬处州司户参军。

〔90〕自秦徂吴：从关中往江南。徂，往。吴，江、浙一带古属吴国，后世因称其地为吴。

〔91〕朱放（？—788?）：字长通，襄州襄阳（今属湖北）人。唐德宗贞元二年（786）征为右拾遗，不久谢病返吴，贞元四、五年间卒于扬州。

〔92〕浮颍涉淮：乘船经过颍水和淮河。颍，水名，源于河南登封，流经河南、安徽入淮。淮，水名，源出河南桐柏山，流经河南、安徽、江苏，最后入海。

〔93〕传（zhuàn）：记载。

（王祥　校注）

# 柳　毅　传[1]

李朝威

　　仪凤中[2]，有儒生柳毅者，应举下第，将还湘滨。念乡人有客于泾阳者[3]，遂往告别。至六七里，鸟起马惊，疾逸道左[4]。又六七里，乃止。
　　见有妇人，牧羊于道畔。毅怪视之，乃殊色也。然而蛾脸不舒[5]，巾袖无光，凝听翔立[6]，若有所伺。毅诘之曰："子何苦而自辱如是[7]？"妇始楚而谢[8]，终泣而对曰："贱妾不幸，今日见辱问于长者[9]。然而恨贯肌骨，亦何能愧避，幸一闻焉[10]。妾，洞庭龙君小女也。父母配嫁泾川次子，而夫婿乐逸[11]，为婢仆所惑，日以厌薄[12]。既而将诉于舅姑[13]，舅姑爱其子，不能御[14]。迨诉频切，又得罪舅姑。舅姑毁黜以至此[15]。"言讫，歔欷流涕，悲不自胜。又曰："洞庭于兹，相远不知其几多也？长天茫茫，信耗莫通[16]。心目断尽，无所知哀。闻君将还吴，密通洞庭。或以尺书，寄托侍者，未卜将以为可乎[17]？"毅曰："吾义夫也[18]。闻子之说，气血俱动，恨无毛羽，不能奋飞。是何可否之谓乎[19]！然而洞庭，深水也。吾行尘间，宁可致意耶？唯恐道途显晦[20]，不相通达，致负诚托，又乖恳愿[21]。子有何术，可导我邪？"女悲泣且谢，曰："负载珍重[22]，不复言矣。脱获回耗[23]，虽死必谢。君不许，何敢言？既许而问，则洞庭之与京邑，不足为异也[24]。"
　　毅请闻之。女曰："洞庭之阴，有大橘树焉，乡人谓之社橘[25]。君当解去兹带，束以他物。然后叩树三发，当有应者。因而随之，无有碍矣。幸君子书叙之外，悉以心诚之话倚托，千万无渝[26]！"毅曰："敬闻命矣。"女遂于襦间解书，再拜以进，东望愁泣，若不自胜。毅深为之戚。乃置书囊中，因复问曰："吾不知子之牧羊，何所用哉？神祇岂宰杀乎[27]？"女曰："非羊也，雨工也[28]。""何为雨工？"曰："雷霆之类也。"毅顾视之，则皆矫顾怒步，饮龁甚异[29]。而大小毛角，则无别羊焉。毅又曰："吾为使者，他日归洞庭，幸勿相避。"女曰："宁止不避，当如亲戚耳。"语竟，引别东去。不数十步，回望女与羊，俱亡所见矣。
　　其夕，至邑而别其友。月余到乡，还家，乃访于洞庭。洞庭之阴，果有社橘。遂易带向树[30]，三击而止。俄有武夫出于波间，再拜请曰："贵客将自何所至也？"毅不告其实，曰："走谒大王耳。"武夫揭水指路[31]，引毅以进。谓毅曰："当闭目，数息可达矣[32]。"毅如其言，遂至其宫。始见台阁相向，门户千万，奇草珍木，无所不有。夫乃止毅，停于大室之隅，曰："客当居此以伺焉。"毅曰："此何所也？"夫曰："此灵虚殿也。"谛视之，则人间珍宝，毕尽于此。柱以白璧，砌以青玉，床以珊瑚，帘以水精，雕琉璃于翠楣，饰琥珀于虹栋。奇秀深杳，不可殚言[33]。

然而王久不至。毅谓夫曰："洞庭君安在哉？"曰："吾君方幸玄珠阁，与太阳道士讲《火经》，少选当毕[34]。"毅曰："何谓《火经》？"夫曰："吾君，龙也。龙以水为神，举一滴可包陵谷。道士，乃人也。人以火为神圣，发一灯可燎阿房[35]。然而灵用不同，玄化各异[36]。太阳道士精于人理，吾君邀以听焉。"语毕而宫门辟。景从云合[37]，而见一人，披紫衣，执青玉。夫跃曰："此吾君也！"乃至前以告之。君望毅而问曰："岂非人间之人乎！"毅对曰："然。"毅遂设拜，君亦拜，命坐于灵虚之下。谓毅曰："水府幽深，寡人暗昧，夫子不远千里，将有为乎？"毅曰："毅，大王之乡人也，长于楚，游学于秦。昨下第，闲驱泾水之涘，见大王爱女牧羊于野，风鬟雨鬓[38]，所不忍视。毅因诘之。谓毅曰：'为夫婿所薄，舅姑不念，以至于此'，悲泗淋漓，诚怛人心[39]。遂托书于毅。毅许之，今以至此。"因取书进之。洞庭君览毕，以袖掩面而泣曰："老父之罪，不察坚听[40]，坐贻聋瞽[41]，使闺窗孺弱，远罹构害[42]。公，乃陌上人也[43]，而能急之。幸被齿发，何敢负德[44]！"词毕，又哀咤良久[45]。左右皆流涕。时有宦人密视君者[46]，君以书授之，令达宫中。须臾，宫中皆恸哭。君惊，谓左右曰："疾告宫中，无使有声。恐钱塘所知。"毅曰："钱塘，何人也？"曰："寡人之爱弟。昔为钱塘长[47]，今则致政矣[48]。"毅曰："何故不使知？"曰："以其勇过人耳。昔尧遭洪水九年者[49]，乃此子一怒也。近与天将失意，塞其五山[50]。上帝以寡人有薄德于古今，遂宽其同气之罪[51]。然犹縻系于此，故钱塘之人，日日候焉[52]。"

语未毕，而大声忽发，天拆地裂，宫殿摆簸，云烟沸涌。俄有赤龙长千余尺，电目血舌，朱鳞火鬣，项掣金锁[53]，锁牵玉柱，千雷万霆，激绕其身，霰雪雨雹，一时皆下。乃擘青天而飞去[54]。毅恐蹶仆地[55]。君亲起持之曰："无惧，固无害。"毅良久稍安，乃获自定。因告辞曰："愿得生归，以避复来。"君曰："必不如此。其去则然，其来则不然。幸为少尽缱绻[56]。"因命酌互举，以款人事[57]。

俄而祥风庆云，融融怡怡，幢节玲珑，箫韶以随[58]。红妆千万，笑语熙熙。后有一人，自然蛾眉，明珰满身，绡縠参差[59]。迫而视之，乃前寄辞者[60]。然若喜若悲，零泪如丝[61]。须臾，红烟蔽其左，紫气舒其右，香气环旋，入于宫中。君笑谓毅曰："泾水之囚人至矣。"君乃辞归宫中。须臾，又闻怨苦，久而不已。

有顷，君复出，与毅饮食。又有一人，披紫裳，执青玉，貌耸神溢[62]，立于君左。君谓毅曰："此钱塘也。"毅起，趋拜之。钱塘亦尽礼相接，谓毅曰："女侄不幸，为顽童所辱。赖明君子信义昭彰[63]，致达远冤。不然者，是为泾陵之土矣[64]。飨德怀恩，词不悉心[65]。"毅趋退辞谢[66]，俯仰唯唯，然后回告兄曰："向者辰发灵虚[67]，已至泾阳，午战于彼，未还于此，中间驰至九天，以告上帝。帝知其冤，而宥其失[68]，前所谴责，因而获免。然而刚肠激发，不遑辞候[69]。惊扰宫中，复忤宾客。愧惕惭惧，不知所失[70]。"因退而再拜。君曰："所杀几何？"曰："六十万。""伤稼乎？"曰："八百里"。"无情郎安在？"曰："食之矣。"君怃然曰："顽童之为是心也，诚不可忍。然汝亦太草草。赖上帝显圣，谅其至冤，不然者，吾何辞焉。从此已去[71]，勿复如是。"钱塘复再拜。是夕，遂宿毅于凝光殿。

明日，又宴毅于凝碧宫。会友戚，张广乐。具以醴醑，罗以甘洁[72]。初，笳角鼙鼓[73]，旌旗剑戟，舞万夫于其右。中有一夫前曰："此《钱塘破阵乐》[74]。"旌铫杰气，顾骤悍栗[75]，坐客视之，毛发皆竖。复有金石丝竹，罗绮珠翠，舞千女于其左。中有一女前进曰："此《贵主还宫乐》[76]。"清音宛转，如诉如慕，坐客听之，不觉泪下。二舞既毕，龙君大悦，锡以纨绮，颁于舞人[77]。然后密席贯坐[78]，纵酒极娱。酒酣，洞庭君乃击席而歌曰："大天苍苍兮，大地茫茫。人各有志兮，何可思量。狐神鼠圣兮，薄社依墙[79]。雷霆一发兮，其孰敢当！荷贞人兮信义长[80]，令骨肉兮还故乡。齐言惭愧兮何时忘[81]！"洞庭君歌罢，钱塘君再拜而歌曰："上天配合兮，生死有途。此不当妇兮，彼不当夫。腹心辛苦兮[82]，泾水之隅。风霜满鬓兮，雨雪罗襦。赖明公兮引素书，令骨肉兮家如初。永言珍重兮无时无。"钱塘君歌阕[83]，洞庭君俱起，奉觞于毅。毅踧踖而受爵[84]，饮讫，复以二觞奉二君。乃歌曰："碧云悠悠兮，泾水东流。伤美人兮，雨泣花愁。尺书远达兮，以解君忧。哀冤果雪兮，还处其休[85]。荷和雅兮感甘羞，山家寂寞兮难久留[86]。欲将辞去兮悲绸缪。"歌罢，皆呼万岁。洞庭君因出碧玉箱，贮以开水犀[87]；钱塘君复出红珀盘，贮以照夜玑，皆起进毅。毅辞谢而受。然而宫中之人，咸以绡彩珠璧，投于毅侧，重叠焕赫[88]，须臾埋没前后。毅笑语四顾，愧揖不暇。洎酒阑欢极[89]，毅辞起，复宿于凝光殿。

翌日，又宴毅于清光阁。钱塘因酒作色[90]，踞谓毅曰[91]："不闻猛石可裂不可卷，义士可杀不可羞邪[92]？愚有衷曲[93]，欲一陈于公。如可，则俱在云霄；如不可，则皆夷粪壤[94]。足下以为何如哉？"毅曰："请闻之。"钱塘曰："泾阳之妻，则洞庭君之爱女也。淑性茂质，为九姻所重[95]。不幸见辱于匪人[96]。今则绝矣。将欲求托高义[97]，世为亲戚。使受恩者了其所归，怀爱者知其所付，岂不为君子始终之道者[98]？"毅肃然而作，欻然而笑曰[99]："诚不知钱塘君孱困如是！毅始闻跨九州，怀五岳[100]，泄其愤怒；复见断金锁[101]，擘玉柱，赴其急难。毅以为刚决明直，无如君者。盖犯之者不避其死，感之者不爱其生[102]，此真丈夫之志。奈何箫管方洽，亲宾正和，不顾其道，以威加人？岂仆之素望哉！若遇公于洪波之中，玄山之间[103]，鼓以鳞须[104]，被以云雨，将迫毅以死，毅则以禽兽视之，亦何恨哉！今体被衣冠，坐谈礼义，尽五常之志性，负百行之微旨[105]，虽人世贤杰，有不如者，况江河灵类乎？而欲以蠢然之躯，悍然之性，乘酒假气，将迫于人，岂近直哉[106]！且毅之质，不足以藏王一甲之间[107]，然而敢以不伏之心，胜王不道之气[108]，惟王筹之！"钱塘乃逡巡致谢曰[109]："寡人生长宫房，不闻正论。向者词述疏狂，妄突高明。退自循顾，戾不容责。幸君子不为此乖间可也[110]。"其夕，复欢宴，其乐如旧。毅与钱塘，遂为知心友。

明日，毅辞归。洞庭君夫人别宴毅于潜景殿。男女仆妾等，悉出预会。夫人泣谓毅曰："骨肉受君子深恩，恨不得展愧戴[111]，遂致睽别[112]。"使前泾阳女当席拜毅以致谢。夫人又曰："此别岂有复相遇之日乎？"毅其始虽不诺钱塘之请，然当此席，殊有叹恨之色。宴罢辞别，满宫凄然。赠遗珍宝，怪不可述。毅于是复循途出江岸，见从者十余人，担囊而随，至其家而辞去。

毅因适广陵宝肆，鬻其所得[113]，百未发一，财以盈兆。故淮右富族，咸以为莫如。遂娶于张氏，亡。又娶韩氏，数月，韩氏又亡。徙家金陵。常以鳏旷多感[114]，或谋新匹。有媒氏告之曰："有卢氏女，范阳人也[115]。父名曰浩，尝为清流宰[116]。晚岁好道，独游云泉，今则不知所在矣。母曰郑氏。前年适清河张氏，不幸而张夫早亡，母怜其少，惜其慧美，欲择德以配焉[117]。不识何如？"毅乃卜日就礼。既而男女二姓，俱为豪族，法用礼物[118]，尽其丰盛。金陵之士，莫不健仰[119]。

居月余，毅因晚入户，视其妻，深觉类于龙女，而逸艳丰厚，则又过之。因与话昔事。妻谓毅曰："人世岂有如是之理乎？"经岁余，有一子。毅益重之。既产，逾月，乃秾饰换服，召亲戚。相会之间，笑谓毅曰："君不忆余之于昔也？"毅曰："夙为洞庭君女传书，至今为忆。"妻曰："余即洞庭君之女也。泾川之冤，君使得白，衔君之恩，誓心求报。洎钱塘季父论亲不从，遂至睽违，天各一方，不能相闻。父母欲配嫁于濯锦小儿[120]，某惟以心誓难移，亲命难背，既为君子弃绝，分无见期[121]。而当初之冤，虽得以告诸父母，而誓报不得其志[122]，复欲驰白于君子。值君子累娶，当娶于张，已而又娶于韩。迨张、韩继卒，君卜居于兹，故余之父母乃喜余得遂报君之意。今日获奉君子，咸善终世[123]，死无恨矣。"因呜咽，泣涕交下。对毅曰："始不言者，知君无重色之心；今乃言者，知君有感余之意[124]。妇人匪薄[125]，不足以确厚永心，故因君爱子，以托相生[126]。未知君意如何？愁惧兼心，不能自解。君附书之日，笑谓妾曰：'他日归洞庭，慎无相避。'诚不知当此之际，君岂有意于今日之事乎？其后季父请于君，君固不许。君乃诚将不可邪？抑忿然邪[127]？君其话之"。毅曰："似有命者。仆始见君于长泾之隅，枉抑憔悴[128]，诚有不平之志。然自约其心者，达君之冤，余无及也。以言慎勿相避者，偶然耳，岂有意哉！洎钱塘逼迫之际，唯理有不可直，乃激人之怒耳。夫始以义行为之志，宁有杀其婿而纳其妻者邪？一不可也。某素以操真为志尚[129]，宁有屈于己而伏于心者乎？二不可也。且以率肆胸臆，酬酢纷纶[130]，唯直是图，不遑避害。然而将别之日，见君有依然之容，心甚恨之[131]。终以人事扼束，无由报谢。吁，今日，君，卢氏也，又家于人间，则吾始心未为惑矣。从此以往，永奉欢好，心无纤虑也。"妻因深感娇泣，良久不已。有顷，谓毅曰："勿以他类，遂为无心[132]，固当知报耳。夫龙寿万岁，今与君同之，水陆无往不适。君不以为妄也。"毅喜之曰："吾不知国客乃复为神仙之饵[133]。"乃相与觐洞庭[134]。既至，而宾主盛礼，不可具纪。

后居南海[135]，仅四十年，其邸第舆马珍鲜服玩，虽侯伯之室，无以加也。毅之族咸遂濡泽[136]。以其春秋积序[137]，容状不衰，南海之人，靡不惊异。洎开元中[138]，上方属意于神仙之事，精索道术[139]。毅不得安，遂相与归洞庭。凡十余岁，莫知其迹。

至开元末，毅之表弟薛嘏为京畿令[140]，谪官东南。经洞庭，晴昼长望，俄见碧山出于远波。舟人皆侧立[141]，曰："此本无山，恐水怪耳。"指顾之际[142]，山与舟相逼，乃有彩船自山驰来，迎问于嘏。其中有一人呼之曰："柳公来候耳。"嘏省然记之，[143]，乃促至山下，摄衣疾上。山有宫阙如人世，见毅立于宫室之中，前列丝竹，后罗珠翠，物玩之盛，殊倍人间。毅词理益玄，容颜益少。初迎嘏于砌，持嘏手曰："别来瞬息，而发毛已黄。"嘏笑曰："兄为神仙，弟为枯骨，命也！"毅因出药五十丸遗嘏，曰："此药一丸，可增一岁耳。岁满复来，无久居人世，以自苦也。"欢宴毕，嘏乃辞行。自是已后，遂绝影响。嘏常以是事告于人世。殆四纪[144]，嘏亦不知所在。

陇西李朝威叙而叹曰：五虫之长，必以灵者，别斯见矣[145]。人，裸也，移信鳞虫[146]。洞庭含纳大直[147]，钱塘迅疾磊落[148]，宜有承焉[149]。嘏咏而不载，独可邻其境[150]。愚义之，为斯文。

**〔注释〕**

〔1〕《柳毅传》：《太平广记》卷四一九收录此篇，题《柳毅》。注云出《异闻集》。原文据鲁迅《唐宋传奇集》（文学古籍刊行社1956年版）移录。

〔2〕仪凤：唐高宗李治年号（676—679）。

〔3〕泾阳：古县名，在今陕西泾阳县境内，咸阳东北。

〔4〕疾逸道左：谓马不受拘束，向路旁乱跑。

〔5〕蛾脸不舒：美丽的脸愁眉不展。蛾脸，美女的脸面。

〔6〕翔：止。《淮南子·览冥训》："凤凰翔于庭。"许慎注："翔，犹止也。"翔立即站立

不动。

〔7〕自辱：自己受委屈。辱，委屈。

〔8〕楚：悲痛。谢：推辞。

〔9〕见辱问于长者：承蒙您下问。见，被；辱问，下问；长者，指柳毅。

〔10〕幸一闻焉：有幸请您听一听。

〔11〕乐逸：爱好游逸放荡的生活。

〔12〕厌薄：厌恶，薄待。

〔13〕舅姑：公婆。

〔14〕御：驾御，管束。

〔15〕毁黜：折磨黜弃。

〔16〕信耗莫通：音信不通。

〔17〕"或以尺书"二句：或者写封书信，拜托您的仆人带去，不知道行吗？尺书，指书信。侍者，仆人；卜，猜测、估计。

〔18〕吾义夫也：我是有正义感的人。

〔19〕"是何"句：意思是这些哪里谈得上可不可以呢？意即这是应该做到的。

〔20〕道途显晦：意思是隔着人间与水下两条路。显明，指人世；晦，暗，指湖水深处。

〔21〕乖：违背。恳愿：恳切的愿望。

〔22〕负载珍重：担负起托付之责，希望路上善自保重。

〔23〕脱获回耗：倘或得到回信。脱，倘或。

〔24〕"洞庭之与京邑"二句：意谓上洞庭与上京都都没有什么不同。

〔25〕社橘：大橘树。古代封土为社坛，上栽树木以祭社神（土地神）。故唐代乡间常称大树为社树。此树为橘树故称社橘。

〔26〕"幸君子"三句：幸蒙您捎带书信，我还把全部心里话托付您，千万不要改变您的承诺。渝，改变。

〔27〕"神祇（qí）"句：神灵难道也宰杀羊吃吗？神祇，神灵。

〔28〕雨工：天上布云行雨的神丁，如雷电之类。

〔29〕"矫顾怒步"两句：那些雨工都是昂头四望，雄健迈步，饮水吃草不同于羊。龁（hé），咬。

〔30〕易带：整理衣带。易，整治。

〔31〕揭水：分开水。

〔32〕数息：呼吸几次，意指时间短。

〔33〕"雕琉璃于翠楣"四句：翠绿色的门楣是用琉璃雕饰的，红色的栋梁是用琥珀装饰的，奇秀深远，不能用言语表达。楣，门上的横木；深杳（yǎo）深远；殚（dān）言，尽言。

〔34〕少选：少顷，须臾，一会儿。

〔35〕燎阿房（páng）：烧毁阿房宫。阿房，秦始皇建造的大型宫殿阿房宫。

〔36〕"然而灵用"二句：谓水火各有其神异的作用和玄妙的变化。灵用，灵验的效用；

玄化：玄妙变化。

〔37〕景（yǐng）从云合：形容众多的侍从簇拥着洞庭君。景从，如影之从形。景，同"影"；云合，如云之合。

〔38〕风鬟雨鬓：言受风吹雨打，容貌憔悴。

〔39〕"悲泗淋漓"二句：伤心之泪淋漓，确实令人悲痛同情。泗，涕，眼泪；诚，确实；怛（dá）痛苦，悲伤。

〔40〕不诊坚听：不加考察，听信人言。诊，察。坚听，听信不疑。

〔41〕坐贻聋瞽：因而成为聋人盲人一般。坐贻，因而造成，以致造成。

〔42〕"使闺窗"二句：使闺中柔弱的女孩子遭受陷害。罹（lí），遭受。

〔43〕陌上人：陌路人，不相识的人。

〔44〕"幸被"二句：犹言有生之日，不敢背德。幸被齿发，指还存活着。

〔45〕哀咤（zhà）：悲叹。

〔46〕密视：在身边伺候。一作"密侍"。

〔47〕钱塘长：即钱塘龙王。

〔48〕致政：即退职，不再做官。

〔49〕"昔尧"句：《史记·夏本纪》："当帝尧之时，鸿水滔天。……用鲧治水，九年水不息。"

〔50〕"近与天将"二句：近与天将不和，发洪水淹掉五座山。失意，失和。

〔51〕同气：同胞兄弟。

〔52〕"钱塘之人"二句：钱塘江边的人们天天等候钱江潮的到来，或观涛，或便于行船。这里把钱江潮与钱塘龙王合写，使自然神化。

〔53〕"朱鳞火鬣（liè）"二句：红色的鳞，火红色的鬣毛，挣断了脖子上的金锁。鬣，兽类颈上的长毛。

〔54〕擘（bò）：切开、分开。

〔55〕恐蹶（jué）：惊恐跌倒。

〔56〕少尽缱绻（qiǎn quǎn）：略表感激之情。缱绻，感情深厚，情意缠绵。

〔57〕以款人事：以尽款待宾客之礼。

〔58〕"融融怡怡"三句：一片和乐气氛，仪仗精美，乐队演奏乐曲。幢（chuáng），一种旗子；节，饰有羽毛的仪仗；箫韶，相传为虞舜时的乐曲。

〔59〕"自然蛾眉"三句：天生的美丽，带着满身珍贵的饰物，绸衣飘拂。蛾眉，代指美女；明珰（dāng），明珠做成的饰物。绡縠（xiāo hú），丝绸的衣服。参差，高低不齐。

〔60〕前寄辞者：前时托付带信的人。

〔61〕零泪如丝：眼泪如丝不断。零，落。

〔62〕貌耸神溢：容貌高华，神彩飞扬。

〔63〕明君子：贤明君子，对柳毅的敬称。

〔64〕为泾陵之土：变成了泾陵的泥土，即死于泾阳。

〔65〕"飨（xiǎng）德怀恩"二句：接受并牢记您的恩德，言语不能完全表达感激的心意。飨，同"享"，受。

〔66〕"扐（huī）退辞谢"二句：谦恭地后退，低头谦逊地应答。扐退，谦逊退让。

〔67〕向者：刚才，前不久。辰、巳、午、未：都是十二地支之一，指四个时辰，上午七至九时为辰，九至十一时为巳，十一至下午一时为午，下午一时至三时为未。

〔68〕宥（yòu）：宽恕。

〔69〕"刚肠激发"二句：刚强的性格被激动，来不及告辞。不遑，来不及。

〔70〕"愧惕（tì）惭惧"二句：惭愧惊惧，不知道犯了多大罪过。惕，惊惧。

〔71〕从此已去：从此以后。

〔72〕"张广乐"三句：设置了大乐队，准备了醇美的酒，摆满了美味洁净的食品。醪醴（láo lǐ），醇美的酒。

〔73〕笳角鼙（pí）鼓：都是军中乐器。笳，胡笳；角，画角；鼙，小鼓。

〔74〕钱塘破阵乐：演奏钱塘君战斗胜利的乐曲。《乐府诗集》卷八十《近代曲辞》："《破阵乐》本舞曲，唐太宗所造。"

〔75〕"旌铫（tiáo）杰气"二句：挥动旌旗，武器，显示出英雄气概，舞蹈者顾盼驰骤，神态勇猛，威势逼人。铫，矛，古代武器，这里指矛形道具。

〔76〕贵主还宫乐：为龙女还宫而制的乐曲。贵主，指公主。任半塘《教坊记笺订》谓："高丽所传唐曲子有《还宫乐》。"

〔77〕"锡以纨绮"二句：把各类丝绸发给那些跳舞者。锡同赐；颁：发给。

〔78〕密席贯坐：接席连坐。贯坐，挨着坐。

〔79〕"狐神鼠圣"二句：此以狐狸依靠城墙，老鼠依靠庙社，冒充神圣，比喻小人依附权势，作威作福。用来比喻龙女的泾川丈夫。薄，附；社，土地庙。《晋书·谢鲲传》：王敦"谓鲲曰：'刘隗奸邪，将危社稷。吾欲除君侧之恶，匡主济时，何如？'对曰：'隗诚始祸，然城狐社鼠也。'"谓欲除狐鼠，恐坏城社，比喻刘隗在君侧不可去。

〔80〕荷贞人：感谢坚贞不移的正人君子。荷，感激，贞人，犹言正人君子，指柳毅。

〔81〕言：语助词，没有具体意思，下文"永言珍重"句同。

〔82〕腹心：指龙女的心情。

〔83〕阕（què）：曲终。

〔84〕踧踖（cù jí）：恭敬而又局促不安的样子。

〔85〕还处其休：回家过着美好的生活。休，美好，吉庆。

〔86〕山家：山野人家。柳毅自称其家。

〔87〕开水犀：能分开水的犀牛角。犀牛有水犀、山犀两种，水犀能以角分水，下沉，故名。

〔88〕焕赫：光彩耀目。

〔89〕洎（Jì）：到。酒阑：饮酒将尽之时。

〔90〕因酒作色：仗酒意摆出一副傲慢的脸色。

〔91〕踞：两脚岔开而坐，表示对人傲慢不恭。

〔92〕"不闻猛石"二句：没有听说过坚硬之石可使它碎不可使它卷曲，义士可杀不可羞辱吗？前句出自《诗经·邶风·柏舟》；后句出自《礼记·儒行》。

〔93〕衷曲：心中的隐情。

〔94〕"如可"四句：如果同意的话，我们都在天上；如果不行，我们都诛杀为粪土。云霄，天上；夷，诛灭，屠杀。

〔95〕"淑性茂质"二句：性情贤淑，品质美好，被亲戚们敬重。九，指多数；姻，亲。

〔96〕匪人：行为不端的人。匪，同非。

〔97〕欲托高义：打算托身于道德高尚的人。高义，行为高尚而有正义。

〔98〕"使受恩者"三句：使龙女嫁给她所爱的人，使您娶妻爱有所施，难道不是君子善始善终的道理吗？受恩者，指龙女；归，女子出嫁为归；怀爱者，指柳毅；付，施与，此言娶妻。

〔99〕"肃然而作"二句：严肃地站起来，忽然而笑说。欻（xū）然，突然，忽然。

〔100〕"诚不知"三句：的确不知道您懦弱到如此地步，我开始听说为发泄愤怒，昔日淹没九州，近日淹没五岳。孱（chán），懦弱无用。九州，中国古代分为九州；五岳，即东岳泰山、西岳华山、南岳衡山、北岳恒山、中岳嵩山。（见《尔雅·释山》）

〔101〕锁（suǒ）：同"锁"。

〔102〕"犯之者"二句：反击侵犯者不避死亡，报答有恩者不惜生命。

〔103〕玄山：苍青色高峰似的波浪。山，形容巨浪。

〔104〕鼓：鼓动、伸张。

〔105〕"尽五常"二句：钱塘君具备了种种好的品德。五常，仁义礼智信等五项封建道德标准；志性，意志，本性；百行，各种德行；微旨，精深微妙的道理。

〔106〕"乘酒假气"三句：借着酒后的气势，将逼迫别人接受自己的意见，哪里算是接近正理呢。

〔107〕一甲：龙的一片鳞甲。这句意思是说与钱塘君相比自己很渺小。

〔108〕不道之气：意为无道的凌人气势。

〔109〕逡（qūn）巡：恭顺地后退。

〔110〕"退自循顾"三句：退下仔细反省，我的罪过非责罚所能了事，希望君子不要因此而致疏远。戾（lì），罪。幸，希望。

〔111〕展愧戴：展布报德的心情。愧戴，惭愧、爱戴的心情。

〔112〕睽（kuí）别：离别。

〔113〕"毅因适"二句：柳毅于是到扬州珍宝店，卖所得到的珠宝。广陵，今江苏省扬州市。鬻（yù）：卖。

〔114〕鳏（guān）旷：妻死无偶曰鳏，成人未娶曰旷（鳏亦含有旷义）。

〔115〕范阳：即幽州，治所在今北京市。卢姓为唐时范阳望族。

〔116〕清流宰：为清流县的县官。清流，治所在今安徽省滁州。

〔117〕择德以配：选择德行好的人许配与他。

〔118〕法用礼物：婚仪上所用礼物。

〔119〕健仰：十分仰慕。

〔120〕濯锦小儿：濯锦江龙王之子。濯锦江，即锦江，岷江支流，流经成都。相传古时以锦江水濯锦，故名。

〔121〕分（fèn）：料想。

〔122〕誓报不得其志：立誓报恩之志不得实现。

〔123〕咸善终世：一同恩爱终生。

〔124〕有感余之心：有怀念我的情意。

〔125〕匪薄：微薄。

〔126〕"因君"二句：因你爱子而及母，我们永远生活在一起。相生，生生不已，永远一起生活。

〔127〕"君乃"二句：你真的认为不可以，还是气忿于叔父呢？

〔128〕枉抑：冤屈。

〔129〕操真志尚：坚持真诚的志向。

〔130〕"率肆胸臆"二句：直率地把心里的话全说出来，因此应答时很混乱。酬酢(zuò)，应对。

〔131〕"见君"二句：见你有依恋不舍的情态；对拒婚心里很后悔。恨，遗憾，后悔。

〔132〕"勿以他类"二句：不要以为我不是人类，就没有人的感情。

〔133〕"吾不"句：意为我没有想到龙宫作客竟又成为做神仙的机缘。国客，来访的别国使臣，此指柳毅从人世到龙宫为信使。饵，诱饵。这里有导致的意思。

〔134〕觐(jìn)洞庭：朝见洞庭龙王。

〔135〕南海：唐县名，治所在今广东省广州市。

〔136〕咸遂濡泽：都受到恩泽，得到好处。

〔137〕春秋积序：年龄逐渐积累、增加。

〔138〕开元：唐玄宗李隆基年号（713—741）。

〔139〕"上方属意"二句：皇上好神仙之道，一味搜求有道术的人。上，皇帝；道术，有道术的人。

〔140〕薛嘏(gǔ)：生平不详。京畿令：指京城效区所属县的县令。

〔141〕侧立：侧身而立，表示恐惧的样子。

〔142〕指顾之际：手指、眼看之间。

〔143〕省(xǐng)然：省悟或忽然想起的样子。

〔144〕殆四纪：大约经过48年。纪，古代以12年为一纪。

〔145〕"五虫之长"三句：龙是鳞虫之长（首位），必定以变化通灵著称，区别就在这里。古人把动物分成毛虫、羽虫、甲虫、鳞虫、裸虫五类。《大戴礼·易本命》："有羽之虫三百六十，而凤凰为之长；有毛之虫三百六十，而麒麟为之长；有甲之虫三百六十，而神龟为之长；有鳞之虫三百六十，而蛟龙为之长；有裸之虫三百六十，而圣人为之长。"

〔146〕移信鳞虫：以人的信义道德对待鳞虫。

〔147〕含纳：包容。大直：非常正直。这句是说洞庭龙君能容纳钱塘君这样正直的人。

〔148〕迅疾磊落：行动迅速敏捷，行为光明磊落。

〔149〕宜有承焉：应该继承下来。

〔150〕"嘏咏"二句：薛嘏赞此事而无记载，只有他一人可以与神仙为邻。

（李献芳　校注）

# 李 娃 传[1]

白行简

　　汧国夫人李娃[2]，长安之倡女也，节行瑰奇[3]，有足称者，故监察御史白行简为传述[4]。天宝中，有常州刺史荥阳公者[5]，略其名氏，不书。时望甚崇，家徒甚殷。知命之年有一子[6]，始弱冠矣[7]，隽朗有词藻，迥然不群，深为时辈推伏。其父爱而器之，曰："此吾家千里驹也[8]。"应乡赋秀才举[9]，将行，乃盛其服玩车马之饰，计其京师薪储之费，谓之曰："吾观尔之才，当一战而霸。今备二载之用，且丰尔之给，将为其志也[10]。"生亦自负，视上第如指掌[11]。

　　自毗陵发[12]，月余抵长安，居于布政里[13]。尝游东市还[14]，自平康东门入[15]，将访友于西南。至鸣珂曲[16]，见一宅，门庭不甚广，而室宇严邃。阖一扉，有娃方凭一双鬟青衣立[17]，妖姿要妙，绝代未有。生忽见之，不觉停骖久之[18]，徘徊不能去。乃诈坠鞭于地，候其从者，敕取之。累眄于娃，娃回眸凝睇，情甚相慕。竟不敢措辞而去。生自尔意若有失，乃密征其友游长安之熟者，以讯之。友曰："此狭邪女李氏宅也[19]。"曰："娃可求乎？"对曰："李氏颇赡。前与通之者多贵戚豪族，所得甚广。非累百万，不能动其志也。"生曰："苟患其不谐，虽百万，何惜！"

　　他日，乃洁其衣服，盛宾从，而往扣其门。俄有侍儿启扃。生曰："此谁之第耶？"侍儿不答，驰走大呼曰："前时遗策郎也！[20]"娃大悦曰："尔姑止之。吾当整妆易服而出。"生闻之私喜。乃引至萧墙间[21]，见一姥垂白上偻[22]，即娃母也。生跪拜前致词曰："闻兹地有隙院，愿税以居，信乎？"姥曰："惧其浅陋湫隘[23]，不足以辱长者所处，安敢言直耶？"延生于迟宾之馆[24]，馆宇甚丽。与生偶坐[25]，因曰："某有女娇小，技艺薄劣，欣见宾客，愿将见之。"乃命娃出。明眸皓腕，举步艳冶。生遽惊起，莫敢仰视，与之拜毕，叙寒燠[26]，触类妍媚，目所未睹。复坐，烹茶斟酒，器用甚洁。久之，日暮，鼓声四动。姥访其居远近，生绐之曰[27]："在延平门外数里[28]。"冀其远而见留也。姥曰："鼓已发矣。当速归，无犯禁。"生曰："幸接欢笑，不知日之云夕。道里辽阔，城内又无亲戚，将若之何？"娃曰："不见责僻陋，方将居之，宿何害焉！"生数目姥。姥曰："唯唯[29]。"生乃召其家僮，持双缣，请以备一宵之馔。娃笑而止曰："宾主之仪，且不然也。今夕之费，愿以贫窭之家随其粗粝以进之。其余以俟他辰。"固辞，终不许。俄徙坐西堂，帷幕帘榻，焕然夺目；妆奁衾枕，亦皆侈丽。乃张烛进馔，品味甚盛。彻馔，姥起。生娃谈话方切，诙谐调笑，无所不至。生曰："前偶过卿门，遇卿适在屏间。厥后心常勤念，虽寝与食，未尝或舍。"娃答曰："我心亦如之。"生曰："今之来，非直求居而已，愿偿平生之志。但未知命也若何？"言未终，姥至，询其故，具以告。姥笑曰："男女之际，大欲存焉，情苟相得，虽父母之命，不能制也。女子固陋，曷足以荐君子之枕席？"生遂下阶，拜而谢之曰："愿以己为厮养[30]。"姥遂目之为郎，饮酣而散。及旦，尽徙其囊橐[31]，因家于李之第。

自是生屏迹戢身，不复与亲知相闻。日会倡优侪类，狎戏游宴，囊中尽空，乃鬻骏乘及其家童。岁余，资财仆马荡然。迩来姥意渐怠，娃情弥笃。他日，娃谓生曰："与郎相知一年，尚无孕嗣。常闻竹林神者，报应如响，将致荐酹求之[32]，可乎？"生不知其计，大喜。乃质衣于肆，以备牢醴[33]，与娃同谒祠宇而祷祝焉，信宿而返。策驴而后，至里北门，娃谓生曰："此东转小曲中，某之姨宅也。将憩而觐之，可乎？"生如其言，前行不逾百步，果见一车门。窥其际，甚弘敞。其青衣自车后止之曰："至矣。"生下，适有一人出访曰："谁？"曰："李娃也。"乃入告，俄有一妪至，年可四十余，与生相迎，曰："吾甥来否？"娃下车，妪逆访之曰："何久疏绝？"相视而笑，娃引生拜之。既见，遂偕入西戟门偏院[34]。中有山亭，竹树葱蒨[35]，池榭幽绝。生谓娃曰："此姨之私第耶？"笑而不答，以他语对。俄献茶果，甚珍奇。食顷，有一人控大宛[36]，汗流驰至，曰："姥遇暴疾颇甚，殆不识人。宜速归。"娃谓姨曰："方寸乱矣[37]。某骑而前去，当令返乘，便与郎偕来。"生拟随之。其姨与侍儿偶语[38]，以手挥之，令生止于户外，曰："姥且殁矣，当与某议丧事以济其急。奈何遽相随而去？"乃止，共计其凶仪斋祭之用。日晚，乘不至。姨言曰："无复命，何也？郎骤往觇之，某当继至。"生遂往，至旧宅，门扃钥甚密，以泥缄之[39]。生大骇，诘其邻人。邻人曰："李本税此而居，约已周矣[40]。第主自收。姥徙居，而且再宿矣。"征徙何处，曰："不详其所。"生将驰赴宣阳[41]，以诘其姨，日已晚矣，计程不能达。乃弛其装服[42]，质馔而食，赁榻而寝，生愤怒方甚，自昏达旦，目不交睫。质明，乃策蹇而去[43]。既至，连扣其扉，食顷无人应。生大呼数四，有宦者徐出。生遽访之："姨氏在乎？"曰："无之。"生曰："昨暮在此，何故匿之？"访其谁氏之第。曰："此崔尚书宅[44]。昨者有一人税此院，云迟中表之远至者。未暮去矣。"

生惶惑发狂，罔知所措[45]，因返访布政旧邸。邸主哀而进膳。生怨懑，绝食三日，遘疾甚笃，旬余愈甚。邸主惧其不起，徙之于凶肆之中[46]。绵缀移时[47]，合肆之人共伤叹而互饲之。后稍愈，杖而能起，由是凶肆日假之[48]，令执绋帷[49]，获其直以自给。累月，渐复壮，每听其哀歌，自叹不及逝者，辄呜咽流涕，不能自止。归则效之。生，聪敏者也。无何，曲尽其妙，虽长安无有伦比。初，二肆之佣凶器者，互争胜负。其东肆车舆皆奇丽，殆不敌，唯哀挽劣焉。其东肆长知生妙绝，乃醵钱二万索顾焉[50]。其党耆旧[51]，共较其所能者，阴教生新声，而相赞和。累旬，人莫知之。其二肆长相谓曰："我欲各阅所佣之器于天门街[52]，以较优劣。不胜者罚直五万，以备酒馔之用，可乎？"二肆许诺。乃邀立符契，署以保证，然后阅之。士女大和会，聚至数万。于是里胥告于贼曹[53]，贼曹闻于京尹[54]。四方之士尽赴趋焉，巷无居人。自旦阅之，及亭午[55]，历举辇舆威仪之具，西肆皆不胜，师有惭色。乃置层榻于南隅，有长髯者拥铎而进，翊卫数人[56]。于是奋髯扬眉，扼腕顿颡而登[57]，乃歌《白马》之词[58]。恃其夙胜，顾眄左右，旁若无人。齐声赞扬之，自以为独步一时，不可得而屈也。有顷，东肆长于北隅上设连榻，有乌巾少年，左右五六人，秉翣而至[59]，即生也。整衣服，俯仰甚徐，申喉发调，容若不胜[60]。乃歌《薤露》之章[61]，举声清越，响振林木，曲度未终，闻者歔欷掩泣。西肆长为众所诮，益惭耻。密置所输之直于前，乃潜遁焉。四座愕眙[62]，莫之测也。

先是，天子方下诏，俾外方之牧[63]，岁一至阙下[64]，谓之入计。时也，适遇生之父在京师，与同列者易服章，窃往观焉。有老竖[65]，即生乳母婿也，见生之举措辞气，将认之而未敢，乃泫然流涕。生父惊而诘之。因告曰："歌者之貌，酷似郎之亡子。"父曰："吾子以多财为盗所害，奚至是耶？"言讫，亦泣。及归，竖间驰往[66]，访于同党曰："向歌者谁？若斯之妙欤？"皆曰："某氏之子。"征其名，且易之矣。竖凛然大惊；徐往，迫而察之。生见竖，色动回翔，将匿于众中[67]。竖遂持其袂曰："岂非某乎？"相持而泣，遂载以归。

至其室，父责曰："志行若此，污辱吾门。何施面目，复相见也？"乃徒行出，至曲江西杏园东[68]，去其衣服，以马鞭鞭之数百。生不胜其苦而毙。父弃之而去。其师命相狎昵者阴随之，归告同党，共加伤叹。令二人赍苇席瘗焉[69]。至，则心下微温。举之，良久，气稍通。因共荷而归，以苇筒灌勺饮，经宿乃活。月余，手足不能自举。其楚挞之处皆溃烂，秽甚。同辈患之。一夕，弃于道周[70]。行路咸伤之，往往投其余食，得以充肠。十旬，方杖策而起。被布裘，裘有百结，褴缕如悬鹑[71]。持一破瓯，巡于闾里，以乞食为事。自秋徂冬，夜入于粪壤窟室，昼则周游廛肆。

一旦大雪，生为冻馁所驱，冒雪而出，乞食之声甚苦，闻见者莫不凄恻。时雪方甚，人家外户多不发。至安邑东门[72]，循里垣北转第七八[73]，有一门独启左扉，即娃之第也。生不知之，遂连声疾呼："饥冻之甚！"音响凄切，所不忍听。娃自阁中闻之，谓侍儿曰："此必生也。我辨其音矣。"连步而出。见生枯瘠疥疠[74]，殆非人状。娃意感焉，乃谓曰："岂非某郎也？"生愤懑绝倒，口不能言，颔颐而已[75]。娃前抱其颈，以绣襦拥而归于西厢。失声长恸曰："令子一朝及此，我之罪也！"绝而复苏。姥大骇，奔至，曰："何也？"娃曰："某郎。"姥遽曰："当逐之。奈何令至此？"娃敛容却睇曰[76]："不然。此良家子也。当昔驱高车，持金装，至某之室，不逾期而荡尽。且互设诡计，舍而逐之，殆非人行。令其失志，不得齿于人伦。父子之道，天性也。使其情绝，杀而弃之。又困踬若此。天下之人尽知为某也。生亲戚满朝，一旦当权者熟察其本末，祸将及矣。况欺天负人，鬼神不祐，无自贻其殃也。某为姥子，迨今有二十岁矣。计其资，不啻直千金。今姥年六十余，愿计二十年衣食之用以赎身，当与此子别卜所诣。所诣非遥，晨昏得以温清[77]。某愿足矣。"姥度其志不可夺，因许之。给姥之余，有百金。北隅四五家税一隙院。乃与生沐浴，易其衣服；为汤粥，通其肠；次以酥乳润其脏。旬余，方荐水陆之馔。头巾履袜，皆取珍异者衣之。未数月，肌肤稍腴；卒岁，平愈如初。异时，娃谓生曰："体已康矣，志已壮矣。渊思寂虑，默想曩昔之艺业，可温习乎？"生思之，曰："十得二三耳。"娃命车出游，生骑而从。至旗亭南偏门鬻坟典之肆[78]，令生拣而市之，计费百金，尽载以归。因令生斥弃百虑以志学，俾夜作昼，孜孜矻矻[79]。娃常偶坐，宵分乃寐。伺其疲倦，即谕之缀诗赋。二岁而业大就，海内文籍，莫不该览[80]。生谓娃曰："可策名试艺矣[81]。"娃曰："未也。且令精熟，以俟百战。"更一年，曰："可行矣。"于是遂一上登甲科[82]，声振礼闱[83]。虽前辈见其文，罔不敛衽敬羡，愿友之而不可得。娃曰："未也。今秀士苟获擢一科第，则自谓可以取中朝之显职，擅天下之美名。子行秽迹鄙，不侔于他士。当砻淬利器[84]，以求再捷。方可以连衡多士[85]，争霸群英。"生由是益自勤苦，声价弥甚。

其年，遇大比[86]，诏征四方之隽，生应直言极谏科[87]，策名第一[88]，授成都府参军[89]。三事以降[90]，皆其友也。将之官，娃谓生曰："今之复子本躯，某不相负也。愿以残年归养老姥。君当结媛鼎族[91]，以奉蒸尝[92]。中外婚媾，无自黩也。勉思自爱。某从此去矣。"生泣曰："子若弃我，当自刭以就死。"娃固辞不从，生勤请弥恳。娃曰："送子涉江，至于剑门[93]，当令我回。"生许诺。月余，至剑门。未及发而除书至[94]，生父由常州诏入，拜成都尹，兼剑南采访使[95]。浃辰[96]，父到。生因投刺[97]，谒于邮亭[98]。父不敢认，见其祖父官讳，方大惊，命登阶，抚背恸哭移时，曰："吾与尔父子如初。"因诘其由，具陈其本末。大奇之，诘娃安在。曰："送某至此，当令复还。"父曰："不可。"翌日，命驾与生先之成都，留娃于剑门，筑别馆以处之。明日，命媒氏通二姓之好，备六礼以迎之[99]，遂如秦晋之偶[100]。

娃既备礼，岁时伏腊[101]，妇道甚修，治家严整，极为亲所眷。向后数岁，生父母偕殁，持孝甚至。有灵芝产于倚庐[102]，一穗三秀。本道上闻。又有白燕数十，巢其层甍。天子异之，宠锡加等。终制[103]，累迁清显之任。十年间，至数郡。娃封汧国夫人。有四子，皆为大官，其卑者犹为太原尹[104]。

弟兄姻媾皆甲门，内外隆盛，莫之与京[105]。

嗟乎，倡荡之姬，节行如是，虽古先烈女，不能逾也。焉得不为之叹息哉！予伯祖尝牧晋州[106]，转户部，为水陆运使[107]。三任皆与生为代，故谙详其事。贞元中[108]，予与陇西公佐话妇人操烈之品格[109]，因遂述汧国之事。公左拊掌竦听，命予为传。乃握管濡翰[110]，疏而存之[111]。时乙亥岁秋八月[112]，太原白行简云。

### 〔注释〕

〔1〕《李娃传》：《太平广记》卷四八四收录此篇，末注"出《异闻集》"。《异闻集》是唐代陈翰所编。此篇又名《汧国夫人传》，又称《一枝花》。原文据鲁迅《唐宋传奇集》（文学古籍刊行社 1956 年版）移录。

〔2〕汧（qiān）国夫人：李娃封号。汧，汧阳，唐郡名，在今陕西省汧水之阳，故名汧阳。

〔3〕瓌（guī）奇：奇异，珍奇。"瓌"，同"瑰"。

〔4〕监察御史：唐代官职名，属御史台下三院之一的察院，掌分察百僚、巡按州县等事。

〔5〕天宝：唐玄宗年号（742—755）。常州：地名，今江苏省常州。荥阳公：荥阳，唐县名，今河南省荥阳县。荥阳是唐代世家大族郑氏的郡望。荥阳公，不详所指。

〔6〕知命之年：指五十岁。出《论语·为政》："五十而知天命。"

〔7〕弱冠：指 20 岁。《礼记·曲礼》："年二十曰冠。"唐孔颖达疏："二十成人初加冠，体犹未壮，故曰弱也。"

〔8〕吾家千里驹：出《三国志·曹休传》，是曹操称赞族子曹休的话。

〔9〕应乡赋秀才举：应州县的保举参加秀才科的考试。乡赋，即乡贡。唐代由州县保送读书人赴京参加考试，称乡贡。秀才，唐初考试科目之一，贞观后废止。此处应指进士科。

〔10〕为其志：助你实现志愿。

〔11〕上第：指以优等录取。

〔12〕毗陵：古郡名，唐时称常州。

〔13〕布政里：唐代长安城坊名，又名隆政，在朱雀门街西第二街街西自北向南第四坊。

〔14〕东市：唐代长安城内两大市场之一，在朱雀门街东第三街之东。

〔15〕平康：唐代长安城坊名，其东与东市为邻。是唐代妓女聚居之地。

〔16〕鸣珂曲：应为平康里中的曲巷。

〔17〕青衣：指婢女。

〔18〕骖（cān）：一车三马曰骖，此处指马。

〔19〕狭邪女：指妓女。

〔20〕遗策郎：丢弃马鞭的年轻人。

〔21〕萧墙：古代宫室用以分隔内外的当门小墙。

〔22〕垂白上偻（lǚ）：头发快全白了，还驼背。

〔23〕湫（jiǎo）隘：低湿狭小。

〔24〕迟（zhì）宾之馆：待客之处。迟，等待。

〔25〕偶坐：对坐。

〔26〕寒燠（yù）：冷暖。

〔27〕绐（dài）：欺哄。

〔28〕延平门：唐代长安城西门之一。

〔29〕唯唯：恭敬应答之声。

〔30〕厮养：劈柴做饭的奴仆。

〔31〕囊橐（tuó）：本指口袋，此处指行囊财物。

〔32〕荐酹（lèi）：用酒食祭神。

〔33〕牢醴（lǐ）：指祭品。三牲（牛羊猪）为牢，甜酒为醴。

〔34〕戟门：立戟为门。唐制，官、阶、勋俱三品的得立戟于门。

〔35〕葱蒨（qiàn）：苍翠茂盛。

〔36〕大宛（yuān）：古西域36城国之一，盛产名马。

〔37〕方寸：指心。

〔38〕偶语：相对私语。

〔39〕缄（jiān）：封闭。

〔40〕约已周：租约之期已满。

〔41〕宣阳：唐代长安城坊名，北与平康里毗邻。

〔42〕弛：脱解。

〔43〕策蹇（jiǎn）：骑驴。策，竹制的马鞭子，此处用作动词。蹇，劣马或跛驴。

〔44〕尚书：官职名。唐代中央政务机关尚书省下设六部，尚书为各部长官。

〔45〕罔知所措：不知该怎么办。

〔46〕凶肆：出售丧祭用品及代办丧事的店铺。

〔47〕绵缀：病危。又作"绵惙"。

〔48〕日假之：每日雇用他，支使他。

〔49〕繐（suì）帷：灵帐。

〔50〕醵（jù）钱：凑钱。

〔51〕耆旧：前辈。

〔52〕阅：陈列出来，展览。天门街：即承天门街，在唐代长安宫城的承天门南，为皇城中的一条南北大街。

〔53〕里胥：里正。唐时百户置里正。贼曹：负责治安一类的地方官员。

〔54〕京尹：即京兆尹，为京城长安的地方长官。

〔55〕亭午：正午。

〔56〕翊（yì）卫：簇拥着。

〔57〕扼腕顿颡（sǎng）：左手握着右腕，屈膝磕头。颡，前额。屈膝下拜，以额角触地，此处用来表示激动振奋的样子。

〔58〕白马之词：应指丧葬之歌。古时凶、丧用白车白马，因以为乐歌。

〔59〕秉翣（shà）：撑着长柄的羽扇。翣，用孔雀、野鸡等羽毛制成的大扇，古时丧葬时用作仪仗之物。

〔60〕容若不胜：看上去好像受不了的样子。

〔61〕薤（xiè）露：送丧之歌。据崔豹《古今注》，汉代有《薤露》、《蒿里》二章，并为挽歌。《薤露》送王公贵人，其辞云："薤上露，何易晞！露晞明朝更复落，人死一去何时归？"

〔62〕愕眙（chì）：惊讶得直瞪眼。

〔63〕外方之牧：各州刺史。古时称州郡长官为牧。

〔64〕阙下：指京城。

〔65〕老竖：年老的仆人。

〔66〕间（jiàn）驰往：偷空儿骑马去了一趟。

〔67〕回翔：形容躲闪掩藏的样子。

〔68〕曲江：又称曲江池，在唐代长安城东南，是当时著名的游览胜地。杏园：清徐松《唐两京城坊考》："（杏园）为新进士宴游之所。……慈恩、杏园皆在曲江之西南也。"

〔69〕赍（jī）：怀抱着，带着。

〔70〕道周：路旁。

〔71〕悬鹑：鹌鹑尾秃，故以悬挂起来的鹑鸟来比喻衣服的破烂。

〔72〕安邑：唐代长安城坊名，其北与东市接邻。

〔73〕循里垣北转第七八：顺着里坊的围墙向北转过七、八条小巷。"第七八"后省略一"曲"字。

〔74〕枯瘠疥疠（lài）：身体枯瘦又生满疥疮。疠，同癞。

〔75〕颔（hàn）颐：点头。颐，腮，下颔。

〔76〕却睇（dì）：回头斜视。

〔77〕温凊（jìng）：冷暖。此处指问安。

〔78〕旗亭：市楼。古代建于集市之中，上立旗作为观察指挥集市之所。鬻坟典之肆：卖书的店铺。坟典，三坟五典的简称，相传为古书名，后世用作古书的代称。

〔79〕孜孜矻（kū）矻：勤勉不息、刻苦攻读的样子。

〔80〕该览：备览，遍读。

〔81〕策名试艺：报名应考，检测一下自己的学问。策名，在报考名册上填上自己的名。策，通册。

〔82〕登甲科：以甲等考中。唐制，进士科考试分甲、乙二科，甲科要求经、策全通。

〔83〕礼闱：指礼部。闱，考试的地方。唐代进士试由礼部侍郎主持。

〔84〕砻（lóng）淬：意思是磨炼。砻，用石头磨东西。

〔85〕连衡多士：与众多士子结盟，与众多士子联络交游。

〔86〕大比：三年一次的科考。此处指制科。

〔87〕直言极谏科：唐代制科之一。

〔88〕策名第一：科试以第一名及第。

〔89〕成都府参军：成都府，即益州。唐肃宗至德二载改益州为成都府。参军，官职名，参谋军务。

〔90〕三事以降：丞相以下的官员。三事，汉以后指丞相。《汉书·韦贤传》颜师古注："三事，三公之位，谓丞相也。"

〔91〕结媛鼎族：娶世族大姓的女子为妻。

〔92〕以奉蒸尝：主持祭祀祖宗的礼仪。蒸、尝，均为祭祀名。《礼·祭统》："秋祭曰尝，冬祭曰蒸。"

〔93〕剑门：唐县名，亦山名，在今四川省剑阁县东北。

〔94〕除书：授官的诏令。除，免旧职授新职。

〔95〕剑南采访使：唐玄宗开元二十一年（733）分天下为15道，每道置采访处置使，掌管检查刑狱和监察州县官吏。

〔96〕浃辰：指12天。浃，一周。古以干支纪日，自子至亥，一周12日。

〔97〕投刺：递上名帖。刺，名帖。

〔98〕邮亭：接待过往官员的驿站。

〔99〕六礼：古代结婚时的六项礼节，即纳采、问名、纳吉、纳徵、请期、亲迎。

〔100〕秦晋之偶：春秋时秦晋二国世代为婚姻，后世因以称二姓联姻为秦晋之好。此处指门当户对的婚姻。

〔101〕伏腊：夏、冬二祭名。

〔102〕倚庐：古代孝子为父母守孝时住的草房子。

〔103〕终制：三年守孝期满。

〔104〕太原尹：太原府的行政长官。

〔105〕莫之与京：盛大无人能比。京，盛，大。

〔106〕牧晋州：做晋州刺史。晋州，州治在今山西省临汾县。

〔107〕水陆运使：唐代户部下属的官员，负责水陆运输。

〔108〕贞元：唐德宗年号（785—804）。

〔109〕陇西公佐：陇西李公佐。陇西，指郡望。

〔110〕握管濡翰：握笔蘸墨。

〔111〕疏：有条理地叙述。

〔112〕乙亥岁：指唐宗贞元十一年（795）。

（王祥　校注）

# 莺莺传[1]

元 稹

贞元中[2]，有张生者，性温茂，美风容，内秉坚孤[3]，非礼不可入。或朋从游宴，扰杂其间，他人皆汹汹拳拳[4]，若将不及，张生容顺而已，终不能乱。以是年二十三未尝近女色。知者诘之。谢而言曰："登徒子非好色者[5]，是有凶行。余真好色者，而适不我值。何以言之？大凡物之尤者，未尝不留连于心，是知其非忘情者也。"诘者识之。

无几何，张生游于蒲[6]。蒲之东十余里，有僧舍曰普救寺[7]，张生寓焉。适有崔氏孀妇，将归长安，路出于蒲，亦止兹寺。崔氏妇，郑女也[8]。张出于郑[9]，绪其亲，乃异派之从母。是岁，浑瑊薨于蒲[10]。有中人丁文雅[11]，不善于军，军人因丧而扰，大掠蒲人。崔氏之家，财产甚厚，多奴仆。旅寓惶骇，不知所托。先是，张与蒲将之党有善，请吏护之，遂不及于难。十余日，廉使杜确将天子命以总戎节[12]，令于军，军由是戢[13]。郑厚张之德甚，因饰馔以命张[14]，中堂宴之。复谓张曰："姨之孤嫠未亡[15]，提携幼稚。不幸属师徒大溃，实不保其身。弱子幼女，犹君之生。岂可比常恩哉！今俾以仁兄礼奉见，冀所以报恩也。"命其子，曰欢郎，可十余岁，容甚温美。次命女："出拜尔兄，尔兄活尔。"久之，辞疾。郑怒曰："张兄保尔之命。不然，尔且掳矣。能复远嫌乎？"久之，乃至。常服晬容[16]，不加新饰，垂鬟接黛，双脸销红而已[17]。颜色艳异，光辉动人。张惊，为之礼。因坐郑旁，以郑之抑而见也，凝睇怨绝，若不胜其体者。问其年纪。郑曰："今天子甲子岁之七月，终今贞元庚辰，生年十七矣[18]。"张生稍以词导之，不对。终席而罢。

张自是惑之，愿致其情，无由得也。崔之婢曰红娘。生私为之礼者数四，乘间遂道其衷。婢果惊沮，腆然而奔。张生悔之。翼日，婢复至。张生乃羞而谢之，不复云所求矣。婢因谓张曰："郎之言，所不敢言，亦不敢泄。然而崔之姻族，君所详也。何不因其德而求娶焉？"张曰："余始自孩提，性不苟合。或时纨绮间居[19]，曾莫流盼。不为当年，终有所蔽[20]。昨日一席间，几不自持。数日来行忘止，食忘饱，恐不能逾旦暮[21]，若因媒氏而娶，纳彩问名[22]，则三数月间，索我于枯鱼之肆矣[23]。尔其谓我何？"婢曰："崔之贞慎自保，虽所尊不可以非语犯之。下人之谋，固难入矣。然而善属文，往往沉吟章句，怨慕者久之。君试为喻情诗以乱之。不然，则无由也。"张大喜，立缀《春词》二首以授之[24]。是夕，红娘复至，持彩笺以授张，曰："崔所命也。"

题其篇曰《明月三五夜》[25]。其词曰："待月西厢下，迎风户半开。拂墙花影动，疑是玉人来。"张亦微喻其旨。

是夕，岁二月旬有四日矣。崔之东有杏花一株，攀援可逾。既望之夕[26]，张因梯其树而逾焉。达于西厢，则户半开矣。红娘寝于床。生因惊之。红娘骇曰："郎何以至？"张因绐之曰[27]："崔氏之笺召我也。尔为我告之。"无几，红娘复来，连曰："至矣，至矣！"张生且喜且骇，必谓获济。及崔至，则端服严容，大数张曰："兄之恩，活我之家，厚矣。是以慈母以弱子幼女见托。奈何因不令之婢[28]，致淫逸之词。始以护人之乱为义，而终掠乱以求之。是以乱易乱，其去几何？诚欲寝其词，则保人之奸，不义；明之于母，则背人之惠，不祥。将寄于婢仆，又惧不得发其真诚。是用托短章，愿自陈启。犹惧兄之见难，是用鄙靡之词，以求其必至。非礼之动，能不愧心？特愿以礼自持，无及于乱！"言毕，翻然而逝。张自失者久之，复逾而出，于是绝望。数夕，张生临轩独寝，忽有人觉之。惊骇而起，则红娘敛衾携枕而至，抚张曰："至矣，至矣！睡何为哉！"并枕重衾而去。张生拭目危坐久之[29]，犹疑梦寐。然而修谨以俟。俄而红娘捧崔氏而至。至，则娇羞融冶，力不能运支体，曩时端庄，不复同矣。是夕，旬有八日也。斜月晶莹，幽辉半床。张生飘飘然，且疑神仙之徒，不谓从人间至矣。有顷，寺钟鸣，天将晓。红娘促去。崔氏娇啼宛转，红娘又捧之而去，终夕无一言。张生辨色而兴，自疑曰："岂其梦邪？"及明，睹妆在臂，香在衣，泪光荧荧然，犹莹于茵席而已。是后又十余日，杳不复知。张生赋《会真诗》三十韵[30]，未毕，而红娘适至，因授之，以贻崔氏。自是复容之。朝隐而出，暮隐而入，同安于曩所谓西厢者，几一月矣。张生常诘郑氏之情。则曰："我不可奈何矣。"因欲就成之。无何，张生将之长安，先以情谕之。崔氏宛无难词，然而愁怨之容动人矣。将行之再夕，不可复见，而张生遂西下。

数月，复游于蒲，会于崔氏者又累月。崔氏甚工刀札[31]，善属文。求索再三，终不可见。往往张生自以文挑，亦不甚睹览。大略崔之出人者，艺必穷极，而貌若不知；言则敏辩，而寡于酬对。待张之意甚厚，然未尝以词继之。时愁艳幽邃，恒若不识，喜愠之容，亦罕形见。异时独夜操琴，愁弄凄恻。张窃听之。求之，则终不复鼓矣[32]。以是愈惑之。张生俄以文调及期[33]，又当西去。当去之夕，不复自言其情，愁叹于崔氏之侧。崔已阴知将诀矣，恭貌怡声，徐谓张曰："始乱之，终弃之，固其宜矣。愚不敢恨。必也君乱之，君终之，君之惠也。则殁身之誓，其有终矣。又何必深感于此行？然而君既不怿，无以奉宁[34]。君常谓我善鼓琴，向时羞颜，所不能及。今且往矣，既君此诚[35]。"因命拂琴，鼓《霓裳羽衣序》[36]，不数声，哀音怨乱，不复知其是曲也。左右皆歔欷。崔亦遽止之，投琴，泣下流连，趋归郑所，遂不复至。明旦而张行。

明年,文战不胜[37],张遂止于京。因贻书于崔,以广其意。崔氏缄报之词,粗载于此,曰:"捧览来问,抚爱过深。儿女之情,悲喜交集,兼惠花胜一合[38],口脂五寸,致耀首膏唇之饰。虽荷殊恩,谁复为容?睹物增怀,但积悲叹耳。伏承便于京中就业,进修之道,固在便安。但恨僻陋之人,永以遐弃。命也如此,知复何言!自去秋已来,常忽忽如有所失。于喧哗之下,或勉为语笑,闲宵自处,无不泪零。乃至梦寐之间,亦多感咽,离忧之思,绸缪缱绻,暂若寻常。幽会未终,惊魂已断。虽半衾如暖,而思之甚遥。一昨拜辞,倏逾旧岁。长安行乐之地,触绪牵情;何幸不忘幽微,眷念无致[39]。鄙薄之志,无以奉酬。至于终始之盟,则固不忒[40]。鄙昔中表相因,或同宴处。婢仆见诱,遂致私诚;儿女之心,不能自固。君子有援琴之挑[41],鄙人无投梭之拒[42]。及荐寝席,义盛意深。愚陋之情,永谓终托。岂期既见君子,而不能定情。致有自献之羞,不复明侍巾帻。没身永恨,含叹何言!倘仁人用心,俯遂幽眇[43],虽死之日,犹生之年。如或达士略情,舍小从大,以先配为丑行,以要盟为可欺。则当骨化形销,丹诚不泯,因风委露,犹托清尘[44]。存没之诚,言尽于此。临纸呜咽,情不能申。千万珍重,珍重千万!玉环一枚,是儿婴年所弄,寄充君子下体所佩。玉取其坚润不渝,环取其终始不绝。兼乱丝一绚[45],文竹茶碾子一枚[46]。此数物不足见珍。意者欲君子如玉之真,弊志如环不解。泪痕在竹,愁绪萦丝。因物达情,永以为好耳。心迩身遐,拜会无期。幽愤所钟,千里神合。千万珍重!春风多厉,强饭为嘉。慎言自保,无以鄙为深念。"

张生发其书于所知,由是时人多闻之。所善杨巨源好属词[47],因为赋《崔娘诗》一绝云:"清润潘郎玉不如[48],中庭蕙草雪销初。风流才子多春思,肠断萧娘一纸书[49]。"河南元稹亦续生《会真诗》三十韵,诗曰:

微月透帘栊,萤光度碧空。遥天初缥缈,低树渐葱胧。龙吹过庭竹[50],鸾歌拂井桐。罗绡垂薄雾,环珮响轻风。绛节随金母[51],云心捧玉童[52]。更深人悄悄,晨会雨濛濛。珠莹光文履[53],花明隐绣龙[54]。瑶钗行彩凤[55],罗帔掩丹虹[56]。言自瑶华浦[57],将朝碧玉宫。因游洛城北[58],偶向宋家东[59]。戏调初微拒,柔情已暗通。低鬟蝉影动[60],回步玉尘蒙。转面流花雪,登床抱绮丛。鸳鸯交颈舞,翡翠合欢笼[61]。眉黛羞偏聚,唇朱暖更融。气清兰蕊馥,肤润玉肌丰。无力慵移腕,多娇爱敛躬。汗流珠点点,发乱绿葱葱。方喜千年会,俄闻五夜穷。留连时有恨,缱绻意难终。慢脸含愁态,芳词誓素衷。赠环明运合,留结表心同[62]。啼粉流宵镜,残灯远暗虫。华光犹苒苒,旭日渐曈曈[63]。乘鹜还归洛,吹箫亦上嵩[64]。衣香犹染麝,枕腻尚残红。幂幂临塘草〔65〕，飘飘思渚蓬。素琴鸣怨鹤〔66〕，清汉望归鸿。海阔诚难渡，天高不易冲。行云无处所〔67〕，萧史在楼中〔68〕。"

张之友闻之者莫不耸异之，然而张志亦绝矣。稹特与张厚，因征其词。张曰："大凡天之所命尤物也，不妖其身，必妖于人。使崔氏子遇合富贵，乘宠娇，不为云，不为雨，为蛟为螭〔69〕，吾不知其所变化矣。昔殷之辛〔70〕，周之幽〔71〕，据百万之国，其势甚厚。然而一女子败之。溃其众，屠其身，至今为天下僇笑〔72〕。予之德不足以胜妖孽，是用忍情。"于时坐者皆为深叹。

后岁余，崔已委身于人，张亦有所娶。适经所居，乃因其夫言于崔，求以外兄见。夫语之，而崔终不为出。张怨念之诚，动于颜色。崔知之，潜赋一章，词曰："自从消瘦减容光，万转千回懒下床。不为旁人羞不起，为郎憔悴却羞郎。"竟不之见。后数日，张生将行，又赋一章以谢绝云："弃置今何道，当时且自亲。还将旧时意，怜取眼前人。"自是，绝不复知矣。时人多许张为善补过者。予常于朋会之中，往往及此意者，夫使知者不为，为之者不惑。贞元岁九月〔73〕，执事李公垂宿于予靖安里第〔74〕，语及于是。公垂卓然称异，遂为《莺莺歌》以传之。崔氏小名莺莺，公垂以命篇。

〔注释〕

〔1〕《莺莺传》：《太平广记》卷四八八收录此篇，题作《莺莺传》，题下注："元稹撰。"按：此篇原标题应为《传奇》（详见卞孝萱《〈莺莺传〉的原标题及写作年代》，原载《扬州师院学报》1978年第3期）。因文中有张生所赋《会真诗》三十韵，后世又称之为《会真记》。一般认为文中张生即元稹之托名。原文据鲁迅《唐宋传奇集》（文学古籍刊行社1956年版）移录。

〔2〕贞元：唐德宗年号（785—804）。

〔3〕温茂：性情温和美好。坚孤：坚贞孤高。

〔4〕汹汹拳拳：喧闹欢腾的样子。

〔5〕登徒子：战国时宋玉《登徒子好色赋》中的人物。赋中说登徒子好色，其妻丑陋，而登徒子悦之，并和她生了五个孩子。后世因称好色者为登徒子。

〔6〕蒲：蒲州，旧府名。北周始置，唐时为河中府。治所在今陕西省永济市。

〔7〕普救寺：唐代佛寺名，在蒲州境内。

〔8〕崔氏妇，郑女也：据前人考证，莺莺为永宁尉崔鹏的女儿，崔鹏娶的是睦州刺史荥阳郑济的女儿，与元稹母亲郑氏为姊妹行，莺莺与元稹为中表（宋王铚《辨传奇莺莺事》，见宋赵德麟《侯鲭录》卷五）。今按：崔鹏（729—795），字元翰，以字行。旧、新《唐书》有传。

〔9〕张出于郑：文中张生即元稹。元稹母亲郑氏为睦州刺史郑济的次女。

〔10〕浑瑊（jiān）（736—799）：本铁勒九姓之浑部人。唐肃宗、代宗、德宗三朝，以平叛护卫之功累封至咸宁郡王，授邠宁庆副元帅，进检校司徒，兼中书令。唐德宗贞元十五年（799）卒于河中任所。薨（hōng），唐代称三品以上官员之死为薨。《新唐书·百官志

一》:"凡丧,三品以上称薨,五品以上称卒,自六品达于庶人称死。"

〔11〕中人丁文雅:宦官丁文雅,应是浑瑊军监军。

〔12〕廉使杜确将天子命以总戎节:观察处置使杜确奉天子诏令统领河中军。廉使,观察处置使的省称。《旧唐书·德宗纪》:"(贞元十五年十二月)丁酉,以同州刺史杜确为河中尹、河中绛州观察使。"

〔13〕戢(jí):收敛,止息。

〔14〕饰馔:安排酒食。

〔15〕孤嫠(lí)未亡:寡妇。未亡,未亡人,寡妇自称。

〔16〕晬(suì)容:容貌温和润泽。

〔17〕双脸销红:双颊红润。

〔18〕"今天子"三句:今天子甲子岁,指唐德宗兴元元年(784)。贞元庚辰,指德宗贞元十六年(800)。

〔19〕纨绮间居:与女子杂坐一处。纨绮,代指妇女。

〔20〕不为当年,终有所蔽:当年说什么也不近女色,今天到底还是为色所迷了。

〔21〕恐不能逾旦暮:恐怕不过早晚之间(就得因相思而死)。

〔22〕纳采问名:古代婚姻时的六礼名。见《李娃传》注。

〔23〕索我于枯鱼之肆:《庄子·外物》中的一个寓言,说庄子在路上遇见一条被困在干车辙里的鲫鱼,鱼求庄子给斗升之水以救命,庄子说他准备到南方游说吴越王,引西江之水来救。鲫鱼生气地说,如果那样,竟不如到卖干鱼的店铺去找我!此处是说远水解不了近渴。

〔24〕《春词》二首:《全唐诗》卷四二二元稹诗卷二十七有《古艳诗》二首,题下注:"一作《春词》。"

〔25〕《明月三五夜》:此诗本于唐李益《竹窗闻风寄苗发司空曙》一诗,李诗前四句是:"微风惊暮坐,临牖思悠哉。开门复动竹,疑是故人来。"

〔26〕既望:农历十五为望,望后一日为既望。

〔27〕绐(dài):哄骗,欺骗。

〔28〕不令:不好,不善。

〔29〕危坐:端正地坐着。

〔30〕《会真诗》三十韵:会真,遇见仙人。唐代诗文中常以"真"、"仙"之类字眼儿代指妓女、艳妇或女冠之类。

〔31〕刀札:指书信等。刀,古代书写用具,用来刮削竹简上写错的字。札,书信。

〔32〕鼓:弹奏。

〔33〕文调:此处指科举考试。

〔34〕无以奉宁:没什么可以安慰(你)。

〔35〕既君此诚:满足你的心意。

〔36〕《霓裳羽衣序》:霓裳羽衣曲,唐乐曲名,传自西凉,开元间河西节度使杨敬述献,本名婆罗门,经唐玄宗润色后改名《霓裳羽衣曲》。序,序曲。

〔37〕文战不胜:指科考没能考取。

〔38〕花胜：古代妇女佩戴的花形首饰，用彩色的丝织品剪制而成。

〔39〕眷念无斁（yì）：思念不止。斁，厌倦。

〔40〕不忒（tè）：不变。忒，变更。

〔41〕援琴之挑：《史记·司马相如传》载："卓王孙有女文君新寡，好音，故相如缪与令相重，而以琴心挑之。"此处指当初张生对莺莺的挑诱。

〔42〕投梭之拒：《世说新语·赏誉》类"谢公道豫章"条刘孝标注引《江左名士传》："谢鲲……邻家有女，尝往挑之。女方织，以梭投，折其两齿。"此处是莺莺说自己未能坚拒张生的挑诱。

〔43〕俯遂幽眇：委屈你成全我的心事，体贴我的苦衷。

〔44〕因风委露，犹托清尘：即使随风飘逝，委堕露草之间，也还是要依偎在你的身旁。此处用前人诗意。鲍照《玩月城西门廨中》："归华先委露，别叶乍辞风。"曹植《七哀诗》："君若清路尘，妾若浊水泥。"

〔45〕绚（qú）：唐代度量衡单位。《唐六典》："绢曰匹，布曰端，绵曰屯，丝曰绚。"

〔46〕文竹茶碾子：用文竹制成的茶碾子。文竹，又名湘妃竹或斑竹。茶碾子，碾制茶叶的工具。

〔47〕杨巨源（755—？）：字景山，河中（今山西永济西）人。贞元五年登进士第，官至河中少尹。与白居易、元稹、刘禹锡等人均有诗唱和。

〔48〕清润潘郎玉不如：意思是说张生像潘岳一样清秀温润，连玉都比不上他。潘郎，指晋朝的潘岳，是历史上有名的美男子。

〔49〕萧娘：唐代诗文中用作美妇人的代称。此处指崔莺莺。

〔50〕龙吹过庭竹：是说风吹庭竹，发出的声音有似龙吟。南朝梁刘孝先《咏竹诗》："谁能制长笛，当为作龙吟。"

〔51〕绛节随金母：红色的节仗簇拥着西王母。绛节，指神仙的仪仗。金母，西方属金，故以此称西王母。

〔52〕云心捧玉童：彩云间簇拥着玉童。玉童，道家传说中的少年神仙。按：以上二句以"金母"、"玉童"分别喻指崔莺莺和张生。

〔53〕珠莹光文履：绣鞋上饰有珠玉，光艳夺目。

〔54〕花明隐绣龙：徐士年认为"龙"应作"袱"，裤子。（徐士年《唐代小说选》，中州书画社1982年3月版）此说甚是。这句意思是说裤子上的暗花分明显现出来。

〔55〕瑶钗行彩凤：玉制的彩色凤钗随人行而行。

〔56〕罗帔掩丹虹：身上披着的丝罗披肩仿佛绚丽的彩虹。

〔57〕言自瑶华浦，将朝碧玉宫：说是从瑶华浦来，要到碧玉宫去。瑶华浦、碧玉宫，都是仙人的居处。此处分别指崔莺莺和张生的住处。

〔58〕因游洛城北：是说张生像曹植在洛水遇见洛水女神一样，在游蒲州时遇见了崔莺莺。曹植遇洛水女神事见曹植《洛神赋》。

〔59〕偶向宋家东：意思是偶然间遇见了崔莺莺。宋家，指宋玉。宋玉《登徒子好色赋》说他家东邻有一美女"登墙窥臣三年"。此处以宋玉东邻女比莺莺。

〔60〕低鬟蝉影动：低头时鬟髻如蝉翼般颤动。古时女子有一种发式称蝉鬓。《古今

注》："魏文帝宫人莫琼树始制为蝉鬓，望之缥缈如蝉翼然。"

〔61〕翡翠：鸟名。

〔62〕结：用丝绸打成的同心结，用以表示恩爱。

〔63〕曈（tóng）曈：天将亮的样子。

〔64〕吹箫亦上嵩：《列仙传》载周灵王太子王子晋，好吹笙，上嵩高山修道30年，后成仙。

〔65〕幂（mì）幂：遮掩的样子。

〔66〕素琴鸣怨鹤：怨鹤，指《别鹤操》。《古今注》："《别鹤操》，琴曲名。商陵牧子娶妻五年，无子。父母欲为改娶，乃援琴为《别鹤操》。"

〔67〕行云：宋玉《高唐赋》中记载巫山神女与楚怀王相会，别时对楚怀王说："妾在巫山之阳，高丘之阻，且为朝云，暮为行雨，朝朝暮暮，阳台之下。"

〔68〕萧史：《列仙传》卷上载秦穆公时有萧史，善吹箫。穆公女弄玉很喜欢他，穆公就把女儿许配给了他，并为他们建了一座凤台，后来二人都成仙而去。

〔69〕螭（chī）：传说中一种没有角的龙。

〔70〕殷之辛：即商纣王，名受辛，因称帝辛。据史书记载商纣王因宠爱妲己而亡国。

〔71〕周之幽：西周末年的幽王，史称他因宠爱褒姒而灭国亡身。

〔72〕僇（lù）笑：耻笑。僇，羞辱。

〔73〕贞元岁九月：据考证，应指唐德宗贞元二十年（804）九月（参见陈寅恪《元白诗笺证稿》第一章、卞孝萱《〈莺莺传〉的原标题及写作年代》）。

〔74〕李公垂：李绅（772—846），字公垂。元和元年登进士第。所作《莺莺歌》见《全唐诗》卷四八三。靖安里：唐长安城坊名，启夏门北第四坊。

（王祥　校注）

# 霍小玉传[1]

蒋 防

大历中[2]，陇西李生名益[3]，年二十，以进士擢第。其明年，拔萃[4]，俟试于天官[5]。夏六月，至长安，舍于新昌里。生门族清华，少有才思，丽词嘉句，时谓无双。先达丈人[6]，翕然推伏。每自矜风调[7]，思得佳偶，博求名妓，久而未谐。长安有媒鲍十一娘者，故薛驸马家青衣也，折券从良[8]，十余年矣。性便辟[9]，巧言语，豪家戚里，无不经过，追风挟策[10]，推为渠帅[11]。常受生诚托厚赂，意颇德之。

经数月，李方闲居舍之南亭。申未间，忽闻扣门甚急，云是鲍十一娘至。摄衣从之，迎问曰："鲍卿，今日何故忽然而来？"鲍笑曰："苏姑子作好梦也未[12]？有一仙人，谪在下界，不邀财货，但慕风流。如此色目[13]，共十郎相当矣。"生闻之惊跃，神飞体轻，引鲍手且拜且谢曰："一生作奴，死亦不惮。"因问其名居。鲍具说曰："故霍王小女[14]，字小玉，王甚爱之。母曰净持。净持即王之宠婢也。王之初薨，诸弟兄以其出自贱庶，不甚收录。因分与资财，遣居于外，易姓为郑氏，人亦不知其王女。姿质秾艳，一生未见，高情逸态，事事过人，音乐诗书，无不通解。昨遣某求一好儿郎，格调相称者，某具说十郎。他亦知有李十郎名字，非常欢惬。住在胜业坊古寺曲[15]，甫上车门宅是也。已与他作期约。明日午时，但至曲头觅桂子，即得矣。"

鲍既去，生便备行计。遂令家僮秋鸿，于从兄京兆参军尚公处假青骊驹，黄金勒。其夕，生浣衣沐浴，修饰容仪，喜跃交并，通夕不寐。迟明，巾帻[16]，引镜自照，惟惧不谐也。徘徊之间，至于亭午。遂命驾疾驱，直抵胜业。至约之所，果见青衣立候，迎问曰："莫是李十郎否？"即下马，令牵入屋底，急急锁门。见鲍果从内出来，遥笑曰："何等儿郎，造次入此？"生调诮未毕，引入中门。庭间有四樱桃树，西北悬一鹦鹉笼，见生入来，即语曰："有人入来，急下帘者！"生本性雅淡，心犹疑惧，忽见鸟语，愕然不敢进。

逡巡，鲍引净持下阶相迎，延入对坐。年可四十余，绰约多姿，谈笑甚媚。因谓生曰："素闻十郎才调风流，今又见容仪雅秀，名下固无虚士。某有一女子，虽拙教训，颜色不至丑陋，得配君子，颇为相宜。频见鲍十一娘说意旨，今亦便令承奉箕帚[17]。"生谢曰："鄙拙庸愚，不意顾盼，倘垂采录，生死为荣。"遂命酒馔，即令小玉自堂东阁子中而出。生即拜迎。但觉一室之中，若琼林玉树，互相照曜，转盼精彩射人。既而遂坐母侧。母谓曰："汝尝爱念'开帘风动竹，疑是故人来'[18]。即此十郎诗也。尔终日吟想，何如一见？"

玉乃低鬟微笑，细语曰："见面不如闻名。才子岂能无貌？"生遂连起拜曰："小娘子爱才，鄙夫重色。两好相映，才貌相兼。"母女相顾而笑，遂举酒数巡。生起，请玉唱歌，初不肯，母固强之，发声清亮，曲度精奇。

酒阑，及暝，鲍引生就西院憩息。闲庭邃宇，帘幕甚华。鲍令侍儿桂子、浣沙与生脱靴解带。须臾，玉至，言叙温和，辞气宛媚。解罗衣之际，态有余妍，低帏昵枕，极其欢爱。生自以为巫山洛浦不过也[19]。中宵之夜，玉忽流涕观生曰："妾本倡家，自知非匹。今以色爱，托其仁贤。但虑一旦色衰，恩移情替，使女萝无托[20]，秋扇见捐[21]。极欢之际，不觉悲至。"生闻之，不胜感叹，乃引臂替枕，徐谓玉曰："平生志愿，今日获从，粉骨碎身，誓不相舍。夫人何发此言？请以素缣，著之盟约。"玉因收泪，命侍儿樱桃褰幄执烛，授生笔研。玉管弦之暇，雅好诗书，筐箱笔研，皆王家之旧物。遂取绣囊，出越姬乌丝栏素缣三尺以授生[22]。生素多才思，援笔成章，引谕山河，指诚日月，句句恳切，闻之动人。染毕，命藏于宝箧之内。自尔婉娈相得，若翡翠之在云路也。如此二岁，日夜相从。

其后年春，生以书判拔萃登科，授郑县主簿[23]。至四月，将之官，便拜庆于东洛。长安亲戚，多就筵饯。时春物尚余，夏景初丽，酒阑宾散，离思萦怀。玉谓生曰："以君才地名声，人多景慕，愿结婚媾，固亦众矣。况堂有严亲，室无冢妇[24]，君之此去，必就佳姻。盟约之言，徒虚语耳。然妾有短愿，欲辄指陈。永委君心，复能听否？"生惊怪曰："有何罪过，忽发此辞？试说所言，必当敬奉。"玉曰："妾年始十八，君才二十有二，迨君壮室之秋[25]，犹有八岁。一生欢爱，愿毕此期。然后妙选高门，以谐秦晋，亦未为晚。妾便舍弃人事，剪发披缁[26]，夙昔之愿，于此足矣。"生且愧且感，不觉涕流。因谓玉曰："皎日之誓，死生以之，与卿偕老，犹恐未惬素志，岂敢辄有二三。固请不疑，但端居相待。至八月，必当却到华州[27]，寻使奉迎，相见非远。"

更数日，生遂诀别东去。到任旬日，求假往东都觐亲。未至家日，太夫人已与商量表妹卢氏，言约已定。太夫人素严毅，生逡巡不敢辞让。遂就礼谢，便有近期。卢亦甲族也，嫁女于他人，聘财必以百万为约，不满此数，义在不行。生家素贫，事须求贷，便托假故，远投亲知，沙历江淮，自秋及夏。生自以孤负盟约，大愆回期。寂不知闻，欲断其望。遥托亲故，不遣漏言。

玉自生逾期，数访音信。虚词诡说，日日不同。博求师巫，遍询卜筮，怀忧抱恨，周岁有余。羸卧空闺，遂成沉疾。虽生之书题竟绝，而玉之想望不移，赂遗亲知，使通消息。寻求既切，资用屡空，往往私令侍婢潜卖箧中服玩之物，多托于西市寄附铺侯景先家货卖。曾令侍婢浣沙将紫玉钗一只，诣景先家货之。路逢内作老玉工[28]，见浣沙所执，前来认之曰："此钗，吾所作也。昔岁霍王小女将欲上鬟[29]，令我作此，酬我万钱。我尝不忘。汝是何人？从何而得?"浣沙曰:"我小娘子,即霍王女也。家事破散,失身于人。夫婿昨向东都,更无消息。悒怏成疾,今欲二年。令我卖此,赂遗于人,使求音信。"玉工凄然下泣曰:"贵人男女,失机落节,一至于此。我残年向尽,见此盛衰,不胜伤感。"遂引至延先公主宅[30],具言前事。公主亦为之悲叹良久,给钱十二万焉。

　　时生所定卢氏女在长安,生既毕于聘财,还归郑县。其年腊月,又请假入城就亲。潜卜静居,不令人知。有明经崔允明者[31],生之中表弟也。性甚长厚,昔岁常与生同欢于郑氏之室,杯盘笑语,曾不相间。每得生信,必诚告于玉。玉常以薪刍衣服资给于崔,崔颇感之。生既至,崔具以诚告玉。玉恨叹曰:"天下岂有是事乎!"遍请亲朋,多方召致。生自以愆期负约,又知玉疾候沉绵,惭耻忍割,终不肯往。晨出暮归,欲以回避。玉日夜涕泣,都忘寝食,期一相见,竟无因由。冤愤益深,委顿床枕。

　　自是长安中稍有知者。风流之士,共感玉之多情,豪侠之伦,皆怒生之薄行。时已三月,人多春游。生与同辈五六人诣崇敬寺玩牡丹花[32],步于西廊,递吟诗句。有京兆韦夏卿者[33],生之密友,时亦同行。谓生曰:"风光甚丽,草木荣华。伤哉郑卿,衔冤空室!足下终能弃置,实是忍人。丈夫之心,不宜如此。足下宜为思之!"

　　叹让之际,忽有一豪士,衣轻黄纻衫,挟弓弹,丰神隽美,衣服轻华,唯有一剪头胡雏从后[34],潜行而听之。俄而前揖生曰:"公非李十郎者乎!某族本山东,姻连外戚。虽乏文藻,心尝乐贤。仰公声华,常思觏止[35]。今日幸会,得睹清扬[36]。某之敝居,去此不远,亦有声乐,足以娱情。妖姬八九人,骏马十数匹,唯公所欲。但愿一过。"生之侪辈,共聆斯语,更相叹美。因与豪士策马同行,疾转数坊,遂至胜业。生以近郑之所止,意不欲过,便托事故,欲回马首。豪士曰:"敝居咫尺,忍相弃乎?"乃挽挟其马,牵引而行。迁延之间,已及郑曲。生神情恍惚,鞭马欲回。豪士遽命奴仆数人,抱持而进。疾走推入车门,便令锁却,报云:"李十郎至也!"一家惊喜,声闻于外。

　　先此一夕,玉梦黄衫丈夫抱生来,至席,使玉脱鞋。惊寤而告母。因自解曰:"鞋者,谐也。夫妇再合。脱者,解也。既合而解,亦当永诀。由此征之,必遂相见,相见之后,当死矣。"凌晨,请母妆梳。母以其久病,心意惑乱,不甚信之。俛勉之间[37],强为妆梳。妆梳才毕,而生果至。玉沉绵日久,转侧须人。忽闻生来,歘然自起,更衣而出,恍若有神。遂与生相见,含怒凝视,不复有言。羸质娇姿,如不胜致,时复掩袂,返顾李生。感物伤人,坐皆欷歔。顷之,有酒肴数十盘,自外而来。一座惊视,遽问其故,悉是豪士之所致也。因遂陈设,相就而坐。玉乃侧身转面,斜视生良久,遂举杯酒,酹地曰:"我为女子,薄命如斯。君是丈夫,负心若此。韶颜稚齿,饮恨而终。慈母在堂，不能供养。绮罗弦管，从此永休。征痛黄泉，皆君所致。李君李君，今当永诀！我死之后，必为厉鬼，使君妻妾，终日不安！"乃引左手握生臂，掷杯于地，长恸号哭数声而绝。母乃举尸，置于生怀，令唤之，遂不复苏矣。生为之缟素，旦夕哭泣甚哀。将葬之夕，生忽见玉缞帷之中，容貌妍丽，宛若平生。著石榴裙，紫襦裆[38]，红绿帔子[39]。斜身倚帷，手引绣带，顾谓生曰："愧君相送，尚有余情。幽冥之中，能不感叹。"言毕，遂不复见。明日，葬于长安御宿原[40]。生至墓所，尽哀而返。

后月余，就礼于卢氏。伤情感物，郁郁不乐。夏五月，与卢氏偕行，归于郑县。至县旬日，生方与卢氏寝，忽帐外叱叱作声。生惊视之，则见一男子，年可二十余，姿状温美，藏身映幔，连招卢氏。生惶遽走起，绕幔数匝，倏然不见。生自此心怀疑恶，猜忌万端，夫妻之间，无聊生矣。或有亲情，曲相劝喻。生意稍解。

后旬日，生复自外归，卢氏方鼓琴于床，忽见自门抛一斑犀钿花合子[41]，方圆一寸余，中有轻绡，作同心结，坠于卢氏怀中。生开而视之，见相思子二[42]，叩头虫一，发杀觜一[43]，驴驹媚少许[44]。生当时愤怒叫吼，声如豺虎，引琴撞击其妻，诘令实告。卢氏亦终不自明。尔后往往暴加捶楚，备诸毒虐，竟讼于公庭而遣之。卢氏既出[45]，生或侍婢媵妾之属，暂同枕席，便加妒忌，或有因而杀之者。生尝游广陵[46]，得名姬，曰营十一娘，容态润媚，生甚悦之，每相对坐，尝谓营曰："我尝于某处得某姬，犯某事，我以某法杀之。"日日陈说，欲令惧己，以肃清闺门。出则以浴斛覆营于床，周回封署，归必详视，然后乃开。又畜一短剑，甚利，顾谓侍婢曰："此信州葛溪铁[47]，唯断作罪过头！"大凡生所见妇人，辄加猜忌，至于三娶，率皆如初焉。

〔注释〕

〔1〕《霍小玉传》：原文据鲁迅《唐宋传奇集》（文学古籍刊行社1956年版）移录。《太平广记》卷四八七收录此篇，标题下注："蒋防撰。"

〔2〕大历：唐代宗年号（766—779）。

〔3〕陇西李生名益：唐代有二李益，一个是"门户李益"，官太子庶子；此处是"文章李益"（748—827?），字君虞，行十，陇西姑臧（今甘肃武威）人。大历四年登进士第，官至礼部尚书，致仕。李益善诗，与李贺齐名。史称其"少有痴病，而多猜忌，防闲妻妾，过为苛酷，而有散灰扃户之说闻于时，故时谓妒痴为李益疾"（《旧唐书》卷一三七《李益传》）。

〔4〕拔萃：唐制，礼部进士试及第后叫出身（是说已获做官资格），还要经吏部考试，合格后，方可授官。这种由吏部主持的考试称关试或释褐试，主要有两科，一是博学宏词（试文三篇），另一个就是书判拔萃（试判三条），简称拔萃。

〔5〕天官：官名，《周礼》分设六官，以冢宰为天官，总摄百官。后世因称负责文官选任铨叙的吏部为天官。

〔6〕先达丈人：前辈长者。先达，前辈。

〔7〕风调：风度，才调。

〔8〕驸马：驸马都尉的简称，魏晋以后帝婿例加驸马都尉称号。青衣：婢女。折券从良：毁弃卖身契，做良家妇女。

〔9〕便（pián）辟：善于逢迎谄媚。

〔10〕追风挟策：追逐风流，出谋划策。

〔11〕渠帅：首领。

〔12〕苏姑子：未详。

〔13〕色目：角色，种类。

〔14〕霍王：唐高祖第十四子李元轨（？—688）封霍王，武后时贬死。中宗神龙初封诸孙李晖为嗣霍王。

〔15〕胜业坊：唐代长安城坊名，在皇城东，其东为兴庆宫，其南为东市。

〔16〕巾帻（zé）：戴头巾。巾，用作动词。

〔17〕承奉箕帚：是做妻子的谦卑说法。

〔18〕"开帘风动竹"二句：是李益《竹窗闻风寄苗发司空曙》五律中的颔联，上句原作"开门复动竹"。

〔19〕巫山洛浦：巫山，典出宋玉《高唐赋》，赋序中说楚怀王游高唐，曾在梦中与巫山神女相会。洛浦，典出曹植《洛神赋》，赋中写自己与洛水女神的恋爱悲剧。

〔20〕女萝：即松萝，地衣类植物，常寄生松树上。古人常用以比女子。

〔21〕秋扇见捐：典出汉代班婕妤《怨歌行》。是说女子年老色衰被男子抛弃，就像纨扇到秋天被弃捐一样。

〔22〕越姬乌丝栏素缣：一种越地产的有黑格的白绢。唐李肇《国史补》下："有织成界道绢素，谓之乌丝栏、朱丝栏。"

〔23〕郑县主簿：郑县，唐县名，今河南郑州市。主簿，掌管文书簿册的官。

〔24〕冢妇：指正妻。

〔25〕壮室：《礼记·曲礼》："三十曰壮，有室。"

〔26〕剪发披缁：指做尼姑。缁，缁衣，僧尼所穿的黑色衣服。

〔27〕华州：古州郡名，今陕西省华县。

〔28〕内作：皇家作坊。

〔29〕上鬟：女子15岁梳髻加簪，以示成年。

〔30〕延先公主：唐帝诸女无封延先者，"先"为"光"之讹。延光公主，肃宗女，初降裴徽，后降萧升（见《唐会要》卷六"公主"）。

〔31〕明经：唐代科举科目之一，内容以经义为主。

〔32〕崇敬寺：即崇敬尼寺，在长安城靖安坊西南隅。

〔33〕京兆韦夏卿（743—806）：字云客，京兆万年（今陕西西安）人。官至太子少保。

〔34〕胡雏：年少的胡奴。

〔35〕觏（gòu）止：遇见。语出《诗经·召南·草虫》。
〔36〕清扬：语出《诗经·郑风·野有蔓草》，本来形容眉目清秀，此处尊称人的容仪。
〔37〕僶（mǐn）勉：勉力，努力。语出《诗经·邶风·谷风》。
〔38〕裆（kè）裆：古代妇女穿的袍子。
〔39〕帔子：古代妇女披在肩背上的服饰。
〔40〕御宿原：在唐代长安城南，为当时墓地。
〔41〕斑犀钿花合子：用带花纹的犀牛角制成的嵌有金花的盒子。
〔42〕相思子：即红豆，古人用来表示相思。
〔43〕发杀觜（zī）：不详何物，疑是媚药。
〔44〕驴驹媚：清王士禛《池北偶谈》卷二三引僧赞宁《物类相感志》："凡驴驹初生，未堕地，口中有一物，如肉，名媚。妇人带之能媚。"
〔45〕出：被休。
〔46〕广陵：古郡名，即今江苏扬州。
〔47〕信州：唐代州郡名，在今江西省上饶县。

（王祥　校注）

# 南柯太守传[1]

李公佐

东平淳于棼[2]，吴楚游侠之士。嗜酒使气，不守细行，累巨产，养豪客。曾以武艺补淮南军裨将[3]，因使酒忤帅，斥逐落魄，纵诞饮酒为事。家住广陵郡东十里。所居宅南有大古槐一株，枝干修密，清阴数亩。淳于生日与群豪大饮其下。

贞元七年九月，因沉醉致疾。时二友人于坐扶生归家，卧于堂东庑之下[4]。二友谓生曰："子其寝矣。余将秣马濯足[5]，俟子小愈而去。"生解巾就枕，昏然忽忽，仿佛若梦。见二紫衣使者，跪拜生曰："槐安国王遣小臣致命奉邀。"生不觉下榻整衣，随二使至门。见青油小车，驾以四牡，左右从者七八，扶生上车，出大户，指古槐穴而去。

使者即驱入穴中。生意颇甚异之，不敢致问。忽见山川风候[6]、草木道路，与人世甚殊。前行数十里，有郛郭城堞[7]。车舆人物，不绝于路。生左右传车者传呼甚严，行者亦争辟于左右[8]。又入大城，朱门重楼，楼上有金书，题曰"大槐安国"。执门者趋拜奔走。旋有一骑传呼曰："王以驸马远降，令且息东华馆。"因前导而去。

俄见一门洞开，生降车而入。彩槛雕楹，华木珍果，列植于庭下；几案茵褥，帘帏肴膳，陈设于庭上。生心甚自悦。复有呼曰："右相且至[9]。"生降阶祗奉[10]，有一人紫衣象简前趋[11]，宾主之仪敬尽焉。右相曰："寡君不以弊国远僻[12]，奉迎君子，托以姻亲。"生曰："某以贱劣之躯，岂敢是望？"右相因请生同诣其所。

行可百步，入朱门。矛戟斧钺，布列左右；军吏数百，辟易道侧[13]。生有平生酒徒周弁者[14]，亦趋其中。生私心悦之，不敢前问。右相引生升广殿，御卫严肃，若至尊之所。见一人长大端严，居正位，衣素练服，簪朱华冠。生战慄，不敢仰视。左右侍者令生拜。王曰："前奉贤尊命，不弃小国，许令次女瑶芳，奉事君子。"生但俯伏而已，不敢致词。王曰："且就宾宇，续造仪式[15]。"有旨：右相亦与生偕还馆舍。生思念之，意以为父在边将，因殁房中[16]，不知存亡；将谓父北蕃交通[17]，而致兹事。心甚迷惑，不知其由。

是夕，羔雁币帛[18]，威容仪度，妓乐丝竹，肴膳灯烛，车骑礼物之用，无不咸备。有群女，或称华阳姑，或称青溪姑，或称上仙子，或称下仙子，若是者数辈，皆侍从数千。冠翠凤冠，衣金霞帔，彩碧金钿，目不可视。遨游戏乐，往来其门，争以淳于郎为戏弄。风态妖丽，言词巧艳，生莫能对。复有一女谓生曰："昨上巳日[19]，吾从灵芝夫人过禅智寺，于天竺院观石延舞《婆罗门》[20]。吾与诸女坐北牖石榻上[21]。时君少年，亦解骑来看。君独强来亲洽，言调笑谑。吾与穷英妹结绛巾，挂于竹枝上，君独不忆念之乎？又七月十六日，吾于孝感寺侍晤上真子，听契玄法师讲《观音经》。吾于讲下舍金凤钗两只[22]，上真子舍水犀盒子一枚。时君亦讲筵中，于师处请钗、盒视之，赏叹再三，嗟异良久。顾余辈曰：'人之与物，皆非世间所有。'或问吾民，或访吾里，吾亦不答。情意恋恋，瞩盼不舍，君岂不思念之乎？"生曰："中心藏之，何日忘之！"群女曰："不意今日与君为眷属！"

复有三人，冠带甚伟，前拜生曰："奉命为驸马相者[23]。"中一人与生且故。生指曰："子非冯翊田子华乎[24]？"田曰："然。"生前，执手叙旧久之。生谓曰："子何以居此？"子华曰："吾放游，获受知于右相武成侯段公，因以栖托。"生复问曰："周弁在此，知之乎？"子华曰："周生，贵人也。职为司隶[25]，权势甚盛。吾数蒙庇护。"言笑甚欢。俄传声曰："驸马可进矣。"三子取剑佩冕服，更衣之。子华曰："不意今日获睹盛礼，无以相忘也！"

有仙姬数十，奏诸异乐，婉转清亮，曲调凄悲，非人间之所闻听。有执烛引导者，亦数十。左右见金翠步障[26]，彩碧玲珑，不断数里。生端坐车中，心意恍惚，甚不自安。田子华数言笑以解之。向者群女姑姊，各乘凤翼辇，亦往来其间。至一门，号"修仪宫"。群仙姑姊亦纷然在侧，令生降车辇拜；揖让升降，一如人间。撤障去扇，见一女子，云号金枝公主。年可十四五，俨若神仙。交欢之礼，颇亦明显[27]。

生自尔情义日洽，荣耀日盛，出入车服，游宴宾御，次于王者。王命生与群僚备武卫，大猎于国西灵龟山。山阜峻秀，川泽广远，林树丰茂，飞禽走兽，无不蓄之。师徒大获[28]，竟夕而还。

生因他日启王曰："臣顷结好之日，大王云奉臣父之命。臣父顷佐边将，用兵失利，陷没胡中，尔来绝书信十七八岁矣。王既知所在，臣请一往拜觐。"王遽谓曰："亲家翁职守北土，信问不绝。卿但具书状知闻，未用便去。"遂命妻致馈贺之礼，一以遣之。数夕还答。生验书本意，皆父平生之迹，书中忆念教诲，情意委曲，皆如昔年。复问生亲戚存亡，闾里兴废。复言路道乖远，风烟阻绝，词意悲苦，言语哀伤。又不令生来觐，云："岁在丁丑，当与女相见[29]。"生捧书悲咽，情不自堪。

他日，妻谓生曰："子岂不思为政乎？"生曰："我放荡不习政事。"妻曰："卿但为之，余当奉赞[30]。"妻遂白于王。累日，谓生曰："吾南柯政事不理，太守黜废，欲藉卿才，可曲屈之[31]。便与小女同行。"生敦授教命[32]。王遂敕有司备太守行李[33]。因出金玉、锦绣、箱奁、仆妾、车马，列于广衢，以饯公主之行。生少游侠，曾不敢有望，至是甚悦。因上表曰："臣将门余子，素无艺术[34]，猥当大任[35]，必败朝章。自悲负乘[36]，坐致覆悚[37]。今欲广求贤哲，以赞不逮[38]。伏见司隶颍川周弁，忠亮刚直，守法不回，有毗佐之器[39]；处士冯翊田子华[40]，清慎通变[41]，达政化之源。二人与臣有十年之旧，备知才用，可托政事。周请署南柯司宪[42]，田请署司农[43]。庶使臣政绩有闻，宪章不紊也。"王并依表以遣之。

其夕，王与夫人饯于国南。王谓生曰："南柯，国之大郡。土地丰壤，人物豪盛，非惠政不能以治之。况有周、田二赞。卿其勉之，以副国念[44]。"夫人戒公主曰："淳于郎性刚好酒，加之少年；为妇之道，贵乎柔顺。尔善事之，吾无忧矣。南柯虽封境不遥，晨昏有间[45]，今日瞻别[46]，宁不沾巾！"生与妻拜首南去，登车拥骑，言笑甚欢。

累夕达郡。郡有官吏、僧道、耆老、音乐、车舆、武卫、銮铃，争来迎奉。人物阗咽[47]，钟鼓喧哗，不绝十数里。见雉堞台观，佳气郁郁，入大城门，门亦有大榜，题以金字。曰："南柯郡城。"见朱轩棨户[48]，森然深邃。生下车，省风俗，疗病苦，政事委以周、田，郡中大理。自守郡二十载，风化广被[49]，百姓歌谣，建功德碑，立生祠宇[50]。王甚重之，赐食邑[51]，锡爵位，居台辅[52]。周、田皆以政治著闻，递迁大位。生有五男二女：男以门荫授官[53]，女亦娉于王族[54]。荣耀显赫，一时之盛，代莫比之[55]。

是岁，有檀萝国者，来伐是郡。王命生练将训师以征之。乃表周弁将兵三万，以拒贼之众于瑶台城。弁刚勇轻敌，师徒败绩；弁单骑裸身潜遁，夜归城。贼亦收辎重铠甲而还。生因囚弁以请罪。王并舍之。是月，司宪周弁疽发背[56]，卒。生妻公主遘疾，旬日又薨。生因请罢郡，护丧赴国。王许之。便以司农田子华行南柯太守事[57]。生哀恸发引[58]，威仪在途，男女叫号，人吏奠馈，攀辕遮道者不可胜数。遂达于国。王与夫人素衣哭于郊，候灵舆之至。谥公主曰顺仪公主。备仪仗羽葆鼓吹[59]，葬于国东十里盘龙冈。是月，故司宪子荣信，亦护丧赴国。

生久镇外藩，结好中国[60]，贵门豪族，靡不是洽[61]。自罢郡还国，出入无恒，交游宾从，威福日盛。王意疑惮之。时有国人上表云："玄象谪见[62]，国有大恐[63]：都邑迁徙，宗庙崩坏；衅起他族，事在萧墙[64]。"时议以生侈僭之应也[66]。遂夺生侍卫，禁生游从，处之私第。生自恃守郡多年，曾无败政，流言怨悖[67]，郁郁不乐。王亦知之，因命生曰："姻亲二十余年，不幸小女夭枉，不得与君子偕老，良用痛伤[68]！"夫人因留孙自鞠育之。又谓生曰："卿离家多时，可暂归本里，一见亲族。诸孙留此，无以为念。后三年，当令迎卿。"生曰："此乃家矣，何更归焉？"王笑曰："卿本人间，家非在此。"生忽若惛睡[69]，瞢然久之[70]，方乃发悟前事，遂流涕请还。王顾左右以送生。生再拜而去，复见前二紫衣使者从焉。

至大户外，见所乘车甚劣，左右亲使御仆，遂无一人，心甚叹异。生上车，行可数里，复出大城。宛是昔年东来之途；山川原野，依然如旧。所送二使者，甚无威势。生逾怏怏。生问使者曰："广陵郡何时可到？"二使讴歌自若，久乃答曰："少顷即至。"

俄出一穴，见本里闾巷，不改往日，潸然自悲，不觉流涕。二使者引生下车，入其门，升其阶，已身卧于堂东庑之下。生甚惊畏，不敢前近。二使因大呼生之姓名数声，生遂发寤如初[71]。见家之僮仆拥篲于庭[72]，二客濯足于榻，斜日未隐于西垣，余樽尚湛于东牖。梦中倏忽，若度一世矣！

生感念嗟叹，遂呼二客而语之。惊骇。因与生出外，寻槐下穴。生指曰："此即梦中所惊入处。"二客将谓狐狸木媚之所为祟[73]。遂命仆夫荷斤斧，断拥肿，折查杌[74]，寻穴究源。旁可袤丈[75]，有大穴。洞然明朗[76]，可容一榻。根上有积土壤，以为城郭台殿之状。有蚁数斛，隐聚其中。中有小台，其色若丹，二大蚁处之。素翼朱首，长可三寸。左右大蚁数十辅之，诸蚁不敢近。此其王矣。即槐安国都也。又穷一穴：直上南枝可四丈，宛转方中[77]，亦有土城小楼，群蚁亦处其中，即生所领南柯郡也。又一穴：西去二丈，磅礴空圬[78]，嵌窞异状[79]。中有一腐龟，壳如大斗。积雨浸润，小草丛生，繁茂翳荟[80]，掩映振壳[81]，即生所猎灵龟山也。又穷一穴：东去丈余，古根盘屈，若龙虺之状[82]。中有小土壤，高尺余，即生所葬妻盘龙冈之墓也。追想前事，感叹于怀，披阅穷迹，皆符所梦。不欲二客坏之，遽令掩塞如旧。是夕，风雨暴发。旦视其穴，遂失群蚁，莫知所去。故先言"国有大恐，都邑迁徙"。此其验矣。复念檀萝征伐之事，又请二客访迹于外。宅东一里有古涸涧，侧有大檀树一株，藤萝拥织，上不见日。旁有小穴，亦有群蚁隐聚其间。檀萝之国，岂非此耶？

嗟乎！蚁之灵异，犹不可穷，况山藏木伏之大者所变化乎？时生酒徒周弁、田子华并居六合县，不与生过从旬日矣。生遽遣家僮疾往候之。周生暴疾已逝，田子华亦寝疾于床。生感南柯之浮虚，悟人世之倏忽，遂栖心道门，绝弃酒色。后三年，岁在丁丑，亦终于家。时年四十七，将符宿契之限矣[83]。

公佐贞元十八年秋八月，自吴之洛，暂泊淮浦，偶觌淳于生棼[84]，询访遗迹，翻覆再三，事皆摭实[85]，辄编录成传，以资好事。虽稽神语怪，事涉非经[86]，而窃位著生[87]，冀将为戒。后之君子，幸以南柯为偶然，无以名位骄于天壤间云。

前华州参军李肇赞曰[88]："贵极禄位，权倾国都，达人视此，蚁聚何殊！"

〔注释〕

〔1〕《南柯太守传》：《太平广记》卷四七五收录此篇，题《淳于棼》，注云出《异闻

集》，据本篇篇末及李肇《国史补》卷下，当为李公佐撰。原文据鲁迅《唐宋传奇集》（文学古籍刊行社1956年版）移录。

〔2〕东平：郡名，治所在今山东省东平县。

〔3〕淮南军：淮南节度使所属的军队。淮南，即淮南道，唐分全国为十道，即十个行政区。裨将：副将。裨，辅佐，辅助。

〔4〕庑（wǔ）：正房两侧的屋子。

〔5〕秣（mò）马：喂马。秣，同秣。

〔6〕风候：风物和气候。

〔7〕郛郭：外城。城堞：城墙上面呈凹凸形的短墙，又称女墙。下文"雉堞"亦同。

〔8〕传（zhuàn）车者：古代官员出行，由公家供给驿马，每三十里设一驿站，供休息和换马之用。传，驿站或驿站的车马。传车，驿车。传车者，供应车马、随从照料的人。传呼：古代官员出行，由侍卫前引高呼行人避让，并具有警戒意味的仪式，即喝道。辟（bì）：同"避"。

〔9〕右相：唐代以中书令为右相。

〔10〕祗奉：敬奉。祗，恭敬。

〔11〕紫衣：唐代三品以上官员的服装。象简：简为臣僚朝见皇帝时，拿在手中，作为指划或记事之用的手板，即朝笏。象简，象牙制成的简。

〔12〕寡君：寡德的君王，这是对他国人自称本国君王的谦辞。弊：这里同"敝"。敝国，是对自己国家的谦称。

〔13〕辟（pì）易：惊退。

〔14〕酒徒：嗜酒者，这里指酒友。

〔15〕续：下一步。造：举行。

〔16〕殁：这里同"没"，陷没。

〔17〕北蕃：指唐时北方契丹、奚、黑水靺鞨（mò hé）等少数民族。交通：结交，勾结。

〔18〕羔雁币帛：古人见面或举行婚事前行聘的礼物。

〔19〕上巳日：指阴历三月初三。古时风俗，此日人们要到郊外游玩洗濯，以求祛除种种不祥和疾病。

〔20〕石延：唐时，西域石国人多以石为姓，常有擅长音乐舞蹈的石国艺人住在长安。故石延大约为石国艺人。《婆罗门》：当时婆罗门国（古印度）的一种舞蹈。

〔21〕牖（yòu）：窗户。

〔22〕讲：讲席、讲座。下文"讲筵"同。舍：施舍，布施。

〔23〕相者：傧相，即接引宾客或在举行婚礼时陪伴新人者。

〔24〕冯翊（yì）：唐时县名，亦称同州，治所在今陕西省大荔县。

〔25〕司隶：负责巡察首都及其周边地区治安的官员。

〔26〕步障：用以遮避风尘或障蔽内外的屏障。

〔27〕明显：隆重。

〔28〕师徒：兵士，军队，这里指打猎的队伍。

〔29〕女：音、义并，同"汝"。
〔30〕奉赞：帮助。
〔31〕曲屈：委屈。
〔32〕敬授教命：恭敬地接受国王以政事相托的命令。敬，恭谨；授，通"受"，接受。
〔33〕有司：主管官吏。古代设官分职，事各有专司，故称有司。
〔34〕艺术：技术技能，这里指行政管理能力。
〔35〕猥：有辱之意，这里是谦辞。
〔36〕负乘：仗恃登上（君子之位）。
〔37〕坐：为副词，因，由于。覆悚（sù）：本意是打翻、倾覆了鼎里煮的食物，这里是比喻因不能胜任而导致失败。
〔38〕以赞不逮：来帮助佐理我顾及不到的地方。赞，帮助，辅佐；下文"周、田二赞"之"赞"意同。不逮，不及。
〔39〕毗佐之器：佐理政务的才能。毗，辅佐。
〔40〕处士：未仕或不仕之士人，这里指有才能的隐士。
〔41〕清慎通变：清廉谨慎而善于变通。通变，通晓变化。
〔42〕署：代理、暂任或试用官职。司宪：即御史中丞，掌监察弹劾百官。这里指郡司法参军一类的职务（掌理狱、捕盗）。
〔43〕司农：执管钱粮的官员，这里指郡司仓参军一类的职务（掌租调、仓库、市肆等）。
〔44〕以副国念：以满足国家的期望。副，符合；念，考虑，想法，这里为期望之意。
〔45〕晨昏有间（jiàn）：早晚不能相见。
〔46〕睽别：离别。
〔47〕阗（tián）咽：充满，拥挤。
〔48〕棨（qǐ）户：门前竖有启戟的宫庙、官府及显贵之家。棨戟，即木制无刃，架设在宫殿、府第门前的门戟。唐制三品以上官员门前方可立此门戟，以示威严。
〔49〕风化广被：移风易俗的教令广为推行。风化，风俗教化。
〔50〕生祠宇：为活人塑像的祠堂。
〔51〕食邑：即采邑，古时公卿大夫或功臣、贵族的封地，因收其赋税而食，故名。
〔52〕台辅：汉唐以来，习惯将国家最高一级的行政机关称为"台省"。这里指位居高官要职。
〔53〕门荫：藉先辈的功勋而得官的资格。
〔54〕娉：同"聘"。
〔55〕代莫比之：当世无人与之相比。代，世，唐代因避太宗李世民讳，遇"世"字多改为"代"。
〔56〕疽（jū）：一种毒疮，多生于背上。
〔57〕行：代理，兼理。
〔58〕发引：出殡。引，挽住棺材于前面牵引的绳子。
〔59〕羽葆：用鸟羽为饰的伞形华盖，是古时官员出行的仪仗之一。隋唐时，诸王大臣

有功者，加羽葆。鼓吹：各种乐器合奏，这里指乐队。

〔60〕中国：国中，这里指京城中的达官显贵。

〔61〕靡不是洽：没有不和他交好的。洽，和睦，融洽。

〔62〕玄象：天象。谪见（xiàn）：星象出现变动，是灾祸发生的征兆，表示上天对下界的谴责和警告。谪，谴责，处罚。

〔63〕大恐：大的灾难。恐，令人畏惧的事。

〔64〕衅：间隙，争端，这里指事变。

〔65〕萧墙：古代宫室用以分隔内外，并起到屏障作用的当门小墙，即门屏。孔子言："吾恐季孙之忧，不在颛臾而在萧墙之内也。"（《论语·季氏》）萧，肃静之意。臣僚朝见皇帝，到了萧墙就要特别严肃恭敬，因为这里是距离皇帝很近，故称。后常以萧墙之患喻内部潜在的祸端。

〔66〕侈僭：超过本身应有的享受和作为。侈，放纵奢侈的行为。僭，过分，超越身份。

〔67〕流言怨悖：惑以流言并加以埋怨。悖，怨恨。

〔68〕良用：确实因此。

〔69〕惛：昏昏沉沉，神志不清。

〔70〕瞢（méng）然：神志不清的样子。瞢，眼睛看不清。

〔71〕发寤：睡醒。

〔72〕篲（huì）：扫帚。

〔73〕木媚：树妖。

〔74〕查枿（niè）：树木被砍伐后新生的枝条。

〔75〕袤丈：丈余长。袤，长度。

〔76〕洞然：开阔宽敞的样子。

〔77〕宛转方中：曲曲折折地从四面到中央。

〔78〕空圬（wū）空凹：圬，同"圩"，四周高而中间低。

〔79〕嵌窞（dàn）：深坑。嵌，深陷；窞，凹进去的坑洞。

〔80〕翳（yì）荟：草木茂盛浓密，可以遮掩。

〔81〕掩映振壳：遮掩飘拂而触到龟壳。

〔82〕虺（huì）：一种毒蛇。

〔83〕宿契之限：指槐安国王从前所约定的"后三年，当令迎生"的期限。

〔84〕觌（dí）：见。

〔85〕摭（zhí）实：据实，属实。摭，摘取。

〔86〕事涉非经：事情不合常理。

〔87〕窃位：无才而居官位或以不正当手段谋得官职。著生：藉以维持生活。

〔88〕赞：题赞，论赞，古文体的一种。

（闵虹　校注）

# 续玄怪录[1]

李复言

## 定婚店

杜陵韦固[2]，少孤，思早娶妇，多歧求婚[3]，必无成而罢。

元和二年[4]，将游清河[5]，旅次宋城南店[6]。客有以前清河司马潘昉女见议者[7]，来日先明，期于店西龙兴寺门。固以求之意切，且往焉。斜月尚明，有老人倚布囊，坐于阶上，向月捡书。固步觇之[8]，不识其字，既非虫篆八分科斗之势[9]，又非梵书。因问曰："老父所寻者何书？固少小苦学，世间之字，自谓无不识者，西国梵字[10]，亦能读之，唯此书目所未觏[11]，如何？"老人笑曰："此非世间书，君因何得见？"固曰："非世间书则何也？"曰："幽冥之书。"固曰："幽冥之人，何以到此？"曰："君行自早，非某不当来也。凡幽吏皆掌人生之事，掌人可不行冥中乎？今道途之行，人鬼各半，自不辨尔。"固曰："然则君又何掌？"曰："天下之婚牍耳。"固喜曰："固少孤，常愿早娶，以广胤嗣。尔来十年，多方求之，竟不遂意。今者人有期此，与议潘司马女，可以成乎？"曰："未也。命苟未合，虽降衣缨而求屠博[12]，尚不可得，况郡佐乎？君之妇，适三岁矣。年十七，当入君门。"因问"囊中何物？"曰："赤绳子耳。以系夫妻之足。及其生，则潜用相系，虽仇敌之家，贵贱悬隔，天涯从宦，吴楚异乡，此绳一系，终不可逭[13]。君之脚已系于彼矣。他求何益？"曰："固妻安在？其家何为？"曰："此店北，卖菜陈婆女耳。"固曰："可见乎？"曰："陈尝抱来，鬻菜于市。能随我行，当即示君。"及明，所期不至。老人卷书揭囊而行。固逐之，入菜市。有眇妪[14]，抱三岁女来，弊陋亦甚。老人指曰："此君之妻也。"固怒曰："煞之可乎[15]？"老人曰："此人命当食天禄[16]，因子而食邑[17]，庸可煞乎[18]？"老人遂隐。固骂曰："老鬼妖妄如此！吾士大夫之家，娶妇必敌，苟不能娶，即声伎之美者，或援立之[19]，奈何婚眇妪之陋女？"磨一小刀子，付其奴曰："汝素干事[20]，能为我煞彼女，赐汝万钱。"奴曰："诺。"明日，袖刀入菜行中，于众中刺之，而走。一市纷扰，固与奴奔走，获免。问奴曰："所刺中否？"曰："初刺其心，不幸才中眉间。"

尔后固屡求婚，终无所遂。

又十四年，以父荫参相州军[21]。刺史王泰俾摄司户掾[22]，专鞫词狱[23]，以为能，因妻以其女。可年十六七，容色华丽。固称惬之极。然其眉间，常贴一花子[24]，虽沐浴闲处，未尝暂去。岁余，固讶之，忽忆昔日奴刀中眉间之说，因逼问之。妻潸然曰："妾郡守之犹子也[25]，非其女也。畴昔父曾宰宋城[26]，终其官。时妾在襁褓，母兄次没。唯一庄在宋城南，与乳母陈氏居。去店近，鬻蔬以给朝夕。陈氏怜小，不忍暂弃。三岁时，抱行市中，为狂贼所刺。刀痕尚在，故以花子覆之。七八年前，叔从事卢龙[27]，遂得在左右，仁念以为女嫁君耳。"固曰："陈氏眇乎？"曰："然。何以知之？"固曰："所刺者固也。"乃曰："奇也！命也！"因尽言之，相钦愈极。后生男鲲，为雁门太守[28]，封太原郡太夫人。

乃知阴骘之定[29]，不可变也。宋城宰闻之，题其店曰："定婚店。"

〔注释〕

〔1〕《续玄怪录》：有中华书局1982年与《玄怪录》合刊本。本篇原文据汪辟疆《唐人小说》（上海古籍出版社1987年版）移录。

〔2〕杜陵：地名，本名杜原，又名乐游原。秦置杜县，汉宣帝在此筑陵，因改名杜陵。在今陕西省西安市东南。

〔3〕多歧：犹如说多方。歧，岔路。

〔4〕元和二年：公元807年。元和，唐宪宗年号。

〔5〕清河：州郡名。汉文帝初置清河郡，唐高祖武德四年改置贝州，下辖清河等十县。州治在今河北清河县地。

〔6〕宋城：唐县名，属宋州，在今河南商丘市。

〔7〕司马：隋唐时州郡佐吏有司马一人，位在别驾、长史之下，掌领兵马缉捕等事。

〔8〕觇（chān）：偷看。

〔9〕虫篆八分科斗之势：虫篆、八分书、科斗文等书法体势。虫篆，又称虫书，为秦书八体之一。八分，汉字书体名，即八分书，也称分书，字体似隶而体势多波磔。科斗，科斗文，又称科斗书，因头粗尾细形似蝌蚪而得此名。

〔10〕西国梵字：指印度的古文字。

〔11〕觌（dí）：相见。

〔12〕降衣缨而求屠博：降低贵族身份向屠夫、赌徒之类贱民求亲。衣缨，衣冠簪缨，为贵者之服，代指缙绅贵族。

〔13〕逭（huàn）：逃、避。

〔14〕眇（miǎo）妪：瞎了一只眼的老妇人。

〔15〕煞：《太平广记》作"杀"。

〔16〕天禄：天赐的福禄。

〔17〕食邑：收取封地的赋税而食。此处指得到封号（后文说韦固之妻封太原郡太夫人）。

〔18〕庸可：岂可，难道能。

〔19〕援立：扶正为妻。

〔20〕干事：指干练的办事才能。

〔21〕参相州军：做相州的参军。相州，唐代州名，治所在今河北省临漳县。参军，为州郡的佐吏。

〔22〕俾（bǐ）摄司户掾（yuàn）：让他代理相州司户参军。俾，使。摄，代理。司户，州府佐吏。《通典》卷三三《职官十五》："大唐州府佐吏……有别驾、长史、司马一人，录事参军，司功、司仓、司户、司兵、司法、司士六参军。在府为曹，在州为司。"掾，本意为辅佐，后世通称副官佐吏为掾。

〔23〕鞫（jū）：审问，审讯。

〔24〕花子：古代妇女的面饰，据说起于唐武则天时期的上官婉儿（见唐段成式《酉阳杂俎》卷八）。

〔25〕犹子：《礼记·檀弓上》："丧服，兄弟之子，犹子也。"此处指侄女，与"犹女"意同。

〔26〕畴昔：过去，以前。宰宋城：做宋城县令。

〔27〕从事卢龙：在卢龙做从事史。从事即从事史，官名。汉代州刺史之佐吏如别驾、治中、主簿、功曹等，均称为从事史，后世相袭，至宋以后废。卢龙，唐县名，属平州，在今河北省卢龙县。此处卢龙指平州。

〔28〕雁门：古郡名，本战国赵地，秦置雁门，辖今山西北部地区。唐武德四年置代州都督府。

〔29〕阴骘（zhì）之定：上天默定的命运。

（王祥　校注）

# 乾　馔　子[1]

温庭筠

## 华 州 参 军

华州柳参军[2]，名族之子，寡欲早孤，无兄弟。罢官，于长安闲游。上巳日[3]，曲江见一车子[4]，饰以金碧，半立浅水之中。后帘徐褰[5]，见掺手如玉[6]，指画令摘芙蕖[7]。女之容色绝代，斜睨柳生良久。柳生鞭马从之，即见车子入永崇里[8]。柳生访其姓崔氏，女亦有母。有青衣，字轻红。柳生不甚贫，多方赂轻红，竟不之受。

他日，崔氏女有疾，其舅执金吾王[9]，因候其妹，且告之，请为子纳焉。崔氏不乐。其母不敢违兄之命，女曰："愿嫁得前时柳生足矣！必不允，某与外兄终恐不生全。"其母念女之深，乃命轻红于荐福寺僧道省院达意[10]。柳生为轻红所诱，又悦轻红[11]。轻红大怒曰："君性正粗[12]！奈何小娘子如此待于君，某一微贱，便忘前好？欲保岁寒[13]，其可得乎？某且以足下事白小娘子！"柳生再拜，谢不敏然[14]。始曰："夫人惜小娘子情切，今小娘子不乐适王家，夫人是以偷成婚约，君可两三日内就礼事。"柳生极喜，自备数百千财礼，期内结婚。后五日，柳挈妻与轻红于金城里居[15]。及旬月外，金吾到永崇，其母王氏泣云："某夫亡，子女孤独，被侄不待礼会[16]，强窃女去矣。兄岂无教训之道？"金吾大怒，归笞其子数十，密令捕访，弥年无获。

无何，王氏殂，柳生挈妻与轻红自金城里赴丧。金吾之子既见，遂告父。父擒柳生。生云："某于外姑王氏处纳采娶妻[17]，非越礼私诱也，家人大小皆熟知之。"王氏既殁，无所明，遂讼于官。公断王家先下财礼，合归王家[18]。金吾子常悦慕表妹，亦不怨前横也[19]。经数年，轻红竟洁己处焉。金吾又亡，移其宅于崇义里[20]。崔氏不乐事外兄，乃使轻红访柳生所在。时柳生尚居金城里，崔氏又使轻红与柳生为期，兼赍看圊竖[21]，令积粪堆与宅垣齐。崔氏女遂与轻红蹑之，同诣柳生。柳生惊喜，又不出城，只迁群贤里[22]。后本夫终寻崔氏女，知群贤里住，复兴讼夺之。王生情深，崔氏万途求免，托以体孕，又不责而纳焉。柳生长流江陵[23]。

二年，崔氏女与轻红相继而殁，王生送丧，哀恸之礼至矣。轻红亦葬于崔氏坟侧。

柳生江陵闲居，春二月，繁花满庭，追念崔氏女，凝想形影，且不知存亡。忽闻扣门甚急，俄见轻红抱妆奁而进，乃曰："小娘子且至！"闻似车马之声,比崔氏女入门[24],更无他见。柳生与崔氏女叙契阔[25],悲欢之甚。问其由,则曰:"某已与王生诀,自此可以同穴矣。人生意专,必果夙愿[26]。"因言曰:"某少习乐,箜篌中颇有功。"柳生即时买箜篌,调弄绝妙。二年间,或谓尽平生矣。

无何,王生旧使苍头过柳生之门[27],见轻红,惊,不知其然;又疑人有相似者,未敢遽言。问闾里[28],又云流人柳参军。弥怪,更伺之。轻红亦知是王生家人,因具言于柳生,匿之。王生苍头却还城,具以其事言于王生。王生闻之,命驾千里而来[29]。既至柳生之门,于隙窥之,正见柳生坦腹于临轩榻上[30],崔氏女新妆,轻红捧镜于其侧,崔氏匀铅黄未竟[31]。王生门外极叫,轻红镜坠地,有声如磬。崔氏与王生无憾[32],遂入。柳生惊,亦待如宾礼。俄又失崔氏所在。柳生与王生从容言事,二人相看不喻,大异之。相与造长安[33],发崔氏所葬验之,即江陵所施铅黄如新,衣服肌肉,且无损败,轻红亦然。柳与王相誓,却葬之[34]。二人入终南山访道[35],遂不返焉。

### 〔注释〕

〔1〕《乾𦠆子》:温庭筠撰,今佚,《太平广记》收录33条。原文据《太平广记》(中华书局1961年版)卷三四二移录。温庭筠(812?—870?):本名岐,字飞卿,行十六,太原祁(今山西省祁县)人。屡举进士不第。曾官隋县尉、方城尉、国子助教,后流落而终。温庭筠才思绮丽,工于律赋,与李商隐齐名。

〔2〕华州:唐代州名。《禹贡》雍州之地,周时为畿内之国。西魏废帝三年改置华州。即今陕西省华县。

〔3〕上巳:古代节日,农历三月上旬的巳日,以此日临水祓除不祥,以为修禊。自曹魏后,固定为三月三日。

〔4〕曲江:即曲江池,秦为宜春苑,汉为乐游原。为唐代游赏胜地。在今陕西省西安市东南。

〔5〕褰(qiān):揭起,撩起。

〔6〕掺(shǎn)手:纤细的手。"掺手"为"掺掺女手"之省文,语出《诗经·魏风·葛屦》:"掺掺女手,可以缝裳。"

〔7〕芙蕖:荷花的别名。

〔8〕永崇里:唐代长安城坊名。启夏门往北第五坊,延兴门西第三坊。

〔9〕执金吾:官名,掌管京师治安,或天子出行时,职主先导,以防御非常情况。

〔10〕荐福寺:唐代寺宇名,在长安城开化坊内。《长安志》注:"文明元年高宗崩后百日,立为大献福寺,度僧二百人以实之。天授元年,改为荐福寺。"僧道省(xǐng)院:寺庙或道观内接待客人的地方。

〔11〕"柳生"二句:原文如此,疑有讹误。

〔12〕粗:粗疏,粗略,对什么事都不认真。

〔13〕保岁寒:指保持坚贞不变的节操。《论语·子罕》:"岁寒,然后知松柏之后凋也。"

〔14〕不敏：不才，不聪明，不机智。

〔15〕金城里：唐代长安城坊名，在朱雀街西第三街向北第二坊。

〔16〕侄：指家兄执金吾的儿子。

〔17〕外姑：表姑。

〔18〕合：应当。

〔19〕横：意外之事（指崔氏与柳生成婚）。

〔20〕崇义里：唐代长安城坊名，在朱雀街东第一街向南第二坊。

〔21〕兼赉（lài）看园竖：同时又送给看园人钱财。赉，赐予。竖，奴仆。

〔22〕群贤里：唐代长安城坊名，在金光门里，西市西。

〔23〕江陵：地名。本为春秋楚国郢都。唐武德四年为荆州府，唐肃宗上元元年改为江陵府。在今湖北省江陵县。

〔24〕比：及，等到。

〔25〕契阔：聚合，离散。

〔26〕果：实现。

〔27〕苍头：奴仆。

〔28〕闾里：闾、里都是古代一种居民组，二十五家为闾（亦为里）。此处泛指乡里。

〔29〕命驾：命令御者驾驶车马。

〔30〕坦腹于临轩榻上：《世说新语·雅量》载郗鉴派门生去王导家给自己的女儿提亲，门生回来说，王家诸郎都不错，个个都很矜持，"唯有一郎在东床上坦腹卧，如不闻"。郗鉴就为女儿选中了此人。此处是形容柳生很随意地躺在临窗的床上。

〔31〕铅黄：铅粉和雌黄，古时女子用来化妆的用品。

〔32〕无憾：没有怨恨、隔阂。

〔33〕造：至，到。

〔34〕却葬之：再把她们葬回去。

〔35〕终南山：秦岭山峰之一，在陕西省西安市南。

（王祥　校注）

# 虬髯客传[1]

杜光庭

隋炀帝之幸江都也[2]，命司空杨素守西京[3]。素骄贵，又以时乱，天下之权重望崇者，莫我若也，奢贵自奉，礼异人臣。每公卿入言，宾客上谒，未尝不踞床而见，令美人捧出。侍婢罗列，颇僭于上。末年愈甚，无复知所负荷，有扶危持颠之心。

一日，卫公李靖以布衣上谒[4]，献奇策。素亦踞见。公前揖曰："天下方乱，英雄竞起[5]。公为帝室重臣，须以收罗豪杰为心，不宜踞见宾客。"素敛容而起，谢公，与语，大悦，收其策而退。

当公之骋辩也，一妓有殊色[6]，执红拂，立于前，独目公。公既去，而执拂者临轩指吏曰："问去者处士第几[7]？住何处？"公具以对。妓诵而去。公归逆旅。其夜五更初，忽闻叩门而声低者，公起问焉。乃紫衣戴帽人，杖揭一囊[8]。公问谁。曰："妾，杨家之红拂妓也。"公遽延入。脱衣去帽，乃十八九佳丽人也。素面画衣而拜[9]。公惊答拜。曰："妾侍杨司空久，阅天下之人多矣。无如公者。丝萝非独生[10]，愿托乔木，故来奔耳。"公曰："杨司空权重京师，如何？"曰："彼尸居余气，不足畏也。诸妓知其无成，去者众矣。彼亦不甚逐也。计之详矣。幸无疑焉。"问其姓。曰："张。"问其伯仲之次。曰："最长。"观其肌肤，仪状，言词，气性，真天人也。公不自意获之，愈喜愈惧，瞬息万虑不安。而窥户者无停屦。数日，亦闻追讨之声，意亦非峻。乃雄服乘马[11]，排闼而去。将归太原[12]。行次灵石旅舍[13]，既设床，炉中烹肉且熟。张氏以发长委地，立梳床前。公方刷马。忽有一人，中形，赤髯而虬[14]，乘蹇驴而来[15]。投革囊于炉前，取枕欹卧，看张梳头。公怒甚，未决，犹刷马。张熟视其面，一手握发，一手映身摇示公，令勿怒。急急梳头毕，敛衽前问其姓。卧客答曰："姓张。"对曰："妾亦姓张，合是妹。"遽拜之。问第几。曰："第三。"因问妹第几。曰："最长。"遂喜曰："今多幸逢一妹。"张氏遥呼："李郎且来见三兄！"公骤拜之。遂环坐。曰："煮者何肉？"曰："羊肉，计已熟矣。"客曰："饥。"公出市胡饼[16]，客抽腰间匕首，切肉共食。食竟，余肉乱切送驴前食之，甚速。客曰："观李郎之行，贫士也。何以致斯异人？"曰："靖虽贫，亦有心者焉。他人见问，故不言。兄之问，则不隐耳。"具言其由。曰："然则将何之？"曰："将避地太原。"曰："然吾故非君所致也[17]。"曰："有酒乎？"曰："主人西，则酒肆也。"公取酒一斗。既巡，客曰："吾有少下酒物，李郎能同之乎？"曰："不敢。"于是开革囊，取一人头并心肝。却头囊中，以匕首切心肝，共食之。曰："此人天下负心者，衔之十年，今始获之。吾憾释矣。"又曰："观李郎仪形器宇，真丈夫也。亦闻太原有异人乎？"曰："尝识一人，愚谓之真人也。其余，将帅而已。"曰："何姓？"曰："靖之同姓。"曰："年几？"曰："仅二十。"曰："今何为？"曰："州将之子。"曰："似矣。亦须见之。李郎能致吾一见乎？"曰："靖之友刘文静者[18]，与之狎。因文静见之可也。然兄何为？"曰："望气者言太原有奇气[19]，使访之。李郎明发，何日到太原？"靖计之日。曰："达之明日日方曙，候我于汾阳桥[20]。"言讫，乘驴而去。其行若飞，回顾已失。

公与张氏且惊且喜，久之，曰："烈士不欺人[21]。固无畏。"促鞭而行，及期，入太原。果复相见。大喜，偕诣刘氏。诈谓文静："以善相者思见郎君，请迎之。"文静素奇其人，一旦闻有客善相，遽致使迎之。使回而至，不衫不履，裼裘而来[22]，神气扬扬。貌与常异。虬髯默居末坐，见之心死，饮数杯，招靖曰："真天子也！"公以告刘，刘益喜，自负。既出，而虬髯曰："吾得十八九矣。然须道兄见。李郎宜与一妹复入京，某日午时，访我于马行东酒楼下。下有此驴及瘦驴，即我与道兄俱在其上矣。到即登焉。"又别而去，公与张氏复应之。

及期访焉。宛见二乘。揽衣登楼，虬髯与一道士方对饮，见公惊喜，召坐。围饮十数巡，曰："楼下柜中有钱十万。择一深隐处驻一妹。某日复会我于汾阳桥。"如期至，即道士与虬髯已到矣。俱谒文静。时方弈棋，揖而话心焉[23]。文静飞书迎文皇看棋[24]。道士对弈，虬髯与公傍侍焉。俄而文皇到来，精采惊人，长揖而坐，神气清朗，满坐风生，顾盼炜如也[25]。道士一见惨然，下棋子曰："此局全输矣！于此失却局哉？救无路矣！复奚言？"罢弈而请去。

既出，谓虬髯曰："此世界非公世界。他方可图。勉之，勿以为念。"因共入京。虬髯曰："计李郎之程，某日方到。到之明日，可与一妹同诣某坊曲小宅相访。李郎相从一妹，悬然如磬[26]。欲令新妇祗谒[27]，兼议从容[28]，无前却也。"言毕，吁嗟而去。公策马而归。即到京，遂与张氏同往。乃一小版门子，叩之，有应者，拜曰："三郎令候李郎一娘子久矣。"延入重门，门愈壮。婢四十人，罗列廷前。奴二十人，引公入东厅。厅之陈设，穷极珍异，箱中妆奁冠镜首饰之盛，非人间之物。巾栉妆饰毕[29]，请更衣，衣又珍异。既毕，传云："三郎来！"乃虬髯纱帽裼裘而来，亦有龙虎之状，欢然相见。催其妻出拜，盖亦天人耳。遂延中堂，陈设盘筵之盛，虽王公家不侔也。四人对馔讫，陈女乐二十人，列奏于前，似从天降，非人间之曲。食毕，行酒[30]。家人自东堂舁出二十床，各以锦绣帕覆之。既陈，尽去其帕，乃文簿钥匙耳。虬髯曰："此尽宝货泉贝之数[31]。吾之所有，悉以充赠。何者？欲于此世界求事，当或龙战三二十载[32]，建少功业。今既有主，住亦何为？太原李氏，真英主也。三五年内，即当太平。李郎以奇特之才，辅清平之主，竭心尽善，必极人臣。一妹以天人之姿，蕴不世之艺，从夫之贵，以盛轩裳[33]。非一妹不能识李郎，非李郎不能荣一妹。起陆之贵[34]，际会如期[35]，虎啸风生，龙吟云萃[36]，固非偶然也。持余之赠，以佐真主，赞功业也，勉之哉！此后十年，当东南数千里外有异事，是吾得事之秋也。一妹与李郎可沥酒东南相贺。"因命家童列拜，曰："李郎一妹，是汝主也！"言讫，与其妻从一奴，乘马而去。数步，遂不复见。公据其宅，乃为豪家，得以助文皇缔构之资[37]，遂匡天下。

　　贞观十年[38]，公以左仆射平章事[39]。适南蛮入奏曰[40]："有海船千艘，甲兵十万，入扶余国[41]，杀其主自立。国已定矣。"公心知虬髯得事也。归告张氏，具衣拜贺，沥酒东南祝拜之。乃知真人之兴也，非英雄所冀，况非英雄乎？人臣之谬思乱者，乃螳臂之拒走轮耳。我皇家垂福万叶[42]，岂虚然哉！或曰："卫公之兵法，半乃虬髯所传耳[43]。"

## 〔注释〕

〔1〕《虬髯客传》：杜光庭撰。《太平广记》卷一九三收录，题《虬髯客》，注云："出《虬髯传》"，未题撰人。宋洪迈《容斋随笔》卷十二称有"杜光庭《虬髯客传》"，《宋史·艺文志》称有"杜光庭《虬髯客传》一卷"。清陶珽刊《说郛》本、明刊《虞初志》本、《五朝小说》本及《唐人说荟》本，均题唐张说撰，恐不可信。原文据鲁迅《唐宋传奇集》（文学古籍刊行社1956年版）移录。

〔2〕隋炀帝（569—618）：名杨广，隋朝第二个皇帝，在位14年（604—618），曾三下江都。江都：隋朝郡名，即今扬州。

〔3〕司空杨素（？—606）：字处道，华阴人。曾助隋文帝取得政权，又助炀帝夺得帝位，官拜司徒，封楚国公。西京：指长安，与东都洛阳相对而称。

〔4〕李靖（570—649）：本名药师，京兆三原（今属陕西）人。初仕于隋。李渊破长安，李靖入李世民幕府。为唐代开国功臣。唐太宗贞观中，以功晋封代国公，拜尚书右仆射，后改封卫国公，世称李卫公。

〔5〕天下方乱，英雄竞起：据《隋书》，杨素卒时为大业二年（606），其时天下尚未乱。

〔6〕妓：同"伎"，指歌妓。

〔7〕处士：没做官的读书人。

〔8〕揭：举着，挑着。

〔9〕素面画衣：脸上未施脂粉，身穿彩色衣服。

〔10〕丝萝：菟丝和女萝，二者均为蔓生，缠绕于草木，不易分开，后世诗文常以比喻男女结成婚姻。《古诗十九首》："与君为婚姻，兔丝附女萝。"

〔11〕雄服：变换成男子装束。

〔12〕太原：古郡名，秦置，治所在今山西太原市西南。

〔13〕灵石：地名，即今山西省灵石县。

〔14〕虬（qiú）：古代传说中一种有角的小龙。此处形容胡须的蜷曲。

〔15〕蹇（jiǎn）驴：劣驴或跛驴。

〔16〕胡饼：胡麻烧饼。其制作之法传自胡地，故名。唐白居易《寄胡饼与杨惠州》：

"胡麻饼样学京都,麦脆油香新出炉。"

〔17〕然吾故非君所致也:这么说来,我本来就不是你们所寻找的人。

〔18〕刘文静(568—619):字肇仁,京兆武功(今陕西武功)人。隋末为晋阳令。曾与李世民定起义大计。入唐,擢纳言,封鲁国公。武德二年被杀。

〔19〕望气:古代占卜法,根据观望云气来附会人事,预测吉凶祸福。

〔20〕汾阳桥:桥名,在太原城东。

〔21〕烈士:此处指粗豪威猛的豪侠之士。

〔22〕裼(xī)裘:敞开外衣,露出内衣。古人穿裘是毛朝外的,见客时应在裘外加罩衣,称裼。

〔23〕话心:谈心。

〔24〕文皇:指唐太宗李世民,死后谥曰文。

〔25〕炜(wěi)如:鲜明光亮的样子。

〔26〕悬然如磬:穷得像悬挂着的磬一样空无所有。磬,古代以玉石制成的乐器,中空,击之发声。

〔27〕新妇:此处是虬髯客谦称自己的妻子。

〔28〕兼议从容:另外也商量一下今后的行止。从容,有盘桓逗留之意。

〔29〕巾栉(zhì):梳洗的用具。栉,梳子之类。

〔30〕行酒:巡行酌酒劝饮。

〔31〕泉贝:指钱币。

〔32〕龙战:《易经·坤卦上六》:"龙战于野,其血玄黄。"本指阴阳二气的交战,后指群雄的割据战争。

〔33〕轩裳:高贵的车子和华美的官服。此处借指荣华富贵。

〔34〕起陆:腾跃而起,比喻飞黄腾达,平步青云。

〔35〕际会:聚合,交接。

〔36〕虎啸风生,龙吟云萃:《易经·乾卦》:"云从龙,风从虎。"此处形容帝王兴起时贤才景从的情形。

〔37〕缔构:此处指营建帝王之业。

〔38〕贞观十年:公元636年。贞观,唐太宗年号。

〔39〕左仆射(yè):唐代官职名,为中央行政机构尚书省的最高长官(最高长官原为尚书令,因太宗曾任其职,后世无人敢居,遂以左、右仆射为长)。唐制,仆射须加平章事衔,方为宰相。

〔40〕南蛮:古时对南方少数民族的称呼。

〔41〕扶国:古国名,又称夫余国。《后汉书·夫余传》:"夫余国,在玄菟(今辽宁铁岭南唐王营城)北千里,南与高句丽,东与挹娄,西与鲜卑接,北有弱水。地方二千里,本泽地也。"其地约在今松嫩平原。此处说在南海,应是小说家者言。

〔42〕万叶:万世,万代。

〔43〕卫公之兵法:《新唐书·艺文志》著录李靖有《阴符机》一卷、《六军镜》三卷、《玉帐经》一卷、《霸国箴》一卷,今并佚。唐杜佑《通典》中存《卫公李靖兵法》逸文。

(王祥 校注)

# 三国演义[1]

罗贯中

## 第九十五回　马谡拒谏失街亭　武侯弹琴退仲达

却说魏主曹睿又令张郃为先锋，与司马懿一同征进；一面令辛毗、孙礼二人领兵五万，往助曹真。二人奉诏而去。且说司马懿引二十万军，出关下寨，请先锋张郃至帐下曰："诸葛亮平生谨慎，未敢造次行事。若是吾用兵，先从子午谷径取长安，早得多时矣。他非无谋，但怕有失，不肯弄险。今必出军斜谷、来取郿城。若取郿城，必分兵两路，一军取箕谷矣。吾已发檄文，令子丹拒守郿城，若兵来不可出战；令孙礼、辛毗截住箕谷道口，若兵来则出奇兵击之。"郃曰："今将军当于何处进兵？"懿曰："吾素知秦岭之西，有一条路，地名街亭；傍有一城，名列柳城：此二处皆是汉中咽喉。诸葛亮欺子丹无备，定从此进。吾与汝径取街亭，望阳平关不远矣。亮若知吾断其街亭要路，绝其粮道，则陇西一境，不能安守，必然连夜奔回汉中去也。彼若回动，吾提兵于小路击之，可得全胜；若不归时，吾却将诸处小路，尽皆垒断，俱以兵守之。一月无粮，蜀兵皆饿死，亮必被吾擒矣。"张郃大悟，拜伏于地曰："都督神算也！"懿曰："虽然如此，诸葛亮不比孟达。将军为先锋，不可轻进。当传与诸将：循山西路，远远哨探。如无伏兵，方可前进。若是急忽，必中诸葛亮之计。"张郃受计引军而行。

却说孔明在祁山寨中，忽报新城探细人来到。孔明急唤入问之，细作告曰："司马懿倍道而行，八日已到新城，孟达措手不及；又被申耽、申仪、李辅、邓贤为内应，孟达被乱军所杀。今司马懿撤兵到长安，见了魏主，同张郃引兵出关，来拒我师也。"孔明大惊曰："孟达作事不密，死固当然。今司马懿出关，必取街亭，断吾咽喉之路。"便问："谁敢引兵去守街亭？"言未毕，参军马谡曰："某愿往。"孔明曰："街亭虽小，干系甚重，倘街亭有失，吾大军皆休矣。汝虽深通谋略，此地奈无城郭，又无险阻，守之极难。"谡曰："某自幼熟读兵书，颇知兵法。岂一街亭不能守耶？"孔明曰："司马懿非等闲之辈；更有先锋张郃，乃魏之名将：恐汝不能敌之。"谡曰："休道司马懿、张郃，便是曹睿亲来，有何惧哉！若有差失，乞斩全家。"孔明曰："军中无戏言。"谡曰："愿立军令状。"孔明从之。谡遂写了军令状呈上。孔明曰："吾与汝二万五千精兵，再拨一员上将，相助你去。"即唤王平分付曰："吾素知汝平生谨慎，故特以此重任相托。汝可小心谨守此地：下寨必当要道之处，使贼兵急切不能偷过。安营既毕，便画四至八道地理形状图本来我看。凡事商议停当而行，不可轻易。如所守无危，则是取长安第一功也。戒之！戒之！"二人拜辞引兵而去。

孔明寻思，恐二人有失，又唤高翔曰："街亭东北上有一城，名列柳城，乃山僻小路，此可以屯兵扎寨。与汝一万兵，去此城屯扎。但街亭危，可引兵救之。"高翔引兵而去。孔明又思；高翔非张郃对手，必得一员大将，屯兵于街亭之右，方可防之，遂唤魏延引本部兵去街亭之后屯扎。延曰："某为前部，理合当先破敌，何故置某于安闲之地？"孔明曰："前锋破敌，乃偏裨之事耳。今令汝接应街亭，当阳平关冲要道路，总守汉中咽喉：此乃大任也，何为安闲乎？汝勿以等闲视之，失吾大事。切宜小心在意！"魏延大喜，引兵而去。孔明恰才心安，乃唤赵云、邓芝分付曰："今司马懿出兵，与旧日不同。汝二人各引一军出箕谷，以为疑兵。如逢魏兵，或战、或不战，以惊其心。吾自统大军，由斜谷径取郿城；若得郿城，长安可破矣。"二人受命而去。孔明令姜维作先锋，兵出斜谷。

却说马谡、王平二人兵到街亭，看了地势。马谡笑曰："丞相何故多心也？量此山僻之处，魏兵如何敢来！"王平曰："虽然魏兵不敢来，可就此五路总口下寨；却令军士伐木为栅，以图久计。"谡曰："当道岂是下寨之地？此处侧边一山，四面皆不相连，且树木极广，此乃天赐之险也：可就山上屯军。"平曰："参军差矣。若屯兵当道，筑起城垣，贼兵总有十万，不能偷过；今若弃此要路，屯兵于山上，倘魏兵骤至，四面围定，将何策保之？"谡大笑曰："汝真女子之见！兵法云：'凭高视下，势如劈竹。'若魏兵到来，吾教他片甲不回！"平曰："吾累随丞相经阵，每到之处，丞相尽意指教。今观此山，乃绝地也：若魏兵断我汲水之道，军士不战自乱矣。"谡曰："汝莫乱道！孙子云：'置之死地而后生。'若魏兵绝我汲水之道，蜀兵岂不死战？以一可当百也。吾素读兵书，丞相诸事尚问于我，汝奈何相阻耶！"平曰："若参军欲在山上下寨，可分兵与我，自于山西下一小寨，为犄角之势。倘魏兵至，可以相应。"马谡不从。忽然山中居民，成群结队，飞奔而来，报说魏兵已到。王平欲辞去。马谡曰："汝既不听吾令，与汝五千兵自去下寨。待吾破了魏兵，到丞相面前须分不得功！"王平引兵离山十里下寨，画成图本，星夜差人去禀孔明，具说马谡自于山上下寨。

却说司马懿在城中，令次子司马昭去探前路：若街亭有兵守御，即当按兵不行。司马昭奉令探了一遍，回见父曰："街亭有兵守把。"懿叹曰："诸葛亮真乃神人，吾不如也！"昭笑曰："父亲何故自堕志气耶？——男料街亭易取。"懿问曰："汝安敢出此大言？"昭曰："男亲自哨见，当道并无寨栅，军皆屯于山上，故知可破也。"懿大喜曰："若兵果在山上，乃天使吾成功矣！"遂更换衣服，引百余骑亲自来看。是夜天晴月朗，直至山下，周围巡哨了一遍，方回。马谡在山上见之，大笑曰："彼若有命，不来围山！"传令与诸将："倘兵来，只见山顶上红旗招动，即四面皆下。"

却说司马懿回到寨中，使人打听是何将引兵守街亭。回报曰："乃马良之弟马谡也。"懿笑曰："徒有虚名，乃庸才耳！孔明用如此人物，如何不误事！"又问："街亭左右别有军否？"探马报曰："离山十里有王平安营。"懿乃命张郃引一军，挡住王平来路。又令申耽、申仪引两路兵围山，先断了汲水道路；待蜀兵自乱，然后乘势击之。当夜调度已定。次日天明，张郃引兵先往背后去了。司马懿大驱军马，一拥而进，把山四面围定。马谡在山上看时，只见魏兵漫山遍野，旌旗队伍，甚是严整。蜀兵见之，尽皆丧胆，不敢下山。马谡将红旗招动，军将你我相推，无一人敢动。谡大怒，自杀二将。众军惊惧，只得努力下山来冲魏兵。魏兵端然不动。蜀兵又退上山去。马谡见事不谐，教军紧守寨门，只等外应。

却说王平见魏兵到，引军杀来，正遇张郃；战有数十余合，平力穷势孤，只得退去。魏兵自辰时困至戌时，山上无水，军不得食，寨中大乱。嚷到半夜时分，山南蜀兵大开寨门，下山降魏。马谡禁止不住。司马懿又令人于沿山放火，山上蜀兵愈乱。马谡料守不住，只得驱残兵杀下山西逃奔。司马懿放条大路，让过马谡。背后张郃引兵追来。赶到三十余里，前面鼓角齐鸣，一彪军出，放过马谡，拦住张郃；视之，乃魏延也。延挥刀纵马，直取张郃。郃回军便走。延驱兵赶来，复夺街亭。赶到五十余里，一声喊起，两边伏兵齐出：左边司马懿，右边司马昭，却抄在魏延背后，把延困在垓心。张郃复来，三路兵合在一处。魏延左冲右突，不得脱身，折兵大半。正危急间，忽一彪军杀入，乃王平也。延大喜曰："吾得生矣！"二将合兵一处，大杀一阵，魏兵方退。二将慌忙奔回寨时，营中皆是魏兵旌旗。申耽、申仪从营中杀出。王平、魏延径奔列柳城，来投高翔。此时高翔闻知街亭有失，尽起列柳城之兵，前来救应，正遇延、平二人，诉说前事。高翔曰："不如今晚去劫魏寨，再复街亭。"当时三人在山坡下商议已定。待天色将晚，兵分三路。魏延引兵先进，径到街亭，不见一人，心中大疑，未敢轻进，且伏在路口等候。忽见高翔兵到，二人共说魏兵不知在何处。正没理会，又不见王平兵到。忽然一声炮响，火光冲天，鼓声震地：魏兵齐出，把魏延、高翔围在垓心。二人往来冲突，不得脱身。忽听得山坡后喊声若雷，一彪军杀入，乃是王平，救了高、魏二人，径奔列柳城来。比及奔到城下时，城边早有一军杀到，旗上大书"魏都督郭淮"字样。原来郭淮与曹真商议，恐司马懿得了全功，乃分淮来取街亭；闻知司马懿、张郃成了此功，遂引兵径袭列柳城。正遇三将，大杀一阵。蜀兵伤者极多。魏延恐阳平关有失，慌与王平、高翔望阳平关来。

却说郭淮收了军马，乃谓左右曰："吾虽不得街亭，却取了列柳城，亦是大功。"引兵径到城下叫门，只见城上一声炮响，旗帜皆竖，当头一面大旗，上书"平西都督司马懿"。懿撑起悬空板，倚定护心木栏干，大笑曰："郭伯济来何迟也？"淮大惊曰："仲达神机，吾不及也！"遂入城。相见已毕，懿曰："今街亭已失，诸葛亮必走。公可速与子丹星夜追之。"郭淮从其言，出城而去。懿唤张郃曰："子丹、伯济，恐吾全获大功，故来取此城池。吾非独欲成功，乃侥幸而已。吾料魏延、王平、马谡、高翔等辈，必先去据阳平关。吾若去取此关，诸葛亮必随后掩杀，中其计矣。兵法云：'归师勿掩，穷寇莫追。'汝可从小路抄箕谷退兵。吾自引兵当斜谷之兵。若彼败走，不可相拒，只宜中途截住：蜀兵辎重，可尽得也。"张郃受计，引兵一半去了。懿下令："竟取斜谷，由西城而进。——西城虽山僻小县，乃蜀兵屯粮之所，又南安、天水、安定三郡总路。——若得此城，三郡可复矣。"于是司马懿留申耽、申仪守列柳城，自领大军望斜谷进发。

却说孔明自令马谡等守街亭去后，犹豫不定。忽报王平使人送图本至。孔明唤入，左右呈上图本。孔明就文几上拆开视之，拍案大惊曰："马谡无知，坑陷吾军矣！"左右问曰："丞相何故失惊？"孔明曰："吾观此图本，失却要路，占山为寨。倘魏兵大至，四面围合，断汲水道路，不须二日，军自乱矣。若街亭有失，吾等安归？"长史杨仪进曰："某虽不才，愿替马幼常回。"孔明将安营之法，一一分付与杨仪。——正待要行，忽报马到来，说："街亭、列柳城，尽皆失了！"孔明跌足长叹曰："大事去矣！——此吾之过也！"急唤关兴、张苞分付曰："汝二人各引三千精兵，投武功山小路而行。如遇魏兵，不可大击，只鼓噪呐喊，为疑兵惊之。彼当自走，亦不可追。待军退尽，便投阳平关去。"又令张翼先引军去修理剑阁，以备归路。又密传号令，教大军暗暗收拾行装，以备起程。又令马岱、姜维断后，先伏于山谷中，待诸军退尽，方始收兵。又差心腹人，分路报与天水、南安、安定三郡官吏军民，皆入汉中。又遣心腹人到冀县搬取姜维老母，送入汉中。

孔明分拨已定，先引五千兵退去西城县搬运粮草。忽然十余次飞马报到，说："司马懿引大军十五万，望西城蜂拥而来！"时孔明身边别无大将，只有一班文官，所引五千军，已分一半先运粮草去了，只剩二千五百军在城中。众官听得这个消息，尽皆失色。孔明登城望之，果然尘土冲天，魏兵分两路望西城县杀来。孔明传令，教"将旌旗尽皆隐匿；诸军各守城铺，如有妄行出入，及高言大语者，斩之！大开四门，每一门用二十军士，扮作百姓，洒扫街道。如魏兵到时，不可擅动，吾自有计。"孔明乃披鹤氅，戴纶巾，引二小童携琴一张，于城上敌楼前，凭栏而坐，焚香操琴。

却说司马懿前军哨到城下，见了如此模样，皆不敢进，急报与司马懿。懿笑而不信，遂止住三军，自飞马远远望之。果见孔明坐于城楼之上，笑容可掬，焚香操琴。左有一童子，手捧宝剑；右有一童子，手执麈尾。城门内外，有二十余百姓，低头洒扫，傍若无人。懿看毕大疑，便到中军，教后军作前军，前军作后军，望北山路而退。次子司马昭曰："莫非诸葛亮无军，故作此态？父亲何故便退兵？"懿曰："亮平生谨慎，不曾弄险。今大开城门，必有埋伏。我兵若进，中其计也。汝辈岂知？宜速退。"于是两路兵尽皆退去。孔明见魏军远去，抚掌而笑。众官无不骇然，乃问孔明曰："司马懿乃魏之名将，今统十五万精兵到此，见了丞相，便速退去，何也？"孔明曰："此人料吾生平谨慎，必不弄险；见如此模样，疑有伏兵，所以退去。吾非行险，盖因不得已而用之。此人必引军投山北小路去也。吾已令兴、苞二人在彼等候。"众皆惊服曰："丞相之机，神鬼莫测。若某等之见，必弃城而走矣。"孔明曰："吾兵止有二千五百，若弃城而走，必不能远遁。得不为司马懿所擒乎？"后人有诗赞曰：

瑶琴三尺胜雄师，诸葛西城退敌时。
十五万人回马处，土人指点到今疑。

言讫，拍手大笑，曰："吾若为司马懿，必不便退也。"遂下令，教西城百姓，随军入汉中：司马懿必将复来。于是孔明离西城望汉中而走。天水、安定、南安三郡官吏军民，陆续而来。

却说司马懿望武功山小路而走。忽然山坡后喊杀连天，鼓声震地。懿回顾二子曰："吾若不走，必中诸葛亮之计矣。"只见大路上一军杀来，旗上大书："右护卫使虎翼将军张苞"。魏兵皆弃甲抛戈而走。行不到一程，山谷中喊声震地，鼓角喧天，前面一杆大旗，上书："左护卫使龙骧将军关兴"。山谷应声，不知蜀兵多少；更兼魏军心疑，不敢久停，只得尽弃辎重而去。兴、苞二人皆遵将令，不敢追袭，多得军器粮草而归。司马懿见山谷中皆有蜀兵，不敢出大路，遂回街亭。此时曹真听知孔明退兵，急引兵追赶。山背后一声炮响，蜀兵漫山遍野而来：为首大将，乃是姜维、马岱。真大惊，急退军时，先锋陈造已被马岱所斩。真引兵鼠窜而还。蜀兵连夜皆奔回汉中。

却说赵云、邓芝伏兵于箕谷道中。闻孔明传令回军，云谓芝曰："魏军知吾兵退，必然来追。吾先引一军伏于其后，公却引兵打吾旗号，徐徐而退。吾一步步自有护送也。"

却说郭淮提兵再回箕谷道中，唤先锋苏颙分付曰："蜀将赵云，英勇无敌。汝可小心提防。彼军若退，必有计也。"苏颙欣然曰："都督若肯接应，某当生擒赵云。"遂引前部三千兵，奔入箕谷。看看赶上蜀兵，只见山坡后闪出红旗白字，上书："赵云"。苏颙急收兵退走。行不到数里，喊声大震，一彪军撞出；为首大将，挺枪跃马，大喝曰："汝识赵子龙否！"苏颙大惊曰："如何这里又有赵云？"措手不及，被云一枪刺死于马下。余军溃散。云迤逦前进，背后又一军到，乃郭淮部将万政也。云见魏兵追急，乃勒马挺枪，立于路口，待来将交锋。——蜀兵已去三十余里。——万政认得是赵云,不敢前进。云等得天色黄昏,方才拨回马缓缓而进。郭淮兵到,万政言赵云英勇如旧,因此不敢近前。淮传令教军急赶,政令数百骑壮士赶来。行至一大林,忽听得背后大喝一声曰:"赵子龙在此!"惊得魏兵落马者百余人,馀者皆越岭而去。万政勉强来敌,被云一箭射中盔缨,惊跌于涧中。云以枪指之曰:"吾饶汝性命回去!快教郭淮赶来!"万政脱命而回。云护送车仗人马,望汉中而去,沿途并无遗失。曹真、郭淮复夺三郡,以为己功。

却说司马懿分兵而进。此时蜀兵尽回汉中去了,懿引一军复到西城,因问遗下居民及山僻隐者,皆言孔明止有二千五百军在城中,又无武将,只有几个文官,别无埋伏。武功山小民告曰:"关兴、张苞,只各有三千军,转山呐喊,鼓噪惊追,又无别军,并不敢厮杀。"懿悔之不及,仰天叹曰:"吾不如孔明也!"遂安抚了诸处官民,引兵径还长安,朝见魏主。睿曰:"今日复得陇西诸郡,皆卿之功也。"懿奏曰:"今蜀兵皆在汉中,未尽剿灭。臣乞大兵并力收川,以报陛下。"睿大喜,令懿即便兴兵。忽班内一人出奏曰:"臣有一计,足可定蜀降吴。"正是:

　　　蜀中将相方归国,魏地君臣又逞谋。

未知后事如何,且听下回分解。

## 第九十六回　孔明挥泪斩马谡　周鲂断发赚曹休

却说献计者,乃尚书孙资也。曹睿问曰:"卿有何妙计?"资奏曰:"昔太祖武皇帝收张鲁时,危而后济,常对群臣曰:南郑之地,真为天狱。中斜谷道为五百里石穴,非用武之地。今若尽起天下之兵伐蜀,则东吴又将入寇。不如以现在之兵,分命大将据守险要,养精蓄锐。不过数年,中国日盛,吴、蜀二国必自相残害:那时图之,岂非胜算?乞陛下裁之。"睿乃问司马懿曰:"此论若何?"懿奏曰:"孙尚书所言极当。"睿从之,命懿分拨诸将守把险要,留郭淮、张郃守长安。大赏三军,驾回洛阳。

却说孔明回到汉中,计点军士,只少赵云、邓芝,心中甚忧;乃令关兴、张苞,各引一军接应。二人正欲起身,忽报赵云、邓芝到来,并不曾折一人一骑;辎重等器,亦无遗失。孔明大喜,亲引诸将出迎。赵云慌忙下马伏地曰:"败军之将,何劳丞相远接?"孔明急扶起,执手而言曰:"是吾不识贤愚,以致如此!各处兵将败损,惟子龙不折一人一骑,何也?"邓芝告曰:"某引兵先行,子龙独自断后,斩将立功,敌人惊怕,因此军资什物,不曾遗弃。"孔明曰:"真将军也!"遂取金五十斤以赠赵云,又取绢一万匹赏云部卒。云辞曰:"三军无尺寸之功,某等俱各有罪;若反受赏,乃丞相赏罚不明也。且请寄库,候今冬赐与诸军未迟。"孔明叹曰:"先帝在日,常称子龙之德,今果如此!"乃倍加钦敬。

忽报马谡、王平、魏延、高翔至。孔明先唤王平入帐，责之曰："吾令汝同马谡守街亭，当何不谏之，致使失事？"平曰："某再三相劝，要在当道筑土城，安营守把。参军大怒不从，某因此自引五千军离山十里下寨。魏兵骤至，把山四面围合，某引兵冲杀十余次，皆不能入。次日土崩瓦解，降者无数。某孤军难立，故投魏文长求救。半途又被魏兵团在山谷之中，某奋死杀出。比及归寨，早被魏兵占了。及投列柳城时，路逢高翔，遂分兵三路去劫魏寨，指望克复街亭。因见街亭并无伏路军，以此心疑。登高望之，只见魏延、高翔被魏兵围住，某即杀入重围，救出二将，就同参军并在一处。某恐失却阳平关，因此急来回守。非某之不谏也。丞相不信，可问各部将校。"孔明喝退，又唤马谡入帐。

谡自缚跪于帐前。孔明变色曰："汝自幼饱读兵书，熟谙战法。吾累次丁宁告戒：街亭是吾根本。汝以全家之命，领此重任。汝若早听王平之言，岂有此祸？今败军折将，失地陷城，皆汝之过也！若不明正军律，何以服众？汝今犯法，休得怨吾。汝死之后，汝之家小，吾按月给与禄粮，汝不必挂心。"叱左右推出斩之。谡泣曰："丞相视某如子，某以丞相为父。某之死罪，实已难逃；愿丞相思舜帝殛鲧用禹之义，某虽死亦无恨于九泉！"言讫大哭。孔明挥泪曰："吾与汝义同兄弟，汝之子即吾之子也，不必多嘱。"左右推出马谡于辕门之外，将斩。参军蒋琬自成都至，见武士欲斩马谡，大惊，高叫："留人！"入见孔明曰："昔楚杀得臣而文公喜。今天下未定，而戮智谋之臣，岂不可惜乎？"孔明流涕而答曰："昔孙武所以能制胜天下者，用法明也。今四方分争，兵戈方始，若复废法，何以讨贼耶？合当斩之。"须臾，武士献马谡首级于阶下。孔明大哭不已。蒋琬问曰："今幼常得罪，既正军法，丞相何故哭耶？"孔明曰："吾非为马谡而哭。吾想先帝在白帝城临危之时，曾嘱吾曰：'马谡言过其实，不可大用。'今果应此言。乃深根己之不明，追思先帝之言，因此痛哭耳！"大小将士，无不流涕。马谡亡年三十九岁，时建兴六年夏五月也。后人有诗曰："失守街亭罪不轻，堪嗟马谡枉谈兵。辕门斩首严军法，拭泪犹思先帝明。"

却说孔明斩了马谡，将首级遍示各营已毕，用线缝在尸上，具棺葬之，自修祭文享祀；将谡家小加意抚恤，按月给与禄米。于是孔明自作表文，令蒋琬申奏后主，请自贬丞相之职。琬回成都，入见后主，进上孔明表章。后主拆视之。表曰："臣本庸才，叨窃非据，亲秉旄钺，以励三军。不能训章明法，临事而惧，至有街亭违命之阙，箕谷不戒之失，咎皆在臣，授任无方。臣明不知人，恤事多暗，《春秋》责帅，臣职是当。请自贬三等，以督厥咎。臣不胜惭愧，俯伏待命！"

后主览毕曰："胜负兵家常事，丞相何出此言？"侍中费祎奏曰："臣闻治国者，必以奉法为重。法若不行，何以服人。丞相败绩，自行贬降，正其宜也。"后主从之，乃诏贬孔明为右将军，行丞相事，照旧总督军马，就命费祎赍诏到汉中。

　　孔明受诏贬降讫，祎恐孔明羞赧，乃贺曰："蜀中之民，知丞相初拔四县，深以为喜。"孔明变色曰："是何言也！得而复失，与不得同。公以此贺我，实足使我愧赧耳。"祎又曰："近闻丞相得姜维，天子甚喜。"孔明怒曰："兵败师还，不曾夺得寸土，此吾之大罪也。量得一姜维，于魏何损？"祎又曰："丞相现统雄师数十万，可再伐魏乎？"孔明曰："昔大军屯于祁山、箕谷之时，我兵多于贼兵，而不能破贼，反为贼所破：此病不在兵之多寡，在主将耳。今欲减兵省将，明罚思过，较变通之道于将来；如其不然，虽兵多何用？自今以后，诸人有远虑于国者，但勤攻吾之阙，责吾之短，则事可定，贼可灭，功可翘足而待矣。"费祎诸将皆服其论。费祎自回成都。孔明在汉中，惜军爱民，励兵讲武，置造攻城渡水之器，聚积粮草，预备战筏，以为后图。

　　……

〔注释〕

　　〔1〕《三国演义》：原文据人民文学出版社 1973 年版移录。

（张燕瑾　校录）

# 水　浒　传[1]

施耐庵　罗贯中

## 第十回　林教头风雪山神庙　陆虞候火烧草料场

诗曰：
　　天理昭昭不可诬，莫将奸恶作良图。
　　若非风雪沽村酒，定被焚烧化朽枯。
　　自谓冥中施计毒，谁知暗里有神扶。
　　最怜万死逃生地，真是瑰奇伟丈夫。

　　话说当日林冲正闲走间，忽然背后人叫，回头看时，却认得是酒生儿李小二。当初在东京时，多得林冲看顾。这李小二先前在东京时，不合偷了店主人家财，被捉住了，要送官司问罪。却得林冲主张陪话，救了他免送官司，又与他陪了些钱财，方得脱免。京中安不得身，又亏林冲赍发他盘缠，于路投奔人，不想今日却在这里撞见。林冲道："小二哥，你如何也在这里？"李小二便拜道："自从得恩人救济，赍发小人，一地里投奔人不着，迤逦不想来到沧州，投托一个酒店里，姓王，留小人在店中做过卖。因见小人勤谨，安排的好菜蔬，调和的好汁水，来吃的人都喝采，以此买卖顺当。主人家有个女儿，就招了小人做女婿。如今丈人丈母都死了，只剩得小人夫妻两个，权在营前开了个茶酒店。因讨钱过来，遇见恩人。恩人不知为何事在这里？"林冲指着脸上道："我因恶了高太尉，生事陷害，受了一场官司，刺配到这里。如今叫我管天王堂，未知久后如何。不想今日到此遇见。"

　　李小二就请林冲到家里面坐定，叫妻子出来拜了恩人。两口儿欢喜道："我夫妻二人正没个亲眷，今日得恩人到来，便是从天降下。"林冲道："我是罪囚，恐怕玷辱你夫妻两个。"李小二道："谁不知恩人大名，休恁地说。但有衣服，便拿来家里浆洗缝补。"当时管待林冲酒食，至晚送回天王堂。次日，又来相请。因此，林冲得李小二家来往，不时间送汤送水来营里与林冲吃。林冲因见他两口儿恭勤孝顺，常把些银两与他做本钱，不在话下。有诗为证：
　　　　才离寂寞神堂路，又守萧条草料场。
　　　　李二夫妻能爱客，供茶送酒意偏长。

　　且把闲话休题，只说正话。迅速光阴，却早冬来。林冲的绵衣裙袄，都是李小二浑家整治缝补。忽一日，李小二正在门前安排菜蔬下饭，只见一个人闪将进来，酒店里坐下，随后又一人入来。看时，前面那个人是军官打扮，后面这走卒模样，跟着也来坐下。李小二入来问道："要吃酒？"只见那个人将出一两银子与小二道："且收放柜上，取三四瓶好酒来。客到时，果品酒馔只顾将来，不必要问。"李小二道："官人请甚客？"那人道："烦你与我去营里请管营、差拨两个来说话。问时，你只说有个官人请说话，商议些事务。专等，专等。"李小二应承了，来到牢城里，先请了差拨，同到管营家里，请了管营，都到酒店里。只见那个官人和管营、差拨两个讲了礼。管营道："素不相识，动问官人高姓大名？"那人道："有书在此，少刻便知。且取酒来。"李小二连忙开了酒，一面铺下菜蔬果品酒馔。那人叫讨副劝盘来，把了盏，相让坐了。小二独自一个，挥梭也似伏侍不暇。那跟来的人讨了汤桶，自行盪酒。约计吃过十数杯，再讨了按酒，铺放桌上。只见那人说道："我自有伴当盪酒，不叫你休来。我等自要说话。"

李小二应了，自来门首叫老婆道："大姐，这两个人来的不尴尬。"老婆道："怎么的不尴尬？"小二道："这两个人语言声音是东京人，初时又不认得管营，向后我将按酒入去，只听得差拨口里讷出一句'高太尉'三个字来。这人莫不与林教头身上有些干碍？我自在门前理会，你且去阁子背后，听说甚么。"老婆道："你去营中寻林教头来，认他一认。"李小二道："你不省得，林教头是个性急的人，摸不着便要杀人放火。倘或叫的他来看了，正是前日说的甚么陆虞候，他肯便罢？做出事来，须连累了我和你。你只去听一听，再理会。"老婆道："说的是。"便入去听了一个时辰，出来说道："他那三四个交头接耳说话，正不听得说甚。只见那一个军官模样的人，去伴当怀里取出一帕子物事，递与管营和差拨。帕子里面的莫不是金银？只听差拨口里说道：'都在我身上，好歹要结果了他性命。'"正说之间，阁子里叫："将汤来。"李小二急去里面换汤时，看见管营手里拿着一封书。小二换了汤，添些下饭。又吃了半个时辰，算还了酒钱，管营、差拨先去了。次后，那两个低着头也去了。转背没多时，只见林冲走将入店里来，说道："小二哥，连日好买卖？"李小二慌忙道："恩人请坐，小人却待正要寻恩人，有些要紧话说。"有诗为证：

潜为奸计害英雄，一线天教把信通。
亏杀有情贤李二，暗中回护有奇功。

当下林冲问道："甚么要紧的事？"小二哥请林冲到里面坐下，说道："却才有个东京来的尴尬人，在我这里请管营、差拨吃了半日酒。差拨口里讷出高太尉三个字来。小人心下疑，又着浑家听了一个时辰，他却交头接耳说话，都不听得。临了，只见差拨口里应道：'都在我两个身上，好歹要结果了他。'那两个把一包金银递与管营、差拨，又吃一回酒，各自散了。不知甚么样人。小人心下疑，只怕恩人身上有些妨碍。"林冲道："那人生得甚么模样？"李小二道："五短身材，白净面皮，没甚髭须，约有三十余岁。那跟的也不长大，紫棠色面皮。"林冲听了大惊道："这三十岁的正是陆虞候。那泼贱贼也敢来这里害我！

休要撞着我，只教他骨肉为泥！"李小二道："只要提防他便了，岂不闻古人言：吃饭防噎，走路防跌。"林冲大怒，离了李小二家，先去街上买把解腕尖刀，带在身上，前街后巷一地里去寻。李小二夫妻两个，捏着两把汗。

当晚无事，次日天明起来，早洗漱罢，带了刀又去沧州城里城外，小街夹巷，团团寻了一日。牢城营里都没动静。林冲又来对李小二道："今日又无事。"小二道："恩人，只愿如此。只是自放仔细便了。"林冲自回天王堂，过了一夜。街上寻了三五日，不见消耗，林冲也自心下慢了。到第六日，只见管营叫唤林冲到点视厅上，说道："你来这里许多时，柴大官人面皮，不曾抬举你。此间东门外十五里，有座大军草场，每月但是纳草纳料的，有些常例钱取觅，原是一个老军看管。我如今抬举你去替那老军来守天王堂，你在那里闯几贯盘缠。你可和差拨便去那里交割。"林冲应道："小人便去。"当时离了营中，径到李小二家，对他夫妻两个说道："今日管营拨我去大军草场管事，却如何？"李小二道："这个差使又好似天王堂。那里收草料时，有些常例钱钞。往常不使钱时，不能勾这差使。"林冲道："却不害我，倒与我好差使，正不知何意？"李小二道："恩人休要疑心，只要没事便好了。只是小人家离得远了，过几时那工夫来望恩人。"就时家里安排几杯酒，请林冲吃了。

话不絮烦，两个相别了。林冲自来天王堂，取了包裹，带了尖刀，拿了条花枪，与差拨一同辞了管营，两个取路投草料场来。正是严冬天气，彤云密布，朔风渐起，却早纷纷扬扬卷下一天大雪来。那雪早下得密了。怎见得好雪？有《临江仙》词为证：

　　作阵成团空里下，这回忒杀堪怜。剡溪冻住子猷船。玉龙鳞甲舞，江海尽平填。　　宇宙楼台都压倒，长空飘絮飞绵。三千世界玉相连。冰交河北岸，冻了十余年。

大雪下的正紧，林冲和差拨两个在路上又没买酒吃处，早来到草料场外。看时，一周遭有些黄土墙，两扇大门。推开看里面时，七八间草房做着仓廒，四下里都是马草堆，中间两座草厅。到那厅里，只见那老军在里面向火。差拨说道："管营差这个林冲来替你回天王堂看守，你可即便交割。"老军拿了钥匙，引着林冲，分付道："仓廒内自有官司封记，这几堆草一堆堆都有数目。"老军都点见了堆数，又引林冲到草厅上。老军收拾行李，临了说道："火盆、锅子、碗碟，都借与你。"林冲道："天王堂内我也有在那里，你要便拿了去。"老军指壁上挂一个大葫芦，说道："你若买酒吃时，只出草场，投东大路去三二里，便有市井。"老军自和差拨回营里来。

只说林冲就床上放了包裹被卧，就坐下生些焰火起来。屋边有一堆柴炭，拿几块来生在地炉里。仰面看那草屋时，四下里崩坏了，又被朔风吹撼，摇振得动。林冲道："这屋如何过得一冬？待雪晴了，去城中唤个泥水匠来修理。"向了一回火，觉得身上寒冷，寻思："却才老军所说五里路外有那市井，何不去沽些酒来吃？"便去包里取些碎银子，把花枪挑了酒葫芦，将火炭盖了，取毡笠子戴上，拿了钥匙，出来把草厅门拽上。出到大门首，把两扇草场门反拽上锁了，带了钥匙，信步投东。雪地里踏着碎琼乱玉，迤逦背着北风而行。那雪正下得紧。

行不上半里多路，看见一所古庙。林冲顶礼道："神明庇佑，改日来烧钱纸。"又行了一回，望见一簇人家。林冲住脚看时，见篱笆中挑着一个草帚儿在露天里。林冲径到店里，主人道："客人那里来？"林冲道："你认得这个葫芦么？"主人看了道："这葫芦是草料场老军的。"林冲道："如何便认的？"店主道："既是草料场看守大哥，且请少坐。天气寒冷，且酌三杯权当接风。"店家切一盘熟牛肉，盪一壶热酒，请林冲吃。又自买了些牛肉，又吃了数杯，就又买了一葫芦酒，包了那两块牛肉，留下碎银子，把花枪挑了酒葫芦，怀内揣了牛肉，叫声相扰，便出篱笆门，依旧迎着朔风回来。看那雪，到晚越下的紧了。古时有个书生，做了一个词，单题那贫苦的恨雪：

广莫严风刮地，这雪儿下的正好。扯絮挦绵，裁几片大如栲栳。见林间竹屋茅茨，争些儿被他压倒。富室豪家，却言道压瘴犹嫌少。向的是兽炭红炉，穿的是绵衣絮袄。手捻梅花，唱道国家祥瑞，不念贫民些小。高卧有幽人，吟咏多诗草。

再说林冲踏着那瑞雪，迎着北风，飞也似奔到草场门口，开了锁，入内看时，只叫得苦。原来天理昭然，佑护善人义士，因这场大雪，救了林冲的性命。那两间草厅已被雪压倒了。林冲寻思："怎地好？"放下花枪、葫芦在雪里，恐怕火盆内有火炭延烧起来，搬开破壁子，探半身入去摸时，火盆内火种都被雪水浸灭了。林冲把手床上摸时，只拽得一条絮被。林冲钻将出来，见天色黑了，寻思："又没打火处，怎生安排？"想起离了这半里路上，有个古庙，可以安身。"我且去那里宿一夜，等到天明却做理会。"把被卷了，花枪挑着酒葫芦，依旧把门拽上锁了，望那庙里来。入的庙门，再把门掩上，傍边止有一块大石头，掇将过来，靠了门。入的里面看时，殿上做着一尊金甲山神，两边一个判官，一个小鬼，侧边堆着一堆纸。团团看来，又没邻舍，又无庙主。林冲把枪和酒葫芦放在纸堆上，将那条絮被放开，先取下毡笠子，把身上雪都抖了，把上盖白布衫脱将下来，早有五分湿了，和毡笠放在供桌上，把被扯来盖了半截下身。却把葫芦冷酒提来便吃，就将怀中牛肉下酒。正吃时，只听得外面必必剥剥地爆响。林冲跳起身来，就壁缝里看时，只见草料场里火起，刮刮杂杂烧着。看那火时，但见：

一点灵台，五行造化，丙丁在世传流。无明心内，灾祸起沧州。烹铁鼎能成万物，铸金丹还与重楼。思今古，南方离位，荧惑最为头。绿窗归焰烬，隔花深处，掩映钓渔舟。鏖兵赤壁，公瑾喜成谋。李晋王醉存馆驿，田单在即墨驱牛。周褒姒骊山一笑，因此戏诸侯。

当时张见草场内火起，四下里烧着，林冲便拿枪，却待开门来救火，只听得前面有人说将话来。林冲就伏在庙听时,是三个人脚步声,且奔庙里来。用手推门,却被林冲靠住了,推也推不开。三人在庙檐下立地看火,数内一个道:"这条计好么?"一个应道:"端的亏管营、差拨两位用心。回到京师,禀过太尉,都保你二位做大官。这番张教头没的推故。"那人道:"林冲今番直吃我们对付了,高衙内这病必然好了。"又一个道:"张教头那厮,三回五次托人情去说'你的女婿殁了',张教头越不肯应承。因此衙内病患看着重了,太尉特使俺两个央浼二位干这件事,不想而今完备了。"又一个道:"小人直爬入墙里去,四下草堆上点了十来个火把,待走那里去!"那一个道:"这早晚烧个八分过了。"又听一个道:"便逃得性命时,烧了大军草料场,也得个死罪。"又一个道:"我们回城里去罢。"一个道:"再看一看,拾得他一两块骨头回京,府里见太尉和衙内时,也道我们也能会干事。"

林冲听那三个人时,一个是差拨,一个是陆虞候,一个是富安。林冲道:"天可怜见林冲,若不是倒了草厅,我准定被这厮们烧死了。"轻轻把石头掇开,挺着花枪,一手拽开庙门,大喝一声:"泼贼那里去!"三个人急要走时,惊得呆了,正走不动。林冲举手肐察的一枪,先戳倒差拨。陆虞候叫声:"饶命!"吓的慌了手脚,走不动。那富安走不到十来步,被林冲赶上,后心只一枪,又戳倒了。翻身回来,陆虞候却才行的三四步,林冲喝声道:"奸贼!你待那里去!"批胸只一提,丢翻在雪地上,把枪搠在地里,用脚踏住胸脯,身边取出那口刀来,便去陆谦脸上阁着,喝道:泼贼!我自来又和你无甚么冤仇,你如何这等害我!正是杀人可恕,情理难容。"陆虞候告道:"不干小人事,太尉差遣,不敢不来。"林冲骂道:"奸贼,我与你自幼相交,今日倒来害我,怎不干你事!且吃我一刀。"把陆谦上身衣服扯开,把尖刀向心窝里只一剜,七窍迸出血来,将心肝提在手里。回头看时,差拨正爬将起来要走。林冲按住喝道:"你这厮原来也恁的歹!且吃我一刀。"又早把头割下来,挑在枪上。回来把富安、陆谦头都割下来,把尖刀插了,将三个人头发结做一处,提入庙里来,都摆在山神面前供桌上。再穿了白布衫,系了搭膊,把毡笠子带上,将葫芦里冷酒都吃尽了。被与葫芦都丢了不要,提了枪,便出庙门投东去。走不到三五里,早见近村人家都拿着水桶、钩子来救火。林冲道:"你们快去救应,我去报官了来。"提着枪只顾走。那雪越下的猛,但见:

  凛凛严凝雾气昏,空中祥瑞降纷纷。须臾四野难分路,顷刻千山不见痕。银世界,玉乾坤,望中隐隐接昆仑。若还下到三更后,仿佛填平玉帝门。

  ……

〔注释〕

  〔1〕《水浒传》,人民文学出版社1997年版。

(张庆民　校录)

# 西　游　记[1]

吴承恩

## 第五回　乱蟠桃大圣偷丹　反天宫诸神捉怪

　　话表齐天大圣到底是个妖猴，更不知官衔品从，也不较俸禄高低，但只注名便了。那齐天府下二司仙吏，早晚伏侍，只知日食三餐，夜眠一榻，无事牵萦，自由自在。闲时节会友游宫，交朋结义。见三清，称个"老"字；逢四帝，道个"陛下"。与那九曜星、五方将、二十八宿、四大天王、十二元辰、五方五老、普天星相、河汉群神，俱只以弟兄相待，彼此称呼。今日东游，明日西荡，云去云来，行踪不定。

　　一日，玉帝早朝，班部中闪出许旌阳真人，颎囟启奏道："今有齐天大圣，无事闲游，结交天上众星宿，不论高低，俱称朋友。恐后闲中生事。不若与他一件事管，庶免别生事端。"玉帝闻言，即时宣诏。那猴王欣欣然而至，道："陛下，诏老孙有何升赏？"玉帝道："朕见你身闲无事，与你件执事。你且权管那蟠桃园，早晚好生在意。"大圣欢喜谢恩，朝上唱喏而退。

　　他等不得穷忙，即入蟠桃园内查勘。本园中有个土地拦住，问道："大圣何往？"大圣道："吾奉玉帝点差，代管蟠桃园，今来查勘也。"那土地连忙施礼，即呼那一班锄树力士、运水力士、修桃力士、打扫力士都来见大圣磕头，引他进去。但见那：

　　　　夭夭灼灼，颗颗株株。夭夭灼灼花盈树，颗颗株株果压枝。果压枝头垂锦弹，花盈树上簇胭脂。时开时结千年熟，无夏无冬万载迟。先熟的，酡颜醉脸；还生的，带蒂青皮。凝烟肌带绿，映日显丹姿。树下奇葩并异卉，四时不谢色齐齐。左右楼台并馆舍，盈空常见罩云霓。不是玄都凡俗种，瑶池王母自栽培。

　　大圣看玩多时，问土地道："此树有多少株数？"土地道："有三千六百株：前面一千二百株，花微果小，三千年一熟，人吃了成仙了道，体健身轻。中间一千二百株，层花甘实，六千年一熟，人吃了霞举飞升，长生不老。后面一千二百株，紫纹缃核，九千年一熟，人吃了与天地齐寿，日月同庚。"大圣闻言，欢喜无任。当日查明了株树，点看了亭阁，回府。自此后，三五日一次赏玩，也不交友，也不他游。

　　一日，见那老树枝头，桃熟大半，他心里要吃个尝新。奈何本园土地、力士并齐天府仙吏紧随不便。忽设一计道："汝等且出门外伺候，让我在这亭上少憩片时。"那众仙果退。只见那猴王脱了冠服，爬上大树，拣那熟透的大桃，摘了许多，就在树枝上自在受用。吃了一饱，却才跳下树来，簪冠着服，唤众等仪从回府。迟三二日，又去设法偷桃，尽他享用。

一朝，王母娘娘设宴，大开宝阁，瑶池中做"蟠桃胜会"，即着那红衣仙女、青衣仙女、素衣仙女、皂衣仙女、紫衣仙女、黄衣仙女、绿衣仙女，各顶花篮，去蟠桃园摘桃建会。七衣仙女直至园门首，只见蟠桃园土地、力士同齐天府二司仙吏，都在那里把门。仙女近前道："我等奉王母懿旨，到此摘桃设宴。"土地道："仙娥且住。今岁不比往年了，玉帝点差齐天大圣在此督理，须是报大圣得知，方敢开园。"仙女道："大圣何在？"土地道："大圣在园内，因困倦，自家在亭子上睡哩。"仙女道："既如此，寻他去来，不可迟误。"土地即与同进。寻至花亭不见，只有衣冠在亭，不知何往。四下里都没寻处。原来大圣耍了一会，吃了几个桃子，变做二寸长的个人儿，在那大树梢头浓叶之下睡着了。七衣仙女道："我等奉旨前来，寻不见大圣，怎敢空回？"旁有仙使道："仙娥既奉旨来，不必迟疑。我大圣闲游惯了，想是出园会友去了。汝等且去摘桃。我们替你回话便是。"那仙女依言，入树林之下摘桃。先在前树摘了二篮，又在中树摘了三篮；到后树上摘取，只见那树上花果稀疏，止有几个毛蒂青皮的。原来熟的都是猴王吃了。七仙女张望东西，只见向南枝上止有一个半红半白的桃子。青衣女用手扯下枝来，红衣女摘了，却将枝子望上一放。原来那大圣变化了，正睡在此枝，被他惊醒。大圣即现本相，耳躲里掣出金箍棒，幌一幌，碗来粗细，咄的一声道："你是那方怪物，敢大胆偷摘我桃！"慌得那七仙女一齐跪下道："大圣息怒。我等不是妖怪，乃王母娘娘差来的七衣仙女，摘取仙桃，大开宝阁，做'蟠桃胜会'。适至此间，先见了本园土地等神，寻大圣不见。我等恐迟了王母懿旨，是以等不得大圣，故先在此摘桃，万望恕罪。"大圣闻言，回嗔作喜道："仙娥请起。王母开阁设宴，请的是谁？"仙女道："上会自有旧规。请的是西天佛老、菩萨、圣僧、罗汉，南方南极观音，东方崇恩圣帝、十洲三岛仙翁，北方北极玄灵，中央黄极黄角大仙，这个是五方五老。还有五斗星君，上八洞三清、四帝、太乙天仙等众，中八洞玉皇、九垒、海岳神仙；下八洞幽冥教主、注世地仙。各宫各殿大小尊神，俱一齐赴蟠桃嘉会。"大圣笑道："可请我么？"仙女道："不曾听得说。"大圣道："我乃齐天大圣，就请我老孙做个席尊，有何不可？"仙女道："此是上会旧规，今会不知如何。"大圣道："此言也是，难怪汝等。你且立下，待老孙先去打听个消息，看可请老孙不请。"

好大圣，捻着诀，念声咒语，对众仙女道："住！住！住！"这原来是个定身法，把那七衣仙女，一个个睖睖睁睁，白着眼，都站在桃树之下。大圣纵朵祥云，跳出园内，竟奔瑶池路上而去。正行时，只见那壁厢：

一天瑞霭光摇曳，五色祥云飞不绝。白鹤声鸣振九皋，紫芝色秀分千叶。中间现出一尊仙，相貌昂然丰采别。神舞虹霓幌汉霄，腰悬宝篆无生灭。名称赤脚大罗仙，特赴蟠桃添寿节。

那赤脚大仙觌面撞见大圣，大圣低头定计，赚哄真仙，他要暗去赴会，却问："老道何往？"大仙道："蒙王母见招，去赴蟠桃嘉会。"大圣道："老道不知。玉帝因老孙筋斗云疾，着老孙五路邀请列位，先至通明殿下演礼，后方去赴宴。"大仙是个光明正大之人，就以他的诳语作真。道："常年就在瑶池演礼谢恩，如何先去通明殿演礼，方去瑶池赴会？"无奈，只得拨转祥云，径往通明殿去了。

大圣驾着云，念声咒语，摇身一变，就变做赤脚大仙模样，前奔瑶池。不多时，直至宝阁，按住云头，轻轻移步，走入里面。只见那里：

　　琼香缭绕，瑞霭缤纷。瑶台铺彩结，宝阁散氤氲。凤翥鸾翔形缥缈，金花玉萼影浮沉。上排着九凤丹霞扆，八宝紫霓墩。五彩描金桌，千花碧玉盆。桌上有龙肝和凤髓，熊掌与猩唇。珍馐百味般般美，异果嘉肴色色新。

那里铺设得齐齐整整，却还未有仙来。这大圣点看不尽，忽闻得一阵酒香扑鼻；忽转头，见右壁厢长廊之下，有几个造酒的仙官，盘糟的力士，领几个运水的道人，烧火的童子，在那里洗缸刷瓮，已造成了玉液琼浆，香醪佳酿。大圣止不住口角流涎，就要去吃，奈何那些人都在这里。他就弄个神通，把毫毛拔下几根，丢入口中嚼碎，喷将出去，念声咒语，叫"变！"即变做几个瞌睡虫，奔在众人脸上。你看那伙人，手软头低，闭眉合眼，丢了执事，都去盹睡。大圣却拿了些百味八珍，佳肴异品，走入长廊里面，就着缸，挨着瓮，放开量，痛饮一番。吃勾了多时，酕醄醉了。自揣自摸道："不好！不好！再过一会，请的客来，却不怪我？一时拿住，怎生是好？不如早回府中睡去也。"

好大圣，摇摇摆摆，仗着酒，任情乱撞，一会把路差了；不是齐天府，却是兜率天宫。一见了，顿然醒悟道："兜率宫是三十三天之上，乃离恨天太上老君之处，如何错到此间？——也罢！也罢！一向要来望此老，不曾得来，今趁此残步，就望他一望也好。"即整衣撞进去。那里不见老君，四无人迹。原来那老君与燃灯古佛在三层高阁朱陵丹台上讲道，众仙童、仙将、仙官、仙吏，都侍立左右听讲。这大圣直至丹房里面，寻访不遇，但见丹灶之旁，炉中有火。炉左右安放着五个葫芦，葫芦里都是炼就的金丹。大圣喜道："此物乃仙家之至宝。老孙自了道以来，识破了内外相同之理，也要炼些金丹济人，不期到家无暇；今日有缘，却又撞着此物，趁老子不在，等我吃他几丸尝新。"他就把那葫芦都倾出来，就都吃了，如吃炒豆相似。

一时间丹满酒醒。又自己揣度道："不好！不好！这场祸，比天还大；若惊动玉帝，性命难存。走！走！走！不如下界为王去也！"他就跑出兜率宫，不行旧路，从西天门，使个隐身法逃去。即按云头，回至花果山界。但见那旌旗闪灼，戈戟光辉，原来是四健将与七十二洞妖王，在那里演习武艺。大圣高叫道："小的们！我来也！"众怪丢了器械，跪倒道："大圣好宽心！丢下我等许久，不来相顾！"大圣道："没多时！没多时！"且说且行，径入洞天深处。四健将打扫安歇，叩头礼拜毕。俱道："大圣在天这百十年，实受何职？"大圣笑道："我记得才半年光景，怎么就说百十年话？"健将道："在天一日，即在下方一年也。"大圣道："且喜这番玉帝相爱，果封做'齐天大圣'，起一座齐天府，又设安静、宁神二司，司设仙吏侍卫。向后见我无事，着我代管蟠桃园。近因王母娘娘设'蟠桃大会'，未曾请我，是我不待他请，先赴瑶池，把他那仙品、仙酒，都是我偷吃了。走出瑶池，踉踉跄跄误入老君宫阙，又把他五个葫芦金丹也偷吃了。但恐玉帝见罪，方才走出天门来也。"

众怪闻言大喜。即安排酒果接风，将椰酒满斟一石碗奉上。大圣喝了一口，即龇牙俫嘴道："不好吃！不好吃！"崩、芭二将道："大圣在天宫，吃了仙酒、仙肴，是以椰酒不甚美口。常言道：'美不美，乡中水。'"大圣道："你们就是'亲不亲，故乡人。'我今早在瑶池中受用时，见那长廊之下，有许多瓶罐，都是那玉液琼浆。你们都不曾尝着。待我再去偷他几瓶回来，你们各饮半杯，一个个也长生不老。"众猴欢喜不胜。大圣即出洞门，又翻一筋斗，使个隐身法，径至蟠桃会上。进瑶池宫阙，只见那几个造酒、盘糟、运水、烧火的，还鼾睡未醒。他将大的从左右胁下挟了两个，两手提了两个，即拨转云头回来，会众猴在于洞中，就做个"仙酒会"，各饮了几杯，快乐不题。

却说那七衣仙女自受了大圣的定身法术，一周天方能解脱。各提花篮，回奏王母，说道："齐天大圣使术法困住我等，故此来迟。"王母问道："汝等摘了多少蟠桃？"仙女道："只有两篮小桃，三篮中桃。至后面，大桃半个也无，想都是大圣偷吃了。及正寻间，不期大圣走将出来，行凶拷打，又问设宴请谁。我等把上会事说了一遍，他就定住我等，不知去向。直到如今，才得醒解回来。"

王母闻言，即去见玉帝，备陈前事。说不了，又见那造酒的一班人，同仙官等来奏："不知甚么人，搅乱了'蟠桃大会'，偷吃了玉液琼浆，其八珍百味，亦俱偷吃了。"又有四个大天师来奏上："太上道祖来了。"玉帝即同王母出迎。老君朝礼毕，道："老道宫中，炼了些'九转金丹'，伺候陛下做'丹元大会'，不期被贼偷去，特启陛下知之。"玉帝见奏，悚惧。少时，又有齐天府仙吏叩头道："孙大圣不守执事，自昨日出游，至今未转，更不知去向。"玉帝又添疑思。只见那赤脚大仙又颎凶上奏道："臣蒙王母诏昨日赴会，偶遇齐天大圣，对臣言万岁有旨，着他邀臣等先赴通明殿演礼，方去赴会。臣依他言语，即返至通明殿外，不见万岁龙车凤辇，又急来此俟候。"玉帝越发大惊道："这厮假传旨意，赚哄贤卿，快着纠察灵官缉访这厮踪迹！"

灵官领旨，即出殿遍访，尽得其详细。回奏道："搅乱天宫者，乃齐天大圣也。"又将前事尽诉一番。玉帝大恼。即差四大天王，协同李天王并哪吒太子，点二十八宿、九曜星官、十二元辰、五方揭谛、四值功曹、东西星斗、南北二神、五岳四渎、普天星相，共十万天兵，布一十八架天罗地网下界，去花果山围困，定捉获那厮处治。众神即时兴师，离了天宫。这一去，但见那：

  黄风滚滚遮天暗，紫雾腾腾罩地昏。只为妖猴欺上帝，致令众圣降凡尘。四大天王，五方揭谛：四大天王权总制，五方揭谛调多兵。李托塔中军掌号，恶哪吒前部先锋。罗睺星为头检点，计都星随后峥嵘。太阴星精神抖擞，太阳星照耀分明。五行星偏能豪杰，九曜星最喜相争。元辰星子午卯酉，一个个都是大力天丁。五瘟五岳东西摆，六丁六甲左右行。四渎龙神分上下，二十八宿密层层。角亢氐房为总领，奎娄胃昴惯翻腾。斗牛女虚危室壁，心尾箕星个个能，井鬼柳星张翼轸，轮枪舞剑显威灵。停云降雾临凡世，花果山前扎下营。

诗曰：

  天产猴王变化多，偷丹偷酒乐山窝。只因搅乱蟠桃会，十万天兵布网罗。

当时李天王传了令，着众天兵扎了营，把那花果山围得水泄不通。上下布了十八架天罗地网，先差九曜恶星出战。九曜即提兵径至洞外，只见那洞外大小群猴跳跃顽耍。星官厉声高叫道："那小妖！你那大圣在那里？我等乃上界差调的天神，到此降你这造反的大圣。教他快快来归降；若道半个'不'字，教汝等一概遭诛！"那小妖慌忙传入道："大圣，祸事了！祸事了！外面有九个凶神，口称上界差来的天神，收降大圣。"

那大圣正与七十二洞妖王，并四健将分饮仙酒，一闻此报，公然不理道："'今朝有酒今朝醉，莫管门前是与非。'"说不了，一起小妖又跳来道："那九个凶神，恶言泼语，在门前骂战哩！"大圣笑道："莫采他。'诗酒且图今日乐，功名休问几时成。'"说犹未了，又一起小妖来报："爷爷！那九个凶神已把门打破，杀进来也！"大圣怒道："这泼毛神，老大无礼！本待不与他计较，如何上门来欺我？"即命独角鬼王，领帅七十二洞妖王出阵，老孙领四健将随后。那鬼王疾帅妖兵，出门迎敌，却被九曜恶星一齐掩杀，抵住在铁板桥头，莫能得出。

正嚷间，大圣到了。叫一声"开路！"掣开铁棒，幌一幌，碗来粗细，丈二长短，丢开架子，打将出来。九曜星那个敢抵，一时打退。那九曜星立住阵势道："你这不知死活的弼马温！你犯了十恶之罪，先偷桃，后偷酒，搅乱了蟠桃大会,又窃了老君仙丹,又将御酒偷来此处享乐,你罪上加罪,岂不知之?"大圣笑道:"这几桩事,实有!实有!但如今你怎么?"九曜星道:"吾奉玉帝金旨,帅众到此收降你,快早皈依!免教这些生灵纳命。不然,就蹦平了此山,掀翻了此洞也!"大圣大怒道:"量你这些毛神,有何法力,敢出浪言。不要走,请吃老孙一棒!"这九曜星一齐踊跃。那美猴王不惧分毫,轮起金箍棒,左遮右挡,把那九曜星战得筋疲力软,一个个倒拖器械,败阵而走,急入中军帐下,对托塔天王道:"那猴王果十分骁勇!我等战他不过,败阵来了。"李天王即调四大天王与二十八宿,一路出师来斗。大圣也公然不惧,调出独角鬼王、七十二洞妖王与四个健将,就于洞门外列成阵势。你看这场混战,好惊人也:

　　寒风飒飒,怪雾阴阴。那壁厢旌旗飞彩,这壁厢戈戟生辉。滚滚盔明,层层甲亮。滚滚盔明映太阳,如撞天的银磬;层层甲亮砌岩崖,似压地的冰山。大捍刀,飞云掣电,楮白枪,度雾穿云。方天戟,虎眼鞭,麻林摆列;青铜剑,四明铲,密树排阵。弯弓硬弩雕翎箭,短棍蛇矛挟了魂。大圣一条如意棒,翻来复去战天神。杀得那空中无鸟过,山内虎狼奔;扬砂走石乾坤黑,播土飞尘宇宙昏。只听兵兵扑扑惊天地,煞煞威威振鬼神。

　　这一场自辰时布阵,混杀到日落西山。那独角鬼王与七十二洞妖怪,尽被众天神捉拿去了,止走了四健将与那群猴,深藏在水帘洞底。这大圣一条棒,抵住了四大天神与李托塔、哪吒太子,俱在半空中,——杀勠多时,大圣见天色将晚,即拔毫毛一把,丢在口中,嚼碎了,喷将出去,叫声"变!"就变了千百了大圣,都使的是金箍棒,打退了哪吒太子,战败了五个天王。

　　大圣得胜,收了毫毛,急转身回洞,早又见铁板桥头,四个健将,领众叩迎那大圣,哽哽咽咽大哭三声,又唏唏哈哈大笑三声。大圣道:"汝等见了我,又哭又笑,何也?"四健将道:"今早帅众将与天王交战,把七十二洞妖王与独角鬼王,尽被众神捉了,我等逃生,故此该哭。这见大圣得胜回来,未曾伤损,故此该笑。"大圣道:"胜负乃兵家之常。古人云:'杀人一万,自损三千。'况捉了去的头目乃是虎豹、狼虫、獾獐、狐狢之类,我同类者未伤一个,何须烦恼?他虽被我使个分身法杀退,他还要安营在我山脚下。我等且紧紧防守,饱食一顿,安心睡觉,养养精神。天明看我使个大神通,拿这些天将,与众报仇。"四将与众猴将椰酒吃了几碗,安心睡觉不题。

　　那四大天王收兵罢战,众各报功:有拿住虎豹的,有拿住狮象的,有拿住狼虫狐狢的,更不曾捉着一个猴精。当时果又安辕营,下大寨,赏犒了得功之将,吩咐了天罗地网之兵,各各提铃喝号,围困了花果山,专待明早大战。各人得令,一处处谨守。此正是:妖猴作乱惊天地,布网张罗昼夜看。毕竟天晓后如何处治,且听下回分解。

## 第六回　观音赴会问原因　小圣施威降大圣

　　且不言天神围绕，大圣安歇。话表南海普陀落伽山大慈大悲救苦救难灵感观世音菩萨，自王母娘娘请赴蟠桃大会，与大徒弟惠岸行者，同登宝阁瑶池，见那里荒荒凉凉，席面残乱；虽有几位天仙，俱不就座，都在那里乱纷纷讲论。菩萨与众仙相见毕，众仙备言前事。菩萨道："既无盛会，又不传杯，汝等可跟贫僧去见玉帝。"众仙怡然随往。至通明殿前，早有四大天师、赤脚大仙等众，俱在此迎着菩萨，即道玉帝烦恼，调遣天兵，擒怪未回等因。菩萨道："我要见见玉帝，烦为转奏。"天师邱弘济，即入灵霄宝殿，启知宣入。时有太上老君在上，王母娘娘在后。

　　菩萨引众同入里面，与玉帝礼毕，又与老君、王母相见，各坐下。便问："蟠桃盛会如何？"玉帝道："每年请会，喜喜欢欢，今年被妖猴作乱，甚是虚邀也。"菩萨道："妖猴是何出处？"玉帝道："妖猴乃东胜神洲傲来国花果山石卵化生的。当时生出，即目运金光，射冲斗府。始不介意，继而成精，降龙伏虎，自削死籍。当有龙王、阎王启奏。朕欲擒拿，是长庚星启奏道：'三界之间，凡有九窍者，可以成仙。'朕即施教育贤，宣他上界，封为御马监弼马温官。那厮嫌恶官小，反了天宫。即差李天王与哪吒太子收降，又降诏抚安，宣至上界，就封他做个'齐天大圣'，只是有官无禄。他因没事干管理，东游西荡。朕又恐别生事端，着他代管蟠桃园。他又不遵法律，将老树大桃，尽行偷吃。乃至设会，他乃无禄人员，不曾请他；他就设计赚哄赤脚大仙，却自变他相貌入会，将仙肴仙酒尽偷吃了，又偷老君仙丹，又偷御酒若干，去与本山众猴享乐。朕心为此烦恼，故调十万天兵，天罗地网收伏。这一日不见回报，不知胜负如何。"

　　菩萨闻言，即命惠岸行者道："你可快下天宫，到花果山，打探军情如何。如遇相敌，可就相助一功，务必的实回话。"惠岸行者整整衣裙，执一条铁棍，驾云离阙，径至山前。见那天罗地网，密密层层，各营门提铃喝号，将那山围绕的水泄不通。惠岸立住，叫："把营门的天丁，烦你传报：我乃李天王二太子木叉，南海观音大徒弟惠岸，特来打探军情。"那营里五岳神兵，即传入辕门之内。早有虚日鼠、昴日鸡、星日马、房日兔，将言传到中军帐下。李天王发下令旗，教开天罗地网，放他进来。此时东方才亮。惠岸随旗进入，见四大天王与李天王下拜。拜讫，李天王道："孩儿，你自那厢来者？"惠岸道："愚男随菩萨赴蟠桃会，菩萨见胜会荒凉，瑶池寂寞，引众仙并愚男去见玉帝。玉帝备言父王等下界收伏妖猴，一日不见回报，胜负未知，菩萨因命愚男到此打听虚实。"李天王道："昨日到此安营下寨，着九曜星挑战，被这厮大弄神通，九曜星俱败走而回。后我等亲自提兵，那厮也排开阵势。我等十万天兵，与他混战至晚，他使个分身法战退。及收兵查勘时，止捉得些狼虫虎豹之类，不曾捉得他半个妖猴。今日还未出战。"

说不了，只见辕门外有人来报道："那大圣引一群猴精，在外面叫战。"四大天王与李天王并太子正议出兵。木叉道："父王，愚男蒙菩萨吩咐，下来打探消息，就说若遇战时，可助一功。今不才愿往，看他怎么个大圣！"天王道："孩儿，你随菩萨修行这几年，想必也有些神通，切须在意。"

好太子，双手轮着铁棍，束一束绣衣，跳出辕门，高叫："那个是齐天大圣？"大圣挺如意棒，应声道："老孙便是。你是甚人，辄敢问我？"木叉道："吾乃李天王第二太子木叉，今在观音菩萨宝座前为徒弟护教，法名惠岸是也。"大圣道："你不在南海修行，却来此见我做其？"木叉道："我蒙师父差来打探军情，见你这般猖獗，特来擒你！"大圣道："你敢说那等大话！且休走！吃老孙这一棒！"木叉全然不惧，使铁棒劈手相迎。他两个立那半山中，辕门外，这场好斗：

  棍虽对棍铁各异，兵纵交兵人不同。一个是太乙散仙呼大圣，一个是观音徒弟正元龙。浑铁棍乃千锤打，六丁六甲运神功；如意棒是天河定，镇海神珍法力洪。两个相逢真对手，往来解数实无穷。这个的阴手棍，万千凶，绕腰贯索疾如风；那个的夹枪棒，不放空，左遮右挡怎相容？那阵上旌旗闪闪，这阵上鼍鼓冬冬。万员天将团团绕，一洞妖猴簇簇丛。怪雾愁云漫地府，狼烟煞气射天宫。昨朝混战还犹可，今日争持更又凶。堪羡猴王真本事，木叉复败又逃生。

这大圣与惠岸战经五六十合，惠岸臂膊酸麻，不能迎敌，虚幌一幌，败阵而走。大圣也收了猴兵，安扎在洞门之外。只见天王营门外，大小天兵，接住了太子，让开大路，径入辕门，对四天王、李托塔、哪吒，气哈哈的，喘息未定："好大圣！好大圣！着实神通广大！孩儿战不过，又败阵而来也！"李天王见了心惊，即命写表求助，便差大力鬼王与木叉太子上天启奏。

二人当时不敢停留，闯出天罗地网，驾起瑞霭祥云。须臾，径至通明殿下，见了四大天师，引至灵霄宝殿，呈上表章。惠岸又见菩萨施礼。菩萨道："你打探的如何？"惠岸道："始领命到花果山，叫开大罗地网门，见了父亲，道师父差命之意。父王道：'昨日与那猴王战了一场，止捉得他虎豹狮象之类，更未捉他一个猴精。'正讲间，他又索战，是弟子使铁棍与他战经五六十合，不能取胜，败走回营。父亲因此差大力鬼王同弟子上界求助。"菩萨低头思忖。

却说玉帝拆开表章，见有求助之言，笑道："叵耐这个猴精，能有多大手段，就敢敌过十万天兵！李天王又来求助，却将那路神兵助之？"言未毕，观音合掌启奏："陛下宽心，贫僧举一神，可擒这猴。"玉帝道："所举者何神？"菩萨道："乃陛下令甥显圣二郎真君，见居灌洲灌江口，享受下方香火。他昔日曾力诛六怪,又有梅山兄弟与帐前一千二百草头神,神通广大。奈他只是听调不听宣,陛下可降一道调兵旨意,着他助力,便可擒也。"玉帝闻言,即传调兵的旨意,就差大力鬼王赍调。

那鬼王领了旨,即驾起云,径至灌江口。不消半个时辰,直至真君之庙。早有把门的鬼判,传报至里道:"外有天使,捧旨而至。"二郎即与众弟兄,出门迎接旨意,焚香开读。旨意上云:

"花果山妖猴齐天大圣作乱。因在宫偷桃、偷酒、偷丹,搅乱蟠桃大会,见着十万天兵,一十八架天罗地网,围山收伏,未曾得胜。今特调贤甥同义兄弟即赴花果山助力剿除。成功之后,高升重赏。"

真君大喜道:"天使请回,吾当就去拔刀相助也。"鬼王回奏不题。

这真君即唤梅山六兄弟——乃康、张、姚、李四太尉,郭申、直健二将军,聚集殿前道:"适才玉帝调遣我等往花果山收降妖猴,同去去来。"众兄弟俱忻然愿往。即点本部神兵,驾鹰牵犬,搭弩张弓,纵狂风,霎时过了东洋大海,径至花果山。见那天罗地网,密密层层,不能前进,因叫道:"把天罗地网的神将听着:吾乃二郎显圣真君,蒙玉帝调来,擒拿妖猴者,快开营门放行。"一时,各神一层层传入。四大天王与李天王俱出辕门迎接。相见毕,问及胜败之事,天王将上项事备陈一遍。真君笑道:"小圣来此,必须与他斗个变化。列公将天罗地网,不要幔了顶上,只四围紧密,让我赌斗。若我输与他,不必列公相助,我自有兄弟扶持;若赢了他,也不必列公绑缚,我自有兄弟动手。只请托塔天王与我使个照妖镜,住立空中。恐他一时败阵,逃窜他方,切须与我照耀明白,勿走了他。"天王各居四维,众天兵各挨排列阵去讫。

这真君领着四太尉、二将军,连本身七兄弟,出营挑战;分付众将,紧守营盘,收全了鹰犬。众草头神得令。真君只到那水帘洞外,见那一群猴,齐齐整整,排作个蟠龙阵势;中军里,立一竿旗,上书"齐天大圣"四字。真君道:"那泼妖,怎么称得起齐天之职?"梅山六弟道:"且休赞叹,叫战去来。"那营口小猴见了真君,急走去报知。那猴王即掣金箍棒,整黄金甲,登步云履,按一按紫金冠,腾出营门,急睁睛观看,那真君的相貌,果是清奇,打扮得又秀气。真个是:

仪容清俊貌堂堂,两耳垂肩目有光。头戴三山飞凤帽,身穿一领淡鹅黄。

缕金靴衬盘龙袜,玉带团花八宝妆。腰挎弹弓新月样,手执三尖两刃枪。

斧劈桃山曾救母,弹打棕罗双凤凰。力诛八怪声名远,义结梅山七圣行。

心高不认天家眷,性傲归神住灌江。赤城昭惠英灵圣,显化无边号二郎。

大圣见了，笑嘻嘻的，将金箍棒掣起，高叫道："你是何方小将，辄敢大胆到此挑战？"真君喝道："你这厮有眼无珠，认不得我么！吾乃玉帝外甥，敕封昭惠灵显王二郎是也。今蒙上命，到此擒你这反天宫的弼马温猢狲，你还不知死活！"大圣道："我记得当年玉帝妹子思凡下界，配合杨君，生一男子，曾使斧劈桃山的，是你么？我行要骂你几声，曾奈无甚冤仇；待要打你一棒，可惜了你的性命。你这郎君小辈，可急急回去，唤你四大天王出来。"真君闻言，心中大怒道："泼猴！休得无礼！吃吾一刃！"大圣侧身躲过，疾举金箍棒，劈手相还。他两个这场好杀：

　　昭惠二郎神，齐天孙大圣，这个心高欺敌美猴王，那个面生压伏真梁栋。两个乍相逢，各人皆赌兴。从来未识浅和深，今日方知轻与重。铁棒赛飞龙，神锋如舞凤。左挡右攻，前迎后映。这阵上梅山六弟助威风，那阵上马流四将传军令。摇旗擂鼓各齐心，呐喊筛锣都助兴。两人钢刀有见机，一来一往无丝缝。金箍棒是海中珍，变化飞腾能取胜；若还身慢命该休，但要差池为蹭蹬。

真君与大圣斗经三百余合，不知胜负。那真君抖搜神威，摇身一变，变得身高万丈，两只手，举着三尖两刃神锋，好便似华山顶上之峰，青脸獠牙，朱红头发，恶狠狠，望大圣着头就砍。这大圣也使神通，变得与二郎身躯一样，嘴脸一般，举一条如意金箍棒，却就如昆仑顶上的擎天之柱，抵住二郎神：唬得那马、流元帅，战兢兢，摇不得旌旗；崩、芭二将，虚怯怯，使不得刀剑。这阵上康、张、姚、李、郭申、直健，传号令，撒放草头神，向他那水帘洞外，纵着鹰犬，搭弩张弓，一齐掩杀。可怜冲散妖猴四健将，捉拿灵怪二三千！那些猴，抛戈弃甲，撒剑丢枪；跑的跑，喊的喊；上山的上山，归洞的归洞；好似夜猫惊宿鸟，飞洒满天星。众兄弟得胜不题。

却说真君与大圣变做法天象地的规模，正斗时，大圣忽见本营中妖猴惊散，自觉心慌，收了法象，掣棒抽身就走。真君见他败走，大步赶上道："那里走？趁早归降，饶你性命！"大圣不恋战，只情跑起。将近洞口，正撞着康、张、姚、李四太尉，郭申、直健二将军，一齐帅众挡住道："泼猴！那里走！"大圣慌了手脚，就把金箍棒捏做绣花针，藏在耳内，摇身一变，变作个麻雀儿，飞在树梢头钉住。那六兄弟，慌慌张张，前后寻觅不见，一齐吆喝道："走了这猴精也！走了这猴精也！"

正嚷处，真君到了，问："兄弟们，赶到那厢不见了？"众神道："才在这里围住，就不见了。"二郎圆睁凤目观看，见大圣变了麻雀儿，钉在树上，就收了法象，撇了神锋，卸下弹弓，摇身一变，变作个饿鹰儿，抖开翅，飞将去扑打。大圣见了，嗖的一翅飞起去，变作一只大鹚老，冲天而去。二郎见了，急抖翎毛，摇身一变，变作一只大海鹤，钻上云霄来嗛。大圣又将身按下，入涧中，变作一个鱼儿，淬入水内。二郎赶至涧边，不见踪迹。心中暗想道："这猢狲必然下水去也，定变作鱼虾之类。等我再变变拿他。"果一变变作个鱼鹰儿，飘荡在下溜头波面上，等待片时。那大圣变鱼儿，顺水正游，忽见一只飞禽，似青鹞，毛片不青；似鹭鸶，顶上无缨；似老鹳，腿又不红："想是二郎变化了等我哩！……"急转头，打个花就走。二郎看见道："打花的鱼儿，似鲤鱼，尾巴不红；似鳜鱼，花鳞不见；似黑鱼，头上无星；似鲂鱼，鳃上无针。他怎么见了我就回去了？必然是那猴变的。"赶上来，刷的啄一嘴。那大圣就撺出水中，一变，变作一条水蛇，游近岸，钻入草中。二郎因嗛他不着，他见水响中，见一条蛇撺出去，认得是大圣，急转身，又变了一只朱绣顶的灰鹤，伸着一个长嘴，与一把尖头铁钳子相似，径来吃这水蛇。水蛇跳一跳，又变做一只花鸨，木木樗樗的，立在蓼汀之上。二郎见他变得低贱，——花鸨乃鸟中至贱至淫之物，不拘鸾、凤、鹰、鸦都与交群——故此不去拢傍，即现原身，走将去，取过弹弓拽满，一弹子把他打个踃踵。

那大圣趁着机会，滚下山崖，伏在那里又变，变一座土地庙儿：大张着口，似个庙门；牙齿变做门扇，舌头变做菩萨，眼睛变做窗棂。只有尾巴不好收拾，竖在后面，变做一根旗竿。真君赶到崖下，不见打倒的鸨鸟，只有一间小庙；急睁凤眼，仔细看之，见旗竿立在后面，笑道："是这猢狲了！他今又在那里哄我。我也曾见庙宇，更不曾见一个旗竿竖在后面的。断是这畜生弄喧！他若哄我进去，他便一口咬住。我怎肯进去？等我掣拳先捣窗棂，后踢门扇！"大圣听得，心惊道："好狠！好狠！门扇是我牙齿，窗棂是我眼睛；若打了牙，捣了眼，却怎么是好？"扑的一个虎跳，又冒在空中不见。

真君前前后后乱赶，只见四太尉、二将军、一齐拥至道："兄长，拿住大圣了么？"真君笑道："那猴儿才自变座庙宇哄我。我正要捣他窗棂，踢他门扇，他就纵一纵，又渺无踪迹。可怪！可怪！"众皆愕然，四望更无形影。真君道："兄弟们在此看守巡逻，等我上去寻他。"急纵身驾云，起在半空。见那李天王高擎照妖镜，与哪吒住立云端，真君道："天王，曾见那猴王么？"天王道："不曾上来。我这里照着他哩。"真君把那赌变化，弄神通，拿群猴一事说毕，却道："他变庙宇，正打处，就走了。"李天王闻言，又把照妖镜四方一照，呵呵的笑道："真君，快去！快去！那猴使了个隐身法，走出营围，往你那灌江口去也。"二郎听说，即取神锋，回灌江口来赶。

却说那大圣已至灌江口，摇身一变，变作二郎爷爷的模样，按下云头，径入庙里。鬼判不能相认，一个个磕头迎接。他坐中间，点查香火：见李虎拜还的三牲，张龙许下的保福，赵甲求子的文书，钱丙告病的良愿。正看处，有人报："又一个爷爷来了。"众鬼判急急观看，无不惊心。真君却道："有个甚么齐天大圣，才来这里否？"众鬼判道："不曾见甚么大圣，只有一个爷爷在里面查点哩。"真君撞进门，大圣见了，现出本相道："郎君不消嚷，庙宇已姓孙了。"这真君即举三尖两刃神锋，劈脸就砍。那猴王使个身法，让过神锋，掣出那绣花针儿，幌一幌，碗来粗细，赶到前，对面相还。两个嚷嚷闹闹，打出庙门，半雾半云，且行且战，复打到花果山，慌得那四大天王等众，提防愈紧。这康、张太尉等迎着真君，合心努力，把那美猴王围绕不题。

话表大力鬼王既调了真君与六兄弟提兵擒魔去后，却上界回奏。玉帝与观音菩萨、王母并众仙卿，正在灵霄殿讲话，道："既是二郎已去赴战，这一日还不见回报。"观音合掌道："贫僧请陛下同道祖出南天门外，亲去看看虚实如何？"玉帝道："言之有理。"即摆驾，同道祖、观音、王母与众仙卿至南天门。早有些天丁、力士接着，开门遥观，只见众天丁布罗网，围住四面；李天王与哪吒，擎照妖镜，立在空中；真君把大圣围绕中间，纷纷赌斗哩。菩萨开口对老君道："贫僧所举二郎神如何？——果有神通，已把那大圣围困，只是未得擒拿。我如今助他一功，决拿住他也。"老君道："菩萨将甚兵器？怎么助他？"菩萨道："我将那净瓶杨柳抛下去，打那猴头；即不能打死，也打个一跌，教二郎小圣，好去拿他。"老君道："你这瓶是个磁器，准打着他便好，如打不着他的头，或撞着他的铁棒，却不打碎了？你且莫动手，等我老君助他一功。"菩萨道："你有甚么兵器？"老君道："有，有，有。"捋起衣袖，左膊上，取下一个圈子，说道："这件兵器，乃锟钢抟炼的，被我将还丹点成，养就一身灵气，善能变化，水火不侵，又能套诸物；一名'金钢琢'，又名'金钢套'。当年过函关，化胡为佛，甚是亏他。早晚最可防身。等我丢下去打他一下。"

话毕，自天门上往下一掼，滴流流，径落花果山营盘里，可可的着猴王头上一下。猴王只顾苦战七圣，却不知天上坠下这兵器，打中了天灵，立不稳脚，跌了一跤，爬将起来就跑；被二郎爷爷的细犬赶上，照腿肚子上一口，又扯了一跌。他睡倒在地，骂道："这个亡人！你不去妨家长，却来咬老孙！"急翻身爬不起来，被七圣一拥按住，即将绳索捆绑，使勾刀穿了琵琶骨，再不能变化。

……

〔注释〕

〔1〕《西游记》：原文据人民文学出版社整理本《西游记》（1990年版）移录。

（张庆民　校录）

# 金　瓶　梅[1]

兰陵笑笑生

## 第二十六回　来旺儿递解徐州　宋惠莲含羞自缢

与君形影分吴越，玉枕经年对离别。
登台北望烟雨深，回身哭向天边月。

又：

夜深闷到戟门边，却绕行廊又独眠。
闺中只是空相忆，魂归漠漠魄归泉。

话说西门庆听了金莲之言，变了卦儿。到次日，那来旺儿收拾行李，伺候装驮垛，起身上东京，等到日中，还不见动静。只见西门庆出来，叫来旺儿到根前，说道："我夜间想来，你才打杭州来家，多少时儿，又教你往东京去，忒辛苦了。不如叫来保替你去罢了。你且在家歇息几日。我到明日，家门首生意寻一个与你做吧。"自古物听主裁，货随客便。那来旺儿那里敢说甚的，只得应诺下来。西门庆就把生辰担，并细软银两，驮垛书信，交付与来保和吴主管，五月廿八日起身，往东京去了。不在话下。

这来旺儿回到房中，把押担生辰不要他去，教来保去了一节，心中大怒。吃酒醉倒房中，口中胡说，怒起宋惠莲来，要杀西门庆。被宋惠莲骂了他几句："你咬人的狗儿不露齿。是言不是语，墙有缝，壁有耳。咪了那黄汤，挺他两觉。"打发他上床睡了。到次日，走到后边，串作玉箫，房里请出西门庆，两个在厨房后墙底下僻静处说话。玉箫在后门首替他观着风。老婆甚是埋怨西门庆，说道："爹，你是个人！你原说教他去，怎么转了靶子，又教别人去？你干净是个毯子心肠——滚下滚上；打草拐棒儿——原拄不定。把你到明日盖个庙儿，立起个旗杆来，就是个谎神爷。你谎干净顺屁股喇喇！我再不信你说话了。我那等和你说了一场，就没些情分儿？"西门庆笑道："倒不是此说。我不是也教他去，恐怕他东京蔡太师府中不熟，所以教来保去了。留下他，家门首寻个买卖与他做吧。"妇人道："你对我说，寻个什么买卖与他做？"西门庆道："我教他搭个主管，在家门首开酒店。"妇人听言，满心欢喜，走到屋里，一五一十，对来旺儿说了。单等西门庆示下。

一日，西门庆在前厅坐下，着人叫来旺儿近前，桌上放下六包银两，说道："孩儿，你一向杭州来家，辛苦要不的。教你往东京去了，恐怕你蔡府中不十分熟些，所以教来保同吴主管去了。今日这六包银子三百两，你拿去搭上个主管，在家门首开个酒店，月间寻些利息孝顺我，也是好处。"那来旺连忙扒在地下磕头，领了六包银两，回到房中，告与老婆说："他倒过醮来了，拿买卖来窝盘我。今日与了我这三百两银子，教我搭主管，开酒店做买卖。"老婆道："怪贼黑囚，你还哄老娘说，一锹就撅了井？也等慢慢来。如何今日也做上买卖了？你安分守己，休再吃了酒，口里六说白道。"来旺儿叫老婆："把银两收在箱中，我在街上寻伙计去也。"于是走到街上寻主管。寻到天晚，主管也不成，又吃的大醉来家。老婆打发他睡了。

也是合当有事，刚睡下没多大回，约一更多天气，将人才初静时分，只听得后边一片声叫赶贼。老婆忙推醒来旺儿。来旺儿酒还未醒，楞楞睁睁扒起来，就去取床前防身稍棒，要往后边赶贼。妇人道："夜晚了，须看个动静，你不可轻易就进去。"来旺儿道："养军千日，用在一时。岂可听见家有贼，怎不行赶！"于是拖着稍棒，大叔走入仪门里面。只见玉箫在厅堂台上站立，大叫："一个贼往花园中去了！"这来旺儿径往花园中赶来。赶到厢房中角门首，不防黑影抛出一条凳子来，把来旺儿绊倒一交。只见响晓了一声，一把刀子落地。左右闪过四五个小厮，大叫捉贼，一齐向前，把来旺儿一把捉住了。来旺儿道："我是来旺儿，进来赶贼，如何颠倒把我拿住了？"众人不由分说，一步两棍打到厅上。只见大厅上灯烛荧煌，西门庆坐在上面，即叫拿上来。来旺儿跪在地下，说道："小的听见有贼，进来捉贼，如何倒把小的拿住了？"那来兴儿就把刀子放在面前，与西门庆看。西门庆大怒，骂道："众生好度人难度，这厮真个杀人贼！我倒见你杭州来家，教你领三百两银子做买卖，如何贪夜进内来要杀我？不然，拿这刀子做什么？取过来我看。"灯下观看，是一把背厚刃薄扎尖刀，锋霜般快。看见越怒，喝令左右："与我押到他房中，取我那三百两银子来。"众小厮随即押到房中。惠莲见了，放声大哭，说道："他去后边捉贼，如何拿他做贼？"向来旺道："我教你休去，你不听，只当暗中了人的拖刀之计。"一面开箱子，取出六包银两来，拿到厅上。西门庆灯下打开观看，内中止有一包银两，余者都是锡铅锭子。西门庆大怒，因问："如何抵换了我的银两？往那里去了？趁早实说。"那来旺儿哭道："爹抬举小的做买卖，小的怎敢欺心抵换银两？"西门庆道："你打下刀子，还要杀我。刀子现在，还要支吾什么？"因把甘来兴儿叫到面前跪下，执证说："你从某日，没曾在外对众发言要杀爹，嗔爹不与你买卖做？"这来旺儿只是叹气张眉，口儿合不的。西门庆道："既赃证刀杖明白，叫小厮与我拴锁在门房内，明日写状子送到提刑所去。"只见宋惠莲云鬓蓬松，衣裙不整，走来厅上，向西门庆不当不正跪下，说道："爹，此是你干的营生。他好意进来赶贼，把他当贼拿了。你的六包银子，我收着，原封儿不动，平白怎的抵换了？恁活埋人，也要天理。他为什么，你只因他什么打与他一顿，如今拉剌剌着送他那里去？"西门庆见了他，回嗔作喜道："媳妇儿，不关你事，你起来。他无理胆大，不是一日，现藏着刀子要杀我，你不得知道。你自安心，没你之事。"因令来安儿小厮："好速搀扶你嫂子回房去，休要慌吓他。"那惠莲只顾跪着不起来，说："爹好狠心处。你不看僧面看佛面，我怎说着，你就不依依儿？他虽故吃酒，并无此事。"缠的西门庆急了，教来安儿扪他起来，劝他回房去了。

　　到天明，西门庆写了柬帖，叫来兴儿做证见，揣着状子，押着来旺儿往提刑院去，说某日酒醉持刀，夤夜杀害家主，又抵换银两等情。才待出门，只见吴月娘轻移莲步走到前厅，向西门庆再三将言劝解，说道："奴才无礼，家中处分他便了。好要拉剌剌出去，惊官动府做什么？"西门庆听言，圆睁二目喝道："你妇人家不晓道理！奴才安心要杀我，你倒还教饶了他吧！"于是不听月娘之言，喝令左右把来旺儿押送提刑院去了。

　　月娘当下羞赧而退。回到后边，向玉楼众人说道："如今这屋里乱世为王，九条尾狐狸精出世。不知听信了什么人言语，平白把小厮弄出去了。你就赖他做贼，万物也要个着实才好，拿纸棺材糊人，成个道理？怎没道理昏君行货！"宋惠莲跪在当面哭泣。月娘道："孩儿，你起来，不消哭。你汉子恒是问不的他死罪，打死了人还有消缴的日子儿。贼强人，他吃了迷魂汤了！俺每说话不中听，老婆当军——充数儿罢了。"玉楼向惠莲道："你爹正在个气头上，待后慢慢的俺每再劝他，你安心回房去吧。"按下这里不提。

　　单表来旺儿押到提刑院。西门庆先差玳安，下了一百石白米与夏提刑、贺千户。二人受了礼物，然后坐厅。来兴儿递上呈状，看了一遍，已知来旺先因领银做买卖，见财起意，抵换银两，恐家主查算，夤夜持刀突入后厅，谋杀家主等情。心中大怒，把来旺叫到当厅，审问这件事。这来旺儿告道："望天官爷查情，容小的说，小的便说；不容小的说，小的不敢说。"夏提刑道："你这厮，现获赃证明白，勿得推调，从实与我说来，免我动刑。"来旺儿悉把西门庆初时令某人将蓝段子，怎的调戏他媳妇儿宋氏成奸，如今故入此罪，要垫害图霸妻子一节，诉说一遍。夏提刑大喝了一声，令左右打嘴巴，说："你这奴才，欺心背主！你媳妇也是你家主娶的，配与你为妻，又托资本与你做买卖；你不思报本，还生事倚醉，夤夜突入卧房，持刀杀害。满天下人都像你这奴才，也不敢使人了！"来旺儿口还叫冤屈，被夏提刑叫过甘来兴儿过来，面前执证。那来旺儿有口也说不得了。正是：会施天上计，难免目前灾。夏提刑即令左右选大夹棍上来，把来旺儿夹了一夹，打了二十大棍，打的皮开肉绽，鲜血淋漓。分付狱卒，带下去收监。来兴儿、钹安儿来家，回覆了西门庆话。西门庆满心欢喜，分付家中小厮："铺盖饭食，一般都不与他送进去。但打了，休要来家对你嫂子说。只说衙门中一下儿也没打他，监几日便放出来。"众小厮应诺道："小的每知道了。"

这宋惠莲自从拿了来旺儿去后，头也不梳，脸也不洗，黄着脸儿，裙腰不整，倒趿了鞋，只是关闭房门哭泣，茶饭不吃。西门庆慌了，使了玉箫并贲四娘子儿，再三进房劝解他，说道："你放心，爹因他吃酒狂言，监他几日，耐他性儿，不久也放他出来。"惠莲不信，使小厮来安儿送饭进监去，回来问他，也是这般说："哥见官一下儿也没打，一两日来家，教嫂子在家安心。"这惠莲听了此言，方才不哭了，每日淡扫蛾眉，薄施脂粉，出来走跳。西门庆要便来回打房门首走，老婆在帘下叫道："房里无人，爹进来坐坐不是。"西门庆抽身进入房里，与老婆做一处说话。西门庆哄他说道："我儿，你放心。我看你面上，写了帖儿对官府说，也不曾打他一下儿。监他几日，耐耐他性儿，一两日还放他出来，还教他做买卖。"妇人搂抱着西门庆脖子，说道："我的亲达达，你好歹看奴之面，奈何他两日，放他出来。随你教他做买卖，不教他做买卖也罢。这一出来，我教他把酒断了，随你去近到远，使他往那去，他敢不去？再不，你若嫌不自便，替他寻上个老婆，他也罢了。我常远不是他的人了。"西门庆道："我的心肝，你话是了。我明日买了对过乔家房，收拾三间房子与你住，搬了那里去，咱两个自在顽耍。"老婆道："着来，亲亲，随你张主便了。"说毕，两人闭了门首。原来妇人夏月常不穿裤儿，只单吊着两条裙子，遇见西门庆在那里，便掀开裙子就干，口中常噙着香茶饼儿。于是二人解佩露甄妃之玉，朱唇点汉署之香，双凫飞肩，云雨一席。妇人将身带所佩的，白银条纱挑线四条穗子的香袋儿——里面装着松柏儿、玫瑰花蕊并跤趾排草，挑着"冬夏长青，娇香美爱"八个字——把与西门庆，令攥了。西门庆喜的心中要不的，恨不的与他誓共死生，不能遽舍。向袖中又掏了一二两银子，与他买果子吃，房中盘缠。再三安抚他："不消忧虑，只怕忧虑坏了你。我明日写帖子，对夏大人说，就放他出来。"说了一回，西门庆恐有人来，连忙出去了。

这妇人得了西门庆此话，到后边对众丫鬟媳妇，词色之间，未免轻露。孟玉楼早已知道，转来告潘金莲说：他爹怎的早晚要放来旺儿出来，另替他娶一个；怎的要买对门乔家房子，把媳妇子吊到那里去，与他三间房住；又买个丫头扶侍他，与他编银丝髻，打头面，一五一十，说了一遍："就和你我等辈一般，什么张致！大姐姐也就不管管儿？"潘金莲不听便罢，听了忿气满怀无处着，双腮红上更添红，说道："真个由他，我就不信了。今日与你说的话，我若教贼奴才淫妇与西门庆做了第七个老婆，我不是喇嘴说，就把潘字吊过来哩！"玉楼道："汉子没正条，大的又不管，咱每能走不能飞，到的那些儿？"金莲道："你也忒不长俊，要这命做什么？活一百岁杀肉吃！他若不依，我拚着这命，撅兑在他手里，也不差什么。"玉楼笑道："我是小胆儿，不敢惹他，看你有本事和他缠。"话休絮烦。

到晚，西门庆在花园中翡翠轩书房里坐的，要教陈经济来写帖子，往夏提刑处说，要放来旺儿出来。被金莲蓦地走到根前，搭伏着书桌儿问："你教陈姐夫写什么帖子？送与谁家去？"西门庆不能隐讳，把"来旺儿责打与他几下，放他出来吧"一节，告诉一遍。妇人止住小厮："且不要叫陈姐夫来。"坐在旁边，因说道："你空耽着汉子的名儿，原来是个随风倒舵、顺水推船的行货子！我那等对你说的话儿，你不依，倒听那贼奴才淫妇话儿。随你怎的逐日沙糖拌蜜与他吃，他还只疼他的汉子。依你如今把那奴才放出来，你也不好要他这老婆的了，教他奴才好藉口。你放在家里不荤不素，当做什么人儿看成？待要把他做你小老婆，奴才又现在；待要说是奴才老婆，你现把他逗的恁没张致的，在人根前上头上脸，有些样儿！就算另替那奴才娶一个着，你要了他这老婆，往后倘忽你两个坐在一答儿，那奴才或走来根前回话做什么，见了有个不气的？老婆见了他，站起来是，不站起来是？先不先只这个就不雅相。传出去休说六邻亲戚笑话，只家中大小把你也不着在意里。正是上梁不正下梁歪。你既要干这营生，誓做了泥鳅怕污了眼睛，不如一狠二狠，把奴才结果了，你就搂着他老婆也放心。"几句又把西门庆又念翻了，把帖子写就了，送与提刑院。教夏提刑限三日提出来受一顿，拷几捯，打的通不像模样。提刑两位官府，并上下观察缉捕排军，监狱中捆锁上下，都受了西门庆财物，只要重不要轻。

内中有一当案的孔目阴先生，名唤阴鹭，乃山西孝义县人，极是个仁慈正直之士。因是提刑官吏，上下受了西门庆贿赂，要陷害此人，图谋他妻子，故入他奴婢图财、持刀谋杀家长的重罪，也要天理，做官的养儿养女也往上长，再三不肯做文书送问，与提刑官抵面相讲。况两位提刑官，上下都被西门庆买通了，以此掣肘难行。又况来旺儿监中无钱，受其凌逼。多亏阴先生悯念他负屈衔冤，是个没底人，反替他分付监中狱卒，凡事松宽看顾他。延挨了几日，人情两尽，只把当厅责了他四十，论个递解原籍徐州为民。当查原赃，花费十七两，铅锡五包，责令西门庆家人来兴儿领回。差人写了个帖子，回覆了西门庆。随教即日押发起身。这里提刑官当厅押了一道公文，差两个公人，把来旺儿取出来，已是打的稀烂。旋钉了扭，上了封皮，限即日起程，径往徐州管下交割。

可怜这来旺儿，在监中监了半月光景，没钱使用，弄的身体狼狈，衣服蓝缕，没处投奔。哀告两个公人，哭泣不一，说："两位哥在上，我打了一场屈官司，身上分文没有，寸布皆无。要凑些脚步钱与二位，无处所凑。望你可怜见，押我到我家主家处，有我的媳妇儿，并衣服箱笼，讨出来变卖了，支谢二位，并路途盘费，也讨得一步松宽。"那两个公人道："你好不知道理！你家主西门庆，既要摆布了一场，他又肯发出媳妇，并箱笼与你？你还有甚亲故，俺每看阴师父分上，瞒上不瞒下，领你到那里，胡乱讨些钱米，勾你路上盘费便了，谁指望你甚脚步钱儿？"来旺道："二位哥哥，你只可怜，引我先到我家主门首。我央浼两三位亲邻，替我美言讨讨儿，无多有少。"两个公人道："也罢，我每押你到他门首。"这来旺儿先到应伯爵门首，伯爵推不在家。又央了左邻贾仁清、伊面慈二人来西门庆家，替来旺儿说念，讨媳妇箱笼。西门庆也不出来，使出五六个小厮，一顿棍打出来，不许在门首缠绕。把贾伊二人羞的要不的。他媳妇儿宋惠莲，在屋里瞒的铁桶相似，并不知一字。西门庆分付："那个小厮走漏消息，决打二十板。"两人公人又押到丈人家，卖棺材的宋仁家。来旺儿如此这般，对宋仁哭诉其事。打发了他一两银子，与那两个公人一吊铜钱、一斗米，路上盘缠。哭哭啼啼，从四月初旬离了清河县，往徐州大道而来。这来旺儿，又是那棒疮发了，身边盘缠缺乏，甚是苦恼。正是：若得苟全痴性命，也甘饥饿过平生。有诗为证：

  当案推详秉至公，来旺遭陷出牢笼。
  今朝递解徐州去，病草凄凄遇暖风。

  不说来旺儿递解徐州去了。且说宋惠莲在家，每日只盼他出来。小厮一般的替他送饭，到外边，众人都吃了。转回来，惠莲问着他，只说："哥吃了，监中无事。若不是也放出来了，连日提刑老爹没来衙门中问事。也只在一二日来家。"西门庆又哄他说："我差人说了，不久即出。"妇人以为信实。一日，风里言风里语，闻得人说，来旺儿押出来在门首讨衣箱，不知怎的去了。这妇人几次问众小厮每，都不说。忽见钺安儿跟了西门庆马来家，叫住问他："你旺哥在监中好么？几时出来？"钺安道："嫂子，我告你知了吧，俺哥这早晚到流沙河了。"惠莲问其故。这钺安千不合万不合，如此这般，"打了四十板，递解原籍徐州家去了。只放你心里，休题我告你说。"这妇人不听万事皆休，听了此言是实，关闭了房门，放声大哭道："我的人哟！你在他家干坏了什么事来？被人纸棺材暗算计了你。你做奴才一场，好衣服没曾挣下一件在屋里。今日只当把你远离他乡算的去了，坑得奴好苦也！你在路上死活未知，存亡未保，我如今合在缸底下一般，怎的晓得？"哭了一回，取一条长手巾，拴在卧房门槛上，悬梁自缢。不想来昭妻一丈青，住房正与他相连，从后来，听见他屋里哭了一回，不见动静，半日只听喘息之声。扣房门，叫他不应，慌了手脚。教小厮平安儿撬开窗户进去，见妇人穿着随身衣服，在门槛上正吊得好。一面解救下来，开了房门，取姜汤撅灌。须臾嚷的后边知道，吴月娘率领李娇儿、孟玉楼、西门大姐、李瓶儿、玉箫、小玉都来看视，见贲四娘子儿也来瞧，一丈青掐扶他坐在地下，只顾哽咽，白哭不出声来。月娘叫着他，只是低着头，口吐涎沫不管应。月娘便道．"原来是个傻孩子。你有话只顾说便好，如何寻这条路起来？"因问一丈青："灌些姜汤与他不曾？"一丈青道："才灌了些姜汤吃了。"月娘令玉箫扶着他，亲叫道："惠莲孩儿，你有什么心事，越发老实叫上几声，不妨事。"问了半日，那妇人哽咽了一回，大放声，排手拍掌哭起来。月娘叫玉箫扶他上炕，他不肯上炕。月娘众人劝了半日，回后边去了。止有贲四嫂同玉箫相伴在屋里。

只见西门庆掀帘子进来，也看见他坐在冷地下哭泣，令玉箫："你挡他炕上去吧。"玉箫道："刚才娘教他上去，他不肯去。"西门庆道："好禢孩子，冷地下冰着你。你有话对我说，如何这等拙智。"惠莲把头摇着，说道："爹，你好人儿！你瞒着我干的好勾当儿！还说什么孩子不孩子，你原为就是个弄人的刽子手，把人活埋惯了。害死人，还看出殡的！你成日间只哄着我，今日也说放出来，明日也说放出来，只当端的好出来。你如递解他，也和我说声儿。暗暗不透风，就解发远远的去了。你也要合凭个天理！你就信着人，干下这等绝户计！把圈套儿做的成成的，你还瞒着我。你就打发，两个人都打发了，如何留下我做什么？"西门庆笑道："孩儿，不关你事。那厮坏了事，难以打发你。你安心，我自有个处。"因令玉箫："你和贲四娘子相伴他一夜儿，使我小厮送酒来你每吃。"说毕，往外去了。贲四嫂良久扶他上炕坐的，和玉箫将话儿劝解他，做一处坐的。

只见西门庆到前边铺子里，问傅伙计要了一吊钱，买了一钱酥烧，拿盒子盛了，又是一瓶酒。使来安儿送到惠莲屋里，说道："爹使我送这个与嫂子吃。"惠莲看见，一顿骂："贼囚根子，趁早与我都拿了去，省的我摔一地！大拳打了，这回拿手摸挲。"来安儿道："嫂子收了吧。我拿回去，爹又打我。"于是放在桌子上。就见那惠莲跳下来，把酒拿起来，才待赶着摔了去，被一丈青拦住了。那贲四嫂看着一丈青咬指头儿。正相伴他坐的，只见贲四嫂家长儿走来叫他妈，他爹门外头来家，要吃饭。贲四嫂和一丈青走出来，到一丈青门首，只见西门大姐在那里和来保儿媳妇惠祥说话，因问："贲四嫂那里去？"贲四嫂道："他爹门外头来了要饭吃，我到家瞧瞧就来。我来看看，乞他大爹再三央，陪伴他坐坐儿，谁知倒把我来挂住了，不得脱身。"因问："他想起什么，干这道路？"一丈青接过来道："早是我打后边来，听见他在屋里哭着，就不听的动静儿。乞我慌了，推门推不开，旋叫了平安儿来，打窗子里跳进去，才救下来了。若迟了一步儿，胡子老儿吹灯——把人了了。"惠祥道："刚才爹在屋里，他说什么来？"那贲四嫂只顾笑，说道："看不出他旺官娘子，原来也是个辣菜根子，和他大爹白揞白折的平上。谁家媳妇儿有这个道理？惠祥道："这个媳妇儿，比别的媳妇儿不同好些；从公公身上拉下来的媳妇儿，这一家大小谁如他？"说毕，往家里去了。一丈青道："四嫂，你到家快来。"贲四嫂道："什么话，我若不来，惹他大爹就怪死了。"

西门庆白日教贲四嫂和一丈青陪他坐，晚夕教玉箫伴他一处睡，慢慢将言词说，劝化他，说道："宋大姐，你是个聪明的，趁早恁妙龄之时，一朵花初开，主子爱你，也是缘法相投。你如今将上不足，比下有余。守着主子，强如守着奴才。他去也是去了，你怎烦恼不打紧，一时哭的有好歹，却不亏负了你的性命？常言道：我做了一日和尚，撞了一日钟。往后贞节轮不到你头上了。"那惠莲听了，只是哭涕，每日饭粥也不吃。玉箫回了西门庆话。西门庆又令潘金莲亲来对他说，也不依。金莲恼了，向西门庆道："贼淫妇，他一心只想他汉子！千也说一夜夫妻百夜恩，万也说相随百步也有个徘徊意。这等贞节的妇人，便拿什么拴的住他心？"西门庆笑道："你休听他撅说。他若早有贞节之心，当初只守着厨子蒋聪，不嫁来旺儿了。"一面坐在前厅上，把众小厮家人都叫到根前审问："你每近前，几日来旺儿递解去时，是谁对他说来？趁早举出来，我也一下不打他。不然，我打听出，每人三十板子，即与我离门离户。"忽有画童跪下说道："小的不敢说。"西门庆道："你说不妨。"画童道："那日小的听见铁安跟了爹马来家，在夹道内，嫂子问他，他走了口，对嫂子说。"这西门庆不听便罢，听了心中大怒，一片声使人寻铁安儿。

　　这铁安儿早已知此消息，一直躲在潘金莲房里不出来。金莲正洗脸，小厮走到屋里，跪着哭道："五娘，救小的则个！"金莲骂道："贼囚，猛可走来諕我一跳。你又不知干下什么事？"铁安道："爹因为小的告嫂子说了旺哥去了，要打我。娘好歹劝劝爹。若出去，爹在气头上，小的就是死罢了。"金莲道："怪道囚根子諕的鬼也似的！我说什么勾当来，怎惊天动地的，原来为那奴才淫妇。"分付："你在我这屋里，不要出去。"于是藏在门背后。西门庆见叫不将铁安去，在前厅暴叫如雷，一连使了两替小厮，来金莲房里寻他，都被金莲骂的去了。落后西门庆一阵风自家走来到，手里拿着马鞭子，问："奴才在那里？"金莲不理他。被西门庆绕屋走了一遍，从门背后采出铁安来要打。乞金莲向前把马鞭子夺了，掠在床顶上，说道："没廉耻的货儿，你脸做个主子！那奴才淫妇想他汉子上吊，羞急，拿小厮来煞气。关小厮另脚儿事！"那西门庆气的睁睁的。金莲叫小厮："你往前头干你那营生去，不要理他。等他再打你，有我哩。"那铁安得手，一直往前去了。正是：两手劈开生死路，翻身跳出是非门。

　　这潘金莲几次见西门庆留意在宋惠莲身上，于是心生一计，行在后边唆调孙雪娥，说：来旺儿媳妇子怎的说你要了他汉子，备了他一篇是非，"他爹恼了，才把他汉子打发了。前日打了你那一顿，拘了你头面衣服，都是他过嘴告说的。"这孙雪娥耳满心满。掉了雪娥口气儿，走到前边，向惠莲又是一样话说，说孙雪娥怎的后边骂你是蔡家使喝了的奴才，积年转主子养汉。不是你背养主子，你家汉子怎的离了他家门？说你眼泪留着些脚后跟。说的两下都怀仇忌恨。

　　一日，也是合当有事。四月十八日，李娇儿生日，院中李妈妈并李桂姐，都来与他做生日。吴月娘留他同众堂客在后厅饮酒。西门庆往人家赴席不在家。这宋惠莲吃了饭儿，从早辰在后边打了个揖儿，一头抬到屋里，直睡到日沉西。由着后边一替两替使了丫鬟来叫，只是不出来。雪娥寻不着这个由头儿，走来他房里叫他，说道："嫂子做了王美人了，怎的这般难请？"那惠莲也不理他，只顾面朝里睡。这雪娥又道："嫂子，你思想你家旺官儿哩。早思想好来！不得你，他也不得死，还在西门庆家里。"这惠莲听了他这一句话，打动潘金莲说的那情由，翻身跳起来，望雪娥说道："你没的走来浪声颡气！他便因我弄出去了，你为什么来？打你一顿，攮的不容上前！得人不说出来，大家将就些便罢了，何必撑着头儿来寻趁人？"这雪娥心中大怒，骂道："好贼奴才，养汉淫妇！如何大胆骂我？"惠莲道："我是奴才淫妇，你是奴才小妇！我养汉养主子，强如你养奴才！你倒背地偷我的汉子，你还来倒自家掀腾！"这几句话分明戳在雪娥身上，那雪娥怎不急了？那宋惠莲不防他，被他走向前，一个巴掌打在脸上，打的脸上通红的。说道："你如何打我？"于是一头撞将去。两个就揪扭打在一处。慌的来昭妻一丈青走来劝解，把雪娥拉的后走，两个还骂不绝口。吴月娘走来骂了两句："你每都没些规矩儿，不管家里有人没人，都这等家反宅乱！等你主子回来，我对你主子说不说？"当下雪娥便往后边去了。月娘见惠莲头发揪乱，便道："还不快梳了头，往后边来哩。"惠莲一声儿不答话，打发月娘后边去了，走到房内，倒插了门，哭泣不止。哭到掌灯时分，众人乱着后边堂客吃酒，可怜这妇人忍气不过，寻了两条脚带，拴在门槛上，自缢身死。亡年二十五岁。正是：世间好物不坚牢，彩云易散琉璃脆。

那时可霎作怪，不想月娘正送李妈妈、桂姐出来，打惠莲门首过，关着不见动静，心中甚是疑影。打发李妈妈娘儿两个上轿去了，回来推他叫他门不开，都慌了手脚，还使小厮打窗户内跳进去。正是：瓦罐不离井上破。割断脚带，解卸下，撅救了半日，不知多咱时分呜呼哀哉死了。但见：

　　四肢冰冷，一气灯残。香魂渺渺已赴望乡台，星眼双瞑魄悠悠。尸横光地下半晌，不知精爽逝何处，疑是行云秋水中。

月娘见救下不活，慌了，连忙使小厮来兴儿，骑头口往门外请西门庆来家。雪娥恐怕西门庆来家拔树寻根，归罪于己，在上房打旋磨儿跪着月娘，教休题出和他嚷闹来。月娘见他唬的那等腔儿，心中又下般不的："比时你怎害怕，当初大家省言一句儿便了。"至晚，等的西门庆来家，只说"惠莲因思想他汉子，哭了一日，赶后边人乱，不知多咱寻了自尽。"西门庆便道："他自个拙妇，原来没福。"一面差家人递了一纸状子，报到县主李知县手里，只说本妇因本家请堂客吃酒，他管银器家火，他失落一件银锺，恐家主查问见责，自缢身死。又送了知县三十两银子。知县自忖要做分上，胡乱差了一员司吏，带领几个仵作来看了。自买了一具棺材，讨了一张红票。贲四、来兴儿同送到门外地藏寺，与了火家五钱银子，多架些柴薪，才待发火烧毁。不想他老子卖棺材宋仁，打听得知，走来拦住，叫起冤屈来，说他女儿死的不明，口称西门庆因倚强奸要他,"我家女儿贞节不从,威逼身死。我还要抚按上告,进本告状,谁敢烧化尸首!"那众火家都乱走了,不敢烧。贲四、来兴少不的把棺材停在寺里,来家回话。正是:青龙与白虎同行,吉凶事全然未保。毕竟未知后来何如,且听下回分解。

〔注释〕

 〔1〕《金瓶梅》:原文据明万历年间刊本《金瓶梅词话》(文学古籍刊行社 1975 年影印)校录。

(张燕瑾  校录)

# 喻世明言[1]

冯梦龙

## 蒋兴哥重会珍珠衫

　　仕至千钟非贵，年过七十常稀。浮名身后有谁知？万事空花游戏。
　　休逞少年狂荡，莫贪花酒便宜。脱离烦恼是和非，随分安闲得意。

　　这首词，名为〔西江月〕，是劝人安分守己，随缘作乐，莫为酒、色、财、气四字，损却精神，亏了行止。求快活时非快活，得便宜处失便宜。说起那四字中，总到不得那色字利害。眼是情媒，心为欲种。起手时，牵肠挂肚；过后去，丧魄销魂。假如墙花路柳，偶然适兴，无损于事；若是生心设计，败俗伤风，只图自己一时欢乐，却不顾他人的百年恩义。假如你有娇妻爱妾，别人调戏上了，你心下如何？古人有四句道得好：

　　　人心或可昧，天道不差移。
　　　我不淫人妇，人不淫我妻。

　　看官，则今日听我说《珍珠衫》这套词话，可见果报不爽，好教少年子弟做个榜样。

　　话中单表一人，姓蒋名德，小字兴哥，乃湖广襄阳府枣阳县人氏。父亲叫做蒋世泽，从小走熟广东做客买卖。因为丧了妻房罗氏，只遗下这兴哥，年方九岁，别无男女。这蒋世泽割舍不下，又绝不得广东的衣食道路，千思百计，无可奈何，只得带那九岁的孩子同行作伴，就教他学些乖巧。这孩子虽则年小，生得：

　　　眉清目秀，齿白唇红。行步端庄，言辞敏捷。聪明赛过读书家，伶俐不输长大汉。人人唤做粉孩儿，个个美他无价宝。

　　蒋世泽怕人妒忌，一路上不说是嫡亲儿子，只说是内侄罗小官人。原来罗家也是走广东的，蒋家只走得一代，罗家倒走过三代了。那边客店牙行，都与罗家世代相识，如自己亲眷一般。这蒋世泽做客，起头也还是丈人罗公领他走起的，因罗家近来屡次遭了屈官司，家道消乏，好几年不曾走动。这些客店牙行见了蒋世泽，那一遍不动问罗家消息？好生牵挂！今番见蒋世泽带个孩子到来，问知是罗家小官人，且是生得十分清秀，应对聪明，想着他祖父三辈交情，如今又是第四辈了，那一个不欢喜！

　　闲话休提。却说蒋兴哥跟随父亲做客，走了几遍，学得伶俐乖巧，生意行中，百般都会，父亲也喜不自胜。何期到一十七岁上，父亲一病身亡。且喜刚在家中，还不做客途之鬼。兴哥哭了一场，免不得揩干泪眼，整理大事。殡殓之外，做些功德超度，自不必说。七七四十九日内，内外宗亲，都来吊孝。本县有个王公，正是兴哥的新岳丈，也来上门祭奠，少不得蒋门亲戚陪侍。叙话中间，说起兴哥少年老成，这般大事，亏他独力支持。因话随话间，就有人撺掇道："王老亲翁，如今令爱也长成了，何不乘凶完配，教他夫妇作伴，也好过日。"王公未肯应承，当日相别去了。众亲戚等安葬事毕，又去撺掇兴哥。兴哥初时也不肯，却被撺掇了几番，自想孤身无伴，只得应允。央原媒人往王家去说，王公只是推辞，说道："我家也要备些薄薄妆奁，一时如何来得？况且孝未期年，于礼有碍。便要成亲，且待小祥之后再议。"媒人回话，兴哥见他说得正理，也不相强。

　　光阴如箭，不觉周年已到。兴哥祭过了父亲灵位，换去粗麻衣服，再央媒人王家去说，方才依允。不隔几日，六礼完备，娶了新妇进门。有〔西江月〕为证：

　　　　孝幕翻成红幕，色衣换去麻衣。画楼结彩烛光辉，合卺花筵齐备。

　　　　那羡妆奁富盛？难求丽色娇妻。今宵云雨足欢娱，来日人称恭喜。

　　说这新妇是王公最幼之女，小名唤做三大儿，因他是七月七日生的，又唤做三巧儿。王公先前嫁过的两个女儿，都是出色标致的。枣阳县中，人人称羡，造出四句口号，道是：

　　　　天下妇人多，王家美色寡。

　　　　有人娶着他，胜似为驸马。

　　常言道："做买卖不着，只一时；讨老婆不着，是一世。"若干官宦大户人家，单拣门户相当，或是贪他嫁资丰厚，不分皂白，定了亲事。后来娶下一房奇丑的媳妇，十亲九眷面前，出来相见，做公婆的好没意思。又且丈夫心下不喜，未免私房走野。偏是丑妇极会管老公，若是一般见识的，便要反目；若使顾惜体面，让他一两遍，他就做大起来。有此数般不妙，所以蒋世泽闻知王公惯生得好女儿，从小便送过财礼，定下他幼女与儿子为婚。今日娶过门来，果然娇姿艳质，说起来，比他两个姐儿加倍标致。正是：

　　　　吴宫西子不如，楚国南威难赛。

　　　　若比水月观音，一样烧香礼拜。

　　蒋兴哥人才本自齐整，又娶得这房美色的浑家，分明是一对玉人，良工琢就，男欢女爱，比别个夫妻更胜十分。三朝之后，依先换了些浅色衣服，只推制中，不与外事。专在楼上与浑家成双捉对，朝暮取乐，真个行坐不离，梦魂作伴。自古苦日难熬，欢时易过，暑往寒来，早已孝服完满。起灵除孝，不在话下。

　　兴哥一日间想起父亲存日广东生理，如今耽搁三年有余了，那边还放下许多客帐，不曾取得。夜间与浑家商议，欲要去走一遭。浑家初时也答应，道该去；后来说到许多路程，恩爱夫妻，何忍分离？不觉两泪交流。兴哥也自割舍不得，两个凄惨一场，又丢开了。如此已非一次。

　　光阴荏苒，不觉又挨过了二年。那时兴哥决意要行，瞒过了浑家，在外面暗暗收拾行李。拣了个上吉的日期，五日前方对浑家说知，道："常言'坐吃山空'，我夫妻两口，也要成家立业，终不然抛了这行衣食道路？如今这二月天气，不寒不暖，不上路更待何时？"浑家料是留他不住了，只得问道："丈夫此去几时可回？"兴哥道："我这番出外，甚不得已，好歹一年便回，宁可第二遍多去几时罢了。"浑家指着楼前一棵椿树道："明年此树发芽，便盼着官人回也。"说罢，泪下如雨。兴哥把衣袖替他揩拭，不觉自己眼泪也挂下来。两下里怨离惜别，分外恩情，一言难尽。

　　到第五日，夫妇两个啼啼哭哭，说了一夜的话，索性不睡了。五更时分，兴哥便起身收拾，将祖遗下的珍珠细软，都交付与浑家收管，自己只带得本钱银两、账目底本及随身衣服、铺陈之类，又有预备下送礼的人事，都装叠得停当。原有两房家人，只带一个后生些的去，留一个老成的在家，听浑家使唤，买办日用。两个婆娘，专管厨下。又有两个丫头，一个叫晴云，一个叫暖雪，专在楼中伏侍，不许远离。吩咐停当了，对浑家说道："娘子耐心度日。地方轻薄子弟不少，你又生得美貌，莫在门前窥瞰，招风揽火。"浑家道："官人放心，早去早回。"两下掩泪而别。正是：

　　　　世上万般哀苦事，无非死别与生离。

　　兴哥上路，心中只想着浑家，整日地不瞅不睬。不一日，到了广东地方，下了客店。这伙旧时相识都来会面，兴哥送些人事，排家地治酒接风，一连半月二十日，不得空闲。兴哥在家时，原是淘虚了的身子，一路受些劳碌，到此未免饮食不节，得了个疟疾，一夏不好，秋间转成水痢。每日请医切脉，服药调治，直延到秋尽，方得安痊。把买卖都耽搁了，眼见得一年回去不成。正是：

　　　　只为蝇头微利，抛却鸳被良缘。

　　兴哥虽然想家，到得日久，索性把念头放慢了。

　　不题兴哥做客之事。且说这里浑家王三巧儿，自从那日丈夫吩咐了，果然数月之内，目不窥户，足不下楼。光阴似箭，不觉残年将尽，家家户户，闹轰轰地暖火盆，放爆竹，吃合家欢耍子。三巧儿触景伤情，思想丈夫，这一夜好生凄楚！正合古人的四句诗，道是：

　　　　腊尽愁难尽，春归人未归。
　　　　朝来嗔寂寞，不肯试新衣。

　　明日正月初一日，是个岁朝。晴云、暖雪两个丫头，一力劝主母在前楼去，看看街坊景象。原来蒋家住宅前后通连的两带楼房，第一带临着大街，第二带方做卧室，三巧儿闲常只在第二带中坐卧。这一日被丫头们撺掇不过，只得从边厢里走过前楼，吩咐推开窗子，把帘儿放下，三口儿在帘内观看。这日街坊上好不闹杂！三巧儿道："多少东行西走的人，偏没个卖卦先生在内。若有时，唤他来卜问官人消息也好。"晴云道："今日是岁朝，人人要闲耍的，那个出来卖卦？"暖雪叫道："娘限在我两个身上，五日内包唤一个来占卦便了。"

到初四日早饭过后，暖雪下楼小解，忽听得街上当当的敲响。响的这件东西，唤到"报君知"，是瞎子卖卦的行头。暖雪等不及解完，慌忙检了裤腰，跑出门外，叫住了瞎先生；拨转脚头，一口气跑上楼来，报知主母。三巧儿吩咐：唤在楼下坐启内坐着。讨他课钱，通陈过了，走下楼梯，听他剖断。那瞎先生占成一卦，问是何用。那时厨下两个婆娘，听得热闹，也都跑将来了，替主母传语道："这卦是问行人的。"瞎先生道："可是妻问夫么？"婆娘道："正是。"先生道："青龙治世，财爻发动。若是妻问夫，行人在半途，金帛千箱有，风波一点无。青龙属木，木旺于春，立春前后，已动身了。月尽月初，必然回家，更兼十分财采。"三巧儿叫买办的，把三分银子打发他去，欢天喜地，上楼去了。真所谓"望梅止渴"，"画饼充饥"。

大凡人不做指望，倒也不在心上；一做指望，便痴心妄想，时刻难过。三巧儿只为信了卖卦先生之语，一心只想丈夫回来，从此时常走向前楼，在帘内东张西望。直到二月初旬，椿树抽芽，不见些儿动静。三巧儿思想丈夫临行之约，愈加心慌，一日几遍，向外探望。也是合当有事，遇着这个俊俏后生。正是：

    有缘千里能相会，无缘对面不相逢。

这个俊俏后生是谁？原本不是本地，是徽州新安县人氏，姓陈名商，小名叫做大喜哥，后来改口呼为大郎。年方二十四岁，且是生得一表人物，虽胜不得宋玉、潘安，也不在两人之下。这大郎也是父母双亡，凑了二三千金本钱，来走襄阳贩籴些米豆之类，每年常走一遍。他下处自在城外，偶然这日进城来，要到大市街汪朝奉典铺中问个家信。那典铺正在蒋家对门，因此经过。你道怎生打扮？头上带一顶苏样的百柱鬃帽，身上穿一件鱼肚白的湖纱道袍，又恰好与蒋兴哥平昔穿着相像。三巧儿远远瞧见，只道是他丈夫回了，揭开帘子，定睛而看。陈大郎抬头，望见楼上一个年少的美妇人，目不转睛的，只道心上欢喜了他，也对着楼上丢个眼色。谁知两个都错认了。三巧儿见不是丈夫，羞得两颊通红。忙忙把窗儿拽转，跑在后楼，靠着床沿上坐地，兀自心头突突地跳一个不住。谁知陈大郎的一片精魂，早被妇人眼光儿摄上去了。回到下处，心心念念地放他不下，肚里想道："家中妻子，虽是有些颜色，怎比得妇人一半？欲待通个情款，争奈无门可入。若得谋他一宿，就消花这些本钱，也不枉为人在世!"叹了几口气,忽然想起大市街东巷,有个卖珠子的薛婆,曾与他做过交易。这婆子能言快语,况且日逐串街走巷,那一家不认得?须是与他商议,定有道理。

这一夜翻来覆去,勉强过了。次日起个清早,只推有事,讨些凉水梳洗,取了一百两银子、两大锭金子,急急地跑进城来。这叫做:

欲求生受用,须下死工夫。

陈大郎进城,一径来到大市街东巷,去敲那薛婆的门。薛婆蓬着头,正在天井里拣珠子。听得敲门,一头收过珠包,一头问道:"是谁?"才听说出"徽州陈"三字,慌忙开门请进,道:"老身未曾梳洗,不敢为礼了。大官人起得好早,有何贵干?"陈大郎道:"特特而来,若迟时,怕不相遇。"薛婆道:"可是作成老身出脱些珍珠首饰么?"陈大郎道:"珠子也要买,还有大买卖作成你。"薛婆道:"老身除了这一行货,其余都不熟惯。"陈大郎道:"这里可说得话么?"薛婆便把大门关上,请他到小阁儿坐着,问道:"大官人有何吩咐?"大郎见四下无人,便向衣袖里摸出银子,解开布包,摊在桌上,道:"这一百两白银,干娘收过了,方才敢说。"婆子不知高低,那里肯受?大郎道:"莫非嫌少?"慌忙又取出黄灿灿的两锭金子,也放在桌上,道:"这十两金子,一并奉纳。若干娘再不收时,便是故意推调了。今日是我来寻你,非是你来求我。只为这桩大买卖,不是老娘成不得,所以特地相求。便说做不成时,这金银你只管受用,终不然我又来取讨,日后再没相会的时节了?我陈商不是恁般小样的人!"

看官,你说从来做牙婆的,那个不贪钱钞?见了这般黄白之物,如何不动火?薛婆当时满脸堆下笑来,便道:"大官人休得错怪,老身一生不曾要别人一厘一毫不明不白的钱财。今日既承大官人吩咐,老身权且留下。若是不能效劳,依旧奉纳。"说罢,将金锭放银包内,一齐包起,叫声:"老身大胆了。"拿向卧房中藏过,忙趱出来,道:"大官人,老身且不敢称谢,你且说什么买卖,用着老身之处?"大郎道:"急切要寻一件救命之宝,是处都无,只大市街上一家人家方有,特央干娘去借借。"婆子笑将起来,道:"又是作怪!老身在这条巷住过二十多年,不曾闻大市街有甚救命之宝。大官人你说,有宝的还是谁家?"大郎道:"敝乡里汪三朝奉典铺对门高楼子内是何人之宅?"婆子想了一回道:"这是本地蒋兴哥家里。他男子出外做客,一年多了,只有女眷在家。"大郎道:"我这救命之宝,正要问他女眷借借。"便把椅儿搬近了婆子身边,向他诉出心腹,如此如此。婆子听罢,连忙摇首道:"此事大难!蒋兴哥新娶这房娘子,不上四年,夫妻两个如鱼似水,寸步难离。如今没奈何出去了,这小娘子足不下楼,甚是贞节。因兴哥做人有些古怪,容易嗔嫌,老身辈从不曾上他的阶头。连这小娘子面长面短,老身还不认得,如何应承得此事?方才所赐,是老身薄福,受用不成了。"陈大郎听说,慌忙双膝跪下。婆子去扯他时,被他两手拿住衣袖，紧紧按定在椅上，动弹不得。口里说："我陈商这条性命，都在干娘身上。你是必思量个妙计，作成我入马，救我残生。事成之日，再有白金百两相酬。若是推阻，即今便是个死。"慌得婆子没理会处，连声应道："是，是，莫要折杀老身。大官人请起，老身有话讲。"陈大郎方才起身，拱手道："有何妙策，作速见教。"薛婆道："此事须从容图之，只要成就，莫论岁月。若是限时限日，老身决难奉命。"陈大郎道："若果然成就，便迟几日何妨？只是计将安出？"薛婆道："明日不可太早，不可太迟，早饭后，相约在汪三朝奉典铺中相会。大官人可多带银两，只说与老身做买卖，其间自有道理。若是老身这两只脚跨进得蒋家门时，便是大官人的造化。大官人便可急回下处，莫在他门首盘桓，被人识破，误了大事。讨得三分机会，老身自来回复。"陈大郎道："谨依尊命。"唱了个肥喏，欣然开门而去。正是：

　　未曾灭项兴刘，先见筑坛拜将。

　　当日无话。到次日，陈大郎穿了一身齐整衣服，取上三四百两银子，放在个大皮匣内，唤小郎背着，跟随到大市街汪家典铺来。瞧见对门楼窗紧闭，料是妇人不在，便与管典的拱了手，讨个木凳儿坐在门前，向东而望。不多时，只见薛婆抱着一个篾丝箱儿来了。陈大郎唤住，问道："箱内何物？"薛婆道："珠宝首饰，大官人可用么？"大郎道："我正要买。"薛婆进了典铺，与管典的相见了，叫声"咭噪"，便把箱儿打开。内中有十来包珠子，又有几个小匣儿，都盛着新样簇花点翠的首饰，奇巧动人，光灿夺目。陈大郎拣几吊极粗极白的珠子，和那些簪珥之类，做一堆儿放着，道："这些我都要了。"婆子便把眼儿瞅着，说道："大官人要用时尽用，只怕不肯出这样大价钱。"陈大郎已自会意，开了皮匣，把这些银两白花花的摊做一台，高声地叫道："有这些银子，难道买你的货不起？"此时邻舍闲汉已自走过七八个人，在铺前站着看了。婆子道："老身取笑，岂敢小觑大官人。这银两须要仔细，请收过了，只要还得价钱公道便好。"两下一边的讨价多，一边的还钱少，差得天高地远。那讨价的一口不移，这里陈大郎拿着东西，又不放手，又不增添，故意走出屋檐，件件地反复认看，言真道假、弹斤估两地在日光中炫耀。惹得一市人都来观看，不住声的有人喝彩。婆子乱嚷道："买便买，不买便罢，只管耽搁人则甚！"陈大郎道："怎么不买？"两个又论了一番价。正是：

　　只因酬价争钱口，惊动如花似玉人。

　　王三巧儿听得对门喧嚷，不觉移步前楼，推窗偷看。只见珠光闪烁，宝色辉煌，甚是可爱。又见婆子与客人争价不定，便吩咐丫鬟去唤那婆子，借他东西看看。晴云领命，走过街去，把薛婆衣袂一扯，道："我家娘请你。"婆子故意问道："是谁家？"晴云道："对门蒋家。"婆子把珍珠之类，劈手夺将过来，忙忙地包了，道："老身没有许多空闲，与你歪缠！"陈大郎道："再添些卖了罢。"

婆子道："不卖，不卖！像你这样价钱，老身卖去多时了。"一头说，一头放入箱儿里，依先关锁了，抱着便走，晴云道："我替你老人家拿罢。"婆子道："不消。"头也不回，径到对门去了。陈大郎心中暗喜，也收拾银两，别了管典的，自回下处。正是：

　　　　眼望捷旌旗，耳听好消息。

　　晴云引薛婆上楼，与三巧儿相见了。婆子看那妇人，心下想道："真天人也！怪不得陈大郎心迷，若我做男子，也要浑了。"当下说道："老身久闻大娘贤慧，但恨无缘拜识。"三巧儿问道："你老人家尊姓？"婆子道："老身姓薛，只在这里东巷住，与大娘也是个邻里。"三巧儿道："你方才这些东西，如何不卖？"婆子笑道："若不卖时，老身又拿出来怎的？只笑那下路客人，空自一表人才，不识货物。"说罢便去开了箱儿，取出几件簪珥，递与那妇人看，叫道："大娘，你道这样首饰，便工钱也费多少！他们还得忒不像样，教老身在主人家面前，如何告得许多消乏？"又把几串珠子提将起来道："这般头号的货，他们还做梦哩！"三巧儿问了他讨价还价，便道："真个亏你些儿。"婆子道："还是大家宝眷，见多识广，比男子汉眼力倒胜十倍。"三巧儿唤丫鬟看茶，婆子道："不扰茶了。老身有件要紧的事，欲往西街走走，遇着这个客人，缠了多时，正是：'买卖不成，耽误工程。'这箱儿连锁放在这里，权烦大娘收拾。老身暂去，少停就来。"说罢，便走。三巧儿叫晴云送他下楼，出门向西去了。

　　三巧儿心上爱了这几件东西，专等婆子到来酬价，一连五日不至。到第六日午后，忽然下一场大雨。雨声未绝，砰砰的敲门声响。三巧儿唤丫鬟开看，只见薛婆衣衫半湿，提个破伞进来，口儿道："晴干不肯走，直待雨淋头。"把伞儿放在楼梯边，走上楼来万福道："大娘，前晚失信了。"三巧儿慌忙答礼道："这几日在那里去了？"婆子道："小女托赖新添了个外孙，老身去看看，留住了几日，今早方回。半路上下起雨来，在一个相识人家借得把伞，又是破的，却不是晦气？"三巧儿道："你老人家几个儿女？"婆子道："只一个儿子，完婚过了。女儿倒有四个，这是我第四个了，嫁与徽州朱八朝奉做偏房，就在这北门外开盐店的"。三巧儿道："你老人家女儿多，不把来当事了。本乡本土少什么一夫一妇的，怎舍得与异乡人做小？"婆子道："大娘不知，倒是异乡人有情怀。虽则偏房，他大娘子只在家里，小女自在店中，呼奴使婢，一般受用。老身每遍去时，他当个尊长看待，更不怠慢。如今养了个儿子，愈加好了。"三巧儿道："也是你老人家造化，嫁得着。"说罢，恰好晴云讨茶上来，两个吃了。婆子道："今日雨天没事，老身大胆，敢求大娘的首饰一看，看些巧样儿在肚里也好。"三巧儿道："也只是平常生活，你老人家莫笑话。"就取一把钥匙，开了箱笼，陆续搬出许多钗、钿、缨络之类。薛婆看了，夸美不尽，道："大娘有恁般珍异，把老身这几件东西，看不在眼了。"三巧儿道："好说，我正要与你老人家请个实价"。婆子道:"娘子是识货的,何消老身费嘴?"三巧儿把东西检过,取出薛婆的篾丝箱儿来,放在桌上,将钥匙递与婆子道:"你老人家开了,检看个明白。"婆子道:"大娘忒精细了。"当下开了箱儿,把东西逐件搬出。三巧儿品评价钱,都不甚远。婆子并不争论,欢欢喜喜地道:"恁地,便不枉了人。老身就少赚几贯钱,也是快活的。"三巧儿道:"只是一件,目下凑不起价钱,只好现奉一半,等待我家官人回来,一并清楚。他也只在这几日回了。"婆子道:"便迟几日,也不妨事。只是价钱上相让多了,银水要足纹的。"三巧儿道:"这也小事。"便把心爱的几件首饰及珠子收起。唤晴云取杯现成酒来,与老人家坐坐。婆子道:"造次,如何好搅扰?"三巧儿道:"时常清闲,难得你老人家到此,作伴扳话。你老人家若不嫌怠慢,时常过来走走。"婆子道:"多谢大娘错爱,老身家里当不过嘈杂,像宅上又忒清闲了。"三巧儿道:"你家儿子做甚生意?"婆子道:"也只是接些珠宝客人,每日的讨酒讨浆,刮的人不耐烦。老身亏杀各宅们走动,在家时少,还好。若只在六尺地上转,怕不燥死了人。"三巧儿道:"我家与你相近,不耐烦时,就过来闲话。"婆子道:"只不敢频频打搅。"三巧儿道:"老人家说那里话!"

只见两个丫鬟轮番地走动,摆了两副杯箸,两碗腊鸡,两碗腊肉,两碗鲜鱼,连果碟素菜,共一十六个碗。婆子道:"如何盛设?"三巧儿道:"现成的,休怪怠慢。"说罢,斟酒递与婆子,婆子将杯回敬,两下对坐而饮。原来三巧儿酒量尽去得,那婆子又是酒壶酒瓮,吃起酒来,一发相投了,只恨会面之晚。那日直吃到傍晚,刚刚雨止,婆子作谢要回。三巧儿又取出大银盅来,劝了几盅,又陪他吃了晚饭,说道:"你老人家再宽坐一时,我将这一半价钱付你去。"婆子道:"天晚了,大娘请自在,不争这一夜儿,明日却来领罢。连这篾丝箱儿,老身也不拿去了,省得路上泥滑滑的不好走。"三巧儿道:"明日专专望你。"婆子作别下楼,取了破伞,出门去了。正是:

  世间只有虔婆嘴,哄动多多少少人。

却说陈大郎在下处呆了几日,并无音信。见这日下雨,料是婆子在家,拖泥带水的进城来问个消息,又不相值。自家在酒肆中吃了三杯,用了些点心,又到薛婆门首打听,只是未回。看看天晚,却待转身,只见婆子一脸春色,脚略斜地走入巷来。陈大郎迎着他,作了揖,问道:"所言如何?"婆子摇手道:"尚早。如今方下种,还没有发芽哩。再隔五六年,开花结果,才到得你口。你莫在此探头探脑,老娘不是管闲事的。"陈大郎见他醉了,只得转去。

次日,婆子买了些时新果子,鲜鸡、鱼、肉之类,唤个厨子安排停当,装做两个盒子,又买一瓮上好的酽酒,央间壁小二挑了,来到蒋家门首。三巧儿这日,不见婆子到来,正教晴云开门出来探望,恰好相遇。婆子教小二挑在楼下,先打发他去了。晴云已自报知主母,三巧儿把婆子当个贵客一般,直到楼梯口边迎他上去。婆子千恩万谢地福了一回，便道："今日老身偶有一杯水酒，将来与大娘消遣。"三巧儿道："倒要你老人家赔钞，不当受了。"婆子央两个丫鬟搬将上来，摆做一桌子。三巧儿道："你老人家忒迂阔了，怎般大弄起来。"婆子笑道："小户人家，备不出什么好东西，只当一茶奉献。"晴云便去取杯箸，暖雪便吹起水火炉来。霎时酒暖，婆子道："今日是老身薄意，还请大娘转坐客位。"三巧儿道："虽然相扰，在寒舍岂有此理？"两下谦让多时，薛婆只得坐了客席。这是第三次相聚，更觉熟分了。饮酒中间，婆子问道："官人出外好多时了，还不回？亏他撇得大娘下。"三巧儿道"便是。说过一年就转，不知怎地耽搁了。"婆子道："依老身说，放下怎般如花似玉的娘子，便博个堆金积玉也不为罕。"婆子又道："大凡走江湖的人，把客当家，把家当客。比如我第四个女婿朱八朝奉，有了小女，朝欢暮乐，那里想家？或三年四年，才回一遍，住不上一两个月，又来了。家中大娘子替他担孤受寡，那晓得他外边之事？"三巧儿道："我家官人倒不是这样人。"婆子道："老身只当闲话讲，怎敢将天比地？"当日两个猜谜掷色，吃得酩酊而别。

第三日，同小二来取家伙，就领这一半价钱。三巧儿又留他吃点心。从此以后，把那一半赊钱为由，只做问兴哥的消息，不时行走。这婆子俐齿伶牙，能言快语，又半痴不颠地惯与丫鬟们打诨，所以上下都欢喜他。三巧儿一日不见他来，便觉寂寞，叫老家人认了薛婆家里，早晚常去请他，所以一发来得勤了。

世间有四种人惹他不得，引起了头，再不好绝他。是那四种？

　　游方僧道，乞丐，闲汉，牙婆。

上三种人犹可，只有牙婆是穿房入户的，女眷们怕冷静时，十个九个倒要扳他来往。今日薛婆本是个不善之人，一般甜言软语，三巧儿遂与他成了至交，时刻少他不得。正是：

　　画虎画皮难画骨，知人知面不知心。

陈大郎几遍讨个消息，薛婆只回言尚早。其时五月中旬，天渐炎热。婆子在三巧儿面前，偶说起家中蜗窄，又是朝西房子，夏月最不相宜，不比这楼上高敞风凉。三巧儿道："你老人家若撇得家下，到此过夜也好。"婆子道："好是好，只怕官人回来。"三巧儿道："他就回，料道不是半夜三更。"婆子道："大娘不嫌蒿恼，老身惯是挼相知的，只今晚就取铺陈过来，与大娘作伴，何如？"三巧儿道："铺陈尽有，也不须拿得。你老人家回复家里一声，索性在此过了一夏家去不好？"婆子真个对家里儿子媳妇说了，只带个梳匣儿过来。三巧儿道："你老人家多事，难道我家油梳子也缺了，你又带来怎地？"婆子道："老身一生怕的是同汤洗脸，合具梳头。大娘怕没有精致的梳具，老身如何敢用？其他姐儿们的，老身也怕用得，还是自家带了便当。只是大娘吩咐在那一门房安歇？"

三巧儿指着床前一个小小藤榻儿，道："我预先排下你的卧处了，我两个亲近些，夜间睡不着好讲些闲话。"说罢，捡出一顶青纱帐来，教婆子自家挂了，又同吃了一会酒，方才歇息。两个丫鬟原在床前打铺相伴，因有了婆子，打发他在间壁房里去睡。

从此为始，婆子日间出去串街做买卖，黑夜便到蒋家歇宿。时常携壶挈榼地殷勤热闹，不一而足。床榻是丁字样铺下的，虽隔着帐子，却像是一头同睡。夜间絮絮叨叨，你问我答，凡街坊秽亵之谈，无所不至。这婆子或时装醉诈疯起来，倒说起自家少年时偷汉的许多情事，去勾动那妇人的春心。害得那妇人娇滴滴一副嫩脸，红了又白，白了又红。婆子已知妇人心活，只是那话儿不好启齿。

光阴迅速，又到七月初七日了，正是三巧儿的生日。婆子清早备下两盒礼，与他做生。三巧儿称谢了，留他吃面。婆子道："老身今日有些穷忙，晚上来陪大娘，看牛郎织女做亲。"说罢，自去了。

下得阶头不几步，正遇着陈大郎。路上不好讲话，随到个僻静巷里。陈大郎攒着两眉，埋怨婆子道："干娘，你好慢心肠！春去夏来，如今又立过秋了。你今日也说尚早，明日也说尚早，却不知我度日如年。再延挨几日，他丈夫回来，此事便付东流，却不活活地害死我也？阴司去少不得与你索命！"婆子道："你且莫喉急，老身正要相请，来得恰好。事成不成，只在今晚，须是依我而行。"如此如此，这般这般，"全要轻轻悄悄，莫带累人。"陈大郎点头道："好计，好计。事成之后，定当厚报。"说罢，欣然而去，正是：

　　排成窃玉偷香阵，费尽携云握雨心。

却说薛婆约定陈大郎这晚成事，午后细雨微茫，到晚却没有星月。婆子黑暗里引着陈大郎埋伏在左近，自己却去敲门。晴云点个纸灯儿，开门出来。婆子故意把衣袖一摸，说道："失落了一条临清汗巾儿。姐姐，劳你大家寻一寻。"哄得晴云便把灯向街上照去。这里婆子捉个空，招着陈大郎一溜溜进门来，先引他在楼梯背后空处伏着。婆子便叫道："有了，不要寻了！"晴云道："恰好火也没了，我再去点个来照你。"婆子道："走熟的路，不消用火。"两个黑暗里关了门，摸上楼来。三巧儿问道："你没了什么东西？"婆子袖里扯出个小帕儿来，道："就是这个冤家，虽然不值甚钱，是一个北京客人送我的，却不道：'礼轻人意重'。"三巧儿取笑道："莫非是你老相交送的表记？"婆子笑道："也差不多。"当夜两个耍笑饮酒。婆子道："酒肴尽多，何不把些赏厨下男女？也教他闹轰轰，像个节夜。"三巧儿真个把四碗菜，两壶酒，吩咐丫鬟，拿下楼去。那两个婆娘、一个汉子，吃了一回，各去歇息不提。

再说婆子饮酒中间，问道："官人如何还不回家？"三巧儿道："便是，算来一年半了。"婆子道："牛郎织女，也是一年一会，你比他倒多隔了半年。常言道：'一品官，二品客。'做客的那一处没有风花雪月？只苦了家中娘子。"三巧儿叹了口气，低头不语。婆子道："是老身多嘴了。今夜牛女佳期，只该饮酒作乐，不该说伤情话儿。"说罢，便斟酒去劝那妇人。约莫半酣，婆子又把酒去劝两个丫鬟，说道："这是牛郎织女的喜酒，劝你多吃几杯，后日嫁个恩爱的老公，寸步不离。"两个丫鬟被缠不过，勉强吃了，各不胜酒力，东倒西歪。三巧儿吩咐关了楼门，发放他先睡。他两个自在吃酒。

　　婆子一头吃，口里不住地说罗说皂，道："大娘几岁上嫁的？"三巧儿道："十七岁。"婆子道："破得身迟，还不吃亏。我是十三岁上就破了身。"三巧儿道："嫁得恁般早？"婆子道："论起嫁，倒是十八岁了。不瞒大娘说，因是在间壁人家学针指，被他家小官人调诱，一时间贪他生得俊俏，就应承与他偷了。初时好不疼痛，两三遍后，就晓得快活。大娘你可也是这般么？"三巧儿只是笑。婆子又道："那话儿倒是不晓得滋味的倒好，尝过的便丢不下，心坎里时时发痒。日里还好，夜间好难过哩。"三巧儿道："想你在娘家时阅人多矣，亏你怎生充得黄花女儿嫁去？"婆子道："我的老娘也晓得些影像，生怕出丑，教我一个童女方，用石榴皮、生矾两味，煎汤洗过，那东西就揪紧了，我只做张做势地叫疼，就遮过了。"三巧儿道："你做女儿时，夜间也少不得独睡。"婆子道："还记得在娘家时节，哥哥出外，我与嫂嫂一头同睡。两下轮番在肚子上学男子汉的行事。"三巧儿道："两个女人作对，有甚好处？"婆子走过三巧儿那边，挨肩坐了，说道："大娘，你不知，只要大家知音，一般有趣，也撒得火。"三巧儿举手把婆子肩胛上打一下，说道："我不信，你说谎。"婆子见他欲心已动，有心去挑拨他，又道："老身今年五十二岁了，夜间常痴性发作，打熬不过。亏得你少年老成。"三巧儿道："你老人家打熬不过，终不然还去打汉子？"婆子道："败花枯柳，如今那个要我了？不瞒大娘说，我也有个自取其乐，救急的法儿。"三巧儿道："你说谎，又是什么法儿？"婆子道："少停到床上睡了，与你细讲。"

　　说罢，只见一个飞蛾在灯上旋转，婆子便把扇来一扑，故意扑灭了灯，叫声："啊呀！老身自去点个灯来。"便去开楼门。陈大郎已自走上楼梯，伏在门边多时了——都是婆子预先设下的圈套。婆子道："忘带个取灯儿去了。"又走转来，便引着陈大郎到自己榻上伏着。婆子下楼去了一回，复上来道："夜深了，厨下火种都熄了，怎么处？"三巧儿道："我点灯睡惯了，黑魆魆地，好不怕人！"婆子道："老身伴你一床睡如何？"三巧儿正要问他救急的法儿，应道："甚好。"婆子道："大娘，你先上床，我关了门就来。"三巧儿先脱了衣服，床上去了，叫道："你老人家快睡罢。"婆子应道："就来了。"却在榻上拖陈大郎上来，赤条条的扺在三巧儿床上去。三巧儿摸着身子，道："你老人家许多年纪，身上怎般光滑！"那人并不回言，钻进被里，就捧着妇人做嘴，妇人还认是婆子，双手相抱。那人蓦地腾身而上，就干起事来。那妇人一则多了杯酒，醉眼朦胧；二则被婆子挑拨，春心飘荡，到此不暇致详，凭他轻薄。

一个是闺中怀春的少妇，一个是客邸慕色的才郎。一个打熬许久，如文君初遇相如；一个盼望多时，如必正初谐陈女。分明久旱逢甘雨，胜过他乡遇故知。

陈大郎是走过风月场的人，颠鸾倒凤，曲尽其趣，弄得妇人魂不附体。云雨毕后，三巧儿方问道："你是谁？"陈大郎把楼下相逢，如此相慕，如此苦央薛婆用计，细细说了："今番得遂平生，便死瞑目。"婆子走到床间，说道："不是老身大胆，一来可怜大娘青春独宿，二来要救陈郎性命。你两个也是宿世姻缘，非干老身之事。"三巧儿道："事已如此，万一我丈夫知觉，怎么好？"婆子道："此事你知我知，只买定了晴云、暖雪两个丫头，不许他多嘴，再有谁人漏泄？在老身身上，管成你夜夜欢娱，一些事也没有。只是日后不要忘记了老身。"三巧儿到此，也顾不得许多了，两个又狂荡起来。直到五更鼓绝，天色将明，两个兀自不舍。婆子催促陈大郎起身，送他出门去了。

自此无夜不会，或是婆子同来，或是汉子自来。两个丫鬟被婆子把甜话儿偎他，又把利害话儿吓他，又教主母赏他几件衣服，汉子到时，不时把些零碎银子赏他们买果儿吃。骗得欢欢喜喜，已自做了一路。夜来明去，一出一入，都是两个丫鬟迎送，全无阻隔。真个是你贪我爱，如胶似漆，胜如夫妇一般。陈大郎有心要结识这妇人，不时地制办好衣服、好首饰送他。又替他还了欠下婆子的一半价钱。又将一百两银子谢了婆子。往来半年有余，这汉子约有千金之费。三巧儿也有三十多两银子东西，送那婆子。婆子只为图这些不义之财，所以肯做牵头。这都不在话下。

古人云："天下无不散的筵席。"

才过十五元宵夜，又是清明三月天。

陈大郎思想蹉跎了多时生意，要得还乡。夜来与妇人说知，两下恩深义重，各不相舍。妇人倒情愿收拾了些细软，跟随汉子逃走，去做长久夫妻。陈大郎道："使不得。我们相交始末，都在薛婆肚里。就是主人家吕公，见我每夜进城，难道没有些疑惑？况客船上人多，瞒得那个？两个丫鬟又带去不得。你丈夫回来，根究出情由，怎肯甘休？娘子权且耐心，到明年此时，我到此，觅个僻静下处，悄悄通个信儿与你，那时两口儿同走，神鬼不觉，却不安稳？"妇人道："万一你明年不来，如何？"陈大郎就设起誓来。妇人道："既然你有真心，奴家也决不相负。你若到了家乡，倘有便人，托他捎个书信到薛婆处，也教奴家放意。"陈大郎道："我自用心，不消吩咐。"

又过几日，陈大郎雇下船只，装载粮食完备，又来与妇人作别。这一夜倍加眷恋，两下说一会，哭一会，又狂荡一会，整整地一夜不曾合眼。到五更起身，妇人便去开箱，取出一件宝贝，叫做"珍珠衫"，递与陈大郎道："这件衫儿，是蒋门祖传之物，暑天若穿了它，清凉透骨。此去天道渐热，正用得着。奴家把与你做个纪念，穿了此衫，就如奴家贴体一般。"陈大郎哭得出声不得，软做一堆。妇人就把衫儿亲手与汉子穿下，叫丫鬟开了门户，亲自送他出门，再三珍重而别。诗曰：

　　昔年含泪别夫郎，今日悲啼送所欢。
　　堪恨妇人多水性，招来野鸟胜文鸾。

话分两头。却说陈大郎有了这珍珠衫儿，每日贴体穿着，便夜间脱下，也放在被窝中同睡，寸步不离。一路遇了顺风，不两月行到苏州府枫桥地面。那枫桥是柴米牙行聚处，少不得投个主家脱货，不在话下。

忽一日，赴个同乡人的酒席。席上遇个襄阳客人，生得风流标致。那人非别，正是蒋兴哥。原来兴哥在广东贩了些珍珠、玳瑁、苏木、沉香之类，搭伴起身。那伙同伴商量，都要到苏州发卖。兴哥久闻得"上说天堂，下说苏杭"，好个大码头所在，有心要去走一遍，做这一回买卖，方才回去。还是去年十月中到苏州的。因是隐姓为商，都称为罗小官人，所以陈大郎更不疑惑。他两个萍水相逢，年相若，貌相似，谈吐应对之间，彼此敬慕。即席间问了下处，互相拜望，两个遂成知己，不时会面。

兴哥讨完了客账，欲待起身，走到陈大郎寓所作别。大郎置酒相待，促膝谈心，甚是款洽。此时五月下旬，天气炎热，两个解衣饮酒，陈大郎露出珍珠衫来。兴哥心中骇异，又不好认他的，只夸奖此衫之美。陈大郎恃了相知，便问道："贵县大市街有个蒋兴哥家，罗兄可认得否？"兴哥倒也乖巧，回道："在下出外日多，里中虽晓得有这个人，并不相认。陈兄为何问他？"陈大郎道："不瞒兄长说，小弟与他有些瓜葛。"便把三巧儿相好之情，告诉了一遍。扯着衫儿看了，眼泪汪汪道："此衫是他所赠。兄长此去，小弟有封书信，奉烦一寄，明日侵早送到贵寓。"兴哥口里答应道："当得，当得。"心下沉吟："有这等异事！现在珍珠衫为证，不是个虚话了。"当下如针刺肚，推故不饮，急急起身别去。

回到下处，想了又恼，恼了又想，恨不得学个缩地法儿，顷刻到家。连夜收拾，次早便上船要行。只见岸上一个人气呼呼地赶来，却是陈大郎。亲把书信一大包，递与兴哥，叮嘱千万寄去。气得兴哥面如土色，说不得，话不得；死不得，活不得。只等陈大郎去后，把书看时，面上写道："此书烦寄大市街东巷薛妈妈家。"兴哥性起，一手扯开，却是八尺多长一条桃红绉纱汗巾。又有个纸糊长匣儿，内有羊脂玉凤头簪一根。书上写道："微物二件，烦干娘转寄心爱娘子三巧亲收，聊表纪念。相会之期，准在来春。珍重，珍重。"兴哥大怒，把书扯得粉碎，撒在河中。提起玉簪在船板上一掼，折做两段。一念想起道：

"我好糊涂！何不留此做个证见也好。"便捡起簪儿和汗巾，做一包收拾，催促开船。急急地赶到家乡，望见了自家门首，不觉堕下泪来。想起当初夫妻何等恩爱，只为我贪着蝇头微利，撇他少年守寡，弄出这场丑来，如今悔之何及！在路上性急，巴不得赶回。及至到了，心中又苦又恨，行一步，懒一步。进得自家门里，少不得忍住了气，勉强相见。兴哥并无言语，三巧儿自己心虚，觉得满脸惭愧，不敢殷勤上前扳话。兴哥搬完了行李，只说去看看丈人丈母，依旧到船上住了一晚。

　　次早回家，向三巧儿说道："你的爹娘同时害病，势甚危笃。昨晚我只得住下，看了他一夜。他心中只牵挂着你，欲见一面。我已雇下轿子在门首，你可作速回去，我也随后就来。"三巧儿见丈夫一夜不回，心里正在疑虑。闻说爹娘有病，却认真了，如何不慌？慌忙把箱笼上钥匙递与丈夫，唤个婆娘跟了，上轿而去。兴哥叫住了婆娘，向袖中摸出一封书来，吩咐他送与王公："送过书，你便随轿回来。"

　　却说三巧儿回家，见爹娘双双无恙，吃了一惊。王公见女儿不接而回，也自骇然。在婆子手中接书，拆开看时，却是休书一纸。上写道：

　　　　立休书人蒋德，系襄阳府枣阳县人，从幼凭媒聘定王氏为妻。岂期过门之后，本妇多有过失，正合七出之条。因念夫妻之情，不忍明言。情愿退还本宗，听凭改嫁，并无异言，休书是实。

　　　　　　　　　　　成化二年　　月　　日　手掌为记。

　　书中又包着一条桃红汗巾，一枝打折的羊脂玉凤头簪。王公看了，大惊，叫过女儿问其缘故。三巧儿听说丈夫把他休了，一言不发，啼哭起来。王公气忿忿地一径跟到女婿家来。蒋兴哥连忙上前作揖，王公回礼，便回道："贤婿，我女儿是清清白白嫁到你家的，如今有何过失，你便把他休了？须还我个明白。"蒋兴哥道："小婿不好说得，但问令爱便知。"王公道："他只是啼哭，不肯开口，教我肚里好闷！小女从幼聪慧，料不到得犯了淫盗。若是小小过失，你可也看老汉薄面，恕了他罢。你两个是七八岁上定下的夫妻，完婚后并不曾争论一遍两遍。且是和顺。你如今做客才回，又不曾住过三朝五日，有什么破绽落在你眼里？你直如此狠毒，也被人笑话，说你无情无义。"蒋兴哥道："丈人在上，小婿也不敢多讲。家下有祖遗下珍珠衫一件，是令爱收藏，只问他如今在否。若在时，半字休提；若不在，只索休怪了。"王公忙转身回家，问女儿道："你丈夫只问你讨什么'珍珠衫'，你端的拿与何人去了？"那妇人听得说着了他紧要的关目，羞得满脸通红，开不得口，一发号啕大哭起来，慌得王公没做理会处。王婆劝道："你不要只管啼哭，实实地说个真情与爹妈知道，也好与你分剖。"妇人那里肯说？悲悲咽咽，哭一个不住。王公只得把休书和汗巾、簪子，都付与王婆，教他慢慢地偎着女儿，问他个明白。

王公心中纳闷，走到邻家闲话去了。王婆见女儿哭得两眼赤肿，生怕苦坏了他，安慰了几句言语，走往厨房下去暖酒，要与女儿消愁。三巧儿在房中独坐，想着珍珠衫泄漏的缘故，好生难解。这汗巾、簪子，又不知那里来的。沉吟了半晌道："我晓得了：这折簪是镜破钗分之意；这条汗巾，分明教我悬梁自尽。他念夫妻之情，不忍明言，是要全我的廉耻。可怜四年恩爱，一旦决绝，是我做的不是，负了丈夫恩情。便活在人间，料没有个好日，不如缢死，倒得干净。"说罢，又哭了一回，把个坐杌子填高，将汗巾兜在梁上，正欲自缢。也是寿数未绝，不曾关上房门，恰好王婆暖得一壶好酒走进房来，见女儿安排这事，急得他手忙脚乱，不放酒壶，便上前去拖拽。不期一脚踢翻坐杌子，娘儿两个跌做一团，酒壶都泼翻了。王婆爬起来，扶起女儿，说道："你好短见！二十多岁的人，一朵花还没有开足，怎做这没下梢的事？莫说你丈夫还有回心转意的日子，便真个休了，恁般容貌，怕没人要你？少不得别选良姻，图个下半世受用。你且放心过日子去，休得愁闷。"王公回家，知道女儿寻死，也劝了他一番，又嘱咐王婆用心提防。过了数日，三巧儿没奈何，也放下了念头。正是：

　　　　夫妻本是同林鸟，大限来时各自飞。

　　再说蒋兴哥把两条索子，将晴云、暖雪捆缚起来，拷问情由。那丫头初时抵赖，吃打不过，只得从头至尾，细细招将出来。已知都是薛婆勾引，不干他人之事。到明朝，兴哥领了一伙人，赶到薛婆家里，打得他雪片相似，只饶他拆了房子。薛婆情知自己不是，躲过一边，并没一人敢出头说话。兴哥见他如此，也出了这口气。回去唤个牙婆，将两个丫头都卖了。楼上细软箱笼，大小共十六口，写三十二条封皮，打叉封了，更不开动。这是甚意儿？只因兴哥夫妇，本是十二分相爱的。虽则一时休了，心中好生痛切。见物思人，何忍开看？

　　话分两头。却说南京有个吴杰进士，除授广东潮阳县知县。水路上任，打从襄阳经过。不曾带家小，有心要择一美妾。一路看了多少女子，并不中意。闻得枣阳县王公之女，大有颜色，一县闻名，出五十金财礼，央媒议亲。王公倒也乐从，只怕前婿有言，亲到蒋家，与兴哥说知。兴哥并不阻挡。临嫁之夜，兴哥雇了人夫，将楼上十六个箱笼，原封不动，连钥匙送到吴知县船上，交割与三巧儿，当个赔嫁。妇人心上倒过意不去。旁人晓得这事，也有夸兴哥做人忠厚的，也有笑他痴呆的，还有骂他没志气的。正是人心不同。

　　闲话休题。再说陈大郎在苏州脱货完了，回到新安，一心只想着三巧儿。朝暮看了这件珍珠衫，长吁短叹。老婆平氏心知这衫儿来得跷蹊，等丈夫睡着，悄悄地偷去，藏在天花板上。陈大郎早起要穿时，不见了衫儿，与老婆取讨。平氏那里肯认？急得陈大郎性发，倾箱倒箧地寻个遍，只是不见，便破口骂老婆起来。惹得老婆啼啼哭哭,与他争嚷,闹吵了两三日。陈大郎情怀撩乱,忙忙地收拾银两,带个小郎,再望襄阳旧路而进。

将近枣阳,不期遇了一伙大盗,将本钱尽皆劫去。小郎也被他杀了。陈商眼快,走向船梢舵上伏着,幸免残生。思想还乡不得,且到旧寓住下,待会了三巧儿,与他借些东西,再图恢复。叹了一口气,只得离船上岸。走到枣阳城外主人吕公家,告诉其事;又道如今要央卖珠子的薛婆,与一个相识人家借些本钱营运。吕公道:"大郎不知,那婆子为勾引蒋兴哥的浑家,做了些丑事,去年兴哥回来,问浑家讨什么'珍珠衫'。原来浑家赠与情人去了,无言回答。兴哥当时休了浑家回去,如今转嫁与南京吴进士做第二房夫人了。那婆子被蒋家打得个片瓦不留,婆子安身不牢,也搬在隔县去了。"

陈大郎听得这话,好似一桶冷水没头淋下。这一惊非小,当夜发寒发热,害起病来。这病又是郁症,又是相思症,也带些怯症,又有些惊症。床上卧了两个多月,翻翻覆覆只是不愈,连累主人家小厮,伏侍得不耐烦。陈大郎心上不安,打熬起精神,写成家书一封,请主人来商议,要觅个便人捎信往家中,取些盘缠,就要个亲人来看觑同回。这几句正中了主人之意,恰好有个相识的承差,奉上司公文要往徽宁一路,水陆驿递,极是快的。吕公接了陈大郎书札,又替他应出五钱银子,送与承差,央他乘便寄去。果然的"自行由得我,官差急如火"。不够几日,到了新安县。问着陈商家里,送了家书,那承差飞马去了。正是:

只为千金书信,又成一段姻缘。

话说平氏拆开家信,果是丈夫笔迹,写道:

陈商再拜贤妻平氏见字:别后襄阳遇盗,劫资杀仆。某受惊患病,现卧旧寓吕家,两月不愈。字到可央一的当亲人,多带盘缠,速来看视。伏枕草草。

平氏看了,半信半疑,想道:"前番回家,亏折了千金资本。据这件珍珠衫,一定是邪路上来的。今番又推被盗,多讨盘缠,怕是假话。"又想道:"他要个的当亲人,速来看视,必然病势厉害。这话是真,也未可知。如今央谁人去好?"左思右想,放心不下。与父亲平老朝奉商议,收拾起细软家私,带了陈旺夫妇,就请父亲作伴,雇个船只,亲往襄阳看丈夫去。到得京口,平老朝奉痰火病发,央人送回去了。平氏引着男女,上水前进。

不一日,来到枣阳城外,问着了旧主人吕家。原来十日前,陈大郎已故了。吕公赔些钱钞,将就入殓。平氏哭倒在地,良久方醒。慌忙换了孝服,再三向吕公说,欲待开棺一见,另买副好棺材,重新殓过。吕公执意不肯。平氏没奈何,只得买木做个外棺包裹,请僧做法事超度,多焚冥资。吕公已自索了他二十两银子谢仪,随他闹吵,并不言语。

过了一月有余，平氏要选个好日子，扶柩而回。吕公见这妇人年少姿色，料是守寡不终，又且囊中有物，思想儿子吕二，还没有亲事，何不留住了他，完其好事，可不两便？吕公买酒请了陈旺，央他老婆委曲进言，许以厚谢。陈旺的老婆是个蠢货，那晓得什么委曲？不顾高低，一直的对主母说了。平氏大怒，把他骂了一顿，连打几个耳光子，连主人家也数落了几句。吕公一场没趣，敢怒而不敢言。正是：

羊肉馒头没的吃，空教惹得一身臊。

吕公便去撺掇陈旺逃走。陈旺也思量没甚好处了，与老婆商议，教他做脚，里应外合，把银两首饰，偷得罄尽，两口儿连夜走了。吕公明知其情，反埋怨平氏道："不该带这样歹人出来，幸而偷了自家主母的东西，若偷了别家的，可不连累人！"又嫌这灵柩碍他生理，教他快些抬去。又道后生寡妇，在此住居不便，催促他起身。平氏被逼不过，只得别赁下一间房子住了。雇人把灵柩移来，安顿在内。这凄凉景象，自不必说。

间壁有个张七嫂，为人甚是活动。听得平氏啼哭，时常走来劝解。平氏又时常央他典卖几件衣服用度，极感其意。不够几月，衣服都典尽了。从小学得一手好针线，思量要到个大户人家，教习女红度日，再作区处。正与张七嫂商量这话，张七嫂道："老身不好说得，这大户人家，不是你少年人走动的。死的没福自死了，活的还要做人。你后面日子正长哩，终不然做针线娘了得你下半世？况且名声不好，被人看得轻了。还有一件，这个灵柩，如何处置？也是你身上一件大事。便出赁房钱，终久是不了之局。"平氏道："奴家也都虑到，只是无计可施了。"张七嫂道："老身倒有一策，娘子莫怪我说。你千里离乡，一身孤寡，手中又无半钱，想要搬这灵柩回去，多是虚了。莫说你衣食不周，到底难守；便多守得几时，亦有何益？依老身愚见，莫若趁此青年美貌，寻个好对头，一夫一妇的，随了他去。得些财礼，就买块土来葬了丈夫，你的终身又有所托，可不生死无憾？"平氏见他说得近理，沉吟了一会，叹口气道："罢，罢，奴家卖身葬夫，旁人也笑我不得。"张七嫂道："娘子若定了主意时，老身现有个主儿在此。年纪与娘子相近，人物齐整，又是大富之家。"平氏道："他既是富家，怕不要二婚的。"张七嫂道："他也是续弦了，原对老身说，不拘头婚二婚，只要人才出众。似娘子这般丰姿，怕不中意？"原来张七嫂曾受蒋兴哥之托，央他访一头好亲。因是前妻三巧儿出色标致，所以如今只要访个美貌的。那平氏容貌，虽不及得三巧儿，论起手脚伶俐，胸中泾渭，又胜似他。

张七嫂次日就进城，与蒋兴哥说了。兴哥闻得是下路人，愈加欢喜。这里平氏分文财礼不要，只要买块好地殡葬丈夫要紧。张七嫂往来回复了几次，两相依允。

话休烦絮。却说平氏送了丈夫灵柩入土，祭奠毕了，大哭一场，免不得起灵除孝。临期，蒋家送衣饰过来，又将他典下的衣服都赎回了。成亲之夜，一般大吹大擂，洞房花烛。正是：

  规矩熟闲虽旧事，恩情美满胜新婚。

  蒋兴哥见平氏举止端庄，甚相敬重。一日，从外而来，平氏正在打叠衣箱，内有珍珠衫一件。兴哥认得了，大惊问道："此衫从何而来？"平氏道："这衫儿来得跷蹊。"便把前夫如此张致，夫妻如此争嚷，如此赌气分别，述了一遍。又道："前日艰难时，几番欲把它典卖，只愁来历不明，怕惹出是非，不敢露人眼目。连奴家至今，不知这物是那里来的。"兴哥道："你前夫陈大郎名字，可叫做陈商？可是白净面皮，没有须，左手长指甲的么？"平氏道："正是"。蒋兴哥把舌头一伸，合掌对天道："如此说来，天理昭彰，好怕人也！"平氏问其缘故，蒋兴哥道："这件珍珠衫，原是我家旧物。你丈夫奸骗了我的妻子，得此衫为表记。我在苏州相会，见了此衫，始知其情，回来把王氏休了。谁知你丈夫客死，我今续弦，但闻是徽州陈客之妻，谁知就是陈商！却不是一报还一报？"平氏听罢，毛骨悚然。从此恩情愈笃。这才是《蒋兴哥重会珍珠衫》的正话。诗曰：

  天理昭昭不可欺，两妻交易孰便宜？
  分明欠债偿他利，百岁姻缘暂换时。

  再说蒋兴哥有了管家娘子，一年之后，又往广东做买卖。也是合当有事，一日到合浦县贩珠，价都讲定，主人家老儿，只拣一粒绝大的偷过了，再不承认。兴哥不忿，一把扯他袖子要搜。何期去得势重，将老儿拖翻在地，跌下便不做声。忙去扶时，气已断了。儿女亲邻，哭的哭，叫的叫，一阵地簇拥将来，把兴哥捉住。不由分说，痛打一顿，关在空房里。连夜写了状词，只等天明，县主早堂，连人进状。县主准了，因这日有公事，吩咐把凶身锁押，次日候审。

  你道这县主是谁？姓吴名杰，南畿进士，正是三巧儿的晚老公。初选原在潮阳，上司因见他清廉，调在这合浦县采珠的所在来做官。是夜，吴杰在灯下将准过的状词细阅。三巧儿正在旁边闲看，偶见宋福所告人命一词，凶身罗德，枣阳县客人，不是蒋兴哥是谁？想起旧日恩情，不觉痛酸，哭告丈夫道："这罗德是贱妾的亲哥，出嗣在母舅罗家的。不期客边，犯此大辟。官人可看妾之面，救他一命还乡。"县主道："且看临审如何。若人命果真，教我也难宽宥。"三巧儿两眼噙泪，跪下苦苦哀求。县主道："你且莫忙，我自有道理。"明早出堂，三巧儿又扯住县主衣袖哭道："若哥哥无救，贱妾亦当自尽，不能相见了。"

  当日县主升堂，第一就问这起。只见宋福、宋寿弟兄两个，哭啼啼地与父亲执命，禀道："因争珠怀恨，登时打闷，仆地身死。望爷爷做主。"县主问众干证口词，也有说打倒的，也有说推跌的。蒋兴哥辩道："他父亲偷了小人的珠子，小人不忿，与他争论。他因年老脚跄，自家跌死，不干小人之事。"县主问宋福道："你父亲几岁了？"宋福道："六十七岁了。"县主道："老年人容易昏绝，未必是打。"宋福、宋寿坚执是打死的。县主道："有伤无伤，须凭检验。既说打死，将尸发在漏泽园去，俟晚堂听检。"原来宋家也是个大户，有体面的，老儿曾当过里长，儿子怎肯把父亲在尸场剔骨？两个双双叩头道："父亲死状，众目共见，只求爷爷到小人家里相验，不愿发检。"县主道："若不见贴骨伤痕，凶身怎肯伏罪？没有尸格，如何申得上司过？"弟兄两个只是求告。县主发怒道："你既不愿检，我也难问。"慌得他弟兄两个连连叩头道："但凭爷爷明断。"县主道："望七之人，死是本等。倘或不因打死，屈害了一个平人，反增死者罪过。就是你做儿子的，巴得父亲到许多年纪，又把个不得善终的恶名与他，心中何忍？但打死是假，推仆是真，若不重罚罗德，也难出你的气。我如今教他披麻戴孝，与亲儿一般行礼。一应殡殓之费，都要他支持。你可服么？"弟兄两个道："爷爷吩咐，小人敢不遵依！"兴哥见县主不用刑罚，断得干净，喜出望外。当下原、被告都叩头称谢。县主道："我也不写审单，着差人押出，待事完回话，把原词与你销讫便了。"正是：

公堂造业真容易，要积阴功亦不难。
试看今朝吴大尹，解冤释罪两家欢。

却说三巧儿自丈夫出堂之后，如坐针毡。一闻得退衙，便迎住问个消息。县主道："我如此如此断了，看你之面，一板也不曾责他。"三巧儿千恩万谢，又道："妾与哥哥久别，渴思一会，问取爹娘消息。官人如何做个方便，使妾兄妹相见，此恩不小。"县主道："这也容易。"

看官们，你道三巧儿被蒋兴哥休了，恩断义绝，如何恁地用情？他夫妇原是十分恩爱的，因三巧儿做下不是，兴哥不得已而休之，心中兀自不忍，所以改嫁之夜，把十六只箱笼，完完全全地赠他。只这一件，三巧儿的心肠，也不容不软了。今日他身处富贵，见兴哥落难，如何不救？这叫做知恩报恩。

再说蒋兴哥遵了县主所断，着实小心尽礼，更不惜费，宋家弟兄都没话了。丧葬事毕，差人押到县中回复。县主唤进私衙赐座，说道："尊舅这场官司，若非令妹再三哀恳，下官几乎得罪了。"兴哥不解其故，回答不出。少停茶罢，县主请入内书房，教小夫人出来相见。你道这番意外相逢，不像个梦景么？他两个也不行礼，也不讲话，紧紧地你我相抱，放声大哭。就是哭爹哭娘，从没见这般哀惨，连县主在旁，好生不忍，便道："你两人且莫悲伤，我看你不像哥妹。快说真情，下官有处。"两个哭得半休不休的，那个肯说？却被县主盘问不过，三巧儿只得跪下，说道："贱妾罪当万死，此人乃妾之前夫也。"蒋兴哥料瞒不得，也跪下来，将从前恩爱，及休妻再嫁之事，一一诉知。说罢，两人又哭做一团，连吴知县也堕泪不止。道："你两人如此相恋，下官何忍拆开？幸然在此三年，不曾生育，即刻领去完聚。"两个插烛也似拜谢。

县主即忙讨个小轿，送三巧儿出衙；又唤集人夫，把原来赔嫁的十六个箱笼抬去，都教兴哥收领。又差典吏一员，护送他夫妇出境。此乃吴知县之厚德。正是：

珠还合浦重生采，剑合丰城倍有神。
堪美吴公存厚道，贪财好色竟何人！

此人向来艰子，后行取到吏部，在北京纳宠，连生三子，科第不绝，人都说阴德之报，这是后话。

再说蒋兴哥带了三巧儿回家，与平氏相见。论起初婚，王氏在前，只因休了一番，这平氏倒是明媒正娶，又且平氏年长一岁，让平氏为正房，王氏反做偏房，两个姐妹相称。从此一夫二妇，团圆到老。有诗为证：

恩爱夫妻虽到头，妻还作妾亦堪羞。
殃祥果报无虚谬，咫尺青天莫远求。

〔注释〕

〔1〕《喻世明言》：初题《古今小说》，原文据日本内阁文库藏明天启间天许斋刊本（上海古籍出版社 1978 年影印本）校录。

（张燕瑾　校录）

## 滕大尹鬼断家私

玉树庭前诸谢，紫荆花下三田。埙篪和好弟兄贤，父母心中欢忻。
多少争财竞产，同根苦自相煎。相持鹬蚌枉垂涎，落得渔人取便。

这首词，名为〔西江月〕，是劝人家弟兄和睦的。且说如今三教经典，都是教人为善的。儒教有《十三经》、《六经》、《五经》，释教有诸品《大藏金经》，道教有《南华冲虚经》，及诸品藏经，盈箱满案，千言万语，看来都是赘疣。依我说，要做好人，只消个两字经，是"孝悌"两个字。那两字经中，又只消理会一个字，是个"孝"字。假如孝顺父母的，见父母所爱者亦爱之，父母所敬者亦敬之。何况兄弟行中，同气连枝，想到父母身上去，那有不和不睦之理？就是家私田产，总是父母挣来的，分什么尔我，较什么肥瘠？假如你生于穷汉之家，分文没得承受，少不得自家挽起眉毛，挣扎过活。现成有田有地，兀自争多嫌寡，动不动推说爹娘偏爱，分受不均。那爹娘在九泉之下，他心上必然不乐。此岂是孝子所为？所以古人说得好，道是："难得者兄弟，易得者田地。"怎么是难得者兄弟？且说人生在世，至亲的莫如爹娘。爹娘养下我来时节，极早已是壮年了，况且爹娘怎守得我同去？也只好半世相处。再说，至爱的莫如夫妇，白头相守，极是长久的了。然未做亲以前，你张我李，各门各户，也空着幼年一段。只有兄弟们，生于一家，从幼相随到老，有事共商，有难共救，真像手足一般。何等情谊！譬如良田美产，今日弃了，明日又可挣得来。若失了个弟兄，分明割了一手，折了一足，乃终身缺陷。说到此地，岂不是"难得者兄弟，易得者田地"？若是为田地上坏了手足亲情，倒不如穷汉赤光光没得承受，反为干净，省了许多是非口舌。

如今在下说一节国朝的故事，乃是《滕县尹鬼断家私》。这节故事，是劝人重义轻财，休忘了"孝悌"两字经。看官们，或是有弟兄没兄弟，都不关在下之事，各人自去摸着心头，学好做人便了。正是：

善人听说心中刺，恶人听说耳边风。

话说国朝永乐年间，北直顺天府香河县，有个倪太守，双名守谦，字益之。家累千金，肥田美宅。夫人陈氏，单生一子，名曰善继，长大婚娶之后，陈夫人身故。倪太守罢官鳏居，虽然年老，只落得精神健旺。凡收租放债之事，件件关心，不肯安闲享用。其年七十九岁，倪善继对老子说道："'人生七十古来稀'。父亲今年七十九，明年八十齐头了。何不把家事交卸与孩儿掌管，吃些现成茶饭，岂不为美？"老子摇着头，说出几句道：

在一日，管一日。替你心，替你力。挣些利钱穿共吃。直待两脚壁立直，那时不关我事得。

每年十月间，倪太守亲往庄上收租，整月地住下。庄户人家，肥鸡美酒，尽他受用。那一年，又去住了几日。偶然一日，午后无事，绕庄闲步，观看野景。忽然见一个女子，同着一个白发婆婆，向溪边石上捣衣。那女子虽然村妆打扮，颇有几分姿色：

发同漆黑，眼若波明，纤纤十指似栽葱，曲曲双眉如抹黛。随常布帛，俏身躯赛着绫罗；点景野花，美丰仪不须钗钿。五短身材偏有趣，二八年纪正当时。

倪太守老兴勃发，看得呆了。那女子捣衣已毕，随着老婆婆而走。那老儿留心观看，只见他走过数家，进一个小小白篱笆门内去了。倪太守连忙转身，唤管庄的来，对他说如此如此，教他访那女子跟脚，曾否许人。"若是没有人家时，我要娶他为妾，未知他肯否？"管庄的巴不得奉承家主，领命便走。原来那女子姓梅，父亲也是个府学秀才。因幼年父母双亡，在外婆身边居住。年一十七岁，尚未许人。管庄的访得的实了，就与那老婆婆说："我家老爷见你女孙儿生得齐整，意欲聘为偏房。虽说是做小，老奶奶去世已久，上面并无人拘管。嫁得成时，丰衣足食，自不须说。连你老人家年常衣服茶米，都是我家照顾，临终还得个好断送。只怕你老人家没福。"老婆婆听得花锦似一片说话，即时依允。也是姻缘前定，一说便成。管庄的回复了倪太守，太守大喜。讲定财礼，讨皇历看个吉日，又恐儿子阻挡，就在庄上行聘，庄上做亲。成亲之夜，一老一少，端的好看！有〔西江月〕为证：

　　一个乌纱白发，一个绿鬓红妆。枯藤缠树嫩花香，好似奶公相傍。

　　一个心中凄楚，一个暗地惊慌。只愁那话忒郎当，双手扶持不上。

当夜倪太守抖擞精神，勾消了姻缘簿上。真个是：

　　恩爱莫忘今夜好，风光不减少年时。

　　过了三朝，唤个轿子，抬那梅氏回宅，与儿子、媳妇相见。阖宅男妇，都来磕头，称为小奶奶。倪太守把些布帛赏与众人，各各欢喜。只有那倪善继，心中不美。面前虽不言语，背后夫妻两口儿议论道："这老人忒没正经，一把年纪，风灯之烛，做事也须料个前后。知道五年十年在世，却去干这样不了不当的事？讨这花枝般的女儿，自家也得精神对付他。终不然耽误他在那里，有名无实？还有一件，多少人家老汉身边，有了少妇，支持不过。那少妇熬不得，走了野路，出乖露丑，为家门之玷。还有一件，那少妇跟随老汉，分明似出外度荒年一般，等得年时成熟，他便去了。平时偷短偷长，做下私房，东三西四地寄开，又撒娇撒痴，要汉子制办衣饰与他。到得树倒鸟飞时节，他便颠作嫁人，一包儿收拾去受用。这是木中之蠹，米中之虫。人家有了这般人，最损元气。"又说道："这女子娇模娇样，好像个妓女，全没有良家体段。看来是个做声分的头儿，擒老公的太岁。在咱爹身边，只该半妾半婢，叫声姨姐，后日还有个退步。可笑咱爹不明，就叫众人唤他做'小奶奶'，难道要咱们叫他娘不成？咱们只不作准他，莫要奉承透了，讨他做大起来，明日咱们颠倒受他呕气。"夫妻二人，唧唧哝哝，说个不了。早有多嘴的传话出来。倪太守知道了，虽然不乐，却也藏在肚里。幸得那梅氏秉性温良，事上接下，一团和气，众人也都相安。

　　过了两个月，梅氏得了身孕，瞒着众人，只有老公知道。一日三，三日九，挨到十月满足，生下一个小孩儿出来，举家大惊。这日正是九月九日，乳名取做重阳儿。到十一日，就是倪太守生日，这年恰好八十岁了。贺客盈门，倪太守开筵管待，一来为寿诞，二来小孩儿三朝，就当个汤饼之会。众宾客道："老先生高年，又新添个小令郎，足见血气不衰，乃上寿之征也。"倪太守大喜。倪善继背后又说道："男子六十而精绝，况是八十岁了，那见枯树上生出花来？这孩子不知那里来的杂种，决不是咱爹嫡血，我断然不认他做兄弟。"老子又晓得了，也藏在肚里。

　　光阴似箭，不觉又是一年，重阳儿周岁。整备做晬盘故事。里亲外眷，又来作贺。倪善继倒走了出门，不来陪客。老子已知其意，也不去寻他回来。自己陪着诸亲，吃了一日酒。虽然口中不语，心内未免有些不足之意。自古道：

"子孝父心宽。"那倪善继平日做人,又贪又狠,一心只怕小孩子长大起来,分了他一股家私,所以不肯认做兄弟。预先把恶话谣言,日后好摆布他母子。那倪太守是读书做官的人,这个关窍怎不明白?只恨自家老了,等不及重阳儿成人长大,日后少不得要在大儿子手里讨针线,今日与他结不得冤家,只索忍耐。看了这点小孩子,好生痛他;又看了梅氏小小年纪,好生怜他。常时想一会,闷一会,恼一会,又懊悔一会。

再过四年,小孩子长成五岁。老子见他伶俐,又试会玩耍,要送他馆中上学。取个学名,哥哥叫善继,他就叫善述。拣个好日,备了果酒,领他去拜师父。那师父就是倪太守请在家里教孙儿的,小叔侄两个同馆上学,两得其便。谁知倪善继与做爹的不是一条心肠。他见那孩子取名善述,与己排行,先自不像意了;又与他儿子同学读书,倒要儿子叫他叔叔,从小叫惯了,后来就被他欺压。不如唤了儿子出来,另从个师父罢。当日将儿子唤出,只推有病,连日不到馆中。倪太守初时只道是真病,过了几日,只听得师父说:"大令郎另聘了个先生,分做两个学堂,不知何意?"倪太守不听犹可,听了此言,不觉大怒,就要寻大儿子,问其缘故。又想到:"天生恁般逆种,与他说也没干,由他罢了!"含了一口闷气,回到房中,偶然脚慢,拌着门槛一跌。梅氏慌忙扶起,搀到醉翁床上坐下,已自不省人事。急请医生来看,医生说是中风。忙取姜汤灌醒,扶他上床。虽然心下清爽,却满身麻木,动弹不得。梅氏坐在床头,煎汤煎药,殷勤伏侍。连进几服,全无功效。医生切脉道:"只好延挨日子,不能痊愈了。"倪善继闻知,也来看觑了几遍,见老子病势沉重,料是不起,便呼幺喝六,打童骂仆,预先装出家主公的架子来。老子听得,愈加烦恼。梅氏只得啼哭,连小学生也不去上学,留在房中,相伴老子。

倪太守自知病笃,唤大儿子到面前,取出簿子一本,家中田地屋宅及人头账目总数,都在上面。吩咐道:"善述年方五岁,衣服尚要人照管;梅氏又年少,也未必能管家。若分家私与他,也是枉然,如今尽数交付与你。倘或善述日后长大成人,你可看做爹的面上,替他娶房媳妇,分他小屋一所,良田五六十亩,勿令饥寒足矣。这段话我都写绝在家私簿上,就当分家,把与你做个执照。梅氏若愿嫁人,听从其便。倘肯守着儿子度日,也莫强他。我死之后,你一一依我言语,这便是孝子。我在九泉,亦得瞑目。"倪善继把簿子揭开一看,果然开得细,写得明,满脸堆下笑来,连声应道:"爹休忧虑,怎儿一一依爹吩咐便了。"抱了家私簿子,欣然而去。梅氏见他走得远了,两眼垂泪,指着那孩子道:"这个小冤家,难道不是你嫡血?你却和盘托出,都把与大儿子了。教我母子两口,异日把什么过活?"倪太守道:"你有所不知。我看善继,不是个良善之人。若将家私平分了,连这小孩子的性命也难保。不如都把与他,像了他意,再无妒忌。"梅氏又哭道:"虽然如此,自古道'子无嫡庶',忒杀厚薄不均，被人笑话。"倪太守道："我也顾他不得了。你年纪正小，趁我未死，将孩子嘱咐善继。待我去世后，多则一年，少则半载，尽你心中拣择个好头脑，自去图下半世受用，莫要在他们身边讨气吃。"梅氏道："说那里话！奴家也是儒门之女，妇人从一而终，况又有了这小孩儿，怎割舍得抛他？好歹要守在这孩子身边的。"倪太守道："你果然肯守志终身么？莫非日久生悔？"梅氏就发起大誓来。倪太守道："你若立志果坚，莫愁母子没得过活。"便向枕边摸出一件东西来，交与梅氏。梅氏初时只道又是一个家私簿子，却原来是一尺阔三尺长的一个小轴子。梅氏道："要这小轴儿何用？"倪太守道："这是我的行乐图，其中自有奥妙。你可悄地收藏，休露人目。直待孩子年长，善继不肯看顾他，你也只含藏于心。等得个贤明有司官来，你却将此轴去诉理，述我遗命，求他细细推详，自然有个处分，尽勾你母子二人受用。"梅氏收了轴子。话休絮烦，倪太守又延了数日，一夜痰厥，叫唤不醒，呜呼哀哉，死了。享年八十四岁。正是：

　　三寸气在千般用，一日无常万事休。
　　早知九泉将不去，作家辛苦着何由？

　　且说倪善继得了家私簿，又讨了各仓各库匙钥，每日只去查点家财什物，那有功夫走到父亲房里问安？直等呜呼之后，梅氏差丫鬟去报知凶信，夫妻两口方才跑来，也哭了几声"老爹爹"。没一个时辰，就转身去了，倒委着梅氏守尸。幸得衣衾棺椁，诸事都是预办下的，不要倪善继费心。殡殓成服后。梅氏和小孩子两口守着孝堂，早暮啼哭，寸步不离。善继只是点名应客，全无哀痛之意，七中便择日安葬。回丧之夜，就把梅氏房中，倾箱倒箧，只怕父亲存下些私房银两在内。梅氏乖巧，恐怕收去了他的行乐图，把自己原嫁来的两只箱笼，倒先开了，提出几件穿旧衣裳，教他夫妻两口检看。善继见他大意，倒不来看了。夫妻两口儿乱了一回，自去了。梅氏思量苦切，放声大哭。那小孩子见亲娘如此，也哀哀哭个不住。恁般光景：

　　任是泥人应堕泪，纵教铁汉也酸心。

　　次早，倪善继又唤个做屋匠来看这房子，要行重新改造，与自家儿子做亲。将梅氏母子，搬到后园二间杂屋内栖身，只与他四脚小床一张，和几件粗台粗凳，连好家火，都没一件。原在房中伏侍有两个丫鬟，只拣大些的又唤去了，只留下十一二岁的小使女，每日是他厨下取饭，有菜没菜，都不照管。梅氏见不方便，索性讨些饭米，堆个土灶，自炊来吃。早晚做些针指，买些小菜，将就度日。小学生倒附在邻家上学，束脩都是梅氏自出。善继又屡次教妻子劝梅氏嫁人，又寻媒妪与他说亲。见梅氏誓死不从，只得罢了。因梅氏十分忍耐，凡事不言不语，所以善继虽然凶狠，也不将他母子放在心上。

　　光阴似箭，善述不觉长成一十四岁。原来梅氏平生谨慎，从前之事，在儿子面前，一字也不提，只怕娃子家口滑，引出是非，无益有损。守得一十四岁时，他胸中渐渐泾渭分明，瞒他不得了。一日，向母亲讨件新绢衣穿，梅氏回他没钱买得。善述道："我爹做过太守，只生我弟兄两人，见今哥哥恁般富贵，我要一件衣服，就不能够了，是怎地？既娘没钱时，我自与哥哥索讨。"说罢，就走，梅氏一把扯住道："我儿，一件绢衣，直甚大事，也去开口求人。常言道：'惜福积福'，'小来穿线，大来穿绢'。若小时穿了绢，到大来线也没得穿了。再过两年，等你读书进步，做娘的情愿卖身来做衣服与你穿着。你那哥哥不是好惹的，缠他什么！"善述道："娘说得是。"口虽答应，心下不以为然，想着："我父亲万贯家私，少不得兄弟两个大家分受。我又不是随娘晚嫁，拖来的油瓶，怎么我哥哥全不看顾？娘又是恁般说，终不然一匹绢儿，没有我分，直待娘卖身来做与我穿着？这话好生奇怪！哥哥又不是吃人的虎，怕他怎的？"心生一计，瞒了母亲，径到大宅里去。寻见了哥哥，叫声："作揖。"善继倒吃了一惊，问他来做什么。善述道："我是个缙绅子弟，身上褴褛，被人耻笑。特来寻哥哥讨匹绢去，做衣服穿。"善继道："你要衣服穿，自与娘讨。"善述道："老爹爹家私是哥哥管，不是娘管。"善继听说"家私"二字，题目来得大了，便红着脸问道："这句话，是那个教你说的？你今日来讨衣服穿，还是来争家私？"善述道："家私少不得有日分析，今日先要件衣服，装装体面。"善继道："你这般野种，要什么体面！老爹爹纵有万贯家私，自有嫡子嫡孙，干你野种屁事！你今日是听了甚人撺掇，到此讨野火吃？莫要惹着我性子，教你母子二人无安身之处！"善述道："一般是老爹爹所生，怎么我是野种？惹着你性子，便怎地？难道谋害了我娘儿两个，你就独占了家私不成？"善继大怒，骂道："小畜牲，敢顶撞我！"牵住他衣袖儿，捻起拳头，一连七八个栗暴，打得头皮都青肿了。善述挣脱了，一道烟走出，哀哀地哭到母亲面前来，一五一十，备细述与母亲知道。梅氏抱怨道："我教你莫去惹事，你不听教训，打得你好！"口里虽如此说，扯着青布衫，替他摩那头上肿处，不觉两泪交流。有诗为证：

　　少年孀妇拥遗孤，食薄衣单百事无。
　　只为家庭缺孝友，同枝一树判荣枯。

梅氏左思右量，恐怕善继藏怒，倒遣使女进去致意，说小学生不晓世事，冲撞长兄，招个不是。善继兀自怒气不息，次日侵早，邀几个族人在家，取出父亲亲笔分关，请梅氏母子到来，共同看了。便道："尊亲长在上，不是善继不肯养他母子，要撵他出去。只因善述昨日与我争取家私，发许多说话，诚恐日后长大，说话一发多了，今日分析他母子出外居住。东庄住房一所，田五十八亩，都是遵依老爹爹遗命，毫不敢自专。伏乞尊亲长作证。"这伙亲族，平昔晓得善继做人利害，又且父亲亲笔遗嘱，那个还肯多嘴，做闲冤家？都将好看的话儿来说。那奉承善继的说道："'千金难买亡人笔'。照依分关，再没话了。"就是那可怜善述母子的，也只说道："'男子不吃分时饭，女子不着嫁时衣'。多少白手成家的，如今有屋住，有田种，不算没根基了，只要自去挣持。得粥莫嫌薄，各人自有个命在。"

梅氏料道在园屋居住，不是了日，只得听凭分析。同孩儿谢了众亲长，拜别了祠堂，辞了善继夫妇。教人搬了几件旧家火，和那原嫁来的两只箱笼，雇了牲口骑坐，来到东庄屋内。只见荒草满地，屋瓦稀疏，是多年不修整的，上漏下湿，怎生住得？将就打扫一两间，安顿床铺。唤庄户来问时，连这五十八亩田，都是最下不堪的。大熟之年，一半收成还不能够；若荒年，只好赔粮。梅氏只叫得苦。倒是小学生有智，对母亲道："我弟兄两个，都是老爹爹亲生，为何分关上如此偏向？其中必有缘故。莫非不是老爹爹亲笔？自古道'家私不论尊卑'。母亲何不告官申理？厚薄凭官府判断，倒无怨心。"梅氏被孩儿提起线索，便将十来年隐下衷情，都说出来，道："我儿休疑分关之语，这正是你父亲之笔。他道你年小，恐怕被做哥的暗算，所以把家私都判与他，以安其心。临终之日，只与我行乐图一轴，再三嘱咐：其中含藏哑谜，直待贤明有司在任，送他详审，包你母子两口，有得过活，不致贫苦。"善述道："既有此事，何不早说？行乐图在那里？快取来与孩儿一看。"梅氏开了箱儿，取出一个布包来。解开包袱，里面又有一重油纸封裹着。拆了封，展开那一尺阔三尺长的小轴儿，挂在椅上，母子一齐下拜。梅氏通陈道："村庄香烛不便，乞恕亵慢。"善述拜罢，起来仔细看时，乃是一个坐像，乌纱白发，画得丰采如生。怀中抱着婴儿，一只手指着地下。揣摩了半晌，全然不解，只得依旧收卷包藏，心下好生烦闷。

过了数日，善述到前村要访个师父讲解。偶从关王庙前经过，只见一伙村人，抬着猪羊大礼，祭赛关圣。善述立住脚头看时，又见一个过路的老者，拄了一根竹杖，也来闲看。问着众人道："你们今日为甚赛神？"众人道："我们遭了屈官司，幸赖官府明白，断明了这公事。向日许下神道愿心，今日特来拜偿。"老者道："什么屈官司？怎生断的?"内中一人道："本县向奉上司明文，十家为甲。小人是甲首，叫做成大。同甲中，有个赵裁，是第一手针线，常在人家做夜作，整几日不归家的。忽一日出去了，月余不归。老婆刘氏，央人四下寻觅，并无踪迹。又过了数日，河内浮出一个尸首，头都打破的。地方报与官府，有人认出衣服，正是那赵裁。赵裁出门前一日，曾与小人酒后争句闲话，一时发怒，打到他家，毁了他几件家私，这是有的。谁知他老婆把这桩人命告了小人。前任漆知县，听信一面之词，将小人问成死罪。同甲不行举首，连累他们都有了罪名。小人无处伸冤，在狱三载。幸遇新任滕爷，他虽乡科出身，甚是明白。小人因他热审时节，哭诉其冤。他也疑惑道：'酒后争嚷，不是大仇，怎的就谋他一命？'准了小人状词，出牌拘人复审。滕爷一眼看着赵裁的老婆，千不说，万不说，开口便问他曾否再醮。刘氏道：'家贫难守，已嫁人了。'又问：'嫁的甚人？'刘氏道：'是班辈的裁缝，叫沈八汉。'滕爷当时飞拿沈八汉来，问道：'你几时娶这妇人？'八汉道：'他丈夫死了一个多月，小人方才娶回。'滕爷道：'何人为媒？用何聘礼？'八汉道："赵裁存日，曾借用过小人七八两银子。小人闻得赵裁死信，走到他家探问，就便催取这银子。那刘氏没得抵偿，情愿将身许嫁小人，准折这银两，其实不曾央媒。'滕爷又问道：'你做手艺的人，那里来这七八两银子？'八汉道：'是陆续凑与他的。'滕爷把纸笔教他细开逐次借银数目。八汉开了出来，或米或银共十三次，凑成七两八钱之数。滕爷看罢，大喝道：'赵裁是你打死的，如何妄陷平人？'便用夹棍夹起。八汉还不肯认。滕爷道：'我说出情弊，教你心服，既然放本盘利，难道再没第二个人托得，恰好都借与赵裁？必是平昔间与他妻子有奸，赵裁贪你东西，知情故纵。以后想做长久夫妻，便谋死了赵裁。却又教导那妇人告状，捻在成大身上。今日你开账的字，与旧时状纸笔迹相同，这人命不是你是谁？'再教把妇人拶指，要他承招。刘氏听见滕爷言语，句句合拍，分明鬼谷先师一般，魂都惊散了，怎敢抵赖。拶子套上，便承认了。八汉只得也招了。原来八汉起初与刘氏密地相好，人都不知。后来往来勤了，赵裁怕人眼目，渐有隔绝之意。八汉私与刘氏商量，要谋死赵裁，与他做夫妻，刘氏不肯。八汉乘赵裁在人家做生活回来，哄他店上吃得烂醉，行到河边，将他推倒，用石块打破脑门，沉尸河底。只等事冷，便娶那妇人回去。后因尸骸浮起，被人认出。八汉闻得小人有争嚷之隙，却去唆那妇人告状。那妇人直待嫁后，方知丈夫是八汉谋死的。既做了夫妻，便不言语。却被滕爷审出真情，将他夫妻抵罪，释放小人宁家。多承列位亲邻斗出公分，替小人赛神。老翁，你道有这般冤枉么？'老者道："怎般贤明官府，真个难遇。本县百姓有幸了！"

倪善述听在肚里，便回家学与母亲知道，如此如此，这般这般，"有恁地好官府，不将行乐图去告诉，更待何时？"母子商议已定，打听了放告日期，梅氏起个黑早，领着十四岁的儿子，带了轴儿，来到县中叫喊。大尹见没有状词，只有一个小小轴儿，甚是奇怪。问其缘故，梅氏将倪善继平昔所为，及老子临终遗嘱，备细说了。滕知县收了轴子，教他且去，"待我进衙细看"。正是：

一幅画图藏哑谜，千金家事仗搜寻。
只因嫠妇孤儿苦，费尽神明大尹心。

不提梅氏母子回家。且说滕大尹放告已毕，退归私衙。取那一尺阔三尺长的小轴，看是倪太守行乐图：一手抱个婴孩，一手指着地下。推详了半日，想道："这个婴孩就是倪善述，不消说了；那一手指地，莫非要有司官念他地下之情,替他出力么?"又想道:"他既有亲笔分关,官府也难做主了。他说轴中含藏哑谜,必然还有个道理。若我断不出此事,枉自聪明一世!"每日退堂,便将画图展玩,千思万想。如此数日,只是不解。

也是这事合当明白,自然生出机会来。一日午饭后,又去看那轴子。丫鬟送茶来吃,将一手去接茶瓯,偶然失措,泼了些茶,把轴子沾湿了。滕大尹放了茶瓯,走向阶前,双手扯开轴子,就日色晒干。忽然日光中照见轴子里面有些字影,滕知县心疑,揭开看时,乃是一幅字纸,托在画上,正是倪太守遗笔,上面写道:

> 老夫官居五马,寿逾八旬。死在旦夕,亦无所恨。但孽子善述,方年周岁,急未成立。嫡善继素缺孝友,日后恐为所戕。新置大宅二所,及一切田产,悉以授继。惟左偏旧小屋,可分与述。此屋虽小,室中左壁埋银五千,作五坛;右壁埋银五千,金一千,作六坛,可以准田园之额。后有贤明有司主断者,述儿奉酬白金三百两。八十一翁倪守谦亲笔。

<br>　　　　　　　　　　年　　　月　　　日花押

原来这行乐图,是倪太守八十一岁上,与小孩子做周岁时,预先做下的。古人云"知子莫若父",信不虚也。滕大尹最有机变的人,看见开着许多金银,未免垂涎之意。眉头一皱,计上心来:"差人密拿倪善继来见我,自有话说。"

却说倪善继,独霸家私,心满意足,日日在家中快乐。忽见县差奉着手批拘唤,时刻不容停留。善继推阻不得,只得相随到县。正值大尹升堂理事,差人禀道:"倪善继已拿到了。"大尹唤到案前问道:"你就是倪太守的长子么?"善继应道:"小人正是。"大尹道:"你庶母梅氏,有状告你,说你逐母逐弟,占产占房。此事真么?"倪善继道:"庶弟善述,在小人身边,从幼抚养大的,近日他母子自要分居,小人并不曾逐他。其家财一节,都是父亲临终亲笔分析定的,小人并不敢有违。"大尹道:"你父亲亲笔在那里?"善继道:"现在家中,容小人取来呈览。"大尹道:"他状词内告有家财万贯,非同小可。遗笔真伪,也未可知。念你是缙绅之后,且不难为你。明日可唤齐梅氏母子,我亲到你家查阅家私。若厚薄果然不均,自有公道,难以私情而论。"喝教皂快押出善继,就去拘集梅氏母子,明日一同听审。公差得了善继的东道,放他回家去讫,自往东庄拘人去了。

再说善继听见官府口气利害,好生惊恐。论起家私,其实全未分析,单单持着父亲分关执照,千钧之力,须要亲族见证方好。连夜将银两分送三党亲长,嘱托他次早都到家来,若官府问及遗笔一事,求他同声相助。这伙三党之亲,自从倪太守亡后,从不曾见善继一盘一盒,岁时也不曾酒杯相及。今日大块银子送来,正是"闲时不烧香,急来抱佛脚",各各暗笑,落得受了买东西吃。明日见官,旁观动静,再作区处。时人有诗云:

休嫌庶母妄兴词，自是为兄意太私。
　　今日将银买三党，何如匹绢赠孤儿？

　　且说梅氏见县差拘唤，已知县主与他做主。过了一夜，次日侵早，母子二人先到县中去见滕大尹。大尹道："怜你孤儿寡妇，自然该替你说法。但闻得善继执得有亡父亲笔分关，这怎么处？"梅氏道："分关虽写得有，却是保全孩子之计，非出亡夫本心。恩相只看家私簿上数目，自然明白。"大尹道："常言道：'清官难断家事'。我如今管你母子一生衣食充足，你也休做十分大望。"梅氏谢道："若得免于饥寒足矣，岂望与善继同作富家郎乎？"

　　滕大尹吩咐梅氏母子，先到善继家伺候。倪善继早已打扫厅堂，堂上设一把虎皮交椅，焚起一炉好香，一面催请亲族早来守候。梅氏和善述到来，见十亲九眷，都在眼前，一一相见了，也不免说几句求情的话儿。善继虽然一肚子恼怒，此时也不好发泄，各各暗自打点见官的说话。

　　等不多时，只听得远远喝道之声，料是县主来了，善继整顿衣帽迎接。亲族中年长知事的，准备上前见官；其幼辈怕事的，都站在照壁背后张望，打探消耗。只见一对对执事两班排立，后面青罗伞下，盖着有才有智的滕大尹。到得倪家门首，执事跪下，吆喝一声，梅氏和倪家兄弟，都一齐跪下来迎接。门子喝声："起去！"轿夫停了五山屏风轿子。滕大尹不慌不忙，踱下轿来。将欲进门，忽然对着空中，连连打恭，口里应对，恰像有主人相迎的一般。众人都吃惊，看他做甚模样。只见滕大尹一路揖让，直到堂中。连作数揖，口中叙许多寒温的言语。先向朝南的虎皮交椅上打个恭，恰像有人看坐的一般。连忙转身，就拖一把交椅，朝北主位排下，又向空再三谦让，方才上坐。众人看他见神见鬼的模样，不敢上前，都两旁站立呆看。只见滕大尹在上坐拱揖，开谈道："令夫人将家产事告到晚生手里，此事端的如何？"说罢，便作倾听之状。良久，乃摇首吐舌道："长公子太不良了。"静听一会，又自说道："教次公子何以存活？"停一会，又说道："右偏小屋，有何活计？"又连声道："领教，领教。"又停一时，说道："这项也交付次公子，晚生都领命了。"少停又拱揖道："晚生怎敢当此厚惠？"推逊了多时，又道："既承尊命恳切，晚生勉领，便给批照与次公子收执。"乃起身，又连作数揖，口称："晚生便去。"众人都看得呆了。

　　只见滕大尹立起身来。东看西看，问道："倪爷那里去了？"门子禀道："没见什么倪爷。"滕大尹道："有此怪事！"唤善继问道："方才令尊老先生，亲在门外相迎，与我对坐了讲这半日说话，你们谅必都听见的。"善继道："小人不曾听见。"滕大尹道："方才长长的身儿，瘦瘦的脸儿，高颧骨，细眼睛，长眉大耳，朗朗的三牙须，银也似白的，纱帽皂靴，红袍金带，可是倪老先生模样么？"唬得众人一身冷汗，都跪下道："正是他生前模样。"大尹道："如何忽然不见了？他说家中有两处大厅堂，又东边旧存下一所小屋，可是有的？"善继也不敢隐瞒，只得承认道："有的"。大尹道："且到东边小屋去一看，自有话说。众人见大尹半日自言自语，说得活龙活现，分明是倪太守模样，都信道倪太守真个出现了。人人吐舌，个个惊心。谁知都是滕大尹的巧言，他是看了行乐图，照依小像说来，何曾有半句是真话？有诗为证：

圣贤自是空题目，惟有鬼神不敢触。
若非大尹假装词，逆子如何肯心服？

倪善继引路，众人随着大尹，来到东偏旧屋内。这旧屋是倪太守未得第时所居，自从造了大厅大堂，把旧屋空着，只做个仓厅，堆积些零碎米麦在内，留下一房家人。看见大尹前后走了一遍，到正屋中坐下，向善继道："你父亲果是有灵，家中事体，备细与我说了，教我主张。这所旧宅子与善述，你意下如何？"善继叩头道："但凭恩台明断。"大尹讨家私簿子细细看了，连声道："也好个大家事！"看到后面遗笔分关，大笑道："你家老先生自家写定的，方才却又在我面前，说善继许多不是，这个老先儿也是没主意的"。唤倪善继过来："既然分关写定，这些田园账目，一一给你，善述不许妄争。"梅氏暗暗叫苦，方欲上前哀求，只见大尹又道："这旧屋判与善述，此屋中之所有，善继也不许妄争。"善继想道："这屋内破家破火，不值甚事，便堆下些米麦，一月前都粜得七八了，存不多儿，我也够便宜了。"便连连答应道："恩台所断极明。"大尹道："你两人一言为定，各无翻悔。众人既是亲族，都来做个证见。方才倪老先生当面嘱咐说：'此屋左壁下埋银五千两，作五坛，当与次儿。'"善继不信，禀道："若果然有此，即使万金，亦是兄弟的，小人并不敢争执。"大尹道："你就争执时，我也不准。"便教手下讨锄头铁锹等器，梅氏母子作眼，率领民壮，往东壁下掘开墙基，果然埋下五个大坛。发起来时，坛中满满的，都是光银子。把一坛银子，上秤称时，算来该是六十二斤半，刚刚一千两足数。众人看见，无不惊讶。善继益发信真了："若非父亲阴灵出现，面诉县主，这个藏银，我们尚且不知，县主那里知道？"只见滕大尹教把五坛银子，一字儿摆在自家面前；又吩咐梅氏道："右壁还有五坛，亦是五千之数。更有一坛金子，方才倪老先生有命，送我作酬谢之意，我不敢当，他再三相强，我只得领了。"梅氏同善述叩头说道："左壁五千，已出望外；若右壁更有，敢不依先人之命！"大尹道："我何以知之？据你家老先生是恁般说，想不是虚话。"再教人发掘西壁，果然六个大坛，五坛是银，一坛是金。善继看着许多黄白之物，眼里都放出火来，恨不得抢他一锭。只是有言在前，一字也不敢开口。滕大尹写个照帖，给与善述为照，就将这房家人，判与善述母子。梅氏同善述不胜之喜，一同叩头拜谢，善继满肚不乐，也只得磕几个头，勉强说句："多谢恩台主张。"大尹判几条封皮，将一坛金子封了，放在自己轿前，抬回衙内，落得受用。众人都认道真个倪太守许下酬谢他的，反以为理之当然，那个敢道个不字？这正叫做

"鹬蚌相持，渔人得利"。若是倪善继存心忠厚，兄弟和睦，肯将家私平等分析，这千两黄金，弟兄大家该五百两，怎到得滕大尹之手？白白里作成了别人，自己还讨得气闷，又加个不孝不弟之名。千算万计，何曾算计得他人，只算计得自家而已！

　　闲话休提。再说梅氏母子，次日又到县拜谢滕大尹。大尹已将行乐图取去遗笔，重新裱过，给还梅氏收领。梅氏母子方悟行乐图上，一手指地，乃指地下所藏之金银也。此时有了这十坛银子，一般置买田园，遂成富室。后来善述娶妻，连生三子，读书成名。倪氏门中，只有这一枝极盛。善继两个儿子，都好游荡，家业耗废。善继死后，两所大宅子，都卖与叔叔善述管业。里中凡晓得倪家之事本末的，无不以为天报云。诗曰：

　　　　从来天道有何私？堪笑倪郎心太痴。
　　　　忍以嫡兄欺庶母，却教死父算生儿。
　　　　轴中藏字非无意，壁下埋金属有司。
　　　　何似存些公道好，不生争竞不兴词。

（张燕瑾　校录）

# 警世通言[1]

冯梦龙

## 崔待诏生死冤家

（宋人小说作"碾玉观音"）

　　山色晴岚景物佳，暖烘回雁起平沙。东郊渐觉花供眼，南陌依稀草吐芽。　堤上柳，未藏鸦，寻芳趁步到山家。陇头几树红梅落，红杏枝头未着花。

这首〔鹧鸪天〕说孟春景致，原来又不如〔仲春词〕做得好：

　　每日青楼醉梦中，不知城外又春浓。杏花初落疏疏雨，杨柳轻摇淡淡风。　浮画舫，跃青骢，小桥门外绿阴笼。行人不入神仙地，人在珠帘第几重？

这首词说仲春景致，原来又不如黄夫人做着〔季春词〕又好：

　　先自春光似酒浓，时听燕语透帘栊。小桥杨柳飘香絮，山寺绯桃散落红。　莺渐老，蝶西东，春归难觅恨无穷。侵阶草色迷朝雨，满地梨花逐晓风。

这三首词都不如王荆公看见花瓣儿片片风吹下地来，原来这春归去，是东风断送的。有诗道：

　　春日春风有时好，春日春风有时恶。
　　不得春风花不开，花开又被风吹落！

苏东坡道："不是东风断送春归去，是春雨断送春归去。"有诗道：

　　雨前初见花间蕊，雨后全无叶底花。
　　蜂蝶纷纷过墙去，却疑春色在邻家。

秦少游道："也不干风事，也不干雨事，是柳絮飘将春色去。"有诗道：

　　三月柳花轻复散，飘扬澹荡送春归。
　　此花本是无情物，一向东飞一向西。

邵尧夫道："也不干柳絮事，是蝴蝶采将春色去。"有诗道：

　　花正开时当三月，蝴蝶飞来忙劫劫。
　　采将春色向天涯，行人路上添凄切！

曾两府道："也不干蝴蝶事，是黄莺啼得春归去。"有诗道：

花正开时艳正浓，春宵何事恼芳丛？
　　黄鹂啼得春归去，无限园林转首空。
朱希真道："也不干黄莺事，是杜鹃啼得春归去。"有诗道：
　　杜鹃叫得春归去，吻边啼血尚犹存。
　　庭院日长空悄悄，教人生怕到黄昏！
苏小小道："都不干这几件事，是燕子衔将春色去。"有〔蝶恋花〕词为证：
　　妾本钱塘江上住，花开花落，不管流年度。燕子衔将春色去，纱窗几阵黄梅雨。　　斜插犀梳云半吐，檀板轻敲，唱彻黄金缕。歌罢彩云无觅处，梦回明月生南浦。
王岩叟道："也不干风事，也不干雨事，也不干柳絮事，也不干蝴蝶事，也不干黄莺事，也不干杜鹃事，也不干燕子事；是九十日春光已过，春归去。"曾有诗道：
　　怨风怨雨两俱非，风雨不来春亦归。
　　腮边红褪青梅小，口角黄消乳燕飞。
　　蜀魄健啼花影去，吴蚕强食柘桑稀。
　　直恼春归无觅处，江湖辜负一蓑衣。
　　说话的，因甚说这〔春归词〕？绍兴年间，行在有个关西延州延安府人，本身是三镇节度使咸安郡王。当时怕春归去，将带着许多钧眷游春。至晚回家，来到钱塘门里，车桥前面，钧眷轿子过了，后面是郡王轿子到来。则听得桥下裱褙铺里一个人叫道："我儿出来看郡王！"当时郡王在轿里看见，叫帮窗虞候道："我从前要寻这个人，今日却在这里。只在你身上，明日要这个人入府中来。"当时虞候声诺，来寻这个看郡王的人，是甚色目人？正是：
　　尘随车马何年尽？情系人心早晚休。
　　只见车桥下一个人家，门前出着一面招牌，写着："璩家装裱古今书画。"铺里一个老儿，引着一个女儿，生得如何？
　　　　云鬟轻笼蝉翼，蛾眉淡拂春山。朱唇缀一颗樱桃，皓齿排两行碎玉。
　　莲步半折小弓弓，莺啭一声娇滴滴。
便是出来看郡王轿子的人。虞候即时来他家对门一个茶坊里坐定。婆婆把茶点来。虞候道："启请婆婆，过对门裱褙铺里请璩大夫来说话。"婆婆便去请到来。两个相揖了就坐，璩待问："府干有何见谕？"虞候道："无甚事，闲问则个。适来叫出来看郡王轿子的人是令爱么？"待诏道："正是拙女，止有三口。"虞候又问："小娘子贵庚？"待诏应道："一十八岁。"再问："小娘子如今要嫁人，却是趋奉官员？"待诏道："老拙家寒，那讨钱来嫁人？将来只是献与官员府第。"虞候道："小娘子有甚本事？"待诏说出女孩儿一件本事来，有词寄〔眼儿媚〕为证。

深闺小院日初长，娇女绮罗裳。不做东君造化，金针刺绣群芳。

斜枝嫩叶包开蕊，唯只欠馨香；曾向园林深处，引教蝶乱蜂狂。

原来这女儿会绣作。虞候道："适来郡王在轿里，看见令爱身上系着一条绣裹肚。府中正要寻一个绣作的人，老丈何不献与郡王？"璩公归去，与婆婆说了。到明日写一纸献状，献来府中。郡王给与身价，因此取名秀秀养娘。

不则一日，朝廷赐下一领团花绣战袍，当时秀秀依样绣出一件来，郡王看了欢喜道："主上赐与我团花战袍，却寻甚么奇巧的物事献与官家？"去府库里寻出一块透明的羊脂美玉来，即时叫将门下碾玉待诏，问这块玉堪做甚么？内中一个道："好做一副劝杯。"郡王道："可惜恁般一块玉，如何将来只做得一副劝杯！"又一个道："这块玉上尖下圆，好做一个摩侯罗儿。"郡王道："摩侯罗儿，只是七月七日乞巧使得。寻常间又无用处。"数中一个后生，年纪二十五岁，姓崔，名宁，趋事郡王数年，是升州建康府人。当时叉手向前，对着郡王道："告恩王，这块玉上尖下圆，甚是不好，只好碾一个南海观音。"郡王道："好！正合我意。"就叫崔宁下手。不过两个月，碾成了这个玉观音。郡王即时写表进上御前，龙颜大喜。崔宁就本府增添请给，遭遇郡王。

不则一日，时遇春天，崔待诏游春回来，入得钱塘门，在一个酒肆，与三四个相知，方才吃得数杯，则听得街上闹吵吵，连忙推开楼窗看时，见乱烘烘道："井亭桥有遗漏。"吃不得这酒成，慌忙下酒楼看时，只见：

初如萤火，次若灯光，千条蜡烛焰难当，万座糁盆敌不住。六丁神推倒宝天炉，八力士放起焚山火。骊山会上，料应褒姒逞娇容；赤壁矶头，想是周郎施妙策。五通神牵住火葫芦，宋无忌赶番赤骡子。又不曾泻烛浇油，直恁的烟飞火猛！

崔待诏望见了，急忙道："在我本府前不远。"奔到府中看时，已搬挈得罄尽，静悄悄地无一个人。崔待诏既不见人，且循着左手廊下入去，火光照得如同白日。去那左廊下一个妇女，摇摇摆摆，从府堂里出来。自言自语，与崔宁打个胸厮撞。崔宁认得是秀秀养娘，倒退两步，低身唱个喏。原来郡王当日，尝对崔宁许道："待秀秀满日，把来嫁与你。"这些众人，都撺掇道："好对夫妻！"崔宁拜谢了，不则一番。崔宁是个单身，却也痴心；秀秀见恁地个后生，却也指望。当日有这遗漏，秀秀手中提着一帕子金珠富贵，从左廊下出来。撞见崔宁，便道："崔大夫，我出来得迟了。府中养娘各自四散，管顾不得，你如今没奈何只得将我去躲避则个。"当下崔宁和秀秀出府门，沿着河走到石灰桥。秀秀道："崔大夫，我脚疼了，走不得。"崔宁指着前面道："更行几步，那里便是崔宁住处，小娘子到家中歇脚，却也不妨。"到得家中坐定，秀秀道："我肚里饥，崔大夫与我买些点心来吃。我受了些惊，得杯酒吃更好。"当时崔宁买将酒来，三杯两盏，正是：

　　　　三杯竹叶穿心过，两朵桃花上脸来。

　　道不得个"春为花博士，酒是色媒人"。秀秀道："你记得当时在月台上赏月，把我许你，你兀自拜谢。你记得也不记得？"崔宁叉着手，只应得"喏"。秀秀道："当日众人都替你喝采：'好对夫妻！'你怎地到忘了？"崔宁又则应得"喏"。秀秀道："比似只管等待，何不今夜我和你先做夫妻？不知你意下何如？"崔宁道："岂敢。"秀秀道："你知道不敢！我叫将起来，教坏了你，你却如何将我到家中？我明日府里去说。"崔宁道："告小娘子，要和崔宁做夫妻，不妨；只一件，这里住不得了，要好趁这个遗漏人乱时，今夜就走开去，方才使得。"秀秀道："我既和你做夫妻，凭你行。"当夜做了夫妻。

　　四更已后，各带着随身金银物件出门。离不得饥餐渴饮，夜住晓行，迤逦来到衢州。崔宁道："这里是五路总头，是打那条路去好？不若取信州路上去，我是碾玉作，信州有几个相识，怕那里安得身。"即时取路到信州。住了几日，崔宁道："信州常有客人到行在往来，若说道我等在此，郡王必然使人来追捉，不当稳便。不若离了信州，再往别处去。"两个又起身上路，径取潭州。不则一日，到了潭州。却是走得远了。就潭州市里讨间房屋，出面招牌，写着"行在崔待诏碾玉生活"。崔宁便对秀秀道："这里离行在有二千余里了，料得无事，你我安心，好做长久夫妻。"潭州也有几个寄居官员，见崔宁是行在待诏，日逐也有生活得做。崔宁密使人打探行在本府中事。有曾到都下的，得知府中当夜失火，不见了一个养娘，出赏钱寻了几日不知下落。也不知道崔宁将他走了，见在潭州住。

　　时光似箭，日月如梭，也有一年之上。忽一日方早开门，见两个着皂衫的，一似虞候府干打扮，入来铺里坐地，问道："本官听得说有个行在崔待诏，教请过来做生活。"崔宁吩咐了家中，随这两个人到湘潭县路上来。便将崔宁到宅里相见官人，承揽了玉作生活，同路归家。正行间，只见一个汉子，头上带个竹丝笠儿，穿着一领白段子两上领布衫，青白行缠扎着裤子口，着一双多耳麻鞋，挑着一个高肩担儿，正面来，把崔宁看了一看，崔宁却不见这汉面貌，这个人却见崔宁，从后大踏步尾着崔宁来。正是：

　　　　谁家稚子鸣榔板，惊起鸳鸯两处飞。

　　这汉子毕竟是何人？且听下回分解。

　　　　竹引牵牛花满街，疏篱茅舍月光筛。琉璃盏内茅柴酒，白玉盘中簇豆梅。　　休懊恼，且开怀，平生赢得笑颜开。三千里地无知己，十万军中挂印来。

　　这只〔鹧鸪天〕词是关西秦州雄武军刘两府所作。从顺昌大战之后，闲在家中，寄居湖南潭州湘潭县。他是个不爱财的名将，家道贫寒，时常到村店中吃酒。店中人不识刘两府，欢呼啰唣。刘两府道："百万番人，只如等闲，如今却被他们诬罔!"做了这只〔鹧鸪天〕,流传直到都下。当时殿前太尉是杨和王,见了这词,好伤感,"原来刘两府直恁孤寒!"教提辖官差人送一项钱与这刘两府。今日崔宁的东人郡王,听得说刘两府恁地孤寒,也差人送一项钱与他,却经由潭州路过。见崔宁从湘潭路上来,一路尾着崔宁到家,正见秀秀坐在柜身子里。便撞破他们道:"崔大夫多时不见,你却在这里。秀秀养娘他如何也在这里?郡王教我下书来潭州,今日遇着你们——原来秀秀养娘嫁了你,也好。"当时吓杀崔宁夫妻两个,被他看破。那人是谁?却是郡王府中一个排军,从小伏侍郡王,见他朴实,差他送钱与刘两府。这人姓郭名立,叫做郭排军。当下夫妻请住郭排军,安排酒来请他。吩咐道:"你到府中千万莫说与郡王知道!"郭排军道:"郡王怎知得你两个在这里。我没事,却说什么?"当下酬谢了出门,回到府中参见郡王,纳了回书。看着郡王道:"郭立前日下书回,打潭州过,却见两个人在那里住。"郡王问:"是谁?"郭立道:"见秀秀养娘并崔待诏两个,请郭立吃了酒食,教休来府中说知。"郡王听说便道:"叵耐这两个做出这事来,却如何直走到那里?"郭立道:"也不知他仔细,只见他在那里住地,依旧挂招牌做生活。"郡王教干办去吩咐临安府,即时差一个缉捕使臣,带着做公的,备了盘缠,径来湖南潭州府,下了公文,同来寻崔宁和秀秀,却似:

皂雕追紫燕,猛虎啖羊羔。

不两月,捉将两个来,解到府中。报与郡王得知,即时升厅。原来郡王杀番人时,左手使一口刀,叫做"小青";右手使一口刀,叫做"大青"。这两口刀不知剁了多少番人。那两口刀鞘内藏着,挂在壁上。郡王升厅,众人声喏。即将这两个人押来跪下。郡王好生焦躁,左手去壁牙上取下"小青",右手一掣,掣刀在手,睁起杀番人的眼儿,咬得牙齿剥剥地响。当时吓杀夫人,在屏风背后道:"郡王,这里是帝辇之下,不比边庭上面。若有罪过,只消解去临安府施行,如何胡乱凯得人?"郡王听说,道:"叵耐这两个畜生逃走,今日捉将来,我恼了,如何不凯?既然夫人来劝,且捉秀秀入府后花园去。把崔宁解去临安府断治。"当下喝赐钱酒,赏犒捉事人。解这崔宁到临安府,一一从头供说:"自从当夜遗漏,来到府中,都搬尽了,只见秀秀养娘从廊下出来,揪住崔宁道:'你如何安手在我怀中?若不依我口,都坏了你!'要共崔宁逃走。崔宁不得已,只得与他同走。只此是实。"临安府把文案呈上郡王,郡王是个刚直的人,便道:"既然恁地,宽了崔宁,且与从轻断治。崔宁不合在逃,罪杖,发遣建康府居住。"

当下差人押送,方出北关门,到鹅项头,见一顶轿儿,两个人抬着,从后面叫:"崔待诏,且不得去!"崔宁认得像是秀秀的声音,赶将来又不知怎地,心下好生疑惑。伤弓之鸟,不敢揽事,且低着头只顾走。只见后面赶将上来,歇了轿子,一个妇人走出来——不是别人,便是秀秀,道:"崔待诏,你如今去建康府，我却如何？"崔宁道："却是怎地好？"秀秀道："自从解你去临安府断罪，把我捉入后花园，打了三十竹篦，遂便赶我出来。我知道你建康府去，赶将来同你去。"崔宁道："恁地却好。"讨了船，直到建康府，押发人自回。若是押发人是个学舌的，就有一场是非出来。因晓得郡王性如烈火，惹着他不是轻放手的。他又不是王府中人，去管这闲事怎地？况且崔宁一路买酒买食，奉承得他好，回去时就隐恶而扬善了。

　　再说崔宁两口在建康居住，既是问断了，如今也不怕有人撞见，依旧开个碾玉作铺。浑家道："我两口却在这里住得好，只是我家爹妈自从我和你逃去潭州，两个老的吃了些苦。当日捉我入府时，两个去寻死觅活，今日也好教人去行在取我爹妈来这里同住。"崔宁道："最好。"便教人来行在取他丈人丈母。写了他地理脚色与来人。到临安府寻见他住处，问他邻舍指道："这一家便是。"来人去门首看时，只见两扇门关着，一把锁锁着，一条竹竿封着。问邻舍："他老夫妻那里去了？"邻舍道："莫说！他有个花枝也似女儿，献在一个奢遮去处。这个女儿不受福德，却跟一个碾玉的待诏逃走了。前日从湖南潭州捉将回来，送在临安府吃官司，那女儿吃郡王捉进后花园里去。老夫妻见女儿捉去，就当下寻死觅活，至今不知下落，只恁地关着门在这里。"来人见说，再回建康府来，兀自未到家。

　　且说崔宁正在家中坐，只见外面有人道："你寻崔待诏住处？这里便是。"崔宁叫出浑家来看时，不是别人，认得是璩公璩婆。都相见了，喜欢的做一处。那去取老儿的人，隔一日才到，说如此这般：寻不见，却空走了这遭。两个老的且自来到这里了。两个老人道："却生受你，我不知你们在建康住，教我寻来寻去，直到这里。"其时四口同住，不在话下。

　　且说朝廷官里，一日到偏殿看玩宝器，拿起这玉观音来看，这个观音身上，当时有一个玉铃儿，失手脱下。即时问近侍官员："却如何修理得？"官员将玉观音反覆看了，道："好个玉观音！怎地脱落了铃儿？"看到底下，下面碾着三字："崔宁造"。"恁地容易，既是有人造，只消得宣这个人来，教他修整。"敕下郡王府，宣取碾玉匠崔宁。郡王回奏："崔宁有罪，在建康府居住。"即时使人去建康，取得崔宁到行在歇泊了。当时宣崔宁见驾，将这玉观音教他领去，用心整理。崔宁谢了恩，寻一块一般的玉，碾一个铃儿，接住了，御前交纳。破分请给养了崔宁，令只在行在居住。崔宁道："我今日遭际御前，争得气。再来清湖河下寻间屋儿开个碾玉铺，须不怕你们撞见！"可煞事有斗巧，方才开得铺三两日，一个汉子从外面过来，就是那郭排军。见了崔待诏，便道："崔大夫恭喜了！你却在这里住？"抬起头来，看柜身里却立着崔待诏的浑家。郭排军吃了一惊，拽开脚步就走。浑家说与丈夫道："你与我叫住那排军！我相问则个。"正是：

> 平生不作皱眉事，世上应无切齿人。

崔待诏即时赶上扯住，只见郭排军把头只管侧来侧去，口里喃喃地道："作怪，作怪！"没奈何，只得与崔宁回来，到家中坐地。浑家与他相见了，便问："郭排军，前者我好意留你吃酒，你却归来说与郡王，坏了我两个的好事。今日遭际御前，却不怕你去说。"郭排军吃他相问得无言可答，只道得一声"得罪"。相别了，便来到府里，对着郡王道："有鬼！"郡王道："这汉则甚？"郭立道："告恩王，有鬼！"郡王问道："有甚鬼？"郭立道："方才打清湖河下过，见崔宁开个碾玉铺，却见柜身里一个妇女，便是秀秀养娘。"郡王焦躁道："又来胡说！秀秀被我打杀了，埋在后花园，你须也看见，如何又在那里？却不是取笑我！"郭立道："告恩王，怎敢取笑！方才叫住郭立，相问了一回。怕恩王不信，勒下军令状了去。"郡王道："真个在时，你勒军令状来！"那汉也是合苦，真个写一纸军令状来。郡王收了，叫两个当直的轿番，抬一顶轿子，教："取这妮子来。若真个在，把来凯取一刀；若不在，郭立，你须替他凯取一刀！"郭立同两个轿番来取秀秀。正是：

> 麦穗两歧，农人难辨。

郭立是关西人，朴直，却不知军令状如何胡乱勒得。三个一径来到崔宁家里，那秀秀兀自在柜身里坐地，见那郭排军来得恁地慌忙，却不知他勒了军令状来取你。郭排军道："小娘子，郡王钧旨，教来取你则个。"秀秀道："既如此，你们少等，待我梳洗了同去。"即时入去梳洗，换了衣服出来，上了轿，吩咐了丈夫。两个轿番便抬着，径到府前。郭立先入去，郡王正在厅上等待。郭立唱了喏，道："已取到秀秀养娘。"郡王道："着他入来！"郭立出来道："小娘子，郡王教你进来。"掀起帘子看一看，便是一桶水倾在身上，开着口，则合不得——就轿子里不见了秀秀养娘。问那两个轿番，道："我不知，则见他上轿，抬到这里，又不曾转动。"那汉叫将入来道："告恩王，恁地真个有鬼！"郡王道："却不叵耐！"教人："捉这汉等我，取过军令状来，如今凯了一刀。"先去取下"小青"来。那汉从来伏侍郡王，身上也有十数次官了。盖缘是粗人，只教他做排军。这汉慌了，道："见有两个轿番见证，乞叫来问。"即时叫将轿番来，道："见他上轿，抬到这里，却不见了。"说得一般，想必真个有鬼，只消得叫将崔宁来问。便使人叫崔宁来到府中。崔宁从头至尾说了一遍，郡王道："恁地，又不干崔宁事，且放他去。"崔宁拜辞去了。郡王焦躁，把郭立打了五十背花棒。崔宁听得说浑家是鬼，到家中问丈人丈母。两个面面厮觑，走出门，看看清湖河里，扑通地都跳下水去了。当下叫救人，打捞，便不见了尸首。原来当时打杀秀秀时，两个老的听得说，便跳在河里，已自死了。这两个也是鬼。崔宁到家中，没情没绪，走进房中，只见浑家坐在床上，崔宁道："告姐姐，饶我性命！"秀秀道："我因为你，吃郡王打死了，埋在后花园里。却恨郭排军多口，今日已报了冤仇，郡王已将他打了五十背花棒。如今都知道我是鬼，容身不得了。"道罢起身，双手揪住崔宁，叫得一声，匹然倒地。邻舍都来看时，只见：

  两部脉尽总皆沉，一命已归黄壤下。

崔宁也被扯去，和父母四个，一块儿做鬼去了。后人评论得好：

  咸安王捺不下烈火性，郭排军禁不住闲磕牙；

  璩秀娘舍不得生眷属，崔待诏撇不脱鬼冤家。

〔注释〕

  〔1〕《警世通言》：原文据日本名古屋蓬左文库藏明兼善堂本（上海古籍出版社1987年影印本）校录。

（张燕瑾　校录）

## 杜十娘怒沉百宝箱

  扫荡残胡立帝畿，龙翔凤舞势崔嵬。
  左环沧海天一带，右拥太行山万围。
  戈戟九边雄绝塞，衣冠万国仰垂衣。
  太平人乐华胥世，永永金瓯共日辉。

  这首诗，单夸我朝燕京建都之盛。说起燕都的形势，北倚雄关，南压区夏，真乃金城天府，万年不拔之基。当先洪武爷扫荡胡尘，定鼎金陵，是为南京。到永乐爷从北平起兵靖难，迁于燕都，是为北京。只因这一迁，把个苦寒地面，变作花锦世界。自永乐爷九传至于万历爷，此乃我朝第十一代的天子。这位天子，聪明神武，德福兼全，十岁登基，在位四十八年，削平了三处寇乱。那三处？

  日本关白平秀吉，西夏哱承恩，播州杨应龙。

平秀吉侵犯朝鲜，哱承恩、杨应龙是土官谋叛，先后削平。远夷莫不畏服，争来朝贡。真个是：

  一人有庆民安乐，四海无虞国太平。

  话中单表万历二十年间，日本国关白作乱，侵犯朝鲜。朝鲜国王上表告急，天朝发兵泛海往救。有户部官奏准：目今兵兴之际，粮饷未充，暂开纳粟入监之例。原来纳粟入监的，有几般便宜：好读书，好科举，好中，结末来又有个小小前程结果。以此宦家公子，富室子弟，到不愿做秀才，都去援例做太学生。自开了这例，两京太学生各添至千人之外。内中有一人，姓李名甲，字干先，浙江绍兴府人氏。父亲李布政所生三儿，惟甲居长。自幼读书在庠，未得登科，援例入于北雍。因在京坐监，与同乡柳遇春监生同游教坊司院内，与一个名姬相遇。那名姬姓杜名媺，排行第十，院中都称为杜十娘，生得：

> 浑身雅艳，遍体娇香，两弯眉画远山青，一对眼明秋水润。脸如莲萼，分明卓氏文君；唇似樱桃，何减白家樊素。可怜一片无瑕玉，误落风尘花柳中。

那杜十娘自十三岁破瓜，今一十九岁。七年之内，不知历过了多少公子王孙，一个个情迷意荡，破家荡产而不惜。院中传出四句口号来，道是：

> 坐中若有杜十娘，斗筲之量饮千觞。
> 院中若识杜老媺，千家粉面都如鬼。

却说李公子，风流年少，未逢美色，自遇了杜十娘，喜出望外，把花柳情怀，一担儿挑在他身上。那公子俊俏庞儿，温存性儿，又是撒漫的手儿，帮衬的勤儿，与十娘一双两好，情投意合。十娘因见鸨儿贪财无义，久有从良之志；又见李公子忠厚志诚，甚有心向他。奈李公子惧怕老爷，不敢应承。虽则如此，两下情好愈密，朝欢暮乐，终日相守，如夫妇一般，海誓山盟，各无他志。真个：

> 恩深似海恩无底，义重如山义更高。

再说杜妈妈女儿，被李公子占住，别的富家巨室，闻名上门，求一见而不可得。初时李公子撒漫用钱，大差大使，妈妈胁肩谄笑，奉承不暇。日往月来，不觉一年有余，李公子囊箧渐渐空虚，手不应心，妈妈也就怠慢了。老布政在家闻知儿子嫖院，几遍写字来唤他回去。他迷恋十娘颜色，终日延捱。后来闻知老爷在家发怒，越不敢回。古人云："以利相交者，利尽而疏。"那杜十娘与李公子真情相好，见他手头愈短，心头愈热。妈妈也几遍教女儿打发李甲出院，见女儿不统口，又几遍将言语触突李公子，要激怒他起身，公子性本温克，词气愈和。妈妈没奈何，日逐只将十娘叱骂道："我们行户人家。吃客穿客。前门送旧，后门迎新；门庭闹如火，钱帛堆成垛。自从那李甲在此，混帐一年有余，莫说新客，连旧主顾都断了。分明接了个钟馗老，连小鬼也没得上门。弄得老娘一家人家，有气无烟，成什么模样！"杜十娘被骂，耐性不住，便回答道："那李公子不是空手上门的，也曾费过大钱来。"妈妈道："彼一时，此一时。你只教他今日费些小钱儿，把与老娘办些柴米，养你两口也好。别人家养的女儿便是摇钱树，千生万活；偏我家晦气，养了个退财白虎，开了大门七件事，般般都在老身心上。到替你这小贱人白白养着穷汉，教我衣食从何处来？你对那穷汉说：有本事出几两银子与我，到得你跟了他去，我别讨个丫头过活却不好？"十娘道："妈妈，这话是真是假？"妈妈晓得李甲囊无一钱，衣衫都典尽了，料他没处设法。便应道："老娘从不说谎，当真哩。"十娘道："娘，你要他许多银子？"妈妈道："若是别人，千把银子也讨了。可怜那穷汉出不起，只要他三百两，我自去讨一个粉头代替。只一件，须是三日内交付与我。左手交银，右手交人。若三日没有银时，老身也不管三七二十一，公子不公子，一顿孤拐打那光棍出去。那时莫怪老身。"十娘道："公子虽在客边乏钞，谅三百金还措办得来。只是三日忒近，限他十日便好。"妈妈想道：这穷汉一双赤手，便限他一百日，他那里来银子？没有银子，便铁皮包脸，料也无颜上门。那时重整家风，媺儿也没得话讲。答应道："看你面，便宽到十日。第十日没有银子，不干老娘之事。"十娘道："若十日内无银，料他也无颜再见了。只怕有了三百两银子，妈妈又翻悔起来。"妈妈道："老身年五十一岁了，又奉十斋，怎敢说谎？不信时与你拍掌为定。若翻悔时，做猪做狗！"

    从来海水斗难量，可笑虔婆意不良。
    料定穷儒囊底竭，故将财礼难娇娘。

  是夜，十娘与公子在枕边，议及终身之事。公子道："我非无此心。但教坊落籍，其费甚多，非千金不可。我囊空如洗，如之奈何？"十娘道："妾已与妈妈议定只要三百金，但须十日内措办。郎君游资虽罄，然都中岂无亲友可以借贷？倘得如数，妾身遂为君之所有，省受虔婆之气。"公子道："亲友中为我留恋行院，都不相顾。明日只做束装起身，各家告辞，就开口假贷路费，凑聚将来，或可满得此数。"起身梳洗，别了十娘出门。十娘道："用心作速，专听佳音。"公子道："不须吩咐。"公子出了院门，来到三亲四友处，假说起身告别，众人倒也欢喜。后来叙到路费欠缺，意欲借贷。常言道："说着钱，便无缘。"亲友们就不招架。他们也见得是，道李公子是风流浪子，迷恋烟花，年许不归，父亲都为他气坏在家。他今日抖然要回，未知真假。倘或说骗盘缠到手，又去还脂粉钱，父亲知道，将好意翻成恶意，始终只是一怪，不如辞了干净。便回道："目今正值空乏，不能相济，惭愧，惭愧。"人人如此，个个皆然，并没有个慷慨丈夫，肯统口许他一十二十两。李公子一连奔走了三日，分毫无获，又不敢回决十娘，权且含糊答应。到第四日又没想头，就羞回院中。平日间有了杜家，连下处也没有了，今日就无处投宿。只得往同乡柳监生寓所借歇。柳遇春见公子愁容可掬，问其来历。公子将杜十娘愿嫁之情，备细说了。遇春摇首道："未必，未必。那杜媺曲中第一名姬，要从良时，怕没有十斛明珠、千金聘礼！那鸨儿如何只要三百两？想鸨儿怪你无钱使用，白白占住他的女儿，设计打发你出门。那妇人与你相处已久，又碍却面皮，不好明言。明知你手内空虚，故意将三百两卖个人情。限你十日，若十日没有，你也不好上门。便上门时，他会说你笑你，落得一场褒渎，自然安身不牢。此乃烟花逐客之计。足下三思，休被其惑。据弟愚意，不如早早开交为上。"公子听说，半晌无言，心中疑惑不定。遇春又道："足下莫要错了主意。你若真个还乡，不多几两盘费，还有人搭救。若是要三百两时，莫说十日，就是十个月也难。如今的世情，那肯顾'缓急'二字的？那烟花也算定你没处告债，故意设法难你。"公子道："仁兄所见良是。"口里虽如此说，心中割舍不下，依旧又往外边东央西告，只是夜里不进院门了。

　　公子在柳监生寓中，一连住了三日，共是六日了。杜十娘连日不见公子进院，十分着紧，就教小厮四儿街上去寻。四儿寻到大街，恰好遇见公子。四儿叫道："李姐夫，娘在家里望你。"公子自觉无颜，回复道："今日不得工夫，明日来罢。"四儿奉了十娘之命，一把扯住，死也不放。道："娘叫咱寻你，是必同去走一遭。"李公子心上也牵挂着婊子，没奈何，只得随四儿进院。见了十娘，嘿嘿无言。十娘问道："所谋之事如何？"公子眼中流下泪来。十娘道："莫非人情淡薄，不能足三百之数么？"公子含泪而言，道出二句：

　　　　不信上山擒虎易，果然开口告人难。

"一连奔走六日，并无铢两，一双空手，羞见芳卿，故此这几日不敢进院。今日承命呼唤，忍耻而来，非某不用心，实是世情如此。"十娘道："此言休使虔婆知道。郎君今夜且住，妾别有商议。"十娘自备酒肴，与公子欢饮。睡至半夜，十娘对公子道："郎君果不能办一钱耶？妾终身之事，当如何也？"公子只是流涕，不能答一语。渐渐五更天晓，十娘道："妾所卧絮褥内藏有碎银一百五十两，此妾私蓄，郎君可持去。三百金，妾任其半，郎君亦谋其半，庶易为力。限只四日，万勿迟误。"十娘起身将褥付公子。公子惊喜过望，唤童儿持褥而去，径到柳遇春寓中，又把夜来之情与遇春说了。将褥拆开看时，絮中都裹着零碎银子，取出兑时，果是一百五十两。遇春大惊道："此妇真有心人也。既系真情，不可相负，吾当代为足下谋之。"公子道："倘得玉成，决不有负。"当下柳遇春留李公子在寓，自出头各处去借贷。两日之内，凑足一百五十两交付公子道："吾代为足下告债，非为足下，实怜杜十娘之情也。"

　　李甲拿了三百两银子，喜从天降，笑逐颜开，欣欣然来见十娘，刚是第九日，还不足十日。十娘问道："前日分毫难借，今日如何就有一百五十两？"公子将柳监生事情，又述了一遍。十娘以手加额道："使吾二人得遂其愿者，柳君之力也。"两个欢天喜地，又在院中过了一晚。次日，十娘早起，对李甲道："此银一交，便当随郎君去矣。舟车之类，合当预备。妾昨日于姊妹中借得白银二十两，郎君可收下为行资也。"公子正愁路费无出，但不敢开口，得银甚喜。说犹未了，鸨儿恰来敲门，叫道："媺儿，今日是第十日了。"公子闻叫，启户相延道："承妈妈厚意，正欲相请。"便将银三百两放在桌上。鸨儿不料公子有银，嘿然变色，似有悔意。十娘道："儿在妈妈家中八年，所致金帛，不下数千金矣。今日从良美事，又妈妈亲口所订，三百金不欠分毫，又不曾过期。倘若妈妈失信不许，郎君持银去，儿即刻自尽。恐那时人财两失，悔之无及也。"鸨儿无词以对，腹内筹画了半晌，只得取天平兑准了银子，说道："事已如此，料留你不住了。只是你要去时，即今就去。平时穿戴衣饰之类，毫厘休想。"说罢，将公子和十娘推出房门，讨锁来就落了锁。此时九月天气，十娘才下床，尚未梳洗，随身旧衣，就拜了妈妈两拜。李公子也作了一揖。一夫一妇，离了虔婆大门。

　　鲤鱼脱却金钩去，摆尾摇头再不来。

　　公子教十娘且住片时："我去唤个小轿抬你，权往柳荣卿寓所去，再作道理。"十娘道："院中诸姊妹平昔相厚，理宜话别。况前日又承他借贷路费，不可不一谢也。"乃同公子到各姊妹处谢别。姊妹中惟谢月朗、徐素素与杜家相近，尤与十娘亲厚。十娘先到谢月朗家，月朗见十娘秃髻旧衫，惊问其故。十娘备述来因，又引李甲相见。十娘指月朗道："前日路资，是此位姐姐所贷，郎君可致谢。"李甲连连作揖。月朗便教十娘梳洗，一面去请徐素素来家相会。十娘梳洗已毕，谢徐二美人各出所有，翠钿金钏、瑶簪宝珥、锦袖花裙、鸾带绣履，把杜十娘装扮得焕然一新，备酒作庆贺筵席。月朗让卧房与李甲杜媺二人过宿。次日又大排筵席，遍请院中姊妹。凡十娘相厚者，无不毕集，都与他夫妇把盏称喜。吹弹歌舞，各逞其长，务要尽欢，直饮至夜分。十娘向众姊妹，一一称谢。众姊妹道："十娘为风流领袖，今从郎君去，我等相见无日。何日长行，姊妹们尚当奉送。"月朗道："候有定期，小妹当来相报。但阿姊千里间关，同郎君远去，囊箧萧条，曾无约束，此乃吾等之事。当相与共谋之，勿令姊有穷途之虑也。"众姊妹各唯唯而散。是晚，公子和十娘仍宿谢家。至五鼓，十娘对公子道："吾等此去，何处安身？郎君亦曾计议有定着否？"公子道："老父盛怒之下，若知娶妓而归，必然加以不堪，反致相累。展转寻思，尚未有万全之策。"十娘道："父子天性，岂能终绝？既然仓卒难犯，不若与郎君于苏杭胜地，权作浮居。郎君先回，求亲友于尊大人面前劝解和顺，然后携妾于归，彼此安妥。"公子道："此言甚当。"次日，二人起身，辞了谢月朗，暂住柳监生寓中，整顿行装。杜十娘见了柳遇春，倒身下拜，谢其周全之德："异日我夫妇必当重报。"遇春慌忙答礼道："十娘钟情所欢，不以贫窭易心，此乃女中豪杰。仆因风吹火，谅区区何足挂齿！"三人又饮了一日酒。次早，择了出行吉日，雇倩轿马停当。十娘又遣童儿寄信，别谢月朗。临行之际，只见肩舆纷纷而至，乃谢月朗与徐素素拉众姊妹来送行。月朗道："十姊从郎君千里间关，囊中消索，吾等甚不能忘情。今合具薄贶，十姊可检收，或长途空乏，亦可少助。"说罢，命从人挈一描金文具至前，封锁甚固，正不知什么东西在里面。十娘也不开看，也不推辞，但殷勤作谢而已。须臾，舆马齐集，仆夫催促起身。柳监生三杯别酒，和众美人送出崇文门外，各各垂泪而别。正是：

　　　　他日重逢难预必，此时分手最堪怜。

　　再说李公子同杜十娘行至潞河，舍陆从舟，却好有瓜洲差使船转回之便，讲定船钱，包了舱口。比及下船时，李公子囊中并无分文余剩。你道杜十娘把二十两银子与公子，如何就没了？公子在院中嫖得衣衫蓝缕，银子到手，未免在解库中取赎几件穿着，又制办了铺盖，剩来只勾轿马之费。公子正当愁闷，十娘道："郎君勿忧，众姊妹合赠，必有所济。"乃取钥开箱。公子在傍自觉惭愧，也不敢窥觑箱中虚实。只见十娘在箱里取出一个红绢袋来，掷于桌上道："郎君可开看之。"公子提在手中，觉得沉重。启而观之，皆是白银，计数整五十两。十娘仍将箱子下锁，亦不言箱中更有何物，但对公子道："承众姊妹高情，不惟途路不乏，即他日浮寓吴越间，亦可稍佐吾夫妻山水之费矣。"公子且惊且喜道："若不遇恩卿，我李甲流落他乡，死无葬身之地矣。此情此德，白头不敢忘也。"自此每谈及往事，公子必感激流涕。十娘亦曲意抚慰，一路无话。

不一日，行至瓜洲，大船停泊岸口，公子别雇了民船，安放行李。约明日侵晨，剪江而渡。其时仲冬中旬，月明如水，公子和十娘坐于舟首。公子道："自出都门，困守一舱之中，四顾有人，未得畅语。今日独据一舟，更无避忌。且已离塞北，初近江南，宜开怀畅饮，以舒向来抑郁之气，恩卿以为何如？"十娘道："妾久疏谈笑，亦有此心。郎君言及，足见同志耳。"公子乃携酒具于船首，与十娘铺毡并坐，传杯交盏。饮至半酣，公子执卮对十娘道："恩卿妙音，六院推首。某相遇之初，每闻绝调，辄不禁神魂之飞动。心事多违，彼此郁郁，鸾鸣凤奏，久矣不闻。今清江明月，深夜无人，肯为我一歌否？"十娘兴亦勃发，遂开喉顿嗓，取扇按拍，呜呜咽咽，歌出元人施君美《拜月亭》杂剧上"状元执盏与婵娟"一曲，名〔小桃红〕。真个：

　　声飞霄汉云皆驻，响入深泉鱼出游。

却说他舟有一少年，姓孙名富字善赉，徽州新安人氏。家资巨万，积祖扬州种盐。年方二十，也是南雍中朋友。生性风流，惯向青楼买笑，红粉追欢，若嘲风弄月，到是个轻薄的头儿。事有偶然，其夜亦泊舟瓜洲渡口，独酌无聊。忽听得歌声嘹亮，凤吟鸾吹，不足喻其美。起立船头，伫听半响，方知声出邻舟。正欲相访，音响倏已寂然。乃遣仆者潜窥踪迹，访于舟人，但晓得是李相公雇的船，并不知歌者来历。孙富想道："此歌者必非良家，怎生得他一见？"展转寻思，通宵不寐。挨至五更，忽闻江风大作。及晓，彤云密布，狂雪飞舞。怎见得？有诗为证：

　　千山云树灭，万径人踪绝。

　　扁舟蓑笠翁，独钓寒江雪。

因这风雪阻渡，舟不得开。孙富命艄公移船，泊于李家舟之旁，孙富貂帽狐裘，推窗假作看雪。值十娘梳洗方毕，纤纤玉手，揭起舟旁短帘，自泼盂中残水，粉容微露，却被孙富窥见了，果是国色天香。魂摇心荡，迎眸注目，等候

再见一面,杳不可得。沉思久之,乃倚窗高吟高学士《梅花诗》二句,道:

　　雪满山中高士卧,月明林下美人来。

　　李甲听得邻舟吟诗,舒头出舱,看是何人。只因这一看,正中了孙富之计。孙富吟诗,正要引李公子出头,他好乘机攀话。当下慌忙举手,就问:"老兄尊姓何讳?"李公子叙了姓名乡贯,少不得也问那孙富,孙富也叙过了。又叙了些太学中的闲话,渐渐亲熟。孙富便道:"风雪阻舟,乃天遣与尊兄相会,实小弟之幸也。舟次无聊,欲同尊兄上岸,就酒肆中一酌,少领清诲,万望不拒。"公子道:"萍水相逢,何当厚扰?"孙富道:"说那里话!'四海之内,皆兄弟也'。"喝教艄公打跳,童儿张伞,迎接公子过船,就于船头作揖,然后让公子先行,自己随后,各各登跳上涯。行不数步,就有个酒楼,二人上楼,拣一副洁净座头,靠窗而坐。酒保列上酒肴,孙富举杯相劝,二人赏雪饮酒。先说些斯文中套话,渐渐引入花柳之事。二人都是过来之人,志同道合,说得入港,一发成相知了。孙富屏去左右,低低问道:"昨夜尊舟清歌者,何人也?"李甲正要卖弄在行,遂实说道:"此乃北京名姬杜十娘也。"孙富道:"既系曲中姊妹,何以归兄?"公子遂将初遇杜十娘,如何相好,后来如何要嫁,如何借银讨他,始末根由,备细述了一遍。孙富道:"兄携丽人而归,固是快事,但不知尊府中能相容否?"公子道:"贱室不足虑。所虑者,老父性严,尚费踌躇耳。"孙富将机就机,便问道:"既是尊大人未必相容,兄所携丽人,何处安顿?亦曾通知丽人,共作计较否?"公子攒眉而答道:"此事曾与小妾议之。"孙富欣然问道:"尊宠必有妙策。"公子道:"他意欲侨居苏杭,流连山水。使小弟先回,求亲友宛转于家君之前。俟家君回嗔作喜,然后图归。高明以为何如?"孙富沉吟半晌,故作愀然之色,道:"小弟乍会之间,交浅言深,诚恐见怪。"公子道:"正赖高明指教,何必谦逊?"孙富道:"尊大人位居方面,必严帏薄之嫌。平时既怪兄游非礼之地,今日岂容兄娶不节之人?况且贤亲贵友,谁不迎合尊大人之意者?兄枉去求他,必然相拒。就有个不识时务的进言于尊大人之前,见尊大人意思不允,他就转口了。兄进不能和睦家庭,退无词以回复尊宠。即使留连山水,亦非长久之计。万一资斧困竭,岂不进退两难?"公子自知手中只有五十金,此时费去大半,说到资斧困竭,进退两难,不觉点头道是。孙富又道:"小弟还有句心腹之谈,兄肯俯听否?"公子道:"承兄过爱,更求尽言。"孙富道:"疏不间亲,还是莫说罢。"公子道:"但说何妨?"孙富道:"自古道:'妇人水性无常'。况烟花之辈,少真多假。他既系六院名姝,相识定满天下;或者南边原有旧约,借兄之力,挈带而来,以为他适之地。"公子道:"这个恐未必然。"孙富道:"即不然,江南子弟,最工轻薄,兄留丽人独居,难保无逾墙钻穴之事;若挈之同归,愈增尊大人之怒。为兄之计,未有善策。况父子天伦,必不可绝。若为妾而触父,因妓而弃家,海内必以兄为浮浪不经之人。异曰妻不以为夫,弟不以为兄,同袍不以为友,兄何以立于天地之间?兄今日不可不熟思也!"公子闻言,茫然自失,移席问计:"据高明之见,何以教我?"孙富道:"仆有一计,于兄甚便。只恐兄溺枕席之爱,未必能行,使仆空费词说耳!"公子道:"兄诚有良策,使弟再睹家园之乐,乃弟之恩人也。又何惮而不言耶?"孙富道:"兄飘零岁余,严亲怀怒,闺阁离心,设身以处兄之地,诚寝食不安之时也。然尊大人所以怒兄者,不过为迷花恋柳,挥金如土,异日必为弃家荡产之人,不堪承继家业耳。兄今日空手而归,正触其怒。兄倘能割衽席之爱,见机而作,仆愿以千金相赠。兄得千金,以报尊大人,只说在京授馆,并不曾浪费分毫,尊大人必然相信。从此家庭和睦,当无间言。须臾之间,转祸为福。兄请三思,仆非贪丽人之色,实为兄效忠于万一也。"李甲原是没主意的人,本心惧怕老子,被孙富一席话,说透胸中之疑,起身作揖道:"闻兄大教,顿开茅塞。但小妾千里相从,义难顿绝,容归与商。得其心肯,当奉复耳。"孙富道:"说话之间,宜放婉曲。彼既忠心为兄,必不忍使兄父子分离,定然玉成兄还乡之事矣。"二人饮了一回酒,风停雪止,天色已晚。孙富教家僮算还了酒钱,与公子携手下船。正是:

逢人且说三分话,未可全抛一片心。

却说杜十娘在舟中,摆设酒果,欲与公子小酌,竟日未回,挑灯以待。公子下船,十娘起迎,见公子颜色匆匆,似有不乐之意,乃满斟热酒劝之。公子摇首不饮,一言不发,竟自床上睡了。十娘心中不悦,乃收拾杯盘,为公子解衣就枕,问道:"今日有何见闻,而怀抱郁郁如此?"公子叹息而已,终不启口。问了三四次,公子已睡去了。十娘委决不下,坐于床头而不能寐。到夜半,公子醒来,又叹一口气。十娘道:"郎君有何难言之事,频频叹息?"公子拥被而起,欲言不语者几次,扑簌簌掉下泪来。十娘抱持公子于怀间,软言抚慰道:"妾与郎君情好,已及二载,千辛万苦,历尽艰难,得有今日。然相从数千里,未曾哀戚。今将渡江,方图百年欢笑,如何反起悲伤?必有其故。夫妇之间,死生相共,有事尽可商量,万勿讳也。"公子再四被逼不过,只得含泪而言道:"仆天涯穷困,蒙恩卿不弃,委曲相从,诚乃莫大之德也。但反覆思之,老父位居方面,拘于礼法;况素性方严,恐添嗔怒,必加黜逐。你我流荡,将何安止?夫妇之欢难保,父子之伦又绝。日间蒙新安孙友邀饮,为我筹及此事,寸心如割。"十娘大惊道:"郎君意将如何?"公子道:"仆事内之人,当局而迷。孙友为我画一计颇善,但恐恩卿不从耳。"十娘道:"孙友者何人?计如果善,何不可从?"公子道:"孙友名富,新安盐商,少年风流之士也。夜间闻子清歌,因而问及。仆告以来历,并谈及难归之故,渠意欲以千金聘汝。我得千金,可藉口以见吾父母,而恩卿亦得所天。但情不能舍,是以悲泣。"说罢,泪如雨下。十娘放开两手,冷笑一声道:"为郎君画此计者,此人乃大英雄也!郎君千金之资，既得恢复，而妾归他姓，又不致为行李之累，发乎情，止乎礼，诚两便之策也。那千金在那里？"公子收泪道："未得恩卿之诺，金尚留彼处，未曾过手。"十娘道："明早快快应承了他，不可挫过机会。但千金重事，须得兑足交付郎君之手，妾始过舟，勿为贾竖子所欺。"时已四鼓，十娘即起身，挑灯梳洗道："今日之妆，乃迎新送旧，非比寻常。"于是脂粉香泽，用意修饰，花钿绣袄，极其华艳，香风拂拂，光采照下。装束方完，天色已晓。

　　孙富差家童到船头候信，十娘微窥公子，欣欣似有喜色，乃催公子快去回话，及早兑足银子。公子亲到孙富船中，回复依允。孙富道："兑银易事，须得丽人妆台为信。"公子又回复了十娘，十娘即指描金文具道："可便抬去。"孙富喜甚。即将白银一千两，送到公子船中。十娘亲自检看，足色足数，分毫无爽。乃手把船舷，以手招孙富。孙富一见，魂不附体。十娘启朱唇，开皓齿道："方才箱子可暂发来，内有李郎路引一纸，可检还之也。"孙富视十娘已为瓮中之鳖，即命家童送那描金文具，安放船头之上。十娘取钥开锁，内皆抽替小箱。十娘叫公子抽第一层来看，只见翠羽明珰，瑶簪宝珥，充牣于中，约值数百金，十娘遽投之江中。李甲与孙富及两船之人，无不惊诧。又命公子再抽一箱，乃玉箫金管。又抽一箱，尽古玉紫金玩器，约值数千金。十娘尽投之于水。舟中岸上之人，观者如堵，齐声道："可惜，可惜！"正不知什么缘故。最后又抽一箱，箱中复有一匣。开匣视之，夜明之珠，约有盈把，其他祖母绿、猫儿眼，诸般异宝，目所未睹，莫能定其价之多少。众人齐声喝采，喧声如雷。十娘又欲投之于江，李甲不觉大悔，抱持十娘恸哭，那孙富也来劝解。十娘推开公子在一边，向孙富骂道："我与李郎备尝艰苦，不是容易到此。汝以奸淫之意，巧为谗说，一旦<u>破人姻缘，断人恩爱，乃我之仇人</u>。我死而有知，必当诉之神明，尚妄想枕席之欢乎？"又对李甲道："妾风尘数年，私有所积，本为终身之计。自遇郎君，山盟海誓，白首不渝。前出都之际，假托众姊妹相赠，箱中韫藏百宝，不下万金。将润色郎君之装，归见父母，或怜妾有心，收佐中馈，得终委托，生死无憾。谁知郎君相信不深，惑于浮议，中道见弃，负妾一片真心。今日当众目之前，开箱出视，使郎君知区区千金，未为难事。妾椟中有玉，恨郎眼内无珠。命之不辰，风尘困瘁，甫得脱离，又遭弃捐。今众人各有耳目，共作证明：妾不负郎君，郎君自负妾耳！"于是众人聚观者，无不流涕，都唾骂李公子负心薄幸。公子又羞又苦，且悔且泣，方欲向十娘谢罪，十娘抱持宝匣，向江心一跳。众人急呼捞救，但见云暗江心，波涛滚滚，杳无踪影。可惜一个如花似玉的名姬，<u>一旦葬于江鱼之腹</u>！

　　　　三魂渺渺归水府，七魄悠悠入冥途。
当时旁观之人，皆咬牙切齿，争欲拳殴李甲和那孙富。慌得李孙二人，手足无措，急叫开船，分途遁去。

李甲在舟中，看了千金，转忆十娘，终日愧悔，郁成狂疾，终身不痊。孙富自那日受惊，得病卧床月余，终日见杜十娘在旁诟骂，奄奄而逝。人以为江中之报也。

　　却说柳遇春在京坐监完满，束装回乡，停舟瓜步。偶临江净脸，失坠铜盆于水，觅渔人打捞。乃至捞起，乃是个小匣儿。遇春启匣观看，内皆明珠异宝，无价之珍。遇春厚赏渔人，留于床头把玩。是夜梦见江中一女子，凌波而来，视之，乃杜十娘也。近前万福，诉以李郎薄幸之事。又道："向承君家慷慨，以一百五十金相助，本意息肩之后，徐图报答，不意事无终始。然每怀盛情，悒悒未忘。早间曾以小匣托渔人奉致，聊表寸心，从此不复相见矣。"言讫，猛然惊醒，方知十娘已死，叹息累日。

　　后人评论此事，以为孙富谋夺美色，轻掷千金，固非良士；李甲不识杜十娘一片苦心，碌碌蠢才，无足道者。独谓十娘千古女侠，岂不能觅一佳侣，共跨秦楼之凤；乃错认李公子，明珠美玉，投于盲人，以致恩变为仇，万种恩情，化为流水，深可惜也。有诗叹云：

　　不会风流莫妄谈，单单情字费人参；

　　若将情字能参透，唤作风流也不惭。

（张燕瑾　校录）

# 醒 世 恒 言[1]

冯梦龙

## 卖油郎独占花魁

　　年少争夸风月，场中波浪偏多。有钱无貌意难和，有貌无钱不可。
　就是有钱有貌，还须着意揣摩。知情识趣俏哥哥，此道谁人赛我！
　　这首词名为〔西江月〕，是风月机关中撮要之论。常言道："妓爱俏，妈爱钞。"所以子弟行中，有了潘安般貌，邓通般钱，自然上和下睦，做得烟花寨内的大王，鸳鸯会上的主盟。然虽如此，还有个两字经儿，叫做"帮衬"。帮者，如鞋之有帮；衬者，如衣之有衬。但凡做小娘的，有一分所长，得人衬贴，就当十分。若有短处，曲意替他遮护，更兼低声下气，送暖偷寒，逢其所喜，避其所讳，以情度情，岂有不爱之理？这叫做帮衬。风月场中，只有会帮衬的最讨便宜，无貌而有貌，无钱而有钱。假如郑元和在卑田院做了乞儿，此时囊箧俱空，容颜非旧，李亚仙于雪天遇之，便动了一个恻隐之心，将绣襦包裹，美食供养，与他做了夫妻。这岂是爱他之钱，恋他之貌？只为郑元和识趣知情，善于帮衬，所以亚仙心中舍他不得。你只看亚仙病中，想马板肠汤吃，郑元和就把个五花马杀了，取肠煮汤奉之。只这一节上，亚仙如何不念其情？后来郑元和中了状元，李亚仙封做汧国夫人。《莲花落》打出万年策，卑田院变做了白玉楼。一床锦被遮盖，风月场中反为美谈。这是：

　　　　运退黄金失色，时来铁也生光。

　　话说大宋自太祖开基，太宗嗣位，历传真、仁、英、神、哲，共是七代帝王，都则偃武修文，民安国泰。到了徽宗道君皇帝，信任蔡京、高俅、杨戬、朱勔之徒，大兴苑囿，专务游乐，不以朝政为事，以致万民嗟怨，金虏乘之而起。把花锦般一个世界，弄得七零八落。直至二帝蒙尘，高宗泥马渡江，偏安一隅，天下分为南北，方得休息。其中数十年，百姓受了多少苦楚！正是：

　　　　甲马丛中立命，刀枪队里为家。
　　　　杀戮如同戏耍，抢夺便是生涯。

　　内中单表一人，乃汴梁城外安乐村居住，姓莘，名善，浑家阮氏。夫妻两口，开个六陈铺儿。虽则粜米为生，一应麦、豆、茶、酒、油、盐、杂货，无所不备，家道颇颇得过。年过四旬，只生一女，小名叫做瑶琴。自小生得清秀，更且资性聪明。七岁上，送在村学中读书，日诵千言。十岁时，便能吟诗作赋。曾有《闺情》一绝，为人传诵。诗云：

　　朱帘寂寂下金钩，香鸭沉沉冷画楼。
　　移枕怕惊鸳并宿，挑灯偏惜蕊双头。

　　到十二岁，琴棋书画，无所不通。若题起女工一事，飞针走线，出人意表。此乃天生伶俐，非教习之所能也。莘善因为自家无子，要寻个养女婿来家靠老。只因女儿灵巧多能，难乎其配，所以求亲者颇多，都不曾许。不幸遇了金虏猖獗，把汴梁城围困。四方勤王之师虽多，宰相主了和议，不许厮杀，以致虏势愈甚，打破了京城，劫迁了二帝。那时城外百姓，一个个亡魂丧胆，携老扶幼，弃家逃命。

　　却说莘善领着浑家阮氏和十二岁的女儿，同一般逃难的，背着包裹，结队而走。

　　忙忙如丧家之犬，急急如漏网之鱼。担渴担饥担劳苦，此行谁是家乡？叫天叫地叫祖宗，惟愿不逢鞑虏。正是：宁为太平犬，莫作乱离人！

　　正行之间，谁想鞑子到不曾遇见，却逢着一阵败残的官兵。他看见许多逃难的百姓，多背得有包裹，假意呐喊道："鞑子来了！"沿路放起一把火来。此时天色将晚，吓得众百姓落荒乱窜，你我不相顾，他就乘机抢掠，若不肯与他，就杀害了。这是乱中生乱，苦上加苦。

　　却说莘氏瑶琴，被乱军冲突，跌了一跤，爬起来，不见了爹娘。不敢叫唤，躲在道旁古墓之中，过了一夜。到天明出外看时，但见满目风沙，死尸横路，昨日同时避难之人，都不知所往。瑶琴思念父母，痛哭不已。欲待寻访，又不认得路径，只得望南而行，哭一步，捱一步。约莫走了二里之程，心上又苦，腹中又饥。望见土房一所，想必其中有人，欲待求乞些汤饮。及至向前，却是破败的空屋，人口俱逃难去了。瑶琴坐于土墙之下，哀哀而哭。

　　自古道：无巧不成话。恰好有一人从墙下而过。那人姓卜，名乔，正是莘善的近邻，平昔是个游手游食，不守本分，惯吃白食、用白钱的主儿，人都称他是卜大郎。也是被官军冲散了同伙，今日独自而行。听得啼哭之声，慌忙来看。瑶琴自小相认，今日患难之际，举目无亲，见了近邻，分明见了亲人一般。即忙收泪，起身相见，问道："卜大叔，可曾见我爹妈么？"卜乔心中暗想："昨日被官军抢去包裹，正没盘缠。天生这碗衣饭送来与我，正是奇货可居。"便扯个谎道："你爹和妈寻你不见，好生痛苦。如今前面去了，吩咐我道：'倘或见我女儿，千万带了他来，送还了我。'许我厚谢。"瑶琴虽是聪明，正当无可奈何之际，君子可欺以其方，遂全然不疑，随着卜乔便走。正是：

　　情知不是伴，事急且相随。

　　卜乔将随身带的干粮，把些与他吃了。吩咐道："你爹妈连夜走的，若路上不能相遇，直要过江到建康府，方可相会。一路上同行，我权把你当女儿，你权叫我做爹。不然,只道我收留迷失子女,不当稳便。"瑶琴依允。从此陆路同步,水路同舟,爹女相称。到了建康府,路上又闻得金兀术四太子,引兵渡江,眼见得建康不得宁息。又闻得康王即位,已在杭州驻跸,改名临安。遂乘船到润州,过了苏、常、嘉、湖,直到临安地面,暂且饭店中居住。也亏卜乔,自汴京至临安,三千余里,带那莘瑶琴下来,身边藏下些散碎银两,都用尽了,连身上外盖衣服,脱下准了店钱,止剩得莘瑶琴一件活货,欲行出脱。访得西湖上烟花王九妈家要讨养女,遂引九妈到店中,看货还钱。九妈见瑶琴生得标致,讲了财礼五十两。卜乔兑足了银子,将瑶琴送到王家。

　　原来卜乔有智,在王九妈前只说:"瑶琴是我亲生之女,不幸到你门户人家,须是款款的教训,他自然从愿,不要性急。"在瑶琴面前又只说:"九妈是我至亲,权时把你寄顿他家。待我从容访知你爹妈下落,再来领你。"以此,瑶琴欣然而去。

　　　　可怜绝世聪明女,堕落烟花罗网中。

　　王九妈新讨了瑶琴,将她浑身衣服换个新鲜,藏于曲楼深处。终日好茶好饭去将息他,好言好语去温暖他。瑶琴既来之,则安之。住了几日,不见卜乔回信。思量爹妈,噙着两行珠泪问九妈道:"卜大叔怎不来看我?"九妈道:"哪个卜大叔?"瑶琴道:"便是引我到你家的那个卜大郎。"九妈道:"他说是你的亲爹。"瑶琴道:"他姓卜,我姓莘。"遂把汴梁逃难,失散了爹妈,中途遇见了卜乔,引到临安,并卜乔哄他的说话,细述一遍。九妈道:"原来恁地。你是个孤身女儿,无脚蟹,我索性与你说明罢:那姓卜的把你卖在我家,得银五十两去了。我们是门户人家,靠着粉头过活。家中虽有三四个养女,并没个出色的。爱你生得齐整,把做个亲女儿相待。待你长成之时,包你穿好吃好,一生受用。"瑶琴听说,方知被卜乔所骗,放声大哭。九妈劝解,良久方止。

　　自此九妈将瑶琴改做王美,一家都称为"美娘",教他吹弹歌舞,无不尽善。长成一十四岁,娇艳非常。临安城中这些富豪公子,慕其容貌,都备着厚礼求见。也有爱清标的,闻得他写作俱高,求诗求字的,日不离门。弄出天大的名声出来,不叫他美娘,叫他做花魁娘子。西湖上子弟编出一只〔挂枝儿〕,单道那花魁娘子的好处:

　　　　小娘中,谁似得王美儿的标致,又会写,又会画,又会做诗,吹弹歌舞都余事。　　常把西湖比西子,就是西子比他,也还不如,那个有福的汤着他身儿也,情愿一个死。

　　只因王美有了个盛名,十四岁上就有人来讲梳弄。一来王美不肯,二来王九妈把女儿做金子看成,见他心中不允,分明奉了一道圣旨,并不敢违拗。又过了一年,王美年方十五。原来门户中梳弄,也有个规矩:十三岁太早,谓之试花，皆因鸨儿爱财，不顾痛苦，那子弟也只博个虚名，不得十分畅快取乐；十四岁谓之开花，此时天癸已至，男施女受，也算当时了；到十五岁谓之摘花，在平常人家还算年小，惟有门户人家，以为过时。王美此时未曾梳弄，西湖上子弟又编出一只〔挂枝儿〕来：

　　　　王美儿，似木瓜空好看，十五岁，还不曾与人汤一汤。　有名无实成何干？便不是石女，也是二行子的娘。若还有个好好的羞羞也，如何熬得这些时痒？

　　王九妈听得这些风声，怕坏了门面，来劝女儿接客。王美执意不肯，说道："要我会客时，除非见了亲生爹妈。他肯做主时，方才使得。"王九妈心里又恼他，又不舍得难为他。

　　捱了好些时，偶然有个金二员外，大富之家，情愿出三百两银子，梳弄美娘。九妈得了这主大财，心生一计，与金二员外商议，若要他成就，除非如此如此。金二员外意会了。其日八月十五日，只说请王美湖上看潮，请至舟中，三四个帮闲，俱是会中之人，猜拳行令，做好做歉，将美娘灌得烂醉如泥。扶到王九妈家楼中，卧于床上，不省人事。此时天气和暖，又没几层衣服，妈儿亲手伏侍，剥得他赤条条，任凭金二员外行事。金二员外那话儿，又非兼人之具，轻轻的撑开两股，用些涎沫，送将进去。比及美娘梦中觉痛，醒将转来，已被金二员外耍得够了。欲待挣扎，怎奈手足俱软，鲦他轻薄了一回。直待绿暗红飞，方始雨收云散。正是：

　　　　雨中花蕊方开罢，镜里娥眉不似前。

　　五鼓时，美娘酒醒，已知鸨儿用计，破了身子。自怜红颜命薄，遭此强横，起来解手，穿了衣服，自在床边一个斑竹榻上，朝着里壁睡了，暗暗垂泪。金二员外来亲近他时，被他劈头劈脸，抓有几个血痕。金二员外好生没趣，捱得天明，对妈儿说声"我去也"，妈儿要留他时，已自出门去了。

　　从来梳弄的子弟，早起时妈儿进房贺喜，行户中都来称庆，还要吃几日喜酒。那子弟多则住一二月，最少也住半月二十日。只有金二员外侵早出门，是从来未有之事。王九妈连叫诧异，披衣起身上楼，只见美娘卧于榻上，满眼流泪。九妈要哄他卜行，连声招许多不是，美娘只不开口，九妈只得下楼去了。美娘哭了一日，茶饭不沾。从此托病，不肯下楼，连客也不肯会面了。九妈心下焦燥，欲待把他凌虐，又恐他烈性不从，反冷了他的心肠，欲待鲦他，本是要他赚钱，若不接客时，就养到一百岁也没用。踌躇数日，无计可施。忽然想起有个结义妹子，叫做刘四妈，时常往来。他能言快语，与美娘甚说得着，何不接取他来，下个说词？若得他回心转意，大大的烧个利市。当下叫保儿去请刘四妈到前楼坐下，诉以衷情。刘四妈道："老身是个女随何、雌陆贾，说得罗汉思情，嫦娥想嫁。这件事都在老身身上。"九妈道："若得如此，做姐的情愿与你磕头。你多吃杯茶去，免得说话时口干。"刘四妈道："老身天生这副海口，便说到明日，还不干哩！"

刘四妈吃了几杯茶，转到后楼，只见楼门紧闭。刘四妈轻轻的叩了一下，叫声："侄女！"美娘听得是四妈声音，便来开门。两下相见了，四妈靠桌朝下而坐，美娘旁坐相陪。四妈看他桌上铺着一幅细绢，才画得个美人的脸儿，还未曾着色。四妈称赞道："画得好！真是巧手！九阿姐不知怎生要造化，偏生遇着你这一个伶俐女儿。又好人物，又好技艺，就是堆上几千两黄金，满临安走遍，可寻出个对儿么？"美娘道："休得见笑。今日甚风吹得姨娘到来？"刘四妈道："老身时常要来看你，只为家务在身，不得空闲。闻得你恭喜梳弄了，今日偷空而来，特特与九阿姐叫喜。"美儿听得提起"梳弄"二字，满脸通红，低着头不来答应。刘四妈知他害羞，便把椅儿掇上一步，将美娘的手儿牵着，叫声："我儿，做小娘的，不是个软壳鸡蛋，怎的这般嫩得紧？似你恁地怕羞，如何赚得大主银子？"美娘道："我要银子做甚？"四妈道："我儿，你便不要银子，做娘的看得你长大成人，难道不要出本？自古道：靠山吃山，靠水吃水。九阿姐家有几个粉头，那一个赶得上你的脚跟来？一园瓜，只看得你是个瓜种。九阿姐待你也不比其他。你是聪明伶俐的人，也须识些轻重。闻得你自梳弄之后，一个客也不肯相接，是什么意儿？都像你的意时，一家人口，似蚕一般，那个把桑叶喂他？做娘的抬举你一分，你也要与他争口气儿，莫要反讨众丫头们批点。"

美娘道："繇他批点，怕怎的？"刘四妈道："阿呀，批点是个小事，你可晓得门户中的行径么？"美娘道："行径便怎的？"刘四妈道："我们门户人家吃着女儿，穿着女儿，用着女儿，侥幸讨得一个像样的，分明是大户人家置了一所良田美产。年纪小时，巴不得风吹得大。到得梳弄过后，便是田产成熟，日日指望花利到手受用。前门迎新，后门送旧，张郎送米，李郎送柴，往来热闹，才是个出名的姊妹行家。"美娘道："羞答答，我不做这样事！"刘四妈掩着口，格的笑了一声道："不做这样事，可是繇得你的？一家之中，有妈妈做主，做小娘的若不依他教训，动不动一顿皮鞭，打得你不生不死，那时不怕你不走他的路儿。九阿姐一向不难为你，只可惜你聪明标致，从小娇养的，要惜你的廉耻，存你的体面。方才告诉我许多话，说你不识好歹，放着鹅毛不知轻，顶着磨子不知重，心下好生不悦。教老身来劝你，你若执意不从，惹他性起，一时翻过脸来，骂一顿、打一顿，你待走上天去？凡事只怕个起头，若打破了头时，朝一顿，暮一顿，那时熬这些痛苦不过，只得接客。却不把千金声价弄得低微了？还要被姊妹中笑话。依我说，吊桶已自落在他井里，挣不起了。不如千欢万喜，倒在娘的怀里，落得自己快活。"

美娘道："奴是好人家儿女，误落风尘。倘得姨娘主张从良，胜造九级浮屠。若要我倚门献笑,送旧迎新,宁甘一死,决不情愿。"刘四妈道:"我儿,从良是个有志气的事,怎么说道不该?只是从良也有几等不同。"美娘道:"从良有甚不同之处?"刘四妈道:"有个真从良,有个假从良;有个苦从良,有个乐从良;有个趁好的从良,有个没奈何的从良;有个了从良,有个不了的从良。我儿耐心听我分说。如何叫做真从良?大凡才子必须佳人,佳人必须才子,方成佳配。然而好事多磨,往往求之不得。幸然两下相逢,你贪我爱,割舍不下。一个愿讨,一个愿嫁,好像捉对的蚕蛾,死也不放。这个谓之真从良。怎么叫做假从良?有等子弟爱着小娘,小娘却不爱那子弟。本心不愿嫁他,只把个'嫁'字儿哄他心热,撒漫使钱。比及成交,却又推故不就。又有一等痴心子弟,明晓得小娘心肠不对他,偏要娶他回去。拼着一主大钱,动了妈儿的火,不怕小娘不肯。勉强进门,心中不顺,故意不守家规。小则撒泼放肆,大则公然偷汉。人家容留不得,多则一年,少则半载,依旧放他出来,为娼接客。把'从良'二字,只当个撰钱的题目。这个谓之假从良。如何叫做苦从良?一般样子弟爱小娘,小娘不爱那子弟,却被他以势凌之。妈儿惧祸,已自许了。做小娘的身不繇主,含泪而行。一入侯门,如海之深,家法又严,抬头不得。半妾半婢,忍死度日。这个谓之苦从良。如何叫做乐从良?做小娘的,正当择人之际,偶然相交个子弟。见他情性温和,家道富足,又且大娘子乐善,无男无女,指望他日过门,与他生育,就有主母之分。以此嫁他,图个日前安逸,日后出身。这个谓之乐从良。如何叫做趁好的从良?做小娘的风花雪月,受用已够,趁这盛名之下,求之者众,任我拣择个十分满意的嫁他,急流勇退,及早回头,不致受人怠慢。这个谓之趁好的从良。如何叫做没奈何的从良?做小娘的原无从良之意,或因官司逼迫,或因强横欺瞒,又或因债负太多,将来赔偿不起,憋口气,不论好歹,得嫁便嫁,买静求安,藏身之法。这谓之没奈何的从良。如何叫做了从良?小娘半老之际,风波历尽,刚好遇个老成的孤老,两下志同道合,收绳卷索,白头到老。这个谓之了从良。如何叫做不了的从良?一般你贪我爱,火热的跟他,却是一时之兴,没有个长算。或者尊长不容,或者大娘妒忌,闹了几场,发回妈家,追取原价。又有个家道凋零,养他不活,苦守不过,依旧出来赶趁。这谓之不了的从良。"

美娘道:"如今奴家要从良,还是怎地好?"刘四妈道:"我儿,老身教你个万全之策。"美娘道:"若蒙教导,死不忘恩。"刘四妈道:"从良一事,入门为净。况且你身子已被人捉弄过了,就是今夜嫁人,叫不得个黄花女儿。千错万错,不该落于此地,这就是你命中所招了。做娘的费了一片心机,若不帮他几年,趁过千把银子,怎肯放你出门?还有一件,你便要从良,也须拣个好主儿。这些臭嘴臭脸的,难道就跟他不成?你如今一个客也不接,晓得那个该从,那个不该从?假如你执意不肯接客,做娘的没奈何,寻个肯出钱的主儿,卖你去做妾，这也叫做从良。那主儿或是年老的，或是貌丑的，或是一字不识的村牛，你却不肮脏了一世！比着把你料在水里，还有扑通的一声响，讨得旁人叫一声可惜。依着老身愚见，还是俯从人愿，凭着做娘的接客。似你恁般才貌，等闲的料也不敢相扳。无非是王孙公子，贵客豪门，也不辱没了你。一来风花雪月，趁着年少受用；二来作成妈儿起个家事；三来你自己也积攒些私房，免得日后求人。过了十年五载，遇个知心着意的，说得来，话得着，那时老身与你做媒，好模好样的嫁去，做娘的也放得你下了。可不两得其便？"美娘听说，微笑而不言。刘四妈已知美娘心中活动了，便道："老身句句是好话。你依着老身的话时，后来还当感激我哩！"说罢起身。

　　王九妈伏于楼门之外，一句句都听得的。美娘送刘四妈出房，劈面撞着了九妈，满面羞惭，缩身进去。王九妈随着刘四妈，再到前楼坐下。刘四妈道："侄女十分执意，被老身左说右说，一块硬铁看看熔做热汁。你如今快快寻个覆帐的主儿，他必然肯就。那时做妹子的再来贺喜。"王九妈连连称谢。是日备饭相待，尽醉而别。后来西湖上子弟们又有只〔挂枝儿〕，单说那刘四妈说词一节：

　　　　刘四妈，你的嘴舌儿好不利害！便是女随何，雌陆贾，不信有这大才！说着长，道着短，全没些破败。就是醉梦中，被你说得醒；就是聪明的，被你说得呆。好个烈性的姑姑，也被你说得他心地改。

　　再说王美娘自听了刘四妈一席话儿，思之有理。以后有客求见，欣然相接。覆帐之后，宾客如市。捱三顶五，不得空闲，声价愈重。每一晚白银十两，兀自你争我夺。王九妈趁了若干钱钞，欢喜无限。美娘也留心，要拣个心满意足的，急切难得。正是：

　　　　易求无价宝，难得有情郎。

　　话分两头。再说临安城清波门外，有个开油店的朱十老，三年前过继一个小厮，也是汴京逃难来的，姓秦名重。母亲早丧，父亲秦良，十三岁上将他卖了，自己在上天竺去做香火。朱十老因年老无嗣，又新死了妈妈，把秦重做亲子看成，改名朱重，在店中学做卖油生理。初时父子坐店甚好，后因十老得了腰痛的病，十眠九坐，劳碌不得，别招个伙计，叫做邢权，在店相帮。光阴似箭，不觉四年有余。朱重长成一十七岁，生得一表人才，虽然已冠，尚未娶妻。那朱十老家有个侍女，叫做兰花，年已二十之外，有心看上了朱小官人，几遍的倒下钩子去勾搭他。谁知朱重是个老实人，又且兰花龌龊丑陋，朱重也看不上眼，以此落花有意，流水无情。那兰花见勾搭朱小官人不上，别寻主顾，就去勾搭那伙计邢权。邢权是望四之人，没有老婆，一拍就上，两个暗地偷情，不止一次。反怪朱小官人碍眼，思量寻事赶他出门。邢权与兰花两个里应外合，使心设计。兰花便在朱十老面前，假意撇清，说小官人几番调戏，好不老实！朱十老平时与兰花也有一手，未免有拈酸之意。邢权又将店中卖下的银子藏过，在朱十老面前说道："朱小官在外赌博，不长进。柜里银子几次短少，都是他偷去了。"初次朱十老还不信，接连几次，朱十老年老糊涂，没有主意，就唤朱重过来，责骂了一场。

朱重是个聪明的孩子，已知邢权与兰花的计较，欲待分辨，惹起是非不小。万一老者不听，枉做恶人。心生一计，对朱十老说道："店中生意淡薄，不消得二人。如今让邢主管坐店，孩儿情愿挑担子出去卖油。卖得多少，每日纳还，可不是两重生意？"朱十老心下也有许可之意。又被邢权说道："他不是要挑担出去，几年上偷银子做私房，身边积攒有余了。又怪你不与他定亲，心中怨怅，不愿在此相帮，要讨个出场，自去娶老婆，做人家哩。"朱十老叹口气道："我把他做亲儿看成，他却如此歹意。皇天不佑！罢，罢，不是自身骨血，到底粘连不上，繇他去罢！"遂将三两银子把与朱重，打发出门，寒夏衣服和被窝都教他拿去，这也是朱十老好处。朱重料他不肯收留，拜了四拜，大哭而别。正是：

孝己杀身因谤语，申生丧命为谗言。
亲生儿子犹如此，何怪螟蛉受枉冤。

原来秦良上天竺做香火，不曾对儿子说知。朱重出了朱十老之门，在众安桥下赁了一间小小房儿，放下被窝等件，买巨锁儿锁了门，便往长街短巷，访求父亲。连走几日，全没消息。没奈何，只得放下。在朱十老家四年，赤心忠良，并无一毫私蓄，只有临行时打发这三两银子，不勾本钱，做什么生意好？左思右量，只有油行买卖是熟闲。这些油坊多曾与他识熟，还去挑个卖油担子，是个稳足的道路。当下置办了油担家伙，剩下的银两，都交付与油坊取油。那油坊里认得朱小官是个老实好人，况且小小年纪，当初坐店，今朝挑担上街，都因邢伙计挑拨他出来，心中甚是不平。有心扶持他，只拣窨清的上好净油与他，签子上又明让他些。朱重得了这些便宜，自己转卖与人，也放些宽，所以他的油比别人分外容易出脱，每日尽有些利息，又且俭吃俭用，积下东西来，置办些日用家业，及身上衣服之类，并无妄废。心中只有一件事未了，牵挂着父亲，思想："向来叫做朱重，谁知我是姓秦？倘或父亲来寻访之时，也没有个因由。"遂复姓为秦。

说话的，假如上一等人有前程的，要复本姓，或具札子奏过朝廷，或关白礼部、太学、国学等衙门，将册籍改正，众所共知。一个卖油的，复姓之时，谁人晓得？他有个道理，把盛油的桶儿，一面大大写个"秦"字，一面写"汴梁"二字，将此桶做个标识，使人一览而知。以此临安市上，晓得他本姓，都呼他为"秦卖油"。时值二月天气，不暖不寒，秦重闻知昭庆寺僧人，要起个九昼夜功德，用油必多，遂挑了油担来寺中卖油。那些和尚们也闻知秦卖油之

名,他的油比别人又好又贱,单单作成他,所以一连这九日,秦重只在昭庆寺走动。正是:

刻薄不赚钱,忠厚不折本。

这一日是第九日了,秦重在寺出脱了油,挑了空担出寺。其日天气晴明,游人如蚁。秦重绕河而行,遥望十景塘桃红柳绿,湖内画船箫鼓,往来游玩,观之不足,玩之有余。走了一回,身子困倦,转到昭庆寺右边,望个宽处,将担儿放下,坐在一块石上歇脚。近侧有个人家,面湖而住,金漆篱门里面,朱栏内一丛细竹。未知堂室何如,先见门庭清整。只见里面三四个戴巾的从内而出,一个女娘后面相送。到了门首,两下把手一拱,说声"请了",那女娘竟进去了。秦重定睛觑之,此女容颜娇丽,体态轻盈,目所未睹,准准的呆了半响,身子都酥麻了。他原是个老实小官,不知有烟花行径,心中疑惑,正不知是什么人家。方在凝思之际,只见门内又走出个中年的妈妈,同着一个垂髻的丫鬟,倚门闲看。那妈妈一眼瞧着油担,便道:"阿呀,方才要去买油,正好有油担子在这里,何不与他买些?"那丫鬟取了油瓶出来,走到油担子边,叫声:"卖油的!"秦重方才知觉,回言道:"没有油了。妈妈要用油时,明日送来。"那丫鬟也识得几个字,看见油桶上写个"秦"字,就对妈妈道:"那卖油的姓秦。"妈妈也听得人闲讲,有个秦卖油,做生意甚是忠厚。遂吩咐秦重道:"我家每日要油用,你肯挑来时,与你做个主顾。"秦重道:"承妈妈做成,不敢有误。"那妈妈与丫鬟进去了。秦重心中想道:"这妈妈不知是那女娘的什么人?我每日到他家卖油,莫说赚他利息,图个饱看那女娘一回,也是前生福分。"正欲挑担起身,只见两个轿夫,抬着一顶青绢幔的轿子,后边跟着两个小厮,飞也似跑来。到了其家门首,歇下轿子,那小厮走进里面去了。秦重道:"却又作怪!看他接什么人?"少顷之间,只见两个丫鬟,一个捧着猩红的毡包,一个拿着湘妃竹攒花的拜匣,都交付与轿夫,放在轿座之下。那两个小厮手中,一个抱着琴囊,一个捧着几个手卷,腕上挂碧玉箫一枝,跟着起初的女娘出来。女娘上了轿,轿夫抬起,望旧路而去,丫鬟、小厮俱随轿步行。秦重又得亲炙一番,心中愈加疑惑。挑了油担子,洋洋的去。

不过几步,只见临河有一酒馆。秦重每常不吃酒,今日见了这女娘,心下又欢喜,又气闷。将担子放下,走进酒馆,拣个小座头坐了。酒保问道:"客人还是请客,还是独酌?"秦重道:"有上好的酒,拿来独饮三杯。时新果子一两碟,不用荤菜。"酒保斟酒时,秦重问道:"那边金漆篱门内,是什么人家?"酒保道:"这是齐衙内的花园,如今王九妈住下。"秦重道:"方才看见有个小娘子上轿,是什么人?"酒保道:"这是有名的粉头,叫做王美娘,人都称为花魁娘子。他原是汴京人,流落在此。吹弹歌舞,琴棋书画,件件皆精。来往的都是大头儿,要十两放光,才宿一夜哩。可知小可的也近他不得。当初住在涌金门外，因楼房狭窄，齐舍人与他相厚，半载之前，把这花园借与他住。"秦重听得说是汴京人，触了个乡里之念，心中更有一倍光景。吃了数杯，还了酒钱，挑了担子，一路走，一路的肚中打稿道："世间有这样美貌的女子，落于娼家，岂不可惜！"又自家暗笑道："若不落于娼家，我卖油的怎生得见？"又想一回，越发痴起来了，道："人生一世，草生一秋。若得这等美人搂抱了睡一夜，死也甘心。"又想一回道："呸！我终日挑这油担子，不过日进分文，怎么想这等非分之事！正是癞虾蟆在阴沟里，想着天鹅肉吃，如何到口？"又想一回道："他相交的都是公子王孙，我卖油的纵有了银子，料他也不肯接我。"又想一回道："我闻得做老鸨的，专要钱钞。就是个乞儿，有了银子，他也就肯接了，何况我做生意的，青青白白之人？若有了银子，怕他不接！只是那里来这几两银子？"一路上胡思乱想，自言自语。

你道天地间有这等痴人，一个做小经纪的，本钱只有三两，却要把十两银子去嫖那名妓，可不是个春梦！自古道：有志者事竟成。被他千思万想，想出一个计策来，他道："从明日为始，逐日将本钱扣出，余下的积攒上去，一日积得一分，一年也有三两六钱之数。只消三年，这事便成了。若一日积得二分，只消得年半。若再多得些，一年也差不多了。"想来想去，不觉走到家里，开锁进门。只因一路上想着许多闲事，回来看了自家的睡铺，惨然无欢。连夜饭也不要吃，便上了床。这一夜翻来覆去，牵挂着美人，那里睡得着？

　　只因月貌花容，引起心猿意马。

捱到天明，爬起来就装了油担，煮早饭吃了，锁了门，挑着担子，一径走到王九妈家去。进了门，却不敢直入，舒着头往里面张望。王妈妈恰才起床，还蓬着头，正吩咐保儿买饭菜。秦重认得声音，叫声："王妈妈。"九妈往外一张，见是秦卖油，笑道："好忠厚人！果然不失信。"便叫他挑担进来，称了一瓶，约有五斤多重，公道还钱，秦重并不争论。王九妈甚是欢喜，道："这瓶油，只够我家两日用。但隔一日，你便送来，我不往别处去买了。"秦重应诺，挑担而出，只恨不曾遇见花魁娘子。"且喜扳下主顾，少不得一次不见二次见，二次不见三次见。只是一件，特为王九妈一家挑这许多路来，不是做生意的勾当。这昭庆寺是顺路，今日寺中虽然不做功德，难道寻常不用油的？我且挑担去问他，若扳得各房头做个主顾，只消走钱塘门这一路，那一担油尽勾出脱了。"秦重挑担到寺内问时，原来各房和尚也正想着秦卖油，来得正好，多少不等，各各买他的油。秦重与各房约定，也是间一日便送油来用。这一日是个双日，自此日为始，但是单日，秦重别街道上做买卖；但是双日，就走钱塘门这一路。一出钱塘门，先到王九妈家里，以卖油为名，去看花魁娘子。有一日会见，也有一日不会见。不见时，费了一场思想；便见时，也只添了一层思想。正是：

　　　　天长地久有时尽，此恨此情无尽期。
　　再说秦重到了王九妈家多次，家中大大小小，没一个不认得是秦卖油。时光迅速，不觉一年有余。日大日小，只拣足色细丝，或积三分，或积二分，再少也积下一分。凑得几钱，又打做大块头。日积月累，有了一大包银子，零星凑集，连自己也不知多少。其日是单日，又值大雨，秦重不出去做买卖。看了这一大包银子，心中也自喜欢。"趁今日空闲，我把他上一上天平，见个数目"。打个油伞，走到对门倾银铺里，借天平兑银。那银匠好不轻薄，想着卖油的多少银子，要架天平？只把个五两头等子与他，还怕用不着头纽哩！秦重把银包解开，都是散碎银两。大凡成锭的见少，散碎的就见多。银匠是小辈，眼孔极浅，见了许多银子，别是一番面目，想道："人不可貌相，海水不可斗量。"慌忙架起天平，搬出若大若小许多法码。秦重尽包而兑，一厘不多，一厘不少，刚刚一十六两之数，上秤便是一斤。秦重心下想道："除去了三两本钱，余下的做一夜花柳之费，还是有余。"又想道："这样散碎银子，怎好出手？拿出来也被人看低了。见成倾银店中方便，何不倾成锭儿，还觉冠冕。"当下兑足十两，倾成一个足色大锭，再把一两八钱，倾成水丝一小锭。剩下四两二钱之数，拈一小块，还了火钱。又将几钱银子，置下镶鞋净袜，新褶了一顶万字头巾。回到家中，把衣服浆洗得干干净净，买几根安息香，薰了又薰。拣个晴明好日，清早打扮起来。
　　　　虽非富贵豪华客，也是风流好后生。
　　秦重打扮得齐齐整整，取银两藏于袖中，把房门锁了，一径望王九妈家而来。那一时好不高兴。及至到了门首，愧心复萌，想道："时常挑了担子在他家卖油，今日忽地去做嫖客，如何开口？"正在踌躇之际，只听得呀的一声门响，王九妈走将出来，见了秦重，便道："秦小官，今日怎的不做生意，打扮得恁般齐楚，往那里去贵干？"事到其间，秦重只得老着脸，上前作揖。妈妈也不免还礼。秦重道："小可并无别事，专来拜望妈妈。"那鸨儿是老积年，见貌辨色，见秦重恁般装束，又说拜望，"一定是看上了我家那个丫头，要嫖一夜，或是会一个房。虽然不是个大势主菩萨，搭在篮里便是菜，捉在篮里便是蟹，赚他钱把银子买葱菜也是好的。"便满脸堆下笑来，道："秦小官拜望老身，必有好处。"秦重道："小可有句不识进退的言语，只是不好启齿。"王九妈道："但说何妨？且请到里面客坐里细讲。"秦重为卖油虽曾到王家准百次，这客坐里交椅，还不曾与他屁股做个相识，今日是个会面之始。王九妈到了客坐，不免分宾而坐，向着内里唤茶。少顷，丫鬟托出茶来看时，却是秦卖油，正不知什么缘故，妈妈恁般相待，格格低了头只管笑。王九妈看见，喝道："有甚好笑！对客全没些规矩！"丫鬟止住笑，收了茶杯自去。
　　王九妈方才开言问道："秦小官有甚话要对老身说？"秦重道："没有别话，

要在妈妈宅上请一位姐姐吃杯酒儿。"九妈道:"难道吃寡酒?一定要嫖了。你是个老实人,几时动这风流之兴?"秦重道:"小可的积诚,也非止一日。"九妈道:"我家这几个姐姐,都是你认得的。不知你中意那一位?"秦重道:"别个都不要,单单要与花魁娘子相处一宵。"九妈只道取笑他,就变了脸道:"你出言无度!莫非奚落老娘么?"秦重道:"小可是个老实人,岂有虚情?"九妈道:"粪桶也有两个耳朵,你岂不晓得我家美儿的身价?倒了你卖油的灶,还不勾半夜歇钱哩!不如将就拣一个适兴罢。"秦重把头一缩,舌头一伸,道:"恁的好卖弄!不敢动问:你家花魁娘子,一夜歇钱要几千两?"九妈见他说要话,却又回嗔作喜,带笑而言道:"那要许多,只要得十两敲丝。其他东道杂费,不在其内。"秦重道:"原来如此,不为大事。"袖中摸出这秃秃里一大锭放光细丝银子,递与鸨儿道:"这一锭十两重,足色足数,请妈妈收着。"又摸出一小锭来,也递与鸨儿,又道:"这一小锭,重有二两,相烦备个小东。望妈妈成就小可这件好事,生死不忘,日后再有孝顺。"九妈见了这锭大银,已自不忍释手,又恐怕他一时高兴,日后没了本钱,心中懊悔,也要尽他一句才好,便道:"这十两银子,你做经纪的人,积攒不易,还要三思而行。"秦重道:"小可主意已定,不要你老人家费心。"

九妈把这两锭银子收于袖中,道:"是便是了,还有许多烦难哩。"秦重道:"妈妈是一家之主,有甚烦难?"九妈道:"我家美儿,往来的都是王孙公子,富室豪家,真个是'谈笑有鸿儒,往来无白丁'。他岂不认得你是做经纪的秦小官,如何肯接你?"秦重道:"但凭妈妈怎的委曲宛转,成全其事,大恩不敢有忘!"九妈见他十分坚心,眉头一皱,计上心来,扯开笑口道:"老身已替你排下计策,只看你缘法如何。做得成不要喜,做不成不要怪。美儿昨日在李学士家陪酒,还未曾回。今日是黄衙内约下游湖。明日是张山人一班清客,邀他做诗社。后日是韩尚书的公子,数日前送下东道在这里。你且到大后日来看。还有句话,这几日你且不要来我家卖油,预先留下个体面。又有句话,你穿着一身的布衣布裳,不像个上等嫖客。再来时换件绸缎衣服,教这些丫头们认不出你是秦小官,老娘也好与你装谎。"秦重道:"小可一一理会得。"说罢,作别出门,且歇这二日生理,不去卖油,到典铺里买了一件见成半新不旧的绸衣,穿在身上,到街坊闲走,演习斯文模样。正是:

　　未识花院行藏,先习孔门规矩。

丢过那三日不题。到第四日,起个清早,便到王九妈家去。去得太早,门还未开,意欲转一转再来。这番装扮希奇,不敢到昭庆寺去,恐怕和尚们批点,且到十景塘散步。良久又踅转来,王九妈家门已开了。那门前却安顿得有轿马,门内有许多仆从,在那里闲坐。秦重虽然老实,心下到也乖巧,且不进门,悄悄的招那马夫问道:"这轿马是谁家来的?"马夫道:"韩府里来接公子的。"秦重已知韩公子夜来留宿，此时还未曾别。重复转去，到一个饭店之中，吃了些见成茶饭，又坐了一回，方才到王家探信，只见门前轿马已自去了。进得门时，王九妈迎着，便道："老身得罪，今日又不得工夫了。恰才韩公子拉去东庄赏早梅，他是个长嫖，老身不好违拗。闻得说，来日还要到灵隐寺，访个棋师赌棋哩。齐衙内又来约过两三次了。这是我家房主，又是辞不得的。他来时，或三日五日的住了去，连老身也定不得个日子。秦小官，你真个要嫖，只索耐心再等几日。不然，前日的尊赐，分毫不动，要便奉还。"秦重道："只怕妈妈不作成。若还迟，终无失，就是一万年，小可也情愿等着。"九妈道："恁地时，老身便好主张。"秦重作别，方欲起身，九妈又道："秦小官人，老身还有句话：你下次若来讨信，不要早了。约莫申牌时分，有客没客，老身把个实信与你。倒是越晏些越好，这是老身的妙用，你休错怪。"秦重连声道："不敢，不敢。"这一日秦重不曾做买卖。次日整理油担，挑往别处去生理，不走钱塘门一路。每日生意做完，傍晚时分就打扮齐整，到王九妈家探信，只是不得工夫。又空走了一月有余。

　　那一日是十二月十五，大雪方霁，西风过后，积雪成冰，好不寒冷，却喜地下干燥。秦重做了大半日买卖，如前妆扮，又去探信。王九妈笑容可掬，迎着道："今日你造化，已是九分九厘了。"秦重道："这一厘是欠着什么？"九妈道："这一厘么，正主儿还不在家。"秦重道："可回来么？"九妈道："今日是俞太尉家赏雪，筵席就备在湖船之内。俞太尉是七十岁的老人家，风月之事，已是没分。原说过黄昏送来，你且到新人房里，吃杯烫风酒，慢慢的等他。"秦重道："烦妈妈引路。"王九妈引着秦重，弯弯曲曲，走过许多房头，到一个所在，不是楼房，却是个平屋三间，甚是高爽。左一间是丫鬟的空房，一般有床榻桌椅之类，却是备官铺的；右一间是花魁娘子卧室，锁着在那里。两旁又有耳房。中间客坐上面，挂一幅名人山水，香几上博山古铜炉，烧着龙涎香饼，两旁书桌摆设些古玩，壁上贴许多诗稿。秦重愧非文人，不敢细看，心下想道："外房如此整齐，内室铺陈，必然华丽，今夜尽我受用，十两一夜，也不为多。"九妈让秦小官坐于客位，自己主位相陪。少顷之间，丫鬟掌灯过来，抬下一张八仙桌儿，六碗时新果子，一架攒盒，佳肴美酝，未曾到口，香气扑人。九妈执盏相劝道："今日众小女都有客，老身只得自陪，请开怀畅饮几杯。"秦重酒量本不高，况兼正事在心，只吃半杯。吃了一会，便推不饮。九妈道："秦小官想饿了，且用些饭，再吃酒。"丫鬟捧着雪花白米饭，一吃一添，放于秦重面前，就是一盏杂和汤。鸨儿量高，不用饭，以酒相陪。秦重吃了一碗，就放箸。九妈道："夜长哩，再请些。"秦重又添了半碗。丫鬟提个行灯来说："浴汤热了，请客官洗浴。"秦重原是洗过澡来的，不敢推托，只得又到浴堂，肥皂香汤，洗了一遍，重复穿衣入坐。九妈命撤去肴盒，用暖锅下酒。此时黄昏已绝，昭庆寺里的钟都撞过了，美娘尚未回来。

　　玉人何处贪欢耍？等得情郎望眼穿！

　　常言道：等人心急。秦重不见婊子回家，好生气闷。却被鸨儿夹七夹八，说些风话劝酒。不觉又过了一更天气，只听外面热闹闹的，却是花魁娘子回家。丫鬟先来报了，九妈连忙起身出迎，秦重也离坐而立。只见美娘吃得大醉，侍女扶将进来。到于门首，醉眼朦胧，看见房中灯烛辉煌，杯盘狼藉，立住脚问道："谁在这里吃酒？"九妈道："我儿，便是我向日与你说的那秦小官人。他心中慕你，多时的送过礼来。因你不得工夫，担搁他一月有余了。你今日幸而得空，做娘的留他在此伴你。"美娘道："临安郡中，并不闻说起有什么秦小官人？我不去接他。"转身便走。九妈双手托开，即忙拦住道："他是个至诚好人，娘不误你。"美娘只得转身，才跨进房门，抬头一看，那人有些面善，一时醉了，急切叫不出来。便道："娘，这个人我认得他的，不是有名称的子弟。接了他，被人笑话。"九妈道："我儿，这是涌金门内开段铺的秦小官人。当初我们住在涌金门时，想你也曾会过，故此面善，你莫识认错了。做娘的见他来意志诚，一时许了他，不好失信。你看做娘的面上，胡乱留他一晚。做娘的晓得不是了，明日却与你陪礼。"一头说，一头推着美娘的肩头向前。美娘拗妈妈不过，只得进房相见。正是：

　　千般难出虔婆口，万般难脱虔婆手。

　　饶君纵有万千般，不如跟着虔婆走。

　　这些言语，秦重一句句都听得，佯为不闻。美娘万福过了，坐于侧首。仔细看着秦重，好生疑惑，心里甚是不悦，嘿嘿无言。唤丫鬟将热酒来，斟着大钟。鸨儿只道他敬客，却自家一饮而尽。九妈道："我儿醉了，少吃些么。"美儿那里依他？答应道："我不醉！"一连吃上十来杯。这是酒后之酒，醉中之醉，自觉立脚不住。唤丫鬟开了卧房，点上银釭，也不卸头，也不解带，蹴脱了绣鞋，和衣上床，倒身而卧。鸨儿见女儿如此做作，甚不过意，对秦重道："小女平日惯了，他专会使性，今日他心中不知为什么有些不自在，却不干你事。休得见怪！"秦重道："小可岂敢！"鸨儿又劝了秦重几杯酒，秦重再三告止。鸨儿送入卧房，向耳旁吩咐道："那人醉了，放温存些。"又叫道："我儿起来，脱了衣服，好好的睡。"美娘已在梦中，全不答应。鸨儿只得去了。丫鬟收拾了杯盘之类，抹了桌子，叫声："秦小官人，安置罢。"秦重道："有热茶要一壶。"丫鬟泡了一壶浓茶，送进房里，带转房门，自去耳房中安歇。秦重看美娘时，面对里床，睡得正熟，把锦被压在身下。秦重想酒醉之人，必然怕冷，又不敢惊醒他。忽见栏杆上又放着一床大红纻丝的锦被，轻轻的取下，盖在美儿身上。把银灯挑得亮亮的，取了这壶热茶，脱鞋上床，捱在美娘身边，左手抱着茶壶在怀，右手搭在美娘身上，眼也不敢闭一闭。正是：

未曾握雨携云，也算偎香倚玉。

却说美娘睡到半夜，醒将转来，自觉酒力不胜，胸中似有满溢之状。爬起来，坐在被窝中，垂着头，只管打干哕。秦重慌忙也坐起来，知他要吐，放下茶壶，用手抚摩其背。良久，美娘喉间忍不住了，说时迟，那时快，美娘放开喉咙便吐。秦重怕污了被窝，把自己道袍的袖子张开，罩在他嘴上。美娘不知所以，尽情一呕。呕毕，还闭着眼，讨茶漱口。秦重下床，将道袍轻轻脱下，放在地平之上。摸茶壶还是暖的，斟上一瓯香喷喷的浓茶，递与美娘。美娘连吃了二碗，胸中虽然略觉豪燥，身子兀自倦怠，仍旧倒下，向里睡去了。秦重脱下道袍，将吐下一袖的腌臜，重重裹着，放于床侧，依然上床，拥抱似初。美娘那一觉直睡到天明方醒。覆身转来，见旁边睡着一人，问道："你是那个？"秦重答道："小可姓秦。"美娘想起夜来之事，恍恍惚惚，不甚记得真了，便道："我夜来好醉！"秦重道："也不甚醉。"又问："可曾吐么？"秦重道："不曾。"美娘道："这样还好。"又想一想道："我记得曾吐过的，又记得曾吃过茶来，难道做梦不成？"秦重方才说道："是曾吐来。小可见小娘子多了杯酒，也防着要吐，把茶壶暖在怀里。小娘子果然吐后讨茶，小可斟上，蒙小娘子不弃，饮了两瓯。"美娘大惊道："脏巴巴的，吐在那里？"秦重道："恐怕小娘子污了被褥，是小可把袖子盛了。"美娘道："如今在那里？"秦重道："连衣服裹着，藏过在那里。"美娘道："可惜坏了你一件衣服。"秦重道："这是小可的衣服，有幸得沾得小娘子的余沥。"美娘听说，心下想道："有这般识趣的人！"心里已有四五分欢喜了。

此时天色大明，美娘起身，下床小解。看着秦重，猛然想起是秦卖油，遂问道："你实对我说，是什么样人？为何昨夜在此？"秦重道："承花魁娘子下问，小子怎敢妄言。小可实是常来宅上卖油的秦重。"遂将初次看见送客，又看见上轿，心下想慕之极，及积攒嫖钱之事，备细述了一遍。"夜来得亲近小娘子一夜，三生有幸，心满意足"。美娘听说，愈加可怜，道："我昨夜酒醉，不曾招接得你。你干折了许多银子，莫不懊悔？"秦重道："小娘子天上神仙，小可惟恐服侍不周。但不见责，已为万幸，况敢有非意之望？"美娘道："你做经纪的人，积下些银两，何不留下养家？此地不是你来往的。"秦重道："小可单只一身，并无妻小。"美娘顿了一顿，便道："你今日去了，他日还来么？"秦重道："只这昨宵相亲一夜，已慰生平，岂敢又作痴想！"美娘想道："难得这好人，又忠厚，又老实，又且知情识趣，隐恶扬善，千百中难遇此一人。可惜是市井之辈，若是衣冠子弟，情愿委身事之。"正在沉吟之际，丫鬟捧洗脸水进来，又是两碗姜汤。秦重洗了脸，因夜来未曾脱帻，不用梳头，呷了几口姜汤，便要告别。美娘道："少住不妨，还有话说。"秦重道："小可仰慕花魁娘子，在旁多站一刻，也是好的。但为人岂不自揣？夜来在此，实是大胆，惟恐他人知道，有玷芳名。还是早些去了安稳。"美娘点了一点头，打发丫鬟出房，忙忙的开了减妆，取出二十两银子，送与秦重道："昨夜难为了你，这银两权奉为资本，莫对人说。"秦重那里肯受？美娘道："我的银子来路容易，这些须酬你一宵之情，休得固逊。若本钱缺少，异日还有助你之处。那件污秽的衣服，我叫丫鬟湔洗干净了还你罢。"秦重道："粗衣不烦小娘子费心，小可自会湔洗。只是领赐不当。"美娘道："说那里话！"将银子揣在秦重袖内，推他转身。秦重料难推却，只得受了，深深作揖，卷了脱下这件龌龊道袍，走出房门，打从鸨儿房前经过。鸨儿看见，叫声："妈妈，秦小官去了。"王九妈正在净桶上解手，口中叫道："秦小官，如何去得恁早？"秦重道："有些贱事，改日特来称谢。"

不说秦重去了，且说美娘与秦重虽然没点相干，见他一片诚心，去后好不过意。这一日因害酒，辞了客，在家将息。千个万个孤老都不想，倒把秦重整整的想了一日。有〔挂枝儿〕为证：

  俏冤家，须不是串花家的子弟，你是个做经纪本分人儿，那匡你会温存，能软款，知心知意。料你不是个使性的，料你不是个薄情的。几番待放下思量也，又不觉思量起。

话分两头。再说邢权在朱十老家，与兰花情热，见朱十老病废在床，全无顾忌，十老发作了几场。两个商量出一条计策来，侯夜静更深，将店中资本席卷，双双的逃之夭夭，不知去向。次日天明，十老方知。央及邻里出了个失单，寻访数日，并无动静。深悔当日不合为邢权所惑，逐了朱重。如今日久见人心，闻说朱重赁居众安桥下，挑担卖油，不如仍旧收拾他回来，老死有靠，只怕他记恨在心。教邻舍好生劝他回家，但记好，莫记恶。秦重一闻此言，即日收拾了家火，搬回十老家里。相见之间，痛哭了一场。十老将所存囊橐，尽数交付秦重。秦重自家又有二十余两本钱，重整店面，坐柜卖油。因在朱家，仍称朱重，不用秦字。不上一月，十老病重，医治不痊，呜呼哀哉。朱重搥胸大恸，如亲父一般，殡殓成服，七七做了些好事。朱家祖坟在清波门外，朱重举丧安葬，事事成礼。邻里皆称其厚德。事定之后，仍先开铺。原来这油铺是个老店，从来生意原好，却被邢权刻剥存私，将主顾弄断了多少。今见朱小官在店，谁家不来作成？所以生理比前越盛。

朱重单身独自，急切要寻个老成帮手。有个惯做中人的，叫做金中，忽一日，引着一个五十余岁的人来。原来那人正是莘善，在汴梁城外安乐村居住。因那年避乱南奔，被官兵冲散了女儿瑶琴，夫妻两口，凄凄惶惶，东逃西窜，胡乱的过了几年。今日闻临安兴旺，南渡人民，大半安插在彼。诚恐女儿流落此地，特来寻访，又没消息。身边盘缠用尽，欠了饭钱，被饭店中终日赶逐，无可奈何。偶然听见金中说起，朱家油铺要寻个卖油帮手，自己曾开过六陈铺子，卖油之事，都则在行。况朱小官原是汴京人，又是乡里，故此央金中引荐到来。朱重问了备细，乡人见乡人，不觉感伤。"既然没处投奔，你老夫妻两口只住在我身边，只当个乡亲相处，慢慢的访着令爱消息，再作区处。"当下取两贯钱把与莘善，去还了饭钱。连浑家阮氏也领将来，与朱重相见了，收拾一间空房，安顿他老夫妻在内。两口儿也尽心竭力，内外相帮，朱重甚是欢喜。

光阴似箭，不觉一年有余。多有人见朱小官年长未娶，家道又好，做人又志诚，情愿白白把女儿送他为妻。朱重因见了花魁娘子十分容貌，等闲的不看在眼，立心要访求个出色的女子，方才肯成亲。以此日复一日，耽搁下去。正是：

曾观沧海难为水，除却巫山不是云。

再说王美娘在九妈家，盛名之下，朝欢暮乐，真个口厌肥甘，身嫌锦绣。然虽如此，每遇不如意之处，或是子弟们任情使性，吃醋挑槽，或自己病中醉后，半夜三更没人疼热，就想起秦小官人的好处来，只恨无缘再会。也是他桃花运尽，合当变更。一年之后，生出一段事端来。

却说临安城中有个吴八公子，父亲吴岳，见为福州太守。这吴八公子，新从父亲任上回来，广有金银。平昔间也喜赌钱吃酒，三瓦两舍走动。闻得花魁娘子之名，未曾识面，屡屡遣人来约，欲要嫖他。美娘闻他气质不好，不愿相接，托故推辞，非止一次。那吴八公子也曾和着闲汉们，亲到王九妈家几番，都不曾会。其时清明节届，家家扫墓，处处踏青。美娘因连日游春困倦，且是积下许多诗画之债，未曾完得，吩咐家中："一应客来，都与我辞去。"闭了房门，焚起一炉好香，摆设文房四宝，方欲举笔，只听得外面沸腾。却是吴八公子领着十余个狠仆，来接美娘游湖。因见鸨儿每次回他，在中堂行凶，打家打火，直闹到美娘房前，只见房门锁闭。原来妓家有个回客法儿，小娘躲在房内，却把房门反锁，支吾客人，只推不在。那老实的就被他哄过了。吴公子是惯家，这些套子，怎地瞒得？吩咐家人扭断了锁，把房门一脚踢开。美娘躲身不迭，被公子看见，不由分说，教两个家人左右牵手，从房内直拖出房外来，口中兀自乱嚷乱骂。王九妈欲待上前陪礼解劝，看见势头不好，只得闪过。家中大小，躲得没半个影儿。吴家狠仆牵着美娘，出了王家大门，不管他弓鞋窄小，望街上飞跑。八公子在后，洋洋得意。直到西湖口，将美娘扠下了湖船，方才放手。美娘十二岁到王家，锦绣中养成，珍宝般供养，何曾受恁般凌贱！下了船，对着船头，掩面大哭。吴八公子全不放下面皮，气忿忿地像关云长单刀赴会，一把交椅，朝外而坐，狠仆侍立于旁。一面吩咐开船，一面数一数二的发作一个不住："小贱人，小娼根，不受人抬举！再哭时，就讨打了！"美娘那里怕他？哭之不已。船至湖心亭，吴八公子吩咐摆盒在亭子内，自己先上去了，却吩咐家人："叫那小贱人来陪酒！"美娘抱住了栏杆，那里肯去？只是嚎哭。吴八公子也觉没兴，自己吃了几杯淡酒，收拾下船，自来扯美娘。美娘双脚乱跳，哭声愈高。八公子大怒，教狠仆拔去簪珥。美娘蓬着头，跑到船头上就要投水，被家僮们扶住。公子道："你撒赖便怕你不成！就是死了，也只费得我几两银子，不为大事。只是送你一条性命，也是罪过。你住了啼哭时，我就放你回去，不难为你。"美娘听说放他回去，真个住了哭。八公子吩咐，移船到清波门外僻静之处，将美娘绣鞋脱下，去其裹脚，露出一对金莲，如两条玉笋相似。教狠仆扶他上岸，骂道："小贱人！你有本事，自走回家，我却没人相送。"说罢，一篙子撑开，再向湖中而去。正是：

　　焚琴煮鹤从来有，惜玉怜香几个知！

美娘赤了脚，寸步难行。思想："自己才貌两全，只为落于风尘，受此轻贱。平昔枉自结识许多王孙贵客，急切用他不着。受了这般凌辱，就是回去，如何做人？到不如一死为高，只是死得没些名目。枉自享个盛名，到此地位，看着村庄妇人，也胜我十二分。这都是刘四妈这个花嘴，哄我落坑堕堑，致有今日！自古红颜薄命，亦未必如我之甚！"越思越苦，放声大哭。

　　事有偶然，却好朱重那日在清波门外朱十老的坟上，祭扫过了，打发祭物下船，自己步回，从此经过。闻得哭声，上前看时，虽然蓬头垢面，那玉貌花容，从来无两，如何不认得？吃了一惊道："花魁娘子，如何这般模样？"美娘哀哭之际，听得声音厮熟，止啼而看，原来正是知情识趣的秦小官。美娘当此之际，如见亲人，不觉倾心吐胆，告诉他一番。朱重心中十分疼痛，亦为之流泪。袖中带得有白绫汗巾一条，约有五尺多长，取出劈半扯开，奉与美娘裹脚。亲手与他拭泪，又与他挽起青丝，再三把好言宽解。等待美娘哭定，忙去唤个暖轿，请美娘坐了，自己步送，直到王九妈家。

　　九妈不得女儿消息，在四处打探。慌迫之际，见秦小官送女儿回来，分明送一颗夜明珠还他，如何不喜？况且鸨儿一向不见秦重挑油上门，多曾听得人说，他承受了朱家的店业，手头活动，体面又比前不同，自然刮目相待。又见女儿这等模样，问其缘故，已知女儿吃了大苦，全亏了秦小官。深深拜谢，设酒相待。日已向晡，秦重略饮数杯，起身作别。美娘如何肯放？道："我一向有心于你，恨不得你见面。今日定然不放你空去。"鸨儿也来扳留，秦重喜出望外。是夜，美娘吹弹歌舞，曲尽生平之技，奉承秦重。秦重如做了一个游仙好梦，喜得魄荡魂消，手舞足蹈。夜深酒阑，二人相挽就寝。云雨之事，其美满更不必言。

　　一个是足力后生，一个是惯情女子。这边说三年怀想，费几多役梦劳魂；那边说一载相思，喜侥幸粘皮贴肉。一个谢前番帮衬，合今番恩上加恩；一个谢今夜总成，比前夜爱中添爱。红粉妓倾翻粉盒，罗帕留痕；卖油郎打泼油瓶，被窝沾湿。可笑村儿干折本，作成小子弄风流。

云雨已罢，美娘道："我有句心腹之言与你说，你休得推托。"秦重道："小娘子若用得着小可时，就赴汤蹈火，亦所不辞，岂有推托之理？"美娘道："我要嫁你。"秦重笑道："小娘子就嫁一万个，也还数不到小可头上，休得取笑，枉自折了小可的食料。"美娘道："这话实是真心，怎说'取笑'二字？我自十四岁被妈妈灌醉，梳弄过了，此时便要从良。只为未曾相处得人，不辨好歹，恐误了终身大事。以后相处的虽多，都是豪华之辈，酒色之徒，但知买笑追欢的乐意，那有怜香惜玉的真心！看来看去，只有你是个志诚君子，况闻你尚未娶亲。若不嫌我烟花贱质，情愿举案齐眉，白头奉侍。你若不允之时，我就将三尺白罗，死于君前，表白我这片诚心，也强如昨日死于村郎之手，没名没目，惹人笑话。"说罢，呜呜地哭将起来。秦重道："小娘子休得悲伤。小可承小娘子错爱，将天就地，求之不得，岂敢推托。只是小娘子千金声价，小可家贫力薄，如何摆布，也是力不从心了。"美娘道："这却不妨。不瞒你说，我只为从良一事，预先积攒些东西，寄顿在外。赎身之费，一毫不费你心力。"秦重道："就是小娘子自己赎身，平昔住惯了高堂大厦，享用了锦衣玉食，在小可家，如何过活？"美娘道："布衣蔬食，死而无怨。"秦重道："小娘子虽然……只怕妈妈不从。"美娘道："我自有道理。"如此如此，这般这般，两个直说到天明。

　　原来黄翰林的衙内，韩尚书的公子，齐太尉的舍人，这几个相知的人家，美娘都寄顿得有箱笼。美娘只推要用，陆续取到密地，约下秦重，教他收置在家。然后一乘轿子，抬到刘四妈家，诉以从良之事。刘四妈道："此事老身前日原说过的。只是年纪还早，又不知你要从那一个？"美娘道："姨娘，你莫管是甚人，少不得依着姨娘的言语，是个真从良，乐从良，了从良；不是那不真、不假、不了、不绝的勾当。只要姨娘肯开口时，不愁妈妈不允。做侄女的别没孝顺，只有十两金子，奉与姨娘，胡乱打些钗子。是必在妈妈前做个方便。事成之时，媒礼在外。"刘四妈看见这金子，笑得眼儿没缝，便道："自家儿女，又是美事，如何要你的东西？这金子权时领下，只当与你收藏。此事都在老身身上。只是你的娘把你当个摇钱之树，等闲也不轻放你出去。怕不要千把银子？那主儿可是肯出手的么？也得老身见他一见，与他讲通方好。"美娘道："姨娘莫管闲事，只当你侄女自家赎身便了。"刘四妈道："妈妈可晓得你到我家来？"美娘道："不晓得。"四妈道："你且在我家便饭，待老身先到你家与妈妈讲。讲得通时，然后来报你。"

　　刘四妈雇乘轿子，抬到王九妈家，九妈相迎入内。刘四妈问起吴八公子之事，九妈告诉了一遍。四妈道："我们行户人家，到是养成个半低不高的丫头，尽可赚钱，又且安稳。不论什么客就接了，倒是日日不空的。侄女只为声名大了，好似一块鲨鱼落地，蚂蚁儿都要钻他。虽然热闹，却也不得自在。说便许多一夜，也只是个虚名。那些王孙公子来一遍，动不动有几个帮闲，连宵达旦，好不费事。跟随的人又不少，个个要奉承得他到。有些不到之处，口里就出粗，哩哧啰哧的骂人，还要弄损你家火。又不好告诉他家主，受了若干闷气。况且山人墨客，诗社棋社，少不得一月之内，又有几日官身。这些富贵子弟，你争我夺，依了张家，违了李家，一边喜，少不得一边怪了。就是吴八公子这一个风波，吓杀人的。万一失差，却不连本送了？官宦人家，与他打官司不成！只索忍气吞声。今日还亏着你家时运高，太平没事，一个霹雳空中过去了。倘然山高水低，悔之无及。妹子闻得吴八公子不怀好意，还要到你家索闹。侄女的性气又不好，不肯奉承人。第一这一件，乃是个惹祸之本。"九妈道："便是这件，老身好不担忧。就是这八公子，也是有名有称的人，又不是下贱之人。这丫头抵死不肯接他，惹出这场冤气。当初他年纪小时，还听人教训；如今有了个虚名，被这些富贵子弟夸他奖他，惯了他性情，骄了他气质，动不动自作自主。逢着客来，他要接便接，他若不情愿时，便是九牛也休想牵得他转。"刘四妈道："做小娘的略有些身份，都则如此。"王九妈道："我如今与你商议。倘若有个肯出钱的，不如卖了他去，到得干净，省得终身担着鬼胎过日。"刘四妈道："此言甚妙。卖了他一个，就讨得五六个。若凑巧撞得着相应的，十来个也讨得的。这等便宜事，如何不做！"王九妈道："老身也曾算计过来，那些有势有力的不肯出钱，专要讨人便宜。及至肯出几两银子的，女儿又嫌好道歉，做张做智的不肯。若有好主儿，妹子做媒，作成则个。倘若这丫头不肯时节，还求你撺掇。这丫头，做娘的话也不听，只你说得他信，话得他转。"刘四妈呵呵大笑道："做妹子的此来，正为与侄女做媒。你要许多银子，便肯放他出门？"九妈道："妹子，你是明理的人。我们这行户中，只有贱买，那有贱卖？况且美儿数年盛名满临安，谁不知他是花魁娘子？难道三百四百，就容他走动？少不得要他千金。"刘四妈道："待妹子去讲。若肯出这个数目，做妹子的便来多口；若合不着时，就不来了。"临行时，又故意问道："侄女今日在那里？"王九妈道："不要说起。自从那日吃了吴八公子的亏，怕他还来淘气，终日里抬个轿子，各宅去分诉。前日在齐太尉家，昨日在黄翰林家，今日又不知在那家去了。"刘四妈道："有了你老人家做主，按定了坐盘星，也不容侄女不肯。万一不肯时，做妹子自会劝他。只是寻得主顾来，你却莫要捉班做势。"九妈道："一言既出，并无他说。"九妈送至门首。刘四妈叫声"咭噪"，上轿去了。这才是：

　　　　数黑论黄雌陆贾，说长话短女随何。
　　　　若还都像虔婆口，尺水能兴万丈波。

　　刘四妈回到家中，与美娘说道："我对你妈妈如此说，这般讲，你妈妈已自肯了。只要银子见面，这事立地便成。"美娘道："银子已曾办下，明日姨娘千万到我家来，玉成其事。不要冷了场，改日又费讲。"四妈道："既然约定，老身自然到宅。"美娘别了刘四妈，回家一字不题。次日午牌时分，刘四妈果然来了。王九妈问道："所事如何？"四妈道："十有八九，只不曾与侄女说过。"四妈来到美娘房中，两个相叫了，讲了一回说话。四妈道："你的主儿到了不曾？那话儿在哪里？"美娘指着床头道："在这几只皮箱里。"美娘把五六只皮箱一时都开了，五十两一封，搬出十三四封来，又把些金珠宝玉算价，足勾千金之数。把个刘四妈惊得眼中出火，口内流涎，想道："小小年纪，这等有肚肠！不知如何设法，积下许多东西？我家这几个粉头，一般接客，赶得着他那里！不要说不会生发，就是有几文钱在荷包里，闲时买瓜子嗑，买糖儿吃，两条脚带破了，还要做妈的与他买布哩。偏生九阿姐造化，讨得着，年时赚了若干钱钞，临出门还有这一主大财，又是取诸宫中，不劳余力。"这是心中暗想之语，却不曾说出来。美娘见刘四妈沉吟，只道他作难索谢，慌忙又取出四匹潞绸，两股宝钗，一对凤头玉簪，放在桌上道："这几件东西，奉与姨娘为伐柯之敬。"刘四妈欢天喜地，对王九妈说道："侄女情愿自家赎身，一般身价，并不短少分毫，比着孤老赎身更好。省得闲汉们从中说合，费酒费浆，还要加一加二的谢他。"王九妈听得说女儿皮箱内有许多东西，到有个怫然之色。

你道却是为何？世间只有鸨儿最狠，做小娘的设法些东西，都送到他手里，才是快活。也有做些私房在箱笼内，鸨儿晓得些风声，专等女儿出门，撅开锁钥，翻箱倒笼取个罄空。只为美娘盛名之下，相交都是大头儿，替做娘的挣得钱钞，又且性格有些古怪，等闲不敢触他。故此卧房里面，鸨儿的脚也不掇进去，谁知他如此有钱！刘四妈见九妈颜色不善，便猜着了，连忙道："九阿姐，你休得三心两意。这些东西，就是侄女自家积下的，也不是你本分之钱。他若肯花费时，也花费了。或是他不长进，把来津贴了得意的孤老，你也那里知道？这还是他做家的好处。况且小娘自己手中没有钱钞，临到从良之际，难道赤身赶他出门？少不得头上脚下，都要收拾得光鲜，等他好去别人家做人。如今他自家拿得出这些东西，料然一丝一线不费你的心。这一主银子，是你完完全全鳖在腰胯里的。他就赎身出去，怕不是你女儿？倘然他挣得好时，时朝月节，怕他不来孝顺你！就是嫁了人时，他又没有亲爹亲娘，你也还去做得着他的外婆，受用处正有哩！"只这一套话，说得王九妈心中爽然，当下应允。刘四妈就去搬出银子，一封封兑过，交付与九妈。又把这些金珠宝玉，逐件指物作价。对九妈说道："这都是做妹子的故意估下他些价钱。若换与人，还便宜得几十两银子。"王九妈虽同是个鸨儿，倒是个老实头儿，但凭刘四妈说话，无有不纳。

刘四妈见王九妈收了这主东西，便叫亡八写了婚书，交付与美儿。美儿道："趁姨娘在此，奴家就拜别了爹妈出门，借姨娘家住一两日，择吉从良。未知姨娘允否？"刘四妈得了美娘许多谢礼，生怕九妈翻悔，巴不得美娘出了他门，完成一事，便道："正该如此。"当下美娘收拾了房中自己的梳台拜匣，皮箱铺盖之类。但是鸨儿家中之物，一毫不动。收拾已完，随着四妈出房，拜别了假爹假妈，和那姨娘行中都相叫了，王九妈一般哭了几声。美娘唤人挑了行李，欣然上轿，同刘四妈到刘家去。四妈出一间幽静的好房，顿下美娘行李，众小娘都来与美娘叫喜。是晚，朱重差莘善到刘四妈家讨信，已知美娘赎身出来。择了吉日，笙箫鼓乐娶亲，刘四妈就做大媒送亲。朱重与花魁娘子花烛洞房，欢喜无限。

  虽然旧事风流，不减新婚佳趣。

  次日，莘善老夫妇请新人相见，各各相认，吃了一惊。问起根由，至亲三口，抱头而哭。朱重方才认得是丈人丈母，请他上坐，夫妻二人重新拜见。亲邻闻知，无不骇然。是日，整备筵席，庆贺两重之喜，饮酒尽欢而散。三朝之后，美娘教丈夫备下几副厚礼，分送旧相知各宅，以酬其寄顿箱笼之恩，并报他从良信息，此是美娘有始有终处。王九妈、刘四妈家，各有礼物相送，无不感激。满月之后，美娘将箱笼打开，内中都是黄白之资，吴绫蜀锦，何止百计，共有三千余金。都将匙钥交付丈夫，慢慢地买房置产，整顿家当。油铺生理，都是丈人莘公管理。不上一年，把家业挣得花锦般相似，驱奴使婢，甚有气象。

  朱重感谢天地神明保佑之德，发心于各寺庙喜舍合殿油烛一套，供琉璃灯油三个月。斋戒沐浴，亲往拈香礼拜。先从昭庆寺起，其他灵隐、法相、净慈、天竺等寺，以次而行。就中单说天竺寺，是观音大士的香火，有上天竺、中天竺、下天竺，三处香火俱盛，却是山路，不通舟楫。朱重叫从人挑了一担香烛，三担清油，自己乘轿而往。先到上天竺来，寺僧迎接上殿，老香火秦公点烛添香。此时朱重居移气，养移体，仪容魁岸，非复幼时面目，秦公那里认得他是儿子！只因油桶上有个大大的"秦"字，又有"汴梁"二字，心中甚以为奇。也是天然凑巧，刚刚到上天竺，偏用着这两只油桶。朱重拈香已毕，秦公托出茶盘，主僧奉茶。秦公问道："不敢动问施主：这油桶上为何有此三字？"朱重听得问声，带着汴梁人的土音，忙问道："老香火，你问他怎么？莫非也是汴梁人么？"秦公道："正是。"朱重道："你姓甚名谁，为何在此？出家共有几年了？"秦公把自己姓名乡里，细细告诉："某年上避兵来此，因无活计，将十三岁的儿子秦重，过继与朱家，如今有八年之远。一向为年老多病，不曾下山问得信息。"朱重一把抱住，放声大哭道："孩儿便是秦重，向在朱家挑油卖。正为要访求父亲下落，故此于油桶上，写'汴梁秦'三字，做个标识。谁知此地相逢，真乃天与其便！"众僧见他父子别了八年，今朝重会，各各称奇。朱重这一日就歇在上天竺，与父亲同宿，各叙情节。次日取出中天竺、下天竺两个疏头换过，内中朱重仍改做秦重，复了本姓。两处烧香礼拜已毕，转到上天竺，要请父亲回家，安乐供养。秦公出家已久，吃素持斋，不愿随儿子回家。秦重道："父亲别了八年，孩儿有缺侍奉。况孩儿新娶媳妇，也得他拜见公公方是。"秦公只得依允。秦重将轿子让与父亲乘坐，自己步行，直到家中。秦重取出一套新衣，与父亲换了，中堂设坐，同妻莘氏双双参拜。亲家莘公、亲母阮氏齐来见礼。此日大排筵席，秦公不肯开荤，素酒素食。次日，邻里敛钱称贺。一则新婚，二则新娘子家眷团圆，三则父子重逢，四则秦小官归宗复姓——共是四重大喜。一连又吃了几日喜酒。秦公不愿家居，思想上天竺故处清净出家。秦重不敢违亲之志，将银二百两，于上天竺另造净室一所，送父亲到彼居住。其日用供给，按月送去。每十日亲往候问一次，每一季同莘氏往候一次。那秦公活到八十余，端坐而化，遗命葬于本山。此是后话。

却说秦重和莘氏夫妻偕老，生下两个孩儿，俱读书成名。至今风月中市语，凡夸人善于帮衬，都叫做"秦小官"，又叫"卖油郎"。有诗为证明：

　　春来处处百花新，蜂蝶纷纷竞采春。
　　堪爱豪家多子弟，风流不及卖油人。

〔注释〕

　　〔1〕《醒世恒言》：原文据日本内阁文库藏明叶敬池刊本（上海古籍出版社1987年影印本）校录。

（张燕瑾　校录）

## 十五贯戏言成巧祸

（宋人小说作"错斩崔宁"）

　　　　聪明伶俐自天生，懵懂痴呆未必真。
　　　　嫉妒每因眉睫浅，戈矛时起笑谈深。
　　　　九曲黄河心较险，十重铁甲面堪憎。
　　　　时因酒色亡家国，几见诗书误好人？

这首诗，单表为人难处。只因世路窄狭，人心叵测，大道既远，人情万端。熙熙攘攘，都为利来；蛊蛊蠢蠢，皆纳祸去。持身保家，万千反覆。所以古人云：颦有为颦，笑有为笑。颦笑之间，最宜谨慎。这回书，单说一个官人，只因酒后一时戏笑之言，遂至杀身破家，陷了几条性命。且先引下一个故事来，权做个德胜头回。

却说故宋朝中，有一个少年举子，姓魏名鹏举，字冲霄，年方一十八岁，娶得一个如花似玉的浑家。未及一年，只因春榜动，选场开，魏生别了妻子，收拾行囊，上京取应。临别时，浑家吩咐丈夫："得官不得官，早早回来，休抛闪了恩爱夫妻！"魏生答道："功名二字，是俺本领前程，不索贤卿忧虑。"别后登程到京，果然一举成名，除授一甲第二名榜眼及第。在京甚是华艳动人，少不得修了一封家书，差人接取家眷入京。书上先叙了寒温及得官的事，后却写下一行，道是："我在京中早晚无人照管，已讨了一个小老婆，专候夫人到京，同享荣华。"家人收了书程，一径到家，见了夫人，称说贺喜，因取家书呈上。夫人拆开看了，见是如此如此，这般这般，便对家人道："官人真忒负恩！甫能得官，便娶了二夫人。"家人便道："小人在京，并没见有此事。想是官人戏谑之言。夫人到京，便知端的，休得忧虑。"夫人道："恁地说，我也罢了。"却因人舟未便，一面收拾起身，一面寻觅便人，先寄封平安家书到京中去。那寄书人到了京中，寻问新科魏榜眼寓所，下了家书，管待酒饭自回，不题。

却说魏生接书拆开来看了，并无一句闲言闲语，只说道："你在京中娶了一个小老婆，我在家中也嫁了一个小老公，早晚同赴京师也。"魏生见了，也只道是夫人取笑的说话，全不在意。未及收好，外面报说有个同年相访。京邸寓中不比在家宽转，那人又是相厚的同年，又晓得魏生并无家眷在内，直至里面坐下，叙了些寒温。魏生起身去解手，那同年偶翻桌上书帖，看见了这封家书写得好笑，故意朗诵起来。魏生措手不及，通红了脸，说道："这是没理的话。因是小弟戏谑了他，他便取笑写来的。"那同年呵呵大笑道："这节事却是取笑不得的。"别了就去，那人也是一个少年，喜谈乐道，把这封家书一节，顷刻间遍传京邸。也有一班妒忌魏生少年登高科的，将这桩事只当做风闻言事的一个小小新闻，奏上一本，说这魏生年少不检，不宜居清要之职，降处外任。魏生懊恨无及。后来毕竟做官蹭蹬不起，把锦片也似一段美前程，等闲放过去了，这便是一句戏言，撒漫了一个美官。

今日再说一个官人，也只为酒后一时戏言，断送了堂堂六尺之躯，连累两三个人，枉屈害了性命。却是为着甚的？有诗为证：

　　世路崎岖实可哀，傍人笑口等闲开。
　　白云本是无心物，又被狂风引出来。

却说南宋时，建都临安，繁华富贵，不减那汴京故国。去那城中箭桥左侧，有个官人，姓刘名贵，字君荐，祖上原是有根基的人家。到得君荐手中，却是时乖运蹇。先前读书，后来看看不济，却去改业做生意，便是半路上出家的一般。买卖行中，一发不是本等伎俩，又把本钱消折去了。渐渐大房改换小房，赁得两三间房子，与同浑家王氏，年少齐眉。后因没有子嗣，娶下一个小娘子，姓陈，是陈卖糕的女儿，家中都呼为二姐。这也是先前不十分穷薄的时做下的勾当。至亲三口，并无闲杂人在家。那刘君荐极是为人和气，乡里见爱，都称他"刘官人"，"你是一时运限不好，如此落莫，再过几时，定时有个亨通的日子！"说便是这般说，那得有些好处？只是在家纳闷，无可奈何。

却说一日闲坐家中，只见丈人家里的老王——年近七旬——走来对刘官人说道："家间老员外生日，特令老汉接取官人、娘子，去走一遭。"刘官人便道："便是我日逐愁闷过日子，连那泰山的寿诞，也都忘了。"便同浑家王氏，收拾随身衣服，打叠个包儿，交与老王背了，吩咐二姐："看守家中，今日晚了，不能转回，明晚须索来家。"说了就去。离城二十余里，到了丈人王员外家，叙了寒温。当日坐间客众，丈人女婿，不好十分叙述许多穷相。到得客散，留在客房里宿歇，直到天明，丈人却来与女婿攀话，说道："姐夫，你须不是这般算计，坐吃山空，立吃地陷。咽喉深似海，日月快如梭。你须计较一个常便。我女儿嫁了你，一生也指望丰衣足食，不成只是这等就罢了？"刘官人叹了一口气，道："是。泰山在上，道不得个'上山擒虎易，开口告人难'。如今的时势，再有谁似泰山这般怜念我的？只索守困，若去求人，便是劳而无功。"丈人便道："这也难怪你说。老汉却是看你们不过，今日赍助你些少本钱，胡乱去开个柴米店，撰得些利息来过日子，却不好么？"刘官人道："感蒙泰山恩顾，可知是好。"当下吃了午饭，丈人取出十五贯钱来，付与刘官人道："姐夫，且将这些钱去，收拾起店面，开张有日，我便再应付你十贯。你妻子且留在此过几日，待有了开店日子，老汉亲送女儿到你家，就来与你作贺。意下如何？"刘官人谢了又谢，驮了钱一径出门。到得城中，天色却早晚了，却撞着一个相识，顺路在他家门首经过。那人也要做经纪的人，就与他商量一会，可知是好。便去敲那人门时，里面有人应喏，出来相揖，便问："老兄下顾，有何见教？"刘官人一一说知就里。那人便道："小弟闲在家中，老兄用得着时，便来相帮。"刘官人道："如此甚好。"当下说了些生意的勾当，那人便留刘官人在家，现成杯盘，吃了三杯两盏。刘官人酒量不济，便觉有些朦胧起来，抽身作别，便道："今日相扰，明早就烦老兄过寒家，计议生理。"那人又送刘官人至路口，作别回家，不在话下。

若是说话的同年生，并肩长，拦腰抱住，把臂拖回，也不见得受这般灾悔！却教刘官人死得不如：

《五代史》李存孝，《汉书》中彭越。

却说刘官人驮了钱，一步一步捱到家中。敲门已是点灯时分，小娘子二姐独自在家，没一些事做，守得天黑，闭了门，在灯下打瞌睡。刘官人打门，他那里便听见？敲了半响，方才知觉。答应一声："来了！"起身开了门。刘官人进去，到了房中，二姐替刘官人接了钱，放在桌上，便问："官人，何处那移这项钱来，却是甚用？"那刘官人一来有了几分酒，二来怪他开得门迟了，且戏言吓他一吓，便道："说出来，又恐你见怪；不说时，又须通你得知。只是我一时无奈，没计可施，只得把你典与一个客人；又因舍不得你，只典得十五贯钱。若是我有些好处，加利赎你回来。若是照前这般不顺溜，只索罢了。"那小娘子听了，欲待不信，又见十五贯钱，堆在面前；欲待信来，他平白与我没半句言语，大娘子又过得好，怎么便下得这等狠心辣手？疑狐不决。只得再问道："虽然如此，也须通知我爹娘一声。"刘官人道："若是通知你爹娘，此事断然不成。你明日且到了人家，我慢慢央人与你爹娘说通，他也须怪我不得。"小娘子又问："官人今日在何处吃酒来？"刘官人道："便是把你典与人，写了文书，吃他的酒，才来的。"小娘子又问："大姐姐如何不来？"刘官人道："他因不忍见你分离，待得你明日出了门才来，这也是我没计奈何，一言为定。"说罢，暗地忍不住笑，不脱衣裳，睡在床上，不觉睡去了。那小娘子好生摆脱不下：不知他卖我与甚色样人家？我须先去爹娘家里说知。就是他明日有人来要我，寻道我家，也须有个下落。沉吟了一会，却把这十五贯钱，一垛儿堆在刘官人脚后边，趁他酒醉，轻轻的收拾了随身衣服，款款的开了门出去，拽上了门。却去左边一个相熟的邻舍，叫做朱三老儿家里，与朱三妈借宿了一夜，说道："丈夫今日无端卖我，我须先去与爹娘说知。烦你明日对他说一声：既有了主顾，可同我丈夫到爹娘家中来，讨个分晓，也须有个下落。"那邻舍道："小娘子说得有理，你只顾自去，我便与刘官人说知就理。"过了一宵，小娘子作别去了不题。正是：

　　鳌鱼脱却金钩去，摆尾摇头再不回。

　　放下一头。却说这里刘官人一觉，直至三更方醒，见桌上灯犹未灭，小娘子不在身边，只道他还在厨下收拾家火，便唤二姐讨茶吃。叫了一回，没人答应，却待挣扎起来，酒尚未醒，不觉又睡了去。不想却有一个做不是的，日间赌输了钱，没处出豁，夜间出来掏摸些东西，却好到刘官人门首。因是小娘子出去了，门儿拽上不关，那贼略推一推，豁地开了，捏手捏脚，直到房中，并无一人知觉。到得床前，灯火尚明，周围看时，并无一物可取。摸到床上，见一人朝着里床睡去，脚后却有一堆青钱，便去取了几贯。不想惊觉了刘官人，起来喝道："你须不近道理！我从丈人家借小得几贯钱来，养身活命；不争你偷了我的去，却是怎的计结！"那人也不回话，照面一拳，刘官人侧身躲过，便起身与这人相持。那人见刘官人手脚活动，便拔步出房。刘官人不舍，抢出门来，一径赶到厨房里。恰待声张邻舍起来捉贼，那人急了，正好没出豁，却见明晃晃一把劈柴斧头正在手边，也是人急计生，被他绰起，一斧正中刘官人面门，扑地倒了，又复一斧，斫倒一边。眼见得刘官人不活了，呜呼哀哉，伏惟尚飨。那人便道："一不做，二不休，却是你来赶我，不是我来寻你。"索性翻身入房，取了十五贯钱，扯条单被，包裹得停当，拽扎得爽俐，出门，拽上了门就走，不题。

次早，邻居起来，见刘官人家门也不开，并无人声息，叫道："刘官人，失晓了。"里面没人答应。捱将进去，只见门也不关，直到里面，见刘官人劈死在地。"他家大娘子，两日前已自往娘家去了，小娘子如何不见？"免不得声张起来。却有昨夜小娘子借宿的邻家朱三老儿说道："小娘子昨夜黄昏时，到我家宿歇，说道刘官人无端卖了他，他一径先到爹娘家里去了，教我对刘官人说，既有了主顾，可同到他爹娘家中，也讨得个分晓。今一面着人去追他转来，便有下落；一面着人去报他大娘子到来，再作区处。"众人都道："说得是。"先着人去到王老员外家报了凶信，老员外与女儿大哭起来，对那人道："昨日好端端出门，老汉赠他十五贯钱，教他将来作本，如何便恁的被人杀了？"那去的人道："好教老员外、大娘子得知，昨日刘官人归时，已自昏黑，吃得半酣，我们都不晓得他有钱没钱、归迟归早。只是今早刘官人家，门儿半开，众人推将进去，只见刘官人杀死在地，十五贯钱一文也不见，小娘子也不见踪迹。声张起来，却有左邻朱三老儿出来，说道：'他家小娘子，昨夜黄昏时分，借宿他家。小娘子说道：刘官人无端把他典与人了，小娘子要对爹娘说一声。住了一宵，今早径自去了。'如今众人计议，一面来报大娘子与老员外，一面着人去追小娘子。若是半路里追不着的时节，直到他爹娘家中，好歹追他转来，问个明白。老员外与大娘子须索去走一遭，与刘官人执命。"老员外与大娘子急急收拾起身，管待来人酒饭，三步做一步，赶入城中，不题。

却说那小娘子，清早出了邻舍人家，捱上路去，行不上一二里，早是脚疼走不动，坐在路旁。却见一个后生，头带万字头巾，身穿直缝宽衫，背上驮了一个搭膊，里面却是铜钱，脚下丝鞋净袜，一直走上前来。到了小娘子面前，看了一看：虽然没有十二分颜色，却也明眉皓齿，莲脸生春，秋波送媚，好生动人。正是：

　　野花偏艳目，村酒醉人多。

那后生放下搭膊，向前深深作揖："小娘子独行无伴，却是往那里去的？"小娘子还了万福，道："是奴家要往爹娘家去，因走不上，权歇在此。"因问："哥哥是何处来？今要往何方去？"那后生叉手不离方寸："小人是村里人，因往城中卖了丝帐，讨得些钱，要往褚家堂那边去的。"小娘子道："告哥哥则个，奴家爹娘也在褚家堂左侧，若得哥哥带挈奴家，同走一程，可知是好。"那后生道："有何不可？既如此说，小人情愿伏侍小娘子前去。"两个厮赶着，一路正行，行不到三二里田地，只见后面两个人，脚不点地赶上前来，赶得汗流气喘，衣服敞开。连叫："前面小娘子慢走，我却有话说知。"小娘子和那后生看见赶得蹊跷，都立住了脚。后边两个赶到跟前，见了小娘子与那后生，不容分说，一家扯了一个，说道："你们干得好事！却走往那里去？"小娘子吃了一惊，举眼看时，却是两家邻舍，一个就是小娘子昨夜借宿的主人。小娘子便道："昨夜也须告过公公得知，丈夫无端卖我，我自去对爹娘说知。今日赶来，却有何说？"朱三老道："我不管闲账，只是你家里有杀人公事，你须回去对理。"小娘子道："丈夫卖我，昨日钱已驮在家中，有甚杀人公事？我只是不去。"朱三老道："好自在性儿！你若真个不去，叫起地方：有杀人贼在此，烦为一捉。不然，须要连累我们。你这里地方也不得清净。"那个后生见不是话头，便对小娘子道："既如此说，小娘子只索回去，小人自家去休！"那两个赶来的邻舍，齐叫起来，说道："若是没有你在此便罢，既然你与小娘子同行同止，你须也去不得！"那后生道："却也作怪，我自半路遇见小娘子，偶然伴他行一程路儿，却有甚皂丝麻线，要勒掯我回去？"朱三老道："他家见有杀人公事，不争放你去了，却打没对头官司！"当下怎容小娘子和那后生做主。看的人渐渐立满，都道："后生你去不得。你日间不作亏心事，半夜敲门不吃惊。便去何妨？"那赶来的邻舍道："你若不去，便是心虚，我们却和你罢休不得。"四个人只得厮挽着一路转来。

　　到得刘官人门首，好一场热闹！小娘子入去看时，只见刘官人斧劈倒在地死了，床上十五贯钱分文也不见。开了口合不得，伸了舌缩不上去。那后生也慌了，便道："我怎的晦气！没来由和那小娘子同走一程，却做了干连人。"众人都和哄着。正在那里分豁不开，只见王老员外和女儿一步一撅走回家来，见了女婿身尸，哭了一场，便对小娘子道："你却如何杀了丈夫，劫了十五贯钱，逃走出去？今日天理昭然，有何理说！"小娘子道："十五贯钱，委是有的。只是丈夫昨晚回来，说是无计奈何，将奴家典与他人，典得十五贯身价在此，说过今日便要奴家到他家去。奴家因不知他典与甚色样人家，先去与爹娘说知，故此趁他睡了，将这十五贯钱，一垛儿堆在他脚后边，拽上门，到朱三老家住了一宵，今早自去爹娘家里说知。临去之时，也曾央朱三老对我丈夫说，既然有了主顾，可同到我爹娘家里来交割。却不知因甚杀死在此？"那大娘子道："可又来！我的父亲昨日明明把十五贯钱与他驮来作本，养赡妻小，他岂有哄你说是典来身价之理？这是你两日因独自在家，勾搭上了人；又见家中好生不济，无心守耐；又见了十五贯钱，一时见财起意，杀死丈夫，劫了钱。又使见识，往邻舍家借宿一夜，却与汉子通同计较，一处逃走。现今你跟着一个男子同走，却有何理说，抵赖得过？"众人齐声道："大娘子之言，甚是有理！"又对那后生道："后生，你却如何与小娘子谋杀亲夫，却暗暗约定在僻静处等候，一同去逃奔他方？却是如何计结？"那人道："小人自姓崔名宁，与那小娘子无半面之识。小人昨晚入城，卖得几贯丝钱在这里，因路上遇见小娘子，小人偶然问起往那里去的，却独自一个行走。小娘子说起是与小人同路，以此作伴同行，却不知前后因依。"众人那里肯听他分说，搜索他搭膊中，恰好是十五贯钱，一文也不多，一文也不少。众人齐发起喊来，道是："天网恢恢，疏而不漏！你却与小娘子杀了人，拐了钱财，盗了妇女，同往他乡，却连累我地方邻里打没头官司！"

当下大娘子结扭了小娘子，王老员外结扭了崔宁，四邻舍都是证见，一哄都入临安府中来。那府尹听得有杀人公事，即便升厅，便叫一干人犯，逐一从头说来。先是王老员外上去，告说："相公在上，小人是本府村庄人氏，年近六旬，止生一女，先年嫁与本府城中刘贵为妻。后因无子，娶了陈氏为妾，呼为二姐。一向三口在家过活，并无片言。只因前日是老汉生日，差人接取女儿女婿到家，过了一夜。次日，因见女婿家中全无活计，养赡不起，把十五贯钱与女婿作本，开店养身。却有二姐在家看守。到得昨夜，女婿到家时分，不知因甚缘故，将女婿斧劈死了，二姐却与一个后生，名唤崔宁，一同逃走，被人追捉到来。望相公可怜见老汉的女婿，身死不明，奸夫淫妇，赃证现在，伏乞相公明断。"府尹听得如此如此，便叫陈氏上来："你却如何通同奸夫，杀死了亲夫，劫了钱，与人一同逃走，是何理说？"二姐告道："小妇人嫁与刘贵，虽是做小老婆，却也得他看承得好，大娘子又贤慧，却如何肯起这片歹心？只是昨晚丈夫回来，吃得半酣，驮了十五贯钱进门，小妇人问他来历，丈夫说道，为因养赡不周，将小妇人典与他人，典得十五贯身价在此，又不通我爹娘得知，明日就要小妇人到他家去。小妇人慌了，连夜出门，走到邻舍家里，借宿一宵。今早一径先往爹娘家去，教他对丈夫说，既然卖我有了主顾，可到我爹妈家里来交割。才走得到半路，却见昨夜借宿的邻家赶来，捉住小妇人回来，却不知丈夫杀死的根由。"那府尹喝道："胡说！这十五贯钱，分明是他丈人与女婿的，你却说是典你的身价，眼见得没巴臂的说话了。况且妇人家，如何黑夜行走？定是脱身之计。这桩事须不是你一个妇人家做的，一定有奸夫帮你谋财害命，你却从实说来！"那小娘子正待分说，只见几家邻舍一齐跪上去告道："相公的言语，委是青天。他家小娘子，昨夜果然借宿在左邻第二家的，今早他自去了。小的们见他丈夫杀死，一面着人去赶，赶到半路，却见小娘子和那一个后生同走，苦死不肯回来，小的们勉强捉他转来。却又一面着人去接他大娘子与他丈人，到时，说昨日有十五贯钱，付与女婿做生理的。今者女婿已死，这钱不知从何而去。再三问那小娘子时，说道：他出门时，将这钱一堆儿堆在床上。却去搜那后生身边，十五贯钱，分文不少。却不是小娘子与那后生通同作奸？赃证分明，却如何赖得过？"府尹听他们言言有理，便唤那后生上来，道："帝辇之下，怎容你这等胡行！你却如何谋了他小老婆，劫了十五贯钱，杀死他亲夫？今日同往何处？从实招来！"那后生道："小人姓崔名宁，是乡村人氏。昨日往城中卖了丝，卖得这十五贯钱，今早偶然路上撞着这小娘子，并不知他姓甚名谁，那里晓得他家杀人公事？"府尹大怒，喝道："胡说！

世间不信有这等巧事：他家失去了十五贯钱，你却卖的丝恰好也是十五贯钱。这分明是支吾的说话了。况且他妻莫爱，他马莫骑，你既与那妇人没甚首尾，却如何与他同行共宿？你这等顽皮赖骨，不打如何肯招？"当下众人将那崔宁与小娘子，死去活来拷打一顿，那边王老员外与女儿并一干邻佑人等，口口声声咬他二人。府尹也巴不得了结这段公案，拷讯一回，可怜崔宁和小娘子，受刑不过，只得屈招了。说是一时见财起意，杀死亲夫，劫了十五贯钱，同奸夫逃走是实。左邻右舍都指画了十字，将两人大枷枷了，送入死囚牢里。将这十五贯钱，给还原主——也只好奉与衙门中人做使用，也还不勾哩。府尹叠成文案，奏过朝廷，部覆申详，倒下圣旨，说："崔宁不合奸骗人妻，谋财害命，依律处斩。陈氏不合通同奸夫，杀死亲夫，大逆不道，凌迟示众。"当下读了招状，大牢内取出二人来，当厅判一个"斩"字，一个"剐"字，押赴市曹，行刑示众。两人浑身是口，也难分说。正是：

哑子谩尝黄蘗味，难将苦口对人言。

看官听说，这段公事，果然是小娘子与那崔宁谋财害命的时节，他两人须连夜逃走他方，怎的又去邻舍人家借宿一宵？明早又走到爹娘家去，却被人捉住了？这段冤枉，仔细可以推详出来。谁想问官糊涂，只图了事，不想捶楚之下，何求不得？冥冥之中，积了阴骘，远在儿孙近在身。他两个冤魂，也须放你不过。所以做官的，切不可率意断狱，任情用刑，也要求个公平明允。道不得个"死者不可复生，断者不可复续"，可胜叹哉！

闲话休题。却说那刘大娘子到得家中，设个灵位，守孝过日。父亲王老员外劝他转身，大娘子说道："不要说起三年之久，也须到小祥之后。"父亲应允自去。光阴迅速，大娘子在家巴巴结结，将近一年，父亲见他守不过，便叫家里老王去接他来，说："叫大娘子收拾回家，与刘官人做了周年，转了身去罢。"大娘子没计奈何，细思父言，亦是有理。收拾了包裹，与老王背了，与邻舍家作别，暂去再来。一路出城，正值秋天，一阵乌风猛雨，只得落路，往一所林子去躲，不想走错了路，正是：

猪羊入屠宰之家，一脚脚来寻死路。

走入林子里来，只听他林子背后，大喝一声："我乃静山大王在此！行人住脚，须把买路钱与我。"大娘子和那老王吃那一惊不小，只见跳出一个人来：

头带乾红凹面巾，身穿一领旧战袍，腰间红绢搭膊裹肚，脚下蹬一双乌皮皂靴，手执一把朴刀。

舞刀前来。那老王该死，便道："你这剪径的毛团！我须是认得你，做这老性命着与你兑了罢！"一头撞去，被他闪过空。老人家用力猛了，扑地便倒。那人大怒道："这牛子好生无礼！"连搠一两刀，血流在地，眼见得老王养不大了。那刘大娘子见他凶猛，料道脱身不得，心生一计，叫做脱空计。拍手叫道："杀得好!"那人便住了手,睁圆怪眼,喝道:"这是你甚么人?"那大娘子虚心假气的答道:"奴家不幸丧了丈夫,却被媒人哄诱,嫁了这个老儿,只会吃饭。今日却得大王杀了,也替奴家除了一害。"那人见大娘子如此小心,又生得有几分颜色,便问道:"你肯跟我做个压寨夫人么?"大娘子寻思,无计可施,便道:"情愿伏侍大王。"那人回嗔作喜,收拾了刀杖,将老王尸首撺入涧中,领了刘大娘子到一所庄院前来,甚是委曲。只见大王向那地上,拾些土块,抛向屋上去,里面便有人出来开门。到得草堂之上,吩咐杀羊备酒,与刘大娘子成亲。两口儿且是说得着。正是:

　　明知不是伴,事急且相随。

　　不想那大王自得了刘大娘子之后,不上半年,连起了几主大财,家间也丰富了。大娘子甚是有识见,早晚用好言语劝他:"自古道:瓦罐不离井上破,将军难免阵中亡。你我两人,下半世也够吃用了。只管做这没天理的勾当,终须不是个好结果。却不道是梁园虽好,不是久恋之家。不若改行从善,做个小小经纪,也得过养身活命。"那大王早晚被他劝转,果然回心转意,把这门道路撇了,却去城市间赁下一处房屋,开了一个杂货店。遇闲暇的日子,也时常去寺院中念佛赴斋。忽一日在家闲坐,对那大娘子道:"我虽是个剪径的出身,却也晓得冤各有头,债各有主。每日间只是吓骗人东西,将来过日子。后来得有了你,一向买卖顺溜,今已改行从善。闲来追思既往,止曾枉杀了两个人,又冤陷了两个人,时常挂念,思欲做些功德,超度他们,一向未曾对你说知。"大娘子便道:"如何是枉杀了两个人?"那大王道:"一个是你的丈夫,前日在林子里的时节,他来撞我,我却杀了他。他须是个老人家,与我往日无仇,如今又谋了他老婆,他死也是不肯甘心的。"大娘子道:"不恁地时,我却那得与你厮守?这也是往事,休题了。"又问:"杀那一个又是甚人?"那大王道:"说起来,这个人一发天理上放不过去,且又带累了两个人,无辜偿命。是一年前,也是赌输了,身边并无一文,夜间便去掏摸些东西。不想到一家门首,见他门也不闩,推进去时,里面并无一人。摸到门里,只见一人醉倒在床,脚后却有一堆铜钱,便去摸他几贯。正待要走,却惊醒了那人起来,说道:'这是我丈人家与我做本钱的,不争你偷去了,一家人口都是饿死!'起身抢出房门,正待声张起来,是我一时见他不是话头,却好一把劈柴斧头在我脚边,这叫做人急计生,绰起斧来,喝一声道:'不是我,便是你!'两斧劈倒,却去房中将十五贯钱,尽数取了。后来打听得他,却连累了他家小老婆,与那一个后生,唤做崔宁,说他两人谋财害命,双双受了国家刑法。我虽是做了一世强人,只有这两桩人命,是天理人心打不过去的!早晚还要超度他,也是该的。"那大娘子听说,暗暗地叫苦:"原来我的丈夫也吃这厮杀了,又连累我家二姐与那个后生无辜被戮。思量起来,是我不合当初执证他两人偿命;料他两人阴司中,也须放我不过。"当下权且欢天喜地,并无他说。明日捉个空,便一径到临安府前,叫起屈来。那时换了一个新任府尹,才得半月,正值升厅,左右捉将那叫屈的妇人进来。刘大娘子到于阶下,放声大哭。哭罢,将那大王前后所为:怎的杀了我丈夫刘贵,问官不肯推详,含糊了事,却将二姐与那崔宁,朦胧偿命;后来又怎的杀了老王,奸骗了奴家。"今日天理昭然,一一是他亲口招承。伏乞相公高抬明镜,昭雪前冤。"说罢又哭。府尹见他情词可悯,即着人去捉那静山大王到来,用刑拷讯,与大娘子口词一些不差。即时问成死罪,奏过官里。待六十日限满,倒下圣旨来:"勘得静山大王,谋财害命,连累无辜,准律:杀一家非死罪三人者,斩加等,决不待时。原问官断狱失情,削职为民。崔宁与陈氏枉死可怜,有司访其家,谅行优恤。王氏既系强徒威逼成亲,又能伸雪夫冤,着将贼人家产,一半没入官,一半给与王氏养赡终身。"刘大娘子当日往法场上,看决了静山大王,又取其头去祭献亡夫并小娘子及崔宁,大哭一场。将这一半家私,舍入尼姑庵中,自己朝夕看经念佛,追荐亡魂,尽老百年而绝。有诗为证:

   善恶无分总丧躯,只因戏语酿殃危。
   劝君出话须诚实,口舌从来是祸基。

(张燕瑾　校录)

# 剪灯新话[1]

瞿 佑

## 翠 翠 传

翠翠，姓刘氏，淮安民家女也。生而颖悟，能通诗书，父母不夺其志，就令入学。同学有金氏子者，名定，与之同岁，亦聪明俊雅。诸生戏之曰："同岁者当为夫妇。"二人亦私以此自许。金生赠翠翠诗曰：

　　十二阑干七宝台，春风到处艳阳开。东园桃树西园柳，何不移教一处栽？

翠翠和曰：

　　平生每恨祝英台，凄抱何为不肯开？我愿东君勤用意，早移花树向阳栽。

已而，翠翠年长，不复至学。年及十六，父母为其议亲，辄悲泣不食。以情问之，初不肯言，久乃曰："必西家金定。妾已许之矣，若不相从，有死而已，誓不登他门也。"父母不得已，听焉。然而刘富而金贫，其子虽聪俊，门户甚不敌。及媒氏至其家，果以贫辞，惭愧不敢当。媒氏曰："刘家小娘子，必欲得金生，父母亦许之矣，若以贫辞，是负其诚志，而失此一好因缘也。今当语之曰：'寒家有了，粗知诗礼，贵宅见求，敢不从命。但生自蓬荜，安于贫贱久矣，若责其聘问之仪，婚娶之礼，终恐无从而致。'彼以爱女之故，当不较也。"其家从之。媒氏复命，父母果曰："婚姻论财，夷虏之道，吾知择婿而已，不计其他。但彼不足而我有余，我女到彼，必不能堪，莫若赘之入门可矣。"媒氏传命再往，其家幸甚。遂涓日结亲，凡币帛之类，羔雁之属，皆女家自备。过门交拜，二人相见，喜可知矣！是夕，翠翠于枕上作《临江仙》一阕赠生曰：

　　曾向书斋同笔砚，故人今作新人。洞房花烛十分春！汗沾蝴蝶粉，身惹麝香尘。　　嬉雨尤云浑未惯，枕边眉黛羞颦。轻怜痛惜莫嫌频。愿郎从此始，日近日相亲。

邀生继和。生遂次韵曰：

　　记得书斋同讲习，新人不是他人。扁舟来访武陵春：仙居邻紫府，人世隔红尘。　　誓海盟山心已许，几番浅笑轻颦。向人犹自语频频。意中无别意，亲后有谁亲？

二人相得之乐，虽孔翠之在赤霄，鸳鸯之游绿水，未足喻也。未及一载，张士诚兄弟起兵高邮，尽陷沿淮诸郡，女为其部将李将军者所掳。至正末，士诚辟土益广，跨江南北，奄有浙西，乃通款元朝，愿奉正朔，道途始通，行旅无阻。生于是辞别内、外父母，求访其妻，誓不见则不复还。行至平江，则闻李将军见为绍兴守御；及至绍兴，则又调屯兵安丰矣；复至安丰，则回湖州驻扎矣。生来往江淮，备经险阻，星霜屡移，囊橐又竭，然此心终不少懈；草行露宿，丐乞于人，仅而得达湖州。则李将军方贵重用事，威焰赫弈。生伫立门墙，踌躇窥俟，将进而未能，欲言而不敢。阍者怪而问焉。生曰："仆，淮安人也，丧乱以来，闻有一妹在于贵府，是以不远千里至此，欲求一见耳。"阍者曰："然则，汝何姓名？汝妹年貌若干？愿得详言，以审其实。"生曰："仆姓刘，名金定，妹名翠翠，识字能文。当失去之时，年始十七，以岁月计之，今则二十有四矣。"阍者闻之，曰："府中果有刘氏者，淮安人，其齿如汝所言，识字善为诗，性又通慧，本使宠之专房。汝信不妄，吾将告于内，汝且止此以待。"遂奔趋入告。须臾，复出，领生入见。将军坐于厅上，生再拜而起，具述厥由。将军，武人也，信之不疑，即命内竖告于翠翠曰："汝兄自乡中来此，当出见之。"翠翠承命而出，以兄妹之礼见于厅前，动问父母外，不能措一辞，但相对悲咽而已。将军曰："汝既远来，道途跋涉，心力疲困，可且于吾门下休息，吾当徐为之所。"即出新衣一袭，令服之，并以帷帐衾席之属，设于门西小斋，令生处焉。翌日，谓生曰："汝妹能识字，汝亦通书否？"生曰："仆在乡中，以儒为业，以书为本，凡经史子集，涉猎尽矣，盖素所习也，又何疑焉。"将军喜曰："吾自少失学，乘乱崛起。方响用于时，趋从者众，宾客盈门，无人延款，书启堆案，无人裁答。汝便处吾门下，足充一记室矣。"生，聪敏者也，性既温和，才又秀发，处于其门，益自检束，承上接下，咸得其欢，代书回简，曲尽其意。将军大以为得人，待之甚厚。然生本为求妻而来，自厅前一见之后，不可再得，闺阁深邃，内外隔绝，但欲一达其意，而终无便可乘。荏苒数月，时及授衣，西风夕起，白露为霜，独处空斋，终夜不寐，乃成一诗曰：

　　好花移入玉阑干，春色无缘得再看。乐处岂知愁处苦，别时虽易见时难！何年塞上重归马？此夜庭中独舞鸾！雾阁云窗深几许？可怜辜负月团圆！

诗成，书于片纸，折布裘之领而缝之，以百钱纳于小竖而告曰："天气已寒，吾衣甚薄，乞持入付吾妹，令浣濯而缝纴之，将以御寒耳。"小竖如言持入。翠翠解其意，折衣而诗见，大加伤感，吞声而泣，别为一诗，亦缝于内以付生。诗曰：

　　一自乡关动战烽，旧愁新恨几重重！肠虽已断情难断，生不相从死亦从。长使德言藏破镜，终教子建赋游龙。绿珠碧玉心中事，今日谁知也到侬！

生得诗，知其以死许之，无复致望，愈加抑郁，遂感沉痼。翠翠请于将军，始得一至床前问候，而生病已亟矣。翠翠以臂扶生而起，生引首侧视，凝泪满眶，长吁一声，奄然命尽。将军怜之，葬于道场山麓。翠翠送殡而归，是夜得疾，不复饮药，展转衾席，将及两月。一旦，告于将军曰："妾弃家相从，已得八载；流离外境，举目无亲，止有一兄，今又死矣。妾病必不起，乞埋骨兄侧，黄泉之下，庶有依托，免于他乡作孤魂也。"言尽而卒。将军不违其志，竟附葬于生之冢左，宛然东西二丘焉。洪武初，张氏既灭，翠翠家有一旧仆，以商贩为业，路经湖州，过道场山下，见朱门华屋，槐柳掩映，翠翠与金生方凭肩而立。遽呼之入，访问父母存殁，及乡井旧事。仆曰："娘子与郎安得在此？"翠翠曰："始因兵乱，我为李将军所掳，郎君远来寻访，将军不阻，以我归焉，因遂侨居于此耳。"仆曰："予今还淮安，娘子可修一书以报父母也。"翠翠留之宿，饭吴兴之香糯，羹苕溪之鲜鲫，以乌程酒出饮之。明旦，遂修启以上父母曰：

    伏以父生母育，难酬罔极之恩；夫唱妇随，夙著三从之义。在人伦而已定，何时事之多艰！曩者汉日将颓，楚氛甚恶；倒持太阿之柄，擅弄潢池之兵。封豕长蛇，互相吞并；雄蜂雌蝶，各自逃生。不能玉碎于乱离，乃至瓦全于仓卒。驱驰战马，随逐征鞍。望高天而八翼莫飞，思故国而三魂屡散。良辰易迈，伤青鸾之伴木鸡；怨偶为仇，惧乌鸦之打丹凤。虽应酬而为乐，终感激而生悲。夜月杜鹃之啼，春风蝴蝶之梦。时移事往，苦尽甘来。今则杨素览镜而归妻，王敦开阁而放妓，蓬岛践当时之约，潇湘有故人之逢。自怜赋命之屯，不恨寻春之晚。章台之柳，虽已折于他人；玄都之花，尚不改于前度。将谓瓶沉而簪折，岂期璧返而珠还。殆同玉箫女两世因缘，难比红拂妓一时配合。天与其便，事非偶然。煎鸾胶而续断弦，重谐缱绻；托鱼腹而传尺素，谨致丁宁。未奉甘旨，先此申复。

    父母得之，甚喜。其父即赁舟与仆自淮徂浙，径奔吴兴，至道场山下畴昔留宿之处，则荒烟野草，狐兔之迹交道，前所见屋宇，乃东西两坟耳。方疑访间，适有野僧扶锡而过，叩而问焉。则曰："此故李将军所葬金生与翠娘之坟耳，岂有人居乎？"大惊。取其书而视之，则白纸一幅也。时李将军为国朝所戮，无从诘问其详。父哭于坟下曰："汝以书赚我，令我千里至此，本欲与我一见也。今我至此，而汝藏踪秘迹，匿影潜形，我与汝生为父子，死何间焉？汝如有灵，毋吝一见，以释我疑虑也。"是夜，宿于坟。以三更后，翠翠与金生拜跪于前，悲号宛转。父泣而抚问之，乃具述其始末曰："往者，祸起萧墙，兵兴属郡。不能效窦氏女之烈，乃致为沙吒利之驱。忍耻偷生，离乡去国。恨以蕙兰之弱质，配兹驵侩之下材。惟知夺石家买笑之姬，岂暇怜息国不言之妇。叫九阍而无路，度一日如三秋。良人不弃旧恩，特勤远访。托兄妹之名，而仅获一见；隔伉俪之情，而终遂不通。彼感疾而先殂，妾含冤而继殒。欲求祔葬，幸得同归。大略如斯，微言莫尽。"父曰："我之来此，本欲取汝还家，以奉我耳。今汝已矣，将取汝骨迁于先垅，亦不虚行一遭也。"复泣而言曰："妾生而不幸，不得视膳庭闱；殁且无缘，不得首丘茔垅。然而地道尚静，神理宜安，若更迁移，反成劳扰。况溪山秀丽，草木荣华，既已安焉，非所愿也。"因抱持其父而大哭。父遂惊觉，乃一梦也。明日，以牲酒奠于坟下，与仆返棹而归。至今过者，指为金、翠墓云。

〔注释〕

〔1〕《剪灯新话》：原文据周楞伽校注本（上海古籍出版社1981年版）移录。

（张燕瑾　校录）

# 聊斋志异

蒲松龄

## 青　凤[1]

太原耿氏，故大家[2]，第宅宏阔。后凌夷[3]，楼舍连亘[4]，半旷废之，因生怪异，堂门辄自开掩，家人恒中夜骇哗。耿患之，移居别墅，留老翁门焉[5]。由此荒落益甚，或闻笑语歌吹声。

耿有从子去病[6]，狂放不羁[7]，嘱翁有所闻见，奔告之。至夜，见楼上灯光明灭，走报生。生欲入觇其异[8]。止之，不听。门户素所习识，竟拨蒿蓬，曲折而入。登楼，殊无少异。穿楼而过，闻人语切切[9]。潜窥之，见巨烛双烧，其明如昼。一叟儒冠南面坐[10]，一媪相对，俱年四十余。东向一少年，可二十许。右一女郎，裁及笄耳[11]。酒胾满案[12]，团坐笑语。生突入，笑呼曰："有不速之客一人来[13]！"群惊奔匿。独叟出叱问："谁何入人闺闼[14]？"生曰："此我家闺闼，君占之，旨酒自饮，不一邀主人，毋乃太吝？"叟审睇曰[15]："非主人也。"生曰："我狂生耿去病，主人之从子耳。"叟致敬曰："久仰山斗[16]。"乃揖生入。便呼家人易馔，生止之。叟乃酌客，生曰："吾辈通家[17]，座客无庸见避[18]，还祈招饮。"叟呼："孝儿！"俄少年自外入。叟曰："此豚儿也[19]。"揖而坐。略审门阀，叟自言："义君[20]，姓胡。"生素豪，谈议风生；孝儿亦倜傥[21]；倾吐间[22]，雅相爱悦[23]。生二十一，长孝儿二岁，因弟之[24]。叟曰："闻君祖纂《涂山外传》[25]，知之乎？"答："知之。"叟曰："我涂山氏之苗裔也[26]。唐以后，谱系犹能忆之[27]；五代而上无传焉[28]。幸公子一垂教也！"生略述涂山女佐禹之功，粉饰多词，妙绪泉涌。叟大喜，谓子曰："今幸得闻所未闻。公子亦非他人，可请阿母及青凤来共听之，亦令知我祖德也。"孝儿入帏中[29]。少时，媪偕女郎出。审顾之，弱态生娇，秋波流慧，人间无其丽也。叟指妇云："此为老荆[30]。"又指女郎："此青凤，鄙人之犹女也[31]。颇惠，所闻见，辄记不忘，故唤令听之。"生谈竟而饮[32]，瞻顾女郎，停睇不转。女觉之，辄俯其首。生隐蹑莲钩[33]，女急敛足，亦无愠怒。生神志飞扬，不能自主，拍案曰："得妇如此，南面王不易也[34]！"媪见生渐醉益狂，与女俱起，遽搴帏去[35]。生失望，乃辞叟出，而心萦萦，不能忘情于青凤也。

至夜复往，则兰麝犹芳[36]，而凝待终宵，寂无声欸。归与妻谋，欲携家而居之，冀得一遇。妻不从。生乃自往，读于楼下。夜方凭几，一鬼披发入，面黑如漆，张目视生。生笑，染指研墨自涂，灼灼然相与对视[37]。鬼惭而去。次夜，更既深，灭烛欲寝，闻楼后发扃，辟之闻然。生急起窥觇，则扉半启。俄闻履声细碎，有烛光自房中出。视之，则青凤也。骤见生，骇而却退，遽阖双扉。生长跽而致词曰："小生不避险恶，实以卿故。幸无他人，得一握手为笑，死不憾耳。"女遥语曰："惓惓深情[38]，妾岂不知。但叔闺训严[39]，不敢奉命。"生固哀之云："亦不敢望肌肤之亲，但一见颜色足矣。"女似肯可，启关出，捉之臂而曳之。生狂喜，相将入楼下，拥而加诸膝。女曰："幸有夙分[40]。过此一夕，即相思无用矣。"问："何故？"曰："阿叔畏君狂，故化厉鬼以相吓，而君不动也。今已卜居他所[41]。一家皆移什物赴新居，而妾留守，明日即发。"言已欲去，云："恐叔归。"生强止之，欲与为欢。方持论间[42]，叟掩入。女羞惧无以自容，俯首倚床，拈带不语。叟怒曰："贱婢辱吾门户！不速去，鞭挞且从其后！"女低头急去。叟亦出。尾而听之，诃诟万端[43]，闻青凤嘤嘤啜泣[44]。生心意如割，大声曰："罪在小生，于青凤何与！倘宥凤也[45]，刀锯铁钺[46]，小生愿身受之！"良久寂然，生乃归寝。自此第内绝不复声息矣。

生叔闻而奇之，愿售以居，不较直[47]。生喜，携家口而迁焉。居逾年，甚适，而未尝须臾忘凤也。

会清明上墓归，见小狐二，为犬逼逐。其一投荒窜去；一则皇急道上，望见生，依依哀啼，蓦耳辑首[48]，似乞其援。生怜之，启裳衿，提抱以归。闭门，置床上，则青凤也。大喜，慰问。女曰："适与婢子戏，遭此大厄[49]。脱非郎君[50]，必葬犬腹。望无以非类见憎。"生曰："日切怀思，系于魂梦。见卿如获异宝，何憎之云！"女曰："此天数也[51]！不因颠覆，何得相从？然幸矣，婢子必以妾为已死，可与君坚永约耳。"生喜，另舍居之。

积二年余，生方夜读，孝儿忽入。生辍读[52]，讶诘所来。孝儿伏地，怆然曰："家君有横难，非君莫拯。将自诣恳，恐不见纳，故以某来。"问："何事？"曰："公子识莫三郎否？"曰："此吾年家子也[53]。"孝儿曰："明日将过。倘携有猎狐，望君之留之也。"生曰："楼下之羞，耿耿在念，他事不敢预闻。必欲仆效绵薄，非青凤来不可。"孝儿零涕曰："凤妹已野死三年矣！"生拂衣曰[54]："既尔，则恨滋深耳！"执卷高吟，殊不顾瞻。孝儿起，哭失声，掩面而去。生如青凤所，告以故。女失色曰："果救之否？"曰："救则救之，适不之诺者[55]，亦聊以报前横耳。"女乃喜曰："妾少孤[56]，依叔成立。昔虽获罪，乃家范应尔[57]。"生曰："诚然，但使人不能无介介耳。卿果死，定不相援。"女笑曰："忍哉！"次日，莫三郎果至，镂膺虎韔[58]，仆从甚赫。生门逆之[59]。见获禽甚多，中一黑狐，血殷毛革；抚之，皮肉犹温。便托裘敝，乞得缀补[60]。莫慨然解赠。生即付青凤，乃与客饮。客既去，女抱狐于怀，三日而苏，展转复化为叟。举目见凤，疑非人间。女历言其情。叟乃下拜，惭谢前愆[61]。喜顾女曰："我固谓汝不死，今果然矣。"女谓生曰："君如念妾，还乞以楼宅相假，使妾得以申返哺之私[62]。"生诺之。叟赧然谢别而去。入夜，果举家来。由此如家人父子，无复猜忌矣。生斋居，孝儿时共谈宴。生嫡出子渐长，遂使傅之；盖循循善教，有师范焉[63]。

〔注释〕

〔1〕原文据张友鹤辑校会注会评本《聊斋志异》（上海古籍出版社1978年版）移录。本篇选自《聊斋志异》卷一。

〔2〕故大家：原先是大户人家。

〔3〕淩夷：当作"陵夷"，衰微、没落。

〔4〕连亘：连绵不断。

〔5〕门：这里作动词用，守门、看门。

〔6〕从子：侄儿。

〔7〕狂放不羁：行为放荡，无拘无束。羁，马笼头。不羁，不可控制。

〔8〕觇（chān）：窥视。

〔9〕切切：形容轻细低微的声音。

〔10〕儒冠：古代读书人戴的帽子。

〔11〕裁及笄（jī）耳：才成年。古代女子15岁，就要把头发用簪子簪起来，表示已成年。见《礼记·内则》。笄，女子盘发用的簪子。

〔12〕胾（zì）：切成大块的肉。

〔13〕不速之客：没有邀请而自己来的客人。速，邀请。

〔14〕闱闼（tà）：古代指妇女住的内室。闼，内门，小门。

〔15〕审睇（dì）：细看。

〔16〕久仰山斗：表示对人仰慕的客套话。意谓仰望人就像仰望泰山北斗的高一样。语本《新唐书·韩愈传》："愈以六经之文，为诸儒倡；自愈没后，学者仰之，如太山北斗。"山，泰山。斗，北斗星。

〔17〕通家：世代有亲密交情的人家。

〔18〕无庸：无须。

〔19〕豚（tún）儿：对人称自己儿子的谦词。豚，小猪。

〔20〕义君：对家长的称呼。这里是对其先世的敬称。

〔21〕倜傥（tì tǎng）：性格豪爽不羁。

〔22〕倾吐：这里是无所不谈的意思。

〔23〕雅：甚，极。

〔24〕弟之：以之为弟，把他当作弟弟看待。弟，用作动词。

〔25〕《涂山外传》：古代神话传说，大禹治水，行至涂山，娶九尾白狐为妻，称涂山氏。见《吴越春秋·越王无余外传》。

〔26〕苗裔（yì）：后代子孙。

〔27〕谱系：古代指家族的系统。谱，家谱。

〔28〕五代：历史上五代的说法有好几种，这里指梁、陈、北齐、北周、隋。

〔29〕入帏中：进入内室。帏，布幔。

〔30〕老荆：对人称自己妻子的谦词，犹言老妻。

〔31〕犹女：侄女。

〔32〕谈竟：谈完了。

〔33〕隐蹑莲钩：暗中踩住（青凤）的小脚。莲钩，旧指女子的小脚。

〔34〕南面王：指帝王。我国古代帝王的座位，都是坐北朝南，故称之为南面王。易：交换。

〔35〕搴（qiān）：掀起、掀开。

〔36〕兰麝：香料，指女子佩带的香物。

〔37〕灼灼然：这里是形容目光射人的样子。

〔38〕惓（quán）惓：同"拳拳"，真挚、恳切的样子。

〔39〕闺训：旧时为妇女规定的清规戒律。

〔40〕夙（sù）分：前世的缘分。

〔41〕卜居：以占卜的方式择定住宅。此即择居，迁居。

〔42〕持论：指相持不下的争论。

〔43〕诃诟：责骂。

〔44〕啜（chuò）泣：哭泣、抽咽。

〔45〕宥（yòu）：宽恕，原谅。

〔46〕刀锯铁钺（yuè）：都是古代的武器。这里是刑具的意思。铁，通"斧"。

〔47〕不较直：不计较价钱。直，同"值"。

〔48〕蓦耳辑首：垂耳缩头，害怕可怜的样子。蓦，当作"阘"。辑，一本作"戢"。

〔49〕遘（gòu）：遭遇。厄：灾难。

〔50〕脱非：若不是，表示假设。

〔51〕天数：上天安排的命运，亦即"命中注定"的意思。

〔52〕辍读：停止读书。

〔53〕年家子：科举时代，凡某科同一年考中的举人、进士，互称同年。同年的后辈称作年家子。

〔54〕拂衣：即拂袖，甩动衣袖。表示生气或不满。

〔55〕不之诺：即"不诺之"，不应允他。

〔56〕孤：幼而丧父叫孤。

〔57〕家范：家规，旧时家庭成员应遵守的道德标准。范，法式，标准。

〔58〕镂膺：系在马腹上的镂金饰带。虎韔（chàng）：用虎皮做的或饰以虎纹的弓袋。

〔59〕逆：迎接。

〔60〕"便托"二句：就假托自己的皮衣破了，请求得到狐皮来修补。托，托词，假话。

〔61〕愆（qiān）：过失、过错。

〔62〕返哺之私：指子女向父母尽孝。传说乌是孝鸟，乌雏长大后能衔着食物回巢喂养老乌，叫做"慈乌返哺"。私，内心，此指孝心。

〔63〕有师范焉：很有老师的风范。

（霍现俊　校注）

## 婴　宁〔1〕

　　王子服，莒之罗店人〔2〕。早孤，绝慧，十四入泮〔3〕。母最爱之，寻常不令游郊野。聘萧氏〔4〕，未嫁而夭，故求凰未就也〔5〕。

　　会上元〔6〕，有舅氏子吴生，邀同眺瞩〔7〕。方至村外，舅家有仆来，招吴去。生见游女如云，乘兴独遨。有女郎携婢，捻梅花一枝，容华绝代，笑容可掬。生注目不移，竟忘顾忌。女过去数武〔8〕，顾婢曰："个儿郎目灼灼似贼〔9〕！"遗花地上，笑语自去。生拾花怅然，神魂丧失，怏怏遂返。至家，藏花枕底，垂头而睡，不语亦不食。母忧之。醮禳益剧〔10〕，肌革锐减〔11〕。医师诊视，投剂发表〔12〕，忽忽若迷。母抚问所由，默然不答。适吴生来，嘱密诘之。吴至榻前，生见之泪下。吴就榻慰解，渐致研诘〔13〕。生具吐其实，且求谋画。吴笑曰："君意亦复痴，此愿有何难遂？当代访之。徒步于野，必非世家。如其未字〔14〕，事固谐矣；不然，拚以重赂，计必允遂。但得痊瘳〔15〕，成事在我。"生闻之，不觉解颐〔16〕。吴出告母，物色女子居里，而探访既穷，并无踪绪。母大忧，无所为计。然自吴去后，颜顿开，食亦略进。数日，吴复来。生问所谋，吴绐之曰〔17〕："已得之矣。我以为谁何人，乃我姑氏女，即君姨妹行，今尚待聘。虽内戚有婚姻之嫌〔18〕，实告之，无不谐者。"生喜溢眉宇，问："居何里？"吴诡曰："西南山中，去此可三十余里。"生又付嘱再四，吴锐身自任而去〔19〕。

　　生由此饮食渐加，日就平复。探视枕底，花虽枯，未便凋落，凝思把玩，如见其人。怪吴不至，折柬招之。吴支托不肯赴召。生恚怒，悒悒不欢。母虑其复病，急为议姻。略与商榷，辄摇首不愿。惟日盼吴。吴迄无耗〔20〕，益怨恨之。转思三十里非遥，何必仰息他人〔21〕？怀梅袖中，负气自往，而家人不知也。伶仃独步，无可问程，但望南山行去。约三十余里，乱山合沓，空翠爽肌，寂无人行，止有鸟道。遥望谷底，丛花乱树中，隐隐有小里落。下山入村，见舍宇无多，皆茅屋，而意甚修雅。北向一家，门前皆丝柳，墙内桃杏尤繁，间以修竹〔22〕，野鸟格磔其中〔23〕。意其园亭，不敢遽入。回顾对户，有巨石滑洁，因据坐少憩〔24〕。俄闻墙内有女子，长呼："小荣！"其声娇细。方伫听间，一女郎由东而西，执杏花一朵，俯首自簪；举头见生，遂不复簪，含笑捻花而入。审视之，即上元途中所遇也。心骤喜，但念无以阶进〔25〕。欲呼姨氏，顾从无还往，惧有讹误。门内无人可问。坐卧徘徊，自朝至于日昃〔26〕，盈盈望断〔27〕，并忘饥渴。时见女子露半面来窥，似讶其不去者。忽一老媪扶杖出，顾生曰："何处郎君，闻自辰刻便来，以至于今，意将何为？得勿饥耶?"生急起揖之,答云:"将以盼亲。"媪聋聩不闻[28]。又大言之。乃问:"贵戚何姓?"生不能答。媪笑曰:"奇哉!姓名尚自不知,何亲可探?我视郎君,亦书痴耳。不如从我来,啖以粗粝[29],家有短榻可卧。待明朝归,询知姓氏,再来探访,不晚也。"生方腹馁思啖,又从此渐近丽人,大喜,从媪入。见门内白石砌路,夹道红花,片片堕阶上;曲折而西,又启一关,豆棚花架满庭中。肃客入舍[30],粉壁光明如镜;窗外海棠,枝朵探入室中。裀藉几榻[31],罔不洁泽。甫坐,即有人自窗外隐约相窥。媪唤:"小荣,可速作黍!"外有婢子噭声而应[32]。坐次[33],具展宗阀。媪曰:"郎君外祖,莫姓吴否?"曰:"然。"媪惊曰:"是吾甥也!尊堂[34],我妹子。年来以家窭贫[35],又无三尺男[36],遂至音问梗塞。甥长成如许,尚不相识。"生曰:"此来即为姨也,匆遽遂忘姓氏。"媪曰:"老身秦姓,并无诞育;弱息仅存[37],亦为庶产[38]。渠母改醮[39],遗我鞠养[40],颇亦不钝;但少教训,嬉不知愁。少顷,使来拜识。"未几,婢子具饭,雏尾盈握[41]。媪劝餐已,婢来敛具。媪曰:"唤宁姑来。"婢应去。良久,闻户外隐有笑声。媪又唤:"婴宁!汝姨兄在此。"户外嗤嗤笑不已。婢推之以入,犹掩其口,笑不可遏。媪瞋目曰:"有客在,咤咤叱叱[42],是何景象!"女忍笑而立,生揖之。媪曰:"此王郎,汝姨子。一家尚不相识,可笑人也。"生问:"妹子年几何矣?"媪未能解。生又言之。女复笑,不可仰视。媪谓生曰:"我言少教诲,此可见矣。年已十六,呆痴裁如婴儿。"生曰:"小于甥一岁。"曰:"阿甥已十七矣,得非庚午属马者耶[43]?"生首应之[44]。又问:"甥妇阿谁?"答云:"无之。"曰:"如甥才貌,何十七岁犹未聘?婴宁亦无姑家[45],极相匹敌,惜有内亲之嫌。"生无语,目注婴宁,不遑他瞬。婢向女小语云:"目灼灼,贼腔未改。"女又大笑,顾婢曰:"视碧桃开未?"遽起,以袖掩口,细碎连步而出。至门外,笑声始纵。媪亦起,唤婢襆被[46],为生安置。曰:"阿甥来不易,宜留三五日,迟迟送汝归。如嫌幽闷,舍后有小园,可供消遣。有书可读。"

次日,至舍后,果有园半亩,细草铺毡,杨花糁径[47]。有草舍三楹[48],花木四合其所。穿花小步,闻树头苏苏有声,仰视,则婴宁在上。见生来,狂笑欲堕。生曰:"勿尔!堕矣!"女且下且笑,不能自止。方将及地,失手而堕,笑乃止。生扶之,阴捘其腕[49]。女笑又作,倚树不能行,良久乃罢。生俟其笑歇,乃出袖中花示之。女接之曰:"枯矣,何留之?"曰:"此上元妹子所遗,故存之。"问:"存之何意?"曰:"以示相爱不忘也。自上元相遇,凝思成疾,自分化为异物[50],不图得见颜色,幸垂怜悯!"女曰:"此大细事[51]。至戚何所靳惜[52]?待兄行时,园中花,当唤老奴来,折一巨捆负送之。"生曰:"妹子痴耶?""何便是痴?"曰:"我非爱花,爱捻花之人耳。"女曰:"葭莩之情[53],爱何待言!"生曰:"我所谓爱,非瓜葛之爱[54],乃夫妻之爱。"女曰:"有以异乎？"曰："夜共枕席耳。"女俯思良久，曰："我不惯与生人睡！"语未已，婢潜至，生惶恐遁去。少时，会母所。母问："何往？"女答以园中共话。媪曰："饭熟已久，有何长言，周遮乃尔[55]？"女曰："大哥欲我共寝。"言未已，生大窘，急目瞪之，女微笑而止。幸媪不闻，犹絮絮究诘。生急以他词掩之，因小语责女。女曰："适此语不应说耶？"生曰："此背人语。"女曰："背他人，岂得背老母？且寝处亦常事，何讳之？"生恨其痴，无术可以悟之。食方竟，家中人捉双卫来寻生[56]。先是，母待生久不归，始疑。村中搜觅几遍，竟无踪兆。因往询吴。吴忆曩言[57]，因教于西南山村行觅。凡历数村，始至于此。生出门，适相值。便入告媪，且请偕女同归。媪喜曰："我有志，匪伊朝夕[58]，但残躯不能远涉。得甥携妹子去，识认阿姨，大好！"呼婴宁，宁笑至。媪曰："有何喜，笑辄不辍？若不笑，当为全人。"因怒之以目。乃曰："大哥欲同汝去，可便装束。"又饷家人酒食[59]，始送之出，曰："姨家田产丰裕，能养冗人[60]。到彼且勿归，小学诗礼[61]，亦好事翁姑[62]。即烦阿姨，为汝择一良匹。"二人遂发。至山坳，回顾，犹依稀见媪倚门北望也。

抵家，母睹姝丽，惊问为谁。生以姨女对。母曰："前吴郎与儿言者，诈也。我未有姊，何以得甥？"问女，女曰："我非母出。父为秦氏，没时，儿在襁中，不能记忆。"母曰："我一姊适秦氏[63]，良确。然殂谢已久[64]，那得复存？"因审诘面庞痣赘[65]，一一符合。又疑曰："是矣。然亡已多年，何得复存？"疑虑间，吴生至，女避入室。吴询得故，惘然久之。忽曰："此女名婴宁耶？"生然之[66]。吴亟称怪事。问所自知，吴曰："秦家姑去世后，姑丈鳏居[67]，祟于狐，病瘠死。狐生女名婴宁，绷卧床上，家人皆见之。姑丈殁，狐犹时来。后求天师符粘壁间[68]，狐遂携女去。将勿是耶？"彼此疑参[69]。但闻室中吃吃，皆婴宁笑声。母曰："此女亦太憨生[70]。"吴请面之。母入室，女犹浓笑不顾。母促令出，始极力忍笑，又面壁移时，方出。才一展拜，翻然遽入，放声大笑。满室妇女，为之粲然[71]。吴请往觇其异，就便执柯[72]。寻至村所，庐舍全无，山花零落而已。吴忆姑葬处，仿佛不远，然坟垅湮没，莫可辨识，诧叹而返。母疑其为鬼。入告吴言，女略无骇意；又吊其无家，亦殊无悲意，孜孜憨笑而已[73]。众莫之测。母令与少女同寝止，昧爽即来省问。操女红[74]，精巧绝伦。但善笑，禁之亦不可止。然笑处嫣然，狂而不损其媚，人皆乐之。邻女少妇，争承迎之。母择吉将为合卺[75]，而终恐为鬼物。窃于日中窥之，形影殊无少异。至日，使华妆行新妇礼，女笑极不能俯仰，遂罢。生以其憨痴，恐漏泄房中隐事，而女殊密秘，不肯道一语。每值母忧怒，女至，一笑即解。奴婢小过，恐遭鞭楚，辄求诣母共话，罪婢投见，恒得免。而爱花成癖，物色遍戚党；窃典金钗，购佳种，数月，阶砌藩溷[76]，无非花者。

庭后有木香一架[77]，故邻西家。女每攀登其上，摘供簪玩。母时遇见，辄诃之，女卒不改。一日，西人子见之[78]，凝注倾倒，女不避而笑。西人子谓女意已属，心益荡。女指墙底，笑而下。西人子谓示约处，大悦。及昏而往，女果在焉。就而淫之，则阴如锥刺，痛彻于心，大号而踣。细视，非女，则一枯木卧墙边，所接乃水淋窍也。邻父闻声，急奔研问，呻而不言。妻来，始以实告。爇火烛窍，见中有巨蝎，如小蟹然。翁碎木捉杀之。负子至家，半夜寻卒。邻人讼生，讦发婴宁妖异[79]。邑宰素仰生才，稔知其笃行士，谓邻翁讼诬，将杖责之。生为乞免，逐释而归。母谓女曰："憨狂尔尔，早知过喜而伏忧也。邑令神明，幸不牵累；设鹘突官宰，必逮妇女质公堂[80]，我儿何颜见戚里？"女正色，矢不复笑。母曰："人罔不笑，但须有时[81]。"而女由是竟不复笑。虽故逗之，亦终不笑；然竟日未尝有戚容。

一夕，对生零涕。异之。女哽咽曰："曩以相从日浅，言之恐致骇怪；今日察姑及郎，皆过爱无有异心，直告或无妨乎？妾本狐产。母临去，以妾托鬼母，相依十余年，始有今日。妾又无兄弟，所恃者惟君。老母岑寂山阿[82]，无人怜而合厝之[83]，九泉辄为悼恨。君倘不惜烦费，使地下人消此怨恫，庶养女者不忍溺弃。"生诺之，然虑坟冢迷于荒草。女但言："无虑。"刻日，夫妻舆榇而往[84]。女于荒烟错楚中[85]，指示墓处，果得媪尸，肤革犹存。女抚哭哀痛。舁归，寻秦氏墓合葬焉。是夜，生梦媪来称谢，寤而述之。女曰："妾夜见之，嘱勿惊郎君耳。"生恨不邀留，女曰："彼鬼也，生人多，阳气胜，何能久居？"生问小荣，曰："是亦狐，最黠[86]。狐母留以视妾。每摄饵相哺[87]，故德之常不去心。昨问母，云已嫁之。"由是岁值寒食[88]，夫妻登秦墓，拜扫无缺。女逾年生一子，在怀抱中，不畏生人，见人辄笑，亦大有母风云。

异史氏曰："观其孜孜憨笑，似全无心肝者；而墙下恶作剧，其黠孰甚焉！至凄恋鬼母，反笑为哭，我婴宁殆隐于笑者矣[89]。窃闻山中有草，名'笑矣乎'[90]。嗅之，则笑不可止。房中植此一种，则合欢、忘忧[91]，并无颜色矣；若解语花[92]，正嫌其作态耳[93]。"

〔注释〕

〔1〕本篇选自《聊斋志异》卷二。

〔2〕莒（jǔ）：县名，今属山东。

〔3〕入泮（pàn）：入泮宫读书。泮宫，本指西周诸侯所设的学校。后泛指地方官办的学校。

〔4〕聘：指订婚。旧时风俗，订婚时男家要向女家先送聘礼，后因以聘作为订婚的代称。

〔5〕求凰：求妻。神话传说中的凤凰，雄者为凤，雌者为凰，因称男子求偶为"求凰"。

〔6〕上元：即上元节，农历正月十五。

〔7〕眺瞩：居高望远。这里是游览的意思。

〔8〕数武：几步。半步为"武"。

〔9〕个儿郎：这个小伙子。个，这个。

〔10〕醮禳（jiào ráng）：请和尚道士设坛祈祷以消除灾祸的活动。

〔11〕肌革锐减：身体消瘦得极快。肌革，犹肌肤。锐，迅速。

〔12〕发表：中医学术语。谓有些病潜伏在人体内，需服药发散表托出来，叫做"发表"，也称"表散"。

〔13〕研诘：仔细盘问。

〔14〕字：女子许婚。

〔15〕瘥瘳（chōu）：病愈。

〔16〕解颐：开颜欢笑。颐，面颊，腮。

〔17〕绐（dài）：哄骗。

〔18〕内戚有婚姻之嫌：意谓姨表亲戚因血统较近，通婚有所禁忌。内戚，母系的亲戚。下文"内亲"义同。嫌，嫌忌。

〔19〕锐身自任：自己主动承担此事。锐身，挺身。

〔20〕迄无耗：始终没有消息。耗，音信、消息。

〔21〕仰息：仰人鼻息。喻依赖他人。

〔22〕间（jiàn）：夹杂。

〔23〕格磔（zhé）：鸟鸣声。这里用作动词，鸟叫的意思。

〔24〕少憩（qì）：休息一会儿。憩，休息。

〔25〕无以阶进：意谓找不到进去（与婴宁搭话）的门路或借口。阶，阶梯，引申为因由，门路。

〔26〕日昃（zè）：太阳偏西。昃，日西斜。

〔27〕盈盈望断：形容盼望得非常殷切。盈盈，眼波流动的样子。望断，犹望穿。

〔28〕聩（kuì）：耳聋。

〔29〕粗粝：糙米饭，此指粗茶淡饭。

〔30〕肃客入舍：迎请客人进屋，以示尊敬。肃，引进。

〔31〕裀藉：垫褥，坐席。

〔32〕噭（jiào）声而应：高声答应。

〔33〕坐次：对坐之际。次，间，际。

〔34〕尊堂：对别人母亲的敬称。亦作"令堂"。

〔35〕窭（jù）贫：贫穷、贫寒。

〔36〕三尺男：三尺高男孩儿。无三尺男即家无一个男子。

〔37〕弱息：幼小子女，对自己子女的谦称，这里指婴宁。息，自己生的。

〔38〕庶产：妾生子女。封建时代，正妻称嫡，小妻称庶。

〔39〕渠：他。改醮：也称再醮，改嫁的意思。女子嫁人称醮。

〔40〕鞠（jū）养：抚养。鞠，养育。

〔41〕雏尾盈握：小鸡的尾部已满一把。这里是用来形容作菜肴的家禽的肥嫩。《礼记·内则》："雏尾不盈握，不食。"雏，指小鸡。盈握，满一把，以言其肥。

〔42〕咤（zhà）咤叱叱：吵吵闹闹。这里形容笑声。

〔43〕庚午属马：庚午年出生的人，属相为马。

〔44〕首应：点头答应。

〔45〕姑家：婆家。古代女子称丈夫的母亲为"姑"。

〔46〕襆（fú）被：包着被子。襆，包扎。

〔47〕杨花糁（sǎn）径：柳絮像米粒一样散落在小路上。糁，碎米屑，这里作动词用。

〔48〕三楹（yíng）：三间。楹，堂屋前部的柱子，后用作计算房屋的单位，一间为一楹。

〔49〕捘（zùn）：捏、按。

〔50〕化为异物：指人死亡。异物，死人，鬼物。

〔51〕大细事：极小的事。

〔52〕靳惜：吝惜。

〔53〕葭莩（jiā fú）：本芦苇内壁的薄膜，比喻疏远的亲戚，亦泛指亲戚。

〔54〕瓜葛：瓜和葛都有藤牵连，比喻亲戚。

〔55〕周遮：一本作"啁嗻"。啰嗦。这里形容话多。

〔56〕捉：这里是牵引的意思。卫：驴的别称。《尔雅翼·释兽》："（驴）一名为卫。或曰，晋卫玠好乘之，故以为名。"

〔57〕曩（nǎng）：以前，从前。

〔58〕匪伊朝夕：不止一朝一夕。匪，通"非"，不。伊，语助词，无义。

〔59〕饷：用酒食款待人。

〔60〕冗（rǒng）人：多余的人，闲人。

〔61〕小学诗礼：略学一些诗书、礼仪。这里指封建家庭中教育如何做人的知识和礼节。

〔62〕翁姑：公婆。

〔63〕适：古代指女子出嫁。

〔64〕殂（cú）谢：死亡。

〔65〕痣赘：人皮肤上的色斑和突起的小疙瘩。赘，赘疣，皮肤上长的小瘤子。

〔66〕然：用作动词，认为是对的。

〔67〕鳏（guān）居：无妻独居。

〔68〕天师：即张天师。东汉张道陵传布道教，并用符水咒法为人治病。其子孙世居江西龙虎山，以炼丹画符，捉鬼拿妖等活动为职业。元朝封张为天师，子孙便沿用这一称号。

〔69〕疑参：疑惑参详，揣摩可疑的地方。

〔70〕憨生：天真烂漫。生，语助词，无义。

〔71〕粲然：笑的样子。粲，美好，形容笑貌。

〔72〕执柯：作媒。语出《诗·豳风·伐柯》："伐柯如何？匪斧不克；娶妻如何？匪媒不得。"后因称作媒为执柯或伐柯。

〔73〕孜孜：不停歇的样子。

〔74〕女红（gōng）：指妇女从事的纺织、刺绣等类的针线活。红，通"工"。

〔75〕合卺（jǐn）：古代婚礼的一种仪式。卺，将葫芦剖为两半。结婚时，新郎新娘各执一半饮酒漱口，谓之"合卺"。后因以合卺代结婚。

〔76〕藩溷（hùn）：篱笆和厕所。

〔77〕木香：亦称荼蘼花，蔷薇科蔓生植物，春末夏初开花，有香气，可供观赏。

〔78〕西人子：一本作"西邻子"。西边邻居家的儿子。

〔79〕讦（jié）发：揭发别人的隐私。

〔80〕质公堂：对质于公堂。公堂，旧时官吏审理案件的地方。

〔81〕有时：谓适当的时候。

〔82〕岑寂山阿：在山凹里非常孤独寂寞。山阿，山中曲坳之处。

〔83〕合厝（cuò）：合葬。厝，埋葬。

〔84〕舆榇（chèn）：用车载着棺材。榇，棺材。

〔85〕错楚：杂乱的树丛。

〔86〕黠（xiá）：聪慧而狡猾。

〔87〕摄饵：拿来食物。饵，糕饼。

〔88〕寒食：寒食节。农历清明节前两天。这一天不举火煮饭，传说是晋文公为纪念抱树焚死的介之推而设的。

〔89〕隐于笑：用笑把自己的真相隐藏起来。隐，潜藏。

〔90〕笑矣乎：据陶谷《清异录》记载，有一种菌蕈，吃了会使人无故发笑，故戏称为"笑矣乎"。

〔91〕合欢：花名，俗称夜合花。忘忧：忘忧草，萱草的别名。据说合欢可以使人欢乐，萱草可以使人忘忧。

〔92〕解语花：据王仁裕《开元天宝遗事》载，唐玄宗称杨贵妃为"解语花"。后世文人因以此来比喻善于迎合人意的聪敏的美女。

〔93〕作态：矫揉造作，不自然的样子。

（霍现俊　校注）

# 莲　香[1]

桑生，名晓，字子明，沂州人[2]。少孤，馆于红花埠。桑为人静穆自喜[3]，日再出[4]，就食东邻，馀时坚坐而已。东邻生偶至，戏曰："君独居不畏鬼狐耶？"笑答曰："丈夫何畏鬼狐？雄来吾有利剑，雌者尚当开门纳之。"邻生归，与友谋，梯妓于垣而过之，弹指叩扉。生窥问其谁，妓自言为鬼。生大惧，齿震震有声。妓逡巡自去。邻生早至生斋，生述所见，且告将归。邻生鼓掌曰："何不开门纳之？"生顿悟其假，遂安居如初。

积半年，一女子夜来叩斋。生意友人之复戏也，启门延入，则倾国之姝[5]。惊问所来，曰："妾莲香，西家妓女。"埠上青楼故多，信之。息烛登床，绸缪甚至。自此三五宿辄一至。

一夕，独坐凝思，一女子翩然入。生意其莲，承逆与语[6]。觌面殊非：年仅十五六，鬖袖垂髫[7]，风流秀曼[8]，行步之间，若还若往。大愕，疑为狐。女曰："妾良家女，姓李氏。慕君高雅，幸能垂盼。"生喜。握其手，冷如冰，问："何凉也？"曰："幼质单寒，夜蒙霜露，那得不尔！"既而罗襦衿解，俨然处子。女曰："妾为情缘，葳蕤之质[9]，一朝失守。不嫌鄙陋，愿常侍枕席。房中得无有人否？"生曰："无他，止一邻娼，顾不常至[10]。"女曰："当谨避之[11]。妾不与院中人等[12]，君秘勿泄。彼来我往，彼往我来可耳。"鸡鸣欲去，赠绣履一钩[13]，曰："此妾下体所着，弄之足寄思慕。然有人慎勿弄也！"受而视之，翘翘如解结锥。心甚爱悦。越夕无人，便出审玩。女飘然忽至，遂相款昵。自此每出履，则女必应念而至。异而诘之。笑曰："适当其时耳。"

一夜莲来，惊曰："郎何神气萧索？"生言："不自觉。"莲便告别，相约十日。去后，李来恒无虚夕。问："君情人何久不至？"因以相约告。李笑曰："君视妾何如莲香美？"曰："可称两绝。但莲卿肌肤温和。"李变色曰："君谓双美，对妾云尔。渠必月殿仙人，妾定不及。"因而不欢。乃屈指计，十日之期已满，嘱勿漏，将窃窥之。

次夜，莲香果至，笑语甚洽。及寝，大骇曰："殆矣！十日不见，何益惫损[14]？保无有他遇否？"生询其故。曰："妾以神气验之，脉拆拆如乱丝[15]，鬼症也。"次夜，李来，生问："窥莲香何似？"曰："美矣。妾固谓世间无此佳人，果狐也。去，吾尾之，南山而穴居。"生疑其妒，漫应之。

逾夕，戏莲香曰："余固不信，或谓卿狐者。"莲亟问："是谁所云？"笑曰："我自戏卿。"莲曰："狐何异于人？"曰："惑之者病，甚则死，是以可惧。"莲香曰："不然。如君之年，房后三日，精气可复，纵狐何害？设旦旦而伐之[16]，人有甚于狐者矣。天下病尸瘵鬼[17]，宁皆狐蛊死耶？虽然，必有议我者。"生力白其无，莲诘益力。生不得已，泄之。莲曰："我固怪君惫也。然何遽至此？得勿非人乎？君勿言，明宵，当如渠之窥妾者。"是夜李至，裁三数语，闻窗外嗽声，急亡去。莲入曰："君殆矣[18]！是真鬼物！昵其美而不速绝，冥路近矣！"生意其妒，默不语。莲曰："固知君不忘情，然不忍视君死。明日，当携药饵，为君以除阴毒。幸病蒂尤浅，十日羔当已。请同榻以视痊可。"次夜，果出刀圭药啖生[19]。顷刻，洞下三两行[20]，觉脏腑清虚精神顿爽。心虽德之，然终不信为鬼。

莲香夜夜同衾偎生；生欲与合，辄止之。数日后，肤革充盈。欲别，殷殷嘱绝李。生谬应之。及闭户挑灯，辄捉履倾想。李忽至。数日隔绝，颇有怨色。生曰："彼连宵为我作巫医[21]，请勿为怼[22]，情好在我。"李稍怿。生枕上私语曰："我爱卿甚，乃有谓卿鬼者。"李结舌良久，骂曰："必淫狐之惑君听也！若不绝之，妾不来矣！"遂呜呜饮泣。生百词慰解，乃罢。隔宿，莲香至，知李复来，怒曰："君必欲死耶！"生笑曰："卿何相妒之深？"莲益怒曰："君种死根，妾为若除之，不妒者将复何如？"生托词以戏曰："彼云前日之病，为狐祟耳。"莲乃叹曰："诚如君言，君迷不悟，万一不虞，妾百口何以自解？请从此辞。百日后，当视君于卧榻中。"留之不可，怫然径去。由是于李夙夜必偕。约两月余，觉大困顿。初犹自宽解；日渐羸瘠，惟饮馆粥一瓯[23]。欲归就奉养，尚恋恋不忍遽去。因循数日，沉绵不可复起。邻生见其病惫，日遣馆僮馈给食饮。生至是疑李，因谓李曰："吾悔不听莲香之言，一至于此！"言讫而瞑。移时复苏，张目四顾，则李已去，自是遂绝。

　　生羸卧空斋，思莲香如望岁[24]。一日，方凝想间，忽有搴帘入者，则莲香也。临榻哂曰："田舍郎，我岂妄哉！"生哽咽良久，自言知罪，但求拯救。莲曰："病入膏肓，实无救法。姑来永诀，以明非妒。"生大悲曰："枕底一物，烦代碎之。"莲搜得履，持就灯前，反复展玩。李女欻入[25]，卒见莲香[26]，返身欲遁。莲以身蔽门，李窘急不知所出。生责数之，李不能答。莲笑曰："妾今始得与阿姨面相质[27]。昔谓郎君旧疾，未必非妾致，今竟何如？"李俯首谢过。莲曰："佳丽如此，乃以爱结仇耶？"李即投地陨泣，乞垂怜救。莲遂扶起，细诘生平。曰："妾，李通判女[28]，早夭，瘗于墙外。已死春蚕，遗丝未尽[29]。与郎偕好，妾之愿也；致郎于死，良非素心。"莲曰："闻鬼物利人死，以死后可常聚，然否？"曰："不然。两鬼相逢，并无乐处；如乐也，泉下少年郎岂少哉！"莲曰："痴哉！夜夜为之，人且不堪，而况于鬼！"李问："狐能死人，何术独否？"莲曰："是采补者流[30]，妾非其类。故世有不害人之狐，断无不害人之鬼，以阴气盛也。"生闻其语，始知狐鬼皆真。幸习常见惯，颇不为骇。但念残息如丝，不觉失声大痛。莲顾问："何以处郎君者？"李赧然逊谢。莲笑曰："恐郎强健，醋娘子要食杨梅也。"李敛衽曰："如有医国手[31]，使妾得无负郎君，便当埋首地下，敢复靦然于人世耶[32]！"莲解囊出药，曰："妾早知有今，别后采药三山[33]，凡三阅月，物料始备，瘵蛊至死[34]，投之无不苏者。然症何由得，仍以何引[35]，不得不转求效力。"问："何需？"曰："樱口中一点香唾耳。我一丸进，烦接口而唾之。"李晕生颐颊，俯首转侧而视其履。莲戏曰："妹所得意惟履耳！"李益惭，俯仰若无所容。莲曰："此平时熟技，今何吝焉？"遂以丸纳生吻，转促逼之。李不得已，唾之。莲曰："再！"又唾之。凡三四唾，丸已下咽。少间，腹殷然如雷鸣。复纳一丸，自乃接唇而布以气。生觉丹田火热，精神焕发。莲曰："愈矣！"李听鸡鸣，徬徨别去。莲以新瘥，尚须调摄，就食非计；因将户外反关，伪示生归，以绝交往，日夜守护之。李亦每夕必至，给奉殷勤，事莲犹姊。莲亦深怜爱之。居三月，生健如初。李遂数夕不至；偶至，一望即去。相对时，亦悒悒不乐。莲常留与共寝，必不肯。生追出，提抱以归，身轻若刍灵[36]。女不得遁，遂着衣偃卧，蜷其体不盈二尺。莲益怜之，阴使生狎抱之，而撼摇亦不得醒。生睡去；觉而索之，已杳。后十余日，更不复至。生怀思殊切，恒出履共弄。莲曰："窈娜如此，妾见犹怜，何况男子。"生曰："昔日弄履则至，心固疑之，然终不料其鬼。今对履思容，实所怆恻。"因而泣下。

先是，富室张姓有女字燕儿，年十五，不汗而死。终夜复苏，起顾欲奔。张扃户，不得出。女自言："我通判女魂。感桑郎眷注，遗舄犹存彼处。我真鬼耳，锢我何益？"以其言有因，诘其至此之由。女低徊反顾，茫不自解。或有言桑生病归者，女执辨其诬。家人大疑。东邻生闻之，逾垣往窥，见生方与美人对语；掩入逼之，张皇间已失所在。邻生骇诘。生笑曰："向固与君言，雌者则纳之耳。"邻生述燕儿之言。生乃启关[37]，将往侦探，苦无由。张母闻生果未归，益奇之。故使佣媪索履，生遂出以授。燕儿得之喜。试着之，鞋小于足者盈寸，大骇。揽镜自照，忽恍然悟己之借躯以生也者，因陈所由。母始信之。女镜面大哭曰："当日形貌，颇堪自信，每见莲姊，犹增惭怍。今反若此，人也不如其鬼也！"把履号咷，劝之不解。蒙衾僵卧。食之，亦不食，体肤尽肿；凡七日不食，卒不死，而肿渐消；觉饥不可忍，乃复食。数日，遍体瘙痒，皮尽脱。晨起，睡舄遗堕，索着之，则硕大无朋矣[38]。因试前履，肥瘦吻合，乃喜。复自镜，则眉目颐颊，宛肖生平，益喜。盥栉见母，见者尽眙[39]。莲香闻其异，劝生媒通之；而以贫富悬邈，不敢遽进。会媪初度[40]，因从其子婿行，往为寿。媪睹生名，故使燕儿窥帘认客。生最后至，女骤出，捉袂，欲从与俱归。母呵谯之[41]，始惭而入。生审视宛然，不觉零涕，因拜伏不起。媪扶之，不以为侮。生出，浼女舅执柯[42]。媪议择吉赘生。

生归告莲香，且商所处。莲怅然良久，便欲别去。生大骇泣下。莲曰："君行花烛于人家，妾从而往，亦何形颜？"生谋先与旋里，而后迎燕，莲乃从之。生以情白张。张闻其有室，怒加诮让。燕儿力白之，乃如所请。至日，生往亲迎。家中备具，颇甚草草；及归，则自门达堂，悉以罽毯贴地[43]，百千笼烛，灿列如锦。莲香扶新妇入青庐[44]，搭面既揭，欢若生平。莲陪卺饮[45]，因细诘还魂之异。燕曰："尔日抑郁无聊，徒以身为异物，自觉形秽。别后愤不归墓，随风漾泊。每见生人则羡之。昼凭草木，夜则信足浮沉。偶至张家，见少女卧床上，近附之，未知遂能活也。"莲闻之，默默若有所思。逾两月，莲举一子。产后暴病，日就沉绵。捉燕臂曰："敢以孽种相累，我儿即若儿。"燕泣下，姑慰藉之。为召巫医，辄却之。沉痼弥留，气如悬丝。生及燕儿皆哭。忽张目曰："勿尔！子乐生，我乐死。如有缘，十年后可复得见。"言讫而卒。启衾将敛，尸化为狐。生不忍异视，厚葬之。子名狐儿，燕抚如己出。每清明，必抱儿哭诸其墓。

后生举于乡[46]，家渐裕。而燕苦不育。狐儿颇慧，然单弱多疾。燕每欲生置媵。一日，婢忽白："门外一妪，携女求售。"燕呼入。卒见，大惊曰："莲姊复出耶！"生视之，真似，亦骇。问："年几何？"答云："十四。""聘金几何？"

曰："老身止此一块肉，但俾得所，妾亦得噉饭处，后日老骨不至委沟壑，足矣。"生优价而留之。燕握女手，入密室，撮其颔而笑曰："汝识我否？"答言："不识。"诘其姓氏，曰："妾韦姓。父徐城卖浆者，死三年矣。"燕屈指停思，莲死恰十有四载。又审视女，仪容态度，无一不神肖者。乃拍其顶而呼曰："莲姊，莲姊！十年相见之约，当不欺吾！"女忽如梦醒，豁然曰："咦！"熟视燕儿。生笑曰："此'似曾相识燕归来'也[47]。"女泫然曰："是矣。闻母言，妾生时便能言，以为不祥，犬血饮之，遂昧宿因[48]。今日始如梦寤。娘子其耻于为鬼之李妹耶？"共话前生，悲喜交至。

一日，寒食，燕曰："此每岁妾与郎君哭姊日也。"遂与亲登其墓，荒草离离[49]，木已拱矣[50]。女亦太息。燕谓生曰："妾与莲姊两世情好，不忍相离，宜令白骨同穴。"生从其言，启李家得骸，舁归而合葬之[51]。亲朋闻其异，吉服临穴[52]，不期而会者数百人。余庚戌南游至沂[53]，阻雨，休于旅舍。有刘子敬，其中表亲[54]，出同社王子章所撰桑生传，约万余言，得卒读。此其崖略耳[55]。

异史氏曰："嗟乎！死者而求其生，生者又求其死，天下所难得者，非人身哉？奈何具此身者，往往而置之，遂至觍然而生不如狐，泯然而死不如鬼[56]。"

**〔注释〕**

〔1〕本篇选自《聊斋志异》卷二，上海古籍出版社1979年版。

〔2〕沂州：治所在今山东临沂。

〔3〕静穆自喜：喜欢沉静平和。

〔4〕日再出：每日出去两次。

〔5〕倾国之姝：绝色美女。《汉书·外戚传·李夫人》："北方有佳人，绝世而独立。一顾倾人城，再顾倾人国。宁不知倾城与倾国，佳人难再得。"

〔6〕承逆：迎接。逆，迎。

〔7〕鬌（duǒ）袖垂髫（tiáo）：指削肩少女。鬌，下垂。垂髫，头发下垂，古时未成年男女头发下垂，不加扎束称垂髫。

〔8〕秀曼：秀美温柔。曼，柔美、细美。

〔9〕葳蕤（wēi ruí）之质：柔弱的身体。

〔10〕顾：却，不过。

〔11〕谨：小心。

〔12〕院：指妓院。

〔13〕钩：形容女鞋形状。一钩，犹言一只。

〔14〕惫损：精神疲倦，身体消瘦。

〔15〕拆拆：细微散乱。

〔16〕旦旦而伐之：天天耗损身体，指纵欲。

〔17〕瘵（zhài）鬼：病鬼。瘵，病，多指痨病。

〔18〕殆（dài）：危险。

〔19〕刀圭：中药量器名，如梧桐子大小。刀圭药指小量粉剂中药。

〔20〕洞下三两行：腹泻两三次。洞，腹泻；行，量词。

〔21〕巫医：巫师和医师。巫主除邪，医主治病。作巫医，指进行疗治。

〔22〕怼（duì）：怨恨。为怼，结怨。

〔23〕馇（zhān）粥：比较稠的粥。

〔24〕望岁：饥饿而盼望丰收。岁，丰收。

〔25〕欻（xū）入：忽然而入。

〔26〕卒（cù）：同"猝"。突然，出乎意外。

〔27〕阿姨：翟灏《通俗编·称谓》："姨，姊妹俱事一夫之称。"面相质：当面对质。

〔28〕通判：清沿明制，为知府之辅佐官。

〔29〕"已死"二句：意谓身虽死而情未了。典出李商隐《无题》："春蚕到死丝方尽，蜡炬成灰泪始干。"

〔30〕采补：古代道教房中术之一种，言采阳可补阴，采阴可补阳，"延年益寿"。但有损被采者之康寿。是一种荒唐的说法。

〔31〕医国手：医术高明的医生。《国语·晋语八》："上医医国，其次疾人。"

〔32〕觍（tiǎn）然：脸皮厚的样子。

〔33〕三山：神话传说中的三神山方丈、蓬莱、瀛洲。

〔34〕瘵蛊（gǔ）：久治不愈之病。

〔35〕引：中药方剂中所加的增强药效的成分。

〔36〕刍灵：古人送葬时用草扎成的人、马。刍，草。

〔37〕启关：开门。关，门闩。

〔38〕无朋：无比。

〔39〕眙（chì）：直视，瞪目而视。

〔40〕初度：生日。

〔41〕呵谯（qiào）：呵斥，责备。

〔42〕浼（měi）：请。女舅：女方的舅舅。执柯：做媒人。

〔43〕罽（jì）毯：毛毯。罽，毛织物。

〔44〕青庐：在门内外用青布幔搭成的帐屋，用以举行婚礼，犹喜棚。

〔45〕陪卺（jǐn）饮：陪新婚夫妇饮酒。卺，"以一瓠分为二瓢谓之卺，婿与妇各执一片以酳。"（《礼记·昏义》孔颖达疏）酳（yìn），以酒漱口。

〔46〕举于乡：乡试中了举人。

〔47〕"似曾"句：晏殊〔浣溪沙〕："无可奈何花落去，似曾相识燕归来。"

〔48〕昧宿因：对前生姻缘蒙蔽不明，犹忘记了前生姻缘。昧，暗而不明，掩蔽。

〔49〕离离：野草繁茂的样子。

〔50〕木已拱：坟上的树已长得两手合握粗了。典出《左传·僖公三十二年》。拱，两

〔51〕舁（yú）：抬，扛。

〔52〕吉服：祭祀为吉礼，祭祀所穿之服为吉服。穴：指墓穴。

〔53〕庚戌：康熙九年（1670）。

〔54〕中表亲：即表亲。

〔55〕崖略：梗概，大略。

〔56〕泯（miàn）然：目不明貌，糊涂不明事理。

（张燕瑾　校注）

## 小　　谢[1]

　　渭南姜部郎第[2]，多鬼魅，常惑人。因徙去。留苍头门之而死[3]，数易皆死；遂废之。里有陶生望三者，夙倜傥，好狎妓，酒阑辄去之。友人故使妓奔就之，亦笑内不拒；而实终夜无所沾染。尝宿部郎家，有婢夜奔，生坚拒不乱，部郎以是契重之。家綦贫，又有鼓盆之戚[4]，茅屋数椽，溽暑不堪其热[5]；因请部郎，假废第。部郎以其凶故，却之。生因作《续无鬼论》献部郎[6]，且曰："鬼何能为！"部郎以其请之坚，诺之。生往除厅事。薄暮[7]，置书其中；返取他物，则书已亡。怪之，仰卧榻上，静息以伺其变。食顷，闻步履声，睨之，见二女自房中出，所亡书，送还案上。一约二十，一可十七八，并皆姝丽。逡巡立榻下[8]，相视而笑。生寂不动。长者翘一足踹生腹，少者掩口匿笑。生觉心摇摇若不自持，即急肃然端念，卒不顾。女近以左手捋髭，右手轻批颐颊，作小响。少者益笑。生骤起，叱曰："鬼物敢尔！"二女骇奔而散。生恐夜为所苦，欲移归，又耻其言不掩[9]；乃挑灯读。暗中鬼影憧憧，略不顾瞻。夜将半，烛而寝。始交睫，觉人以细物穿鼻，奇痒，大嚏；但闻暗处隐隐作笑声。生不语，假寐以俟之。俄见少女以纸条捻细股，鹤行鹭伏而至；生暴起诃之，飘窜而去。既寝，又穿其耳。终夜不堪其扰。鸡既鸣，乃寂无声，生始酣眠，终日无所睹闻。日既下，恍惚出现。生遂夜炊，将以达旦。长者渐曲肱几上，观生读。既而掩生卷。生怒捉之，即已飘散；少间，又抚之。生以手按卷读。少者潜于脑后，交两手掩生目，瞥然去，远立以哂。生指骂曰："小鬼头！捉得便都杀却！"女子即又不惧。因戏之曰："房中纵送[10]，我都不解，缠我无益。"二女微笑，转身向灶，析薪溲米[11]，为生执爨。生顾而奖曰："两卿此为，不胜憨跳耶？"俄顷，粥熟，争以匕、箸、陶碗置几上[12]。生曰："感卿服役，何以报德？"女笑云："饭中溲合砒、鸩矣[13]。"生曰："与卿夙无嫌怨，何至以此相加。"啜已，复盛，争为奔走。生乐之，习以为常。日渐稔[14]，接坐倾语，审其姓名。长者云："姜秋容，乔氏；彼阮家小谢也。"又研问所由来。小谢笑曰："痴郎！尚不敢一呈身，谁要汝问门第，作嫁娶耶？"生正容曰："相对丽质，宁独无情；但阴冥之气，中人必死。不乐与居者，行可耳；乐与居者，安可耳。如不见爱，何必玷两佳人？如果见爱，何必死一狂生？"二女相顾动容，自此不甚虐弄；然时而探手于怀，捋裤于地，亦置不为怪。一日，录书未卒业而出，返则小谢伏案头，操管代录。见生，掷笔睨笑。近视之，虽劣不成书，而行列疏整。生赞曰："卿雅人也！苟乐此，仆教卿为之。"乃拥诸怀，把腕而教之画[15]。秋容自外入，色乍变，意似妒。小谢笑曰："童时尝从父学书，久不作，遂如梦寐。"秋容不语。生喻其意，伪为不觉者，遂抱而授以笔，曰："我视卿能此否？"作数字而起，曰："秋娘大好笔力！"秋容乃喜。生于是折两纸为范[16]，俾共临摹；生另一灯读。窃喜其各有所事，不相侵扰。仿毕[17]，祇立几前[18]，听生月旦[19]。秋容素不解读，涂鸦不可辨认[20]；花判已[21]，自顾不如小谢，有惭色。生奖慰之，颜始霁。二女由此师事生，坐为抓背，卧为按股，不惟不敢侮，争媚之。逾月，小谢书居然端好，生偶赞之。秋容大惭，粉黛淫淫，泪痕如线；生百端慰解之，乃已。因教之读，颖悟非常，指示一过，无再问者。与生竞读，常至终夜。小谢又引其弟三郎来，拜生门下。年十五六，姿容秀美。以金如意一钩为贽[22]。生令与秋容执一经，满堂呫唔[23]，生于此设鬼帐焉。部郎闻之喜，以时给其薪水。积数月，秋容与三郎皆能诗[24]，时相酬唱。小谢阴嘱勿教秋容，生诺之；秋容阴嘱勿教小谢，生亦诺之。一日，生将赴试，二女涕泪持别。三郎曰："此行可以托疾免；不然，恐履不吉。"生以告疾为辱，遂行。先是，生好以诗词讥切时事，获罪于邑贵介[25]，日思中伤之。阴赂学使[26]，诬以行简[27]，淹禁狱中。资斧绝，乞食于囚人，自分已无生理。忽一人飘忽而入，则秋容也。以馔具馈生。相向悲咽，曰："三郎虑君不吉，今果不谬。三郎与妾同来，赴院申理矣[28]。"数语而出，人不之睹。越日，部院出，三郎遮道声屈，收之。秋容入狱报生，返身往侦之，三日不返。生愁饿无聊，度一日如年岁。忽小谢至，怆惋欲绝，言："秋容归，经由城隍祠，被西廊黑判强摄去，逼充御媵。秋容不屈，今亦幽囚。妾驰百里，奔波颇殆；至北郭，被老棘刺吾足心，痛彻骨髓，恐不能再至矣。"因示之足，血殷凌波焉[29]。出金三两，跛踦而没[30]。部院勘三郎，素非瓜葛，无端代控，将杖之，扑地遂灭。异之。览其状，情词悲恻。提生面鞫[31]，问："三郎何人？"生伪为不知。部院悟其冤，释之。既归，竟夕无一人。更阑，小谢始至。惨然曰："三郎在部院，被廨神押赴冥司[32]；冥王以三郎义，令托生富贵家。秋容久锢，妾以状投城隍[33]，又被按阁[34]，不得入，且复奈何？"生忿曰："黑老魅何敢如此！明日仆其像，践踏为泥，数城隍而责之；案下吏暴横如此，渠在醉梦中耶！"悲愤相对，不觉四漏将残。秋容飘然忽至。两人惊喜，急问。秋容泣下曰："今为郎万苦矣！判日以刀杖相逼，今夕忽放妾归，曰：'我无他，原以爱故；既不愿，固亦不曾污玷。烦告陶秋曹[35]，勿见谴责。'"生闻少欢，欲与同寝，曰："今日愿为卿死。"二女戚然曰："向受开导，颇知义理，何忍以爱君者杀君乎？"执不可；然俯颈倾头，情均伉俪。二女以遭难故，妒念全消。会一道士途遇生，顾谓"身有鬼气"。生以其言异，具告之。道士曰："此鬼大好，不拟负他。"因书二符付生，曰："归授两鬼，任其福命：如闻门外有哭女者，吞符急出，先到者可活。"生拜受，归嘱二女。后月余，果闻有哭女者。二女争奔而去。小谢忙急，忘吞其符。见有丧舆过，秋容直出，入棺而没；小谢不得入，痛哭而返。生出视，则富室郝氏殡其女。共见一女子入棺而去，方共惊疑；俄闻棺中有声，息肩发验，女已顿苏。因暂寄生斋外，罗守之。忽开目问陶生。郝氏研诘之。答云："我非汝女也。"遂以情告。郝未深信，欲舁归[36]；女不从，径入生斋，偃卧不起。郝乃识婿而去。生就视之，面庞虽异，而光艳不减秋容，喜惬过望，殷叙平生。忽闻呜呜鬼泣，则小谢哭于暗陬[37]。心甚怜之，即移灯往，宽譬哀情，而衿袖淋浪，痛不可解。近晓始去。天明，郝以婢媪赍送香奁，居然翁婿矣。暮入帷房，则小谢又哭。如此六七夜，夫妇俱为惨动，不能成合卺之礼[38]。生忧思无策。秋容曰："道士，仙人也。再往求，倘得怜救。"生然之。迹道士所在，叩伏自陈。道士力言"无术"。生哀不已。道士笑曰："痴生好缠人！合与有缘，请竭吾术。"乃从生来，索静室，掩扉坐，戒勿相问。凡十余日，不饮不食。潜窥之，瞑若睡。一日晨兴，有少女搴帘入，明眸皓齿，光艳照人。微笑曰："跋履终夜，愈极矣[39]！被汝纠缠不了，奔驰百里外，始得一好庐舍[40]，道人载与俱来矣。待见其人，便相交付耳。"敛昏[41]，小谢至，女遽起迎抱之，翕然合为一体[42]，仆地而僵。道士自室中出，拱手径去。拜而送之。及返，则女已苏。扶置床上，气体渐舒，但把足呻言趾股酸痛，数日始能起。后生应试得通籍[43]。有蔡子经者，与同谱[44]，以事过生，留数日。小谢自邻舍归，蔡望见之，疾趋相蹑；小谢侧身敛避，心窃怒其轻薄。蔡告生曰："一事深骇物听，可相告否？"诘之，答曰："三年前，少妹夭殂，经两夜而失其尸，至今疑念。适见夫人，何相似之深也？"生笑曰："山荆陋劣，何足以方君妹[45]？然既系同谱，义即至切，何妨一献妻孥。"乃入内，使小谢衣殉装出。蔡大惊曰："真吾妹也！"因而泣下。生乃具述本末。蔡喜曰："妹子未死，吾将速归，用慰严慈[46]。"遂去。过数日，举家皆至，后往来如郝焉。

异史氏曰："绝世佳人，求一而难之，何遽得两哉！事千古而一见，惟不私奔女者能遘之也。道士其仙耶？何术之神也！苟有其术，丑鬼可交耳。"

〔注释〕

〔1〕本篇选自《聊斋志异》卷六。

〔2〕渭南：县名，在今陕西省。部郎：指明清中央吏、户、礼、兵、刑、工六部中各部的郎中、员外郎一类的官。其地位仅次于尚书、侍郎。

〔3〕苍头：仆人。门：用作动词，守门的意思。

〔4〕鼓盆之戚：《庄子·至乐》篇记载：庄子的妻子死了，惠子来吊，庄子不仅不悲伤，反而还敲着瓦盆唱歌，以示旷达。后世因把丧妻叫做"鼓盆之戚"。

〔5〕溽暑：指盛夏潮湿闷热的气候。

〔6〕《续无鬼论》：晋朝阮瞻、唐朝林蕴都作过《无鬼论》，故称陶生所作为《续无鬼论》。

〔7〕薄暮：傍晚。薄，迫近。

〔8〕逡（qūn）巡：从容、不慌不忙的样子。

〔9〕其言不掩：指《续无鬼论》之说经不住检验。掩，通"按"，检验。

〔10〕房中纵送：指男女之间的性行为。

〔11〕析薪溲米：劈柴淘米。

〔12〕匕、箸：都是古代的食具。匕是匙羹，箸是筷子。

〔13〕砒、鸩（zhèn）：都是毒药。砒，砒霜。鸩，传说中的一种羽毛有毒的鸟，此处指用它的羽毛浸泡而成的毒药。

〔14〕日渐稔（rěn）：一天天地渐渐熟悉起来。稔，熟悉。

〔15〕画：笔画顺序。

〔16〕范：供人临摹书写用的范字。

〔17〕仿：写仿，指临摹习字。

〔18〕几（jī）：书桌。

〔19〕月旦：月旦评，本指品评人物。《后汉书·许劭传》载许劭和其堂兄许靖喜好评论乡里人物，每月一次，称为"月旦评"。此指品评字之好坏。

〔20〕涂鸦：唐代卢仝《示添丁》诗："忽来案上添墨汁，涂抹诗画如老鸦。"后因以"涂鸦"比喻书法、绘画、文字等水平稚劣。

〔21〕花判：旧时官吏对案件以骈文写判词，称花判。这里是品评批改的意思。

〔22〕金如意：金制的如意。如意，器物名，长三尺左右，供搔背或玩赏等用。贽，晋见礼。

〔23〕咿唔：形容念书的声音。

〔24〕诗：作诗，用如动词。

〔25〕贵介：地位高贵的人。

〔26〕学使：即学政，提督学政的简称，小称督学使者。是由皇帝亲自选任，派往各省，按期至所属各府、县考试童生及生员的官员。

〔27〕诬以行简：诬陷他行为不端正。行简，品行。

〔28〕院：指抚院，巡抚的别称。清代因巡抚例兼都察院右副都御史衔，故巡抚又称抚院。下文"部院"亦指巡抚，因巡抚又常兼兵部侍郎，故又称部院。

〔29〕凌波：同"陵波"，本是形容女子步履轻盈的样子，此处指女足。

〔30〕跛踦（bǒ qī）：行走时歪歪斜斜的样子。

〔31〕鞫（jū）：审讯。

〔32〕廨神：传说中保护官署的神。廨，官署。

〔33〕城隍：守护城池的神。

〔34〕阁：同"搁"，放置、弃置。

〔35〕秋曹：刑部的别称。这里称陶秋曹，是暗示判官预知陶生后来要做刑部官员，故这样称呼他。

〔36〕舁（yú）：抬。

〔37〕陬（zōu）：角落。

〔38〕合卺：见《婴宁》注。

〔39〕惫：极度疲乏。

〔40〕庐舍：本是房屋，此处借指人的躯壳。此言人的灵魂和身体的关系，就像人与房屋的关系一样，灵魂住在躯壳里面，既可离开，也可另换。

〔41〕敛昏：黄昏的时候。

〔42〕翕（xī）然：形容一致、合在一起的样子。

〔43〕通籍：亦作"通藉"。指首次做官，意谓朝廷中已有了名籍。这里是考中了进士的意思。

〔44〕同谱：犹"同榜"，即同年考中进士。

〔45〕方：比拟。

〔46〕严慈：父母。严父慈母的省称。

（霍现俊　校注）

## 镜　　听[1]

益都郑氏兄弟[2]，皆文学士。大郑早知名，父母尝过爱之，又因子并及其妇；二郑落拓[3]，不甚为父母所欢，遂恶次妇，至不齿礼；冷暖相形，颇存芥蒂。次妇每谓二郑："等男子耳，何遂不能为妻子争气？"遂摈弗与同宿。于是二郑感愤，勤心锐思，亦遂知名。父母稍稍优顾之，然终杀于兄[4]。次妇望夫綦切，是岁大比，窃于除夜以镜听卜[5]。有二人初起，相推为戏，云："汝也凉凉去！"妇归，凶吉不可解，亦置之。闱后，兄弟皆归。时暑气犹盛，两妇在厨下炊饭饷耕，其热正苦。忽有报骑登门[6]，报大郑捷。母入厨唤大妇曰："大男中式矣[7]！汝可凉凉去。"次妇忿恻，泣且炊。俄又有报二郑捷者。次妇力掷饼杖而起，曰："侬也凉凉去！"此时中情所激，不觉出之于口；既而思之，始知镜听之验也。

异史氏曰："贫穷则父母不子[8]，有以也哉！庭帏之中，固非愤激之地；然二郑妇激发男儿，亦与怨望无赖者殊不同科。投杖而起，真千古之快事也！"

〔注释〕

〔1〕本篇选自《聊斋志异》卷七。

〔2〕益都：县名，在今山东省中部。

〔3〕落拓：穷困失意，景况凄凉的样子。

444

〔4〕杀于兄：比哥哥差一等。杀，等差。

〔5〕镜听：古代一种占卜的方法。在除夕或岁首，双手捧镜，勿令人见，念七遍咒语，出门听人言，以此确定吉凶。见元代伊世珍《嫏嬛记》卷上。

〔6〕报骑（jì）：科举放榜后，官府里专门向被录取的新举人、进士骑马报喜并借以取得赏金的人。

〔7〕中式：指科举考试合格，被录取。

〔8〕父母不子：谓父母不把他当儿子看待。

（霍现俊　校注）

# 王　子　安〔1〕

　　王子安，东昌名士〔2〕，困于场屋。入闱后，期望甚切。近放榜时，痛饮大醉，归卧内室。忽有人白："报马来〔3〕。"王踉跄起曰："赏钱十千！"家人因其醉，诳而安之曰："但请睡，已赏矣。"王乃眠。俄又有人者曰："汝中进士矣！"王自言："尚未赴都，何得及第？"其人曰："汝忘之耶？三场毕矣〔4〕。"王大喜，起而呼曰："赏钱十千！"家人又诳之如前。又移时，一人急入曰："汝殿试翰林〔5〕，长班在此〔6〕。"果见二人拜床下，衣冠修洁。王呼赐酒食，家人又绐之，暗笑其醉而已。

　　久之，王自念不可不出耀乡里。大呼长班，凡数十呼，无应者。家人笑曰："暂卧候，寻他去。"又久之，长班果复来。王捶床顿足，大骂："钝奴焉往〔7〕！"长班怒曰："措大无赖〔8〕！向与尔戏耳，而真骂耶？"王怒，骤起扑之，落其帽。王亦倾跌。妻入，扶之曰："何醉至此！"王曰："长班可恶，我故惩之，何醉也？"妻笑曰："家中止有一媪，昼为汝炊，夜为汝温足耳。何处长班，伺汝穷骨？"子女皆笑。王醉亦稍解，忽如梦醒，始知前此之妄。然犹记长班帽落；寻至门后，得一缨帽如盏大，共疑之。自笑曰："昔人为鬼揶揄，吾今为狐奚落矣。"

　　异史氏曰："秀才入闱，有七似焉：初入时，白足提篮〔9〕，似丐。唱名时〔10〕，官呵隶骂，似囚。其归号舍也〔11〕，孔孔伸头，房房露脚，似秋末之冷蜂。其出场也，神情惝恍，天地异色，似出笼之病鸟。迨望报也，草木皆惊，梦想亦幻。时作一得志想，则顷刻而楼阁俱成；作一失志想，则瞬息而骸骨已朽。此际行坐难安，则似被絷之猱。忽然而飞骑传人，报条无我，此时神色猝变，嗒然若死，则似饵毒之蝇，弄之亦不觉也。初失志，心灰意败，大骂司衡无目〔12〕，笔墨无灵，势必举案头物而尽炬之〔13〕；炬之不已，而碎踏之；踏之不已，而投之浊流。从此披发入山，面向石壁〔14〕，再有以"且夫"、"尝谓"之文进我者〔15〕，定当操戈逐之。无何，日渐远，气渐平，技又渐痒，遂似破卵之鸠，只得衔木营巢，从新另抱矣〔16〕。如此情况，当局者痛哭欲死；

而自旁观者视之，其可笑孰甚焉。王子安方寸之中，顷刻万绪，想鬼狐窃笑已久，故乘其醉而玩弄之。床头人醒，宁不哑然失笑哉？顾得志之况味，不过须臾；词林诸公[17]，不过经两三须臾耳。子安一朝而尽尝之，则狐之恩与荐师等[18]。"

〔注释〕
　　〔1〕本篇选自《聊斋志异》卷九。
　　〔2〕东昌：府名，治所在聊城（今属山东）。
　　〔3〕报马：见《镜听》注。
　　〔4〕三场：指礼部会试的三场考试。
　　〔5〕殿试翰林：经皇帝策试及第授官翰林。殿试，即廷试，是由皇帝亲临殿廷进行的策试，中者为进士。明清殿试后分三甲，一甲前三名即状元、榜眼、探花。
　　〔6〕长班：旧时官僚之仆役的专称。
　　〔7〕钝奴：犹如说愚蠢的东西。钝，蠢笨。
　　〔8〕措大：犹云穷酸，对读书人的一种轻蔑称呼。参见唐代高彦休《阙史》、明代陈继儒《枕谭》。
　　〔9〕白足提篮：白足，赤脚。清代科举考试，为防止夹带作弊，考生入场时都要脱衣除袜以待搜查。篮，考篮，是考生盛放文具和食物等的竹篮。
　　〔10〕唱名：谓考生入场点名。
　　〔11〕号舍：亦称号房，指场里编列成号的小房子，是考生作文及食宿的地方。
　　〔12〕司衡：负责评阅试卷的主考官。司，管理、主持。衡，衡量，评定高低的意思。
　　〔13〕案头物：本指书桌上的笔墨、纸砚和书籍等，此处指所作的八股文章之类。
　　〔14〕"披发入山"二句：这里是放弃功名、离开俗世而隐居的意思。披发入山，指离世隐居。面向石壁，据《五灯会元·东土祖师·菩提达摩大师》载：达摩"寓止于嵩山少林寺，面壁而坐，终日默然"。此指决心默坐修道。
　　〔15〕"且夫""尝谓"之文：代指八股文。"且夫""尝谓"均是八股文中的常用词。
　　〔16〕另抱：谓重新孵卵。
　　〔17〕词林：指翰林院。
　　〔18〕荐师：又称"房师"。科举时代，乡试、会试中被录取的人，将推荐他的阅卷官尊称为"荐师"。

（霍现俊　校注）

# 书　痴[1]

　　彭城郎玉柱[2]，其先世官至太守，居官廉，得俸不治生产，积书盈屋。至玉柱，尤痴：家苦贫，无物不鬻[3]，惟父藏书，一卷不忍置。父在时，曾书《劝学篇》黏其座右[4]，郎日讽诵；又幛以素纱，惟恐磨灭。非为干禄[5]，实信书中真有金粟。昼夜研读，无间寒暑。年二十余，不求婚配，冀卷中丽人自至。见宾亲,不知温凉,三数语后,则诵声大作,客逡巡自去。每文宗临试[6],辄首拔之[7],而苦不得售[8]。一日,方读,忽大风飘卷去。急逐之,踏地陷足;探之,穴有腐草;掘之,乃古人窖粟,朽败已成粪土。虽不可食,而益信"千钟"之说不妄,读益力。一日,梯登高架,于乱卷中得金辇径尺,大喜,以为"金屋"之验。出以示人,则镀金而非真金。心窃怨古人之诳己也。居无何,有父同年,观察是道[9],性好佛。或劝郎献辇为佛龛[10]。观察大悦,赠金三百、马二匹。郎喜,以为金屋、车马皆有验,因益刻苦。然行年已三十矣。或劝其娶,曰:"'书中自有颜如玉',我何忧无美妻乎?"又读二三年,迄无效;人咸揶揄之。时民间讹言:天上织女私逃。或戏郎:"天孙窃奔[11],盖为君也。"郎知其戏,置不辨。一夕,读《汉书》至八卷[12],卷将半,见纱翦美人夹藏其中。骇曰:"书中颜如玉,其以此应之耶?"心怅然自失。而细视美人,眉目如生;背隐隐有细字云:"织女。"大异之。日置卷上,反复瞻玩,至忘食寝。一日,方注目间,美人忽折腰起,坐卷上微笑。郎惊绝,伏拜案下。既起,已盈尺矣。益骇,又叩之。下几亭亭,宛然绝代之姝。拜问:"何神?"美人笑曰:"妾颜氏,字如玉,君固相知已久。日垂青盼,脱不一至[13],恐千载下无复有笃信古人者。"郎喜,遂与寝处。然枕席间亲爱倍至,而不知为人[14]。每读,必使女坐其侧。女戒勿读,不听。女曰:"君所以不能腾达者,徒以读耳。试观春秋榜上[15],读如君者几人?若不听,妾行去矣。"郎暂从之。少顷,忘其教,吟诵复起。逾刻,索女,不知所在。神志丧失,嘱而祷之,殊无影迹。忽忆女所隐处,取《汉书》细检之,直至旧所,果得之。呼之不动,伏以哀祝。女乃下曰:"君再不听,当相永绝!"因使治棋枰、樗蒲之具[16],日与遨戏。而郎意殊不属。觇女不在,则窃卷流览。恐为女觉,阴取《汉书》第八卷,杂涸他所以迷之[17]。一日,读酣,女至,竟不之觉;忽睹之,急掩卷,而女已亡矣。大惧,冥搜诸卷,渺不可得;既,仍于《汉书》八卷中得之,叶数不爽。因再拜祝,矢不复读。女乃下,与之弈,曰:"三日不工,当复去。"至三日,忽一局赢女二子。女乃喜,授以弦索,限五日工一曲。郎手营目注,无暇他及;久之,随指应节,不觉鼓舞。女乃日与饮博,郎遂乐而忘读。女又纵之出门,使结客,由此倜傥之名暴著。女曰:"子可以出而试矣。"郎一夜谓女曰:"凡人男女同居则生子;今与卿居久,何不然也?"女笑曰:"君日读书,妾固谓无益。今即夫妇一章,尚未了悟,枕席二字有工夫。"郎惊问:"何工夫?"女笑不言。少间,潜迎就之。郎乐极,曰:"我不意夫妇之乐,有不可言传者。"于是逢人辄道,无不掩口者[18]。女知而责之。郎曰:"钻穴逾隙者[19],始不可以告人;天伦之乐,人所皆有,何讳焉。"过八九月,女果举一男,买媪抚字之[20]。一日,谓郎曰:"妾从君二年,业生子,可以别矣。久恐为君祸,悔之已晚。"郎闻言,泣下,伏不起,曰:"卿不念呱呱者耶[21]?"女亦凄然。良久曰:"必欲妾留,当举架上书尽散之。"郎曰:"此卿故乡,乃仆性命,何出此言!"女不之强,曰:"妾亦知其有数,不得不预告耳。"先是,亲族或窥见女,无不骇绝,而又未闻其缔姻何家,共诘之。郎不能作伪语,但默不言。人益疑,邮传几遍,闻于邑宰史公。史,闽人,少年进士。闻声倾动,窃欲一睹丽容,因而拘郎及女。女闻知,遁匿无迹。宰怒,收郎,斥革衣衿,桎械备加,务得女所自往。郎垂死,无一言。械其婢,略能道其仿佛。宰以为妖,命驾亲临其家。见书卷盈屋,多不胜搜,乃焚之;庭中烟结不散,暝若阴霾。郎既释,远求父门人书,得从辨复。是年秋捷,次年举进士。而衔恨切于骨髓。为颜如玉之位,朝夕而祝曰:"卿如有灵,当佑我官于闽。"后果以直指巡闽[22]。居三月,访史恶款,籍其家。时有中表为司理,逼纳爱妾,托言买婢寄署中。案既结,郎即日自劾,取妾而归。

异史氏曰:"天下之物,积则招妒,好则生魔;女之妖,书之魔也。事近怪诞,治之未为不可;而祖龙之虐[23],不已惨乎!其存心之私,更宜得怨毒之报也。呜呼!何怪哉!"

〔注释〕

[1] 本篇选自《聊斋志异》卷十一。

[2] 彭城:郡名,汉置,治所在今江苏徐州。

[3] 鬻(yù):卖。

[4]《劝学篇》:相传为宋真宗赵恒所编写,主旨是规劝人们勤奋读书。篇中说:"富家不用买良田,书中自有千钟粟;居家不用架高堂,书中自有黄金屋;娶妻莫恨无良媒,书中有女颜如玉;出门莫恨无人随,书中车马多如簇。……"

[5] 干(gān)禄:求官。干,求取。禄,官的俸禄。

[6] 文宗:犹如说"宗师",对考官的尊称。

[7] 首拔之:岁试、科试时被选为第一名。

[8] 苦不得售:指乡试不中。

[9] 观察是道:意谓到彭城道任观察使。观察,即观察使,是一道的最高行政长官。道,行政区划之一。

[10] 佛龛(kān):供奉佛像的小室。

[11] 天孙:织女。

[12]《汉书》:东汉班固著。是一部记载汉高祖到汉平帝两百多年间的历史书。

[13] 脱:假使,表示假设。

[14] 不知为人:指不知道男女间的性行为。

[15] 春秋榜:科举时代,进士考试在春天,举人考试在秋天,故人们把录取进士、举人的榜示叫"春秋榜"。

[16] 樗蒲(chū pú):亦作"樗蒲"。古代的一种博戏,后世常用作赌博的代称。

[17] 杂溷(hùn):混杂在一起的意思。

〔18〕掩口：掩口而笑。多指暗笑、窃笑。

〔19〕钻穴逾隙：亦作"钻穴逾墙"。谓男女偷情。语本《孟子·滕文公下》："不待父母之命，媒妁之言，钻穴隙相窥，逾墙相从，则父母国人皆贱之。"

〔20〕抚字：抚养。字，养育。

〔21〕呱（gū）者：代指婴儿。呱呱，小儿哭声。

〔22〕以直指巡闽：以御史衔巡察福建。

〔23〕祖龙之虐：祖龙，代指秦始皇。祖，始。龙，封建时代象征皇帝。这里是借历史上秦始皇焚书坑儒的事，来比喻邑宰的捕人烧书。

（霍现俊　校注）

# 阅微草堂笔记[1]

纪　昀

## 两　塾　师

　　有两塾师邻村居，皆以道学自任。一日，相邀会讲，生徒侍坐者十余人。方辩论性天，剖析理欲，严词正色，如对圣贤。忽微风飒然，吹片纸落阶下，旋舞不止。生徒拾视之，则二人谋夺一寡妇田，往来密商之札也。此或神恶其伪，故巧发其奸欤。然操此术者众矣，固未尝一一败也。闻此札既露，其计不行，寡妇之田竟得保。当由茕嫠苦节，感动幽冥，故示是灵异，以阴为呵护云尔。（卷四《滦阳消夏录·四》）

## 河　中　石　狮

　　沧州南一寺临河干，山门圮于河，二石兽并沉焉。阅十余岁，僧募金重修，求二石兽于水中，竟不可得，以为顺流下矣。棹数小舟，曳铁钯，寻十余里无迹。一讲学家设帐寺中，闻之笑曰："尔辈不能究物理。是非木柿，岂能为暴涨携之去？乃石性坚重，沙性松浮，湮于沙上，渐沉渐深耳。沿河求之，不亦颠乎？"众服为确论。一老河兵闻之，又笑曰："凡河中失石，当求之于上流。盖石性坚重，沙性松浮，水不能冲石，其反激之力，必于石下迎水处啮沙为坎穴。渐激渐深，至石之半，石必倒掷坎穴中。如是再啮，石又再转。转转不已，遂反溯流逆上矣。求之下流，固颠；求之地中，不更颠乎？"如其言，果得于数里外。然则天下之事，但知其一，不知其二者多矣，可据理臆断欤！（卷十六《姑妄听之·二》）

〔注释〕

　　〔1〕《阅微草堂笔记》：篇名为编选者所拟。原文据上海古籍出版社1980年9月版移录。

（张燕瑾　校录）

# 儒林外史[1]

吴敬梓

## 第三回　周学道校士拔真才　胡屠户行凶闹捷报

（本回上半段交待周进中进士，钦点广东学道事。略）

这周学道虽也请了几个看文章的相公，却自心里想道："我在这里面吃苦久了，如今自己当权，须要把卷子都要细细看过，不可听着幕客，屈了真才。"主意定了，到广州上了任。次日，行香挂牌，先考了两场生员。第三场是南海、番禺两县童生。周学道坐在堂上，见那些童生纷纷进来：也有小的，也有老的，仪表端正的，獐头鼠目的，衣冠齐楚的，蓝缕破烂的。落后点进一个童生来，面黄肌瘦，花白胡须，头上戴一顶破毡帽。广东虽是地气温暖，这时已是十二月上旬，那童生还穿着麻布直裰，冻得乞乞缩缩，接了卷子，下去归号。周学道看在心里，封门进去。出来放头牌的时节，坐在上面。只见那穿麻布的童生上来交卷，那衣服因是朽烂了，在号里又扯破了几块。周学道看看自己身上，绯袍金带，何等辉煌。因翻一翻点名册，问那童生道："你就是范进？"范进跪下道："童生就是。"学道道："你今年多少年纪了？"范进道："童生册上写的是三十岁，童生实年五十四岁。"学道道："你考过多少回数了？"范进道："童生二十岁应考，到今考过二十余次。"学道道："如何总不进学？"范进道："总因童生文字荒谬，所以各位大老爷不曾赏取。"周学道道："这也未必尽然。你且出去，卷子待本道细细看。"范进磕头下去了。

那时天色尚早，并无童生交卷。周学道将范进卷子用心用意看了一遍，心里不喜道："这样的文字，都说的是些什么话！怪不得不进学！"丢过一边不看了。又坐了一会，还不见一个人来交卷，心里又想道："何不把范进的卷子再看一遍？倘有一线之明，也可怜他苦志。"从头至尾，又看了一遍，觉得有些意思。正要再看看，却有一个童生来交卷。那童生跪下道："求大老爷面试。"学道和颜道："你的文字已在这里了，又面试些什么？"那童生道："童生诗词歌赋都会，求大老爷出题面试。"学道变了脸道："'当今天子重文章，足下何须讲汉唐！'像你做童生的人，只该用心做文章，那些杂览，学他做什么！况且本道奉旨到此衡文，难道是来此同你谈杂学的么？看你这样务名而不务实，那正务自然荒废，都是些粗心浮气的说话，看不得了。左右的，赶了出去！"一声吩咐过了，两傍走过几个如狼似虎的公人，把那童生叉着膊子，一路跟头，叉到大门外。

周学道虽然赶他出去,却也把卷子取来看看。那童生叫做魏好古,文字也还清通。学道道:"把他低低的进了学罢。"因取过笔来,在卷子尾上点了一点,做个记认。又取过范进卷子来看,看罢,不觉叹息道:"这样文字,连我看一两遍也不能解,直到三遍之后,才晓得是天地间之至文!真乃一字一珠!可见世上糊涂试官,不知屈煞了多少英才!"忙取笔细细圈点,卷面上加了三圈,即填了第一名;又把魏好古的卷子取过来,填了第二十名。将各卷汇齐,带了进去。发出案来,范进是第一。谒见那日,着实赞扬了一回。点到二十名,魏好古上去,又勉励了几句"用心举业,休学杂览"的话,鼓吹送了出去。

次日起马,范进独自送在三十里之外,轿前打恭。周学道又叫到跟前,说道:"龙头属老成。本道看你的文字,火候到了,即在此科,一定发达。我复命之后,在京专候。"范进又磕头谢了,起来立着。学道轿子,一拥而去。范进立着,直望见门枪影子抹过前山,看不见了,方才回到下处,谢了房主人。他家离城还有四十五里路,连夜回来,拜见母亲。家里住着一间草屋,一厦披子,门外是个茅草棚。正屋是母亲住着,妻子住在披房里。他妻子乃是集上胡屠户的女儿。

范进进学回家,母亲、妻子,俱各欢喜。正待烧锅做饭,只见他丈人胡屠户,手里拿着一副大肠和一瓶酒,走了进来。范进向他作揖,坐下。胡屠户道:"我自倒运,把个女儿嫁与你这现世宝穷鬼,历年以来,不知累了我多少。如今不知因我积了什么德,带挈你中了个相公,我所以带个酒来贺你。"范进唯唯连声,叫浑家把肠子煮了,烫起酒来,在茅草棚下坐着。母亲自和媳妇在厨下造饭。胡屠户又吩咐女婿道:"你如今即中了相公,凡事要立起体统来。比如我这行事里都是些正经有脸面的人,又是你的长亲,你怎敢在我们跟前装大?若是家门口这些做田的,扒粪的,不过是平头百姓,你若同他拱手作揖,平起平坐,这就是坏了学校规矩,连我脸上都无光了。你是个烂忠厚没用的人,所以这些话我不得不教导你,免得惹人笑话。"范进道:"岳父见教的是。"胡屠户又道:"亲家母也来这里坐着吃饭。老人家每日小菜饭,想也难过。我女孩儿也吃些,自从进了你家门,这十几年,不知猪油可曾吃过两三回哩!可怜!可怜!"说罢,婆媳两个都来坐着吃了饭。吃到日西时分,胡屠户吃的醺醺的。这里母子两个,千恩万谢。屠户横披了衣服,腆着肚子去了。

次日,范进少不得拜拜乡邻。魏好古又约了一班同案的朋友,彼此来往。因是乡试年,做了几个文会。不觉到了六月尽间,这些同案的人约范进去乡试。范进因没有盘费,走去同丈人商议,被胡屠户一口啐在脸上,骂了一个狗血喷头道:"不要失了你的时了!你自己只觉得中了一个相公,就'癞虾蟆想吃起天鹅肉'来!我听见人说,就是中相公时,也不是你的文章,还是宗师看见你老,不过意,舍与你的。如今痴心就想中起老爷来!这些中老爷的都是天上的'文曲星'！你不看见城里张府上那些老爷，都有万贯家私，一个个方面大耳。像你这尖嘴猴腮，也该撒抛尿自己照照！不三不四，就想天鹅屁吃！趁早收了这心，明年在我们行事里替你寻一个馆，每年寻几两银子，养活你那老不死的老娘和你老婆是正经！你问我借盘缠，我一天杀一个猪还赚不得钱把银子，都把与你去丢在水里，叫我一家老小嗑西北风！"一顿夹七夹八，骂的范进摸门不着。辞了丈人回来，自心里想："宗师说我火候已到，自古无场外的举人，如不进去考他一考，如何甘心？"因向几个同案商议，瞒着丈人，到城里乡试。出了场，即便回家。家里已是饿了两三天。被胡屠户知道，又骂了一顿。

到出榜那日，家里没有早饭米，母亲吩咐范进道："我有一只生蛋的母鸡，你快拿集上去卖了，买几升米来煮餐粥吃，我已是饿的两眼都看不见了。"范进慌忙抱了鸡，走出门去。才去不到两个时辰，只听得一片声的锣响，三匹马闯将来。那三个人下了马，把马拴在茅草棚上，一片声叫道："快请范老爷出来，恭喜高中了！"母亲不知是甚事，吓得躲在屋里；听见中了，方敢伸出头来说道："诸位请坐，小儿方才出去了。"那些报录人道："原来是老太太。"大家簇拥着要喜钱。正在吵闹，又是几匹马，二报、三报到了，挤了一屋的人，茅草棚地下都坐满了。邻居都来了，挤着看。老太太没奈何，只得央及一个邻居去寻她儿子。

那邻居飞奔到集上，一地里寻不见；直寻到集东头，见范进抱着鸡，手里插个草标，一步一踱的，东张西望，在那里寻人买。邻居道："范相公，快些回去。你恭喜中了举人，报喜人挤了一屋里。"范进道是哄他，只装不听见，低着头，往前走。邻居见他不理，走上来，就要夺他手里的鸡。范进道："你夺我的鸡怎的？你又不买。"邻居道："你中了举了，叫你家去打发报子哩。"范进道："高邻，你晓得我今日没有米，要卖这鸡去救命，为什么拿这话来混我？我又不同你顽，你自回去吧，莫误了我卖鸡。"邻居见他不信，劈手把鸡夺了，掼在地下，一把拉了回来。报录人见了道："好了，新贵人回来了。"正要拥着他说话。范进三两步走进屋里来，见中间报帖已经升挂起来，上写道："捷报贵府老爷范讳进高中广东乡试第七名亚元。京报连登黄甲。"

范进不看便罢，看了一遍，又念一遍，自己把两手拍了一下，笑了一声道："噫！好了！我中了！"说着，往后一交跌倒，牙关咬紧，不省人事。老太太慌了，慌将几口开水灌了过来，他爬将起来，又拍着手大笑道："噫！好！我中了！"笑着，不由分说，就往门外飞跑，把报录人和邻居都吓了一跳。走出大门不多路，一脚踹在塘里，挣起来，头发都跌散了，两手黄泥，淋淋漓漓一身的水，众人拉他不住，拍着笑着，一直走到集上去了。众人大眼望小眼，一齐道："原来新贵人欢喜疯了。"老太太哭道："怎生这样苦命的事！中了一个什么举人，就得了这个拙病！这一疯了，几时才得好？"娘子胡氏道："早上好好出去，怎的就得了这样的病！却是如何是好？"众邻居劝道："老太太不要心慌。我们而今且派两个人跟定了范老爷。这里众人家里拿些鸡蛋酒米，且管待了报子上的老爹们，再为商酌。"

当下众邻居有拿鸡蛋来的，有拿白酒来的，也有背了斗米来的，也有捉两只鸡来的。娘子哭哭啼啼，在厨下收拾齐了，拿在草棚下。邻居又搬些桌凳，请报录的坐着吃酒，商议："他这疯了，如何是好？"报录的内中有一个人道："在下倒有一个主意，不知可以行得行不得？"众人问："如何主意？"那人道："范老爷平日可有最怕的人？他只因欢喜狠了，痰涌上来，迷了心窍。如今只消他怕的这个人来打他一个嘴巴，说：'这报录的话都是哄你，你并不曾中。'他吃这一吓，把痰吐了出来，就明白了。"众邻都拍手道："这个主意好得紧，妙得紧！范老爷怕的，莫过于肉案子上胡老爹。好了！快寻胡老爹来。他想是还不知道，在集上卖肉哩。"又一个人道："在集上卖肉，他倒好知道了；他从五更鼓就往东头集上迎猪，还不曾回来，快些迎着去寻他。"

一个人飞奔去迎，走到半路，遇着胡屠户来，后面跟着一个烧汤的二汉，提着七八斤肉，四五千钱，正来贺喜。进门见了老太太，老太太大哭着告诉了一番。胡屠户诧异道："难道这等没福！"外边人一片声请胡老爹说话。胡屠户把肉和钱交与女儿，走了出来。众人如此这般，同他商议。胡屠户作难道："虽然是我女婿，如今却做了老爷，就是天上的星宿。天上的星宿是打不得的！我听得斋公们说：打了天上的星宿，阎王就要拿去打一百铁棍，发在十八层地狱，永不得翻身。我却是不敢做这样的事！"邻居内一个尖酸人说道："罢么！胡老爹！你每日杀猪的营生，白刀子进去，红刀子出来，阎王也不知叫判官的簿子上记了你几千条铁棍；就是添上这一百棍，也打什么要紧？只恐把铁棍子打完了，也算不到这笔帐上来。或者你救好了女婿的病，阎王叙功，从地狱里把你提上第十七层来，也不可知。"报录的人道："不要只管讲笑话。胡老爹，这个事须是这般，你没奈何，权变一权变。"屠户被众人局不过，只得连斟两碗酒喝了，壮一壮胆，把方才这些小心收起，将平日的凶恶样子拿出来，卷一卷那油晃晃的衣袖，走上集去。众邻居五六个都跟着走。老太太赶出来叫道："亲家，你只可吓他一吓，却不要把他打伤了！"众邻居道："这自然，何消吩咐！"说着，一直去了。

来到集上，见范进正在一个庙门口站着，散着头发，满脸污泥，鞋都跑掉了一只，兀自拍着掌，口里叫道："中了！中了！"胡屠户凶神似的走到跟前，说道："该死的畜生！你中了什么？"一个嘴巴打将去。众人和邻居见这模样，忍不住的笑。不想胡屠户虽然大着胆子打了一下，心里到底还是怕的，那手早颤起来，不敢打到第二下。范进因这一个嘴巴，却也打晕了，昏倒于地。众邻居一齐上前，替他抹胸口，捶背心，舞了半日，渐渐喘息过来，眼睛明亮，不疯了。众人扶起，借庙门口一个外科郎中"跳驼子"板凳上坐着。胡屠户站在一边，不觉那只手隐隐的疼将起来；自己看时，把个巴掌仰着，再也弯不过来。自己心里懊恼道："果然天上'文曲星'是打不得的，而今菩萨计较起来了。"想一想，更疼的狠了，连忙问郎中讨了个膏药贴着。

范进看了众人，说道："我怎么坐在这里？"又道："我这半日昏昏沉沉，如在梦里一般。"众邻居道："老爷，恭喜高中了。适才欢喜的有些引动了痰，方才吐出几口痰来，好了。快请回家去打发报录人。"范进说道："是了。我也记得是中的第七名。"范进一面自绾了头发，一面问郎中借了一盆水洗洗脸。一个邻居早把那一只鞋寻了来，替他穿上。见丈人在跟前，恐怕又要来骂。胡屠户上前道："贤婿老爷，方才不是我敢大胆，是你老太太的主意，央我来劝你的。"邻居内一个人道："胡老爹方才这个嘴巴打的亲切，少顷范老爷洗脸，还要洗下半盆猪油来！"又一个道："老爹，你这手明日杀不得猪了。"胡屠户道："我那里还杀猪，有我这贤婿，还怕后半世靠不着也怎的？我每常说，我的这个贤婿，才学又高，品貌又好，就是城里头那张府、周府这些老爷，也没有我女婿这样一个体面的相貌！你们不知道，得罪你们说，我小老这一双眼睛，却是认得人的，想着先年，我小女在家里长到三十多岁，多少有钱的富户要和我结亲，我自己觉得女儿像有些福气的，毕竟要嫁与个老爷，今日果然不错！"说罢，哈哈大笑，众人都笑起来，看着范进洗了脸。郎中又拿茶来吃了，一同回家。范举人先走，屠户和邻居跟在后面。屠户见女婿衣裳后襟滚皱了许多，一路低着头替他扯了几十回。到了家门，屠户高声叫道："老爷回府了！"老太太迎着出来，见儿子不疯，喜从天降。众人问报录的，已是家里把屠户送来的几千钱打发他们去了。范进拜了母亲，也拜谢丈人。胡屠户再三不安道："些须几个钱，不够你赏人！"范进又谢了邻居。正待坐下，早看见一个体面的管家，手里拿着一个大红全帖，飞跑了进来："张老爷来拜新中的范老爷。"说毕，轿子已是到了门口。胡屠户忙躲进女儿房里，不敢出来。邻居各自散了。

范进迎了出去，只见那张乡绅下了轿进来，头戴纱帽，身穿葵花色圆领，金带、皂靴。他是举人出身，做过一任知县的，别号静斋，同范进让了进来，到堂屋内平磕了头，分宾主坐下。张乡绅先攀谈道："世先生同在桑梓，一向有失亲近。"范进道："晚生久仰老先生，只是无缘，不曾拜会。"张乡绅道："适才看见题名录，贵房师高要县汤公，就是先祖的门生，我和你是亲切的世弟兄。"范进道："晚生侥幸，实是有愧。却幸得出老先生门下，可为欣喜。"张乡绅四面将眼睛望了一望，说道："世先生果是清贫。"随在跟的家人手里拿过一封银子来，说道："弟却也无以为敬，谨具贺仪五十两，世先生权且收着。这华居，其实住不得，将来当事拜往，俱不甚便。弟有空房一所，就在东门大街上，三进三间，虽不轩敞，也还干净，就送与世先生；搬到那里去住，早晚也好请教些。"范进再三推辞,张乡绅急了,道:"你我年谊世好,就如至亲骨肉一般,若要如此,就是见外了。"范进方才把银子收下,作揖谢了。又说了一会,打躬作别。胡屠户直等他上了轿,才敢走出堂屋来。

范进即将这银子交与浑家打开看,一封一封雪白的细丝锭子,即便包了两锭,叫胡屠户进来,递与他道:"方才费老爹的心,拿了五千钱来。这六两多银子,老爹拿了去。"屠户把银子攥在手里紧紧的,把拳头舒过来,道:"这个,你且收着。我原是贺你的,怎好又拿了回去?"范进道:"眼见得我这里还有这几两银子,若用完了,再来问老爹讨来用。"屠户连忙把拳头缩了回去,往腰里揣,口里说道:"也罢,你而今相与了这个张老爷,何愁没有银子用?他家里的银子,说起来比皇帝家还多些哩!他家就是我卖肉的主顾,一年就是无事,肉也要用四五千斤,银子何足为奇!"又转回头来望着女儿说道:"我早上拿了钱来,你那该死行瘟的兄弟还不肯,我说:'姑老爷今非昔比,少不得有人把银子送上门来给他用,只怕姑老爷还不希罕。'今日果不其然!如今拿了银子家去骂这死砍头短命的奴才!"说了一会,千恩万谢,低着头,笑迷迷的去了。

自此以后,果然有许多人来奉承他:有送田产的,有人送店房的,还有那些破落户,两口子来投身为仆图荫庇的。到两三个月,范进家奴仆、丫鬟都有了,钱、米是不消说了。张乡绅家又来催着搬家。搬到新房子里,唱戏、摆酒、请客,一连三日。到第四日上,老太太起来吃过点心,走到第三进房子内,见范进的娘子胡氏,家常戴着银丝鬏髻——此时是十月中旬,天气尚暖——穿着天青缎套,官绿的缎裙,督率着家人、媳妇、丫鬟,洗碗盏杯箸。老太太看了,说道:"你们嫂嫂、姑娘们要仔细些,这都是别人家的东西,不要弄坏了。"家人媳妇道:"老太太,那里是别人的,都是你老人家的。"老太太笑道:"我家怎的有这些东西?"丫鬟和媳妇一齐都说道:"怎么不是?岂但这个东西是,连我们这些人和这房子都是你老太太家的。"老太太听了,把细瓷碗盏和银镶的杯盘逐件看了一遍,哈哈大笑道:"这都是我的了!"大笑一声,往后便跌倒。忽然痰涌上来,不省人事。只因这一番,有分教:

会试举人,变作秋风之客;

多事贡生,长为兴讼之人。

不知老太太性命如何,且听下回分解。

## 第四回　荐亡斋和尚吃官司　打秋风乡绅遭横事

话说老太太见这些家伙什物都是自己的,不觉欢喜,痰迷心窍,昏绝于地。家人、媳妇和丫鬟、娘子都慌了,快请老爷进来。范举人三步作一步走来看时,连叫母亲不应,忙将老太太抬放床上,请了医生来。医生说:"老太太这病是中了脏,不可治了。"连请了几个医生都是如此说,范举人越发慌了。夫妻两个守着哭泣，一面制备后事。挨到黄昏时分，老太太奄奄一息，归天去了。合家忙了一夜。次日，请将阴阳徐先生来写了七单，老太太是犯三七，到期该请僧人追荐。大门上挂了白布球，新贴的厅联都用白纸糊了。合城绅衿都来吊唁。请了同案的魏好古，穿着衣巾，在前厅陪客。胡老爹上不得台盘，只好在厨房里或女儿房里，帮着量白布，秤肉，乱窜。

（下文略）

〔注释〕

〔1〕《儒林外史》：原文据张慧剑校注本《儒林外史》（人民文学出版社1958年版）移录。

（张燕瑾　校录）

# 红　楼　梦[1]

曹雪芹　高　鹗

## 第五回　贾宝玉神游太虚境　　警幻仙曲演红楼梦

　　第四回中既将薛家母子在荣府中寄居等事略已表明，此回暂可不写了。如今且说林黛玉自在荣府，一来贾母万般怜爱，寝食起居，一如宝玉，把那迎春、探春、惜春三个孙女儿倒且靠后了；就是宝玉黛玉二人的亲密友爱，也较别人不同；日则同行同坐，夜则同止同息，真是言和意顺，似漆如胶。不想如今忽然来了一个薛宝钗，年纪虽大不多，然品格端方，容貌美丽，人人都说黛玉不及。那宝钗却又行为豁达，随分从时，不比黛玉孤高自许，目无下尘，故深得下人之心；就是小丫头们，亦多和宝钗亲近。因此黛玉心中便有些不忿；宝钗却是浑然不觉。

　　那宝玉也在孩提之间，况他天性所禀，一片愚拙偏僻，视姊妹兄弟皆如一体，并无亲疏远近之别。如今与黛玉同处贾母房中，故略比别的姊妹熟惯些。既熟惯，便更觉亲密；既亲密，便不免有些不虞之隙，求全之毁。这日不知为何，二人言语有些不和起来，黛玉又在房中独自垂泪，宝玉也自悔言语冒撞，前去俯就，那黛玉方渐渐的回转过来。

　　因东边宁府花园内梅花盛开，贾珍之妻尤氏乃治酒具，请贾母、邢夫人、王夫人等赏花；是日先带了贾蓉夫妻二人来面请。贾母等于早饭后过来，就在会芳园游玩，先茶后酒。不过是宁荣二府眷属家宴，并无别样新文趣事可记。

　　一时宝玉倦怠，欲睡中觉，贾母命人好生哄着歇息一回再来。贾蓉媳妇秦氏便忙笑道："我们这里有给宝二叔收拾下的屋子，老祖宗放心，只管交给我就是了。"因向宝玉的奶娘丫鬟等道："嬷嬷、姐姐们，请宝二叔跟我这里来。"贾母素知秦氏是极妥当的人，——因他生得袅娜纤巧，行事又温柔和平，乃重孙媳中第一个得意之人，——见他去安置宝玉，自然是放心的了。

　　当下秦氏引一簇人来至上房内间，宝玉抬头看见是一幅画挂在上面，人物固好，其故事乃是"燃藜图"也，心中便有些不快。又有一副对联，写的是：

　　　　世事洞明皆学问，人情练达即文章。

及看了这两句，纵然室宇精美，铺陈华丽，亦断断不肯在这里了，忙说："快出去！快出去！"秦氏听了笑道："这里还不好，往那里去呢？——要不就往我屋里去罢。"宝玉点头微笑，一个嬷嬷说道："那里有个叔叔往侄儿媳妇房里睡觉的礼呢？"秦氏笑道："不怕他恼，他能多大了，就忌讳这些个？上月你没有看见我那个兄弟来了,虽然和宝二叔同年,两个人要站在一处,只怕那一个还高些呢。"宝玉道:"我怎么没有见过他,你带他来我瞧瞧。"众人笑道:"隔着二三十里,那里带去?见的日子有呢!"

说着大家来至秦氏卧房。刚至房中,便有一股细细的甜香,宝玉此时便觉眼饧骨软,连说:"好香!"入房向壁上看时,有唐伯虎画的"海棠春睡图",两边有宋学士秦太虚写的一副对联云:

嫩寒锁梦因春冷,芳气袭人是酒香。

案上设着武则天当日镜室中设的宝镜,一边摆着赵飞燕立着舞的金盘,盘内盛着安禄山掷过伤了太真乳的木瓜。上面设着寿昌公主于含章殿下卧的宝榻,悬的是同昌公主制的连珠帐。宝玉含笑道:"这里好!这里好!"秦氏笑道:"我这屋子大约神仙也可以住得了。"说着,亲自展开了西施浣过的纱衾,移了红娘抱过的鸳枕,于是众奶姆伏侍宝玉卧好了,款款散去,只留下袭人、晴雯、麝月、秋纹四个丫鬟为伴。秦氏便叫小丫鬟们好生在檐下看着猫儿打架。

那宝玉才合上眼,便恍恍惚惚的睡去,犹似秦氏在前,悠悠荡荡,跟着秦氏到了一处。但见朱栏玉砌,绿树清溪,真是人迹不逢,飞尘罕到。宝玉在梦中欢喜,想道:"这个地方儿有趣,我若能在这里过一生,强如天天被父母师傅管束呢!"正在胡思乱想,听见山后有人作歌曰:

春梦随云散,飞花逐水流;寄言众儿女,何必觅闲愁。

宝玉听了是个女孩儿的声气。歌音未息,早见那边走出一个美人来,蹁跹袅娜,与凡人大不相同。有赋为证:

方离柳坞,乍出花房。但行处,鸟惊庭树;将到时,影度回廊。仙袂乍飘兮,闻麝兰之馥郁;荷衣欲动兮,听环珮之铿锵。靥笑春桃兮,云髻堆翠;唇绽樱颗兮,榴齿含香。盼纤腰之楚楚兮,风回雪舞;耀珠翠之灼灼兮,鸭绿鹅黄。出没花间兮,宜嗔宜喜;徘徊池上兮,若飞若扬。蛾眉欲颦兮,将言而未语;莲步乍移兮,欲止而仍行。美美人之良质兮,冰清玉润;慕美人之华服兮,闪烁文章。爱美人之容貌兮,香培玉篆;比美人之态度兮,凤翥龙翔。其素若何:春梅绽雪。其洁若何:秋蕙披霜。其静若何:松生空谷;其艳若何:霞映澄塘。其文若何:龙游曲沼;其神若何:月射寒江。——远惭西子,近愧王嫱。生于孰地?降自何方?若非宴罢归来,瑶池不二;定应吹箫引去,紫府无双者也。

宝玉见是一个仙姑,喜的忙来作揖,笑问道:"神仙姐姐,不知从那里来,如今要往那里去?我也不知这里是何处,望乞携带携带。"那仙姑道:"吾居离恨天之上,灌愁海之中,乃放春山遣香洞太虚幻境警幻仙姑是也。司人间之风情月债,掌尘世之女怨男痴。因近来风流冤孽,缠绵于此,是以前来访察机会,布散相思。今日与尔相逢,亦非偶然。此离吾境不远,别无他物,仅有自采仙茗一盏，亲酿美酒几瓮，素练魔舞歌姬数人，新填'红楼梦'仙曲十二支，可试随我一游否？"

　　宝玉听了，喜跃非常，便忘了秦氏在何处了，竟随着这仙姑到了一个所在。忽见前面有一座石牌横建，上书"太虚幻境"四大字，两边一副对联，乃是：

　　　　假作真时真亦假，无为有处有还无。

转过牌坊，便是一座宫门，上面横书着四个大字，道是："孽海情天"。也有一副对联，大书云：

　　　　厚地高天，堪叹古今情不尽；痴男怨女，可怜风月债难酬。

　　宝玉看了，心下自思道："原来如此。但不知何为'古今之情'？又何为'风月之债'？从今倒要领略领略。"宝玉只顾如此一想，不料早把些邪魔招入膏肓了。当下随了仙姑进入二层门内，只见两边配殿，皆有匾额对联，一时看不尽许多，惟见几处写着的是："痴情司"，"结怨司"，"朝啼司"，"暮哭司"，"春感司"，"秋悲司"。看了，因向仙姑道："敢烦仙姑引我到那各司中游玩游玩，不知可使得么？"仙姑道："此中各司存的是普天下所有的女子过去未来的簿册，尔乃凡眼尘躯，未便先知的。"宝玉听了，那里肯舍，又再四的恳求，那警幻便说："也罢，就在此司内略随喜随喜罢。"宝玉喜不自胜，抬头看这司的匾上，乃是"薄命司"三字，两边写着对联道：

　　　　春恨秋悲皆自惹，花容月貌为谁妍。

　　宝玉看了，便知感叹。进入门中，只见有十数个大橱，皆用封条封着。看那封条上，皆有各省字样。宝玉一心只拣自己家乡的封条看，只见那边橱上封条大书"金陵十二钗正册"，宝玉因问："何为'金陵十二钗正册'？"警幻道："即尔省中十二冠首女子之册，故为正册。"宝玉道："常听人说，金陵极大，怎么只十二个女子？如今单我们家里，上上下下就有几百个女孩儿。"警幻微笑道："一省女子固多，不过择其紧要者录之，两边二橱则又次之。——余者庸常之辈便无册可录了。"

　　宝玉再看下首一橱，上写着"金陵十二钗副册"；又一橱上写着"金陵十二钗又副册"。宝玉便伸手先将"又副册"橱门开了，拿出一本册来，揭开看时，只见这首页上画的，既非人物，亦非山水，不过是水墨滃染，满纸乌云浊雾而已。后有几行字迹，写道是：

　　　　霁月难逢，彩云易散。心比天高，身为下贱。风流灵巧招人怨。寿夭多因诽谤生，多情公子空牵念。

宝玉看了不甚明白。又见后面画着一簇鲜花，一床破席，也有几句言词，写道是：

　　　　枉自温柔和顺，空云似桂如兰；堪羡优伶有福，谁知公子无缘。

宝玉看了，益发解说不出是何意思，遂将这一本册子搁起来，又去开了"副册"橱门，拿起一本册来，打开看时，只见首页也是画，却画着一枝桂花，下面有一方池沼，其中水涸泥干，莲枯藕败，后面书云：

    根并荷花一茎香，平生遭际实堪伤；自从两地生孤木，致使香魂返故乡。

宝玉看了又不解。又去取那"正册"看时，只见头一页上画着是两株枯木，木上悬着一围玉带；地下又有一堆雪，雪中一股金簪。也有四句诗道：

    可叹停机德，堪怜咏絮才！玉带林中挂，金簪雪里埋。

宝玉看了仍不解，待要问时，知他必不肯泄漏天机；待要丢下，又不舍，遂往后看。只见画着一张弓，弓上挂着一个香橼。也有一首歌词云：

    二十年来辨是非，榴花开处照宫闱；三春争及初春景，虎兕相逢大梦归。

后面又画着两个人放风筝，一片大海，一只大船，船中有一女子，掩面泣涕之状。画后也有四句写着道：

    才自清明志自高，生于末世运偏消；清明涕泣江边望，千里东风一梦遥。

后面又画着几缕飞云，一湾逝水。其词曰：

    富贵又何为？襁褓之间父母违；展眼吊斜辉，湘江水逝楚云飞。

后面又画着一块美玉，落在泥污之中。其断语云：

    欲洁何曾洁，云空未必空；可怜金玉质，终陷淖泥中。

后面忽画一恶狼，追扑一美女——欲啖之意。其下书云：

    子系中山狼，得志便猖狂；金闺花柳质，一载赴黄粱。

后面便是一所古庙，里面有一美人，在内看经独坐。其判云：

    勘破三春景不长，缁衣顿改昔年妆；可怜绣户侯门女，独卧青灯古佛旁。

后面便是一片冰山，上有一只雌凤。其判云：

    凡鸟偏从末世来，都知爱慕此生才；一从二令三人木，哭向金陵事更哀。

后面又是一座荒村野店，有一美人在那里纺绩。其判曰：

    势败休云贵，家亡莫论亲；偶因济村妇，巧得遇恩人。

诗后又画一盆茂兰，旁有一位凤冠霞帔的美人。也有判云：

    桃李春风结子完，到头谁似一盆兰；如冰水好空相妒，枉与他人作笑谈。

诗后又画一座高楼，上有一美人悬梁自尽。其判云：

    情天情海幻情深，情既相逢必主淫；漫言不肖皆荣出，造衅开端实在宁。

宝玉还欲看时，那仙姑知他天分高明、性情颖慧，恐泄漏天机，便掩了卷册，笑向宝玉道:"且随我去游玩奇景,何必在此打这闷葫芦!"

宝玉恍恍惚惚,不觉弃了卷册,又随警幻来至后面。但见画栋雕檐,珠帘绣幕,仙花馥郁,异草芬芳,真好所在也。正是:

  光摇朱户金铺地,雪照琼窗玉作宫。

又听警幻笑道:"你们快出来迎接贵客!"一言未了,只见房中走出几个仙子来:荷袂蹁跹,羽衣飘舞,娇若春花,媚如秋月。见了宝玉,都怨谤警幻道:"我们不知系何'贵客',忙的接出来!姐姐曾说今日今时必有绛珠妹子的生魂前来游玩,故我等久待。何故反引这浊物来污染清净女儿之境?"

宝玉听如此说,便吓的欲退不能,果觉自形污秽不堪。警幻忙携住宝玉的手向众仙姬笑道:"你等不知原委:今日原欲往荣府去接绛珠,适从宁府经过,偶遇宁荣二公之灵,嘱吾云:'吾家自国朝定鼎以来,功名奕世,富贵流传,已历百年,奈运终数尽,不可挽回!我等之子孙虽多,竟无可以继业者。惟嫡孙宝玉一人,禀性乖张,用情怪谲,虽聪明灵慧,略可望成,无奈吾家运数合终,恐无人规引入正。幸仙姑偶来,望先以情欲声色等事警其痴顽,或能使他跳出迷人圈子,入于正路,便是吾兄弟之幸了。'如此嘱吾,故发慈心,引彼至此。先以他家上中下三等女子的终身册籍,令其熟玩,尚未觉悟;故引了再到此处,遍历那饮馔声色之幻,或冀将来一悟,未可知也。"

说毕,携了宝玉入室。但闻一缕幽香,不知所闻何物。宝玉不禁相问,警幻冷笑道:"此香乃尘世所无,尔如何能知!此系诸名山胜境初生异卉之精,合各种宝林珠树之油所制,名为'群芳髓'。"宝玉听了,自是羡慕。于是大家入座,小鬟捧上茶来,宝玉觉得香清味美,迥非常品,因又问何名。警幻道:"此茶出在放春山遣香洞,又以仙花灵叶上所带的宿露烹了,名曰'千红一窟'。"宝玉听了,点头称赏。因看房内瑶琴、宝鼎、古画、新诗,无所不有;更喜窗下亦有唾绒,奁间时渍粉污。壁上也挂着一副对联,书云:

  幽微灵秀地,无可奈何天。

宝玉看毕,因又请问众仙姑姓名:一名痴梦仙姑,一名钟情大士,一名引愁金女,一名度恨菩提,各各道号不一。少刻,有小鬟来调桌安椅,摆设酒馔,正是:

  琼浆满泛玻璃盏,玉液浓斟琥珀杯。

宝玉因此酒香洌异常,又不禁相问。警幻道:"此酒乃以百花之蕤,万木之汁,加以麟髓凤乳酿成,因名为'万艳同杯'。"宝玉称赏不迭。

饮酒间,又有十二个舞女上来,请问演何调曲,警幻道:"就将新制'红楼梦'十二支演上来。"舞女们答应了,便轻敲檀板,款按银筝,听他歌道是:

  开辟鸿蒙……

方歌了一句,警幻道:"此曲不比尘世中所填传奇之曲,必有生旦净末之则,又有南北九宫之调。此或咏叹一人，或感怀一事，偶成一曲，即可谱入管弦。若非个中人，不知其中之妙；料尔亦未必深明此调，若不先阅其稿，后听其曲，反成嚼蜡矣。"说毕，回头命小鬟取了"红楼梦"原稿来，递与宝玉。宝玉接过来，一面目视其文，耳聆其歌曰：

〔红楼梦引子〕

开辟鸿蒙，谁为情种？都只为风月情浓。奈何天，伤怀日，寂寥时，试遣愚衷：因此上，演出这悲金悼玉的"红楼梦"。

〔终身误〕

都道是金玉良缘，俺只念木石前盟。空对着，山中高士晶莹雪；终不忘，世外仙姝寂寞林。叹人间，美中不足今方信：纵然是齐眉举案，到底意难平。

〔枉凝眉〕

一个是阆苑仙葩，一个是美玉无瑕。若说没奇缘，今生偏又遇着他；若说有奇缘，如何心事终虚话？一个枉自嗟呀，一个空劳牵挂。一个是水中月，一个是镜中花。想眼中能有多少泪珠儿，怎禁得秋流到冬，春流到夏！

却说宝玉听了此曲，散漫无稽，未见得好处；但其声韵凄婉，竟能销魂醉魄。因此也不问其原委，也不究其来历，就暂以此释闷而已。因又看下面道：

〔恨无常〕

喜荣华正好，恨无常又到。眼睁睁，把万事全抛。荡悠悠，芳魂销耗。望家乡，路远山高。故向爹娘梦里相寻告：儿命已入黄泉，天伦呵，须要退步抽身早！

〔分骨肉〕

一帆风雨路三千，把骨肉家园，齐来抛闪。恐哭损残年。告爹娘，休把儿悬念：自古穷通皆有定，离合岂无缘？从今分两地，各自保平安。奴去也，莫牵连。

〔乐中悲〕

襁褓中，父母叹双亡。纵居那绮罗丛，谁知娇养？幸生来，英豪阔大宽宏量，从未将儿女私情，略萦心上。好一似，霁月光风耀玉堂。厮配得才貌仙郎，博得个地久天长，准折得幼年时坎坷形状。终久是云散高唐，水涸湘江：这是尘寰中消长数应当，何必枉悲伤？

〔世难容〕

气质美如兰，才华馥比仙。天生成孤癖人皆罕。你道是啖肉食腥膻，视绮罗俗厌；却不知好高人愈妒，过洁世同嫌。可叹这，青灯古殿人将老，辜负了，红粉朱楼春色阑！到头来，依旧是风尘肮脏违心愿；好一似，无瑕白玉遭泥陷；又何须，王孙公子叹无缘？

〔喜冤家〕

中山狼，无情兽。全不念当日根由。一味的，骄奢淫荡贪欢媾。觑着那，侯门艳质同蒲柳；作践的，公府千金似下流。叹芳魂艳魄，一载荡悠悠。

〔虚花悟〕

将那三春看破，桃红柳绿待如何？把这韶华打灭，觅那清淡天和。说什么天上夭桃盛，云中杏蕊多？到头来，谁见把秋捱过？则看那，白杨村里人呜咽，青枫林下鬼吟哦。更兼着，连天衰草遮坟墓，这的是，昨贫今富人劳碌，春荣秋谢花折磨。似这般，生关死劫谁能躲？闻说道，西方宝树唤婆娑，上结着长生果。

〔聪明累〕

机关算尽太聪明，反算了卿卿性命！生前心已碎，死后性空灵。家富人宁；终有个，家亡人散各奔腾。枉费了意悬悬半世心，好一似，荡悠悠三更梦。忽喇喇似大厦倾，昏惨惨似灯将尽。呀！一场欢喜忽悲辛。叹人世，终难定！

〔留余庆〕

留余庆，留余庆，忽遇恩人；幸娘亲，幸娘亲，积得阴功。劝人生，济困扶穷。休似俺那爱银钱、忘骨肉的狠舅奸兄！正是乘除加减，上有苍穹。

〔晚韶华〕

镜里恩情，更那堪梦里功名！那美韶华去之何迅！再休提绣帐鸳衾。只这戴珠冠，披凤袄，也抵不了无常性命。虽说是，人生莫受老来贫，也须要阴骘积儿孙。气昂昂，头戴簪缨，光灿灿，胸悬金印，威赫赫，爵禄高登，——昏惨惨，黄泉路近！问古来将相可还存？也只是虚名儿后人钦敬。

〔好事终〕

画梁春尽落香尘。擅风情，秉月貌，便是败家的根本。箕裘颓堕皆从敬，家事消亡首罪宁。宿孽总因情！

〔飞鸟各投林〕

为官的，家业凋零；富贵的，金银散尽；有恩的，死里逃生；无情的，分明报应；欠命的，命已还；欠泪的，泪已尽：冤冤相报自非轻，分离聚合皆前定。欲知命短问前生，老来富贵也真侥幸。看破的，遁入空门；痴迷的，枉送了性命。——好一似食尽鸟投林，落了片白茫茫大地真干净！

歌毕，还又歌副歌。警幻见宝玉甚无趣味，因叹："痴儿竟尚未悟！"那宝玉忙止歌姬不必再唱，自觉朦胧恍惚，告醉求卧。警幻便命撤去残席，送宝玉至一香闺绣阁中。其间铺陈之盛，乃素所未见之物。更可骇者，早有一位仙姬在内，其鲜艳妩媚，大似宝钗；袅娜风流，又如黛玉。正不知是何意，忽见警幻说道："尘世中多少富贵之家，那些绿窗风月，绣阁烟霞，皆被那些淫污纨裤与流荡女子玷辱了；更可恨者，自古来，多少轻薄浪子，皆以'好色不淫'为解，又以'情而不淫'作案，此皆饰非掩丑之语耳：好色即淫，知情更淫。是以巫山之会，云雨之欢，皆由既悦其色、复恋其情所致。——吾所爱汝者，乃天下古今第一淫人也。"

宝玉听了，唬的慌忙答道："仙姑差了：我因懒于读书，家父母尚每垂训饬，岂敢再冒'淫'字？况且年纪尚幼，不知'淫'为何事。"警幻道："非也。淫虽一理，意则有别。如世之好淫者，不过悦容貌，喜歌舞，调笑无厌，云雨无时，恨不能天下之美女供我片时之趣兴：此皆皮肤滥淫之蠢物耳。如尔则天分中生成一段痴情，吾辈推之为'意淫'。惟'意淫'二字，可心会而不可口传，可神通而不能语达。汝今独得此二字，在闺阁中虽可为良友，却于世道中未免迂阔怪诡，百口嘲谤，万目睚眦。今既遇尔祖宁荣二公剖腹深嘱，吾不忍子独为我闺阁增光而见弃于世道，故引子前来，醉以美酒，沁以仙茗，警以妙曲，再将吾妹一人，乳名兼美表字可卿者，许配与汝。今夕良时，即可成姻：不过令汝领略此仙闺幻境之风光尚然如此，何况尘世之情景呢。从今后，万万解释，改悟前情，留意于孔孟之间，委身于经济之道。"说毕，便秘授以云雨之事，推宝玉入房中，将门掩上自去。

那宝玉恍恍惚惚，依着警幻所嘱，未免作起儿女的事来，也难以尽述。至次日，便柔情缱绻，软语温存，与可卿难解难分。因二人携手出去游玩之时，忽然至一个所在，但见荆榛遍地，狼虎同行，迎面一道黑溪阻路，并无桥梁可通。正在犹豫之间，忽见警幻从后追来，说道："快休前进，作速回头要紧！"宝玉忙止步问道："此系何处？"警幻道："此乃迷津，深有万丈，遥亘千里，中无舟楫可通，只有一个木筏，乃木居士掌舵，灰侍者撑篙，不受金银之谢，但遇有缘者渡之。尔今偶游至此，设如坠落其中，便深负我从前谆谆警戒之语了。"话犹未了，只听迷津内响如雷声，有许多夜叉海鬼，将宝玉拖将下去，吓得宝玉汗下如雨，一面失声喊叫："可卿救我！"吓得袭人辈众丫鬟忙上来搂住，叫："宝玉不怕，我们在这里呢。"

却说秦氏正在房外嘱咐小丫头们好生看着猫儿狗儿打架，忽闻宝玉在梦中唤他的小名儿，因纳闷道："我的小名儿这里从无人知道，他如何得知，在梦中叫出来？"未知何因，下回分解。

## 第六回　　贾宝玉初试云雨情　　刘老老一进荣国府

却说秦氏因听见宝玉梦中唤他的乳名，心中纳闷，又不好细问。彼时宝玉迷迷惑惑，若有所失，遂起身解怀整衣，袭人过来给他系裤带时，刚伸手至大腿处，只觉冰冷粘湿的一片，吓的忙褪回手来，问："是怎么了？"宝玉红了脸，把他的手一捻，袭人本是个聪明女子，年纪又比宝玉大两岁，近来也渐省人事，今见宝玉如此光景，心中便觉察了一半，不觉把个粉脸羞的飞红，遂不好再问。仍旧理好衣裳，随至贾母处来，胡乱吃过晚饭，过这边来，趁众奶娘丫鬟不在旁时，另取出一件中衣，与宝玉换上。

（下文略）

## 第三十三回　　手足眈眈小动唇舌　　不肖种种大承笞挞

却说王夫人唤上金钏儿的母亲来，拿了几件簪环，当面赏了；又吩咐："请几众僧人念经超度他。"金钏儿的母亲磕了头，谢了出去。

原来宝玉会过雨村回来，听见金钏儿含羞自尽，心中早已五内摧伤，进来又被王夫人数说教训了一番，也无可回说。看见宝钗进来，方得便走出，茫然不知何往，背着手，低着头，一面感叹，一面慢慢的信步走至厅上。刚转过屏门，不想对面来了一人，正往里走，可巧撞了个满怀。只听那人喝一声："站住！"宝玉唬了一跳，抬头看时，不是别人，却是他父亲。早不觉倒抽了一口凉气，只得垂手一旁站着。

贾政道："好端端的，你垂头丧气的嗐什么？方才雨村来了，要见你，那半天才出来！既出来了，全无一点慷慨挥洒的谈吐，仍是委委琐琐的。我看你脸上一团私欲愁闷气色！这会子又嗳声叹气，你那些还不足、还不自在？无故这样，是什么原故？"宝玉素日虽然口角伶俐，此时一心却为金钏儿感伤，恨不得也身亡命殒，如今见他父亲说这些话，究竟不曾听明白了，只是怔怔的站着。

贾政见他惶悚，应对不似往日，原本无气的，这一来，倒生了三分气。方欲说话，忽有门上人来回："忠顺亲王府里有人来，要见老爷。"贾政听了，心下疑惑，暗暗思忖道："素日并不与忠顺府来往，为什么今日打发人来？……"一面想，一面命："快请厅上坐。"急忙进内更衣。出来接见时，却是忠顺府长府官，一面彼此见了礼，归坐献茶。未及叙谈，那长府官先就说道："下官此来，并非擅造潭府；皆因奉命而来，有一件事相求。看王爷面上，敢烦老先生做主。不但王爷知情，且连下官辈亦感谢不尽。"

贾政听了这话，摸不着头脑，忙陪笑起身问道："大人既奉王命而来，不知有何见谕？望大人宣明，学生好遵谕承办。"那长府官冷笑道："也不必承办，只用老先生一句话就完了。我们府里有一个做小旦的琪官,一向好好在府,如今竟三五日不见回去,各处去找,又摸不着他的道路,因此各处察访;这一城内,十停人倒有八停人都说:他近日和衔玉的那位令郎相与甚厚。下官辈听了:尊府不比别家,可以擅来索取,因此启明王爷。王爷亦说:'若是别的戏子呢,一百个也罢了;只是这琪官,随机应答,谨慎老成,甚合我老人家的心境,断断少不得此人。'故此求老先生转致令郎,请将琪官放回:一则可慰王爷谆谆奉恳之意,二则下官辈也可免操劳求觅之苦。"说毕,忙打一躬。

贾政听了这话,又惊又气,即命唤宝玉出来。宝玉也不知是何原故,忙忙赶来,贾政便问:"该死的奴才!你在家不读书也罢了,怎么又做出这些无法无天的事来!那琪官现是忠顺王爷驾前承奉的人,你是何等草莽,无故引逗他出来,如今祸及于我!"宝玉听了,唬了一跳,忙回道:"实在不知此事。究竟'琪官'两个字,不知为何物,况更加以'引逗'二字!"说着便哭。

贾政未及开口,只见那长府官冷笑道:"公子也不必隐饰:或藏在家,或知其下落,早说出来,我们也少受些辛苦。岂不念公子之德呢?"宝玉连说:"实在不知。恐是讹传,也未见得。"那长府官冷笑两声道:"现有证据,必定当着老大人说出来,公子岂不吃亏?——既说不知,此人那红汗巾子怎得到了公子腰里?"

宝玉听了这话,不觉轰了魂魄,目瞪口呆,心下自思:"这话他如何知道?他既连这样机密事都知道了,大约别的瞒不过他,不如打发他去了,免得再说出别的事来。"因说道:"大人既知他的底细,如何连他置买房舍这样大事倒不晓得了?听得说:他如今在东郊离城二十里有个什么紫檀堡,他在那里置了几亩田地,几间房舍。想是在那里,也未可知。"那长府官听了,笑道:"这样说,一定是在那里了!我且去找一回,若有了便罢;若没有,还要来请教。"说着,便忙忙的告辞走了。

贾政此时气得目瞪口歪,一面送那官员,一面回头命宝玉:"不许动!回来有话问你!"一直送那官去了。才回身时,忽见贾环带着几个小厮一阵乱跑,贾政喝命小厮:"给我快打!"贾环见了他父亲,吓得骨软筋酥,赶忙低头站住。贾政便问:"你跑什么!带着你的那些人都不管你,不知往那里去,由你野马一般!"喝叫:"跟上学的人呢?"

贾环见他父亲甚怒,便乘机说道:"方才原不曾跑,只因从那井边一过,那井里淹死了一个丫头,我看脑袋这么大,身子这么粗,泡的实在可怕,所以才赶着跑过来了。"贾政听了,惊疑问道:"好端端,谁去跳井?我家从无这样事情,自祖宗以来,皆是宽柔待下。——大约我近年于家务疏懒,自然执事人操克夺之权,致使弄出这暴殄轻生的祸来!若外人知道,祖宗的颜面何在!"喝命:"叫贾琏、赖大来!"

小厮们答应了一声，方欲去叫，贾环忙上前，拉住贾政袍襟，贴膝跪下，道："老爷不用生气。此事除太太屋里的人，别人一点也不知道，我听见我母亲说——"说到这句，便回头四顾一看；贾政知其意，将眼色一丢，小厮们明白，都往两边后面退去。贾环便悄悄说道："我母亲告诉我说：'宝玉哥哥，前日在太太屋里，拉着太太的丫头金钏儿，强奸不遂，打了一顿，金钏儿便赌气投井死了——'"

话未说完，把个贾政气得面如金纸，大叫："拿宝玉来！"一面说，一面便往书房去，喝命："今日再有人来劝我，我把这冠带家私一应就交与他和宝玉过去，我免不得做个罪人，把这几根烦恼鬓毛剃去，寻个干净去处自了，也免得上辱先人、下生逆子之罪！"

众门客仆从见贾政这个形景，便知又是为宝玉了，一个个咬指吐舌，连忙退出。贾政喘吁吁直挺挺的坐在椅子上，满面泪痕，一叠连声："拿宝玉来！拿大棍拿绳来！把门都关上！有人传信到里头去，立刻打死！"众小厮们只得齐齐答应着，有几个来找宝玉。

那宝玉听见贾政吩咐他"不许动"，早知凶多吉少；那里知道贾环又添了许多的话？正在厅上旋转，怎得个人往里头捎信，偏偏的没个人来，连焙茗也不知在那里。正盼望时，只见一个老妈妈出来，宝玉如得了珍宝，便赶上来拉他，说道："快进去告诉：老爷要打我呢！快去，快去！要紧，要紧！"宝玉一则急了，说话不明白；二则老婆子偏偏又耳聋，不曾听见是什么话，把"要紧"二字，只听做"跳井"二字，便笑道："跳井让他跳去，二爷怕什么？"宝玉见是个聋子，便着急道："你出去叫我的小厮来罢！"那婆子道："有什么不了的事？老早的完了，太太又赏了银子，怎么不了事呢？"

宝玉急的手脚正没抓寻处，只见贾政的小厮走来，逼着他出去了。贾政一见，眼都红了，也不暇问他在外流荡优伶，表赠私物，在家荒疏学业，逼淫母婢；只喝命："堵起嘴来，着实打死！"小厮们不敢违，只得将宝玉按在凳上，举起大板，打了十来下。宝玉自知不能讨饶，只是呜呜的哭。贾政还嫌打的轻，一脚踢开掌板的，自己夺过板子来，狠命的又打了十几下。

宝玉生来未经过这样苦楚，起先觉得打的疼不过，还乱嚷乱哭，后来渐渐气弱声嘶，哽咽不出。众门客见打的不祥了，赶着上来，恳求夺劝。贾政那里肯听？说道："你们问问他干的勾当，可饶不可饶！素日皆是你们这些人把他酿坏了，到这步田地，还来劝解！明日酿到他弑父弑君，你们才不劝不成？"

众人听这话不好，知道气急了，忙乱着觅人进去给信。王夫人听了，不及去回贾母，便忙穿衣出来，也不顾有人没人，忙忙扶了一个丫头，赶往书房中来。慌得众门客小厮等避之不及。贾政正要再打，一见王夫人进来，更加火上浇油，那板子越下去的又狠又快。按宝玉的两个小厮，忙松手走开，宝玉早已动弹不得了。

贾政还欲打时,早被王夫人抱住板子。贾政道:"罢了,罢了!今日必定要气死我才罢!"王夫人哭道:"宝玉虽然该打,老爷也要保重。且炎暑天气,老太太身上又不大好,打死宝玉事小,倘或老太太一时不自在了,岂不事大?"贾政冷笑道:"倒休提这话!我养了这不肖的孽障,我已不孝;平昔教训他一番,又有众人护持;不如趁今日结果了他的狗命,以绝将来之患!"说着,便要绳来勒死。王夫人连忙抱住哭道:"老爷虽然应当管教儿子,也要看夫妻分上。我如今已五十岁的人,只有这个孽障,必定苦苦的以他为法,我也不敢深劝。今日越发要弄死他,岂不是有意绝我呢?既要勒死他,索性先勒死我,再勒死他!我们娘儿们不如一同死了,在阴司里也得个倚靠。"说毕,抱住宝玉,放声大哭起来。

贾政听了此话,不觉长叹一声,向椅上坐了,泪如雨下。王夫人抱着宝玉,只见他面白气弱,底下穿着一条绿纱小衣,一片皆是血渍。禁不住解下汗巾去,由腿看至臀胫,或青或紫,或整或破,竟无一点好处,不觉失声大哭起"苦命的儿"来。因哭出"苦命儿"来,又想起贾珠来,便叫着贾珠,哭道:"若有你活着,便死一百个,我也不管了。"

此时里面的人闻得王夫人出来,李纨、凤姐及迎、探姊妹两个,也都出来了。王夫人哭着贾珠的名字,别人还可,惟有李纨禁不住也抽抽搭搭的哭起来了。贾政听了,那泪更似走珠一般滚了下来。正没开交处,忽听丫鬟来说:"老太太来了——"一言未了,只听窗外颤巍巍的声气说道:"先打死我,再打死他,就干净了!"

贾政见母亲来了,又急又痛,连忙迎出来。只见贾母扶着丫头,摇头喘气的走来。贾政上前躬身陪笑说道:"大暑热的天,老太太有什么吩咐,何必自己走来,只叫儿子进去吩咐便了。"贾母听了,便止步喘息,一面厉声道:"你原来和我说话!我倒有话吩咐,只是我一生没养个好儿子,却叫我和谁说去!"

贾政听这话不象,忙跪下含泪说道:"儿子管他,也为的是光宗耀祖。老太太这话,儿子如何当的起?"贾母听说,便啐了一口,说道:"我说了一句话,你就禁不起!你那样下死手的板子,难道宝玉儿就禁的起了?你说教训儿子是光宗耀祖,当日你父亲怎么教训你来着!"说着,也不觉泪往下流。贾政又陪笑道:"老太太也不必伤感,都是儿子一时性急,从此以后,再不打他了。"贾母便冷笑两声道:"你也不必和我赌气,你的儿子,自然你要打就打。想来你也厌烦我们娘儿们,不如我们早离了你,人家干净!"说着,便令人:"去看轿!——我和你太太、宝玉儿立刻回南京去!"家下人只得答应着。

贾母又叫王夫人道:"你也不必哭了,如今宝玉儿年纪小,你疼他;他将来长大,为官作宦的,也未必想着你是他母亲了。你如今倒是不疼他,只怕将来还少生一口气呢!"贾政听说,忙叩头说道:"母亲如此说,儿子无立足之地了!"贾母冷笑道:"你分明使我无立足之地,你反说起你来!只是我们回去了,你心里干净,看有谁来不许你打!"一面说,一面只命:"快打点行李车辆轿马回去!"贾政直挺挺跪着,叩头谢罪。

贾母一面说,一面来看宝玉,只见今日这顿打,不比往日,又是心疼,又是生气,也抱着哭个不了。王夫人与凤姐等解劝了一会,方渐渐的止住。

早有丫鬟媳妇等,上来要搀宝玉,凤姐便骂:"糊涂东西!也不睁开眼瞧瞧,这个样儿,怎么搀着走的?还不快进去把那藤屉子春凳抬出来呢!"众人听了,连忙飞跑进去,果然抬出春凳来,将宝玉放上,随着贾母王夫人等进去,送至贾母屋里。

彼时贾政见贾母怒气未消,不敢自便,也跟着进来。看看宝玉果然打重了,再看看王夫人一声"肉"一声"儿"的哭道:"你替珠儿早死了,留着珠儿,也免你父亲生气,我也不白操这半世的心了!这会子你倘或有个好歹,撂下我,叫我靠那一个?"数落一场,又哭"不争气的儿"。贾政听了,也就灰心自己不该下毒手打到如此地步。先劝贾母,贾母含泪说道:"儿子不好,原是要管的,不该打到这个分儿!你不出去,还在这里做什么!难道于心不足,还要眼看着他死了才算吗?"贾政听说,方诺诺的退出去了。

此时薛姨妈、宝钗、香菱、袭人、湘云等也都在这里。袭人满心委屈,只不好十分使出来。见众人围着,灌水的灌水,打扇的打扇,自己插不下手去,便索性走出门,到二门前,命小厮们找了焙茗来细问:"方才好端端的,为什么打起来?你也不早来透个信儿!"焙茗急的说:"偏我没在跟前,打到半中间,我才听见了,忙打听原故,却是为琪官儿和金钏儿姐姐的事。"袭人道:"老爷怎么知道了?"焙茗道:"那琪官儿的事,多半是薛大爷素昔吃醋,没法儿出气,不知在外头挑唆了谁来,在老爷跟前下的蛆。那金钏儿姐姐的事,大约是三爷说的。——我也是听见跟老爷的人说。"

袭人听了这两件事都对景,心中也就信了八九分,然后回来,只见众人都替宝玉疗治调停完备。贾母命:"好生抬到他屋里去。"众人一声答应,七手八脚,忙把宝玉送入怡红院内自己床上卧好,又乱了半日,众人渐渐的散去了,袭人方才进前来,经心服侍细问。要知端底,究竟如何,且听下回分解。

## 第三十四回　　情中情因情感妹妹　　错里错以错劝哥哥

话说袭人见贾母王夫人等去后,便走来宝玉身边坐下,含泪问他:"怎么就打到这步田地?"宝玉叹气说道:"不过为那些事,问他做什么!只是下半截疼的很,你瞧瞧,打坏了那里?"袭人听说,便轻轻的伸手进去,将中衣脱下,略动一动,宝玉便咬着牙叫"嗳哟",袭人连忙停住手:如此三四次,才褪下来了。袭人看时，只见腿上半段青紫，都有四指阔的僵痕高起来。袭人咬着牙说道："我的娘！怎么下这般的狠手！——你但凡听我一句话，也不到这个分儿。幸而没动筋骨；倘或打出个残疾来，可叫人怎么样呢？"

正说着，只听丫鬟们说："宝姑娘来了。"袭人听见，知道穿不及中衣，便拿了一床夹纱被，替宝玉盖了。只见宝钗手里托着一丸药走进来，向袭人说道："晚上把这药用酒研开，替他敷上，把那淤血的热毒散开，就好了。"说毕，递与袭人。又问："这会子可好些？"宝玉一面道谢，说："好些了。"又让坐。

宝钗见他睁开眼说话，不象先时，心中也宽慰了些，便点头叹道："早听人一句话，也不至有今日！别说老太太、太太心疼，就是我们看着，心里也——"刚说了半句，又忙咽住，不觉眼圈微红，双腮带赤，低头不语了。宝玉听得这话如此亲切，大有深意；忽见他又咽住，不往下说，红了脸，低下头，含着泪，只管弄衣带，那一种软怯娇羞、轻怜痛惜之情，竟难以言语形容，越觉心中感动，将疼痛早已丢在九霄云外去了。想道："我不过挨了几下打，他们一个个就有这些怜惜之态，令人可亲可敬。假若我一时竟别有大故，他们还不知何等悲感呢！既是他们这样，我便一时死了，得他们如此，一生事业，纵然尽付东流，也无足叹惜了。"正想着，只听宝钗问袭人道："怎么好好的动了气，就打起来了？"袭人便把焙茗的话悄悄说了。宝玉原来还不知贾环的话，见袭人说出，方才知道；因又拉上薛蟠，惟恐宝钗沉心，忙又止住袭人道："薛大哥从来不是这样，你们别混猜度。"

宝钗听说，便知宝玉是怕他多心，用话拦袭人。因心中暗暗想道："打得这个形象，疼还顾不过来，还这样细心，怕得罪了人。你既这样用心，何不在外头大事上做工夫，老爷也欢喜了，也不能吃这样亏。你虽然怕我沉心，所以拦袭人的话，难道我就不知我哥哥素日恣心纵欲、毫无防范的那种心性吗？当日为个秦钟，还闹的天翻地覆，自然如今比先又加利害了。"想毕，因笑道："你们也不必怨这个，怨那个，据我想，到底宝兄弟素日肯和那些人来往，老爷才生气。就是我哥哥说话不防头，一时说出宝兄弟来，也不是有心挑唆：一则也是本来的实话；二则他原不理论这些防嫌小事。袭姑娘从小儿只见过宝兄弟这样细心的人，何曾见过我哥哥那天不怕、地不怕、心里有什么、口里说什么的人呢？"

袭人因说出薛蟠来，见宝玉拦他的话，早已明白自己说造次了，恐宝钗没意思；听宝钗如此说，更觉羞愧无言。宝玉又听宝钗这一番话，半是堂皇正大，半是体贴自己的私心，更觉比先心动神移。方欲说话时，只见宝钗起身道："明日再来看你，好生养着罢。方才我拿了药来，交给袭人，晚上敷上，管就好了。"说着，便走出门去。袭人赶着送出院外，说："姑娘倒费心了。改日宝二爷好了，亲自来谢。"宝钗回头笑道："这有什么的？只劝他好生养着，别胡思乱想，就好了。要想什么吃的玩的，悄悄的往我那里只管取去，不必惊动老太太、太太、众人。倘或吹到老爷耳朵里，虽然彼时不怎么样，将来对景，终是要吃亏的。"说着去了。

袭人抽身回来，心内着实感激宝钗。进来见宝玉沉思默默，似睡非睡的模样，因而退出房外楜沐。宝玉默默的躺在床上，无奈臀上作痛，如针挑刀挖一般，更热如火炙，略展转时，禁不住"嗳哟"之声。那时天色将晚，因见袭人去了，却有两三个丫鬟伺候，此时并无呼唤之事，因说道："你们且去梳洗，等我叫时再来。"众人听了，也都退出。

这里宝玉昏昏沉沉，只见蒋玉菡走进来了，诉说忠顺府拿他之事；一时又见金钏儿进来，哭说为他投井之情。宝玉半梦半醒，刚要诉说前情，忽又觉有人推他，恍恍惚惚，听得悲切之声。宝玉从梦中惊醒，睁眼一看，不是别人，却是黛玉。——犹恐是梦，忙又将身子欠起来，向脸上细细一认，只见他两个眼睛肿得桃儿一般，满面泪光，不是黛玉，却是那个？宝玉还欲看时，怎奈下半截疼痛难禁，支持不住，便"嗳哟"一声，仍旧倒下；叹了口气，说道："你又做什么来了？太阳才落，那地上还是怪热的，倘或又受了暑，怎么好呢？我虽然捱了打，却也不很觉疼痛。这个样儿是装出来哄他们，好在外头布散给老爷听。其实是假的，你别信真了。"

此时黛玉虽不是嚎啕大哭，然越是这等无声之泣，气噎喉堵，更觉利害。听了宝玉这些话，心中提起万句言词，要说时却不能说得半句。半天，方抽抽噎噎的道："你可都改了罢！"宝玉听说，便长叹一声道："你放心。别说这样话。我便为这些人死了，也是情愿的。"

一句话未了，只见院外人说："二奶奶来了。"黛玉便知是凤姐来了，连忙立起身，说道："我从后院子里去罢，回来再来。"宝玉一把拉住，道："这又奇了。好好的，怎么怕起他来了？"黛玉急得跺脚，悄悄的说道："你瞧瞧我的眼睛！又该他们拿咱们取笑儿了。"宝玉听说，赶忙的放了手。黛玉三步两步转过床后，刚出了后院，凤姐从前头已进来了。问宝玉："可好些了？想什么吃？叫人往我那里取去。"接着薛姨妈又来了。一时贾母又打发了人来。

〔注释〕

〔1〕《红楼梦》：原文据人民文学出版社 1974 年版移录。

（张庆民　校录）

# 郑 重 声 明

高等教育出版社依法对本书享有专有出版权。任何未经许可的复制、销售行为均违反《中华人民共和国著作权法》，其行为人将承担相应的民事责任和行政责任，构成犯罪的，将被依法追究刑事责任。为了维护市场秩序，保护读者的合法权益，避免读者误用盗版书造成不良后果，我社将配合行政执法部门和司法机关对违法犯罪的单位和个人给予严厉打击。社会各界人士如发现上述侵权行为，希望及时举报，本社将奖励举报有功人员。

反盗版举报电话：(010) 58581897/58581896/58581879
传　　真：(010) 82086060
E - mail：dd@hep.com.cn
通信地址：北京市西城区德外大街 4 号
　　　　　高等教育出版社打击盗版办公室
邮　　编：100120

购书请拨打电话：(010)58581118